The Revenge PLAN

LINDA KAGE

The Revenge PLAN

ROMAN

Traduit de l'anglais (États-Unis) par
SOPHIE A. H.

&H

Titre original :
THE REVENGE PLAN

Ce livre est publié avec l'aimable autorisation de Brower Literary Agency

HARPERCOLLINS FRANCE
83-85, boulevard Vincent-Auriol, 75646 PARIS CEDEX 13.

www.harlequin.fr

ISBN 978-2-2804-4597-9 — ISSN 2271-0256

Pour Kurt Karl,
Mon mari,
Meilleur ami,
L'amour de ma vie,
Mon compagnon de câlin préféré,
Celui vers lequel je peux toujours me tourner,
Un père extraordinaire pour mes enfants,
Qui réussit toujours à me faire parler,
même quand j'en ai pas envie,
Et c'est peut-être ce que j'aime le plus chez toi.
Merci d'être toi,
Et merci de me garder.
Avec tout mon amour,
Linda Kay

« L'espoir porte un costume de plumes, se perche dans l'âme et chante inlassablement un air sans paroles ; mais c'est dans la tempête que son chant est le plus doux. »

— Emily Dickinson.

1

HENRY

NUMÉRO 1 DE « HENRY LE DÉSESPÉRÉ »
par Alice Bennet
paru dans The University Gazette

Soudain elle apparut à l'entrée de l'amphi.

Je me tassai aussitôt sur mon siège, au fond de la salle, pour mieux l'observer en douce. Le menton légèrement baissé pour dissimuler mon visage sous la visière de ma casquette de base-ball. Me mordillant l'ongle du pouce.

Qu'elle était belle !

Elle portait *le* T-shirt, ce qui me fit sourire. C'était grâce à lui que je l'avais remarquée, la première fois. À son motif plus exactement : Lucille, la batte de base-ball de *The Walking Dead,* et la Chevy Impala des Winchester dans *Supernatural,* avec pour légende « Papa est parti chasser ». Mes séries TV préférées. J'avais tout de suite capté le message et éclaté de rire, me disant que j'adorerais avoir le même.

Il m'avait fallu plusieurs secondes, en revanche, pour remarquer que le T-shirt s'étirait sur une très jolie paire de seins. Quand mon cerveau avait finalement percuté, j'avais écarquillé les yeux de surprise et laissé mon regard se balader sur sa silhouette.

Depuis, j'étais accro.

Elle était avec deux amies. Tandis qu'elles trouvaient trois sièges contigus vers les premières rangées, elle leur dit quelque chose qui les fit glousser. Puis elle sourit, satisfaite. Je m'en réjouis ; j'adorais son sourire. Il illuminait toute la pièce.

Mélancolique et la poitrine serrée, je me demandai si c'était la blagueuse du groupe et quel genre d'humour elle avait : mordant et sarcastique, ou gentil pitre ?

Je n'en avais pas la moindre idée. Mais je voulais le découvrir. Je voulais tout savoir à son sujet. Comme son nom. J'étais certain que son nom déchirait. Une nana aussi jolie avait forcément un nom du tonnerre.

Aujourd'hui, elle portait les cheveux détachés. Elle se pencha sur le côté pour sortir un livre du sac à dos qu'elle avait posé près de son genou, et des boucles blondes lui tombèrent sur le visage. Elle en passa quelques-unes derrière son oreille d'un crochet du majeur, en se redressant. Chacun de ses gestes respirait l'art. Même si je me faisais l'effet d'un pervers, à toujours l'observer, il m'était impossible de regarder ailleurs quand on assistait au même cours.

Elle me fascinait en tout point.

— Yo, mec. T'es au courant pour Baxter ?

Jordan Rush – un autre membre de la fanfare – se laissa lourdement tomber sur le siège à côté de moi, et me tira de ma rêverie. Je clignai des yeux et me redressai, secouant la tête pour faire taire les désirs et les aspirations qui m'animaient.

— Ouais. Accident de voiture. Ce n'est vraiment pas de bol.

Rush ricana.

— Pas de bol pour lui, mais c'est la chance de ta vie, mec.

— Hein ?

Je fronçai les sourcils. Il soupira et leva les yeux au ciel.

— Il ne peut plus jouer, il s'est bousillé la main. Et il ne reviendra pas d'ici la fin de l'année. Quelqu'un va devoir le remplacer comme trompettiste en chef.

— Pourquoi pas Chad ou…

— Mec, personne ne joue aussi bien que toi ! Tu es à côté de la plaque si tu penses que le directeur ne s'en rend pas compte. Si tu auditionnais, tu obtiendrais la place.

Il siffla tout bas et me donna un coup de coude.

— Tu devrais essayer.

Je me redressai encore, plus attentif. Je n'avais même pas envisagé cette possibilité. Mais, maintenant que Rush avait planté cette graine, j'étais tenté.

Je secouai toutefois la tête. Une part de moi rejetait instinctivement une idée aussi improbable.

— Aucune chance, à mon avis.

J'étais en première année. Ce n'était pas possible d'accéder à une telle position.

Ou peut-être que si ?

Rush pointa le doigt vers moi d'un air entendu, comme s'il lisait dans ma tête.

— Penses-y, d'accord ?

Du coin de l'œil, je vis une manne de cheveux blonds bouger. Pile au moment où je tournais la tête, elle se leva de sa chaise et se dirigea vers une poubelle pour y jeter quelque chose. Un emballage de chewing-gum ? Le numéro de téléphone qu'un loser avait essayé de lui refiler ? Le secret pour conquérir son cœur ?

Rush continuait de me parler de la fanfare, mais je n'entendais plus un mot.

C'était probablement un emballage de chewing-gum. À la cannelle. Ça semblait bien être son style.

Je la suivis du regard, tandis qu'elle regagnait son siège et se rasseyait. Rush agita la main devant mon visage.

— Hé ! T'es où, là, mon pote ?

Je clignai des paupières et me tournai vers lui, contrarié.

— Quoi ?

Je n'avais que cette malheureuse petite heure, trois jours par semaine, pour l'observer. Chaque minute était précieuse.

— Mec, tu étais dans la lune. Et… tu recommences.

Réalisant que j'avais recommencé à la contempler, je reportai mon attention sur Rush.

— *Quoi ?* répétai-je.

— Sérieux, qu'est-ce qui te rend si… ?

Il suivit mon regard et leva des sourcils intéressés.

— Oooh, je vois…, lâcha-t-il d'un air entendu. Une fille.

Les yeux écarquillés, il se tourna brusquement vers moi.

— Attends ! C'est *la* fille ? Celle dont tu parles tout le temps pendant les répétitions ?

— Je ne parle pas *tout le temps* d'elle, grommelai-je, baissant la voix et jetant un coup d'œil alentour pour m'assurer que personne ne nous écoutait.

Je me tassai un peu plus sur mon siège. Merde, j'avais parlé d'elle tant que ça ?

— Euh… si. Laquelle c'est ?

Il se rapprocha avec un air de conspirateur, et les reluqua toutes les trois.

— Celle du milieu, je parie ? Ou bien celle de gauche ?

Je secouai la tête, incrédule. Avait-il vraiment besoin de poser la question ? N'était-ce pas évident ? Bon sang, comment avait-il pu se tromper ? Deux fois en plus !

— Sur la droite, répondis-je, renfrogné.

Il plissa le nez avant de me jeter un regard de biais.

— Celle sur la droite ? Tu rigoles ? C'est *d'elle* que tu es accro ? C'est quoi ce délire, mec ? Ne le prends pas mal, elle est mignonne et tout… Le genre que tu présentes à tes parents et avec qui tu fais des gâteaux le dimanche, mais putain… Celle du milieu crie fais-moi des trucs cochons. Elle est cinquante fois plus sexy !

Je me rembrunis plus encore et me redressai sur mon siège. Personne ne critiquait la nana de mes rêves.

Personne.

— Non, répondis-je fermement, prêt à en découdre s'il osait me contredire. Pas du tout. C'est celle de *droite* la plus jolie.

Elle était plus jolie que les deux autres réunies. Y'avait pas photo.

Rush se contenta de hausser les épaules.

— Tout doux, murmura-t-il. Couché. T'en pinces grave pour elle, dis donc !

Je reniflai et reportai mon attention sur la fille de mes rêves, la comparant rapidement à ses amies. Sérieux, Rush avait tellement tort que c'en était presque comique.

Il me tapa dans le dos, l'air inquiet.

— Tu connais son nom ou pas encore ?

J'essayai de l'ignorer, mais il insista :

— Alors ?

— Non, marmonnai-je, les dents serrées.

— *Quoi* ? Sans blague ? Qu'est-ce que tu fous, Henry ? Sois un homme et va lui parler.

— Bientôt, répondis-je avec irritation.

Lorsque le professeur entra dans l'amphi, elle ouvrit un classeur et déboucha son stylo avec les dents, prête à prendre des notes.

— Bientôt, répétai-je. Quand ce sera le bon moment.

Le cours commença. Rush me donna un coup de coude.

— C'est à toi de décider quand c'est le bon moment.

Et lui dire quoi ?

Je ne pouvais pas l'aborder comme ça. Il me fallait une raison pour l'approcher, une stratégie qui me donnerait l'air amusant et génial. Je devais dire ou faire quelque chose qui capterait vraiment son attention et lui laisserait une impression mémorable. Elle ne savait pas encore que j'existais. Je voulais me démarquer pour qu'elle ne m'oublie pas, une fois qu'on aurait fait connaissance.

Petit bémol : je n'avais pas encore trouvé le plan parfait.

Rush attrapa son entrejambe et secoua le paquet, répétant en silence *Sois un homme.*

Je levai les yeux au ciel et me concentrai sur le cours.

OK, c'était peut-être un manque de cran qui me retenait. J'avais clairement besoin de prendre mon courage à deux mains et d'agir en homme. Mais je ne voulais pas rater mon coup. Ça faisait deux mois qu'elle occupait mes pensées. Notre première rencontre devait être unique, mémorable.

Extraordinaire, même.

Pendant l'heure qui suivit, j'alternai entre la regarder et essayer de suivre le cours. Heureusement qu'il me suffisait de lire le manuel pour rester à jour, car je ne retenais jamais grand-chose quand elle était dans la salle.

Une fois le cours terminé et alors que je fourrais mes affaires dans mon sac à dos, Rush s'empara de mon téléphone, que j'avais posé sur le coin du bureau.

Je lui lançai un regard agacé. Il leva l'appareil d'un air entendu.

— Je te le rendrai dès que tu lui auras parlé.

Soupirant, je secouai la tête et tendis le bras.

— Rends-le-moi, bouffon.

Il le tint éloigné.

— Pas tant que tu ne lui auras pas parlé.

Je laissai retomber la main, l'air menaçant.

Il rit.

— Allez, mec. Je ne te dis pas de l'inviter à sortir. Simplement de lui *parler*. Histoire de découvrir son prénom et de savoir si elle mérite toutes les heures que tu passes à rêver d'elle.

— Non. Ce n'est pas le bon moment.

— Et ce sera quand le *bon* moment, pour toi ?

— Je ne sais pas. Mais… pas maintenant.

— Pourquoi pas ? Parce que t'es une couille molle ?

Je lui lançai un regard noir. Il afficha en retour un air moqueur. Puis il pencha la tête comme si une nouvelle pensée venait de lui traverser l'esprit.

— Attends, rassure-moi, tu sais comment on parle aux nanas, quand même ?

Pas vraiment.

Je poussai un grognement.

— Arrête d'être un crétin immature et rends-moi mon portable !

Il s'approcha, le téléphone contre la poitrine.

— Pas tant que tu ne lui auras pas parlé. Vois ça comme un entraînement. Si tu n'es même pas capable de parler à une meuf, alors tu ne choperas jamais. Et, si tu ne chopes pas, tu vieilliras seul. Un pauvre puceau, minable et pathétique. Et je ne traîne pas avec les puceaux minables et pathétiques, alors… fonce !

— Putain, c'est bon !

Je me levai brusquement et me dirigeai d'un pas irrité vers les premiers rangs.

— Tout pour que tu la fermes.

Maintenant, je devais aller au bout, sinon il saurait que j'étais une couille molle. Il comprendrait que cette fille dont j'ignorais le nom m'intimidait à mort. Il ne me laisserait jamais tranquille. Pire, il le dirait à tout le monde dans la fanfare, et *personne* ne me respecterait pendant les quatre ans à venir.

Je lui lançai un regard furieux par-dessus mon épaule. On se serait cru au lycée, avec ses conneries.

L'enfoiré me gratifia d'un rictus et me fit signe de continuer.

Une fois que j'eus atteint le premier rang, je marquai une pause. Je pouvais aller sur la gauche et l'approcher, ou bifurquer à droite vers la sortie.

Merde. Mon estomac commença à protester. La nausée monta. Je me mis à transpirer. Ma vision s'assombrit sur les bords, et je me sentis soudain étourdi.

Alors je partis sur la droite, loin d'elle.

Rush était au fond à se marrer car je m'étais dégonflé. J'en eus la nuque qui brûlait de honte.

Puis la peur me gagna. J'imaginai l'humiliation que j'allais endurer pendant les répétitions, plus tard dans l'après-midi. J'ignorais ce qui serait le pire : essayer de lui parler et m'évanouir à ses pieds, ou me faire charrier par mes camarades de la fanfare durant les quatre prochaines années.

Merde, merde, merde.

Je m'arrêtai à la porte et me décalai sur le côté pour laisser les autres passer, puis je me tournai vers elle.

Ses amies et elle avaient fini de ranger leurs affaires et se levaient.

Vite, comment l'accoster ?

Pas la moindre idée ! Mes paumes devinrent moites. Mon souffle tourna court. Ma vision se brouilla. Tout devint flou autour d'elle. J'en eus le tournis. Oh ! mon Dieu ! Et si je m'évanouissais vraiment ?

Ça lui laisserait un souvenir mémorable, ça c'était sûr ! Aucune nana ne pourrait oublier le mec qui s'était évanoui à ses pieds.

Plus sérieusement. Comment l'aborder ?

Joli T-shirt ?

Non. Trop ringard.

Je t'aime ?

Merde. Non. Tout mais pas ça.

Elle approchait.

C'était le moment ou jamais.

Je m'avançai.

Elle sourit par-dessus son épaule à ses amies qui sortaient de l'autre côté de l'amphi, leur criant au revoir, et se dirigea vers moi sans regarder où elle allait.

Oh ! merde. Trop près. On allait se rentrer dedans.

J'essayai de reculer pour éviter la collision, mais elle me percuta de plein fouet, son épaule tapant contre mon bras.

— Ouch ! s'écria-t-elle.

Sa silhouette fine ne faisait pas le poids contre la mienne, et elle tituba.

— Je suis vraiment désolée.

Elle leva la tête.

Game over.

Il me suffit de croiser ses yeux noisette immenses et superbes pour perdre pied.

Elle était encore plus jolie de près. Et son odeur… nom de Dieu. Elle sentait super bon. Je me penchai légèrement en avant pour la humer.

Puis je reculai brusquement : pas question de passer pour un *weirdo* !

Et là, le flash…

Enfer et damnation !

Ça ne marcherait pas. Ça ne marcherait pas *du tout*. J'avais créé un fantasme dans ma tête. On ne se connaissait pas, pourtant je m'étais convaincu qu'elle était parfaite. Si j'apprenais à la connaître maintenant et qu'elle n'arrivait pas à la hauteur de mes attentes – et, franchement, comment elle le pourrait ? —, je serais déçu. Et, si jamais elle ressemblait de près ou de loin à la personne que j'avais imaginée, alors je ne méritais pas une fille aussi incroyable.

La relation était foutue avant même de commencer.

J'avais vraiment été stupide de fantasmer comme ça sur elle avant même de lui parler. J'avais tout gâché.

Comme si ça ne suffisait pas, ça faisait plusieurs secondes que je la dévisageais. Elle devait vraiment me prendre pour un mec chelou.

Elle fronça les sourcils.

Je vacillai sur mes pieds, tellement en manque d'oxygène que j'en étais désorienté.

— Ça va ? s'enquit-elle.

Elle m'attrapa le bras pour m'aider à retrouver mon équilibre. Sa poigne était ferme mais amicale. L'inquiétude mêlée de compassion dans son regard finit de m'achever.

De nombreuses images défilèrent dans ma tête : notre premier baiser, moi à genoux pour lui demander sa main, nous deux debout devant l'autel, moi en smoking, elle en robe de mariée, des Noëls et des Thanksgiving passés ensemble, des visites au zoo, des vacances, des soirées tardives sur le canapé devant la télévision, nos enfants, nos petits-enfants, nous côte à côte dans de vieux rocking-chairs assortis, nous tenant la main en regardant le soleil se coucher, sur nos vieux jours.

La vie entière qu'on pourrait partager défila dans ma tête.

Elle me lâcha le bras, et les images s'évaporèrent.

Je hochais bêtement la tête, déjà nostalgique de ne plus sentir son contact, et triste de perdre l'avenir que je venais de me représenter.

— Euh… ouais. Ça va, marmonnai-je, fermant les yeux brièvement. Désolé.

Je reculai pour la laisser passer.

— Je n'ai pas fait exprès.

— Aucun problème.

Je me risquai à lui jeter un coup d'œil. Juste avant de me dépasser, elle me lança un regard hésitant, mais qui se voulait rassurant.

— Bon ben… salut, murmura-t-elle avant de sortir de l'amphi et de s'éloigner de moi.

Pour toujours.

Quel imbécile !

— Eh ben. C'était carrément douloureux à regarder !

Rush s'arrêta près de moi et émit un sifflement.

— Mon pote, t'es vraiment pas doué avec les meufs.

Je lui flanquai un crochet dans l'épaule.

— La ferme ! Et maintenant rends-moi mon téléphone.

Il me laissa le prendre sans protester. Je compris alors qu'il ne se moquerait pas de moi. Pas plus qu'il ne parlerait aux autres de ma tentative de conversation qui s'était soldée par un échec cuisant. Le bâtard se sentait navré pour moi.

Ce qui était encore pire que les moqueries.

— N'aie aucune crainte, mon ami, dit-il, passant un bras autour de mes épaules et nous entraînant vers la sortie. Je vais t'aider. D'ici la fin de la semaine, tu l'auras prise dans tes filets tel Casanova. Fais confiance à ce bon vieux Rush. Je suis le docteur de l'amour. Tu es entre de bonnes mains.

— Pitié, tue-moi, marmonnai-je.

J'étais foutu.

Je n'aurais jamais assez de courage pour lui parler. Les « et si » me hanteraient pour toujours.

2

HAVEN

MES YEUX !

Oh ! mon Dieu, mes yeux ne voyaient plus correctement ! C'était une hallucination, un mirage… Je visualisais *forcément* des choses qui n'existaient pas. C'était la seule explication possible.

Mon petit ami depuis trois ans ne pouvait pas être à poil dans *ma* chambre universitaire, en train d'agripper les cheveux de *ma* coloc – nue elle aussi – —, pendant qu'il lui martelait le cul sur *mon* canapé… Un canapé qu'il m'avait aidée à choisir l'été dernier et à monter sur deux étages quand j'avais emménagé ici.

Pourquoi mes yeux me joueraient-ils un tour aussi tordu ? Ce serait une punition hors norme et cruelle. M'en voulaient-ils pour une raison quelconque ? Avais-je passé trop de nuits blanches sur mon ordinateur pour finir à la hâte les devoirs à rendre le lendemain ? Jouaient-ils à ce jeu horrible pour se venger ?

J'en lâchai mes deux sacs de courses, qui s'écrasèrent bruyamment à mes pieds. Le couple sursauta.

Annabeth jeta un coup d'œil par-dessus son épaule et poussa un cri quand elle m'aperçut dans l'entrée. Elle attrapa aussitôt un coussin décoratif – également à moi —, dont elle essaya désespérément de couvrir ses seins qui ballottaient. Topher se retira et se tourna vers moi, m'offrant une vue dérangeante de sa bite encore en érection et mouillée, après avoir trempé dans Annabeth.

— Oh ! merde, Haven ! s'écria-t-il d'une voix coupable et désespérée.

Il pressa les mains sur son entrejambe comme pour prouver qu'aucun méfait n'avait été commis, qu'il ne s'agissait de rien d'autre que de deux personnes se relaxant sur un canapé, et que c'était un hasard total s'ils étaient nus et si leurs parties intimes avaient été en contact… à plusieurs reprises.

Puis il descendit avec précipitation du canapé pour s'éloigner d'Annabeth.

— Bébé, je peux t'expliquer !

Et voilà que mes oreilles s'y mettaient. Elles faisaient aussi partie du complot. Parce que, clairement, on aurait dit la voix de mon petit ami.

Qu'avais-je fait pour contrarier mes oreilles au point qu'elles me fassent entendre des choses qui n'étaient pas réelles ? Je ne mettais pas la musique à fond, je n'assistais pas à des concerts à vous faire exploser les tympans. Je gardais même assez bas le volume dans mes écouteurs. Pourquoi mes oreilles me trahiraient-elles comme ça, elles aussi ?

Mes yeux avaient dû les convaincre de passer du côté obscur. *Gâchons la vie de Haven en lui faisant voir et entendre des choses qui ne sont pas vraies. Ce sera marrant.*

Enfoirés.

Topher tituba vers moi, une main tendue, les yeux emplis d'inquiétude et d'excuses. Je fis un brusque pas en arrière, affolée. Et s'il me touchait et que je le *sentais* ? Deux sens se liguant contre moi et me jouant un sale tour, c'était encore plausible, mais un troisième… ? Ça rendrait les choses un peu trop réelles. Et si c'était réel, alors… Alors le mec avec qui je sortais depuis trois ans me trompait. Dans *mon* appartement. Avec *ma* coloc. Sur *mon* putain de canapé !

Soudain un troisième récepteur sensoriel réagit, et je reniflai l'odeur du sexe.

— Oh ! mon Dieu, balbutiai-je, reculant et secouant la tête, en plein déni.

J'avais vu, j'avais entendu, j'avais senti. Des preuves empiriques indéniables. Tout cela était bel et bien réel.

En quelques secondes, j'étais devenue un misérable cliché, une de ces pauvres filles qui avaient surpris leur petit ami en train de les tromper avec une de leurs amies.

Vraiment pas cool.

— Haven, attends !

Comme si j'allais écouter les ordres de ce traître ! *Tu te fourres le doigt dans l'œil, mec.*

Faisant volte-face, je déguerpis, aveuglée par la panique, guidée par l'instinct. Se battre ou s'enfuir, bébé. L'idée de me battre ne me tentait pas. Et si je touchais par accident sa bite dégoulinante qu'il venait de fourrer dans quelqu'un d'autre, en essayant de lui donner un coup dans les burnes ?

Non, impossible. La fuite était une meilleure option.

Juste le temps de recouvrer mes esprits, accuser le coup et décider de la suite. Parce que, putain, qu'est-ce que j'allais bien pouvoir faire ? Ma vie entière venait d'être chamboulée, mise sens dessus dessous, opérant un virage à 180 degrés.

Topher n'était pas seulement mon petit ami ; il était mon *avenir.* Je prévoyais d'emménager avec lui après l'obtention de mon diplôme, de partager mes factures avec lui, mes repas, éventuellement l'épouser et fonder une famille, partager *toute mon existence* avec lui. Il était censé être le partenaire et compagnon avec qui je partageais tout. Et il venait de tout gâcher.

Absolument tout.

J'étais morte de honte d'avoir fait confiance à un tel menteur. Je n'en revenais pas. Comment avait-il pu me faire ça ? La trahison était si douloureuse que j'avais du mal à respirer, comme si je venais d'être percutée par un poids lourd. J'avais placé toute ma confiance, ma foi, ma loyauté en lui. Il n'était pas parfait, bien sûr, et je l'aimais en dépit de ses défauts. Mais ça…

Des points noirs devant les yeux et prise de vertige, j'ouvris la porte menant à la cage d'escalier. Les marches tanguaient. J'avais évité l'ascenseur, car le prendre voulait dire me tenir debout à attendre, et qui pourrait se tenir là à attendre, en pleine crise d'angoisse ?

Ouais, déguerpir, et vite ! J'ignorais dans quelle direction je courais, mais je comptais y arriver aussi rapidement que possible. Agrippant la rambarde comme si ma vie en dépendait, je réussis à descendre à la vitesse de l'éclair malgré mes jambes flageolantes et mon état second. Ce serait un miracle que je sorte de l'immeuble vivante. Il y avait un autre escalier après celui-là.

Topher déboula au-dessus de moi en hurlant mon nom. Je tournai brusquement la tête pour jeter un coup d'œil en arrière, les cheveux me fouettant le visage. À travers mes mèches brunes emmêlées, je remarquai qu'il avait mis un pantalon et enfilait un T-shirt. Merde. Vu l'état dans lequel j'étais, il ne tarderait pas à me rattraper.

Ce serait horrible. Je lui arracherais les yeux. Bien que cette idée soit plutôt tentante – *très* tentante – quelque chose me disait qu'il valait mieux éviter, vu que c'était interdit et probablement passible de prison. Encore que, s'il me rattrapait et qu'on en arrive là, je ne serais pas mécontente de passer la nuit derrière les barreaux, car enfoncer les ongles dans sa sale tête de menteur serait terriblement jouissif. Rien que pour ça, ça vaudrait le coup.

Mais je craignais de me mettre à pleurer s'il me rattrapait. Et il était hors de question de laisser ce tricheur voir que j'avais le cœur brisé. C'était déjà dur pour moi de laisser qui que ce soit me voir pleurer. Mais *lui* ? Ah, ça, non !

Changeant de tactique car mes tongs risquaient de me faire tomber la tête la première dans l'escalier, je poussai la porte qui conduisait aux chambres du premier étage, réservé aux élèves de première et deuxième année. Nous, les étudiants de dernière année, nous avions au deuxième étage des appartements plus sympas.

Plus qu'un couloir de vingt-cinq mètres à parcourir avant de pouvoir m'échapper par l'escalier de l'autre côté du bâtiment. Je m'élançai de toutes mes forces, pressée d'échapper à Topher. J'avais fait la moitié du chemin quand une des portes s'ouvrit. Un type sortit dans le couloir, en plein dans ma trajectoire.

Je n'eus pas le temps de ralentir ni même de lui hurler de se pousser : je le percutai avec une force qui aurait fait tomber n'importe qui et nous aurait envoyés par terre. Mais pas ce type.

J'eus l'impression de foncer dans un mur de béton. L'impact fut tel que je chancelai, étourdie.

— Merde ! s'exclama-t-il.

Vacillant, il m'attrapa d'une main et s'appuya de l'autre contre le mur, pour nous empêcher de tomber.

— Désolé. Je ne t'avais pas vue. Ça va ?

— Non ! braillai-je, jetant un œil paniqué derrière moi.

La poignée de la porte que je venais de franchir commençait à tourner. Topher entrerait dans ce couloir d'un instant à l'autre.

— Fonce, fonce, fonce ! hurlai-je en poussant le type dans la chambre d'où il était sorti.

Notre collision s'était produite si vite que la porte n'avait même pas eu le temps de se refermer.

— Qu'est-ce que… ?

Pris au dépourvu, il tomba en arrière sur le sol, et moi avec lui. On s'écrasa dans un enchevêtrement de bras et de jambes. Je repoussai le battant d'un coup de pied et me relevai précipitamment pour tourner le verrou, donnant au passage quelques coups de genou accidentels au mec sur qui j'étais tombée.

— *Wick* ? Bon sang, qu'est-ce qui se passe ? s'écria une fille.

Maintenant qu'une porte verrouillée me séparait de Topher, j'étais capable de me concentrer sur le reste.

Je connaissais un type appelé Wick. Il était dans l'équipe avec Topher. Je ne lui avais jamais parlé. Topher et lui étaient des ennemis mortels, et Topher m'avait rapporté que Wick m'avait traitée de grosse bouffonne aux dents de cheval.

J'ignorais pourquoi. Il se moquait peut-être simplement de moi parce que je sortais avec son ennemi juré. Ou bien il pensait vraiment que j'étais moche et bête. Mais à ce moment précis je m'en moquais complètement. Il détestait Topher, alors c'était mon nouveau meilleur ami.

Faisant volte-face, je l'étudiai. Il était en train de se redresser puis de s'asseoir, tout en s'essuyant les mains sur son jean. Ouais, c'était bien le Wick que j'avais en tête.

Wick webster : l'ennemi juré de Topher.

Aussi canon que les quatre Chris : Pratt, Pine, Evans et Hemsworth. C'était le safety de l'équipe de foot. J'avais entendu dire que, de toute la division, c'était le joueur qui avait fait le plus d'interceptions. Il était en excellente condition physique et avait un corps incroyablement sexy. Il était tellement baraqué que ses pecs et ses biceps donnaient l'impression d'étouffer dans son T-shirt uni noir.

Je voulus ricaner et lever les yeux au ciel, lui dire qu'il devrait arrêter avec les T-shirts moulants, mais, bon sang, Dieu l'avait sûrement affublé de tels muscles pour s'excuser de son comportement merdique, parce que, clairement, seul un connard pouvait traiter de grosse bouffonne une nana qu'il ne connaissait même pas. On méritait de pouvoir se rincer l'œil.

Non seulement il était bien bâti, mais il avait un joli visage. Des lèvres charnues et douces ; des yeux bleu super clair et un regard profond et pénétrant ; une mâchoire angulaire ; des pommettes pas super marquées, mais joliment dessinées. Et ses cheveux… Ses cheveux étaient superbes. Foncés, avec un soupçon de mèches plus claires, ils avaient l'air si soyeux que je les avais admirés de loin plus d'une fois. Ils étaient juste assez longs pour qu'une fille les empoigne pendant qu'il…

Bref, tout ça pour dire que c'était vraiment, *vraiment,* dommage que ce soit un connard. De toute façon, aucune nana ne ferait quoi que ce soit avec lui. Topher m'avait affirmé qu'il était gay, alors ce serait un mec qui aurait le plaisir de lui empoigner les cheveux.

Nos regards se croisèrent, et je perçus l'instant où il me reconnut. On s'immobilisa tous les deux. La fille dont j'avais envahi la chambre – ce bâtiment était réservé aux filles – bondit du lit où elle était en train d'étudier.

— Tu es Haven Gamble ! s'exclama-t-elle, un doigt pointé sur moi.

Elle se tourna vers Wick.

— Oh ! mon Dieu, c'est Haven Gamble ! Pourquoi as-tu traîné Haven Gamble dans ma chambre ?

Toujours par terre, il leva les yeux vers elle, visiblement étourdi, lui aussi. Puis il secoua la tête.

— C'est *elle* qui m'a traîné ici.

La fille secoua la tête, visiblement perplexe.

— Mais…

Un poing tambourina sur la porte. La fille et moi poussâmes un cri strident.

— *Haven !* Sors d'ici tout de suite.

C'était la voix étouffée de Topher.

Je m'éloignai de la porte, secouant catégoriquement la tête, tandis qu'il faisait tourner la poignée.

— *Haven !*

Je jetai un regard noir en direction du battant et reculai encore. Bousculant accidentellement la fille, je poussai un cri. Elle m'attrapa le bras. Je ne savais pas si elle avait besoin d'être rassurée ou si elle essayait de me rassurer moi, mais je m'accrochai à elle.

— Qui c'est ? murmura-t-elle, effrayée.

Je me mis à trembler.

— Mon petit ami.

Puis je secouai la tête. *Petit ami* ne semblait plus du tout approprié.

— Ex-petit ami, corrigeai-je.

La porte trembla. Topher essayait de l'enfoncer.

— Fils de pute, grogna Wick en se levant.

— N'ouvre pas ! criai-je.

Au même moment, la fille supplia :

— Wick, fais quelque chose !

Il tourna la tête vers nous, perturbé par nos injonctions contradictoires. Je le menaçai du regard, lui interdisant silencieusement de vendre la mèche.

T'as pas intérêt, mon pote ! Si tu t'approches de cette porte, je te refais le portrait.

— Est-ce qu'il t'a fait du mal ? demanda-t-il.

J'en restai bouche bée. C'était une question simple, directe. Il ne semblait même pas y avoir beaucoup d'émotion derrière. Mais son regard intense et perçant, à l'affût de mes réactions, me bouleversait. J'étais abasourdie qu'il se soucie assez de moi pour poser une telle question.

— Physiquement, non, soufflai-je.

Je secouai la tête, espérant qu'on en resterait là.

Mais Wick webster n'en avait pas fini de m'ébranler.

— Et autrement ?

Mon menton se mit à trembler, et mes yeux s'emplirent de larmes. Ma gorge devint douloureuse et sèche. La réalité de ce qui venait de se passer dans les deux dernières minutes me percuta de plein fouet : la perte, la douleur, l'humiliation, la trahison. Je n'en avais pas du tout l'intention, encore moins l'envie, mais j'éclatai en sanglots, parcourue de tremblements.

Devant Wick webster.

— Oh ! mon Dieu, lâchai-je d'une voix rauque.

Appuyant les mains sur mon cœur, je me ratatinai et commençai à m'effondrer. Je ne pouvais plus affronter la situation. J'étais en train de couler.

Des mains douces et bienveillantes m'attrapèrent, et la fille dont j'avais envahi la chambre m'aida à m'asseoir au bord du lit.

— Enfoiré ! gronda Wick.

Il se tourna et avança vers la porte. Furieux.

— Non, intervins-je faiblement, la voix brisée.

Je me levai pour l'arrêter, mais la fille me força à me rasseoir.

— Wick s'en occupe. Ça va aller, murmura-t-elle, me tapotant le bras pour me rassurer.

Je me tournai et lui lançai un regard stupéfait. Elle me gratifia d'un sourire radieux.

— Je suis Izzy. La sœur de Wick. C'est génial de te rencontrer enfin.

Pourquoi *enfin* ? Je clignai des yeux, puis reportai aussitôt mon attention vers la porte que Wick ouvrait, bloquant l'entrée de sa large carrure.

— Arrête de tambouriner ou je te casse tes putains de bras, connard !

La surprise me fit hausser les sourcils.

— Dégage de mon chemin, webster ! tonitrua Topher. Je dois parler à ma petite amie.

Je poussai un cri et eus un mouvement de recul.

— Je ne crois pas, connard. Les poules auront des dents avant que je te laisse entrer dans cette chambre. En plus, ta *petite amie* n'est pas ici.

La façon dont il mit l'accent sur « petite amie » me fit presque sourire. Effectivement, la petite amie de Topher n'était pas là. Cet enfoiré n'avait *plus* de petite amie.

Tu as bien choisi tes mots, webster, eus-je envie de le féliciter. Il venait presque de rattraper le fait qu'il m'avait traitée de bouffonne… Sauf que… Ouais, non.

— Foutaises ! cracha Topher.

Wick recula légèrement, comme si mon ex avait essayé d'entrer de force, mais n'était pas allé bien loin.

— J'ai vu la porte claquer en pénétrant dans le couloir, et elle a fait tomber sa putain de chaussure devant *cette* chambre.

Izzy et moi baissâmes la tête vers mes pieds. Je ne portais en effet qu'une seule tong. Merde, je n'avais même pas remarqué.

— C'est à moi, répondit Wick, lui arrachant la tong et la lançant à l'aveuglette, par-dessus son épaule.

Elle atterrit au beau milieu de la chambre dans un bruit sourd.

— Fils de pute ! explosa Topher. Je *sais* qu'elle est là.

Il essaya de forcer le passage.

— *Haven !* beugla-t-il par-dessus l'épaule de Wick. Je sais ce que tu as vu. Mais c'était une grosse erreur. Laisse-moi t'expliquer. S'il te plaît, bébé, parle-moi.

Le mot bébé me fit tressaillir et tourner la tête sur le côté. Izzy webster m'enlaça et me tapota le dos.

— *Assez !* tonitrua Wick.

Les muscles de son dos se contractèrent, et il recula les coudes avant d'exercer une poussée. Puis sa voix nous parvint du couloir.

— J'ai dit qu'elle n'était pas là, et même si elle l'était je ne te laisserais pas entrer. Éloigne-toi de cette porte avant que je te refasse le portrait. Si jamais je te revois par ici, ce n'est pas seulement ta belle gueule que je démolirai. Va chercher ta petite amie ailleurs. Elle n'est *pas* ici.

— Je jure devant Dieu, webster. Si je découvre qu'elle était là, je te le ferai payer !

J'entendis Topher s'éloigner d'un pas furieux. Il s'était dégonflé devant les menaces de Wick. Il avait toujours été grande gueule. Mes épaules se relâchèrent de soulagement. Ça avait marché. Merci, mon Dieu ! J'étais tellement ivre de reconnaissance que je faillis rater les paroles de Wick.

— Tu m'as déjà fait payer, murmura-t-il dans le couloir vide. Depuis le sale coup que tu m'as fait en première année, je paye.

Je tournai la tête vers sa sœur, intriguée.

— De quoi est-ce qu'il parle ?

Les yeux ronds, elle se mordilla la lèvre et secoua lentement la tête.

— Je crois qu'on n'était pas censées entendre ça.

Ouais, mais on avait entendu, alors maintenant je voulais connaître le fin mot de l'histoire.

J'ouvris la bouche pour lui demander si au moins elle savait de quoi il parlait, même si elle ne voulait pas me le dire, mais

Wick revint à grandes enjambées dans la pièce et ferma la porte derrière lui, la mâchoire serrée, l'air écœuré.

Ses yeux se posèrent sur moi. Il tressaillit. Puis il commença à se détendre. Progressivement, la colère laissa place aux regrets dans son regard, comme s'il pensait qu'il m'avait laissée tomber.

— Je ne sais pas s'il te fichera la paix, mais pour l'instant il est parti.

La gorge serrée, j'essuyai les larmes sur mes joues. Les genoux faibles et tremblants, je rejoignis celui qui venait de m'aider. Malgré nos différends, il m'avait sortie d'une situation difficile. Je ne l'oublierais pas.

Je le pris dans mes bras pour lui témoigner toute ma reconnaissance.

— Merci, murmurai-je contre son torse musclé qui sentait bon.

Et, une fois encore, j'éclatai en sanglots.

3

WICK

Si quelqu'un m'avait dit que je finirais au lit avec la petite amie de Topher Nicholl avant la fin de la journée, je lui aurais ri au nez.

Cela dit, la situation n'était pas exactement celle que j'aurais imaginée. J'aurais plutôt vu une scène avec beaucoup moins de vêtements, aucune larme, et une partie de jambes en l'air torride qui se serait déroulée à des kilomètres de la chambre universitaire de ma sœur. C'était pourtant là que nous nous trouvions – hélas complètement habillés —, allongés en travers du lit d'Izzy, où j'avais déposé Haven Gamble. Elle s'était évanouie dans mes bras après s'être complètement effondrée.

Je n'avais jamais assisté à une telle crise de larmes. Visiblement pas du genre à se donner en spectacle, elle s'était recroquevillée sur elle-même et blottie contre moi pour essayer de cacher son chagrin. Mais elle avait fini par éclater en sanglots.

Pas étonnant qu'elle soit tombée dans les vapes ensuite ; ça m'avait vidé et épuisé rien que de la regarder. Elle ne devait plus avoir aucune énergie, ni ressentir aucune sensation. J'étais un peu engourdi et en état de choc moi-même.

D'accord, peut-être pas *si* engourdi que ça. Je sentais chacune de ses courbes douces et chaudes contre moi. Elle était aussi mignonne et parfaite que je l'avais toujours supposé. Et ce qu'elle sentait bon !

J'enfouis le nez dans ses cheveux et inspirai profondément. J'ignorais quel type de shampooing elle utilisait, mais je n'avais jamais senti un tel parfum. C'était poudreux et musqué, avec un soupçon de fleurs. Ça sentait merveilleusement bon.

Un profond tremblement s'empara d'elle. Je lui caressai les cheveux, murmurant doucement jusqu'à ce qu'elle se calme.

Elle avait cessé de pleurer dix minutes plus tôt, mais de petits spasmes l'agitaient encore occasionnellement.

Chacun d'eux me brisait le cœur.

J'ignorais ce que Nicholl lui avait fait, mais ça l'avait foutue en l'air. Et pas qu'un peu. Ça me donnait envie de retrouver ce connard et le tabasser jusqu'à ce qu'il perde connaissance.

Un nouveau tremblement la parcourut. Elle inspira brusquement, comme si elle se réveillait d'un cauchemar, puis elle agrippa la manche de mon T-shirt.

— Shhh.

J'appuyai la joue contre le sommet de sa tête et la berçai.

— C'est fini. Tu es en sécurité. Je ne laisserai personne d'autre te faire de mal.

Elle s'apaisa aussitôt. Son corps se détendit, excepté sa main qui continuait d'agripper mon T-shirt, s'assurant que je ne m'échapperais pas.

Je savais que ça ne voulait rien dire ; elle ignorait probablement ce qu'elle faisait, mais sentir qu'on avait besoin de moi me bouleversait. Je fis glisser mon nez le long de ses cheveux jusqu'à ce que mes lèvres trouvent sa tempe. Je voulus y déposer un baiser léger, mais je m'abstins, craignant que cela ne tienne plus de l'envie égoïste que du geste de réconfort.

Alors que le verrou tournait, je pris conscience que j'entortillais une mèche de ses cheveux autour de mon doigt. Je la relâchai juste avant que ma sœur entre.

Izzy s'arrêta, visiblement surprise de découvrir qu'on s'était approprié son lit. Puis elle ferma rapidement la porte derrière elle.

— Il est toujours dehors ? demandai-je.

Je n'avais jamais donné à Topher Nicholl l'opportunité de rencontrer ma sœur et, si elle savait à quoi il ressemblait, l'inverse n'était pas vrai. Je l'avais donc envoyée quadriller la zone à sa recherche sans trop d'inquiétude. Aucun risque qu'il s'en prenne à elle s'ils s'étaient croisés.

Elle souffla et hocha fermement la tête.

— Ouais.

Je fermai les yeux.

— Merde.

— Il fait les cent pas dans l'entrée, mais il y a pire. Le receveur éloigné de l'équipe, le numéro dix-huit…

— DeShone ?

Elle tendit le doigt vers moi.

— Ouais, lui. Il attend dans la cage d'escalier au bout du couloir. Puis le centre de l'équipe, Tyson, ou…

— Tyrell.

— Il est dans *l'autre* cage d'escalier, à *l'autre* bout du couloir. Et je jurerais qu'il y a un receveur rapproché qui monte la garde sur le parking arrière.

— Fils de pute, sifflai-je, en secouant la tête. Il veut vraiment la trouver !

Il avait recruté la moitié de l'équipe pour l'aider à surveiller l'endroit.

— Il n'y va pas de main morte. Il demande aux nanas qui entrent et sortent si elles l'ont vue.

Elle se passa les mains sur le visage et s'approcha de Haven, le regard inquiet.

— Il veut autant la retrouver qu'elle ne *veut pas* être retrouvée, on dirait.

Peut-être. Mais, si j'avais mon mot à dire, Nicholl ne gagnerait pas cette manche.

— Elle dort ? m'enquis-je doucement, incapable de voir son visage.

Ma sœur secoua la tête.

— Non. Elle a les yeux ouverts et elle respire, mais elle est complètement à l'ouest. Je doute qu'elle se rende compte qu'on parle d'elle.

Je savais qu'elle respirait. Chaque fois qu'elle inspirait ses seins remontaient contre mon torse. Et lorsqu'elle expirait elle appuyait plus lourdement sur moi. Ça me rendait aussi fou d'un désir interdit que ça me rassurait. Au moins, elle était toujours vivante. J'ignorais en revanche qu'elle était réveillée. C'était inquiétant. Pourquoi ne réagissait-elle pas ?

Merde. Est-ce qu'elle savait que j'avais joué avec ses cheveux ?

Izzy leva les yeux vers moi.

— On doit la sortir du bâtiment, Wick. Loin d'ici et loin de *lui*. Vu l'état dans lequel elle est…

— Je sais.

Je serrai les dents et fermai les yeux un court instant.

— Merde, je…

La sonnerie de son téléphone interrompit le fil de mes pensées.

— Ce satané téléphone ! grommelai-je, plongeant la main entre nous.

Le portable, qui était dans sa poche avant, vibrait contre mon entrejambe chaque fois qu'il sonnait. J'avais atteint ma limite.

— Wick ! s'écria ma sœur, choquée que je me montre si familier avec le corps de Haven Gamble.

Je lui lançai un regard noir.

— Il n'arrête pas de sonner.

Le nom de Nicholl s'affichait sur l'écran. Je reniflai avec amertume.

— Évidemment.

Je le tins devant le visage de Haven.

— Tu veux prendre l'appel ?

En réponse, elle se serra contre moi et m'agrippa plus fort, avant d'enfouir complètement le visage dans mon T-shirt pour ne plus voir l'appareil du tout.

— Ouais, c'est ce que je me disais.

Je lançai le maudit portable à Izzy, qui le rattrapa de justesse contre sa poitrine.

— Éteins-le, veux-tu ?

La respiration de Haven siffla à travers le coton et mouilla ma peau avant qu'elle tourne le visage sur le côté pour appuyer de nouveau l'oreille contre mon cœur. Je posai la main à l'arrière de sa tête et lui caressai les cheveux du pouce pour m'excuser de lui avoir montré son nom.

— On va t'éloigner de lui, promis.

Sans dire un mot, elle relâcha les muscles comme si ma promesse la rassurait.

À côté du lit, Izzy écarquilla les yeux, me demandant silencieusement comment on accomplirait cet exploit.

— S'il compte rameuter tous ses gars, déclarai-je avec un petit sourire satisfait, soulevant les hanches de quelques centimètres pour sortir mon portable de ma poche arrière, je vais en faire de même.

Momentanément déstabilisée, Haven couina de détresse et s'agrippa à mes côtes de sa main libre.

— Shh, tout va bien, murmurai-je, lui caressant la tempe avec ma joue, retombant sur le matelas. Je prenais mon téléphone. J'ai fini.

Elle se détendit aussitôt, mais continua de se tenir à mes côtes. Essayant de ne rien laisser paraître de mon émoi, je me servis de mon pouce pour appeler Cannon, car mon autre main ne se lassait pas de caresser ses cheveux.

— Yo, mec, t'es où ? répondit Cannon. Tu ne devais pas venir en ligne pour qu'on joue, ce soir ?

Cannon était ailier défensif pour l'équipe, et mon meilleur ami. Il était obsédé par les jeux de survie. Je capitulais généralement une ou deux fois par semaine et faisais une partie ou deux avec lui. J'avais promis de jouer ce soir, une fois ma visite hebdo de grand frère terminée.

— Changement de plan. J'ai un souci. Combien de mecs tu peux ramener ici ? Nicholl a ses joueurs offensifs qui montent la garde autour de Dandridge Hall et, Iz et moi, on doit sortir en douce.

Je passai sous silence la présence de Haven, car je ne savais pas comment il prendrait la nouvelle.

— Tu penses que quelqu'un serait partant pour une mission de distraction slash sauvetage ?

— Mec.

Son gloussement confus résonna à mon oreille.

— Qu'est-ce qui se passe ?

— Je te raconterai plus tard. Pour l'instant, j'ai juste besoin qu'on me dégage un chemin de la chambre 212 jusqu'à mon pick-up garé sur le parking arrière. Vois ça comme un jeu de survie en conditions réelles. Je peux compter sur toi ou pas ?

— Carrément ! Donne-moi dix minutes pour regrouper les gars, et je t'envoie un texto avec le plan.

— Merci. Je te revaudrai ça.

Cannon poussa un sifflement.

— T'as intérêt à ce que ce soit une histoire du tonnerre ! J'dis ça, j'dis rien.

— Plutôt, ouais. Essaye de faire profil bas. Je ne veux pas qu'ils se rendent compte que tu m'aides, *moi*.

— Message reçu. Tain, ce truc d'espionnage top secret me fait tripper grave !

Je levai les yeux au ciel.

— T'es vraiment un gros ringard.

Je souris. C'était ce que je préférais chez lui.

— Ouais ouais, je t'aime moi aussi. Je te rappelle dans une minute.

Il raccrocha. Je fermai les yeux et appuyai le bord du téléphone contre mon front, espérant que ça marcherait. J'avais la sensation que oui. Je pouvais toujours compter sur Cannon. Par contre, il risquait de tirer la gueule en découvrant à qui d'autre il venait en aide.

L'équipe de football était divisée en deux clans : les joueurs offensifs contre les joueurs défensifs. Alors, j'avais le sentiment que mes joueurs défensifs sauteraient sur l'occasion de houspiller les joueurs offensifs. Mais j'ignorais ce que mes gars penseraient d'aider une fille qu'ils croyaient appartenir au camp ennemi. Voilà pourquoi j'avais omis de mentionner ce détail. Je ne pouvais pas risquer qu'ils refusent.

Cannon se sentirait trahi, c'était certain. Mais j'étais prêt à prendre le risque et à implorer son pardon plutôt que sa permission.

Il me pardonnerait à coup sûr.

Un jour.

— Wick ? appela doucement ma sœur, me rappelant que je devais me concentrer sur le moment présent.

— Prépare un sac avec une tenue de rechange et les affaires dont tu auras besoin pour tes cours de demain. Tu passes la nuit chez moi.

Elle ouvrit des yeux ronds.

— Quoi ? Pourquoi ?

— J'ai le sentiment que Nicholl reviendra, et je ne veux pas qu'il te trouve seule ici, surtout vu l'état dans lequel il est. Regarde ce qu'il a fait à la nana qu'il est censé aimer.

On baissa tous deux les yeux vers Haven. Paisible dans mes bras, elle ne semblait pas du tout se rendre compte de ce qui se passait autour d'elle. Ou alors, elle n'en montrait aucun signe.

Izzy acquiesça lentement.

— OK, d'accord.

Elle commença à s'activer dans la chambre. Quand elle entreprit de fourrer des affaires dans un troisième sac, je mis le holà.

— Prends seulement ce qu'on peut transporter en un seul trajet. On ne reviendra pas pour le reste.

— Je ne peux pas partir sans mon PC portable, maugréa-t-elle en passant sa sacoche à l'épaule.

Elle souleva son sac de voyage et son sac de cours en me lançant un regard de défi pour me montrer qu'elle pouvait tout porter.

Je secouai la tête avec un reniflement amusé.

— Il faut toujours que tu me montres que j'ai tort, hein ?

Un fier sourire sur le visage, elle haussa les épaules.

— Arrête d'avoir tort, alors !

J'ouvris la bouche, à la recherche d'un bon come-back, mais mon téléphone sonna à cet instant. Je poussai un soupir de soulagement en voyant le nom de Cannon sur l'écran.

— Quel est le plan ?

— On est arrivés.

— Déjà ? C'était rapide !

Carrément impressionnant, même. Il prenait *vraiment* ce truc d'espionnage au sérieux.

— Ouais, enfin..., lâcha-t-il, irrité. On aurait pu arriver plus tôt, sauf que Bear a dû se maquiller et enfiler ses collants ou je ne sais quoi avant qu'on quitte l'appartement.

J'entendis Bear dire à Cannon d'aller se faire mettre.

— Donne-nous quelques minutes pour installer un périmètre, reprit Cannon, puis quelqu'un fera le célèbre *shave-and-a-haircut knock* à ta porte quand on sera prêts pour l'extraction.

— Le *quoi* ?

J'ignorais totalement de quoi il parlait.

— Mais si, tu sais bien, insista Cannon comme si ça allait m'aider à retrouver la mémoire.

Il se mit à chanter.

— Dah-di-di-dah-di.

Il marqua une pause et reprit :

— Di-di.

Je secouai la tête et ricanai.

— *Toi seul* connaîtrais le nom de cette façon de frapper.

— La ferme ! grogna-t-il.

Il savait que j'adorais me moquer de son obsession pour tout ce qui touchait à l'espionnage.

Quelqu'un s'adressa à lui. Il répondit, puis ajouta :

— Je dois filer. Cannon, *out*.

Il raccrocha. Mon cœur se mit à tambouriner. On allait affronter un sacré défi.

Je remis mon téléphone dans ma poche et jetai un coup d'œil à Izzy.

— Tiens-toi prête à partir.

Elle avait déjà mis ses chaussures, et haussa les sourcils d'un air moqueur, l'air de dire que c'était moi qui étais à la traîne. Sans relever, je reportai mon attention sur la fille dans mes bras.

— Hé, murmurai-je. On va te faire sortir de la chambre. Tu penses que tu peux marcher ?

Elle ne répondit pas. J'interrogeai ma sœur du regard. Elle haussa les épaules.

Merde.

— OK. Je te porterai. Pas de problème.

Elle ne devait pas peser plus de cinquante-cinq kilos. Ça irait. Mais, d'abord, je devais nous mettre à la verticale. Rien que de penser aux endroits que j'allais devoir toucher pour la redresser, mon corps s'éveilla. Mon attirance pour elle allait rendre les choses très maladroites.

Dépêche-toi, webster ! m'exhorta impatiemment une voix dans ma tête.

Il faudrait bouger dès qu'on frapperait à la porte, sans perdre une minute. Qui sait combien de temps on aurait, là dehors, avant d'être repérés ? Je ne voulais pas qu'elle soit exposée plus longtemps que nécessaire, alors qu'elle était dans cet état. Moi vivant, Nicholl ne poserait pas un seul doigt sur elle ! Alors, tant pis, je prendrais le risque de frôler un sein ou ses fesses.

Je soufflai un grand coup pour me donner du courage et glissai une main sous ses cuisses – ses cuisses chaudes et fermes qui s'enrouleraient autour de ma taille avec facilité – et l'autre autour de son buste, où je – ouaip – frôlai accidentellement ses seins doux et généreux pour la mettre sur le côté.

J'essayai de garder des mouvements aussi cliniques que possible mais, sérieux, elle était si chaude, voluptueuse, si femme, que certaines parties de mon corps réagirent sans permission. Elle suivait si docilement chacun de mes mouvements que le protecteur en moi s'éveilla, bombant le torse avec fierté et ronronnant de plaisir de voir toute la confiance qu'elle plaçait en moi. J'étais content qu'elle me laisse l'aider. Et j'adorais la façon dont nos corps se moulaient l'un à l'autre.

Évidemment, le temps de nous tourner et nous mettre en position assise, Haven sur mes genoux, ses bras autour de mon cou, j'étais en érection.

Je me figeai, terriblement gêné et certain qu'elle serait offensée et s'éloignerait de moi à toute vitesse en me traitant d'obsédé. Mais elle ne bougea pas du tout. La pauvre n'avait même pas réalisé que mon érection appuyait contre ses fesses avec insistance pour attirer son attention.

Bon sang, que lui avait fait Nicholl pour qu'elle se retrouve dans un tel état ? J'aurais vraiment dû lui foutre une raclée, assez forte pour laisser une marque.

On frappa : un coup lent, deux rapides, un autre lent, un rapide et une pause, puis deux coups lents. Izzy sursauta et poussa un cri de surprise après le premier coup, mais Haven ne réagit même pas. Ma colère contre Nicholl augmenta. Je resserrai les bras d'un air protecteur autour de sa petite amie.

Jamais plus il ne lui ferait de mal !

— C'est le signal, déclarai-je.

Alors que j'allais me lever, je décidai de donner à Haven une dernière chance de se déplacer seule.

— Tu es sûre de ne pas vouloir marcher ? demandai-je doucement.

Je commençai à retirer mon bras de sous ses genoux pour que ses pieds glissent vers le sol. Mais elle resserra les bras autour de moi, enfouit le visage plus profondément dans mon cou et remonta les genoux vers la poitrine. Elle ne voulait pas.

— D'accord. Je vais te porter.

Après avoir remis le bras sous ses genoux, je me redressai. Elle s'agrippa si fort qu'elle m'étrangla presque. Les dents serrées, je fis un signe à Izzy, qui courut ouvrir la porte.

La carrure massive de Bear apparut dans l'entrée. Izzy bondit en arrière. Mais le grand nounours qu'était le centre défensif de l'équipe – d'où son surnom – la salua avec un signe de tête respectueux.

— Petite web.

Tous mes amis appelaient Izzy comme ça. Elle se calma immédiatement et se précipita dans le couloir quand il se décala pour la laisser passer. Puis il tourna son attention vers moi et se figea, la bouche entrouverte et les sourcils levés.

— Mec, lâcha-t-il finalement, ce n'est pas la meuf de Nicholl ?

— Allons-y, répondis-je, me plaçant de biais pour qu'on puisse passer la porte. Je n'ai pas le temps de t'expliquer.

Il secoua la tête et sortit de sa torpeur.

— Par là, murmura-t-il. Roark occupe Tyrell dans la cage d'escalier. Il lui met la pression pour le prochain match.

Izzy et moi le suivîmes jusqu'au bout du couloir. Il ouvrit la porte et passa la tête par l'entrebâillement. Les voix de deux mecs en train de se disputer au sujet de Northwest, l'équipe qu'on affronterait ce week-end, nous parvinrent.

Bear me fit signe que la voie était libre et s'engouffra dans la cage d'escalier, se plaçant de manière à empêcher Tyrell de nous voir. Izzy et moi nous faufilâmes.

— Laisse-moi passer devant, chuchota Izzy en appuyant son doigt dans mon dos. Comme ça, je pourrai amortir sa chute si tu la lâches.

— Qu'est-ce que tu racontes ? Je ne vais pas la lâcher !

Quand bien même, je me rapprochai de la rambarde pour laisser passer ma sœur, parce que, merde, et si je lâchais ? On se souviendrait pour toujours de moi comme du mec qui avait fait tomber la nana de Topher Nicholl dans l'escalier.

Izzy fonça pour inspecter la zone. Pendant ce temps, Haven continuait de s'agripper à moi, me laissant l'emmener Dieu sait où.

Au bas des escaliers, José, un autre safety de l'équipe, gardait la porte. Il leva le menton en signe de salut.

— Yo, mec. On est prêts à partir. Cannon t'a dégagé un large périmètre à partir d'ici, directement jusqu'à ton…

Il s'interrompit quand il vit qui je tenais dans mes bras.

— Qu'est-ce que tu fous avec la meuf de Nicholl ?

Je lui lançai un regard qui signifiait *ne demande pas*, mais à peine eut-il posé les yeux sur son visage qu'il se mit à paniquer.

— Bon sang, qu'est-ce qui lui arrive ?

La porte s'ouvrit de l'extérieur, et Cannon passa la tête.

— Quelqu'un a mentionné la meuf de *Nicholl* ?

Il se plaça à côté de José et baissa les yeux vers Haven, bouche bée. Puis il les releva vers moi, l'air complètement confus.

— Elle paraît droguée, fit remarquer José.

Il recula brusquement et me jeta un coup d'œil incrédule.

— Tu l'as droguée ?

— Ouais, je l'ai droguée, répondis-je sèchement, avant de lui lancer un regard outré, scié qu'un des miens puisse envisager une telle chose.

Puis j'explosai.

— Tu te fous de ma gueule ? *Sérieux ?* Tu penses que je l'a *droguée* ?

— Bien sûr qu'on sait que tu ne l'as pas droguée, intervint Bear qui descendait les marches au pas de course pour nous rejoindre. Mais *qui* l'a fait ?

Je haussai les épaules.

— Personne, à ma connaissance. Elle parcourait le couloir

comme une furie au moment où je quittais la chambre d'Izzy, et elle m'a foncé dessus. Elle cherchait désespérément un endroit où se cacher et échapper au connard qui la poursuivait, alors on l'a laissée entrer.

— En fait, elle est entrée *de force* dans ma chambre, précisa Izzy.

— Qui la poursuivait ? demanda José, les yeux écarquillés.

Je levai les sourcils d'un air entendu.

— À votre avis ?

— Nicholl, répondirent en chœur mes trois amis, d'une voix aussi sombre que leurs expressions.

Je hochai la tête.

— Il a voulu entrer dans la chambre, mais je l'en ai empêché en essayant de lui faire croire qu'il ne l'avait pas vue entrer. Pas sûr qu'il m'ait cru. En tout cas, il est parti. Ensuite, elle s'est effondrée. Elle est comme ça depuis.

— Eh ben, putain, murmura Cannon, s'approchant pour examiner son visage. Quoi qu'il ait fait, elle ne l'a pas bien pris.

Il leva un regard plein d'interrogation vers moi. Et d'accusation. Il avait l'air blessé et trahi de ne pas avoir été mis au courant plus tôt.

Incapable de soutenir son regard, je baissai la tête vers Haven et la remontai dans mes bras pour mieux la tenir. J'avais fait ce que j'estimais être le mieux pour elle, et je refusais de m'en sentir coupable.

Mais, merde, Cannon me regardait comme si je l'avais poignardé dans le dos avec son propre couteau !

— Qu'est-ce qu'il a fait, d'après toi ? demanda Bear.

Je secouai la tête.

— Aucune idée. Avant qu'elle se retrouve dans cet état, elle a dit qu'il ne l'avait pas touchée, mais il s'est visiblement passé quelque chose.

— C'est clair, acquiesça José avec un hochement de tête stupéfait. Pauvre fille.

Il lui tapota maladroitement le bras.

— Courage, *mamacita*. On s'occupe de toi.

Cannon recula d'un pas, le regard méfiant.

— Tu l'emmènes où ? voulut-il savoir.

J'ouvris la bouche pour répondre, et la refermai aussi sec. Je n'en avais pas la moindre idée. Je regardai Izzy, que la question rendait aussi perplexe que moi.

— Tu penses qu'elle doit aller à l'hôpital ? demanda José.

Mon estomac se noua. Je n'en savais rien du tout.

— Je pense que physiquement elle va bien.

Quel genre de traitement donnait-on à quelqu'un qui ne réagissait plus ?

— Mais pour le reste…

Elle n'allait pas *bien* du tout, c'était évident.

— Elle a juste besoin d'un endroit au calme où se reposer, le temps d'accuser le coup, intervint Izzy.

Je hochai la tête. Ça faisait sens et personne n'avait proposé de meilleure solution, alors… Où est-ce qu'on allait bien pouvoir l'emmener, le temps qu'elle recouvre ses esprits ?

— Quelqu'un connaît ses amis ou sa famille ? lançai-je.

Tout le monde secoua la tête. Je me balançai sur mes pieds, pressé de la sortir de là.

Cannon s'avança vers Haven.

— Hé, ma belle, susurra-t-il d'une voix mielleuse ridicule. Où veux-tu aller ?

Elle s'écarta de lui et se colla encore plus à moi. Je lui parlai doucement jusqu'à ce qu'elle se calme.

Cannon haussa les sourcils et croisa mon regard.

— On dirait qu'elle veut rester avec toi, mon pote !

Une montée d'adrénaline pulsa dans mes veines. Elle me voulait *moi.*

Comprenant ensuite la suggestion de mon pote, j'eus un brusque mouvement de recul.

— Non. Elle ne peut pas venir à la maison avec…

Moi.

L'idée était tout simplement folle.

— Les mecs, je crois que quelqu'un arrive, nous alerta Izzy, levant un œil inquiet vers l'escalier.

— Fonce ! me pressa Cannon, m'attrapant par le bras et me tirant vers l'extérieur. On gère. Fais-la sortir. Qui sait comment Nicholl et ses gars réagiraient, s'ils nous voyaient avec elle.

Je hochai la tête et me précipitai dans la nuit, Izzy sur les talons. Sur la droite, Polansky, un cornerback, occupait Muldoon, le receveur rapproché de l'équipe.

Izzy fonça droit devant elle, fouillant dans un de ses nombreux sacs jusqu'à ce qu'elle trouve son double de la clé de mon pick-up. Elle déverrouilla la voiture et nous ouvrit la portière.

— Merci !

Je posai délicatement Haven sur le siège arrière.

Mais, alors que j'essayais de m'écarter, elle couina et s'agrippa à moi plus fort.

Je me mis à transpirer. Honnêtement, je ne *voulais* pas la lâcher. Ce rôle de héros me montait à la tête. J'aimais qu'elle compte sur moi pour prendre soin d'elle. Mais on n'avait vraiment pas le temps pour ça.

— Bébé, je dois conduire, protestai-je d'une voix suppliante.

Je pris son visage entre mes mains dans l'espoir qu'elle se sorte de cet état second. Mais elle me saisit les poignets et secoua la tête, refusant de me lâcher.

— Ça va aller, insistai-je avec douceur. On reste avec toi. On ne t'abandonne pas.

Sa respiration s'accéléra. Elle se mettait à paniquer. Quand elle secoua la tête avec plus d'insistance, je crus qu'elle allait pleurer à nouveau. Mon cœur se brisa. Je ne supporterais pas de la voir refaire une crise de larmes.

— Haven, tu dois me lâcher pour que je puisse te mettre à l'abri. S'il te plaît.

— Monte à l'arrière avec elle, s'impatienta Izzy, qui se tortillait les mains avec nervosité. Je vais conduire.

— Bonne idée.

Rassuré, je grimpai sur la banquette arrière. Izzy monta à l'avant et balança ses sacs sur le siège passager.

Dès qu'elle eut démarré, elle jeta un coup d'œil dans le rétroviseur et croisa mon regard, un petit sourire satisfait sur les lèvres.

— Alors, comme ça, tu l'appelles déjà *bébé* ?

Je la fusillai du regard.

— La ferme. C'est sorti tout seul.

— Ouais ouais, c'est ça. Si tu le dis, *bébé*.

Riant sous cape, elle sortit du parking et se dirigea vers la rue.

— Rappelle-toi de ne jamais laisser *bébé* dans un coin, OK ?

Oh ! bon sang ! Je lui aurais bien rétorqué que sa blague était naze, mais Haven grimpa sur mes genoux et se pressa contre mon torse. Je la serrai contre moi et posai le menton sur son crâne.

— C'est fini. Tu vas bien, roucoulai-je.

Rassurée, elle se détendit.

Mais moi, rassuré, je ne l'étais pas du tout. J'avais l'impression que les emmerdes ne faisaient que commencer. J'emmenais chez moi la petite amie de mon ennemi juré – l'ennemi que j'adorerais voir malheureux et souffrir pour l'éternité —, et elle était dans un état si vulnérable qu'elle me laisserait sûrement lui faire tout ce que je voulais.

Tandis qu'on passait devant Dandridge Hall, je jetai un coup d'œil par la petite fenêtre latérale. Nicholl était appuyé contre la porte d'entrée, mort d'inquiétude.

Bien fait ! Il ne méritait pas un seul moment de répit.

Il faisait nuit, alors il ne pouvait pas voir à l'intérieur du véhicule, mais je resserrai néanmoins les bras autour de sa petite amie, prêt à la cacher si nécessaire.

Reconnaissant mon pick-up, il nous fit un doigt d'honneur.

Ouaip, il ignorait totalement qui était à l'intérieur avec moi. Enfouissant le nez dans les cheveux de Haven, je ne pus réprimer un sourire satisfait. J'étais bien content de lui voler sa nana juste sous son nez, à ce connard !

Ça lui ferait les pieds. L'enfoiré aurait dû mieux la traiter.

4

WICK

Le temps qu'on arrive chez moi, Haven s'était endormie.

— Qu'est-ce que je déteste ton pick-up ! grommela Izzy en dépassant la seule place de parking disponible devant mon appartement.

— Qu'est-ce que tu fais ? m'écriai-je. Il y avait une place juste devant !

L'idée de porter Haven sur plus d'un bloc d'habitations ne me tentait pas vraiment.

Izzy poussa un grognement.

— Tu rêves si tu crois que je peux réussir un créneau avec cette monstruosité dans un si petit espace ! Je vais plutôt faire le tour et te déposer devant l'entrée. J'irai garer la voiture après.

J'ouvris la bouche pour lui dire que ce n'était pas si dur de faire un créneau, prêt à lui donner des conseils, mais le regard qu'elle me lança dans le rétroviseur me fit taire.

— Comme tu veux…

Grandir avec trois sœurs m'avait appris qu'il valait mieux la fermer, par moments, pour ne pas me faire arracher les yeux.

Le temps qu'elle fasse le tour du pâté de maisons, une voiture blanche avait pris la place libre. Izzy se gara en double file. Mon pick-up à cabine approfondie ayant des portières antagonistes accessibles seulement après ouverture des portières avant, Izzy dut ouvrir la sienne pour nous faire sortir.

Une fois dehors, je serrai Haven contre ma poitrine.

— Tu peux nous ouvrir la porte de l'appartement ? Mes clés sont dans ma poche avant.

Izzy jeta un coup d'œil alentour. Il y avait peu de circulation et personne sur les trottoirs. Elle récupéra donc ma clé – la sienne était sur son trousseau, avec celle du pick-up resté en marche.

Elle courut jusqu'au trottoir, traversa au pas de course le petit jardin de devant, puis gravit les trois marches jusqu'au porche. Le temps que je la rejoigne, elle me tenait la porte grande ouverte.

— Merci.

Elle hocha la tête, et rejoignit la voiture en courant.

J'attendis qu'elle soit repartie en toute sécurité et je refermai la porte avec le pied.

Le cœur serré, je posai Haven aussi délicatement que possible sur le canapé. Puisqu'elle était endormie, elle n'essaya pas de me retenir. J'en éprouvai autant de regret que de soulagement.

J'attrapai timidement une boucle de cheveux qui lui était tombée sur le visage, et je la lui replaçai derrière l'oreille. Elle ne bougea pas. Je fermai les yeux, content que la crise soit passée. Je n'avais pas su quoi faire, lorsqu'elle s'était effondrée dans mes bras. Grandir auprès de trois sœurs ne m'avait pas préparé à *ça*. Elles se tournaient les unes vers les autres quand ça n'allait pas. Pas vers moi.

Haven Gamble était peut-être bien la première à s'être tournée vers moi pour trouver du réconfort. Et, ce soir, j'avais découvert qu'aider une personne en détresse ne vous laissait pas indemne. Comme si ça changeait votre structure moléculaire.

M'agenouillant près d'elle, j'observai son visage endormi. J'étais prêt à tout pour l'empêcher de sombrer à nouveau. Elle m'avait fait confiance pour la protéger ; je me sentais responsable d'elle, désormais.

— Son téléphone n'arrête pas de sonner, m'informa Izzy en entrant.

Je me relevai d'un bond, la nuque brûlante, tandis que ma sœur refermait la porte du pied derrière elle. Elle lâcha ses sacs sur un des fauteuils et sortit le portable en question d'une de ses poches.

— Sérieux, Wick. Elle se fait bombarder d'appels, de textos et de messages sur les réseaux sociaux.

Gêné, je me grattai la nuque. Pourvu qu'elle ne m'ait pas pris en flag de matage de Haven endormie !

— Je croyais que tu l'avais éteint.

— Oui, mais ensuite je l'ai rallumé en me disant qu'on devait prévenir un de ses proches. Et… la vache, le temps de faire le trajet de la voiture à la porte d'entrée, Topher et trois autres personnes ont essayé de la joindre. Et ne me traite pas de curieuse. J'y peux rien si elle n'a pas de code…

— Il a dû appeler ses amis, en pensant qu'elle était chez l'un d'eux.

Je poussai un grognement. Combien de personnes Nicholl avait-il inquiétées ?

— Ce connard leur a probablement foutu les jetons. Et tout le monde s'inquiète pour elle, maintenant !

— À juste titre. Regarde-la.

Je reportai mon attention sur Haven. Fourrant les mains dans mes poches pour me retenir de la toucher, je secouai la tête et serrai les dents. La voir dans cet état me brisait le cœur. Bon sang, comment m'étais-je retrouvé dans une telle situation ? Comment est-ce que, *moi*, je pourrais bien l'aider ? Je n'étais pas la bonne personne pour ça.

— On devrait répondre, suggéra Izzy. C'est l'un de ses amis qui devrait s'occuper d'elle, pas nous.

Le bons sens même.

— Ouais, mais à qui faire confiance ? marmonnai-je, les yeux toujours rivés sur Haven.

Vu l'état dans lequel elle était, hors de question de la confier à n'importe qui.

— Et si l'ami qu'on contacte a déjà eu Nicholl au bout du fil ? Qui sait ce qu'il leur a dit. Je ne veux pas courir le risque que la personne le prévienne, et qu'elle retombe entre ses mains.

Moi vivant, ça n'arriverait pas.

Le portable se remit à sonner. En voyant le nom sur l'écran, Izzy se fendit d'un sourire radieux.

— Oh ! s'exclama-t-elle.

Elle décrocha avant que je puisse l'arrêter.

— Iz ! soufflai-je. Qu'est-ce que tu…

Elle me fit signe de me taire.

— Allô ?

J'allais l'étrangler.

— Bonjour. Je suis Izzy. Haven ne peut pas vous parler pour l'instant, elle est… quoi ? Oui, elle est là, mais elle… Oui, elle va bien. Physiquement, je veux dire, sinon, elle n'est pas vraiment… pardon ? Oh ! euh, non. C'est la première fois que je la rencontre. Enfin, je savais qui elle était, évidemment, mais je… On est chez mon frère. Il…

Je lui arrachai le téléphone des mains et la fusillai du regard.

— Qu'est-ce que tu fous, putain ?

Les yeux écarquillés, elle agita les mains pour essayer de me calmer.

— Shh, tout va bien. Je crois que c'est son père. L'écran indiquait *Maison*, alors…

— Alors quoi ? Ce n'est pas parce qu'on s'entend bien avec nos parents qu'elle s'entend bien avec les siens. Et si leur dire où elle se trouve *aggrave* la situation ?

— Je…

Elle s'interrompit et grimaça.

— Je n'avais pas pensé à ça. Pardon. Mais j'aurais besoin de maman et papa dans un moment comme celui-là, alors je me suis dit…

Secouant la tête, je baissai les yeux vers l'appareil. Quelqu'un hurlait dans le combiné. Notre interlocuteur avait probablement entendu mon échange avec Izzy.

Génial.

Me passant nerveusement la langue sur la lèvre inférieure, je jetai un coup d'œil à Haven. Elle dormait toujours paisiblement. Je ferais n'importe quoi pour que ça continue. Personne ne s'approcherait d'elle, à moins qu'elle ne le souhaite.

Les yeux fermés, je pris une profonde inspiration et portai le téléphone à mon oreille.

— Allô ?

— Bon sang, qui êtes-vous ? rugit un homme. Où est ma fille ? Si elle ne va pas bien ou si vous avez posé la main sur elle, espèce de petit merdeux, je vous jure que je…

— Elle va bien, l'interrompis-je.

C'était faux. Elle n'allait pas bien, si ?

— Hum, elle…

Merde. Quoi lui dire ?

— Ne te fous pas de ma gueule, enfoiré ! Où… est… ma… fille ?

— Écoutez, repris-je calmement. Haven a besoin qu'une personne bienveillante s'occupe d'elle.

— Cette personne c'est *moi*, beugla-t-il. Je suis son père. Alors, dites-moi où elle est, que je vienne la chercher.

— Vous ne comprenez pas. Je rendais visite à ma sœur sur le campus, ce soir. Quand j'ai ouvert la porte pour quitter sa chambre, Haven a surgi, complètement paniquée et désespérée d'échapper au connard qui lui courait après. Elle ignorait à qui appartenait la chambre ; elle avait juste besoin d'un endroit où se cacher. Et, bien que ma sœur et moi ne soyons pas les personnes idéales dans le cas présent – vu qu'on est des étrangers —, je la garderai ici jusqu'à ce que je m'assure qu'une personne en qui elle a confiance puisse venir la chercher.

— Vous n'avez pas écouté, quand j'ai dit que j'étais son père ? Jeune homme, vous ne pouvez pas m'empêcher de venir au secours de ma fille unique. Maintenant, dites-moi où se trouve Haven avant que…

— Je ne vous connais pas, ripostai-je d'une voix ferme. Tout ce que je sais, c'est qu'elle est dans tous ses états. Elle a vraiment besoin que ce soit quelqu'un qui tient à elle, quelqu'un en qui elle a confiance, qui vienne s'occuper d'elle.

— Elle peut me faire confiance. Je l'aime plus que ma vie. Je mourrais pour elle. Et je n'hésiterai pas à vous étrangler, si vous ne me dites pas où elle se trouve !

— Monsieur, je suis navré, mais pour l'instant elle n'est pas en état d'indiquer qui elle voudrait à ses côtés. Avant qu'elle s'évanouisse, elle était si bouleversée qu'elle a cessé de réagir à ce que ma sœur et moi lui disions. Je ne peux pas la confier à n'importe qui, alors qu'elle est dans cet état. Peu importe que vous ayez le même ADN. Les pères aussi peuvent faire du mal à leurs filles. Et je ne laisserai *personne d'autre* lui faire du mal ce soir.

Il poussa un cri étouffé.

— Mon Dieu. Est-elle… ? Que lui est-il arrivé ? Savez-vous qui lui courait après ?

J'esquissai une grimace. J'ignorais si lui donner des détails était une bonne idée. Je répondis néanmoins.

— Oui… C'était son petit ami.

— Topher ? s'exclama-t-il. Vous en êtes sûr ?

— C'est la seule chose dont je sois certain. Haven est dans cet état à cause de lui.

— Mais…

Sa surprise et sa confusion laissèrent soudain place à la colère.

— Non mais je rêve ! Cet enfoiré a appelé ici, paniqué, en disant qu'elle avait disparu. Il nous a rendus fous d'inquiétude, et c'est *lui* qui a fait ça ? Bordel, que lui a-t-il fait au juste ?

— Je ne sais pas.

Je regardai Haven. Elle avait tant pleuré que ses paupières étaient sombres et enflées.

— Mais elle ne va pas bien.

— OK, OK, reprit l'homme d'une voix rauque.

Sa voix se brisa et il ravala un sanglot.

— Tenez. Parlez à ma femme. Je ne peux pas… Bon sang. Pas ma petite fille.

— A-allô ? bégaya une voix de femme un instant plus tard.

— Madame, la saluai-je faiblement.

Je n'en menais pas large. Je me sentais mal d'avoir fait pleurer le père de Haven.

— Je suis la mère de Haven, continua la femme de façon hachée, comme si elle avait du mal à respirer. Je m'appelle Sarah. Comment… Comment va-t-elle ?

— Elle dort sur mon canapé. Tout à l'heure, elle avait les yeux ouverts et elle clignait des paupières, mais elle était en état de choc.

— A-t-elle l'air d'avoir été frappée ou violentée ? A-t-elle besoin d'aller à l'hôpital ?

Je grimaçai. J'ignorais de quoi elle avait besoin.

— Non… Je ne pense pas. Quand elle parlait encore, elle a dit qu'il ne l'avait pas blessée physiquement. Je pense qu'elle a subi un choc émotionnel violent.

— D'accord. Au moins on sait de quoi il s'agit. D'après Brandt, mon mari, vous ne nous direz où elle est que lorsqu'on vous aura prouvé que nous sommes de bons parents.

— Je suis désolé. Je n'en doute pas. Je veux simplement m'assurer…

— Je comprends. Votre prudence me rassure. Cela signifie qu'elle est entre de bonnes mains. N'est-ce pas ?

Je hochai la tête avec vigueur.

— Bien sûr.

Elle marqua une pause.

— Qu'avez-vous besoin de savoir pour être convaincu qu'on prendra bien soin d'elle ?

Rien ne me vint à l'esprit. Je ne savais pas du tout quoi demander.

— Je ne sais pas, lâchai-je mollement.

Je pourrais leur demander quelle était sa couleur préférée ou le nom de son premier animal domestique – ce genre de conneries —, mais comment savoir si c'était la bonne réponse ? De toute façon, cela ne prouverait rien. Et ça ne me dirait pas si Haven souhaitait les voir auprès d'elle.

Voyant que je ne répondais pas, Mme Gamble reprit patiemment :

— Comment vous appelez-vous ?

— Wick, répondis-je par réflexe.

— Wick webster, le safety de l'équipe ?

Sa question me prit au dépourvu. Comment le savait-elle ?

— Oui.

— Vous êtes dans l'équipe avec Topher. Brandt regarde vos matchs.

Je comprenais mieux. Je fis aussitôt la moue : ça ne me plaisait pas d'être associé au type qui avait blessé leur fille. Charmant. Ils n'allaient jamais croire que je prendrais bien soin d'elle.

— Brandt a parlé de vous, une fois, devant Topher. Il a dit que vous faisiez une super saison, cette année.

Eh merde !

— Il a dû super bien le prendre ! commentai-je.

Mon sarcasme la fit glousser.

— Exact. Topher avait beaucoup à dire à votre sujet !

Double merde.

Ils étaient sûrement en train de paniquer, pensant que j'étais le diable incarné, tout ça à cause de cet enfoiré de Topher Nicholl. Jamais il ne dirait un truc sympa à mon sujet.

— Ça ne m'étonne pas, ronchonnai-je.

Je coulai un regard gêné vers ma sœur. Les yeux plissés, elle essayait de comprendre ce qui se disait à l'autre bout du fil.

Lui tournant le dos, j'ajoutai :

— Topher et moi ne sommes pas vraiment des amis.

— Oh… on s'en est rendu compte.

Je grimaçai.

— Si ça peut vous rassurer, je suis moins horrible que ce qu'il a probablement laissé entendre.

— J'espère bien, puisque notre fille est avec vous !

Triple merde.

— Vous pouvez venir la chercher, lâchai-je brusquement, avant de débiter rapidement mon adresse.

C'était sorti tout seul. Mais, franchement, sa mère me faisait perdre tous mes moyens avec sa gentillesse, sa franchise et son calme.

Je grimaçai intérieurement. Pourvu que je ne sois pas en train de commettre un impair ! Je voulais ce qu'il y avait de mieux pour Haven, mais j'ignorais ce que c'était.

— Merci, Wick, reprit gracieusement Mme Gamble. On sera là dans moins d'une heure.

Elle raccrocha et je fermai les yeux.

Pitié, dites-moi que ce n'était pas une énorme erreur !

5

WICK

Cinquante-trois minutes plus tard, alors que je jouais nerveusement à Gardenscapes sur mon portable, un coup sec retentit à la porte. Je bondis de mon siège.

Quelques instants plus tôt, j'avais failli supprimer l'appli : ce satané miel qui se déversait sur l'écran et m'empêchait de réaliser des lignes de fruits me tapait sur les nerfs ! Mais j'étais tellement stressé en attendant les parents de Haven que j'avais continué à jouer. Et perdu à chaque fois, bien sûr !

Je lançai mon portable sur la table basse, tandis que le miel engloutissait une feuille et une poire, et me dirigeai vers la porte à grandes enjambées. Izzy, qui était assise en face de moi, les jambes en tailleur, à pianoter furieusement sur son ordinateur, se leva.

— Reste là. Ils m'en veulent sûrement encore de les avoir mal traités au téléphone.

Je ne voulais pas qu'elle en fasse les frais.

Levant les yeux au ciel, elle passa devant moi.

— Sérieux, Wick. Tu en fais vraiment trop, parfois, dans le rôle du grand frère protecteur. Tout ira bien.

Elle ouvrit grand la porte.

— Bonjour ! claironna-t-elle. Je suis Izzy. Izzy webster, la sœur de Wick. Entrez.

Tandis que le père de Haven pénétrait dans mon appartement, je regardai vers le plafond pour m'armer de courage et de patience. Il était presque aussi grand que moi ; il avait des cheveux foncés et des yeux plus bleus que ceux de sa fille. Il en imposait. S'il décidait de s'en prendre à moi pour l'avoir tenu éloigné de sa fille, ça ferait sûrement mal. Très mal.

Après avoir fixé Izzy d'un air perplexe, comme si elle le déroutait, il hocha la tête respectueusement, avant de lever les yeux vers moi.

— Où est ma fille ? demanda-t-il, les yeux plissés et l'expression sévère.

Je désignai le canapé de la tête. Poussant un immense soupir de soulagement, il rejoignit Haven et s'agenouilla à côté d'elle.

— HayHay.

Il lui caressa les cheveux d'une main tremblante.

Elle inspira, battit des cils et se réveilla. L'apercevant, elle se redressa.

— Papa ? murmura-t-elle, confuse.

Il poussa un cri étranglé et la serra dans ses bras.

— Oh ! ma petite fille. Tu n'imagines pas comme je suis heureux de te voir ! Ta maman et moi étions morts d'inquiétude.

— Ah bon ?

Elle lui tapota l'épaule pour le rassurer.

— Mais pourquoi ? Je vais bien. Je…

L'estomac noué, je la vis balayer mon salon du regard, le sourcil froncé et l'air étourdi.

Secouant légèrement la tête, elle reprit d'une voix plate :

— Je ne sais pas où je suis, ni comment je suis arrivée là.

— Laisse-moi t'expliquer, intervint Izzy, secouant la main

pour capter son attention. On t'a emmenée chez Wick. C'est son appartement.

— Wick ?

Haven la considéra d'un air perplexe, comme si elle essayait de se rappeler qui *elle* était, puis elle tourna la tête vers moi. Me reconnaissant immédiatement, elle fit les yeux ronds.

— Oh.

Elle secoua la tête pour s'éclaircir les idées et blêmit. Ce qu'elle venait de traverser lui était revenu en mémoire, apparemment.

Elle reporta son attention sur son père.

— Mon Dieu, je suis navrée. Tu n'aurais pas dû faire tout ce chemin, papa. Ça fait une heure et demie de route. Avec maman qui…

S'interrompant brusquement, elle regarda de nouveau autour d'elle.

— Où est-elle ?

— Elle est… Mince !

Il se leva précipitamment.

— Elle est probablement à mi-chemin entre la voiture et la porte d'entrée. Je lui ai dit que je reviendrais la chercher dès que je me serais assuré que ça ne craignait rien, ici. Mais tu la connais. Elle ne m'écoute jamais.

Il se précipita vers la porte, Haven sur les talons.

— Pourquoi est-ce que ça craindrait ? De quoi est-ce que tu parles ? *Papa* ! Que se passe-t-il ?

Il ouvrit la porte et poussa un soupir exaspéré.

— Je t'ai dit que je viendrais te chercher, maugréa-t-il en se décalant sur le côté. Bon Dieu, comment tu as fait pour monter les marches ?

Une femme en fauteuil roulant pénétra dans l'appartement. J'écarquillai les yeux de surprise.

Elle jeta un regard vif de colère au père de Haven.

— Tu serais étonné de savoir de quoi une mère est capable pour rejoindre son enfant !

Puis elle lui roula sur le pied.

Exprès.

Il poussa un cri et se mit à sautiller de douleur.

— Putain, ça fait mal ! Qu'est-ce qui t'a pris, mon cœur ?

Elle renifla de dépit.

— Tu n'aurais pas dû me laisser dans le van.

Elle se tourna vers Haven, et son air courroucé laissa place à la tendresse.

— Oh ! ma chérie, roucoula-t-elle.

— Maman.

La lèvre inférieure frémissante, Haven se précipita vers le fauteuil roulant et grimpa sur les genoux de sa mère. Celle-ci l'enveloppa de ses bras tremblants et la serra contre elle.

— Topher m'a trompée, sanglota Haven, enfouissant le visage dans le cou de sa mère.

— L'enfoiré ! cracha son père, s'agenouillant pour poser la main sur son dos.

Quand il croisa le regard inquiet de son épouse par-dessus l'épaule de Haven, leur dispute prit fin. Le chagrin de leur fille passait en priorité.

— Dans *ma* chambre, continua Haven, sa voix étouffée contre l'épaule de sa mère. Avec *ma coloc*. Je suis rentrée à la maison, et ils étaient là, nus sur le canapé, encore en train de… Et… et… il s'est retiré d'elle pour…

Elle s'interrompit et lâcha une respiration tremblotante.

— C'était horrible. *Vraiment* horrible !

— Putain, soufflai-je tout bas, les poings serrés, ému de la voir de nouveau en proie au chagrin.

Izzy me prit le bras, comme pour me réconforter, *moi.*

— J'ai cru que j'avais des hallucinations, poursuivit Haven. Ça semblait impossible, improbable, et pourtant…

Elle prit son visage dans ses mains et secoua la tête.

— Je ne peux pas retourner là-bas, déclara-t-elle, son regard naviguant entre ses parents. Je ne retournerai jamais dans cet appartement !

— Bien sûr que non, la rassura sa mère, lui caressant les cheveux. On ira récupérer tes affaires, et tu n'auras plus jamais besoin d'y remettre les pieds.

Haven hocha la tête.

— Ne récupérez pas le canapé. Je n'en veux plus.

— J'y mettrais bien le feu, déclara son père très sérieusement.

Haven le gratifia d'un sourire vacillant, puis ses larmes redoublèrent.

— Oh ! papa. Je me sens si bête.

Elle quitta les genoux de sa mère pour venir se blottir contre lui, les bras autour de son cou. Il la berça en lui caressant les cheveux.

— Tu n'es pas bête, répondit-il avec sévérité. Je t'interdis de dire ça.

— Mais pourquoi je n'ai rien vu venir ? Rien *senti* ? Je savais qu'il était… tu sais. C'est *Topher,* mais ça… ça m'a complètement prise au dépourvu. Et… et… et je pense que j'ai réagi de façon démente, carrément disproportionnée. Ça arrive tout le temps que des gens se séparent et soient cocus, non ? J'ai vraiment réagi de façon extrême. J'étais tellement bouleversée que je suis tombée dans les vapes. Je ne me rappelle même pas comment j'ai atterri ici. Je n'arrive pas à croire que j'ai été si faible et pathétique !

— Arrête, la réprimanda son père d'une voix douce mais ferme. Tu n'es ni faible ni pathétique. Ça arrive à tout le monde de perdre pied. Surtout quand tout bascule du jour au lendemain.

J'ai tenu ta mère dans mes bras pendant qu'elle pleurait, et toi et moi savons pourtant que c'est la personne la plus forte qui existe.

— C'est vrai, marmonna Haven, coulant un regard vers sa mère, tout en s'essuyant le nez d'un revers de la main. Elle est très forte.

— J'ai fait la même chose pour ton père, ajouta celle-ci avec un sourire affectueux. L'important, c'est de toujours se relever.

Haven hocha la tête d'un air déterminé mais, l'instant d'après, son visage se décomposa.

— Je n'arrive pas à croire qu'il m'ait démolie comme ça.

Son père se raidit, le visage déformé par la colère, alors elle s'empressa d'ajouter :

— Pas littéralement, bien sûr. Il ne m'a pas touchée. Mais je… je n'arrive pas à croire qu'il ait pu me faire ça. Je croyais…

Elle secoua la tête, désemparée. Son menton se mit à trembler.

— Je croyais qu'on s'aimait.

Quelque chose d'acide me souleva l'estomac. Gêné d'assister à un moment familial aussi intime, je détournai le regard. Puis je touchai le bras d'Izzy et lui indiquai le couloir d'un signe de tête, pour lui signifier qu'on ferait mieux de les laisser seuls.

Mais, dès qu'on eut fait un pas, la mère de Haven se tourna vers nous.

— Vous devez être Wick, dit-elle.

Son regard se déplaça vers Izzy et elle reprit, d'une voix plus douce :

— Et vous… Izzy, c'est ça ?

— Oui, madame.

Izzy hocha la tête comme un chiot excité.

— Ravie de vous rencontrer, madame Gamble. Je suis désolée qu'on ait…

Elle me jeta un rapide coup d'œil et fit la grimace.

— … désolée de vous avoir fait passer un sale quart d'heure avant de vous dire où se trouvait Haven.

— Un sale quart d'heure ? répéta Haven avec surprise.

Elle quitta les bras de son père et se redressa. Ses yeux se posèrent sur Izzy, puis sur moi.

Son père se leva à son tour et me lança un regard noir.

— Ouais, ton ami est un sacré numéro ! répondit-il avec amertume. Après que Topher nous a appelés pour nous dire qu'il te cherchait et nous a foutu la trouille, on a essayé de te joindre sur ton portable. Ce sont *eux* qui ont répondu. Ils ont refusé de nous dire où tu te trouvais – ou plutôt devrais-je dire *il* a refusé – jusqu'à ce qu'on lui prouve qu'on était de bons parents et qu'on s'occuperait bien de toi.

Haven gloussa.

— Voyez-vous ça ! Je regrette d'avoir raté cette conversation.

Elle croisa mon regard. Je me sentis cloué sur place et complètement exposé. Je regrettai presque les quelques instants où elle avait été inconsciente, car la nana qui me fixait en cet instant n'aurait jamais besoin de moi. Même bouleversée comme elle l'était, elle était forte, maîtresse d'elle-même, et farouchement indépendante. Rien ne lui échappait. J'avais l'impression qu'elle lisait en moi comme dans un livre ouvert, qu'elle était au fait de chacun de mes défauts, chacune de mes failles, passés, présents et futurs.

Mon quart d'heure d'héroïsme et de noblesse était clairement terminé.

Son père s'interposa brusquement entre nous, comme s'il essayait de rompre l'intensité de notre échange visuel.

— Même s'il s'est comporté en petit con, il a tenu parole en veillant sur toi jusqu'à ce qu'on arrive.

— Ouais, murmura vaguement Haven, s'examinant pour vérifier que tout était en ordre. Il semblerait.

Fronçant les sourcils, elle leva un pied.

— Par contre, il me manque une tong.

— Oh !

Izzy courut telle une fusée vers sa pile de sacs dans le fauteuil.

— Je l'ai fourrée dans un de mes sacs. Comme Wick te portait, tu n'en avais pas vraiment besoin. En plus, on n'a pas eu le temps de te l'enfiler. Il a fallu qu'on bouge rapidement pour te sortir de la résidence en douce, parce que ton petit ami – enfin Topher – et ses potes montaient la garde et te cherchaient partout.

— Topher a demandé à ses potes de me chercher ? s'exclama-t-elle.

Tremblant de plus belle, elle prit la tong tendue par Izzy et la serra contre sa poitrine d'un air absent.

— J'ai l'impression que vous vous êtes donné beaucoup de mal pour m'éloigner de lui.

Prise d'une timidité soudaine, Izzy haussa les épaules.

— Tu as dit que tu ne voulais pas lui parler.

Haven hocha la tête.

— C'était le cas. Merci.

Izzy me regarda.

— C'est Wick qui a fait le plus gros pour te sortir de là.

— Oh.

Haven me fixa de nouveau. Elle ne me remercia pas, toutefois. Elle se contenta de m'observer, comme si elle essayait de me sonder. Je ne savais pas quoi répondre, ou même si elle attendait une réponse, alors je me contentai de soutenir son regard.

Ce qui sembla déranger son père. Une fois de plus, il s'interposa entre nous.

— Merci d'avoir veillé sur elle le temps qu'on arrive, dit-il.

Il la prit par le bras et l'entraîna vers la porte.

— On prend le relais, maintenant.

Haven s'arrêta et fronça les sourcils.

— Non, attends. Tu m'emmènes où ? Hors de question que je retourne là-bas !

— Je sais. Tu rentres à la maison avec nous.

Il ouvrit la porte et saisit une des poignées du fauteuil de son épouse.

Mais Haven s'écarta en secouant la tête.

— Non. Je suis désolée, mais je ne peux pas rentrer à la maison avec vous ce soir. J'ai cours demain. On est en plein milieu du semestre, papa. Je… je ne peux pas.

Il hocha la tête comme s'il était d'accord avec elle. Pourtant, il la reprit par le bras.

— Ne t'inquiète pas. Il ne te reste que deux jours de cours, cette semaine. Ce n'est pas grave si tu les rates. On parlera du reste du semestre ce week-end, tranquillement, à la maison.

— Je ne rentre pas à la maison, insista-t-elle, avec un regard d'excuse. Tu ne comprends pas ? Je ne peux pas, répéta-t-elle avec plus de force. Je refuse de le laisser me renvoyer penaude chez mes parents. Je ne le laisserai pas me briser, et il est hors de question que je rate des cours à cause de lui. Je dois rester ici, en ville, et aller à la fac demain.

Les yeux pleins de larmes, M. Gamble appuya un poing contre sa bouche.

— Mon Dieu ! Il faut toujours que tu te montres brave et têtue, hein, ma petite fille ?

Il se tourna vers son épouse.

— Sarah, essaye de lui faire entendre raison. Elle n'est pas obligée de se remettre de tout ça en une seule nuit.

— Je suis sûre qu'elle le sait, répondit Mme Gamble.

Elle sourit avec fierté à sa fille et tendit une main tremblante vers elle pour la féliciter de sa bravoure.

Haven lui prit affectueusement la main.

— Où vas-tu dormir, si tu ne retournes pas sur le campus ?

— Je…

Elle parut soudain perdue. Sa poitrine se souleva comme si elle se trouvait brusquement en hyperventilation.

— Je ne sais pas, répondit-elle tout bas.

Les doigts tremblants, elle plaqua les mains autour de sa gorge.

— Je pourrais appeler… un de mes amis. Sauf que…

— Sauf que quoi ? l'encouragea son père.

Elle secoua la tête et grimaça.

— Tous les amis que je fréquente font partie du cercle de Topher. Si je les appelle, ils risquent de le prévenir. Mais je…

Elle leva les mains et recula d'un pas.

— Je n'ai vraiment pas envie d'avoir affaire à lui ce soir.

— Je pourrais appeler Mason, suggéra sa mère. Il n'est qu'à trente minutes d'ici. Reese et lui t'hébergeraient pour la nuit, et tu pourrais te rendre en cours demain matin.

Mais Haven secoua la tête.

— Je ne veux pas aller dans la famille.

— Quoi ? s'exclamèrent ses parents.

— Et pourquoi pas ? s'énerva son père.

— C'est ridicule, ajouta sa mère. Les proches sont les premières personnes chez qui on se réfugie, dans une telle situation.

— Oui, mais…

Haven écarquilla des yeux suppliants.

— Je dois me débrouiller seule. Sinon je…

Sa voix se brisa.

— Je sais que je m'appuierai trop sur vous. Vous deviendrez ma béquille, et je ne me relèverai jamais vraiment. Je ne veux pas vous faire ça. Je ne veux pas me faire ça à moi non plus. Il faut que je reste en ville ce soir, ou je m'effondrerai complètement. Je sais au fond de moi que c'est la meilleure chose à faire.

— Maudite bravoure, grommela son père dans sa barbe.

Il se tourna vers sa femme avec un regard courroucé et se passa la main dans les cheveux d'un geste excédé.

— Elle tient ça de toi ! s'exclamèrent ses deux parents à l'unisson.

Haven se fendit d'un rire larmoyant. Les yeux scintillants de larmes, elle secoua la tête avec affection.

— Je vous aime tant tous les deux ! Mon premier mouvement serait de rentrer avec vous, bien sûr, et de vous laisser prendre soin de moi. Mais rester est un bon test pour savoir si je suis capable de gérer mes problèmes toute seule.

— Où vas-tu dormir ? répéta sa mère.

— Je ne sais pas encore.

Elle enroula les bras autour de son buste et courba les épaules d'un air misérable. Elle me fit l'effet d'une enfant sans défense.

— Laissez-moi réfléchir une seconde.

Craignant de la voir s'effondrer une nouvelle fois, je me tournai vers Izzy et la suppliai du regard. Ma sœur n'avait pas de coloc. Le second lit de sa chambre était inoccupé. Elle y laissait traîner son linge propre quand elle avait la flemme de le ranger. C'était dans le même bâtiment que l'ancien appartement de Haven, et j'étais sûr qu'elle pourrait être transférée dans la chambre d'Izzy sans problème.

Izzy leva la main pour capter l'attention générale.

— Wick cherche un coloc.

J'ouvris grand la bouche.

— Izzy ! m'écriai-je, incrédule.

Qu'est-ce qui lui prenait ? Ce n'était pas ce qu'elle était censée dire.

— Quoi ? se défendit-elle. C'est vrai. Tu me disais encore tout à l'heure que tu aurais du mal à joindre les deux bouts, tant que tu n'aurais pas trouvé quelqu'un pour louer l'autre chambre.

— Ouais, mais…

— Il y a une autre chambre ? s'étonna Haven.

L'espoir dans sa voix me laissa bouche bée. Elle était aussi cinglée que ma sœur.

— Tout à fait, répondit Izzy en sautillant comme une puce. Et, franchement, elle a une taille raisonnable. Tu veux la voir ? Il n'y a pas de salle de bains attenante, mais Wick en a une dans sa chambre. Tu aurais celle au bout du couloir pour toi toute seule. Elle a une baignoire, en plus.

Haven cligna des yeux.

— J'aurais ma propre salle de bains ? murmura-t-elle d'un air ébahi.

— Ouaip.

Izzy hocha la tête avec enthousiasme.

— Viens, je vais te faire visiter.

Je levai la main pour les interrompre.

— Euh…

Mais Izzy conduisait déjà Haven dans le couloir.

— J'aurais bien emménagé ici moi-même, expliqua-t-elle, mais les élèves de première année sont obligés de vivre sur le campus, s'ils n'habitent pas chez leurs parents.

Tandis qu'elles s'éloignaient, je me tournai vers les parents de Haven, pensant qu'ils trouveraient ce plan aussi ridicule que moi. Haven ne pouvait pas vivre ici. Impossible. Jouer au héros et la serrer dans mes bras pendant qu'elle perdait pied était une chose, mais *vivre* avec elle ? Je n'avais jamais rien entendu de si dément. C'était impensable.

Bizarrement, ils semblaient moins effarés que je ne m'y attendais. La panique me gagna.

— Euh…, répétai-je.

Il fallait absolument que je leur fasse comprendre que je n'étais pas partant.

— Vous n'aviez pas envisagé la possibilité d'une coloc de sexe féminin, je me trompe ? devina sa mère, plus amusée qu'inquiète.

— Non, répondis-je en secouant la tête. *Pas du tout.*

Son père balaya le salon du regard d'un air pensif.

— Vous organisez beaucoup de fêtes, ici ?

— Non. Jamais.

Mais pourquoi est-ce que je lui répondais ? Pire, pourquoi est-ce que je lui répondais *honnêtement* ? J'aurais dû être en train de l'effrayer, pour qu'il rejette ce plan ridicule.

Pourquoi diable n'était-il pas déjà effrayé, d'ailleurs ? Nicholl m'avait forcément descendu auprès d'eux ; il avait sûrement balancé toutes sortes de choses horribles à mon sujet.

— Pourquoi ai-je l'impression que vous envisagez l'idée qu'elle emménage ici ? demandai-je de but en blanc. Vous n'avez pas une dent contre moi ?

Pitié, rappelez-vous que vous avez une dent contre moi !

M. Gamble gloussa, l'air surpris.

— Oh ! *nous* n'envisageons rien. Ce n'est pas nous qui emménageons. Haven prend ses décisions, qu'on soit d'accord ou pas. Et pourquoi aurions-nous une dent contre vous ? Nous ne vous connaissons pas.

— Vous avez aidé notre fille lorsqu'elle en a eu besoin, intervint sa femme. Cela compte beaucoup pour nous.

— Et qu'en est-il des drogues ? De l'alcool ? reprit son mari.

Il finit d'examiner la pièce et hocha la tête d'un air satisfait.

— Des femmes ? poursuivit-il en me perçant du regard.

Haven regagna le salon à ce moment-là, Izzy sur les talons.

— Papa, s'il te plaît, grogna-t-elle. Tous les joueurs de l'équipe se font tester toutes les deux semaines. Et, honnêtement, je n'ai jamais vu Wick à une seule fête avec les autres gars. Il boit probablement moins que moi. Quant aux nanas…

Elle haussa les épaules.

— Ça ne devrait pas être un problème non plus. J'ai entendu dire qu'il était gay.

Elle me pointa du doigt et plissa les yeux.

— Ne couche avec aucun de mes futurs petits amis, et tu seras un meilleur coloc que la précédente.

J'ouvris la bouche, abasourdi, mais aucun mot ne sortit.

À côté de moi, Izzy gloussa.

— Wick n'est pas gay ! Qu'est-ce qui a bien pu te faire croire ça ?

— Je…

Haven se mit à rougir.

— Oh ! navrée ! Topher a dit que tu l'étais.

— Topher ? ricanai-je en secouant la tête.

Pardi, ce bon vieux Topher.

— Ça ne m'étonne pas.

Croisant le regard contrit de Haven, je continuai, plus gentiment :

— Mais… non, désolé. Je ne suis pas gay.

En réalité, je n'en étais pas désolé du tout, car j'espérais bien que la découverte de mon statut d'hétéro la ferait changer d'avis.

Elle pencha la tête et murmura d'un air pensif :

— Tu ne m'as probablement jamais traitée de grosse bouffonne aux dents de cheval non plus ?

Je reniflai d'un air sarcastique.

— Il t'a dit ça aussi ?

Elle acquiesça.

— Et tu l'as cru ?

Impensable !

Elle haussa les épaules.

— Je n'avais aucune raison de ne pas le croire.

— Tu possèdes bien un miroir, non ? rétorquai-je sèchement.

Elle devait savoir qu'elle était assez belle pour couper le souffle à un mec.

— Tu ne vas pas me faire croire que tu ignores à quel point tu es jo…

Je m'interrompis brusquement et me plaquai une main sur la bouche pour m'empêcher de complimenter la petite amie de mon ennemi juré. Enfin, l'*ex*-petite amie. Je reportai mon attention sur ses parents. Son père haussait les sourcils pour me mettre en garde. Sa mère semblait sur le point d'éclater de rire.

Les dents serrées, je me retournai vers Haven, qui me dévisageait, bouche bée.

— L'important dans tout ça, grondai-je, c'est que je ne suis ni gay ni aveugle.

Elle leva les yeux au ciel et poussa un soupir excédé.

— Je m'en fiche. Tant que tu ne t'envoies pas en l'air dans le salon quand je suis à la maison, tout ira bien. Oh !

Elle claqua des doigts, puis pointa l'index vers moi.

— Essaye de ne pas manger la nourriture que j'étiquette à mon nom. Mon ancienne coloc avait la mauvaise habitude de faire ça. La garce ! Elle ne pouvait pas se retenir de poser ses sales pattes sur ce qui m'appartenait.

Je secouai la tête. Et merde. Mon statut d'hétéro ne l'avait pas dissuadée.

— Tu n'as rien à craindre de Wick, intervint Izzy. Il est du genre solitaire. Il a trois sœurs, pas de frères, alors je peux t'assurer qu'il est très respectueux des affaires des filles. Il a aussi l'habitude de voir traîner des tampons et des soutiens-gorge. Mais, comme vous ne partagerez ni salle de bains ni chambre, ça ne devrait pas être un problème. Il n'a jamais piqué la nourriture de qui que ce soit, non plus.

Elle leva les yeux au ciel d'un air théâtral.

— C'est Charlie, la grande pilleuse de nourriture, dans notre famille. Une vraie plaie !

N'ayant visiblement jamais rencontré d'Izzy auparavant, Haven cligna des yeux.

— D'accord, merci, répondit-elle finalement. C'est bon pour moi.

Elle se tourna vers moi.

— Combien pour le loyer ?

— Mais…, protestai-je.

Je détournai le regard. Ses yeux étant si grands, si beaux, si suppliants, qu'il était impossible de rester concentré. Raison de plus pour laquelle elle ne pouvait absolument pas être ma coloc.

Je ne pouvais pas vivre avec quelqu'un qui m'attirait autant. Je ne serais jamais capable de me détendre… ou de me concentrer… ou de respirer normalement. Ici, c'était ma maison ; l'endroit où je pouvais me cacher du reste du monde et ne m'inquiéter de rien. Si j'étais constamment sur mes gardes, *chez moi*, je vivrais un enfer. Rien que d'y penser, une vague de panique me submergea.

Mais comment lui faire comprendre, surtout avec ses parents qui me dévisageaient ? J'aurais aimé pouvoir sortir *Le Guide de l'introverti* et leur montrer le commandement numéro 1 : Tu n'envahiras point son espace.

— On voit que tu es réticent, Wick, commenta sa mère. Qu'est-ce qui te gêne ?

Je lui lançai un regard incrédule. J'étais outré qu'elle me mette ainsi sur la sellette. Bon sang, pourquoi étaient-ils partants ?

J'aurais pu énumérer des centaines de raisons, la principale étant que laisser emménager ici l'ex de mon ennemi juré ferait de moi une cible.

— Je ne veux pas d'elle ici parce qu'elle a des… des seins, balbutiai-je, désignant sa poitrine d'un geste.

Voilà. C'était dit. Ils m'avaient forcé à avouer la vérité. J'espérais qu'ils étaient contents.

Haven afficha un air confus.

— Des seins ? répéta-t-elle lentement.

Je serrai les dents. Génial. Non seulement ils me forçaient à être honnête, mais en plus ils voulaient que je m'explique ? Cette famille me rendait dingue.

— Oui ! m'emportai-je. Poitrine. Nichons. Nibards. Peu importe comment tu veux les appeler. J'aurai envie de les voir. Chaque fois que j'entrerai dans une pièce, je serai crispé, je penserai à eux et me demanderai… est-ce enfin le moment où je vais la surprendre sans T-shirt et par accident apercevoir un téton ? C'est *mal,* je le sais. Mais je ne veux pas culpabiliser en permanence d'avoir envie de reluquer tes seins, alors je serai toujours inquiet et sur mes gardes, essayant d'être *respectueux* et de *ne pas* regarder des choses que j'ai vraiment envie de voir. Ça me rendra dingue. Comment un mec peut-il vivre comme ça ? C'est ma maison. J'ai envie de pouvoir me détendre, ici.

Écœuré de moi-même – pour l'amour du ciel, pourquoi avais-je dit ça à voix haute ? – je me passai nerveusement la main dans les cheveux et lui lançai un regard plein d'amertume. J'étais furieux d'avoir déballé tout ça.

Sa mère éclata de rire et me lança un sourire amusé.

— Il me plaît ! annonça-t-elle. Il est marrant.

Tant mieux si la situation faisait rire quelqu'un, parce que, moi, je ne m'amusais pas du tout.

À côté de Mme Gamble, Haven souffla impatiemment et écarta les bras pour exposer ses seins.

— Ça rendrait les choses plus faciles si je te les montrais, là, tout de suite ? demanda-t-elle sèchement.

Autant être honnête.

— Oui. Mais ensuite j'aurai envie de voir le reste.

— OK, les enfants, ça suffit.

Riant nerveusement, M. Gamble vint se placer devant sa fille, comme s'il craignait qu'elle ne se déshabille sur-le-champ. Levant les mains, il se tourna vers elle.

— Wick nous dit qu'il ne se sent pas de partager son appartement avec une femme, et on doit respecter ça. Alors, le mieux à faire pour toi maintenant, c'est de rentrer à la maison avec nous ce soir.

— Non, déclara Haven. Je veux rester *ici*.

Contournant son père, elle se planta devant moi, les yeux emplis d'une détermination de fer, la mâchoire serrée et les poings sur les hanches.

Des hanches joliment dessinées et généreuses.

Je voulais les voir, elles aussi, sans vêtements pour en obstruer la vue.

— Tu me forcerais à faire quelque chose contre ma volonté ? demanda-t-elle.

Je reculai, horrifié.

— *Quoi ?* Bien sûr que non !

Elle pointa un doigt accusateur vers moi.

— C'est bien ce que je pensais. Tu m'as sorti une excuse bidon. Je connais plein de gens qui partagent des appartements mixtes, et ça se passe très bien. Il n'y a aucune raison que ce ne soit pas notre cas. Je te promets que tu ne me verras jamais dévêtue *par accident*. La plupart du temps, tu ne remarqueras même pas ma présence. Maintenant, donne-moi un putain de prix pour ce putain de loyer, avant que je t'étrangle pour te faire parler !

— Pourquoi ? Pourquoi veux-tu vivre *ici* ? L'appartement n'a rien de glamour. La poubelle n'est jamais ramassée à temps. Le ballon d'eau chaude est minuscule. Le wi-fi déconne et, à certaines heures de la journée, la circulation est carrément insupportable. Alors, bonne chance pour trouver une place de parking.

La mine renfrognée et le souffle court, j'écartai les bras.

— Maintenant, dis-moi, qu'est-ce qui t'attire autant dans tout ça ?

Elle me regarda un moment en silence, puis répondit à voix basse :

— Je veux rester ici parce que…

Elle marqua une pause et s'humecta nerveusement les lèvres.

— Parce que *quoi* ? insistai-je sèchement, dans l'espoir de la faire changer d'avis.

Elle se redressa et répondit tout aussi sèchement :

— Je me sens *en sécurité* ici avec toi.

6

HENRY

NUMÉRO 2 DE « HENRY LE DÉSESPÉRÉ »
par Alice Bennet
paru dans The University Gazette

L'université était différente de ce à quoi je m'attendais. Plus difficile par certains aspects ; plus facile par d'autres. Une chose était sûre : il fallait que j'apprenne sérieusement à m'organiser.

Passant mon sac à l'épaule, je quittai le département d'histoire et me dirigeai vers la cafétéria. J'avais la tête en ébullition tant j'avais de pain sur la planche. Le prof venait de nous rappeler que les partiels de mi-semestre arrivaient à grands pas et qu'on avait un devoir à rendre une semaine plus tard. J'avais une dissertation à terminer pour mon cours de littérature, un travail de groupe en sociologie, et un TP de chimie à commencer. Sans oublier la fanfare ! Nous devions répéter pour la parade, et nous produire au match qui aurait lieu à l'université même, ce week-end.

Alors que je me demandais comment je trouverais le temps

de faire tout ça, Rush me rejoignit et me donna une bourrade amicale dans l'épaule.

— Henry, mon pote, tu tombes bien ! Je me demandais… Est-ce que ce serait exagéré de porter un costard au dîner de Thanksgiving chez tes parents, ou est-ce que ça me ferait gagner des points auprès de ta mère, et me donnerait l'air d'un mec bien ?

Je fronçai les sourcils.

— Thanksgiving, c'est dans plus d'un mois.

— Je sais. Mais je m'y prépare. Je n'ai jamais fêté Thanksgiving au sein d'une vraie famille. Je veux faire les choses bien.

Je poussai un soupir. Rush avait le don de me briser le cœur. Il avait été pris en charge très tôt par les services sociaux, et n'avait pas vécu la plupart des choses que la majorité des enfants tenaient pour acquises, comme les fêtes de fin d'année en famille par exemple. Alors je lui avais promis que, dorénavant, il passerait Thanksgiving et toutes les autres fêtes avec la mienne.

J'étais loin de me douter qu'il prendrait les choses autant à cœur.

Je haussai les épaules.

— Mets ce que tu mets d'habitude. Ta tenue d'aujourd'hui ferait l'affaire.

— Mais…

Je levai la main.

— Sérieux. Il suffira de quelques minutes pour que ma mère se rende compte que tu es un mec bien. C'est ta personnalité l'important. Ce que tu portes n'y changera rien. En plus, on n'est pas du genre à se mettre sur notre trente et un. Avec un costume, tu auras l'air ridicule.

Il hocha la tête.

— OK, super. Est-ce que je dois apporter des fleurs ? Est-ce que ta mère trouverait ça mignon ou chelou, si je flirtais ?

— Pitié. Ne flirte pas avec moi !

Il ricana et me donna un coup de coude.

— Haha, très drôle ! Je ne parle pas de toi, bouffon. Je parle de ta mère. Est-ce que je devrais flirter avec elle ? J'ai vu ça dans un film. Ça avait marché du tonnerre.

— Euh, là, c'est moi qui trouverais ça chelou.

Il leva les yeux au ciel.

— Je me fous de ce que tu penses. L'important, c'est ce qui lui plaît à elle. Comment réagirait-elle, à ton avis ?

— Je ne sais pas. Ça la ferait rire, elle rougirait et elle dirait probablement que tu es adorable.

— Cool. Je vais flirter avec elle, alors.

Je secouai la tête.

— T'es vraiment un mec bizarre.

Rush me répondit, mais ses paroles m'échappèrent, car je m'arrêtai soudain, en proie à l'émerveillement.

Elle était *là*. Assise sur un banc à discuter avec une fille que je n'avais jamais vue avant.

La fille de mes rêves.

Le silence se fit dans ma tête, mes muscles se détendirent. J'inspirai, et l'air me parut frais, empli de l'odeur de l'automne.

Elle était si belle !

— Hé, je connais cette meuf ! s'exclama Rush.

Du moins, il me sembla qu'il avait dit ça. Je ne l'écoutais pas vraiment.

— Celle qui parle à ta nana.

Ma nana. Je sortis de ma rêverie et tournai la tête vers lui.

— Sérieux ?

— Ouais.

Il se saisit de son portable dans sa poche et ouvrit l'appli Facebook.

— Blair Rodgers. Elle est dans mon cours d'expression orale.

On est potes sur Facebook. Je suis sûr qu'elle est aussi pote avec ta nana. Si on consulte son profil, on pourra enfin découvrir le nom de la fille mystère.

Dès qu'il commença à taper, je lui attrapai le bras.

— Non, arrête !

— Pourquoi ?

Il fronça le nez et me lança un regard agacé.

— Tu ne veux pas connaître son nom ?

Plus que tout au monde.

— Pas comme ça. Ça fait… détraqué.

— Parce que, la mater pendant des heures dans l'amphi, ça ne fait pas détraqué, peut-être ?

Il leva les yeux au ciel une fois encore, et reprit sa recherche.

Je fis la grimace.

— Peut-être. Mais, si je n'ai pas les couilles d'aller lui parler, alors je ne mérite pas d'apprendre quoi que ce soit sur elle. Tu ne crois pas ? Je refuse de me montrer encore plus flippant.

Il acquiesça d'un hochement de tête.

— OK. Alors va lui parler pour découvrir son putain de nom.

Il me poussa en avant. Je fis volte-face et secouai la tête.

— Je ne peux pas.

Je cherchai son regard, espérant y déceler le signe qu'il comprenait, mais non.

Basculant la tête en arrière, il poussa un long grognement.

— Tu me rends dingue avec tout ça !

Faisant mine de m'étrangler, il maugréa :

— Bien. J'abandonne. Tu es un cas désespéré. Tu es un putain de cas désespéré, Henry. Parle-lui, ne lui parle pas, je n'en ai plus rien à foutre. J'abandonne.

Il s'éloigna, puis leva son téléphone.

— Pour info, je viens d'apprendre son nom, lança-t-il par-dessus son épaule.

Bon sang.

Luttant contre l'envie de lui courir après et de le supplier, je le regardai s'éloigner en soupirant. J'étais vraiment un gros lâche. Plusieurs semaines s'étaient écoulées depuis que j'avais failli tomber dans les vapes quand elle m'avait bousculé, et Rush m'avait donné de nombreux conseils pour réussir enfin à l'approcher. Pourtant, malgré sa bonne volonté, je n'avais pas encore franchi le pas.

Je continuais à fantasmer à son sujet. Mes amis de la fanfare commençaient à en avoir marre de m'entendre parler d'elle comme si elle était le centre de l'univers. Je n'en gardais pas moins mes distances, même si je veillais parfois tard le soir à réfléchir aux façons de l'aborder et lui dire bonjour. J'avais trop peur de me vautrer encore une fois.

Rush avait raison : j'étais un cas désespéré.

Mon regard glissa de nouveau vers elle, et ma poitrine s'emplit d'un regret douloureux. Oui, un gros lâche, vraiment… Mais je m'en foutais. J'étais presque aussi content de l'adorer de loin, même si je ne savais rien d'elle, que je l'étais à l'idée d'être un jour capable de l'approcher et de tout apprendre sur elle. Au moins, ainsi, je ne prenais aucun risque. Si je ne l'approchais pas, alors elle pouvait rester la personne parfaite que je m'étais imaginée. Et Dieu sait si j'en passais, des heures, à rêvasser sur la vie idéale qu'elle menait !

La voir en dehors de l'amphi, c'était la cerise sur le gâteau. Ça alimenterait encore plus mon fantasme. Là-dehors, assise sur un banc entouré de feuilles mortes orange et rouges, elle semblait différente.

La nature la mettait en valeur. Les rayons du soleil tombaient sur elle comme s'ils étaient fiers de réchauffer une mortelle aussi exquise. La chaleur des couleurs automnales faisait ressortir ses cheveux blonds. La brise taquinait ses boucles tel un amant espiègle.

Oh ! comme j'aurais aimé être le vent ou le soleil. Ces veinards pouvaient lui accorder toute leur attention au grand jour, sans être entravés par la peur ou le doute.

La jalousie me vrilla le ventre. Je ne supportais plus d'être aussi coincé.

Un mec s'approcha d'elles en souriant comme s'ils se connaissaient et faisaient partie de la même bande. Toutes deux se levèrent du banc. Mon cœur me remonta dans la gorge.

Merde, elle était déjà maquée ?

Mais le mec la contourna pour rejoindre son amie. Ils s'enlacèrent et s'embrassèrent. Puis le type se tourna vers la fille de mes rêves – son bras toujours autour de la taille de l'amie —, et dit quelque chose qui la fit sourire et éclater de rire. La copine posa la joue sur l'épaule de son mec, et ils s'éloignèrent, abandonnant la fille de mes rêves devant le banc.

Un sourire triste sur les lèvres – ou peut-être contemplatif —, elle les regarda s'éloigner. Puis elle se tourna pour regrouper ses affaires.

Pourquoi ce sourire triste ? En voulait-elle au type d'avoir emmené son amie ? Craquait-elle pour lui ?

Pitié, pourvu que non !

Elle regarda alentour d'un air pensif, comme si elle réfléchissait à sa prochaine destination. Son regard tomba alors sur un couple blotti sur une couverture, dans l'herbe, avant de se poser sur d'autres tourtereaux qui passaient, main dans la main.

Ses épaules se voûtèrent, et son expression devint mélancolique. Soudain je compris. Elle se sentait seule. Elle voulait vivre ce que ces couples vivaient : trouver l'élu de son cœur, un compagnon avec qui tout partager.

Ça pourrait être moi, cria une voix pleine d'espoir tapie profondément en moi. On pourrait marcher côte à côte pendant qu'elle me raconterait sa journée. Je pourrais m'asseoir avec elle sur l'herbe et me battre contre la brise pour savoir qui de nous aurait le droit de lui toucher les cheveux. Je pourrais l'aimer comme elle voulait être aimée. Je le savais.

Pourtant, l'approcher pour découvrir si on était compatibles ou lui déclarer ma flamme était impossible. J'étais trop lâche. Rien ne semblait plus fatal qu'être rejeté par la fille qui occupait mes pensées. Prendre ce risque était au-dessus de mes forces.

Sortant de ma torpeur, je réalisai que je me tenais au beau milieu du trottoir, et que ça faisait bien trop longtemps que je la regardais. Je baissai la tête, m'éclaircis la gorge et partis dans l'autre direction.

— Yo, Henry ! Attends.

Je tournai la tête. Reuben, un autre joueur de trompette de la fanfare, joggait vers moi.

Je levai le menton en guise de bonjour.

— Salut. Qu'est-ce qui se passe ?

Essoufflé, il s'arrêta devant moi et réajusta les bretelles de son sac à dos.

— Tu es au courant, pour les auditions ? me demanda-t-il avec un grand sourire.

Je hochai la tête.

— Ouaip.

Rush avait raison ; le directeur cherchait quelqu'un pour remplacer Baxter. Il avait placardé une affiche ce matin pour annoncer les auditions. Trois personnes m'avaient déjà contacté par texto pour me prévenir.

Reuben me fixait d'un œil circonspect.

— Alors ? fit-il avec un geste impatient. Tu vas auditionner ou pas ?

Je haussai les épaules.

— Sûrement. Je ne risque rien à essayer.

Il eut l'air déçu et contrarié. Puis il acquiesça de la tête.

— C'est sûr, marmonna-t-il.

— Et toi ?

Je lui tapai dans l'épaule, dans l'espoir de le réconforter. Visiblement, quelque chose le tracassait.

— Tu vas auditionner ?

— Peut-être, bougonna-t-il.

Les yeux rivés au sol, il donna un coup de pied dans une feuille morte.

— Tu devrais.

Il cligna des yeux de surprise.

— Sérieux ? Tu penses que j'ai une chance ?

— Bien sûr ! On a tous une chance. Tu ne seras pas fixé tant que tu n'auras pas essayé. On devrait tenter tous les deux.

Son visage s'assombrit de nouveau.

— Ouais, t'as sûrement raison.

J'étais sur le point de lui dire combien j'avais aimé la chanson qu'il avait jouée la veille pendant l'exercice d'impro, pour qu'il reprenne du poil de la bête, mais deux nanas passèrent, et il se mit à siffler.

— Hé, les filles ! Vous êtes canon, aujourd'hui.

Elles sourirent et le saluèrent de la main en l'appelant par son prénom. Visiblement, ils se connaissaient.

Elles ralentirent et il les rejoignit, les prenant toutes les deux par la taille. Puis il dit quelque chose qui les fit glousser.

Il avait dû réaliser que je les observais, car il me lança un petit sourire satisfait et me dit au revoir d'un signe de tête.

Je le saluai et soupirai tristement. Comme j'aurais aimé être aussi à l'aise que lui avec le sexe opposé ! Approcher la fille de mes rêves n'aurait plus été un problème.

J'aurais bien volontiers échangé son assurance avec les nanas contre mon assurance à la trompette, puisqu'il semblait en manquer dans ce domaine.

Franchement l'échange aurait été excellent !

Dommage que ce soit impossible. J'aurais été grave tenté de lui proposer l'affaire du siècle, sinon.

J'aurais donné *n'importe quoi* pour avoir le cran d'approcher ma déesse blonde et lui demander son nom.

Ouais, si seulement…

Si Reuben et moi avions échangé nos talents, alors ce qui se passa ensuite ne se serait jamais produit.

7

HAVEN

Huit mots. Huit mots avaient suffi pour faire capituler Wick webster. Rien qu'à voir son air stupéfait, je savais que j'avais atteint mon but.

Honnêtement, c'était sorti tout seul. Même si je sentais que c'était vrai au plus profond de moi, ça m'embarrassait terriblement d'avoir révélé une chose aussi intime. Je me sentais effectivement en sécurité ici, *protégée*. Topher ne me dérangerait plus jamais ; la présence de Wick, son ennemi juré, ferait tampon.

Mais maintenant que j'avais dit ça, son point faible avait été révélé au grand jour : le pauvre était incapable de refuser son aide à une personne en détresse. Sans le savoir, j'avais prononcé les mots magiques pour le faire flancher.

Dans le silence total qui suivit, il me dévisagea comme si je venais de lui envoyer un crochet dans le diaphragme.

— Combien pour le loyer ? demandai-je à voix basse, lui assénant le coup fatal.

S'agrippant les cheveux d'un air désemparé, il se tourna légèrement et baissa la tête.

— Trois cent quatre-vingt-quinze dollars par mois.

Je hochai la tête.

— Ça marche. Je te donnerai la moitié de la caution que tu as déposée, ainsi que mon premier mois de loyer ce soir.

Il me jeta un regard implorant, dans l'espoir de me faire changer d'avis. Mais je ne pouvais pas avoir pitié de lui. Je devais prouver à Topher qu'il ne m'avait pas détruite. Un plan B immédiat s'imposait donc.

Enfin peut-être pas aussi immédiat, mais je voulais me relever et avancer le plus rapidement possible. Alors Wick webster allait devoir prendre sur lui et trouver la force de vivre avec une coloc qui avait des seins.

Me rappelant qu'il avait failli laisser échapper qu'il me trouvait jolie, je rougis et toussai pour m'éclaircir la gorge. Chaque fois que Topher m'avait complimentée sur mon physique, ça m'avait mise mal à l'aise parce que ça ne m'avait pas semblé sincère. Avec lui, je ne savais jamais si je me montrais parano ou s'il avait une idée derrière la tête. Mais la façon dont Wick avait suggéré ce qu'il pensait de moi, comme si c'était une vérité universelle et sans arrière-pensée, m'avait paru plus honnête et sincère que n'importe quel compliment venant de Topher.

Gênée par cette révélation déconcertante, je me tournai vers mes parents.

— Je reste ici.

— Ouais, répondit sèchement mon père. On a entendu.

Une vague de panique me submergea. Ma vision se brouilla. J'ignorais si c'était la bonne décision. Il s'agissait surtout d'une réaction précipitée, désespérée, en réponse aux événements traumatisants de la soirée, mais je n'avais pas le temps d'y réfléchir à tête reposée.

Maman s'arrêta devant moi.

— Es-tu sûre de toi, HayHay ? Tu n'es pas obligée de te décider ce soir, ni de trouver une location sur-le-champ. Tes études n'en pâtiront pas si tu rates quelques cours. Rentre avec nous à la maison. T'accorder quelques jours de réflexion ne ferait pas de toi une personne faible.

— Je…

Je réfléchis à ses paroles. Elle avait d'excellents arguments, mais…

Je balayai le salon du regard. L'appartement était vraiment propre pour un mec célibataire. Je ne vivrais pas dans une porcherie. J'aurais ma propre salle de bains. Pour un appart près du campus, le loyer était abordable et…

Je me figeai, me rendant soudain compte que j'ignorais totalement où je me trouvais.

— À quelle distance est-on du campus, au juste ? demandai-je.

— Le stade de foot est à trois blocs dans cette direction, répondit Izzy en joignant le geste à la parole.

Je ne trouverais jamais une aussi bonne affaire en plein milieu du semestre. Je serais folle de laisser passer une telle opportunité.

Je me tournai vers mes parents.

— Je reste, répétai-je plus fermement.

Ma mère me lança un sourire encourageant. Papa soupira. Il voulait protester, mais on savait tous les deux que maman lui roulerait encore sur l'orteil, s'il faisait des histoires. Il avait promis de respecter mes décisions, quand j'avais quitté la maison. Il donnait souvent son avis, mais n'intervenait pas, même lorsqu'il n'était pas d'accord avec moi.

— Préviens-nous si tu changes d'avis, dit-il simplement.

— Bien sûr.

Je pourrais toujours rentrer à la maison si les choses tournaient mal.

Il hocha la tête et avertit Wick du regard. Le message était clair : il avait intérêt à bien se tenir !

Izzy rompit le silence.

— Qu'est-ce qu'on fait, maintenant ?

Excellente question !

On se regarda tous en silence, jusqu'à ce que papa pousse un soupir.

— Autant profiter d'être en ville pour te donner un coup de main. Je vais aller chercher tes affaires et les rapporter ici.

Je hochai la tête avec reconnaissance.

— Merci, papa. Je viens avec toi.

Il arqua un sourcil.

— Ah bon ? Tu n'as pas dit que tu ne mettrais plus jamais les pieds dans cet appartement ?

— Papa, grognai-je en levant les yeux au ciel. Il faut vraiment que tu me le rappelles, quand mes réactions sont excessives ? Tu sais bien que tu ne peux pas y aller sans moi. Comment tu trieras ce qui m'appartient ou ce qui est à… *elle*.

— Ah. Effectivement. Tu vas devoir prendre ton courage à deux mains, alors.

— Ouais, marmonnai-je.

J'appréhendais déjà de revoir le canapé et de croiser mon ancienne coloc.

Wick s'avança.

— Je peux venir vous aider, proposa-t-il, manifestement à contrecœur.

Je secouai la tête.

— Non. Je doute que ce soit une bonne idée.

Il parut déconcerté.

— Si Topher traîne encore à Dandridge et te voit avec moi, il pourrait penser qu'on…

Je secouai la tête et repris :

— Il pourrait deviner où je crèche, et je n'ai aucune envie qu'il le sache. Et, même s'il n'est pas là, je suis sûre qu'un de ses potes monte encore la garde. S'il te voit, il préviendra Topher direct.

L'espace d'un instant, je crus qu'il allait protester mais, à court d'arguments, il s'abstint.

Ses épaules s'affaissèrent.

— Comme tu veux, céda-t-il.

Papa renifla.

— J'espère bien que cet enfoiré sera toujours là-bas à notre arrivée.

Maman lui roula dans la jambe.

— Sois prudent, chéri. Ne me force pas à te sortir de prison avant la fin de la soirée.

Il sourit d'un air coquin et lui fit un clin d'œil.

— Pourquoi ? Si je finis derrière les barreaux, je pourrai peut-être voler des menottes.

— Papa ! m'écriai-je, me bouchant les oreilles. Ce genre de conversation est interdit devant moi, tu te rappelles ?

— C'est vrai, répondit-il en hochant la tête.

Puis il se tourna vers maman et leva les yeux au ciel.

— Rappelle-moi comment on a fait pour avoir une fille si chaste et prude ?

— C'est ta faute. Tu lui as interdit de faire l'amour avant ses trente-cinq ans.

Il se fendit d'un petit rire sarcastique.

— Comme si elle m'avait écouté !

Il leva un regard plein d'espoir vers moi.

— Attends. Est-ce que tu m'as écouté ?

— J'aurais dû !

— Dommage, soupira-t-il.

Puis il hocha la tête d'un air déterminé.

— Allons tuer l'enfoiré qui a débauché ma petite fille.

Il secoua la tête pour s'éclaircir les idées.

— Je veux dire, allons récupérer tes affaires.

— Je peux appeler Mason en renfort, suggéra maman.

— Bonne idée ! Il pourra tenir ce connard pendant que je lui donnerai un coup de pied dans les…

Il était exaspérant, à la fin…

— Papa… On sait tous les deux que tu ne feras aucun mal à Topher.

— Un homme a le droit de rêver, non ?

Pendant qu'il rouspétait, je me tournai vers maman.

— S'il te plaît, ne dérange pas oncle Mason.

— Pourquoi ne puis-je pas appeler mon frère ?

Je soupirai.

— Il est déjà tard. Le temps qu'il arrive, papa et moi aurons probablement fini de déménager mes affaires.

Sans compter que tante Reese l'accompagnerait. Elle voudrait parler de Topher et de ce qui s'était passé ce soir, et elle aurait certainement beaucoup à en dire. C'est pourquoi je préférais me débrouiller seule.

Le portable de papa se mit à sonner, empêchant maman de protester.

— Quand on parle du loup…

Je crus tout d'abord qu'il s'agissait de Mason ou de tante Reese, mais à sa mine réjouie et diabolique je compris qu'il s'agissait de Topher.

— Salut, mon pote ! lança-t-il joyeusement, un grand sourire aux lèvres. Je suis ravi que tu appelles.

Il haussa les sourcils.

— Quoi ? *Oh !* Oui, justement, on a réussi à joindre Haven.

Ouais. Et on est au courant de ce que tu lui as fait, espèce de sale menteur ! Mais tu sais quoi ? Je suis soulagé de pouvoir te dire ce que je pense *vraiment* de toi, parce que je ne t'ai jamais apprécié, petit merdeux.

La sœur de Wick laissa échapper un gloussement et se plaqua aussitôt la main sur la bouche. Quant à moi, je regardai mon père, bouche bée.

— Depuis le premier jour, tu me fais l'effet d'un lèche-cul hypocrite, prétentieux et vantard. Je suis *tellement* content que ma fille soit débarrassée de toi. Tellement content, en fait, que j'ai décidé de ne pas te tuer. Sauf si je te trouve à Dandridge Hall quand j'y arriverai, dans cinq minutes. Si je te vois ce soir… je ne sais pas, mon pote. Je suis encore tout retourné et contrarié, tu comprends, alors je ne pourrai peut-être pas me contrôler. Je serai peut-être obligé de te massacrer. À ta place, je ne resterais pas là. On est d'acc…

Il fronça les sourcils et éloigna le téléphone de son oreille pour consulter l'écran.

— Ça alors, il m'a raccroché au nez !

Haussant les épaules, il me regarda.

— Tant pis. J'ai le sentiment que le message est passé et qu'on ne le croisera pas.

Je secouai la tête, choquée.

— Tu n'as jamais apprécié Topher ? Pourquoi tu ne m'as rien dit ?

— Oups, lâcha-t-il, l'air coupable.

Il se tourna vers maman.

— Je n'aurais probablement pas dû lui avouer qu'on le détestait, hein ?

— *On ?*

Je pivotai vers elle.

— Toi aussi, maman ?

Elle me lança un regard compatissant.

— Oh ! ma chérie. Tu sais bien que j'ai toujours trouvé que Topher était un garçon tout à fait…

Incapable de finir, elle grimaça et déglutit.

— Il…

Ne trouvant aucun compliment à lui faire, elle abandonna.

— Non, je ne l'appréciais pas non plus. Et maintenant je le déteste.

— Eh bien !

Dire que je ne m'étais jamais doutée de rien. Comment avais-je pu être aveugle et naïve à ce point ? Non seulement la vraie nature de Topher m'avait échappé, mais je m'étais également trompée sur ce que mes parents pensaient de lui.

— Tu l'avais choisi, ma chérie. On ne voulait pas compliquer votre relation amoureuse.

— Tout va bien, maman…

En réalité, ça n'allait pas du tout.

Si j'avais su qu'ils ne l'appréciaient pas, je l'aurais peut-être vu sous un autre jour. J'aurais peut-être remarqué certaines choses plus rapidement. Je l'aurais peut-être quitté avant de le surprendre avec ma coloc.

Détournant le regard, je cherchai celui de Wick. J'avais besoin de me raccrocher à quelque chose de solide, de stable. Ou peut-être que ses yeux super clairs avaient un pouvoir hypnotisant.

Je le regardai si longuement qu'il s'exclama :

— Hé ! Je n'ai jamais caché que je le détestais, moi !

Je ris malgré moi. L'envie de m'apitoyer et mon cafard s'envolèrent. Prenant mon courage à deux mains, je fis un signe de tête déterminé à mon père.

— Allons récupérer mes affaires.

8

HAVEN

À mon grand soulagement, Annabeth et Topher n'étaient pas là à notre arrivée. On chargea mes affaires dans le van de mes parents et ma voiture pendant plus d'une heure, puis je quittai une fois pour toutes l'appartement. De retour chez Wick, j'eus la mauvaise surprise de découvrir que mes draps une place ne feraient pas l'affaire.

Il proposa de me prêter sa parure de rechange, mais la Haven têtue et indépendante refusa. Heureusement, il y avait un supermarché ouvert 24/24 à quelques blocs. Après avoir remercié mes parents – je ne voulais pas qu'ils prennent la route trop tard —, je sortis faire mes achats. La bonne nouvelle dans tout ça, c'est qu'au moins maintenant j'avais un lit double.

Ensuite, Wick m'accompagna au sous-sol du bâtiment pour me montrer où se trouvait la buanderie. Je tenais à faire une machine pour éviter de dormir dans des draps rêches. Mais, alors que je finissais de poser les draps dans le tambour, je me souvins que je n'avais pas de lessive. Je poussai un soupir de frustration.

— Laisse-moi deviner, lança Wick d'une voix profonde derrière moi, tandis que je regardais, atterrée, mes draps pleins de teinture et d'amidon. Si je te propose de te passer ma lessive, tu vas refuser. Je me trompe ?

— On dirait que le destin s'acharne contre moi, ce soir, non ?

Il haussa les épaules.

— Tu ne peux pas être une île tous les jours.

— Et en plus il cite Donne ! m'exclamai-je en levant les bras et la tête vers le plafond, stupéfaite.

Il cligna des yeux.

— C'est lui qui a dit ça ?

Son expression déconcertée me fit éclater de rire. Je hochai la tête.

— John Donne. Ouais.

Avec une moue gênée, je repris :

— J'ai suivi un cours de poésie anglaise, le semestre dernier. On devait mémoriser et réciter un vers de chaque poète au programme. Pour Donne, j'avais choisi : « Aucun homme n'est une île, un tout, complet en soi ; tout homme est un fragment du continent, une partie de l'ensemble. »

Dans mon excitation, j'avais parlé avec les mains. Je les baissai en rougissant. Le professeur Morales m'aurait pénalisée. Elle disait toujours que surjouer et accentuer chaque mot d'un poème empêchait de se concentrer sur son sens véritable. En revanche, j'avais inconsciemment redressé l'échine. Elle aurait au moins été fière de moi sur ce point.

Wick me regardait comme si j'avais perdu l'esprit. Rougissant de plus belle, je m'éclaircis la gorge et passai rapidement une mèche de cheveux derrière l'oreille.

— Désolée. Je parie qu'écouter une folle récemment cocufiée réciter de la poésie anglaise du XVIIe siècle dans un sous-sol flippant, un mercredi soir après 23 heures, n'est pas exactement la façon dont tu prévoyais de passer la soirée.

— Ça, c'est sûr.

Ce mec était impossible à déchiffrer. Il ne semblait ni charmé ou amusé, ni contrarié ou irrité. Mais impassible et grave, aussi impénétrable qu'une tombe.

Note à moi-même : ne jamais jouer au poker contre lui.

M'éclaircissant à nouveau la gorge et me frottant les bras car, mine de rien, le sous-sol aux murs de béton était froid, je dis d'une petite voix :

— Je veux bien un peu de lessive, s'il te plaît.

— Ou alors… tu peux emprunter mes draps, qui sont déjà lavés, pour ne pas attendre une heure et demie que ceux-ci soient propres et secs.

— Décisions, décisions…, murmurai-je en me tapotant le menton d'un air pensif.

Finalement, je tranchai.

— Non merci. Je vais prendre la lessive. Ce sera plus simple à rembourser.

Il fit les yeux ronds.

— Tu n'as pas à me rembourser !

Ouvrant le placard au-dessus de sa tête, il sortit un flacon de lessive et me le tendit. WEBSTER était inscrit au marqueur noir sur un épais morceau de scotch collé en travers.

— Quelques grammes ne me manqueront pas.

— Merci, mais j'y tiens.

J'ajoutai rapidement ma lessive et je rebouchai le flacon, puis le lui rendis en le remerciant.

Il haussa les épaules.

— De rien.

Tandis qu'il le rangeait, je mis en route la machine. Le bruit qu'elle fit en se remplissant résonna lugubrement autour de nous. Je me tournai brusquement pour vérifier que Wick était toujours là. Dieu merci, il n'avait pas bougé.

— Tu penses que je peux remonter, ou je dois rester ici pour surveiller ?

Je me mordis la lèvre. Je n'avais vraiment pas envie d'attendre seule dans ce sous-sol glauque et flippant pendant plus d'une heure.

— Personne ne t'a volé du linge, si ?

Il avait étiqueté son flacon de lessive, alors tout était possible.

— Non, c'est bon. On n'est pas obligés de rester.

Je soupirai de soulagement. Le fait qu'il ait dit « on » me mit du baume au cœur. Il serait resté avec moi, si j'avais décidé d'attendre.

C'était... gentil.

Ça alors ! C'était bizarre de le voir comme quelqu'un de gentil, alors que je l'avais toujours pris pour le plus gros connard de l'univers. Il s'était montré adorable et attentionné, ce soir. Même quand il s'était énervé à cause de ma poitrine, et qu'il avait essayé de me dissuader de louer la chambre, il était resté bienveillant et respectueux. Bourru, grognon, certes, mais aimable et protecteur. Je n'avais aucun doute : je ne risquais rien avec lui. Alors que ma vie venait de s'effondrer, que tout partait à vau-l'eau, ça voulait dire beaucoup.

On quitta la buanderie et on remonta le long couloir – froid et sombre, il me donnerait sûrement des cauchemars —, avant de nous retrouver dans la nuit fraîche. On grimpa quelques marches, traversa la pelouse et atteignit le porche.

Notre porche. Que c'était bizarre... Wick webster et moi partagions maintenant le même.

Le Wick webster que Topher détestait.

Topher, qu'hier encore j'aimais, mais qu'aujourd'hui... je

n'aimais plus. Du moins, il me semblait que je ne l'aimais plus. Je me sentais nauséeuse, paniquée et perdue en pensant à lui. Blessée, en colère, trahie ; amère et d'humeur vengeresse. Mais il n'y avait plus d'amour.

Il avait détruit mes sentiments pour lui en un seul instant. Pouf.

Comment était-ce possible ? L'amour n'était-il pas censé durer toujours ? Résister à toutes les tempêtes ? Comment pouvait-il disparaître si facilement ?

Sauf si…

Si je ne l'avais jamais vraiment aimé.

La panique me gagna. Mon cœur commença à s'emballer. Cette idée était traumatisante. Me dire qu'il avait détruit notre histoire était plus facile que m'avouer que je n'avais pas pu me fier à mon propre cœur.

Craignant de perdre pied, je relevai la tête et fixai le dos de Wick. Aussitôt je me sentis apaisée.

Le pauvre garçon était devenu ma bouée de sauvetage. J'avais l'impression d'avoir sauté d'un paquebot en train de couler pour me retrouver dans un canot certes ordinaire, mais qui s'avérait beaucoup plus solide qu'un navire rutilant et plein de fausses promesses.

Une fois dans l'appartement, je me laissai tomber sur le canapé et me passai les mains sur le visage. Mon cerveau était en ébullition, tandis que les événements de la soirée me revenaient en mémoire : Topher et Annabeth sur le canapé, moi cachée dans la chambre d'Izzy, mes parents qui débarquaient à l'improviste, Wick gentil en fin de compte, des sous-sols effrayants qui chuchotaient mon nom, le choc d'avoir vidé ma chambre et de réaliser qu'une partie de ma vie était finie. Pour toujours.

Envolée, juste comme ça.

Je frissonnai, essayant d'oublier, mais les images m'assaillirent de plus belle, au point que j'eus envie de hurler et de marteler le mur de mes poings. Heureusement, Wick était là. Je ne pouvais pas péter les plombs devant lui. Mieux valait attendre le troisième ou quatrième soir avant de montrer à mon nouveau coloc qu'il vivait avec une cinglée, non ?

Il s'installa dans un des fauteuils en bâillant et sortit son portable de sa poche. On aurait dit un mec dans une salle d'attente avant son rendez-vous. Je réalisai alors qu'il attendait que ma lessive se termine.

Ça me fit sourire.

— Tu n'es pas obligé d'attendre avec moi, tu sais.

Je fis un geste vers le couloir qui menait aux chambres.

— Va te coucher. Je me débrouillerai.

Il leva brièvement les yeux vers moi.

— Impossible, marmonna-t-il. Mon lit est pris.

J'avais oublié. Sa sœur dormait ici ce soir et elle était allée se coucher. Ce qui voulait dire que…

— Oh ! mon Dieu ! m'écriai-je.

Je bondis du canapé où je me prélassais comme s'il m'appartenait.

— Je suis assise sur ton lit pour la nuit.

C'était peut-être ce qu'il avait voulu dire en me répondant que son lit était occupé.

— Je suis désolée. J'irai attendre ailleurs.

Je devais déballer et installer mes affaires dans ma nouvelle chambre de toute façon, mais rien que d'y penser j'étais épuisée.

— Tu peux rester, dit-il avec un autre regard furtif dans ma direction. Même si je m'endormais, l'air froid me réveillerait chaque fois que tu descendrais voir où en est ta lessive.

Il haussa les épaules et reporta son attention sur son écran.

— En plus, je serais incapable de dormir.

Comme je le comprenais !

Je poussai un soupir et me rassis.

— En gros, tu es en train de me dire que j'aurais dû emprunter tes draps ?

J'eus droit à un nouveau haussement d'épaules.

— Trop tard maintenant.

Ce mec excellait vraiment dans l'art du haussement d'épaules ! C'était comme un langage et, étrangement, j'en comprenais la signification.

Je croisai les jambes et me mis à remuer le pied en tapotant nerveusement mes ongles les uns contre les autres. Je ne savais pas comment m'occuper. Mon portable était en train de charger. Et puis, je n'avais pas le courage d'affronter la montagne de textos qui devait s'amonceler dans ma boîte.

— À quoi est-ce que tu joues ? demandai-je finalement, incapable de supporter le silence plus longtemps.

Wick leva les yeux, visiblement surpris que je veuille discuter avec lui.

Puis il consulta son écran en fronçant les sourcils, comme s'il ne se rappelait plus.

— Euh… Ça s'appelle Gardenscapes.

Je lui lançai un sourire radieux.

— C'est vrai ? J'y joue, moi aussi ! Enfin… j'y *jouais*. Jusqu'à ce que j'atteigne le niveau avec le truc visqueux jaunâtre qui se répand sur l'écran, et qui engloutit tout. Je perdais à chaque fois. Ça m'a tellement énervée que j'ai supprimé l'appli de mon téléphone.

Ses lèvres tressautèrent vers la droite, et il leva son portable vers moi. Il en était au même niveau.

— Le truc visqueux jaunâtre, c'est du miel, et je n'arrive pas à le battre non plus.

— Tu as raison. C'était du miel.

Je jetai un regard noir vers son écran.

— Qu'est-ce que je détestais ce miel !

Pourtant, je l'adorais dans la vie réelle. Bizarre.

Il soupira, mit son appareil en veille et le posa sur la table basse. Il bâilla de nouveau, se passa la main sur le visage, croisa les bras sur le torse et étira ses longues jambes devant lui.

J'en profitai pour l'observer. Il portait des baskets, un jean vintage et un T-shirt noir près du corps. J'avais toujours eu une mauvaise opinion de lui, par loyauté envers Topher et à cause des insultes que Wick avait prétendument proférées à mon sujet. Mais, maintenant que j'avais retiré mes œillères, je le voyais différemment. Ses mouvements ne semblaient plus aussi prétentieux, ils donnaient davantage l'impression qu'il était déterminé et concentré sur son objectif. Son expression sévère, que je prenais pour une façon de juger les autres en permanence, paraissait plus pensive et contemplative, comme s'il était méfiant ou sur ses gardes pour se protéger. Ça le rendait encore plus attirant.

Honteuse de l'avoir jugé sans le connaître, je m'éclaircis la gorge.

— Wick ?

Il tourna la tête vers moi, ses yeux très clairs vifs et alertes, bien qu'il ait l'air épuisé.

— Merci pour tout. Je ne sais pas comment j'aurais fait sans Izzy et toi. Sache que… j'apprécie vraiment.

Il hocha la tête sans répondre.

Dans le silence qui suivit, je me mis à ressasser ce qui s'était passé. Qu'arriverait-il ensuite ? Les larmes me montèrent aux yeux. La gorge sèche, j'enfonçai les doigts sur le canapé, sous mes cuisses.

— J'ai fait tomber mes courses, lâchai-je soudain.

Il fronça les sourcils.

— Pardon ?

— J'étais sortie faire des courses, ce soir. J'avais deux sacs pleins. J'ai dû en hisser un sur la hanche pour ouvrir la porte de mon appartement, et quand j'ai ouvert… je les ai surpris. J'en ai laissé tomber les sacs. Mes courses avaient disparu, quand on est allés récupérer mes affaires. Je viens seulement de m'en rendre compte.

Coulant un regard vers lui, j'ajoutai :

— Je crois que cette garce m'a piqué mes courses, en plus !

Un moment passa. Puis il s'humecta les lèvres et demanda :

— Tu avais acheté des trucs sympas ?

— Et comment ! Un tas de trucs sympas. J'avais des puddings individuels parfum vanille-chocolat.

Il approuva d'un geste. Il *connaissait*.

— Une miche de mon pain au miel préféré. Du beurre de cacahuète croquant, de la gelée de raisin dans une de ces jolies bouteilles en plastique. J'avais aussi une boîte de crackers et du cheddar coupé en tranches. Et… oh, non !

Je pressai la main sur mon cœur.

— J'oubliais. Un sachet de Reese's Peanut Butter Cups. Elle a pris mes friandises au beurre de cacahuète !

La garce !

Coucher avec mon mec était une chose. Mais quel genre de monstre sans cœur volait la réserve de *friandises* de sa coloc ?

— Ça craint, commenta Wick à voix basse.

Plutôt, ouais.

— Comment est-ce que tu manges tes Reese's Cups ?

Il me regarda d'un air hébété.

— Comment ça ?

— Pardon…

Je fermai les yeux et appuyai la main sur le front.

— … Je sais que je pars dans tous les sens. Mon esprit tourbillonne, et je passe du coq à l'âne. Impossible de me concentrer.

Le pire, c'est qu'à chaque fois que j'arrête de parler j'ai l'impression que je vais me mettre à pleurer, alors je suis comme forcée de débiter tout ce qui me passe par la tête pour éviter de devenir folle. Prépare-toi. Je risque de sortir ineptie après ineptie.

— C'est noté, fit-il d'un air grave.

Puis il s'éclaircit discrètement la gorge et reprit :

— Je mange tout le chocolat sur le pourtour, puis le centre au beurre de cacahuète.

Je poussai un long soupir, soulagée qu'il joue le jeu.

— Cool. Moi, je mange le cœur de beurre de cacahuète d'abord.

Il pencha la tête sur le côté et fronça les sourcils.

— Attends, quoi ? Tu casses le pourtour en chocolat et tu le mets de côté ?

Je secouai la tête.

— Non. Je presse avec les pouces, ça laisse intact l'anneau de chocolat, que je mange en dernier.

— Tu rigoles ! s'exclama-t-il. Ce n'est même pas possible ! Comment tu fais pour laisser l'anneau de chocolat intact ? Il ne s'émiette pas ?

— Oh ! ce n'est pas si facile ! Ça demande même un doigté exceptionnel.

— Ça alors. Quel dommage que cette garce te les ait volés. J'aurais bien essayé.

Je lâchai un gloussement mais, un instant plus tard, les larmes menacèrent de monter. Je secouai la tête pour les chasser. Wick me regardait d'un air soucieux, comme s'il était prêt à bondir pour m'empêcher de m'étouffer dans mon chagrin.

— Pourquoi est-ce qu'on t'appelle Wick ? C'est un diminutif ?

— Wick est le diminutif de Wickham. Ma mère adore *Orgueil et Préjugés,* alors elle a appelé tous ses enfants d'après certains personnages du livre : Izzy est le diminutif d'Elizabeth ; Darcy fait évidemment référence à M. Darcy. Quant à Charlie…

— Charlotte, devinai-je avec un sourire plein d'affection. La meilleure amie d'Elizabeth Bennet.

Il acquiesça.

— Exact.

— C'est une idée géniale. Mais attends… George Wickham, ce n'est pas le…

— Vilain ? me coupa-t-il sèchement. Si.

— Alors pourquoi est-ce que…

Je fis la moue. J'étais navrée pour lui. Le prénom en lui-même me plaisait, mais ça devait être dur de porter le nom d'un méchant.

— Elle aimait la sonorité du mot, expliqua-t-il, les lèvres pincées comme pour se retenir d'ajouter combien il désapprouvait.

— Elle ne craignait pas que tu finisses par ressembler au personnage ?

Il me gratifia d'un de ses sempiternels haussements d'épaule.

— Il faut croire que non.

Le silence qui suivit me donna le bourdon. Aussi, je m'empressai de le meubler.

— Tu veux savoir d'où vient mon prénom ?

— Bien sûr, répondit-il, bien que son expression ahurie dise tout le contraire.

— Mon deuxième prénom est Dawn, en hommage à ma grand-mère. Ma grand-mère maternelle, pas paternelle. Elle est morte quand ma mère était adolescente, alors je ne l'ai pas connue. Quant à ma grand-mère paternelle, je ne l'ai jamais rencontrée. Papa refuse d'avoir le moindre contact avec elle. On ne sait pas où elle se trouve, ni même si elle est encore en vie. Et je m'appelle Haven, parce que, en grandissant, mes parents sont devenus les meilleurs amis du monde. Peu importe ce qu'ils traversaient ou ce qui se passait dans le monde autour d'eux, quand ils étaient l'un avec l'autre, ils se sentaient comme dans un cocon[1].

Je souris timidement.

— Maman aimait la sonorité de ce mot.

Le coin de la bouche de Wick frémit. Ce petit signe d'amusement fit gonfler ma poitrine de fierté. J'avais *presque* fait sourire l'homme de pierre, l'homme toujours hyper grave et sérieux. J'étais capable de réaliser des exploits.

— Je me demande si les mères choisissent des prénoms simplement parce qu'ils sonnent bien et si *ensuite* elles nous font croire qu'il y a une histoire plus profonde derrière.

Je lui lançai un grand sourire.

— C'est exactement ce que je me disais !

En réalité, non, mais l'idée me plaisait, alors j'en avais rajouté.

Nos regards se croisèrent. Il était encore circonspect et méfiant, mais je perçus également de la tristesse et du regret, comme s'il voulait qu'on devienne amis, mais qu'il trouvait cela risqué. Je me sentis soudain mal à l'aise. Il n'avait rien de louche, mais il était intense. Parcourue d'un frisson, je me frottai les bras. Combien de temps durerait encore la machine ?

— Au fait, tu n'as posé aucune question au sujet de ma mère.

Il plissa le front.

— Qu'étais-je censé demander ?

Je me sentis rougir, et me passai une mèche de cheveux derrière l'oreille.

— Oh ! tu sais, les questions habituelles. Qu'est-ce qui cloche chez elle ? Pourquoi ne peut-elle pas marcher ? Pourquoi tremble-t-elle en permanence et a-t-elle des problèmes d'élocution ?

Je levai les yeux au ciel.

1. C'est ce que signifie *haven*, en anglais.

— *Tout le monde* pose ce genre de questions, ajoutai-je avec amertume.

C'était rafraîchissant qu'il ne l'ait pas fait. Je n'étais pas forcée de sortir ma tirade habituelle : « Rien ne cloche chez elle. »

Il haussa une épaule.

— Je me suis simplement dit en voyant le fauteuil qu'elle ne pouvait pas marcher. Je n'ai pas cherché plus loin et je n'ai pas pensé que quelque chose *clochait* chez elle. De ce que j'ai vu, elle semble parfaitement capable de gérer les problèmes.

Emplie de fierté, je hochai la tête.

— Carrément ! Elle déchire.

— J'ai remarqué, répondit-il sèchement. J'ai bien failli confesser tous mes péchés quand tes parents ont appelé et que ton père lui a passé le téléphone. Elle s'est montrée gentille et courtoise et n'a pas haussé le ton une seule fois, mais elle a quand même réussi à me foutre la trouille. Et, quand elle a roulé sur le pied de ton père exprès, j'ai su qu'il ne fallait pas la contrarier. J'essaye encore de comprendre comment elle a fait pour monter l'escalier et atteindre la porte d'entrée toute seule.

Je joignis les mains et les posai sur la poitrine.

— Maman est un vrai miracle, un don du ciel.

Il hocha la tête comme s'il était d'accord, puis me lança un regard interrogateur.

— Alors… pourquoi étais-je censé demander ce qui cloche chez elle ?

— Les gens posent toujours la question…

— Parkinson ?

— Paralysie cérébrale.

Il fit la moue.

— Désolé, je n'y connais rien.

— C'est un dysfonctionnement musculaire et moteur. Son

cerveau dit à son corps comment bouger, mais son corps ne reçoit pas toujours le message. Tu serais surpris de savoir le nombre de mouvements qu'on fait sans s'en rendre compte : mâcher, avaler, cligner des yeux… Si elle ne fait pas attention, elle peut s'étouffer avec sa salive.

— Bon sang.

Il secoua lentement la tête.

— Ça doit être épuisant de toujours devoir réfléchir au moindre petit mouvement.

Son empathie me fit sourire.

— Elle le gère avec tant de classe et de grâce qu'on en oublierait presque les efforts que lui demandent les tâches les plus simples. Je n'apprécie pas à sa juste valeur tout ce qu'elle fait pour moi, dis-je avec tristesse.

— Je doute que ça la dérange, murmura-t-il.

Je l'interrogeai du regard.

— C'est ce que font les mères. Je tiens la mienne pour acquise tout le temps aussi, et elle ne me le fait pas remarquer non plus.

Je l'observai d'un air pensif. Mal à l'aise, il se dandina sur son siège.

— Quoi ? finit-il par me demander.

— Pardon, je…

Je secouai la tête, les yeux plissés de curiosité.

— Tu es très différent de ce que j'imaginais, voilà tout.

— Tu me voyais à travers les yeux de ton petit ami, et vu que lui et moi ne nous sommes jamais entendus…

— Ça me donne l'impression d'être détestable. Je devrais me faire ma propre opinion sur les gens.

— Pas forcément, protesta Wick d'une voix douce mais ferme. Il m'est arrivé aussi de me forger une opinion sur certaines personnes que je n'avais pas rencontrées en me fondant uniquement sur l'avis de mes proches.

— Eh bien, disons alors que j'ai honte d'avoir accordé le moindre crédit aux paroles d'un tel traître. C'est un sacré menteur, marmonnai-je amèrement.

— Tu ne pouvais pas savoir.

— J'aurais dû ! aboyai-je.

Il haussa les sourcils de surprise. La culpabilité envahit ses traits, comme s'il pensait être la cause de ma baisse de moral, alors qu'il n'y était pour rien.

— Pardon, grimaçai-je. Je m'étais juré de ne pas penser à ça ce soir.

Je soufflai un grand coup pour essayer de me détendre. Puis, estimant qu'il était temps de rendre sa liberté à ce pauvre garçon et de garder mes émotions pour moi, je tapotai les coussins du canapé et me levai.

— Je vais voir où en sont les draps.

Il leva les yeux vers moi, l'air de vouloir dire quelque chose, mais il resta silencieux et se contenta de hocher la tête.

9

HAVEN

Sans Wick à mes côtés, la nuit me parut noire et effrayante. Je m'approchai des marches qui descendaient au sous-sol en retenant mon souffle. C'était l'endroit rêvé pour un détraqué attendant sa prochaine victime.

Génial ! Exactement le genre d'images dont j'avais besoin pour me calmer !

Je baissai la tête vers la cage d'escalier allumée et soufflai de soulagement : l'endroit était désert en dehors d'un chat qui buvait dans son bol. Rassurée, je descendis. Le pauvre M. Moustache, alerté par le bruit, se rua vers sa chatière et disparut.

J'ouvris la porte de la buanderie, rassurée de savoir que l'animal était là, quelque part au sous-sol avec moi. Parfois, avoir une âme près de soi – qu'elle interagisse ou non avec vous – faisait toute la différence.

Par chance, ma lessive se terminait. Après avoir patienté quelques instants, je déposai à toute vitesse mes draps dans le sèche-linge, en ne vérifiant que *six* fois par-dessus mon épaule, pour m'assurer qu'aucun homme ne me menaçait d'un couteau sanglant. Franchement, il y avait de quoi être fière !

Je rejoignis l'appartement au pas de course et passai la porte essoufflée. Soulagée que Wick ne soit pas là pour voir la froussarde que j'étais, je pris un instant pour calmer mon pouls affolé, avant de partir à sa recherche.

Je le trouvai dans la cuisine. Dos à moi, il buvait un verre de je ne sais quoi.

— Bonne nouvelle ! annonçai-je. Le lavage est terminé, et le séchage a commencé.

Il posa le verre et se tourna vers moi. Appuyant la hanche contre l'évier, il hocha la tête en silence.

— Je n'avais pas remarqué la mascotte de l'immeuble, tout à l'heure, repris-je en agitant nerveusement les mains. Je crois qu'il a perdu une de ses neuf vies tellement je l'ai effrayé quand je suis apparue dans la cage d'escalier. Il s'est précipité par la chatière avant que j'aie eu le temps de me présenter.

— Tu as dû rencontrer Princesse, la chatte du propriétaire de l'immeuble.

Je souris et hochai la tête. M. Moustache était donc Mme Moustache en réalité. Pigé.

— Cool.

— Tu n'es pas allergique, au moins ?

— Non. Ma mère si, mais pas moi. J'adore les chats. Est-ce que Princesse est gentille ?

— Pas du tout. Elle mord, crache et griffe.

Je me ratatinai. Mince. J'espérais m'en faire une amie. Je n'avais jamais eu d'animal domestique. L'espace de quelques minutes, je m'étais réjouie à l'idée d'en côtoyer enfin un.

— Quel dommage ! marmonnai-je mollement, plus déçue que je ne l'aurais imaginé.

Wick jeta un regard gêné autour de lui comme s'il se sentait piégé ici avec moi. Je fis la grimace.

— Excuse-moi, tu voulais être seul, peut-être ? lâchai-je, me mordillant la lèvre dans l'espoir qu'il répondrait non, qu'il *adorait* au contraire être en présence d'une nana pénible qui partait dans tous les sens.

Sachant que c'était peu probable, je reculai et lui fis au revoir de la main.

— Je te laisse.

— Attends, tu n'es…

Il s'interrompit brusquement avec une grimace.

Je m'arrêtai et le regardai avec espoir, curieuse d'entendre ce qu'il s'apprêtait à me dire. Mais il durcit la mâchoire comme s'il tenait à rester muet.

— Je ne, quoi… ? insistai-je à voix basse.

Il eut l'air contrarié un court instant, comme s'il n'appréciait pas que j'insiste. Puis il prit une profonde inspiration.

— Si tu veux de la compagnie, ça ne me pose pas de problème, répondit-il sans conviction. Seulement, je ne suis pas la personne idéale pour… tu sais…

Il agita la main.

— *Discuter.* Mais rien ne t'oblige à rester seule, si tu n'en as pas envie.

— C'est le cas, répondis-je beaucoup trop rapidement, avec une moue d'excuse. Désolée. Je sais que je devrais prendre sur moi et passer à autre chose, mais mon cerveau tourbillonne à cent à l'heure. Alors, toute distraction est la bienvenue. Et, franchement, ta conversation ne laisse rien à désirer.

Certes, il fallait lutter pour le faire parler mais, une fois qu'il commençait, ce qu'il avait à dire m'intéressait.

Il haussa un sourcil sceptique. Puis il secoua la tête et soupira.

— Tu dois vraiment être désespérée pour avoir envie de discuter avec moi.

Je tendis la main vers lui en riant.

— Pas du tout. J'aime bien parler avec toi. Tu as dit que ma mère était géniale. Il n'y a pas meilleure façon de gagner des points avec moi.

Mais il n'écoutait déjà plus. Il était trop occupé à regarder ma main, bouche bée, comme s'il se demandait pourquoi je la tendais dans sa direction. Il leva un regard incrédule avant de baisser de nouveau les yeux vers ma main.

Il n'était pas tactile. Noté.

Avec un long soupir, je lui attrapai les doigts et l'entraînai vers le salon. Surpris, il vacilla légèrement.

— Ça ne te dérange pas, si on s'assoit ici pour discuter ?

Je souris légèrement devant son air ahuri, puis culpabilisai aussitôt. Je n'aurais pas dû m'amuser autant de le voir aussi mal à l'aise.

— Comme tu veux, répondit-il avec un regard méfiant.

Mon sourire s'agrandit, et je faillis éclater de rire. J'ignorais pourquoi sa gêne me réjouissait, mais ça me plaisait de le pousser dans ses retranchements pour voir jusqu'où il me laisserait aller. Ou, plutôt, jusqu'où il me laisserait m'approcher. Toutes les distractions étaient valables tant que ça m'empêchait de ressasser et de pleurer.

Me laissant tomber sur le canapé, je tirai sur sa main. Il s'assit près de moi. Sentir sa cuisse chaude et ferme contre la mienne m'apaisa immédiatement. Un silence si brutal se fit dans ma tête que je fermai les yeux et poussai un soupir de soulagement.

Que ça faisait du bien ! Mon cerveau ralentit comme s'il venait d'être plongé dans une cuve de mélasse. Sauf qu'au lieu de couler dans la matière noire visqueuse et s'y noyer il se mit à barboter joyeusement, les chevilles croisées, affublé de lunettes de soleil, un cocktail surmonté d'un petit parapluie à la main.

Le répit fut si agréable que je faillis m'endormir.

— Alors… De quoi veux-tu parler ?

Ah, c'est vrai. Wick était là. J'aurais dû me le rappeler, puisque c'était sa présence à mes côtés qui m'avait mise dans un tel état de relaxation et de béatitude.

Je battis des paupières, levai la tête vers lui et souris.

— Je n'en ai pas la moindre idée, répondis-je d'une voix traînante. C'est le vide dans ma tête.

— Alors, les pensées folles et tourbillonnantes sont…

Je souris et claquai des doigts.

— Envolées. Pouf !

— Envolées ? répéta-t-il lentement, en balayant le salon du regard d'un air perplexe. D'accord.

Il posa les mains sur ses cuisses comme s'il s'apprêtait à se lever. Aussitôt, la panique me gagna. Le tourbillon dans ma tête s'était calmé dès l'instant où on s'était assis l'un à côté de l'autre et où nos cuisses s'étaient touchées. S'il mettait de la distance entre nous, j'étais quasi certaine que le chaos se ferait à nouveau dans mon esprit. Je ne le supporterais pas, pas ce soir. Je me sentais trop vulnérable, trop à vif. Sa cuisse chaude contre la mienne m'apaisait et me réconfortait, tel un bon petit plat fait maison. Même son odeur me calmait. Il sentait comme la terre avant une pluie d'été. Je ne voulais pas qu'il s'en aille.

Tout à coup, un souvenir me revint. Je poussai un cri de surprise.

— Tu m'as serrée contre toi ! m'exclamai-je.

— Euh…

Il se décala de quelques centimètres, clairement gêné par le sujet.

— Comment ça ?

Je secouai la tête, essayant d'attraper le souvenir, mais il n'avait de cesse de m'échapper. Un autre souvenir furtif remonta. Je me fixai dessus, jusqu'à ce que…

— Tout à l'heure…

Je plissai les yeux pour rester concentrée.

— Quand j'étais en état de choc, dans la chambre de ta sœur…

J'avais senti des doigts dans mes cheveux, une haleine chaude sur ma tempe, une voix à mon oreille. Tout cela m'avait apaisée. Il me semblait à présent que c'était *sa* voix.

Je lui jetai de nouveau un coup d'œil. Il était complètement figé et arborait un air coupable. Je sus alors que c'était vrai. Il m'avait bel et bien serrée dans ses bras tandis que je m'effondrais.

Cela n'avait rien de surprenant. Izzy avait dit qu'il m'avait portée pour venir ici. Et, pendant qu'il me portait, ses caresses et sa voix m'avaient rassérénée.

Quelque chose en moi se le rappelait.

— Pas de problème, m'empressai-je d'ajouter, voyant sa mine inquiète. Je me souviens d'une présence, de chaleur ; que quelqu'un me tenait. Je me rappelle une voix profonde. Je me sentais en sécurité. J'avais la sensation de… planer.

Il hocha lentement la tête, puis marqua une pause et haussa un sourcil.

— La sensation de planer ?

Je souris.

— Ouais, comme flotter, mais en plus enivrant encore.

— Je ne comprends pas.

— Flotter suggère que tu es dans un bateau à la dérive, sans but ou destination, ou que tu es dans les airs, sans rien sous les pieds. Mais c'était plus enivrant parce que je me sentais en sécurité, protégée. C'était…

Je fis un moulinet de la main, à la recherche de la meilleure description pour expliquer ce que j'avais ressenti.

— Planant ? suggéra-t-il.

Je pointai le doigt vers lui.

— Exactement. Alors… c'était toi la voix que j'ai entendue ? La chaleur que j'ai sentie ?

L'espace d'un instant, je crus qu'il ne me répondrait pas. Puis il prit une profonde inspiration.

— Oui… c'était moi.

Nos regards se croisèrent. Il était apeuré, comme s'il craignait que je ne m'en prenne à lui d'avoir osé m'aider – me *toucher* – alors que j'allais mal. Mais m'en prendre à lui était bien la dernière chose dont j'avais envie.

— Je…, merci, bredouillai-je, soudain submergée par le besoin de ressentir la même sensation de plénitude.

Il m'examina d'un air soupçonneux. Voyant que je ne m'énervais toujours pas, il cligna des paupières et secoua la tête.

— De rien, murmura-t-il, toujours sur ses gardes cependant.

Il commença à se lever. Le moment était peut-être devenu trop intime ou trop intense pour lui. Quoi qu'il en soit, je ne pouvais pas le laisser partir. Je le retins par le poignet.

— Wick ?

Il regarda par-dessus son épaule.

— Ouais ?

Mon cœur tambourinait dans ma poitrine. Je savais pertinemment que je ne devais pas le lui demander, mais c'était plus fort que moi.

— Tu accepterais de le refaire ?

Sa bouche s'entrouvrit. L'étonnement écarquilla ses yeux pâles.

— Refaire… quoi, exactement ?

— Ce ne sont pas des avances, promis. Ça n'a rien à voir avec le sexe. Je sais bien qu'on ne se connaît pas, ce qui rend ma demande vraiment osée et tirée par les cheveux, mais ce que tu as fait tout à l'heure m'a procuré beaucoup d'apaisement. Être assise à côté de toi, à l'instant, a eu le même effet. J'ai *besoin* de ça ce soir. J'ai sûrement l'air d'une cinglée mais, si tu pouvais faire ça pour moi, je ne te le redemanderais plus jamais.

Il resta silencieux si longtemps que je crus qu'il essayait de trouver un moyen de refuser. Puis il secoua la tête.

— Je ne comprends pas. Je n'ai rien fait de spécial. Je t'ai simplement…

— Serrée. Tu m'as serrée contre toi. Et c'est tout ce que je te demande. Que tu me laisses me *reposer* un peu contre toi. S'il te plaît.

Il ne répondit pas, mais quelque chose qui ressemblait à s'y méprendre à de la tentation éclaira son visage. Encouragée, je glissai une main derrière son dos, l'autre sur sa poitrine, pour l'enlacer. Puis je posai la joue sur son épaule et me collai à lui.

— Comme ça.

J'attendis, le cœur battant. Allait-il se détendre contre moi ou au contraire protester et me repousser ?

Il poussa un soupir.

— En fait, c'était plutôt comme ça…

Passant un bras autour de ma taille, il pivota pour s'étendre, les pieds sur l'accoudoir du canapé. Je me retrouvai à moitié allongée sur lui et à moitié allongée sur le canapé.

Au début, je fus trop choquée pour réagir. Vu la réticence avec laquelle il m'avait laissée m'approcher, au début, je ne m'attendais pas à ce qu'il soit à l'initiative du moindre contact. Surtout un contact aussi… intime.

Une fois la surprise passée, je dus me rendre à l'évidence : c'était confortable. *Très* confortable même. Mon épaule s'encastrait juste sous son bras, à la manière de deux pièces de puzzle. J'enroulai une jambe autour de la sienne pour m'enraciner à lui, et posai la joue sur sa poitrine.

— C'est agréable, soupirai-je, bercée par chacune de ses inspirations.

C'était si confortable et relaxant que mes paupières commencèrent à s'alourdir.

Je posai la main sur sa poitrine.

— Tu es bien installé ?

Si ce n'était pas le cas, je me forcerais à me relever. Pour lui. Il faudrait peut-être des pinces de désincarcération pour me faire bouger, cela dit.

Contre toute attente, il me caressa les cheveux.

— Ouais. Je suis bien, murmura-t-il.

Je fondis de soulagement. Je n'avais pas envie de bouger. Étrangement, je ne voulais être nulle part ailleurs.

Il retira sa main. Ses doigts me manquèrent aussitôt. Peut-être avait-il seulement repoussé mes boucles de son visage parce qu'elles le gênaient, mais son geste, chaleureux et bienveillant, m'avait beaucoup plu.

Fermant les yeux, je soupirai de béatitude.

— Merci, Wick.

Je n'entendis pas sa réponse.

Lorsque je rouvris les yeux, ma joue était posée sur un oreiller.

— Qu'est-ce que… ? marmonnai-je d'une voix ensommeillée.

Ce n'était pas ma taie d'oreiller habituelle.

Levant la tête je regardai autour de moi. À la faible lueur matinale qui filtrait par les volets fermés, je compris que j'étais dans ma nouvelle chambre, dans mon nouveau lit et mes draps neufs.

Durant la nuit, Wick était descendu récupérer mes draps propres, avait fait mon lit et m'y avait déposée.

Ce garçon était décidément adorable.

10

WICK

Mon programme était complètement chamboulé.

Au lieu de me lever frais et reposé à 5 heures du matin pour mon jogging quotidien, je me réveillai déboussolé sur le canapé, un poids chaud au-dessus de moi, une masse de cheveux éparpillée sur mon visage, et la pire érection de ma vie.

Je cambrai instinctivement les hanches. Enfouissant la tête dans des cheveux, je découvris la courbe d'une nuque de femme. J'enroulai les bras autour d'elle, lui empoignai les fesses et me soulevai légèrement pour me frotter contre elle.

J'en poussai aussitôt un grognement. Des étincelles de plaisir explosèrent derrière mes paupières. Prenant une profonde inspiration, j'humai sa merveilleuse odeur et je déposai de petits baisers sur la peau chaude de son cou.

Je m'arrêtai brusquement en réalisant ce que j'étais en train de faire et qui dormait sur moi.

— Putain de merde !

Je sursautai si violemment qu'elle glissa vers le bord du canapé.

Je me précipitai et mobilisai toutes mes forces pour la rattraper avant qu'elle tombe par terre.

— Pardon, pardon, hoquetai-je en essayant de reprendre mon souffle, tandis que je la replaçais sur moi.

Mais elle ne réagit pas.

Inquiet, je reculai le visage pour mieux la voir.

Elle devait en être au stade quatre, le sommeil le plus profond.

La pauvre était épuisée après les événements de la veille. Je repoussai tendrement ses cheveux de son visage et expirai en l'examinant.

Elle s'était débrouillée pour trouver un endroit où dormir en ville, hier soir, pour pouvoir aller à la fac aujourd'hui, alors je savais que je devais la réveiller et lui demander à quelle heure avait lieu son premier cours. Mais je n'en eus pas le cœur.

Je la poussai délicatement vers le dossier du canapé pour pouvoir me libérer et me précipitai dehors, où l'air frais du matin calma mon érection. Puis je descendis au pas de course au sous-sol pour récupérer ses draps propres.

Après avoir fait son lit, je la conduisis jusqu'à sa nouvelle chambre et la bordai. Elle dormait si profondément qu'elle ne se réveilla pas une fois. Elle laissa échapper un faible soupir, roula sur le ventre et se rendormit aussitôt.

Tiens donc, elle dormait sur le ventre. Pas étonnant qu'aucun de nous ne se soit réveillé sur le canapé. J'avais toujours dormi sur le dos, alors, empilés l'un sur l'autre, on était chacun dans notre élément. À cette pensée, mon corps réagit au quart de tour, et mon érection se réveilla.

Me retirant dans ma chambre, j'eus la mauvaise surprise de trouver Izzy dans mon lit. J'avais complètement oublié qu'elle y dormait. Je ne pourrais pas me laver avec la porte de la salle de bains ouverte, comme je le faisais habituellement. Depuis que j'avais une suite parentale, j'avais découvert que je détestais me laver la porte fermée. Ça me rendait claustrophobe.

Je traversai la chambre sur la pointe des pieds pour ne pas réveiller ma sœur. Elle voudrait discuter, or, vu l'état dans lequel j'étais, mieux valait éviter.

Alors que j'approchais du but, je me pris les pieds dans quelque chose, et tombai tête la première par terre.

— Putain, c'était quoi, ça ?

En temps normal, je pouvais m'orienter dans le noir dans ma chambre sans problème. Je tâtonnai par terre à la recherche de l'obstacle. Izzy avait laissé ses sacs en plein milieu.

Quelle emmerdeuse !

— Wick ? marmonna-t-elle avec un bâillement ensommeillé. Qu'est-ce que tu fabriques ?

— J'essaye de me rendre dans la salle de bains pour prendre une putain de douche, grommelai-je, démêlant une bretelle de sac qui s'était enroulée autour de ma jambe tel un boa constrictor. T'étais obligée de laisser ton bazar en plein milieu ?

— J'étais crevée.

Elle poussa un autre bâillement.

— Quelle heure est-il ?

— 5 h 30. À quelle heure tu dois te lever ?

Elle roula sur le côté avec un grognement.

— Quel jour on est ? Jeudi ? Réveille-moi à 9 h 15.

Waouh, si c'était moi, j'aurais l'impression d'avoir perdu ma journée.

— J'ai cours à 8 heures, répondis-je sèchement.

— Fait chier ! Bon, réveille-moi à 7 h 58.

Elle attrapa un oreiller et le posa sur sa tête.

Je m'enfermai dans la salle de bains, et pris une douche super longue.

À 12 h 30, je me traînais encore. J'avais l'impression d'être déboussolé, alors que ma vie avait repris son cours normal. À une différence près : à mon retour, ce soir, *elle* serait là. À partir de maintenant, elle serait toujours là. Je n'y croyais toujours pas. Ça ne semblait pas réel.

Comment est-ce que j'allais m'y habituer ?

— Hé, tu m'ignores, frangin ? lança Cannon derrière moi, tandis que je traversais la cour en direction du département de commerce.

Je sursautai, une main sur la poitrine, et me retournai brusquement.

— Tu m'as fait peur ! m'exclamai-je. Tu sors d'où ?

Il ignora ma question et m'emboîta le pas.

— J'ai essayé de t'appeler, hier soir. Toutes les heures jusqu'à minuit.

Relâchant les épaules, je soupirai et me passai la main dans les cheveux. Je m'attendais à ce qu'il me bombarde d'appels, alors j'avais temporairement bloqué son numéro en quittant Dandridge, la veille au soir. Il fallait que je le débloque. Mais je n'allais certainement pas le lui avouer.

— Ah bon ? répondis-je, l'air faussement surpris. Désolé, j'avais éteint mon portable.

— Hm-mm…

Il était furieux.

— Alors, qu'est-ce que tu as fait, avec la meuf de Nicholl ?

Je serrai les dents. Je détestais qu'il l'appelle comme ça. Ça ne sonnait même pas bien. En plus, elle n'appartenait plus à Nicholl. Plus maintenant.

Je détournai le regard.

— Tu sais déjà ce qu'on a fait. Personne ne savait où l'emmener, alors Izzy nous a accompagnés chez moi.

— Tu as réussi à joindre sa famille ou ses amis ? insista-t-il.

J'hésitais à lui raconter ce qui s'était passé. S'il connaissait toute l'histoire, il me jugerait et me ferait la leçon. Alors, autant le laisser me tirer les vers du nez, une question à la fois.

— Ouais. Ses parents sont venus.

— Oh… alors, comme ça, on a déjà rencontré les parents ? railla-t-il, me donnant une bourrade.

Je le connaissais assez pour savoir qu'il ne plaisantait qu'à moitié.

— Tu vas un peu vite là, non ?

Contrarié qu'il se montre aussi désagréable et froid, je m'arrêtai brusquement et le fusillai du regard.

— Tu as quelque chose à me dire ?

— Ouais.

Il se tourna vers moi, ses yeux noisette étincelants de colère.

— Qu'est-ce qui te prend de te mêler de leurs histoires, putain ? T'es sérieux, là ? Tu veux que ta vie devienne un enfer ? Tu sais très bien que c'est ce qui arrivera. Traîner avec cette nana, c'est chercher les emmerdes.

— Bon sang ! explosai-je. À t'entendre, on dirait que j'ai tout planifié et qu'on a fait quelque chose de mal, elle et moi. Je n'avais pas le choix, mec. Elle m'est rentrée dedans, pas l'inverse. Je n'ai rien fait d'autre que l'aider à s'éloigner de lui.

— Ben voyons ! Comme par hasard, c'est *toi* qu'elle a percuté et c'est *toi* qui lui viens en aide, alors qu'il y a des milliers d'étudiants sur le campus.

— Qu'est-ce que tu insinues, *Jamaal* ?

— Rien, rien.

Il leva les mains en signe de reddition et recula d'un pas. J'avais fait exprès de l'appeler par son prénom – qu'il détestait – pour l'intimider, à la manière d'une mère en colère, mais je savais qu'il ne se démonterait pas aussi facilement.

Il pointa un doigt accusateur vers moi, les yeux toujours brillants de colère.

— Je trouve que c'est une drôle de coïncidence, c'est tout, qu'elle tombe sur *toi* pile au moment où les choses dérapent entre Nicholl et elle.

Je détournai brièvement le regard en serrant les dents.

— Je ne sais pas quoi te dire d'autre. C'est la vérité pure et simple, alors arrête de me soûler avec tes accusations ! Elle m'est rentrée dedans juste au moment où je sortais de la chambre d'Izzy. Et elle avait besoin d'aide. Qu'est-ce que j'étais censé faire ? La mettre dehors ? Ouvrir à Nicholl pour qu'il s'en prenne à elle ? Elle était dans tous ses états ; il n'en aurait fait qu'une bouchée.

La mâchoire serrée, il secoua la tête.

— Ce n'est pas ton problème, mec. *Cette meuf* n'est pas ton problème. Tu viens de déclarer la guerre à Nicholl et, en moins de deux, tu seras complètement dépassé.

— Waouh.

Je reculai d'un pas et secouai la tête.

— Je te remercie d'avoir autant foi en moi. Je suis venu en aide à une personne en détresse, fin de l'histoire. Ce n'est pas moi le fautif ici. Je refuse de me sentir mal de l'avoir aidée.

— Tu es vraiment sûr qu'elle avait besoin d'aide ?

— Qu'est-ce que ça veut dire, putain ? Tu l'as vue de tes yeux !

Il secoua la tête d'un air déçu.

— Ça n'est même pas de ça qu'il est question, reprit-il d'une voix radoucie. Tu as mis ton nez dans les affaires de Nicholl et sa nana, alors que ça ne te regardait pas. Si ça se trouve, elle fait tout un cinéma alors qu'elle l'a simplement surpris en train de la tromper. Et maintenant ça a pris des proportions énormes, parce que tu t'en es mêlé.

— Tu n'as pas vu son regard. Tu l'aurais aidée, toi aussi.

— Sûrement pas. Je ne pisserais pas sur elle si elle était en feu.

Je reculai, choqué par le venin et la haine dans sa voix.

— Ne dis pas des choses comme ça. Elle n'a rien fait de mal dans cette histoire.

— Si tu le dis.

Il renifla et détourna le regard.

— Cette salope a écarté les cuisses…

Je le poussai.

— Arrête !

Cette fois, il eut vraiment l'air contrit en levant les mains en signe d'excuse.

— Désolé, désolé.

Il soupira.

— Cette jeune et jolie demoiselle a écarté les cuisses pour le diable incarné pendant trois ans. Si tu veux mon avis, elle ne peut s'en prendre qu'à elle-même.

Je secouai la tête, aveuglé par la rage. Mon meilleur pote était un connard, un connard borné et étroit d'esprit. Je pouvais accepter beaucoup de choses, mais pas qu'il manque de respect à Haven.

— Va te faire foutre. Va-te-faire-foutre !

Lui tournant le dos, je partis en trombe.

Je n'avais pas fait trois mètres qu'il me rattrapa par le bras.

— Hé, s'excusa-t-il, penaud. web… Frangin…

Avec un grondement impatient, je m'arrêtai et fis volte-face.

— *Quoi ?*

Il tressaillit.

— Mec, je m'inquiète pour toi. J'ai été contrarié que tu ne me mettes pas au courant, c'est vrai, mais je m'inquiète surtout de ce qui se passera ensuite. Je sais déjà comment les choses vont tourner. Wick… Cette meuf ne va t'attirer que des problèmes. Tu t'en rends compte ?

Je poussai un soupir et me frottai le visage d'un air las.

— Ouais. Probablement.

Cannon me regarda bouche bée et secoua la tête.

— Tu en as conscience au moins, c'est déjà ça.

Je levai les yeux au ciel.

— Gros malin.

Avec un sourire amusé, il me donna une claque sur l'épaule.

— Ouais, je t'aime, moi aussi.

On pivota de conserve pour se remettre en route.

— Je ne sais même pas pourquoi je panique, reprit-il. Maintenant qu'elle est chez ses parents, tu ne l'as plus dans les pattes. Problème résolu. On n'aura plus jamais à s'occuper d'elle.

Je me passai la main sur le visage sans rien dire. Cannon fronça les sourcils.

— Oh ! putain, qu'est-ce que t'as foutu, web ?

J'ouvris la bouche, mais aucun mot ne sortit. Je n'arrivais déjà pas à croire à la tournure prise par les événements. Alors en parler à haute voix…

— Elle l'a surpris en train de coucher avec sa coloc, je te rappelle. *Sa coloc.* Pas étonnant qu'elle ait eu envie de déménager, non ? Seulement, elle ne pouvait pas rentrer chez ses parents. Ils vivent à plus d'une heure d'ici. Elle avait besoin de trouver un endroit dans le coin pour aller en cours facilement.

— Oh ! putain, non. Ne me dis pas que tu as fait *ça* ?

— L'idée ne vient même pas de moi. Izzy a ouvert sa grande bouche et mentionné que j'avais une chambre à louer.

— Putain de merde, mec. Tu l'as fait. Oh ! mon Dieu !

— Si tu veux tout savoir, j'ai dit que je n'étais pas chaud.

Il haussa les sourcils.

— Tu as dit que tu n'étais pas *chaud ?* Tu te fous de ma gueule ? Fallait dire *jamais-de-la-vie* ! C'est ce que tu m'as sorti, quand j'ai voulu sous-louer ta putain de deuxième chambre !

— Tu es un porc, et j'ai encore envie d'être ton ami après la fac. Je te détesterais en un mois, si on vivait ensemble.

— Alors, c'est ça, le but ? La laisser emménager avec toi dans l'espoir d'en arriver à la haïr ?

— Mec.

Je secouai la tête et soupirai.

— J'ai été dépassé. Je n'ai pas pu dire non.

Voyant combien tout cela me bouleversait, il poussa un grognement de frustration.

— Waouh. Ça doit être cool d'avoir des nichons ! Ces machins font de toi une putain de guimauve, je te jure.

Tristement, il avait raison. C'était quasi impossible pour moi de dire non à une fille.

Il se passa les mains sur son crâne rasé et me lança un regard déçu. Il savait que je ne changerais pas.

Je donnai un coup de pied dans une feuille morte.

— Vas-y, dis-le. Tu en meurs d'envie.

— Tu as déclaré la guerre à Nicholl, répéta-t-il. Il ne nous restait que quelques semaines à supporter cet enfoiré avant la fin de la saison. C'est tout. Quelques *semaines*. Et tu viens d'entamer la guerre avec lui.

— Il n'est pas obligé d'être au courant.

— Oh ! il le saura. Il va remuer ciel et terre pour retrouver sa meuf. Et, quand il découvrira qu'elle vit chez toi, ce sera foutu. On devra tous prendre parti. Personne n'en sortira indemne dans l'équipe.

— Ne dis pas ça.

J'étais certain de pouvoir régler les choses avant que ça dégénère.

— J'ai la situation sous contrôle. Ça ira.

Il ricana et leva les yeux au ciel.

— Ouais, on verra.

11

HAVEN

À mon arrivée sur le campus, en milieu de matinée – j'avais séché mes deux premiers cours —, je me sentis déboussolée. Tout autour de moi, les étudiants s'affairaient avec un objectif, une raison d'être. Moi, j'avais l'impression de ne pas être à ma place. Je m'attendais à ce qu'ils me regardent de travers, se demandant ce que je faisais parmi eux. Tout me paraissait nouveau et étranger.

Remontant mon sac sur mon dos, je me dirigeai vers le département sciences de la famille, tête baissée. En tant que future enseignante, je passais la moitié de mes journées à l'école maternelle de l'université, où je faisais mon stage. Au prochain semestre, je deviendrais professeur stagiaire et assisterais réellement les professeurs, au lieu d'emmener les enfants aux toilettes, de distribuer les goûters, d'organiser les activités et de nettoyer.

Mais mon stage se déroulait l'après-midi. Alors, tandis que je me dépêchais vers mon cours de développement du langage, j'envoyai un message aux professeurs des deux cours que j'avais ratés le matin pour m'assurer que je n'avais rien loupé en méthodes et curriculum ou psychologie de l'éducation. Puisque c'était ma dernière année, le programme était plus intense. Je ne pouvais pas me permettre de décrocher maintenant.

Quelle ne fut pas ma surprise de voir Marcus DeShone près de l'entrée, le dos appuyé contre le mur, les chevilles croisées. Dès que nos regards se rencontrèrent, il se redressa. Je ralentis, stupéfaite. Pourquoi le bras droit de Topher traînerait-il de ce côté du campus ?

— Salut, Haven, bredouilla-t-il. Tu as une minute ?

Je poussai un grognement. Topher l'avait envoyé me parler ? Pathétique !

Je secouai la tête, et passai devant lui sans m'arrêter.

— Non.

Ce crétin me suivit à l'intérieur.

— Il te cherche partout, il pète les plombs. Réponds au moins à ses appels !

— Je ne *veux pas* lui parler, crachai-je, continuant à avancer dans le couloir dans l'espoir de me débarrasser de lui.

— Il est fou d'inquiétude, insista-t-il.

Je fis la moue.

— Pourquoi ?

Je levai les mains.

— Comme tu peux le voir, je vais bien. Maintenant, va faire ton rapport et dis-lui de me foutre la paix. Je ne veux plus avoir affaire à lui.

— Bon sang, tu es une vraie tête de mule ! Il est désolé, Haven. Il n'avait pas l'intention de…

Je fis volte-face.

— De quoi ? aboyai-je.

Il recula, les yeux écarquillés de surprise.

— D'être pris en flag ? Eh bien, c'est arrivé ! Et devine quoi ? Je n'avais pas non plus l'intention de sortir avec un sale traître, mais c'est arrivé, alors je suppose qu'on va tous les deux devoir apprendre à gérer notre *déception*, tu ne crois pas ?

— Parle-lui.

— Je n'ai pas envie de lui parler, putain ! Laisse-moi tranquille avant que je te transmette le message que j'ai vraiment envie de lui faire passer, c'est-à-dire un gros coup de pied dans les couilles.

Quand je tendis la jambe en arrière pour faire mine de le frapper, il leva les mains et bondit en arrière.

— Putain. T'es une grosse cinglée !

— Et toi t'es nul pour choisir tes amis. Maintenant éloigne-toi de moi.

— Avec joie !

Je le regardai partir, les mains tremblantes et le souffle court. Deux nanas de mon cours de développement du langage apparurent au bout du couloir en discutant. Je pris une profonde inspiration pour me calmer et leur souris quand elles me saluèrent en passant. Lissant mes vêtements, je glissai une mèche derrière mon oreille, m'éclaircis la gorge et me dirigeai vers la salle de classe. Mais, perturbée par ma dispute avec Marcus et les événements récents, je fus incapable de me concentrer pendant tout le cours.

Dieu merci, j'avais un peu de temps à tuer avant de m'occuper de petits élèves de maternelle pleins d'énergie.

Alors que je traversais la cour pendant ma pause déjeuner, j'aperçus Wick. Affublé d'une casquette de base-ball et son sac sur le dos, il se dirigeait vers le département de commerce. Je ralentis, stupéfaite. Je ne l'avais jamais croisé sur le campus auparavant, en dehors du stade de foot. Ou peut-être que si, et que je ne l'avais pas remarqué.

Le voir me provoqua une poussée d'adrénaline. Je ressentis à nouveau le calme et la sensation de sécurité de la veille. Je pris une profonde inspiration. Tout allait bien. Je ne m'effondrerais pas. Je n'étais pas complètement perdue. Je pouvais gérer. Je pouvais tourner la page sur Topher et sur ce qu'il m'avait fait. Il fallait simplement que j'aille de l'avant.

Un type le rejoignit en joggant et lui parla. Wick s'arrêta brusquement et pivota vers lui, avant de s'éloigner, quelques instants plus tard. Son pote avait dû dire quelque chose qui lui avait déplu. Ce dernier lui emboîta le pas. Une fois encore, il dut l'énerver, car Wick s'arrêta de nouveau et lui fit face avec agressivité. Ils réglèrent leurs comptes en plein milieu de la cour.

Plissant les yeux, je reconnus alors J. J. McCannon, un autre joueur de l'escouade défensive de l'équipe de foot – un rusher, je crois —, mais pas quelqu'un du groupe d'amis de Topher.

J'avais parlé à McCannon une seule fois. C'était il y avait un an. J'étais passée chercher Topher au stade après l'entraînement, car on avait un projet pour la soirée. Deux joueurs, Wick et McCannon, épuisés et en sueur, étaient assis dans les gradins. Je m'étais installée sur la gauche, une rangée en dessous.

J. J. avait été le seul à parler, commentant le jeu des autres joueurs, ce qu'ils faisaient de bon ou mauvais. Wick regardait en silence. Ils m'avaient tous deux jeté un coup d'œil quand je m'étais assise.

Je leur avais souri timidement, car je savais que Topher ne s'entendait avec aucun d'eux, et je m'étais tournée rapidement. Puis j'avais sorti mon portable de mon sac et fait semblant de consulter des textos.

Une seconde plus tard, J. J. avait poussé du pied mon sac contre ma cuisse avec un sourire railleur.

— Joli poulet.

Je l'avais regardé, hébétée, jusqu'à ce qu'il désigne mon sac du menton. Il parlait du motif cousu sur le côté.

— Oh !

Je savais qu'il se moquait, mais j'avais souri quand même.

— Merci. C'est Hei Hei, du film *Vaiana*.

— Euh… OK… Pourquoi est-ce qu'il est sur ton sac ?

— Ma famille m'appelle HayHay.

Il n'avait pas eu l'air de comprendre où je voulais en venir.

— Hei Hei et HayHay sonnent pareil, et HayHay vient de Haven.

Il avait continué de me regarder bêtement, alors j'avais précisé :

— C'est mon prénom.

Il avait ricané.

— Je connais ton prénom.

— Oh ! avais-je répondu, décontenancée.

J'avais commencé à suivre du doigt le contour du poulet.

— C'est ma cousine qui m'a fabriqué ce sac pour mon anniversaire, l'année dernière. C'était une sorte de plaisanterie, mais j'ai adoré, alors…

Il me regardait comme si j'étais une cinglée. J'avais haussé les épaules.

— Tel est pris qui croyait prendre, non ? avais-je ajouté mollement.

Je lui avais offert un de mes sourires adorables, celui que j'utilisais quand je me sentais gênée et que j'avais envie qu'on m'aime.

Ça n'avait pas marché. J. J. McCannon avait continué de me regarder comme si j'étais un ovni. Wick s'était levé brusquement sans un coup d'œil pour nous, et avait dévalé les gradins au pas de course.

— Hé, tu vas où ? avait appelé J. J.

Il s'était précipité sur ses talons, me plantant là comme si nous n'avions pas été en plein milieu d'une conversation, certes très maladroite et bizarre.

Voilà la seule interaction que j'avais jamais eue avec l'ami de Wick.

Wick était-il en train de lui parler de la soirée qu'on venait de passer ?

Bien sûr qu'il était en train de lui raconter ! Pourquoi ne le ferait-il pas ? J'aurais certainement raconté tous les détails à ma meilleure amie, si j'en avais eu une.

Mais, ces temps-ci, j'étais plutôt solitaire. J'étais proche de ma famille, seulement, ils vivaient tous loin de l'université. Depuis que j'avais quitté la maison, je ne les voyais plus aussi souvent. J'avais commencé à tisser des liens en arrivant sur le campus, puis j'avais rencontré Topher et je m'étais retrouvée aspirée dans son cercle. Mes nouveaux amis ne l'avaient pas bien vécu.

Pendant un moment, j'avais essayé de faire partie des deux mondes. Mais, chaque fois que Topher voulait faire quelque chose avec moi, mes amis s'étaient montrés distants. Et vice versa. Je m'étais sentie tiraillée et, quand j'avais entendu mes amis parler d'une fête où ils étaient allés sans même m'inviter, j'avais laissé Topher gagner la bataille. Au final, j'étais devenue amie avec les nanas de son groupe, mais je ne m'étais jamais vraiment sentie proche d'elles.

Topher avait probablement tenu le rôle de meilleur ami, ces dernières années. Encore qu'à bien y réfléchir je n'avais jamais vraiment partagé avec lui mes pensées les plus profondes, intimes et sombres, car je sentais au fond de moi qu'il m'aurait rejetée si je lui avais montré mes faiblesses. Ce qui prouvait bien qu'on n'était pas meilleurs amis du tout… On n'aurait probablement pas dû sortir ensemble aussi longtemps que ça non plus, puisque je n'avais pas l'impression de pouvoir être moi-même avec lui.

C'était une constatation triste et déprimante. Mais elle m'ouvrit les yeux.

Je reportai mon attention sur Wick et J. J. qui entraient dans le département de commerce – ils devaient avoir réglé leur dispute —, et poussai un long soupir de mélancolie. J'aurais vraiment aimé pouvoir partager tout ça avec quelqu'un !

Je réajustai les bretelles de mon sac à dos en pivotant, mais me figeai aussitôt : Topher était en train de m'observer de l'autre côté du campus. L'air furieux, il se tourna ensuite lentement vers le département de commerce.

Génial. Allait-il s'en prendre à Wick ?

Je filai au pas de course dans l'autre direction, espérant qu'il ne me suivrait pas. Je savais qu'une horrible dispute s'ensuivrait et je n'étais pas d'humeur à lui parler, à répondre à ses questions, ni à écouter ses accusations.

Dieu merci, il ne me suivit pas. Je pus respirer tranquillement le reste de la journée.

12

HENRY

NUMÉRO 3 de « HENRY LE DÉSESPÉRÉ »
par Alice Bennet
paru dans The University Gazette

— Boissons gratuites pour Henry toute la soirée ! cria Rush, passant un bras autour de mes épaules et levant le poing d'un air victorieux, sous les acclamations de la fanfare.

Je regardai les amis qui nous avaient rejoints au bar pour faire la fête et rougis. Puis je baissai les yeux vers la fausse carte d'identité que Rush m'avait procurée. Il avait tout prévu.

Depuis que le directeur m'avait nommé nouveau chef trompettiste à la place de Baxter, Rush était surexcité. Il voulait que la soirée soit mémorable.

— On va te rendre complètement ivre, lança-t-il, me secouant l'épaule avec enthousiasme. D'ici la fin de la soirée, tu dragueras toutes les nanas de ce bar !

Incapable d'imaginer une telle scène, j'éclatai de rire.

— J'aimerais bien voir ça.

— Tu verras, mon pote. C'est une promesse. Regarde, voici la première tournée de *shots*.

Il poussa un cri tandis qu'une serveuse arrivait, portant un plateau rempli de verres minuscules débordant de tequila.

Il m'en tendit un.

— Tiens.

Il s'assura que tout le monde était servi, puis se hissa sur la pointe des pieds pour s'adresser au fond du groupe.

— Reuben ? Tu en veux un aussi ?

Je jetai un coup d'œil dans sa direction. Reuben m'avait félicité après l'annonce du directeur, mais il était étrangement silencieux depuis. Ce n'était pas son genre.

Était-il déçu de ne pas avoir obtenu la place de Baxter ? Dans ce cas, il devait mal prendre ma nomination. Peut-être était-il contrarié par ma victoire, donc par son échec.

— Ouais, répondit-il sans conviction, en se faufilant vers Rush pour venir le chercher.

Mon cœur se serra pour lui, et je me sentis mal. Était-il mécontent par ma faute ? Je ne l'aurais pas été, pour ma part, si je n'avais pas été choisi. J'avais encore trois ans et demi pour ça. Ça ne m'aurait pas dérangé de gravir lentement les échelons. Reuben était en première année, lui aussi, mais peut-être comptait-il vraiment sur cette place.

Il croisa mon regard et me lança un grand sourire. Je devais me tromper.

— À Henry ! lança-t-il, levant son verre et le descendant d'un trait.

— À Henry ! répétèrent les autres, avant de l'imiter.

Ma poitrine se gonfla de fierté. Je me sentais vraiment chanceux d'avoir des camarades aussi géniaux et qui me soutenaient autant.

— Merci, répondis-je, ému.

— Interdiction de pleurer ! s'exclama Rush en pointant un doigt vers moi. Bois !

Je bus le premier *shot*. Il me brûla tant la gorge que mes yeux se mirent à piquer. Je toussai et inspirai à grandes bouffées, tandis que mes amis me tapaient dans le dos en riant.

— Il t'en faut un autre, décréta Rush.

Cette fois, je pinçai le nez et penchai la tête en arrière, espérant que ça atténuerait la sensation de brûlure. Bizarrement, ce fut le cas.

Tout le monde me hua gentiment, ce qui ne m'empêcha pas d'avaler les deux *shots* suivants de la même façon, et ainsi de suite, mes amis offrant tournée après tournée, et s'assurant que je buvais deux fois plus qu'eux.

Le monde devint agréable, brumeux et super drôle. Un rien me faisait rire. C'était l'éclate totale ! Jusqu'à ce qu'une manne de cheveux blonds, à l'autre bout du bar, à la table d'un autre groupe, capte mon attention. Je tournai la tête par réflexe, comme chaque fois que j'apercevais des cheveux blonds.

C'était elle. J'en restai bouche bée.

Dieu qu'elle était jolie !

— Putain de merde, bredouillai-je.

Empoignant Rush, je clignai des yeux. Ça devait être un mirage.

Il interrompit sa conversation et se tourna vers moi.

— Quoi ?

Je désignai la fille.

— C'est *elle*, non ?

Il regarda, l'air confus.

— Qui ? Quoi ? Où ça ?

— Elle, répétai-je, le doigt pointé avec insistance dans sa direction.

De qui d'autre pourrais-je bien parler ?

Elle !

La remarquant enfin, Rush plissa les yeux et secoua la tête.

— J'hallucine, murmura-t-il. Tu as raison, je crois que c'est elle.

— Bien sûr que c'est elle !

Je la reconnaîtrais n'importe où.

— Putain, mec ! s'exclama-t-il en me secouant l'épaule. Y'avait combien de chances que ça arrive ? Tu sais ce que ça veut dire, hein ? Ce soir, c'est ta soirée. Rien ne peut t'arrêter. Tu *dois* aller lui parler. Tout de suite !

Il me poussa vers elle, et je trébuchai de quelques pas en avant. Me rattrapant, je fis marche arrière précipitamment et le rejoignis.

— Tu plaisantes ? criai-je, bouche bée. Je ne peux pas lui parler maintenant. Je suis tellement bourré que personne ne comprend un mot de ce que je dis.

— Mec.

Il secoua la tête.

— Tu n'es pas si bourré que ça. Je te comprends sans problème. Tu as bu juste assez pour te donner du courage et être prêt. En plus, tu as gagné la place de Baxter. Tu es *en feu,* ce soir ! Tout te sourit. Tu ne peux pas perdre. C'est le moment *idéal* pour l'accoster.

Il avait raison. C'était maintenant ou jamais. Je tournai la tête vers elle… et commençai aussitôt à paniquer.

— Pas assez bourré.

— Encore quelques verres, alors. Allez, bois !

Il fit signe aux autres.

— Henry a besoin de plus d'alcool. Il vient d'apercevoir la nana de ses rêves.

— La nana de ses rêves ? s'exclama une clarinettiste, les sourcils levés. Celle dont il parle depuis la rentrée ?

— Ouais, annonçai-je, en souriant béatement. Elle.

La clarinettiste poussa un cri et se mit à sautiller.

— Oh ! mon Dieu ! Cette tournée est pour moi. Je n'arrive pas à croire qu'on va assister à votre rencontre. Depuis le temps ! C'est trop excitant.

— Je paye la prochaine tournée si tu as encore besoin d'un coup de pouce, offrit une joueuse de flûte. Moi aussi, j'ai envie d'assister à votre rencontre.

L'excitation gagna rapidement notre groupe. Mes camarades ne me laisseraient pas quitter le bar sans que j'aie parlé à cette fille.

Quelques *shots* plus tard, mon estomac se mit à protester. Tout tanguait autour de moi. Je ne voyais plus une fille de mes rêves, mais deux. Je ne savais pas si c'étaient les nerfs ou l'alcool, mais j'avais intérêt à me dépêcher avant de gerber ou de devoir m'approcher d'elle en rampant.

— OK, OK, dis-je, secouant la tête et levant la main pour arrêter mes amis, qui essayaient de me faire boire un autre verre. Je suis prêt.

— Il est prêt ! annonça Rush.

Les autres crièrent leur approbation.

Je pivotai vers lui.

— De quoi j'ai l'air ?

Je me passai les mains sur la figure, puis les essuyai sur mon jean.

— Tu as le regard un peu vitreux, sinon, c'est impec.

Tandis que je me dirigeais vers *Elle*, la clarinettiste m'arrêta.

— Attends. J'aime bien quand ta mèche rebique comme… ça.

Elle m'arrangea les cheveux, puis recula et sourit d'un air satisfait.

— Parfait.

— Sois toi-même, Henry, m'encouragea la joueuse de flûte. Tu es un mec super. Elle va adorer ça.

— Je…

Bouleversé par le compliment, je rougis et hochai la tête.

— Merci. Autre chose ?

Quelques personnes me firent alors des suggestions, certaines immédiatement écartées à l'unanimité par les nanas du groupe.

Reuben s'avança vers moi.

— Attends, laquelle c'est, déjà ?

— Celle-là, répondis-je, le doigt tendu. La blonde avec le débardeur bleu à pois blancs.

Il grimaça et me lança un regard de biais.

— Tu es sûr ? La rousse à côté d'elle, dans la petite robe noire, est carrément plus sexy.

— Hé, fais gaffe, mec, intervint Rush en riant. Tu vas t'attirer les foudres de Henry.

— Oui, je suis *sûr* que c'est elle qui me plaît, crachai-je, les dents serrées. Elle est belle. J'en colle une au prochain qui me contredit.

Reuben leva les mains d'un air conciliant.

— Tout doux.

Il gloussa et secoua la tête.

— Dis donc, tu craques vraiment pour elle !

— Bien sûr que je craque. Ça fait deux mois que je le dis, non ?

— Oui, oui, c'est vrai, acquiesça-t-il.

Il l'observa un long moment. Puis il me donna une claque dans la poitrine d'un revers de main et sourit.

— Reste ici. Je m'en occupe.

— Tu… Tu *quoi* ? bégayai-je, ahuri, tandis qu'il se dirigeait vers elle.

— Qu'est-ce qu'il fabrique ? s'exclama la clarinettiste, secouant la tête d'un air confus, elle aussi.

— Aucune idée, marmonna Rush en se grattant le menton.

— Est-ce qu'il…, murmurai-je, émerveillé. Waouh, il va tâter le terrain pour moi.

Reuben, qui était la confiance en soi et le charme incarnés quand il s'agissait de nanas, allait jouer les entremetteurs en ma faveur.

J'ignorais que je pouvais compter sur lui. Je ressentis une vague d'affection. C'était un mec formidable, loyal, un vrai…

Connard !

Scié, je le vis l'embrasser.

Dès qu'il l'avait rejointe, il avait dit quelque chose pour capter son attention. Elle s'était tournée vers lui, surprise, et BAM ! Il l'avait embrassée.

Il me l'avait piquée !

— Qu'est-ce que… Qu'est-ce qui vient de se passer ? balbutia la clarinettiste.

Personne ne répondit ; tout le monde les fixait, bouche bée. Reuben s'écarta et lui dit quelque chose. La fille – celle de *mes* rêves – lui sourit. *À lui.*

Il lui passa un bras autour des épaules et me fit un clin d'œil appuyé. Il avait fait exprès de prendre ce que je convoitais le plus au monde pour me punir d'avoir obtenu la place de Baxter.

Il avait gagné la partie. Alors que j'ignorais même qu'on était en compétition.

13

WICK

Cannon avait raison.

Les choses étaient en train de dégénérer.

Je ne contrôlais rien du tout.

Nicholl remuait ciel et terre pour retrouver Haven, et il n'arrêterait pas de chercher tant qu'il n'aurait pas découvert où elle habitait maintenant.

Ses brutes et lui me tombèrent dessus juste avant l'entraînement.

Après la nuit que j'avais passée, je fonctionnais au ralenti et j'étais en retard. Le temps que j'entre avec précipitation dans les vestiaires pour mettre mon équipement, presque tout le monde s'échauffait déjà sur le terrain. Alors, le temps que j'ajuste mes épaulières et que je me laisse lourdement tomber sur le banc pour lacer mes crampons, j'étais seul.

Je venais de me lever quand deux enfoirés m'attrapèrent par les bras et me tirèrent en arrière, jusqu'à ce que ma colonne s'abatte violemment contre un casier fermé.

— Ouch. Qu'est-ce qui vous prend ?

Je me débattis pour me libérer.

— Lâchez-moi !

Deux autres brutes apparurent. Puis Nicholl s'avança et s'arrêta à quelques centimètres de mon visage.

Je penchai la tête en arrière et ricanai.

— C'est typique, ça ! Incapable de régler tes comptes sans que tes gros bras tiennent ton adversaire pour toi, hein ? Il faut que tu le fasses à cinq contre un ?

Il plissa les yeux.

— Où est-elle ?

— Qui ? demandai-je innocemment, avant de le provoquer avec un sourire. Ça alors, tu n'as toujours pas retrouvé ta nana ? Quel dommage ! Tu sais, tu devrais mieux surveiller tes affaires. Si tu ne fais pas attention, quelqu'un pourrait… te les prendre sous ton nez.

Je n'avais pas eu l'intention de suggérer que je lui avais piqué Haven, mais il gronda et me poussa de toutes ses forces. Les autres me tenaient toujours, et mes bras s'étirèrent douloureusement.

Je serrai les dents et inspirai par le nez, essayant de me calmer.

— Elle est où, putain ? Je ne plaisante pas, webster !

Je levai les sourcils d'un air faussement surpris.

— Ah bon ? Tu ne plaisantes pas ? Waouh, ça change tout.

Je tournai la tête vers un des types qui me tenaient.

— Tu savais qu'il ne plaisantait pas ?

Nicholl me donna un crochet dans l'estomac, où aucun rembourrage ne vint amortir le choc. L'air quitta mes poumons. Je me pliai en deux en poussant un grognement.

— Putain, hoquetai-je, tapant du pied par terre pour calmer la douleur.

Je relevai la tête.

— Tu réalises qu'ils seront forcés de me lâcher à un moment donné ?

Dès que je me serais libéré, je foutrais une raclée à cet enfoiré.

La peur envahit son regard, mais il gonfla la poitrine, convaincu qu'il ne craignait rien.

— *Où* est ma nana ?

Je le regardai droit dans les yeux.

— Aucune idée. Et je n'en ai rien à foutre.

— Je sais que tu l'as emmenée, putain ! Où est-elle ?

Je m'esclaffai.

— Pourquoi est-ce que je voudrais récupérer tes restes ? Qui sait avec quelle merde tu l'as infectée ? Réfléchis deux secondes, mec. Ce n'est pas moi qui te l'ai piquée.

— Mais tu sais où elle est, déclara-t-il, l'index pointé vers moi.

Je le gratifiai d'un sourire narquois.

— Si je le savais, je ne te le dirais pas.

— Espèce d'enculé !

Il me frappa à la figure. Aucune protection là non plus. Je sentis l'impact de plein fouet.

Beuglant de rage, je lui assénai un coup de pied dans le tibia.

Il trébucha en arrière dans un cri de douleur.

— Je vous ai dit de le tenir, putain, siffla-t-il en se frottant la jambe.

— C'est ce qu'on fait, rouspéta l'un deux. Il est plus fort qu'on pensait.

Le compliment me donna du courage. J'empoignai les deux enfoirés qui me tenaient et les balançai de toutes mes forces, dans l'espoir de les faire se rentrer dedans. Mais ils comprirent mon intention et parvinrent à s'arrêter avant d'entrer en collision.

Cris et insultes fusèrent alors de toutes parts. J'en profitai pour me libérer d'un des mecs et donner un coup à l'autre. Mon poing trouva sa cible. Connard numéro deux me lâcha aussitôt. Avant que les deux extra puissent m'attaquer, je bondis sur Nicholl.

— C'était la dernière fois que tu me frappais !

Je lui envoyai un crochet dans le ventre. Il se plia de douleur. Me rappelant la manière dont Haven s'était agrippée à moi, hier soir, perdue et brisée, je le frappai aussi fort que possible dans la mâchoire. Un craquement jouissif suivit. Aveuglé par la rage qu'il m'inspirait depuis des années pour tous les sales coups qu'il m'avait faits, je resserrai le poing, prêt à le frapper de nouveau. Mais, avant que je puisse lui infliger un autre coup, on m'attrapa par-derrière.

Je me débattis en rugissant et donnai un coup de tête en arrière. Mais celui qui me tenait était plus costaud et plus fort. Je reçus un coup de poing dans la figure. Des étoiles dansèrent devant mes yeux. Encore quelques-uns comme ça, et je tomberais dans les pommes.

— Bande d'enfoirés ! vociférai-je.

Ivre de colère, j'empoignai les avant-bras du type qui m'étranglait par-derrière, et je me pliai en deux si rapidement qu'il bascula par-dessus mon épaule.

Il atterrit sur le dos avec un grognement de douleur. Au même instant, la porte des vestiaires s'ouvrit.

— Arrêtez ça ! rugit l'entraîneur. Ça suffit !

Je levai les yeux. Et merde. Il était arrivé pile au moment où j'avais violemment balancé par terre l'un de ses précieux joueurs offensifs.

Levant les mains en signe de reddition, je reculai. Joueurs, entraîneurs et porteurs d'eau ne tardèrent pas à le rejoindre. Les gars de Nicholl redressèrent leur acolyte blessé et s'écartèrent de moi aussi loin que possible en boitillant.

Cannon me prit par le bras. Il secoua la tête d'un air sombre, confirmant ce que je pensais : j'étais dans de sales draps.

— Qu'est-ce qui se passe ici ? aboya l'entraîneur.

Personne ne répondit.

— Toi, m'accusa-t-il, l'index pointé vers moi. Tu es suspendu pour le prochain match.

Un poids me tomba sur l'estomac.

— *Quoi ?* s'écrièrent en chœur Cannon et quelques autres joueurs de l'escouade défensive.

Mon meilleur pote me lâcha et pivota vers l'entraîneur.

— Putain, coach, ils étaient à cinq contre un ! À votre avis, que croyez-vous qu'il se soit passé ? Que webster a attaqué cinq mecs *tout seul* ? C'est des conneries, et vous le savez.

— J'ignore ce qui s'est passé. Je ne vais même pas essayer de deviner. Mais je sais ce que j'ai vu en entrant. Et je connais ton passif d'accès de violence. Puisque personne ne s'explique, c'est ma décision finale.

Il reporta son attention sur moi.

— Tu es suspendu pour le match de samedi. Et, si ça se reproduit, tu quitteras mon équipe. Apprends à contrôler ta colère, webster !

Il sortit des vestiaires en trombe, suivi par un Nicholl narquois et ses larbins. Bande de lèche-cul ! C'était cool de savoir que lécher les bottes de l'entraîneur vous évitait les ennuis en toutes circonstances, alors qu'être un joueur honnête et travailleur vous mettait sur la touche.

Après leur départ, le silence régna. Mes amis – Cannon, Bear, José, Roark et Polansky – se dévisageaient, abasourdis.

— Passif d'accès de violence ? répéta José, ahuri. webster ? Est-ce qu'il s'adressait à la bonne personne ?

— Mec, t'es pas au courant de ce qui s'est passé quand il est entré en fac ? lança Polansky. De colère, il a démoli les vestiaires. Les gens en parlaient encore deux ans plus tard, quand *moi* je suis entré en fac.

— Putain de merde, je n'arrive pas à croire que tu sois suspendu ! s'écria Roark. On va perdre contre ces enfoirés de Northwest. Comment c'est possible ?

Bear, qui ne parlait jamais beaucoup, secoua tristement la tête et croisa les bras sur la poitrine, me regardant avec compassion.

— Putain, mec ! s'écria Cannon à quelques centimètres de mon visage. Pourquoi tu n'as pas dit la vérité à l'entraîneur ? Je n'étais pas là, pourtant je sais que ce n'est pas toi qui as commencé. On sait *tous* que tu n'as rien fait, alors pourquoi tu n'as rien dit, putain ! ?

— On n'arrivera pas jusqu'aux play-offs, se lamenta Roark. La saison va être foutue. Putain de merde, mec.

— La ferme ! siffla Cannon. On ne va pas perdre contre Northwest, et webster ne sera pas suspendu.

Il se tourna vers moi et me fixa droit dans les yeux.

— Il va tout de suite aller raconter à l'entraîneur ce qui s'est passé, pas vrai, web ?

— Qu'est-ce que ça réglera, d'après toi ? répondis-je. Il demandera à Nicholl de confirmer mon histoire, sauf que cet enfoiré ne le fera pas. Alors l'entraîneur croira son petit protégé. Et même s'il était convaincu par ma version, dans le pire des cas, on serait suspendus tous les six. Là, oui, ce serait foutu contre Northwest !

— Putain, mec, c'est sûr qu'on perdrait. Pitié, ne laisse pas une telle chose arriver ! fit Roark.

— Est-ce que c'est parce qu'on t'a aidé à kidnapper la nana de Nicholl hier soir ? s'enquit José.

Je lui lançai un regard noir.

— Je n'ai pas *kidnappé* sa nana !

Apeuré, il recula, les yeux écarquillés.

Me forçant à détendre les épaules, je secouai la tête.

— Elle voulait s'éloigner de lui, alors ma sœur et moi l'avons sortie en douce du campus. C'est tout.

— Qu'est-ce que tu as fait d'elle, après votre départ en voiture ? demanda Polansky.

Je haussai les épaules.

— Rien. Izzy nous a ramenés chez moi. Ensuite, ses parents sont venus la chercher.

Je coulai un regard vers Cannon, qui écoutait mon petit mensonge les dents serrées.

— Je ne l'ai emmenée nulle part contre sa volonté. Je ne l'ai pas volée sournoisement à Nicholl. Je n'ai rien fait de mal, putain.

Après un long silence, Bear prit la parole.

— Tu as appris ce qu'il lui avait fait ?

Je détournai le regard.

— Ouais. Elle l'a surpris en train de coucher avec sa coloc. Ça l'a un peu bouleversée. Fin de l'histoire.

— *Un peu* bouleversée ? répéta José d'un air stupéfait.

Il s'esclaffa.

— J'aurais dit ça autrement.

— Et donc… Nicholl et ses enfoirés de l'escouade offensive t'ont agressé, parce que… ? insista Polansky.

— Ce sont des connards, soupirai-je.

Je me passai la main sur le visage et sentis quelque chose d'humide. Merde. Je saignais.

— Il a essayé de me tirer les vers du nez parce qu'il croyait que j'en savais plus que je voulais l'admettre.

Les autres semblèrent me croire, mais Cannon plissa les yeux de mécontentement.

— Mec.

José siffla et secoua la tête.

— Je ne savais pas que tu avais des problèmes de gestion de la colère. Tu es si… calme.

— C'est parce qu'il *n'a pas* de problème de colère ! aboya

Cannon. Deux incidents isolés ne font pas de lui un fou furieux. Et, les deux fois, c'était Nicholl le responsable. Ils lui sont tombés dessus. Pas étonnant qu'il se soit défendu. Allez, quoi ! On connaît Wick. Il est zen. Tout ça, c'est la faute de ces bâtards.

Il me saisit le poignet et leva mon bras.

— Regardez. Il a des marques rouges partout sur les bras. Ils t'ont maintenu pendant que Nicholl s'en prenait à toi, c'est ça ?

Pendant que les autres considéraient, bouche bée, les marques fraîches sur ma peau, je dégageai mon poignet et jetai un regard noir à Cannon.

— Je me suis libéré.

— Putain, lâcha Roark, bien moins inquiet pour le match contre Northwest. C'est dégueulasse !

Cannon pointa le doigt vers lui.

— C'est pour ça que tu es dans l'escouade défensive avec nous. On ne fait pas ce genre de trucs. On reste droit parce qu'on est des mecs bien. Maintenant, les gars, sortons d'ici avant d'être suspendus. Quant à toi…

Il agita la main devant mon nez.

— Va te laver. T'as une mine horrible.

Ils sortirent en file des vestiaires, me donnant à tour de rôle une tape amicale sur le bras. Cannon, le dernier, me dévisagea un long moment avant de sortir.

D'un pas lourd, je me dirigeai vers un des lavabos et m'y agrippai, avant de me pencher vers le miroir fixé au mur. Ma lèvre commençait à enfler, et du sang avait coulé sur mon menton. Un bleu se formait sur une de mes joues et les côtes me faisaient mal, mais en dehors de ça j'allais bien.

Je m'aspergeai le visage d'eau.

Après avoir craché du sang dans le lavabo, je gardai la tête baissée, les yeux fermés.

J'aurais dû me sentir satisfait. Après tout, j'avais donné pas mal de bons coups. J'avais fait saigner Nicholl. Pourtant, ça ne me semblait pas suffisant.

L'image de Haven en pleurs, le cœur brisé, me revint en mémoire. À cause de cet enfoiré, elle avait totalement perdu confiance en elle. Je voulais qu'il souffre autant qu'il l'avait fait souffrir. Pourtant, en dépit de cette bagarre, j'avais l'impression de ne pas lui avoir réglé son compte.

Je pris plusieurs inspirations profondes pour essayer de me calmer. Je voulais encore me venger. Je voulais le voir misérable, effrayé, le voir perdre. Je ne serais pas tranquille tant qu'il continuerait de se croire invincible.

— Ça s'est bien passé, railla Cannon derrière moi, une poche de glace à la main.

Je pris la poche en lui lançant un regard noir, et la plaquai contre ma lèvre enflée.

Les bras croisés sur le torse, il s'appuya contre le lavabo, à côté de moi.

— Qu'est-ce que je t'avais dit, mec ? Tu as déclaré la guerre. On est tous impliqués, maintenant.

— Je n'ai rien fait de mal.

Il leva les mains.

— Je le sais bien.

— Je n'ai pas provoqué cette bagarre non plus, grognai-je, tandis que la colère revenait.

— Je le sais aussi. Je le sais mieux que quiconque.

Il posa la main sur mon épaule. Je fermai les yeux, puis expirai pour essayer de me calmer.

— Je dis simplement que…

— Que j'aurais dû laisser couler. Je sais. C'est ce que tu me répètes depuis trois ans. Et je t'ai écouté. Je ne m'en suis pas pris à lui pendant tout ce temps. Mais là il a dépassé les bornes, et j'en ai eu marre de rester passif. Si cet enculé veut la guerre, il l'aura !

— Tu sais quoi ? Si tu m'avais écouté, la première fois, quand je t'avais dit de *faire* quelque chose, on n'en serait pas là. Et je n'aurais jamais eu à te conseiller de laisser couler toutes ces années depuis. Cogite là-dessus.

C'était dur d'argumenter, parce qu'il avait raison. Tellement raison, en fait, que la poitrine me brûla, tant j'avais de regrets. Baissant la tête, je serrai les dents et fermai les yeux.

Trois ans plus tôt, j'avais manqué de courage, et j'avais tout gâché. Aujourd'hui encore, j'en payais le prix.

Cannon s'éloigna des lavabos, un doigt pointé sur moi.

— Tiens, un autre sujet de réflexion : que fera-t-il, quand il apprendra qu'elle *habite* avec toi ?

Sur ces paroles, il sortit des vestiaires.

Je poussai un soupir. Il n'y avait rien à répondre à ça. Quand je croisai mon regard dans le miroir, je compris que ça n'avait pas d'importance, finalement ; j'aurais aidé Haven quels que soient les risques et les conséquences. Et je continuerais de l'aider, tant qu'elle en aurait besoin.

Hier soir, quelque chose avait changé. Depuis qu'elle s'était allongée contre moi et m'avait accordé sa confiance pour la protéger, elle était devenue la priorité numéro 1.

14

HAVEN

Pressée de savoir comment s'était passé l'entraînement, je bondis sur Wick dès qu'il passa la porte, à 18 h 45, un lourd sac de sport à l'épaule et la tête penchée comme s'il était perdu dans ses pensées. Le regard noir que Topher lui avait jeté sur le campus m'avait hantée toute la journée. À mon retour à la maison, rongée d'inquiétude, je n'avais fait que tourner et virer, trop préoccupée pour faire mes devoirs.

— Salut ! lançai-je avec un sourire nerveux.

Il leva les yeux, surpris.

Je me passai une mèche de cheveux derrière l'oreille.

— Tu rentres de l'entraînement ?

Il ferma la porte derrière lui.

— Ouais, répondit-il, l'air sur ses gardes.

— Est-ce que tu… l'as vu, là-bas ? Topher, je veux dire.

Je rougis, me sentant stupide.

— Désolée. Évidemment que tu l'as vu. Je…

Je gloussai et me frottai la nuque, gênée de me comporter aussi bizarrement.

— Est-ce qu'il a… parlé de moi ?

A-t-il mentionné que je te fixais, sur le campus, comme si j'avais envie de toi, alors qu'en fait je te regardais parce que…, pour une étrange raison, le faire m'aide à me calmer. Que tu sois canon n'a rien à voir là-dedans.

— Hm-hmm, marmonna-t-il.

Mon cœur commença à s'emballer.

— Il a dit quelque chose ?

Oh ! mon Dieu ! Topher avait-il dit à Wick que je le regardais ? Et Wick *lui* avait-il dit où me trouver ? Est-ce que mon ex savait où je vivais, maintenant ?

— Il croyait encore que tu étais cachée dans la chambre d'Izzy, hier soir, expliqua Wick. Je lui ai dit qu'il se trompait. Je n'ai rien dit d'autre.

Mon soulagement fut tel que j'en vacillai légèrement.

— Alors tu ne lui as pas dit où j'étais ? Où je vis maintenant ?

Il secoua la tête.

Je posai les mains sur mon ventre, reconnaissante.

— Merci infiniment !

Il hocha la tête.

— Je n'ai pas plus envie que toi de le voir se pointer ici.

— Tu m'étonnes…

— Ouaip.

Ses réponses laconiques commençaient à me rendre dingue. Je voulais en savoir plus. Je voulais *tout* savoir : ce qu'il pensait de tout ça, ce qu'il pensait de moi, chaque détail de ce qui s'était passé entre Topher et lui.

Demeurer dans le flou m'était insupportable.

Wick quitta le salon sans rien ajouter. Je me ratatinai. Visiblement, je n'en saurais pas plus ce soir.

Mais il s'arrêta à l'entrée du salon, dos à moi, et appuya la main dans l'embrasure.

— Je t'ai insultée, dit-il.

Je clignai des yeux, surprise et certaine d'avoir mal entendu.

— Pardon, quoi ?

Il me regarda par-dessus son épaule. Ses yeux clairs semblaient troublés.

— À l'entraînement, aujourd'hui, quand on s'est disputés. Il était convaincu que je te planquais quelque part, alors j'ai… voulu le convaincre que j'ignorais où tu étais. J'ai menti et j'ai dit…

Il s'interrompit brusquement.

— Tu as dit quoi ?

— J'ai dit…

Il déglutit péniblement.

— « Pourquoi est-ce que je voudrais récupérer tes restes ? Qui sait avec quelle merde tu l'as infectée ? »

Il resta là, droit comme un piquet, à me regarder. Vu son air troublé, il s'attendait à avoir de gros ennuis. Mais je n'eus pas envie de m'en prendre à lui.

Oui, ça piquait, surtout que c'était plus vrai que je ne voulais l'admettre. J'étais bel et bien les restes de Topher Nicholl maintenant, non ? Ce n'était pas très flatteur pour moi. Je me redressai, pris une inspiration et lui fis un signe de tête.

— Merci de m'en avoir parlé. Tu n'étais pas obligé. J'apprécie ton honnêteté.

— Comme ça, tu n'imagineras pas que je le pense, au cas où ça te viendrait aux oreilles.

— Je comprends.

Je tentai de sourire pour le rassurer, sans conviction. Il devait le penser au moins un peu, pour qu'une telle idée lui vienne en tête. Pas dupe, il remua les lèvres comme s'il voulait ajouter quelque chose, mais il se contenta d'un hochement de tête avant de quitter le salon.

Je m'affalai dans le fauteuil le plus proche, les bras autour de mon buste : oui, je me sentais vraiment comme les restes infectés de Topher Nicholl.

Infectés ?

Oh ! merde. Prise de panique, je me levai précipitamment.

— Wick ! criai-je, presque hystérique.

Je ne savais même pas pourquoi je l'appelai, *lui*. Tout cela ne le concernait pas. Seulement, il n'y avait que lui dans l'appartement, et j'avais besoin de soutien moral.

Il réapparut à l'entrée du salon, les cheveux ébouriffés, comme s'il était revenu en courant.

— Qu'est-ce qu'il y a ? demanda-t-il, le regard inquiet.

— Et si tu avais raison ? lâchai-je, les mains sur le ventre. Et s'il m'avait… infectée ?

Il baissa les yeux vers mon abdomen et blêmit.

— Tu penses que tu es enceinte ?

— Quoi ? *Non !*

Je retirai brusquement mes mains.

— Je prends la pilule, mais c'était la seule protection qu'on utilisait. Et la pilule n'empêche pas la transmission de… maladies sexuellement transmissibles. Maintenant que je sais qu'il me trompait… Oh ! mon Dieu !

Je recommençai à me tordre les mains sur le ventre et à faire les cent pas.

— Je suis sûre que ma coloc était saine, mais… si… s'il y en avait eu d'autres ?

Prise de nausée à l'idée que le garçon que j'aimais ait pu, à mon insu, me refiler une MST, je me tournai d'un air suppliant vers Wick. Il grimaça d'un air coupable.

— Il y en a eu, lâcha-t-il d'une voix rauque.

— Pardon ?

Il me fallut quelques secondes pour percuter. Il y en avait eu d'autres ? D'autres femmes ? *Plus* de femmes ? Topher ne m'avait pas seulement trompée avec Annabeth ?

Je secouai la tête. Je refusais d'y croire.

— Qu'est-ce qui te fait penser ça ?

Son regard empli d'excuses répondit pour lui.

— Attends. Tu ne soupçonnes rien, tu le *sais*. Et tu… tu l'as toujours su parce que… tu es dans l'équipe avec lui et, bien sûr, tu le saurais s'il…

Les genoux flageolants, je m'assis.

— Oh ! mon Dieu !

Complètement bouleversée, j'enfouis le visage dans les mains.

— Oh ! mon Dieu ! répétai-je, avant de me lever brusquement, ayant besoin d'en savoir plus.

— Combien ? demandai-je. Et pendant combien de temps ?

Il secoua la tête. Je serrai les poings et m'approchai de lui d'un air menaçant.

— *Dis-le-moi !*

— Non, répondit-il aussi fermement que moi.

— Pourquoi pas ?

J'enfonçai un doigt dans sa poitrine. Il resta de marbre.

— Pourquoi est-ce que tu le protèges ? Je croyais que tu le détestais.

Il darda sur moi des yeux brillants de colère.

— De quoi est-ce que tu parles ? Bien sûr que je le déteste. Le protéger est la dernière chose que je suis en train de faire.

— Les mecs se serrent les coudes, c'est ça ? C'est pour ça que tu ne me l'as jamais dit ? Ça va contre votre code de société secrète des pénis ? Tu ne peux pas dénoncer l'un des tiens ?

— L'un des miens ? répéta-t-il avec horreur. Plutôt crever qu'être comme lui ! Je ne te l'ai jamais dit, parce que je ne t'avais même jamais *parlé* avant hier soir. Ne me dis pas que tu serais allée répéter à une inconnue que son mec la trompe ?

— Je…

Non, probablement pas. J'aurais estimé que ça ne me regardait pas. Je me serais sentie mal de fourrer mon nez dans les problèmes personnels d'une étrangère. Ça n'aurait probablement causé que de la douleur, une douleur dont j'aurais été responsable. Il serait donc hypocrite de ma part d'en vouloir à Wick.

Quand bien même, j'étais très fâchée contre lui.

— De toute façon, je ne te connaissais pas. Tu aurais pu déjà le savoir et être une de ces nanas qui ferment les yeux. Je n'allais pas m'en mêler. Sans ajouter qu'hier soir tu en avais déjà appris *suffisamment*. Je ne voulais pas en rajouter.

— Eh bien, maintenant, je veux *tout* savoir ! Vas-y !

— Pourquoi ? Tu veux souffrir encore plus ? C'est ça ? C'est hors de question. Je ne veux pas te voir souffrir de nouveau.

Cette fois, je plaquai les mains sur sa poitrine et le poussai de toutes mes forces. Il trébucha de quelques pas en arrière.

— Je saurai encaisser. Crache ce que tu sais. J'ai *besoin* de l'entendre.

Il me dévisagea en silence.

— Tu ne voudrais pas être au courant, à ma place ? murmurai-je d'une voix rauque, le menton tremblant.

— Putain, Haven, marmonna-t-il, s'agrippant les cheveux avec une grimace tourmentée. Honnêtement, je ne sais pas grand-chose. J'ignore quand ça a commencé exactement, et combien il y en a eu.

Il secoua la tête.

— Je suis toujours resté aussi loin de lui que possible.

— Dis-moi ce que tu sais, insistai-je à voix basse, les yeux suppliants. Quand as-tu découvert qu'il me trompait ?

Il secoua la tête.

Je posai la main sur son bras.

— S'il te plaît.

Les yeux fermés, il jura tout bas.

— Au début de la deuxième année, après le premier match à l'extérieur.

Même si je me doutais que la réponse ne me plairait pas, je poussai un cri et reculai de quelques pas. Le début de la deuxième année ? Il me trompait alors qu'on sortait ensemble depuis moins d'un an ? Bon sang ! Comment n'avais-je rien vu, rien senti ?

— Mais mon ami n'a pas été surpris du tout de ça, continua Wick, me poignardant dans le cœur. Alors Nicholl avait dû commencer avant ça.

— Non, hoquetai-je, appuyant la main sur la poitrine.

— Haven ?

Il s'avança vers moi. Je secouai la tête et levai les mains pour l'empêcher d'approcher.

— Combien ?

J'étais déterminée à découvrir toute la vérité, peu importe les conséquences.

Wick recommença à faire « non » de la tête ; ses yeux me suppliaient de laisser tomber.

Mais je ne pouvais pas. Il fallait que je sache.

— Com… combien ?

— Je ne sais pas, putain, lâcha-t-il, crispé. Beaucoup, OK ? À chaque match à l'extérieur, il draguait une nouvelle nana. Et d'après les bruits de couloir, généralement, ça marchait.

— Oh ! mon Dieu !

Prise de nausée, je plaquai la main sur ma bouche et parcourus le couloir à la hâte jusqu'à la salle de bains. J'eus à peine le temps de tomber à genoux devant la cuvette avant de vomir. M'y agrippant, je me vidai l'estomac. Puis je me mis à pleurer, la tempe appuyée contre le meuble à côté de moi.

Une fois calmée, je remarquai que Wick m'avait suivie. Il était accroupi contre l'encadrement de la porte, les coudes sur les genoux et le visage dans les mains. Il leva la tête. Je vis à son expression qu'il regrettait de m'avoir parlé des autres femmes.

Lui offrant un faible sourire, je fis un geste vers la cuvette.

— Désolée. On a l'estomac fragile dans la famille.

Il se redressa et s'avança vers le lavabo pour remplir mon gobelet.

— Ma mère affirme que son frère aîné vomissait chaque fois que quelque chose le contrariait. Mon oncle Mason. Mes parents ont parlé de lui, hier soir, quand…

Il me tendit le gobelet.

— Je m'en souviens.

— Merci.

Je me levai et me rinçai la bouche, avant de boire une gorgée.

Wick se tenait à côté de moi en silence, les bras croisés sur le torse et l'épaule appuyée contre l'encadrement. Présence solide et intimidante qui me rassurait autant qu'elle me stressait. Pour me donner une contenance, je me brossai les dents. Finalement, je décidai de crever l'abcès.

— Je sais ce que tu penses.

Je levai les yeux. On se tenait si près que je remarquai qu'il était blessé.

— Tu t'es coupé à la lèvre ?

Une lueur de surprise anima ses yeux pâles. Il se mordit la lèvre inférieure, comme pour cacher la coupure.

Je secouai la tête, perturbée.

— Tu ne l'avais pas, hier soir.

Je m'approchai un peu plus et plissai les yeux.

— Et c'est un *bleu,* sur ta joue ? Que s'est-il passé ?

Il haussa les épaules, l'air de dire je-ne-veux-pas-en-parler, puis recula.

— L'entraînement, marmonna-t-il.

Je fis la grimace.

— Dis donc, dur l'entraînement ! Vous ne devriez pas y aller mollo, une avant-veille de match ?

Instinctivement, je posai les doigts sur sa blessure, mais il pencha la tête sur le côté. Je retirai aussitôt ma main.

— Désolée. Je n'aurais pas dû, fis-je, gênée. C'est sûrement douloureux.

— Ne t'inquiète pas.

De quoi parlait-il, au juste ? Du fait que j'avais essayé de lui toucher la lèvre, ou du fait qu'elle était douloureuse ? Si la douleur n'était pas le problème, alors il s'était éloigné parce qu'il ne voulait pas que je le touche. Mais, s'il voulait dire que ce n'était pas grave d'avoir voulu le toucher, alors pourquoi avait-il bougé ? Ce mec était vraiment dur à cerner.

Essayant de ne pas laisser ces questions me rendre folle, je m'éclaircis la gorge.

— Je sais ce que tu penses. Tu regrettes de m'avoir parlé des autres femmes, mais je suis contente que tu l'aies fait. Je suis contente de connaître la vérité. Comme ça, j'irai me faire dépister. Alors, s'il te plaît…

Je me détournai, incapable de supporter le regret dans ses yeux.

— Arrête de me regarder comme si j'allais m'effondrer. Tu n'as rien fait de mal. C'est *moi* qui ai insisté. Je peux encaisser. J'apprécie vraiment que tu m'aies répondu.

Il recula d'un pas. Pendant un moment, je crus qu'il allait partir, mais il brisa finalement le silence.

— Ma sœur…

Il marqua une pause. Je levai les yeux.

Grimaçant, il reprit :

— Ma grande sœur, Darcy, travaille au centre médical du campus. Je peux te prendre rendez-vous.

L'idée d'avoir une MST fit protester mon estomac. Ravalant ma bile, je respirai profondément par le nez et hochai la tête.

— J'apprécierais beaucoup. Merci.

— Ça marche. Je te prends rendez-vous pour la première heure demain matin.

Avec un signe de tête il sortit de la salle de bains, me laissant seule.

15

HAVEN

Tôt le lendemain matin, je me mis en route pour retrouver Wick au centre médical. J'avais toujours été très vigilante, alors devoir passer ces examens me laissait un goût amer. Pourtant, j'avais été assez bête pour croire que le seul petit ami que j'avais jamais eu montrerait la même prudence. Je me sentais punie, comme si je payais là le prix de ma naïveté.

Le vent lui-même semblait penser qu'il devait me houspiller pour ma bêtise. Des mèches s'envolaient de toutes parts, me rentrant dans la bouche et me tombant dans les yeux. J'étais encore en train de me recoiffer d'une main lorsque je poussai la porte d'entrée.

Même coiffée comme un épouvantail, je fis une entrée discrète. Personne ne m'entendit. Une femme feuilletait un magazine dans la salle d'attente. Une réceptionniste tenait l'accueil derrière un haut comptoir. Wick webster était appuyé au bout de ce même comptoir, en train de discuter avec une jeune infirmière qui organisait des dossiers.

Je m'arrêtai brusquement, bouche bée. Mes hormones frémirent et poussèrent un soupir d'envie. En l'espace d'une nuit, il était devenu cinq fois plus sexy. Il portait un polo à manches longues une taille trop petite, qui s'étirait délicieusement sur son torse. Son jean noir et sa ceinture foncée faisaient ressortir la blancheur presque virginale de son haut. Plutôt ironique, vu les pensées obscènes qu'il m'inspirait ! Son col était déboutonné, ce qui laissait apercevoir quelques centimètres carrés d'une peau délicieuse.

Il jouait avec un stylo d'un air complètement détendu, et parlait avec une vitalité que je ne lui avais jamais vue. Il n'était pas si ouvert et décontracté avec moi. Gagnée par la jalousie, je tournai la tête vers la jeune et jolie infirmière qui, elle, arrivait visiblement à le faire se détendre.

Ça n'aurait pas dû me surprendre : il m'avait dit de but en blanc qu'il ne serait jamais capable de se détendre en ma présence. J'avais ignoré sa mise en garde, mais visiblement il n'exagérait pas.

L'infirmière ouvrit un dossier. Alors qu'elle attrapait un stylo dans le pot à crayons, il lui dit quelque chose qui l'agaça. Elle pointa le stylo sur lui d'un air menaçant. Il leva le sien et la défia en duel.

Je voulais connaître ce Wick-là, joueur et décontracté. Ma jalousie redoubla d'intensité, ce qui m'inquiéta légèrement.

L'infirmière finit par me remarquer. Elle murmura quelque chose, et Wick se tourna vers moi.

Nos regards se croisèrent. Aussitôt, mes entrailles se liquéfièrent, et mon pouls s'emballa. Ses yeux me détaillèrent ensuite de haut en bas. Mes tétons se dressèrent. Je sentis une onde de chaleur se diffuser dans mon bas-ventre, et mes cuisses se mirent à picoter.

Il se redressa et me fit signe d'approcher.

Soudain pudique, je me recoiffai, en découvrant d'autres mèches désordonnées.

Je ne me montrais vraiment pas sous mon meilleur jour.

— Salut, lançai-je avec un sourire nerveux. Pardon, je suis en retard ?

Je ne savais même pas pourquoi je venais de m'excuser, ni pourquoi je posais cette question. Je savais pertinemment que je n'étais pas en retard. Sous le coup de la panique, c'était sorti tout seul.

— Pas du tout, répondit-il en se tournant vers l'infirmière. Voici ma sœur, Darcy.

Mais bien sûr ! Darcy. La sœur. Qu'est-ce qui m'avait pris de me sentir aussi possessive en les voyant discuter ? D'autant que je n'avais aucune raison de me montrer jalouse : Wick n'était que mon coloc.

Il recula et me fit signe d'approcher.

— Darcy, je te présente Haven.

— Salut, Haven.

Darcy sourit gaiement et me tendit la main. Elle me rappela vaguement Izzy, mais elle semblait plus subtile, plus mature, avec une étincelle plus malicieuse dans le regard.

— Quel plaisir de rencontrer une des fréquentations de Wick, qui ne joue pas au football !

Elle marqua une pause et pencha la tête sur le côté.

— Attends, tu ne joues pas, si ?

Je lui serrai la main en riant.

— Non. Pas du tout.

— Mais c'est qu'il explore de nouveaux horizons, dis donc !

Elle lui pinça la joue.

— C'est formidable ! Mon petit bébé grandit.

— Phénoménal, répondit-il sèchement, en lui écartant la main.

Darcy lui tira la langue et se tourna vers moi.

— On y va ?

— Déjà ?

Je jetai un coup d'œil hésitant à la femme qui attendait avec son magazine, craignant de lui passer devant, puis à la réceptionniste, pour qui je n'avais rempli aucun papier. Je me retournai ensuite vers Darcy.

— Allons-y.

Elle nous fit signe d'avancer.

— Suivez-moi.

— Moi aussi ? lâcha Wick, incrédule. Je peux l'attendre ici.

Il désigna les chaises de la salle d'attente.

Sa sœur lui lança un regard sévère.

— Dépêche-toi, traînard, je n'ai pas toute la journée !

Il pivota vers moi, s'attendant probablement à ce que je refuse. Sauf que tous ces examens me rendaient super nerveuse. Un visage familier me rassurerait. Je lui pris donc la main.

— Euh, d'accord, dit-il nerveusement.

Dès qu'on fut entrés dans la pièce indiquée par Darcy, il alla s'adosser, bras croisés et moue boudeuse, contre l'affiche placardée sur un mur du corps d'une femme à toutes les étapes de la grossesse.

Darcy s'assit sur un tabouret roulant et ouvrit mon dossier.

— Alors, les enfants, quels examens fait-on ? demanda-t-elle.

Elle releva la tête.

— VIH ? Papillomavirus ? Herpès ? Annexite ? Verrues génitales ? Syphilis ? Chlamydia ? Molluscum ? Hépatite B ? Blennorragie ?

J'écarquillai les yeux. L'inquiétude me noua l'estomac.

Il existait tant de maladies sexuellement transmissibles que ça ? Je n'en avais aucune idée. Le pire, c'est que je n'en avais reconnu que quelques-unes…

Je coulai un regard gêné vers Wick.

— C'est quoi le molluscum ? chuchotai-je.

Il haussa les épaules.

Tu parles d'un remonte-moral !

— Des lésions de la peau, répondit sa sœur. Petites excroissances rondes blanches, roses ou de la couleur de la peau. Bénin, mais qui peut s'infecter.

Oh. Donc…

— Euh, bon, je crois qu'on peut écarter cette pathologie-là, dis-je d'une petite voix, en coulant un autre regard vers Wick.

J'ignorais pourquoi je le regardais. Mais c'était lui qui m'avait pris rendez-vous, et Darcy était sa sœur, alors…

Avec un soupir, il se pencha vers elle, tandis qu'elle éliminait molluscum de la liste.

— On peut la tester pour toutes les pathologies ?

Darcy leva les yeux et lui lança un regard sec.

— Oui. Mais chaque test est payant. Certains ne demandent qu'une prise de sang, d'autres une analyse d'urine. L'un d'eux nécessite une hémoculture. D'autres un examen pelvien, et…

— OK, OK.

Il leva les mains, puis se tourna vers moi.

— Tu accepterais de te soumettre à tout ça ? murmura-t-il, ses yeux bleus inquisiteurs.

Je hochai la tête.

— Oui, autant être fixée. J'ignore à quoi Topher a été exposé, alors j'ignore à quoi *j'ai* été exposée. Mieux vaut prévenir que guérir, tu ne crois pas ?

— Ouais. Tu as raison.

— Carrément, intervint Darcy en cochant quelques autres cases sur sa liste. Parfait. Je vais tout préparer. Mais pour commencer…

Elle leva deux flacons : l'un vers moi, sur lequel était inscrit mon nom, et l'autre vers Wick, qui portait le sien.

— J'ai besoin qui vous uriniez là-dedans.

Je pris le mien, mais Wick cligna des yeux, l'air stupéfait.

— Quoi ? s'exclama-t-il en secouant la tête. Pourquoi est-ce que tu m'en tends un ? Je n'ai pas besoin de me faire tester.

Sa sœur eut un sourire narquois.

— Allez. Tu es déjà là. Mieux vaut prévenir que guérir, comme l'a dit Haven.

Il me regarda, puis se retourna vers elle.

— Je n'ai *jamais* fait l'amour sans protection !

— Merci ! m'écriai-je, les yeux plissés de colère. Pour ton information, je pensais que j'étais protégée avec la pilule. Je me croyais dans une relation monogame. Mais devine quoi ? J'avais tort.

— Ce n'est pas ce que je voulais dire, bredouilla-t-il.

Il marqua une pause et leva les yeux au ciel.

— C'est-à-dire que…

Il se tourna, suppliant, vers Darcy. Pensant que je ne l'entendrais pas, il protesta à voix basse :

— Il faut *faire l'amour* pour s'inquiéter des MST, non ?

Darcy s'esclaffa.

— Ne me dis pas que tu es puceau ? D'accord, t'es un intello coincé, mais quand même… Une star du foot avec une jolie gueule comme la tienne ? Je n'y crois pas une seconde.

Le terme « intello » me surprit. Je n'avais jamais considéré Wick webster comme un *intello*. Mais, si c'était un intello, alors c'en était un digne de confiance, gentil, loyal, coincé dans un corps d'Apollon.

— Je n'ai pas dit que j'étais puceau, grommela-t-il, sur la défensive. Je dis simplement que depuis le temps je le saurais, si j'avais attrapé quelque chose.

Darcy croisa les bras sur la poitrine et plissa les yeux.

— Ah ouais, vraiment ?

Pas du tout impressionnée, elle insista :

— Est-ce que ça fait plus d'un an ?

Wick regarda discrètement vers moi, avant de se retourner vers sa sœur.

— Non, mais presque, fit-il, les dents serrées.

Pourquoi se montrait-il aussi discret ? Et comment se faisait-il qu'il n'ait pas couché en un an ?

Sa sœur lui tendit le flacon.

— Pisse là-dedans !

— OK, grommela-t-il en le lui arrachant de la main. J'aurai droit à un examen pelvien, moi aussi ?

— Mais je t'en prie, rétorqua-t-elle avec un sourire retors. On t'installera sur les étriers dès qu'un médecin sera disponible.

Il soupira.

— Quelle emmerdeuse !

— Je t'aime aussi, frérot. Maintenant, va gentiment faire pipi.

Elle lui donna une tape sur les fesses et le poussa dans le couloir.

— Haven, reprit-elle avec douceur, les toilettes pour femmes sont au bout du couloir, trois portes sur la droite.

Ce fut la dernière fois que je vis Wick de tout l'examen.

Une fois le flacon rempli, Darcy me conduisit dans une autre salle d'examen, et prit mes coordonnées et ma carte d'assurance. Puis elle me tendit une blouse à fleurs et me demanda de me changer en mettant l'ouverture devant.

Ugh. J'allais chez le gynécologue depuis que j'avais commencé la pilule, à dix-neuf ans, mais ces moments-là ne devenaient pas plus agréables avec le temps.

Le médecin entra et me serra la main en souriant. Dès qu'elle commença l'examen, cependant, son sourire disparut. Elle passa les quinze minutes suivantes à me réprimander sur mon manque de vigilance, et à me faire la leçon sur les maladies sexuellement transmissibles ainsi que les risques encourus, parfois mortels.

Pendant ce temps, je hochais la tête, penaude, en me mordillant la lèvre, les yeux rivés au plafond. Lorsqu'elle commença à décrire en détail les symptômes dégoûtants qui accompagnaient certaines MST, Darcy me lança un sourire gêné et pinça les doigts, l'air de dire que le médecin jacassait et en faisait un peu trop.

L'examen terminé, le médecin annonça que tout semblait en ordre, mais qu'elle en serait sûre quand elle recevrait les résultats du labo.

Rassurée, je me changeai en un temps record, pensant que j'en avais terminé. Mais Darcy me dit d'attendre, puis revint accompagnée d'une autre infirmière, qui me fit une prise de sang.

— Ça m'a fait plaisir de te rencontrer, Haven, me dit-elle avec un regard bienveillant, lorsque je fus sur le départ. Je te communique les résultats aussi rapidement que possible.

Je souris et la remerciai, puis me dépêchai de quitter la salle d'examen, réconfortée d'être de retour dans mes vêtements et d'en avoir enfin terminé. Je détestais les cabinets médicaux et les examens de santé. Si Topher m'avait transmis quelque chose et que je devais en faire d'autres, je le tuerais !

J'étais tellement pressée de sortir que je me ruai sur la porte. Je ralentis brusquement en apercevant Wick dans la salle d'attente, assis les coudes sur les genoux, en train de jouer à Gardenscapes sur son portable.

— Terminé ? demanda-t-il en se levant.

Je hochai la tête.

— Tu m'attendais ?

Il se détourna légèrement. J'aurais juré qu'il avait rougi. Puis il haussa les épaules avec insouciance.

— Je voulais m'assurer que tout s'était bien passé.

Je soufflai un grand coup.

— Apparemment, je n'ai rien attrapé. Mais on en saura plus quand on aura les résultats.

— Génial.

Il garda les yeux posés sur moi quelques secondes comme pour s'assurer que j'allais vraiment bien, puis il baissa la tête et plissa le front.

— Il faut que j'aille en cours.

Il me lança un sourire crispé.

— À plus tard.

— Ouais, répondis-je, l'accompagnant vers la sortie. Merci de m'avoir attendue.

C'était gentil de sa part. Inutile, mais vraiment attentionné.

De nouveau distant, il me fit un signe de tête et me tint la porte ouverte, me laissant passer la première. Puis il partit dans l'autre direction. Je consultai l'heure. S'il avait vraiment cours, il avait déjà dix minutes de retard.

Je le regardai s'éloigner, perplexe. Il avait raté le début de son cours pour m'attendre. Pourtant, lorsque je l'avais rejoint, il avait décampé comme s'il avait eu peur de me parler.

Ce mec était une véritable énigme !

16

WICK

Samedi matin, je sortis à pas de loup de ma chambre peu après 5 heures, vêtu d'un T-shirt en coton, d'un short et de baskets. Je louchai tellement sur la porte de Haven en passant que je faillis me prendre le mur.

L'appartement était silencieux ; elle était sans nul doute endormie. Mon esprit se mit à tourbillonner. Que portait-elle, la nuit ? Un pantalon de pyjama avec un T-shirt assorti ? Un short de nuit avec un débardeur près du corps ? Une chemise de nuit en soie ? Rien du tout ?

Je commençai à transpirer.

C'était dingue. Haven Gamble dormait dans mon appartement. Mieux, elle *vivait* dedans. Je n'arrivais toujours pas à y croire.

Je quittai la maison sur la pointe des pieds et verrouillai la porte d'entrée, en me demandant si elle serait encore là à mon retour. Je m'éloignai bien à contrecœur, et commençai mon jogging matinal. La salle de sport du campus était à un peu moins de deux kilomètres : la distance idéale pour m'échauffer, avant de commencer ma séance.

La salle était toujours calme à cette heure-ci, mais encore plus aujourd'hui, car les gars avaient un match ce soir. Un match auquel je ne participerais pas. Mes amis avaient encore beaucoup de mal à l'accepter ; ils n'arrêtaient pas de m'envoyer des idées par texto, pour convaincre l'entraîneur de changer d'avis et me laisser jouer. Même si ma suspension me contrariait énormément – j'étais doué sur le terrain et je détestais laisser tomber mes coéquipiers —, je m'étais fait une raison. C'était ma dernière année d'études, et la saison se terminait dans moins d'un mois. Même si la montée d'adrénaline et l'énergie que je ressentais après un bon match allaient me manquer, être suspendu n'était pas la fin du monde.

Je devais prévenir mes parents que je ne jouerais pas ce soir. Ce ne serait pas une conversation facile. Ils voudraient savoir pourquoi et, me connaissant, je leur raconterais probablement tout.

Une heure plus tard, j'étais de retour, fébrile. Haven dormait-elle encore ? Était-elle déjà partie ?

Haven Gamble chez moi… Jamais je ne m'y habituerais !

L'appartement était aussi silencieux et sombre qu'à mon départ. Je jetai un coup d'œil rapide dans la cuisine. Sa tasse en céramique était encore suspendue au crochet près de sa machine Keurig – voir *ses* affaires dans cette pièce me fit une impression bizarre —, donc elle devait encore dormir.

Je pris une douche rapide et enfilai un T-shirt et un short propres, avant de retourner dans la cuisine.

Trop paresseux pour cuisiner et ne voulant pas réveiller ma coloc en faisant trop de bruit, je me versai un bol de Chocapic. Puisque je ne jouais pas, aujourd'hui, autant me faire plaisir. Puis je m'affalai sur le canapé devant les séries que j'avais enregistrées dans la semaine, mais pas encore visionnées, entre les cours, le boulot et les entraînements.

Alors que je venais de m'installer confortablement et de régler le son – juste assez fort pour pouvoir entendre sans la réveiller —, on frappa à la porte d'entrée.

Quelques instants plus tard, on frappa de nouveau. Je fronçai les sourcils. Est-ce que Nicholl avait découvert où se cachait Haven ?

Décidément, ce connard ne laissait pas tomber.

Râlant, je mis l'épisode en pause, me levai du canapé et me dirigeai vers l'entrée, mon bol de Chocapic à la main.

M'attendant à trouver Nicholl sur mon perron, je fus stupéfait d'y découvrir trois inconnus. Tandis qu'ils me dévisageaient, je levai un sourcil interrogateur.

— La vache ! s'exclama celui du milieu. Personne n'a dit que c'était un beau gosse.

Je clignai des yeux, surpris d'entendre une remarque pareille de la part d'un mec.

— Pardon ?

Celui sur la droite fit un pas en avant.

— On vient voir Haven.

Je regardai par-dessus mon épaule.

— Je crois qu'elle dort tou…

Ils entrèrent. Je levai la main en signe de protestation.

— Houla, hé ! Vous êtes qui ?

Celui sur la gauche – le plus costaud – plissa les yeux et fit craquer ses articulations.

— Ses cousins.

Derrière moi, j'entendis un reniflement sarcastique.

— Foutaises, Fox ! Toi et moi, on n'est pas de la même famille.

Je fis volte-face. Ses cheveux foncés en bataille, Haven entrait dans le salon en bâillant et se frottant le visage. Ses jambes paraissaient interminables dans son short de nuit. Elle s'avança, et ses seins se balancèrent de façon hypnotisante. On devinait qu'elle ne portait pas de soutien-gorge sous son débardeur.

— On a été élevés comme des cousins, protesta le dénommé Fox. En plus, ma sœur est mariée à celui-là – il désigna le troisième type du doigt – et c'est ton cousin, alors c'est pareil. Quand j'ai appris qu'ils venaient par ici, je me suis incrusté. Je n'allais pas manquer une virée en ville !

Il me fit un grand sourire et me tendit la main.

— Fox Parker. Enchanté. On est venus te mettre en garde.

Celui du milieu le poussa sur le côté et me saisit les doigts comme s'il allait me faire un baisemain.

— Enchanté. Colton Cress Gamble Jr. Appelle-moi Cress.

Il m'attira à lui avec un clin d'œil.

— Ou « quand tu veux ».

Je reculai brusquement. L'autre mec, qui ne s'était pas encore présenté, lui donna un coup dans le bras.

— On est venus *intimider* ce bâtard, tu te rappelles ? Tu n'es pas censé flirter avec lui.

— Ah oui, c'est vrai, murmura Cress.

Il hocha la tête et soupira.

— Mais c'était avant de savoir qu'il était délicieux. Sérieux, couz', lança-t-il à Haven en la bousculant gentiment quand elle s'arrêta près de moi. T'as décroché le gros lot. S'il te plaît, ne me dis pas qu'il est hétéro, ce serait triste !

Haven fredonna avec compassion :

— J'ai bien peur que si.

— Quel dommage !

Cress me lança un regard plein de regret, tandis que Fox tapait dans ses mains.

— Cress l'a assez effrayé pour nous trois. Mission accomplie. Allons chercher quelque chose à manger, maintenant.

— Je n'ai pas peur, marmonnai-je, les dents serrées.

Le visage radieux, Cress s'avança vers moi.

— Vraiment ? Alors, tu veux bien virer ta cuti, le temps que j'en profite un peu ?

— Euh…

Par réflexe, je me rapprochai de Haven pour qu'elle me protège de ses cousins.

— Non, répondis-je avec une grimace. Désolé.

Il haussa les épaules, l'air de dire *Tant pis pour toi.* Haven fronça les sourcils et croisa les bras sur la poitrine.

— Pourquoi est-ce que vous voulez intimider Wick ? Il est super gentil et n'arrête pas de me rendre service, depuis que je le connais.

— Vu que le dernier t'a brisé le cœur, on se sent coupables de ne pas l'avoir assez intimidé. Ne t'en fais pas, ma p'tite, on rendra une visite à cet enfoiré, plus tard. Mais, comme on passait en ville, on s'est dit qu'on commencerait avec lui, pour le mettre en garde et le prévenir qu'il n'avait pas intérêt à te faire de la peine. Genre, *jamais.*

Il leva les sourcils d'un air entendu pour s'assurer que j'avais reçu le message ; je lui rendis la pareille.

Pendant ce temps, une étrange chaleur se diffusait en moi. Il parlait comme si Haven et moi étions en couple.

Haven s'empressa de les détromper.

— Wick et moi ne sortons pas ensemble, bande d'idiots !

— Non, c'est pire. Tu *vis* avec lui, insista le type dont j'ignorais toujours le nom.

— En tant que colocataire, rétorqua Haven. Vivre avec

quelqu'un ne veut pas forcément dire coucher avec, vous savez. On a chacun notre chambre.

— Mais tu as des avantages en nature, non ? murmura Cress en me reluquant de nouveau.

Il leva la main pour se porter volontaire.

— Je peux emménager avec vous ?

Puis il se rapprocha de Haven.

— Tu l'as vu tout nu ? chuchota-t-il. S'il te plaît, dis oui.

L'ignorant complètement, elle continua de jeter un regard noir à l'autre type.

— Sérieux, Beau. Tu me crois devenue incapable de me faire une opinion sur autrui à cause de ce qui s'est passé avec Topher ?

Ses yeux s'emplirent de larmes.

— Merci beaucoup.

Elle pivota et s'éloigna d'un pas furieux, me laissant seul dans le salon avec ses trois cousins… ou presque cousins.

— Oups, lâcha Fox. Tu ferais mieux d'aller lui parler.

Je la suivis du regard en hochant la tête. Beau devrait en effet aller s'excuser de l'avoir blessée : elle était vulnérable, après ce que Topher lui avait fait traverser.

Mais, quand je me retournai vers eux, tous trois me fixaient.

— Quoi… *moi* ? m'écriai-je. Vous pensez que *je* devrais aller lui parler ? Ce n'est pas moi qui ai déboulé ici et lui ai fait de la peine.

— Ouais, mais c'est ça, avoir une nana comme coloc, répondit Beau, en me donnant une forte bourrade dans le dos. Tu dois parler de sentiments et d'autres conneries du genre. Va la voir et essaye de calmer le jeu. Si tu réussis à la réconforter, c'est bon pour nous.

— Ouais, renchérit Fox en se dirigeant vers la cuisine. Pendant ce temps, on dévalisera tes placards. Tu m'as donné envie de Chocapic.

— J'espère qu'il y a du café, commenta Cress en lui emboîtant le pas.

Le dernier – Beau – pointa un doigt menaçant sur moi.

— L'heure tourne, mon pote !

Il suivit les autres.

Et puis quoi encore ? Ce n'était pas du tout mon genre de parler émotions et sentiments. Pourquoi est-ce que je devrais m'y coller ? Stupéfait, je balayai le salon du regard et baissai les yeux vers mon bol de céréales. Mes Chocapic étaient tout ramollis.

— Et merde !

17

HAVEN

Un coup léger à ma porte. Ça ne pouvait être que Wick. Beau aurait tambouriné, Cress serait entré sans frapper, et Fox ne se serait pas approché de moi. Les nanas en larmes le faisaient fuir.

Je soupirai. Je voulais rester seule, mais Wick n'avait rien fait, alors ce serait malvenu de lui dire de dégager.

Bien joué les cousins, bien joué !

— C'est ouvert, marmonnai-je en m'essuyant les yeux.

La porte pivota lentement. Il resta dans l'entrée, l'air inquiet, les bras croisés sur la poitrine.

— Ils sont en train de piller notre cuisine. Tu veux que je les mette dehors ?

Qu'il dise *notre* cuisine me fit chaud au cœur. Je ne vivais pas ici depuis trois jours qu'il parlait déjà de cet appartement comme de mon chez-moi aussi, en dépit de sa réticence initiale.

Je souris à travers mes larmes et secouai la tête.

— Non. Je ne peux pas jeter ma famille dehors.

J'écarquillai aussitôt les yeux d'inquiétude. On n'avait pas encore parlé des règles concernant les visiteurs. Peut-être que

Wick voulait qu'ils s'en aillent. Il vivait ici depuis plus longtemps, après tout, et cet appartement était plus le sien que le mien.

— Sauf si ça te pose problème, ajoutai-je.

Il haussa les épaules.

— Si ça ne te gêne pas, ça ne me gêne pas non plus. Mes sœurs agiront de la même façon. Elles traitent cet appartement comme leur seconde maison, et débarquent quand bon leur semble.

Je souris avec affection.

— C'est cool.

J'aimais l'idée qu'elles se sentent chez elles ici.

Il hocha la tête en silence.

Ça lui arrivait souvent. Mais les silences ne semblaient pas le déranger. J'avais vu beaucoup de gens parler de tout et n'importe quoi dans le seul but de meubler le silence. *J'étais* une de ces personnes, mais Wick non.

D'autres larmes coulèrent. Je les essuyai de la main.

— Beau a raison, tu sais, lâchai-je. Je ne me sens plus apte à juger les gens. Je suis sortie avec Topher pendant trois ans sans soupçonner qu'il m'était infidèle. Je lui laissais de l'espace parce que je voulais être une petite amie cool, et il en a profité.

Je serrai les dents et secouai la tête. J'étais déçue de moi-même.

Wick s'adossa plus confortablement contre la porte et leva les yeux au plafond.

— Tu veux entendre quelque chose de dingue ?

Je me mordis la lèvre.

— À mon sujet ? Si c'est négatif, je ne suis pas sûre d'en avoir envie.

J'étais un peu trop susceptible en ce moment. J'avais besoin d'être réconfortée et encouragée pour retrouver ma confiance en moi.

Il sourit et secoua la tête.

— Non. Quelque chose de dingue sur *moi.*

Nos regards se croisèrent. Le sien était plein de regret.

— Quand je l'ai rencontré, j'ai apprécié Nicholl, moi aussi. Je pensais qu'on était amis. Quand il m'a montré son vrai visage, je suis tombé de haut, tout comme toi.

Je posai la main au creux de ma gorge.

— Sérieux ?

Ça alors ! J'avais du mal à les imaginer amis. Ils se détestaient depuis que je les connaissais.

— Qu'est-ce qu'il t'a fait ?

Wick détourna le regard et haussa les épaules, comme pour minimiser. Mais, vu comme il était crispé, ça avait dû faire mal. *Très* mal.

— Ça n'a plus d'importance. Ce que je veux dire, c'est qu'à l'époque je me suis posé les mêmes questions que toi. Comment ai-je pu être aussi stupide ? Pourquoi n'ai-je rien vu ? Qu'est-ce qui cloche chez moi ? Mais ce n'est pas nous le problème. C'est *lui.* C'est un manipulateur sournois et fourbe, et il est très doué. Il te donne l'impression d'être spécial, de faire partie de son cercle, d'être au sommet du monde. Il t'attire avec sa personnalité magnétique et pétillante, et puis, une fois que tu t'es rapproché et que tu as baissé la garde, il te poignarde dans le dos. Pendant tout ce temps, toi, tu ne te doutes de rien.

Un poids me tomba sur l'estomac.

— Il a vraiment dû te faire un sale coup, murmurai-je.

Il poussa un long soupir.

— Disons que ça m'a servi de leçon.

— Qu'est-ce que tu as appris ?

Je voulais le savoir.

Il croisa mon regard une fois encore.

— Qu'il ne faut pas se confier à n'importe qui, qu'il faut garder pour soi ce qui compte vraiment.

Une pointe de douleur me fit frissonner. Topher m'avait enseigné la même leçon.

Je passai les bras autour du buste et me balançai doucement.

— Mais je ne veux pas fermer la porte à tout le monde ! Et si je ratais une histoire merveilleuse, simplement par peur de refaire confiance ?

Il sourit avec compassion.

— C'est un risque.

Je pointai un doigt sévère sur lui.

— Fais en sorte que ça ne m'arrive pas !

— Je ferai de mon mieux.

Il leva le nez et huma l'air.

— On dirait qu'un de tes cousins a trouvé les capsules de café.

Il me tendit la main.

— Tu viens leur montrer que tu ne te laisses pas abattre ?

Je poussai un soupir. Je n'y étais pas prête du tout. Mais je hochai la tête et me levai du lit.

— OK. J'ai envie de Chocapic, de toute façon.

— Espérons que Fox ne les a pas tous mangés. C'était Fox, je ne me trompe pas ? Le presque cousin.

— Exact. Sa mère s'appelle Felicity et son père Knox… alors ils ont combiné leurs prénoms pour obtenir Fox. La mère de Beau et lui sont meilleurs amis. Beau a épousé la sœur de Fox, Bentley, alors… ouais. Il n'avait pas totalement tort en disant qu'on est comme des cousins.

— Beau et Cress en sont de véritables, c'est ça ?

— Ouaip. Beau est le fils de mon oncle Noel, et Cress celui d'oncle Colton. Noel et Colton sont les frères de mon père.

Je lui pris la main. Il baissa la tête vers nos doigts entrelacés.

— Cress est du genre direct, dit-il.

Je souris avec affection.

— D'habitude non. Je pense qu'il te testait pour voir si tu étais tolérant.

Wick hocha la tête, puis plissa le front d'un air inquiet.

— J'ai réussi ?

— Tu t'es excusé de ne pas être gay, alors… je dirais que oui.

— Super.

— Je suis sûre qu'il savait déjà que tu étais hétéro. Connaissant mes parents, ils ont dû raconter à toute la famille ce qui s'était dit l'autre soir.

Tandis qu'on entrait dans la cuisine, Wick poussa un grognement.

— La honte. J'espère que non !

Je lui fis une moue complice. Je comprenais parfaitement la raison de son embarras.

Fox était en train de vider la boîte de Chocapic dans un bol.

— Je sais, annonçai-je, les yeux plissés. Vous allez me préparer un super petit déjeuner pour vous faire pardonner de m'avoir réveillée aux aurores un samedi, de vous être incrustés dans mon nouvel appartement et d'avoir harcelé mon nouveau coloc.

Lâchant la main de Wick, je croisai les bras sur la poitrine.

— Alors aux fourneaux !

Tous trois échangèrent un regard interrogatif. Puis Beau haussa les épaules.

— Au moins, elle a arrêté de pleurer.

Il leva le menton vers Wick et lui fit un signe de tête.

— C'est bon pour moi, dit-il.

Pendant deux heures, ils parlèrent football et voitures. Mes cousins semblaient apprécier Wick. En les écoutant, j'avais appris que mon coloc faisait des études de commerce. Mais au fil de la conversation je m'étais rembrunie. Aucun membre de ma famille n'avait jamais eu de discussion aussi enjouée avec Topher.

Est-ce qu'aucun de mes proches ne l'appréciait ? Je savais qu'il était arrogant par moments ; j'étais mal à l'aise quand il dénigrait les gens, la plupart du temps dans leur dos, mais je fermais les yeux, car personne n'était parfait. D'autant qu'il était parfois si… charmant. Quand il vous accordait son attention, il vous donnait l'impression que le monde tournait autour de vous. N'était-ce qu'une façade ? Mes proches connaissaient-ils son vrai visage depuis le début ?

Annonçant que j'avais du travail, je retournai dans ma chambre. Mais au lieu de m'y mettre je déballai quelques affaires et filai au lit. Je dormis jusqu'en fin de matinée.

Je me réveillais à peine, quand mon portable sonna.

— Bonne nouvelle ! lança Darcy d'un ton joyeux. Tes résultats sont arrivés. Tout va bien.

Je bondis hors du lit et me mis à faire les cent pas dans la chambre.

— Quoi ? Tu les as *déjà* reçus ?

— Ouaip, répondit-elle fièrement. J'ai tiré quelques ficelles pour faire accélérer le processus. Grâce à moi, un type du labo s'est fait des heures sup au tarif week-end. Je déchire, non ?

J'éclatai de rire.

— Merci. Il ne fallait pas, mais tu n'imagines pas à quel point je suis soulagée.

— C'est ce que je me disais. Tu es l'amie de Wick, et en plus c'était la première fois qu'il me demandait de l'aider, alors j'ai été ravie de lui rendre service. Par contre, je vais devoir lui annoncer une mauvaise nouvelle.

— Une mauvaise…

Mon sourire s'évanouit.

— Ses résultats ne sont pas bons ?

Ça ne se faisait pas de demander les résultats d'une autre personne, mais c'était sorti tout seul. Je me sentis soudain tremblante et inquiète pour lui. Un peu blessée aussi, et trahie. Il avait laissé entendre qu'il n'était pas très actif sexuellement et qu'il était prudent. Avait-il menti ?

Je m'assis au bord du lit et appuyai la main contre mon ventre. Wick était-il un menteur, lui aussi ?

Au téléphone, sa sœur clappa de la langue.

— Ouais, déclara-t-elle solennellement. Son test de grossesse est négatif, et j'ai *tellement* hâte de devenir tata !

Je clignai des yeux de surprise. Puis je plissai le front.

Quoi ?

J'éclatai de rire.

— Tu lui as vraiment fait passer un test de grossesse ?

— Ouaip, jubila-t-elle. J'ai toujours voulu en faire un sur un mec, tu sais, pour déconner. Alors, j'ai saisi l'opportunité avec Wick. Mais c'était négatif, pas très marrant, et maintenant ma curiosité a été assouvie. À cause de mon boulet de frère, un de mes rêves s'effondre.

Le soulagement m'envahit. Tous ses autres tests devaient être bons, sinon elle ne plaisanterait pas comme ça.

— Tu t'attendais à ce qu'il soit positif ? demandai-je, gloussant toujours.

— Ça aurait été plus amusant !

— Ouais. Ça aurait été intéressant, c'est sûr.

On parla encore quelques minutes, puis on raccrocha. De meilleure humeur, je sortis de ma chambre et m'installai devant la télévision avec un bol de *mac and cheese*. À plusieurs reprises, j'entendis Wick s'affairer à l'arrière de l'appartement, mais il ne me rejoignit pas une seule fois dans le salon.

Le soir venu, j'éteignis la télévision et je poussai un soupir. Alors que j'essayais de me motiver pour aller étudier, mon estomac se mit à gargouiller. Il fallait vraiment que j'aille faire des courses au lieu de piquer celles de Wick. Ça ne semblait pas le déranger, mais il n'avait que des provisions bonnes pour la santé, autrement dit ennuyeuses à mourir. Niveau *junk food,* il ne s'autorisait visiblement que les céréales au chocolat et le *mac and cheese.*

Tandis que je me levais du canapé pour aller chercher une pomme et un verre de lait froid, une explosion lointaine, comme un coup de tonnerre en beaucoup plus compact, fit vibrer les vitres. Les sourcils froncés, je traversai le salon jusqu'à la fenêtre et regardai dans la rue. Je pourrais peut-être apercevoir un nuage de fumée ou… Ça alors ! Les lumières du stade de foot, trois blocs plus loin, étaient allumées.

Je me penchai en avant. La foule criait de joie. Le grand écran montrait le but que l'équipe venait de marquer. L'explosion devait être le coup de canon qui résonnait chaque fois qu'on marquait un *touchdown.* Visiblement, Topher n'était pas trop bouleversé par notre rupture. Il venait de faire gagner six points à son équipe. Je reniflai amèrement et me mordis la lèvre. C'était le premier match à domicile que je ratais depuis mon entrée en fac. Topher avait toujours tenu à ce que j'assiste à ses matchs. Savait-il que je n'étais pas là ce soir ?

J'allumai la télé et je zappai pour tomber sur la bonne chaîne.

— *Dieu merci, les joueurs défensifs assurent, car l'escouade offensive n'est pas en forme, ce soir.*

La caméra zooma sur les lignes de touche. Topher arrachait

son casque avec colère et hurlait contre un de ses receveurs éloignés. Je m'étais trompée. Il ne jouait pas si bien que ça. Eh bien, tant mieux !

Les caméras zoomèrent sur son visage. Je poussai un cri. Un énorme bleu lui ombrait l'œil gauche.

— *C'est peut-être pour ça que Nicholl ne lance pas bien,* spéculait l'un des commentateurs. *Son œil enflé doit l'empêcher de voir correctement.*

Bon sang, que lui avaient fait Cress, Beau et Fox ? Je ne les avais pas crus, quand ils avaient dit qu'ils étaient passés en ville pour lui refaire le portrait. Mais quelqu'un lui avait clairement réglé son compte.

Qui d'autre cela pouvait-il être ?

Les commentateurs avaient apparemment leur théorie.

— *On se demande si c'est la raison pour laquelle Wick webster a été suspendu pour ce match,* déclara l'un d'eux.

— Quoi ?

Suspendu ?

— *Il paraît que les relations sont tendues entre le safety et le quarterback,* acquiesça l'autre commentateur.

— *Possible, Todd, possible,* répondit l'autre. *C'est une sale histoire, qui remonte à leur première année en fac, quand webster était quarterback, au début de la saison.*

— Quarterback ? répétai-je, incrédule.

De quoi parlaient-ils ?

Les yeux ronds, je fixai l'écran, écoutant les deux commères expliquer que Topher avait pris la position de webster comme quarterback, lorsque Wick avait quitté l'équipe. Puis il était revenu en tant que safety.

Incroyable ! J'ignorais que Wick avait été quarterback. Topher ne l'avait jamais mentionné.

Pourquoi avais-je soudain l'impression que tout le monde me cachait des choses ? J'éteignis la télévision et je traversai le couloir d'un pas irrité. Je ne m'étais jamais approchée de la chambre de Wick. Izzy ne me l'avait pas montrée, lorsqu'elle m'avait fait visiter, mais je savais exactement où elle se trouvait.

Je poussai la porte entrebâillée et poussai un cri de surprise. Il était assis sur son lit, son PC portable sur les genoux et ses écouteurs dans les oreilles.

Il leva les yeux, surpris. Oh ! mon Dieu, il portait des lunettes ! Pourquoi fallait-il qu'il en porte ? Je trouvais les mecs à lunettes tellement sexy. Mon cœur fit la cabriole.

— Oui ? s'enquit-il, levant les sourcils au-dessus de la monture.

— Tu es là ! m'écriai-je, posant les mains sur les hanches et me forçant à ignorer les lunettes. Qu'est-ce que tu fabriques ici ?

Il retira lentement les écouteurs.

— J'habite ici, répondit-il, perplexe.

Je pointai le doigt vers le stade.

— Il y a un match de foot en ce moment même. Et tu es dans l'équipe.

Il soupira.

— Les commentateurs à la TV ont dit que tu étais suspendu.

Il fronça le sourcil.

— Si tu sais déjà pourquoi je ne joue pas, pourquoi me poser la question ?

— Parce que je veux en connaître la raison !

J'entrai dans la chambre et je me penchai au-dessus de lui, l'air menaçant.

— Les commentateurs ne te l'ont pas expliqué ? railla-t-il.

— Ils ont parlé de problèmes de gestion de la colère.

— J'hallucine, grommela-t-il.

Ses traits se crispèrent. Ça ne lui plaisait pas que sa vie privée soit étalée sur les ondes. Puis il haussa les épaules et retourna à son ordinateur.

— Tu as ta réponse. J'ai été suspendu à cause de mon tempérament colérique.

Je m'assis près de sa hanche et baissai brusquement l'écran de son PC portable. Quelqu'un avec ce genre de problème m'aurait aboyé dessus. Mais Wick souffla d'un air abattu et leva les yeux vers le plafond.

— Des problèmes de gestion de la colère, mon cul ! Jeudi soir, quand tu es rentré de l'entraînement, tu avais un bleu sur la joue et une coupure sur la lèvre. Ils viennent de montrer un gros plan de Topher sans son casque. Il a un œil au beurre noir. Vous vous êtes battus, c'est ça ? Les commentateurs supposaient que tu avais été suspendu pour cette raison. Et tiens tiens, voyons ça !

Je lui attrapai la main et la levai.

— Une coupure sur les articulations. Quelle surprise !

Il retira sa main et me fusilla du regard.

— Au risque de me répéter, si tu es déjà au courant de tout, pourquoi me poses-tu toutes ces questions ?

— Je veux que tu me regardes dans les yeux et que tu admettes à voix haute que tu as été suspendu du match de ce soir à cause de *moi*.

Il soupira d'un air dégoûté.

— Pas du tout. J'ai été suspendu parce que je me suis battu avec un autre joueur.

— Un autre joueur qui s'appelle Topher, et une bagarre provoquée par *ma faute*, insistai-je. Admets-le. *Je* suis responsable.

— Non ! Pas du tout.

— Donc, la bagarre n'avait rien à voir avec moi ? Ou Topher ?

Il ne répondit pas.

— Je le savais !

Bondissant du lit, je me pris la tête à deux mains et commençai à arpenter la chambre.

— Tu as des problèmes parce que je vis ici avec toi.

Il soupira.

— Je ne vois pas comment. Il ne sait même pas où tu habites, maintenant.

— Alors pourquoi s'en est-il pris à toi ?

— Qu'est-ce qui te fait penser que c'est le cas ? Peut-être que c'est moi qui m'en suis pris à lui.

— Pourquoi t'en prendrais-tu à lui ?

— Pourquoi s'en prendrait-il à moi ? rétorqua-t-il.

Je pointai un doigt menaçant vers lui.

— Wickham webster ! Arrête de noyer le poisson. Qu'est-ce qui s'est passé entre Topher et toi à l'entraînement, jeudi ?

— Je te l'ai dit jeudi soir. Il a demandé où tu étais. J'ai refusé de lui répondre. Fin de l'histoire.

— Tu as omis de mentionner que vous vous étiez bagarrés. Bon sang, ta lèvre est ouverte et la moitié de son visage est enflée !

Il parut impressionné.

— La moitié ? Cool.

Je lui lançai un regard noir.

— Wick, sifflai-je à travers mes dents serrées.

— Bon, c'est vrai, j'ai gardé pour moi quelques petits détails.

— De *gros* détails, plutôt !

— Bof.

Il fronça le nez.

— Je t'ai dit le principal. Je ne voulais pas que tu t'inquiètes ou que tu culpabilises, et – surprise ! – c'est exactement ce qui se passe. Alors, oui, je ne t'ai pas tout raconté.

— Évidemment que je m'inquiète ! Je t'ai déjà demandé de ne pas me cacher des choses pour m'épargner. Je peux tout entendre.

— Je suis désolé. Mais, si je sens que certaines informations risquent de te faire du mal, je préfère me taire. C'est au-dessus de mes forces.

Je le fixai quelques instants en silence.

— Il y a plus, c'est ça ?

Il ronchonna et détourna les yeux.

— Peut-être, marmonna-t-il avec réticence.

— J'en étais sûre !

Me rendant mon regard noir, il ramassa ses écouteurs et les enfonça dans ses oreilles.

— Ah non, certainement pas ! Cette conversation est *loin* d'être terminée.

Je lui arrachai un écouteur. Une foule en liesse criait dans le minuscule appareil. Peu après, j'entendis les commentateurs sportifs.

Les sourcils froncés, je mis l'écouteur à l'oreille.

Wick suivait le match. Ma bouche forma un « O » de surprise. Une vague de compassion me submergea. Oubliant l'objet de notre dispute, je relevai l'écran de son ordinateur. Non seulement il écoutait le match, mais il le suivait sur son PC.

Nos regards se croisèrent, et mon cœur se serra. Il semblait vraiment abattu.

— Tu n'as même pas été autorisé à assister au match avec le reste de l'équipe, c'est ça ?

Il haussa les épaules et se tourna vers l'écran.

— On m'y aurait sûrement autorisé, mais… c'était trop dur.

Je m'assis près de lui.

— Je suis vraiment navrée, Wick.

Il croisa les bras sur la poitrine. Les yeux toujours sur l'écran, il répondit :

— Ce n'est pas ta faute.

Me rapprochant de lui, je posai la joue sur son épaule et enlaçai son biceps.

— J'aurais dû continuer à descendre cet escalier.

Il m'interrogea du regard.

— Cette nuit-là, quand je courais pour lui échapper. Je venais du deuxième étage et je m'échappais par l'escalier est. Si j'étais restée dans cet escalier, je n'aurais jamais croisé ton chemin. Tu ne te serais pas retrouvé mêlé à mes problèmes. Mais je pensais avoir une meilleure chance de le semer en traversant le couloir du premier étage pour rejoindre l'escalier ouest. Regarde le résultat.

Je désignai l'écran.

— Tu as été suspendu pour un match et tu te retrouves coincé avec une coloc qui a des seins.

Il se pencha vers moi et me donna un coup de coude amical pour me remonter le moral.

— On gagne, pour l'instant. Et les seins ne me dérangent pas. Surtout en ce moment.

Je baissai la tête. Ma poitrine était pressée contre son bras. Je bondis en arrière.

— Wick !

Je ne savais pas trop pourquoi je m'offusquais. Peut-être parce qu'il l'avait fait remarquer.

Il me lança un regard innocent.

— Quoi ? Je n'ai pas dit que tu devais *arrêter* de les écraser contre moi.

— Tant mieux. C'était vraiment confortable.

Je me blottis de nouveau contre son bras.

Pendant une minute, on regarda le match en silence. L'équipe défensive empêchait l'équipe rivale de progresser sur le terrain.

— Tu vois, murmura-t-il. Ils n'ont même pas besoin de moi. Mes gars se débrouillent très bien tout seuls.

Je souris tristement. Topher n'aurait jamais dit ça. Il pensait que l'équipe offensive ne pouvait pas survivre sans lui. Il aurait rouspété pendant tout le match, s'il avait été suspendu.

— Je parie que tu regrettes quand même de ne pas être sur le terrain.

— Bof. Même si on arrive aux play-offs, il me reste moins d'un mois à jouer. Après, j'en aurai fini avec le football… Manquer un match n'est pas si grave.

Derrière son air maussade et renfrogné, il était vraiment adorable. Il était abattu d'avoir été suspendu, pourtant il essayait de me remonter le moral, alors que c'était ma faute s'il ne jouait pas ce soir. Les types comme lui, ça n'existait plus.

Dans mon écouteur, les commentateurs soulignèrent les prouesses de José Rivera, en l'absence de Wick.

— Je préfère ces commentateurs-là à ceux de la télévision. Ils sont plus professionnels que ceux qui lâchent des ragots à ton sujet.

— Pour que les choses soient claires, m'interrompit-il, comme s'il ne m'avait pas entendue. Je suis censé ignorer tes seins ou, étant donné que tu les appuies contre moi, ça veut dire que j'ai le droit de…

— Tu les ignores !

— Pfff. Et merde.

— Tu veux que je m'écarte ?

— Surtout pas !

Il me lança un regard outré.

— Tes seins sont mon lot de consolation. Tu sais, vu que je rate le match par *ta* faute.

Le sarcasme me fit lever les yeux au ciel.

— Ah-ah, très drôle.

— T'as vu, répondit-il du tac au tac.

Parler de seins me rappela soudain ma conversation avec Darcy.

— Au fait, j'ai appris pour ton test de grossesse négatif. Je suis navrée. Tu auras peut-être plus de chance la prochaine fois.

Il fit tellement la moue que j'éclatai de rire.

— Elle t'a parlé de ça ? marmonna-t-il en secouant la tête. Sacrée Darcy.

— J'ai trouvé ça marrant. Ta sœur est excellente.

— Si tu le dis.

Je levai un poing victorieux en souriant.

— Mes résultats sont tous négatifs. Je suis super soulagée.

Il se tourna brusquement vers moi.

— C'est vrai ? Génial.

Il tapa doucement son poing contre le mien.

— Je m'inquiétais pour toi.

— Honnêtement, moi aussi.

Je soufflai de soulagement et lui souris.

— J'ai vraiment apprécié que ta sœur se démène pour m'obtenir les résultats aussi rapidement.

Un sourire fier lui illumina le visage.

— Ouais. C'est vrai qu'elle déchire, parfois.

— Ça doit être de famille.

Souriant toujours, j'appuyai la joue sur son épaule. Il posa un baiser sur mes cheveux.

Sous nos yeux, Topher fit une si mauvaise passe que l'autre équipe intercepta le ballon.

— Je suis contente de ne pas avoir descendu l'escalier jusqu'en bas, lâchai-je brusquement. Je suis contente d'avoir pris le couloir d'Izzy et d'être tombée sur toi.

Il respira l'odeur de mes cheveux.

— Moi aussi.

18

WICK

Une fois encore, je me réveillai avec Haven sur moi.

La veille au soir, on avait regardé le match sur mon PC portable. Ou, plutôt, je l'avais regardé. Haven s'était endormie et n'avait pas vu que son petit ami – enfin, *ex*—petit ami – avait encore perdu deux fois le ballon.

Notre équipe avait quand même gagné, grâce au kicker, à l'escouade défensive et à un coureur qui avait marqué le seul *touchdown* offensif. Je l'avais secouée gentiment et appelée pour lui dire que le match était terminé, mais elle ne s'était pas réveillée. J'avais alors éteint l'ordinateur et je m'étais allongé à côté d'elle. Durant la nuit, elle avait fini sur moi.

Elle avait passé quatre nuits à l'appartement, dont deux sur moi. Ça commençait à devenir une habitude. J'espérais que ça continuerait.

Merde. Non, je n'étais pas censé vouloir ça, si ? Elle était l'ex de Nicholl. Je devrais la voir comme telle, pas autrement. Sauf que c'était tout bonnement impossible. Elle me fascinait beaucoup trop pour ça, et j'aimais me réveiller avec elle tout contre moi. Être auprès d'elle me transportait.

Elle m'avait trouvé différent de ce qu'elle avait imaginé. Je ressentais la même chose à son sujet.

Je la croyais prétentieuse et arrogante, peut-être même snob, trop chic et belle pour avoir de la considération pour nous autres mortels. Elle était sortie avec Topher pendant trois ans ; j'étais convaincu qu'il avait fini par déteindre sur elle d'une façon ou d'une autre.

Sauf que ce n'était pas le cas. Elle était tolérante, elle avait les pieds sur terre, et elle ne prenait pas de grands airs. Elle était simplement… Haven. Forte et délicate à la fois, têtue mais faisant preuve aussi de grandes qualités d'adaptation. Elle n'essayait pas d'être parfaite et n'attendait pas que les autres le soient. Comme tout le monde, elle se cherchait. Sous sa beauté impeccable, elle était douce et fragile. Cela me surprenait et m'enchantait.

Fermant les yeux, j'enfouis le nez dans ses cheveux et inspirai. Mon nez frôla son lobe d'oreille.

— Je suis tellement content qu'il n'ait pas déteint sur toi, murmurai-je.

Cette fille-là me plaisait. Elle me plaisait beaucoup.

Ne voulant pas qu'elle remarque mon érection, je la déplaçai délicatement, posai ma couverture sur elle et rejoignis la salle de bains sur la pointe des pieds.

Je pris une douche – serrant les dents parce que je devais *encore* fermer la porte – puis m'attelai à la préparation du petit déjeuner.

Elle entra tandis que je mettais les œufs brouillés dans un bol.

— Je me suis endormie sur ton lit.

Je levai les yeux. Mon corps réagit aussitôt. Bon sang… Pourquoi est-ce que la voir, tout simplement, me faisait tant d'effet ? Elle avait les cheveux en bataille, l'œil vitreux. Elle portait encore le jean et le T-shirt de la veille, et la marque de l'oreiller lui striait la joue. Mais, même comme ça, elle me coupait le souffle.

Elle avait l'air si accessible que je dus lutter pour ne pas lâcher la spatule et la serrer dans mes bras, enfouir le visage au creux de son cou. J'avais tellement envie de la hisser sur le meuble le plus proche, me placer entre ses cuisses écartées et lui faire l'amour jusqu'à l'abandon !

Agrippant la spatule de toutes mes forces, je reportai mon attention sur les œufs.

— Ouais, j'ai remarqué.

— Je n'en avais pas l'intention. Je suis désolée. C'est rare que je pique du nez comme ça.

— Aucun problème.

Attrapant les œufs et les toasts, je me retournai. Même si je savais à quoi m'attendre, j'eus une fois de plus le souffle coupé. Elle avait un pouvoir d'attraction si fort, si magnétique.

M'éclaircissant la gorge, je fis un geste de la tête vers le petit déjeuner.

— On partage ? J'en ai fait une tonne.

Je m'étais assuré d'en préparer pour elle aussi, même si j'ignorais si elle se réveillerait assez tôt pour manger, ou même si elle aimait les œufs brouillés. J'avais de plus en plus envie de la protéger et de prendre soin d'elle. C'était plus fort que moi.

— Tu en as fait pour un régiment ! s'exclama-t-elle.

Je hochai la tête.

— J'ai quitté la maison depuis trois ans, mais j'ai encore du mal à cuisiner pour une seule personne. Ce qui est bizarre, parce que je devais cuisiner… quoi, une fois par mois pour ma famille, quand je vivais encore avec eux.

— Tu as de la chance, annonça-t-elle gaiement en se tapotant le ventre. J'adore manger !

Elle alla chercher des assiettes et des couverts dans le placard.

— Je suis ravie de t'aider à finir tout ça.

Mais alors qu'elle mettait la table elle s'arrêta et fronça les sourcils.

— Pas de bacon ?

— Non, désolé. J'évite les graisses et les sucreries pendant la saison.

Elle cligna.

— La saison ?

— La saison de foot.

— Oh ! Bien sûr, je comprends.

On s'assit et on se servit à tour de rôle.

— J'ai remarqué que tu n'avais pas beaucoup de sucreries, reprit-elle.

Je coulai un regard vers elle. C'était tellement convivial et naturel de prendre le petit déjeuner avec elle.

— J'essaye de contrôler mon apport calorique durant la…

— Saison, finit-elle à ma place, hochant la tête d'un air pensif. Et en dehors de l'entraînement tu fais du jogging et du sport en salle.

— Comment est-ce que tu le sais ?

— J'ai mes sources.

Elle continua de m'observer d'un œil critique.

— Donc, en gros, tu en fais plus que les autres joueurs… Tu fais de l'exercice physique, tu surveilles ton alimentation, et pourtant… quand tu es suspendu pour un match, tu réagis comme si ce n'était pas grave.

Nos regards se croisèrent. Mon cœur commença à s'emballer. J'avais l'impression qu'elle sondait mon moi profond et qu'elle allait deviner mes secrets les plus intimes et les plus sombres.

Ne comprenant pas bien où elle voulait en venir, je demandai :

— Tu allais me poser une question, non ?

— Ouais. Pourquoi est-ce que tu as agi comme si cette suspension ne t'atteignait pas ?

— Que voulais-tu que je fasse ? Que je me jette par terre en tapant des poings et en criant que la vie est injuste ?

— J'aurais trouvé ça normal. Est-ce qu'on a gagné, au moins, hier soir ?

— Bien sûr qu'on a gagné.

Elle leva la main vers moi.

— Tu vois. *Ça*. Tu n'as même pas l'air contrarié qu'ils se soient bien débrouillés sans toi ! À ta place, j'aurais secrètement espéré qu'ils perdraient. Tu n'as donc pas la moindre méchanceté ou négativité en toi ?

Sa question me surprit. J'avais l'impression de me battre en permanence contre les pensées négatives.

— Eh bien… On aurait sans doute marqué plus de points si j'avais été là, et…

Je levai un doigt et esquissai une grimace.

— … j'ai adoré que Nicholl perde plusieurs fois le ballon. Ça ne lui était jamais autant arrivé.

Haven haussa les sourcils.

— Ah ouais ?

Elle ricana. Aussitôt, elle se plaqua la main sur la bouche.

— Il est probablement d'une humeur massacrante aujourd'hui.

Elle baissa la main, révélant un immense sourire.

— Génial !

Je m'adossai à ma chaise et hochai la tête.

— Carrément !

— Très bien, dit-elle avec un vigoureux hochement de tête. Je suis rassurée. Tu viens de prouver que tu étais capable de rancune, toi aussi, comme nous autres humains.

— Tu en doutais ? demandai-je en découpant et enfournant un morceau de toast.

Elle haussa les épaules.

— Un peu.

Elle me fit un clin d'œil et me sourit avec malice.

— Tu semblais un peu trop parfait.

Le toast resta coincé dans ma gorge. Trop parfait ? *Moi ?*

Me tapant sur la poitrine de mon poing, je toussai pour le faire descendre. Mes yeux se mirent à larmoyer.

— Moi, parfait ? Tu veux rire ? m'exclamai-je d'une voix voilée.

— Tu dois quand même admettre que ces derniers jours tu t'es comporté d'une façon surréaliste.

— Surréaliste ? Comment ça ? demandai-je, incrédule.

— Pour commencer, tu es apparu pile au moment où j'ai eu besoin d'aide pour échapper à Topher.

Elle m'examinait, le front plissé.

— C'était une simple coïncidence.

— Une *sacrée* coïncidence ! Mais tu l'as fait dégager et tu m'as sortie de la résidence en douce. Tu es resté debout pour me tenir compagnie le premier soir, quand mon cerveau partait dans tous les sens, et tu m'as serrée dans tes bras pour me calmer. Tu as fait mon lit pendant que je dormais et tu m'y as déposée. Tu m'as soutenue, jeudi soir, quand j'ai paniqué. Tu as proposé de contacter ta sœur pour que je puisse être examinée dès le lendemain matin, tu as fait semblant de ne pas être contrarié d'être suspendu pour le match d'hier soir. Et ce matin… tu m'as préparé le petit déjeuner.

Son énumération terminée, elle me regarda d'un air interrogateur.

— D'accord, dis-je lentement, plus perplexe encore. Il y a une question là-dedans ?

— Non. Aucune. Je dis simplement que tu t'es montré si

gentil que ça te rend louche. Comme si tu avais une idée derrière la tête. Un coloc n'aurait pas fait tout ça. Pas même un meilleur ami. Pourtant, tu n'as rien à gagner en te montrant aussi gentil et serviable.

Elle plissa soudain les yeux.

— Attends. Est-ce que tu as effectivement une idée derrière la tête ?

— Une idée derrière la tête ? répétai-je, ahuri.

Je secouai la tête.

— Non !

Je dus avoir l'air coupable, car elle me fixa de plus belle, l'air suspicieux.

— Donc tu ne *veux* rien en retour ?

Je reniflai, sarcastique.

— Évidemment que je *veux* certaines choses. Je suis un mec, lâchai-je, incapable de lui mentir. Certaines pensées me viennent sans que je puisse les contrôler. Mais je n'ai pas fait tout ça pour obtenir quoi que ce soit. Je *n'attends* rien de toi, en dehors de ta part de loyer tous les mois et du partage des tâches ménagères, des courses et de la cuisine.

Elle me considéra si longtemps que je commençai à me sentir mal à l'aise. Que pensait-elle de moi ? Était-elle en train de me juger ?

Elle hocha la tête.

— C'est une réponse formidable. Je te remercie.

Je poussai un soupir de soulagement.

— Alors, pourquoi est-ce que tu m'aides autant ? insista-t-elle.

— Je…

Visiblement, c'était trop tôt pour se sentir soulagé. Ma respiration se coinça dans mes poumons. Honnêtement, je ne savais pas comment lui répondre.

— Je ne sais pas, lâchai-je finalement. C'est plus fort que moi.

— Donc, tu es un mec qui aime rendre service.

Je grimaçai.

— Pas vraiment.

Elle sourcilla. Il fallait que je trouve un moyen de lui expliquer ce que je ressentais, chaque fois que je faisais quelque chose pour elle.

— Depuis que tu as eu besoin de mon aide dans la chambre d'Izzy, je… Ça m'a fait quelque chose. Comme si j'avais reçu l'énorme, la monumentale responsabilité de veiller sur toi. Sauf que j'ai l'impression de ne pas avoir été à la hauteur.

— Je suis navrée, Wick. Je n'ai jamais voulu devenir un tel fardeau pour toi.

— Ce n'est pas ta faute. Je t'explique juste ce que j'ai ressenti.

— Je t'interdis de dire que tu n'as pas été à la hauteur. Ça ne va pas ou quoi ? C'est grâce à toi si je tiens debout, ces jours-ci.

Ah bon ?

— J'ai pourtant eu l'impression de merder, protestai-je. Tu n'as pas vu à quel point tu étais brisée. Tu t'es effondrée dans mes bras et, quelques instants plus tard, tu ne réagissais plus. Je n'ai pas pu…

Je poussai un soupir.

— Je n'ai pas pu l'empêcher. Je n'ai rien pu faire. Je pense que j'essaye de me rattraper depuis.

— Bon sang, Wick, c'est vraiment ce que tu penses ? Que tu m'as laissée tomber ?

Je haussai les épaules.

— C'est le cas.

— Non ! Absolument pas. Ni toi ni personne n'aurait pu m'empêcher de sombrer, ce soir-là. *Rien* n'aurait pu l'empêcher.

Par contre, c'est grâce à ta sœur et toi que j'ai pu me relever ensuite. Tu as fait tout ce qu'il fallait.

Elle se pencha en avant et me prit la main.

— Je t'interdis de penser que tu m'as laissée tomber.

Mais c'est ce que j'ai fait, voulus-je protester. J'en étais presque pathétique.

Son pouce caressa mes articulations abîmées. Un frisson me parcourut. L'envie, le besoin pulsèrent dans mes veines. Je commençai à saliver, et ma peau se mit à picoter.

Retirant brusquement la main, je ramassai mon assiette vide.

— Je vais faire la vaisselle, annonçai-je en me levant.

— Sûrement pas, protesta Haven en me rejoignant. Tu as cuisiné. C'est moi qui fais la vaisselle.

Je secouai la tête. Il fallait que je m'occupe pour ignorer la vague de désir qui montait en moi.

— C'est bon, je peux m'en occu…

— Wickham webster ! gronda-t-elle, le doigt pointé vers la sortie. Tu sors d'ici tout de suite. C'est moi qui nettoie.

Je soupirai.

— D'accord.

Je reculai, levant les mains en signe de reddition.

— Tu as gagné.

Elle hocha la tête avec reconnaissance.

— Merci. S'il te plaît, ne t'énerve pas, si je range quelque chose au mauvais endroit.

— Je peux te montrer.

Elle désigna de nouveau la porte, l'air sévère. Puis elle me fit un clin d'œil et sourit.

— Ne t'inquiète pas. Je trouverai.

19

WICK

Aussitôt hors de la cuisine, je me mis à arpenter nerveusement le salon. Je me sentais fébrile, exposé. Qu'est-ce qui m'avait pris de lui avouer combien je me sentais responsable d'elle ? Même moi, je trouvais que ça avait un côté flippant. Je ne voulais pas qu'elle me trouve louche. Je m'étais simplement expliqué pour qu'elle arrête de me demander pourquoi je me comportais comme ça avec elle. J'avais fait de gros efforts, ces dernières années, pour dissimuler mes émotions et mes sentiments. Pourquoi m'avait-elle sondé comme ça ? Et pourquoi est-ce que je l'avais laissée faire ? Je ne voulais pas montrer mes émotions. Je voulais…

Merde.

Je ne savais plus où j'en étais.

On frappa soudain. Je soufflai un grand coup pour me calmer et me passai la main dans les cheveux en jetant un regard noir à la porte d'entrée. Quoi encore ?

Après l'irruption de ses cousins, je ne m'attendais même pas à ce que ce soit pour moi. J'ouvris. Quatre femmes que je n'avais jamais vues – l'une d'elles enceinte jusqu'au cou – et un petit garçon de cinq, six ans se tenaient sur mon perron.

Elles s'arrêtèrent brusquement de papoter. La blonde enceinte poussa un sifflement.

— Cress avait raison. Il est hyper canon !

Les trois autres hochèrent la tête, comme hypnotisées.

Être déclaré « canon » par quatre femmes qui étaient elles-mêmes très attirantes me prit au dépourvu. Me rappelant qu'elles avaient mentionné Cress, je soupirai.

— Vous êtes là pour voir Haven, c'est ça ? Des cousines ? devinai-je.

— Oh ! il est intelligent en plus ! s'exclama la blonde. Je l'aime déjà.

Elle entra et me caressa la joue.

— Teagan Hamilton, se présenta-t-elle. Tu dois être Wick.

J'acquiesçai avec un hochement de tête.

— Il paraît.

— Aww, il a du mordant, roucoula-t-elle à l'intention des autres. Tout comme J. B. Je confirme : il me plaît.

Une autre nana, aux cheveux aussi foncés que ceux de Haven et aux mêmes yeux bleu-gris, poussa Teagan sur le côté et s'arrêta devant moi.

— Arrête de l'accaparer.

Elle me lança un sourire radieux qui me rappela Izzy.

— Salut. Moi, c'est Bella.

Elle me serra chaleureusement la main.

— Tante Sarah nous a dit que tu lui avais fait passer un test, avant de lui révéler où se trouvait Haven.

Je rougis d'embarras et fis la grimace.

— Je voulais m'assurer qu'ils…

Sans me laisser le temps de finir, une autre poussa Bella sur le côté.

— Mec, c'est trop *badass*. Tante Sarah me fout les jetons quand elle se met en mode interrogatoire.

— Tu as vraiment dit à Haven que tu ne voulais pas qu'elle vive ici à cause de ses seins ? s'enquit la rousse avec le gosse.

Je les fixai toutes les quatre, bouche bée.

— Je, euh, comment dire…

Putain, la honte ! Ça avait fait le tour de sa famille.

La deuxième brunette, qui ne s'était pas encore présentée, entra derrière Bella.

— Ne t'inquiète pas. On n'est pas là pour te menacer comme nos abrutis de frères, hier.

Elle leva les yeux au ciel.

— Ces crétins n'ont même pas réussi à trouver Topher Nicholl pour lui botter le cul, alors qu'ils étaient venus ici pour ça. Du moins, c'est ce qu'ils ont dit. En réalité, je pense qu'ils étaient secrètement inquiets pour HayHay et qu'ils voulaient s'assurer qu'elle allait bien.

Bella lui lança un regard noir.

— Tu veux dire, *ton* crétin de frère. Le mien n'était même pas présent, hier.

Elle se tourna vers moi.

— Si Gray avait été là, non seulement il aurait trouvé Topher, mais il lui aurait botté le cul comme il se doit.

— Eh ouais, mais ton crétin de frère n'était pas là car il devait travailler. Du coup, on se trouve coincées avec lui aujourd'hui. Ça m'étonnerait beaucoup qu'il profite d'être ici pour régler son compte à Topher.

Perplexe, je baissai la tête vers le gosse, le seul garçon présent.

— Elles ne parlent pas de toi, si ?

Il cligna de ses grands yeux bleus et fit « non » de la tête.

— Je ne travaillais pas, hier, répondit-il finalement. Je n'ai même pas de travail.

Les femmes éclatèrent de rire.

Haven apparut alors à l'entrée du couloir.

— Je savais bien que ce rire me disait quelque chose ! s'exclama-t-elle en s'essuyant les mains dans un torchon et en secouant la tête avec affection.

Les visiteuses poussèrent un cri strident et se ruèrent sur elle.

— HayHay ! Notre bébé cousine. Je n'arrive pas à croire que cet enfoiré t'ait trompée.

Après les embrassades, Haven s'écarta. À son expression, je compris qu'elle n'avait vraiment pas envie d'en parler. Elle leva les yeux au ciel.

— Je ne suis pas la bébé cousine. Cress a deux ans de moins que moi.

— Tu es la plus jeune de nous toutes, rétorqua la brunette.

Tandis que je fermais la porte tout en cherchant un moyen discret de m'éclipser du salon, quelqu'un cria de l'extérieur :

— Attends, j'entre aussi !

Un type se hâtait vers moi. Il monta les marches au pas de course en me lançant un grand sourire.

— Salut. Je suis avec elles. Dis donc, c'est l'enfer pour trouver une place dans le coin ! J'ai dû me garer à deux blocs d'ici.

Il me tendit la main.

— Gracen.

— Ah. Tu dois être le crétin de frère qui travaillait hier.

Il ouvrit grand la bouche.

— Bella ! rugit-il. Tu m'as traité de crétin ?

— Non, rétorqua-t-elle. C'était Lucy.

Il lança un regard offusqué à l'autre brunette.

— Sérieux, Luce ? Ton frère, c'est Beau. Tu es mal placée pour parler.

— Excusez-moi, intervint la rousse en tirant le gosse vers sa jambe. On n'insulte pas mon mari en présence de son fils, s'il vous plaît.

Le fils leva la tête vers moi.

— Je peux voir ta chambre ?

Je fronçai les sourcils.

— Ma chambre ?

Il hocha la tête avec sérieux. Je me tournai vers sa mère et ses tantes. Elles s'arrêtent aussitôt de parler, tout ouïe.

— Euh, ouais, pourquoi pas, répondis-je. Si ta maman est d'accord.

La rousse papillonna des doigts.

— Je t'en prie.

À ma grande surprise, le gamin me prit la main. Je regardai les autres, espérant que quelqu'un interviendrait, mais personne ne dit rien. Je conduisis donc le petit dans ma chambre. Restant dans le couloir, je le regardai tandis qu'il se baladait et examinait mes affaires.

Il s'arrêta devant mon étagère de trophées de foot.

— Waouh. Tu en as beaucoup !

Gêné, je me balançai sur mes pieds.

— Quelques-uns.

Il s'approcha de mon lit, laissé défait par Haven. Après l'avoir contemplé pendant cinq bonnes secondes, il se tourna vers moi.

— OK, dit-il.

— OK ? répétai-je, perplexe.

Il hocha la tête.

— OK.

Alors j'acquiesçai.

— OK.

Je me décalai pour le laisser sortir.

— Comment tu t'appelles ?

Il pencha la tête en arrière pour me fixer.

— Braiden. J'ai cinq ans. Et toi ?

— Vingt et un.

Il écarquilla les yeux.

— Waouh. Tu es aussi vieux que Haven. C'est ma cousine préférée, tu sais.

Il traversa le couloir. Je le suivis.

— Ah oui ?

— Ouaip. Elle m'a gardé, l'été dernier, et on a joué à des jeux trop cool. Comme Toadstool. Tu joues à Toadstool ?

— Non.

Je n'en avais même jamais entendu parler.

— C'est un super jeu.

Alors qu'on atteignait la cuisine, il annonça :

— J'ai faim. Tu as quelque chose à manger ?

— Ouais.

Je demandai silencieusement la permission à sa mère.

— Ça te dit des…

Je réfléchis rapidement.

— Chocapic ?

— Ouais ! s'exclama-t-il.

Haven fit la grimace.

— Oups, désolée, dit-elle. Ton oncle Fox les a finis hier.

Les épaules de Braiden s'affaissèrent.

— Du *mac and cheese* ? proposai-je.

— Je l'ai mangé hier soir, avoua Haven avant de se couvrir les yeux de ses mains. Désolée.

— Une pomme ? demandai-je au gosse.

Son visage s'illumina.

— Avec du beurre de cacahuète ?

Je grimaçai.

— Je n'en ai pas.

— Sérieux ? demanda Bella sèchement. Tu vis avec *Haven* et tu n'as aucune cochonnerie dans tes placards ?

Tout le monde ricana. Visiblement, personne n'ignorait que ma coloc adorait les sucreries.

— Hé. Je n'ai pas eu le temps d'aller faire mes courses, protesta Haven.

Elle prit une pomme dans la corbeille de fruits, sortit un couteau du tiroir et commença à la trancher pour Braiden.

— Chéri ? demanda la rousse à son fils. Pourquoi voulais-tu voir la chambre de Wick ?

— Papa dit qu'il faut toujours savoir où dorment ses ennemis.

Je haussai les sourcils de surprise. Les autres réagirent de la même façon.

— Pourquoi est-ce que Wick serait ton ennemi ? s'exclama Gracen en piquant un morceau de pomme.

Braiden regarda autour de lui de ses grands yeux bleus.

— Il a fait du mal à Haven, non ?

— Oh ! mon chéri ! s'écria Haven.

Elle prit son visage entre ses mains et lui embrassa la joue.

— Comme c'est gentil de veiller sur moi. Mais ce n'est pas Wick qui m'a fait du mal. Au contraire, il m'a aidée. C'est Topher qui m'a fait du mal. Tu te rappelles Topher ?

Braiden plissa les yeux.

— Celui avec la grosse touffe de cheveux brillants ?

Haven s'esclaffa.

— Oui, lui.

— Oh ! lâcha le garçon.

Il regarda vers moi.

— Désolé.

Je levai la main pour l'excuser.

— Aucun souci.

— Topher sentait bizarre, me dit-il. Je suis content que toi, non.

Je savais exactement de quoi il parlait. Topher n'y allait pas de main morte avec l'eau de Cologne. Moi aussi, je trouvais qu'il empestait. Je fis un signe de tête au gosse.

— Moi aussi.

Il hocha vigoureusement la tête, content qu'on soit du même avis, et mordit le morceau de pomme que Haven lui tendit.

— Tu as Fortnite ? demanda-t-il.

— Oui.

C'était un des jeux préférés de Cannon.

— Tu veux jouer ?

— Bonne idée.

Il sortit de la cuisine.

— Tu veux jouer aussi, Mason ? demanda-t-il.

Gracen nous emboîta précipitamment le pas.

— Carrément. Je vous interdis de me laisser seul dans la cuisine avec toutes ces nanas. Et moi c'est Gracen, au fait. Mason, c'est mon père.

— Oups, pardon, répondit Braiden.

Il leva les yeux au ciel dans ma direction et chuchota :

— Comme si je pouvais me rappeler, alors que tous leurs noms sonnent pareil.

20

HAVEN

J'étais morte de honte. Topher m'avait trompée, et tout le monde le savait. C'était humiliant d'expliquer à quel point j'avais été naïve à ces quatre femmes incroyables que j'admirais, et à qui je voulais ressembler. Je ne voulais pas qu'elles découvrent combien j'étais nulle pour choisir les mecs. Clairement, cette relation amoureuse avait été un fiasco total. Je devais être la nana la plus bête de la terre pour ne pas avoir remarqué que Topher me trompait depuis le début.

Si j'en croyais leurs mines attristées, elles savaient exactement comment je me sentais : repoussante, honteuse, stupide.

Je n'en revenais pas de n'avoir rien soupçonné. Tous les indices étaient là, pourtant. Topher était un mec hyper populaire, mais aussi super arrogant. Rien ne le faisait plus prendre son pied que se sentir adulé. Il se pensait mieux que les autres. Il considérait que tout le monde devait ramper devant lui. Il était toujours charmant avec les autres nanas, les nanas *attirantes*. Je ne relevais pas, me disant que personne n'était parfait, sans même me rendre compte qu'il flirtait ouvertement avec elles sous mon nez. Comment avais-je pu ne rien voir ? Pourquoi lui avais-je fait confiance aussi aveuglément, sans jamais me poser de questions ?

Je l'avais laissé me séduire et me distraire avec de jolies paroles et des sourires hypocrites. J'étais si désespérée de trouver à mon tour ce que partageaient mes parents – un couple de partenaires, de meilleurs amis et d'amants tout à la fois – que je m'étais précipitée dans cette relation sans me demander si Topher correspondait objectivement à ce que je cherchais. Il ne correspondait pas du tout, manifestement.

Mon Dieu, tout le monde devait me trouver pathétique !

Bentley, pompette, passa un bras autour de mes épaules et me bouscula gentiment.

— Tu sais ce que tu dois faire, Haven ? Coucher avec un autre mec pour te venger, et faire souffrir cet enfoiré !

Teagan leva son *shot* de jus de fruits et le descendit d'un trait.

— Bien dit ! Tu dois attaquer son ego, HayHay. Le faire *saigner* de jalousie.

— Ouais ! s'enthousiasma Lucy, assise en face de moi. Il faut qu'on te trouve quelqu'un de sexy à lui foutre sous le nez. Comme ça, tu pourras dire : « Regarde, connard ! » Quelqu'un de formidable, sexy, intelligent, sexy, et…

Elle s'interrompit et fronça les sourcils.

— J'ai déjà dit sexy ou pas encore ?

Je ricanai.

— Plusieurs fois, répondis-je.

Bella essaya de me faire boire, mais la tequila atterrit dans ma narine. Je tournai la tête en riant. Elle gloussa et s'excusa, puis essaya de viser ma bouche. La tequila me coula cette fois sur le menton.

— Là. Laisse-moi faire.

Je pris le *shot*, me pinçai le nez – j'avais lu ça quelque part et trouvé ça cool – et le descendis.

— Sérieux, vous n'auriez pas plutôt une idée dans laquelle je ne suis pas obligée de coucher avec un inconnu douteux ? Quelque chose de rageant comme… rayer sa voiture en écrivant dessus le mot « Enfoiré » avec une clé. Ouais, faisons ça.

Topher adorait sa voiture. Je prendrais un malin plaisir à l'abîmer.

Bentley fit la grimace.

— Nul !

Teagan approuva.

— Ouais, trop cliché.

— Trop risqué, commenta Lucy en baissant les deux pouces.

Bella haussa les épaules.

— On pourrait trouver autre chose et faire ça *aussi*.

Je fis la moue.

— Coucher avec un autre par vengeance, c'est cliché aussi, non ?

— Pas du tout, insista Bentley. C'est un grand classique.

Les trois autres hochèrent la tête.

— Un classique.

Bella se leva, faisant basculer sa chaise en arrière.

— Si Topher-petite-bite-Nicholl croit qu'il peut cocufier ma bébé cousine et lui briser le cœur, il va payer ! proclama-t-elle, un doigt levé. C'est comme ça, c'est tout.

— Et il va prendre cher, renchérit Teagan, en se levant péniblement de sa chaise pour se tenir près de Bella. On va le massacrer.

Lucy les regarda, sourcils froncés, puis se tourna vers Bentley, assise à côté d'elle.

— On est obligées de se lever pour montrer qu'on est d'accord ?

Bentley hoqueta et secoua vigoureusement la tête. Lucy sourit de toutes ses dents et leva le poing en l'air.

— Oui, oui, oui ! Le ma… le massa… le *massacrer.*

— Le mettre à genoux ! ajouta Bentley. En te trouvant le mec le plus canon, le plus intelligent, le plus génial qui ait jamais existé.

— Hé, pourquoi est-ce que vous criez ? lança Gracen en entrant dans la cuisine. Vous faites peur à Braiden.

S'arrêtant soudain, il nous contempla, bouche bée.

— La vache. Vous êtes *toutes* bourrées.

— Pas moi, répondit Teagan, levant son jus d'orange et frottant son ventre de femme enceinte.

Wick apparut à son tour, accompagné de Braiden, qui avait les yeux écarquillés. Lucy le désigna du doigt et poussa un cri strident.

— Lui ! Wick serait le candidat idéal pour ton plan, HayHay.

J'en avalai presque ma langue. J'espérais que Wick ignorait de quoi elles parlaient.

— Eh, doucement ! Ne mêlez pas mon innocent coloc à ça. Et c'est *votre* plan débile, pas le mien.

— Le plan n'est pas débile, protesta Teagan.

— Le plan est super, renchérit Bentley.

— C'est le candidat idéal, ajouta Lucy, reluquant Wick des pieds à la tête.

— Le candidat idéal pour quoi ? demanda Gracen.

Je levai les yeux au ciel. Mes cousines étaient bien intentionnées, mais clairement timbrées.

— Ce n'est pas une conversation qu'on devrait avoir devant Braiden.

— Message reçu, répondit Gracen.

Il entraîna aussitôt le petit vers la sortie.

— Viens. Elles ont une discussion de filles.

— Ça veut dire que tante Flo va venir ? demanda Braiden, tandis qu'ils s'éloignaient. J'ai toujours voulu la rencontrer.

De l'entrée de la cuisine, Wick me considérait d'un air inquiet. Je le rassurai d'un regard. Il hocha la tête et suivit les autres.

— Vous avez pété les plombs, soufflai-je dès que toutes les créatures dotées d'un pénis eurent quitté la pièce. Je ne coucherai avec personne pour me venger de Topher. Ce serait comme boire du poison et m'attendre à ce que *lui* en meure.

Bentley poussa un cri outré et posa la main sur la poitrine.

— Tu ne peux pas comparer le sexe à du poison !

Ben voyons ! Ce n'était pas elle qui venait d'être cocufiée.

— Sérieux, continua Teagan. Le sexe, c'est bon pour la santé. C'est le meilleur moyen de lutter contre l'atrophie vaginale.

Je clignai des yeux.

— La quoi ?

— L'atrophie vaginale, qui entraîne inflammation, sécheresse et amincissement des parois vaginales.

Comment est-ce que je m'étais retrouvée dans un cours d'éducation sexuelle ?

— Il faut masser le tissu là en bas, le faire travailler régulièrement et activer la circulation, pour qu'il reste sain et élastique, expliqua Teagan. Autrement, il va s'assécher comme un vieil élastique et s'effriter.

Elle fit mine d'écrabouiller quelque chose dans son poing.

— Un petit morceau de désespoir.

Ouch.

J'eus envie de me couvrir les parties intimes des deux mains. J'avais trouvé un vieil élastique en caoutchouc, la semaine précédente. Il était tombé en miettes dès que je l'avais ramassé.

Seigneur, je ne voulais pas que mon vagin tombe en miettes !

Bella – qu'elle soit bénie – marmonna alors :

— Elle n'a pas besoin d'un homme pour activer la circulation à ce niveau. Mon cher Bob garde mon vagin élastique et, avec lui, je prends bien plus mon pied qu'avec les hommes avec qui j'ai pratiqué.

Teagan haussa les épaules.

— C'est plus amusant avec un vrai pénis.

— Waouh, murmura Lucy, secouant la tête. J. B. doit avoir une bite magique pour que tu dises ça… Quand on se souvient qu'avant lui tu étais du genre « Les hommes ne servent à rien. Le sexe, c'est dégoûtant. Non merci ».

Levant le menton, Teagan renifla fièrement et se caressa le ventre.

— Ouais, elle est magique. Elle scintille même à la lumière du jour.

Je poussai un cri en me couvrant les oreilles de mes mains.

— Beurk, arrête, Teagan ! J. B. est comme un cousin pour moi.

— Tu n'es pas obligée de coucher avec quelqu'un, intervint Bentley.

Je l'interrogeai du regard.

— Il faut juste que Topher le croie.

— Ou alors…, suggéra Bella, la meilleure façon de te venger serait de passer à autre chose et d'être heureuse. J'ai la sensation que rien ne le rendrait plus dingue que de te voir avancer sans lui.

— Voilà !

Je pointai le doigt vers elle, tout en regardant les trois autres.

— J'aime cette idée. Pourquoi est-ce que je ne pourrais pas faire ça, tout simplement ?

— Ouais, acquiesça doucement Lucy. Peut-être que tu as juste besoin de tourner la page pour de bon. Après tout, tu as déjà mis les choses au clair, non ?

— Les choses au clair ? répétai-je, hébétée.

Elle haussa les sourcils.

— Tu as rendu les choses officielles, non ?

Je plissai le front.

— C'est-à-dire ?

— Est-ce que tu lui as dit *C'est terminé* ?

— Pourquoi le devrais-je ? ripostai-je, effarée.

Je ne voulais plus jamais parler à Topher.

— Je suis entrée dans mon appartement et je l'ai surpris le pénis dans ma *coloc*. Évidemment que c'est fini entre nous !

Teagan s'esclaffa.

— Avec un ego aussi démesuré que le sien ? Ça m'étonnerait.

— Qu'est-ce que tu veux dire ?

Elle haussa les épaules.

— C'est le genre de mec qui pense qu'il peut se sortir de n'importe quelle situation avec de belles paroles. Je suis sûre qu'il est 100 % convaincu de pouvoir arranger les choses.

— Eh bien, il se trompe à 100 % !

Bentley posa la main sur la mienne en grimaçant.

— Lucy a raison. Tu dois le lui dire en face.

Je mâchouillai ma lèvre inférieure.

— Mais je n'ai pas du tout envie de lui parler.

Lucy poussa un soupir.

— Alors, je vote pour une partie de jambes en l'air avec le nouveau coloc sexy !

Je la foudroyai du regard.

— Je *vis* avec Wick ! Il faudrait que je déménage si on… vous savez.

— Ça pourrait valoir le coup.

Bentley se tapota le menton d'un air pensif, et tourna la tête vers l'entrée de la cuisine, où Wick se tenait quelques minutes plus tôt.

— Il est super sexy.

— Elle a raison, acquiesça Bella avec un hochement de tête. Je ferais des infidélités à mon cher Bob pour quelqu'un comme lui. Son côté calme mais intense est séduisant.

Teagan poussa un soupir de contentement.

— Il me rappelle J. B. Une vraie cocotte-minute, celui-là. Il garde tout à l'intérieur, alors il est explosif au lit quand il relâche la pression. Si Wick est pareil…

Elle me sourit.

— Crois-moi, ça vaut le coup.

Mes parties féminines en frémirent d'excitation. Elles étaient clairement partantes. Rien que regarder Wick éveillait des choses en moi. Mais, gardant ça pour moi, je secouai la tête.

— S'il vous plaît, ne dites pas ça.

— Pourquoi pas ? s'indigna Lucy.

Puis elle reprit à voix basse :

— J'hallucine ! Il ne t'attire pas ?

Je jetai un coup d'œil vers l'entrée, priant pour que Wick ne soit pas dans le couloir à nous écouter.

— Bien sûr que si ! soufflai-je. Mais c'est mon *coloc*.

Elles ne comprenaient pas ou quoi ?

— Je tiens à lui. Il est super gentil avec moi. Je ne veux pas me servir de lui.

— La plupart des mecs apprécieraient de te rendre ce service, reprit Bentley. Du sexe sans attaches et sans engagement, qu'il obtiendrait sans même sortir de chez lui ? Pourquoi est-ce que ça le dérangerait ?

— Elle dit vrai, acquiesça Teagan. Ça ne coûte rien de lui demander ce qu'il en pense.

Malgré mes dénégations, j'hésitais. L'idée de me débarrasser de toute cette honte et cette douleur en couchant avec l'ennemi juré de mon ex était tentante. Géniale, même. Mais passer à l'acte semblait effrayant.

— Je ne saurais même pas comment le lui demander.

— Oh ! ma chérie. Tu n'auras pas besoin de le demander.

Bentley secoua la main avec autorité, comme si elle était experte en la matière.

— Dandine-toi autour de lui dans une petite tenue affriolante, et ce sera lui qui te suppliera.

— Je ne sais pas, réfuta Teagan d'un air pensif. S'il est comme J. B., et on dirait *vraiment* qu'il lui ressemble, tu devras te montrer un peu plus directe que ça. J'ai dû ramper nue sur J. B. pour qu'il me remarque enfin.

— Ouais, ça marcherait aussi, dit Bentley. Cette approche-là ne peut pas échouer. Surtout qu'on sait toutes qu'il a envie de voir tes seins.

Elles se mirent à glousser. Moi, je fis la grimace.

— Mes parents sont de vraies commères.

J'étais sûre qu'ils en parleraient.

— J'aurais adoré voir l'expression d'oncle Brandt, quand Wick t'a dit qu'il ne voulait pas être ton coloc car il voudrait alors te voir nue, se marra Lucy.

— Vous êtes folles. Ça ne fait même pas cinq jours qu'on se connaît. Je ne peux pas le séduire.

— Amen, murmura Bella avec un hochement de tête approbateur, avant de lever le poing pour un *check*. Je comprends tout à fait. Je suis incapable de tirer un coup juste comme ça.

— Elle devrait au moins essayer pour voir si elle aime le sexe sans attaches, argumenta Lucy. Elle a vingt et un ans, et elle vient de sortir de sa première et unique relation sérieuse. C'est le moment idéal pour explorer sa sexualité et découvrir ce qui lui convient.

— Je crois que je préfère les vraies relations et l'engagement, avouai-je en rougissant. En plus, que se passera-t-il si je couche avec Wick et…

Je coulai un regard vers l'entrée pour m'assurer qu'on était bien seules.

— … et qu'ensuite j'aie envie d'une relation plus sérieuse mais que, pour lui, c'était juste une façon de m'aider à passer à autre chose ? Je ne sais pas si je supporterais de vivre avec lui après ça et de voir d'autres nanas entrer dans sa chambre.

— Tu ne vivras pas avec lui pour toujours, répondit Bentley. Il te reste combien de temps avant d'avoir ton diplôme ? Votre colocation est temporaire. En plus, tu n'es pas obligée de le choisir *lui* pour expérimenter.

— On approuve simplement à 100 % si tu le choisis, lança Teagan avec un clin d'œil.

Je levai le doigt et pris un air sévère.

— Qu'une chose soit claire. Si je fais ça… *si*… alors il faut que ce soit Wick. C'est la seule personne en qui j'ai assez confiance pour… expérimenter.

Bella souffla un grand coup.

— On a notre réponse, les filles.

Pourtant, j'étais convaincue que jamais je ne mettrais un plan aussi audacieux à exécution.

21

HAVEN

Maudites cousines !

À peine quelques heures passées avec elles, et la donne avait changé. J'étais pourtant convaincue que le sexe sans attaches n'était pas pour moi. Et voilà que la graine plantée par Bentley, Bella, Lucy et Teagan avait germé. J'avais réfléchi et, finalement, j'avais envie d'essayer.

J'allais faire des avances à mon coloc.

Rien que d'y penser, mon cœur se mit à tambouriner comme un fou.

Une fois tout le monde parti – peu après midi —, je me rendis dans ma chambre pour faire mes devoirs, mais impossible de me concentrer. Je n'arrêtais pas de penser à Wick et à ma conversation avec les filles.

Ce plan était dingue, mais je voulais quand même essayer.

Le soir venu, je pris une douche, me pomponnai et sortis rôder à la recherche de ma proie.

Il était assis dans la cuisine, dos à moi, en train de pianoter sur son ordinateur.

— Te voilà, murmurai-je d'une voix envoûtante.

Du moins, j'espérais qu'elle l'était, et pas que je ressemblais à un veau malade.

— Qu'est-ce que tu fais ?

— Je bosse, répondit-il distraitement, les yeux rivés sur son écran. Je travaille comme tuteur pour le département de mathématiques. Je n'ai que le dimanche pour m'y consacrer.

Mince ! Je ne pouvais pas l'importuner pendant qu'il gagnait sa croûte. Il avait sûrement précisé qu'il n'avait que le dimanche pour me demander poliment de ne pas le déranger.

Me dégonflant, j'amorçai un demi-tour.

— Pourquoi ? Tu as besoin de quelque…

Il leva les yeux et s'interrompit quand il me vit, hésitante, dans l'entrée.

Mon estomac fit la cabriole. Il portait ses lunettes. Qu'est-ce qu'il était sexy quand il les portait !

Je me mordis la lèvre et reculai d'un pas.

— Non. Je voulais simplement m'excuser de la façon dont ma famille s'était incrustée. Ils en font trop, je sais, mais c'est de bon cœur.

Il ne répondit pas. Il me regardait, figé. Une onde de chaleur se diffusa dans mon ventre. Il avait remarqué que je m'étais pomponnée. Mon plan marchait. Après m'être douchée et rasé les jambes, j'avais mis du lait hydratant, je m'étais maquillée, j'avais appliqué du produit pour les cheveux, puis passé mon short le plus court. Et, vu qu'il s'en apercevait tout de suite quand je n'en portais pas, je n'avais pas mis de soutien-gorge.

Les lèvres entrouvertes et la respiration saccadée, il me reluqua de la tête aux pieds.

Mon pouls s'accéléra. J'allais me lancer. J'allais essayer de le séduire. Balançant exagérément les hanches pour que mes seins remuent sous mon T-shirt, j'avançai vers lui.

— Wick ? demandai-je innocemment. Est-ce que ça va ?

On aurait dit qu'il était en transe.

Je posai la main sur son épaule. Il frissonna et prit une profonde inspiration.

— Quoi ?

Il cligna des yeux d'un air ahuri.

Ça marchait. Reboostée et plus sûre de moi, je lui souris.

— Mes proches. Je m'excusais de la façon dont ils avaient déboulé ce week-end.

— Oh !

Le souffle court, il déglutit et hocha la tête.

— Pas de problème. Ils me rappellent ma famille.

— Vraiment ?

Avec un sourire, je sautai sur la table et m'assis près de son ordinateur, croisant les chevilles et balançant les jambes d'une manière que j'espérais hypnotisante.

— C'est cool.

— Ah bon ? murmura-t-il d'un air absent, en suivant mon mouvement.

— Hm-hmm.

Il fallait vraiment que je fasse mieux, niveau conversation. Mais aucune idée ne me vint. Séduire était plus stressant que je ne le pensais.

Son attention remonta de mes genoux à mes cuisses. J'espérais qu'un bout de ma culotte rouge était visible, mais j'étais trop nerveuse pour vérifier.

Il releva brusquement la tête, l'air paniqué et fautif. Il avait dû la voir.

— Je suis désolé, quoi ? lâcha-t-il, désorienté.

Je regardai alentour.

— Euh… Je n'ai rien dit.

Le haut de ses pommettes vira au rouge.

— Oh !

Il sembla si étourdi que l'inquiétude me gagna. Je me penchai vers lui et lui touchai l'épaule.

— Wick ? Est-ce que ça va ?

— Quoi ?

Ses yeux se perdirent dans le décolleté que je lui fourrais sous le nez.

Sifflant un « Merde » dans sa barbe, il se leva si vite de sa chaise que je reculai brusquement.

— Je vais, euh, aller faire les courses, annonça-t-il à toute vitesse, en regardant partout sauf dans ma direction. Les placards sont vides. On a besoin de provisions.

— Euh… d'accord.

Me sentant ridicule, je descendis de la table et croisai les bras sur la poitrine. Il me fit un geste de la main sans me regarder, et marmonna un au revoir précipité, avant de sortir de la cuisine à la vitesse de la lumière.

Lui parti, j'envoyai aussitôt un texto de groupe à mes cousines.

Super conseil, les génies ! J'ai mis une tenue très légère pour essayer de l'attirer dans mes filets. Il a déguerpi si vite qu'il a laissé un nuage de poussière derrière lui. Et tenez-vous bien : il est sorti en disant qu'il allait faire des COURSES !

LUCY : **Décris-nous la scène.**

Ce que fis.

BENTLEY : Oh ! HayHay ! Notre pauvre petite cousine innocente. Tu as encore tellement à apprendre ! Tu étais si près du but. Il a pris la tangente pour se retenir de t'attaquer comme un animal et de te prendre sur la table. Ce garçon voulait te sauter dessus.

Je me mâchouillai la lèvre pensivement.

MOI : Tu crois ?

LUCY : Carrément.

TEAGAN : C'est clair !

BELLA : Y'a pas photo.

BENTLEY : Si tu l'avais empêché de déguerpir, il n'aurait pas tenu une minute de plus. Il aurait bondi sur toi comme un chien en rut.

MOI : Mais pourquoi a-t-il pris la fuite ? Vous m'avez affirmé que les hommes étaient toujours partants pour du sexe sans attaches.

TEAGAN : Ça veut dire que c'est un mec bien. Comme J. B. Tu te remets encore d'une rupture. Un mec bien est incapable de profiter de la situation. Il faudra sûrement que tu dises : J'AI BESOIN QU'ON S'ENVOIE EN L'AIR POUR OUBLIER MON EX, S'IL TE PLAÎT ET MERCI.

BELLA : C'est triste, mais je crois que T. a raison. Il va falloir lui énoncer les choses clairement.

Je poussai un grognement. Jamais je n'arriverais à tenir de tels propos.

MOI : Vous savez bien que j'en suis incapable.

LUCY : Demande un peu d'aide à ton ami Jack Daniel.

TEAGAN : NON ! Un mec bien comme lui ne profiterait jamais d'elle ivre.

MOI : Qu'est-ce que je suis censée faire ?

BENTLEY : À son retour, réessaye. Et s'il veut encore prendre la fuite…

LUCY : Retiens-le.

BELLA : Retiens-le !

TEAGAN : Retiens-le coûte que coûte.

Je hochai la tête et leur envoyai une émoticône de pouce levé. Au même moment, la porte d'entrée s'ouvrit. Je sursautai en poussant un cri de surprise.

C'était le moment ou jamais. M'arrêtant devant le miroir en pied, je fis bouffer mes cheveux et me pinçai les joues.

— Tu sais qu'il aime ce qu'il voit, dis-je à mon reflet. C'est déjà 50 % du chemin accompli. Maintenant, à toi de le convaincre de passer à l'acte.

Bombant la poitrine, je quittai ma chambre et me rendis dans la cuisine. Je m'arrêtai brusquement dans l'entrée en le voyant sortir du bacon de son sac de courses et ouvrir le frigo pour l'y ranger.

Il avait acheté du bacon.

Pour moi.

Un poids me tomba sur l'estomac. Après avoir placé le bacon, il fit apparaître une miche de pain au miel – mon préféré —, du cheddar prétranché, un paquet de friandises au beurre de cacahuète, de la gelée de raisin, des pots individuels de pudding chocolat-vanille, une boîte de crackers et un pot de beurre de cacahuète. Il ne pouvait pas le savoir car il me tournait le dos, mais je l'observais bouche bée, la main plaquée sur la bouche.

Il avait acheté toutes les provisions que j'avais oubliées dans mon ancien appartement. Pourquoi se montrait-il si gentil, si attentionné, si…

Ouaip, c'était officiel. Je ne pouvais pas avoir de relation sans lendemain avec lui. C'était impossible. Il ne me laissait plus indifférente. Si je couchais avec lui ce soir, je serais mordue.

Alors je fis demi-tour.

Il me faudrait trouver une autre façon de me venger de Topher et de passer à autre chose.

22

HENRY

NUMÉRO 4 DE « HENRY LE DÉSESPÉRÉ »
Par Alice Bennet
paru dans The University Gazette

— Elle s'appelle Avery, lança une voix familière derrière moi.

Je tressaillis et me retournai lentement.

Reuben me sourit d'un air narquois, tout en haussant les épaules.

— Je me suis dit que tu aimerais le savoir.

Je lui lançai un regard noir. Le bâtard eut l'audace de rire.

— Hé, je n'y peux rien si cette nana me voulait *moi* et pas toi.

Pris de colère en me repassant la scène de leur rencontre, je serrai les poings.

Maintenant, il connaissait son nom. Avery. Merde. Elle s'appelait Avery. Je n'avais même pas été capable de l'apprendre tout seul.

Ma colère augmenta d'un cran, et ma vue se brouilla.

— Éloigne-toi de moi, grondai-je, en montrant les crocs.

Reuben eut le culot de paraître offensé.

— Waouh, tout doux !

Il leva les mains et recula, mais l'étincelle suffisante et moqueuse dans son regard continua de me faire fulminer.

— Détends-toi. C'est moi qu'elle a choisi. Fais-toi une raison.

Oh que oui, j'allais me faire une raison. En lui démolissant la gueule !

Sans m'en rendre compte, j'armai le bras. Mes camarades poussèrent un cri. Reuben écarquilla des yeux choqués et apeurés.

Quelqu'un me saisit le poignet pour m'arrêter.

— Viens, mec, me glissa Rush à l'oreille. Allons faire un tour.

Je le suivis sans protester. Mes muscles étaient si crispés de tension et de rage que je tremblais.

— Je le déteste, explosai-je. Je déteste ce bâtard avec une force !

— Je sais, compatit Rush en me tapotant le dos. Je sais.

— Il me retournait le couteau dans la plaie ! Putain, pourquoi est-ce qu'il fallait qu'il en rajoute ?

— C'est un enfoiré. Ignore-le. Il finira par se lasser.

Je hochai la tête. Mais, au fond de moi, je me sentais frustré. J'avais des envies de meurtre. Je voulais lui faire mal, le faire saigner.

J'avais fondé de gros espoirs sur Avery. Et il me les avait enlevés.

Contrairement à ce qu'avait suggéré Rush, il ne se calma pas. Au contraire, plus je l'ignorais, plus Reuben me provoquait, me disant qu'elle avait un goût délicieux, qu'elle avait la peau douce, un rire magique. J'étais déjà au courant pour son rire. Un jour, je m'étais trouvé assez proche d'elle pour l'entendre. C'était un rire unique, distinct, inoubliable. Elle avait effectivement un rire magique. Et ce connard de Reuben avait la chance de l'entendre tout le temps !

Mais j'avais beau le maudire, je me détestais encore plus. C'était moi le lâche dans l'histoire, celui qui n'avait pas eu le cran de l'approcher.

Les jours devinrent des semaines. Reuben continua de me provoquer sans relâche, tant et si bien que j'eus l'impression de me transformer en bombe à retardement. Il parlait d'elle autant que moi à l'époque, s'arrangeant pour que je sois au courant de tout ce qu'ils faisaient ensemble.

Un jour, il l'amena même à la répétition de la fanfare pour la présenter à tout le monde. Au début, nos camarades ne surent pas comment réagir. Ils estimaient qu'il m'avait fait un coup bas. Puis, au fil du temps, ils en vinrent à la considérer comme *sa* petite amie. À chacune de ses visites, mes amis, qui avaient pitié de moi, m'aidaient à filer en douce avant qu'il ait le temps de me la présenter.

Étouffé par la colère et le chagrin, j'opérais en mode survie, rendant mes devoirs à temps, jouant même convenablement de la trompette. Pourtant, à l'intérieur, je me sentais vide. Ma muse était partie. Plus rien ne me donnait le sourire, pas même mes nouvelles responsabilités de chef trompettiste. Le cœur n'y était plus.

Au fil des semaines, j'en vins même à regretter d'avoir un jour jeté les yeux sur elle. Je me sentais mal dans ma peau. Je souffrais chaque fois que je le voyais poser la main au creux de son dos, se pencher pour l'embrasser, ou que je la voyais lui sourire. J'ignorais pourquoi ça m'obsédait autant. Ouais, je la trouvais mignonne. J'avais voulu apprendre à la connaître. Mais je ne savais toujours rien d'elle… en dehors de son prénom. Ce n'était pas comme si j'avais *perdu* quelque chose. Elle n'avait *jamais* été ma petite amie.

Un lundi, après avoir trouvé sur mon pare-brise un mot annonçant une réunion, je me rendis en salle de visioconférence, ma trompette sous le bras. J'ignorais ce qu'on faisait là un lundi. Normalement, on regardait les vidéos et on discutait des différents placements un vendredi après-midi sur deux.

Même si j'étais nouveau comme chef trompettiste, je n'allais pas poser de question. C'était peut-être une réunion spéciale pour les chefs de section.

C'était encore bizarre de me dire que j'étais devenu chef trompettiste. Je ne me sentais pas meilleur que les autres. Je faisais simplement ce qu'on attendait de moi. Rush, lui, semblait penser qu'être chef de section était *badass.*

Voyant que personne n'était arrivé, je sortis le mot de ma poche. Je ne m'étais trompé ni d'heure ni d'endroit. J'allumai la lumière et je m'assis dans le fond de la salle, posant mon instrument sur une table.

Je n'étais pas si en avance que ça. Où étaient les autres ? Le directeur aurait au moins dû se trouver là, installant la vidéo qu'il voulait nous montrer. Ou encore le chef de la fanfare.

Plusieurs minutes passèrent. Toujours personne. J'envoyai un texto à Rush pour lui demander s'il savait quoi que ce soit au sujet de cette réunion. Il n'était au courant de rien, mais ajouta qu'elle était peut-être réservée aux chefs de section, ce qui expliquerait pourquoi il n'avait pas été convié.

Alors que je lui répondais pour lui indiquer que personne d'autre n'était arrivé, la porte claqua derrière moi.

Entendant le clic du verrou, je fis volte-face.

— C'est quoi ce délire ? m'exclamai-je à voix haute, en balayant la pièce du regard.

Je me dirigeai vers la porte.

Verrouillée.

Je tirai un peu plus fort sur la poignée.

Toujours rien.

Le personnel d'entretien l'avait-il fermée à clé sans savoir qu'une réunion devait avoir lieu ? Qu'ils n'aient pas vérifié que la salle était vide me semblait hautement improbable, mais pas impossible.

Je frappai.

— Ohé ! Il y a quelqu'un à l'intérieur.

La personne qui l'avait fait devait encore être dans le couloir. Je criai un peu plus fort.

Aucune réponse.

Merde alors. Je m'éloignai, à la recherche d'une autre sortie. Il y avait deux autres portes. La première était verrouillée aussi, la seconde donnait sur un placard.

Me mordillant l'intérieur de la lèvre, j'envoyai un texto à Rush.

HENRY : Tu ne vas pas le croire. Quelqu'un vient de m'enfermer dans la salle.

RUSH : Quoi ?

HENRY : La porte s'est refermée derrière moi pendant que j'attendais les autres, et quelqu'un l'a verrouillée.

RUSH : Ouais, c'est ça.

HENRY : Je ne déconne pas, mec. Quelqu'un m'a enfermé !

Il m'envoya un smiley hilare, suivi de plusieurs autres.

RUSH : Quelqu'un te fait une blague.

HENRY : Ah-ah, très drôle, bouffon. Viens me faire sortir.

RUSH : Ce n'est pas moi, juré.

HENRY : C'est ça, ouais. Qui d'autre me ferait un coup pareil à part toi ?

RUSH : Je ne sais pas. Hé, attends. Et si c'était une sorte d'initiation réservée aux chefs de section ? Ça y est, tu fais partie des leurs !

Je regardai autour de moi, puis secouai la tête.

HENRY : Ça m'étonnerait. C'est plutôt naze comme initiation. Ce n'est ni embarrassant ni public. Une initiation n'est-elle pas censée être super humiliante et se dérouler dans un endroit où tout le monde peut te voir te taper la honte ?

RUSH : Aucune idée. Peut-être que ceux qui ont organisé ça n'ont aucune créativité.

— Mouais, commentai-je à voix haute, tout en levant les yeux au ciel.

Alors que j'allais lui ordonner de ramener son cul pour me faire sortir de là, un des larges écrans de télé s'alluma.

— Quoi encore ? maugréai-je.

Je m'en approchai, mais rien n'apparut, à part de la friture. Tous les câbles passaient sous la porte fermée. Quelqu'un devait être derrière et piloter à distance, à l'aide d'une télécommande.

J'étais à trente centimètres de la télévision quand débuta une vidéo amateur, probablement filmée par un téléphone portable. Quelqu'un se tenait devant l'écran, si près que, l'espace d'un instant, je ne vis que du noir.

— C'est allumé. On y va, dit une voix.

— Bien, lança une seconde voix, plus lointaine. Cassons-nous d'ici. Je les entends qui arrivent.

C'était une chambre universitaire. Celle d'un mec, à en juger par la déco – équipement de sport et posters de nanas à moitié nues. La porte se ferma. Celui qui avait installé la caméra était parti.

Je secouai la tête. Pourquoi est-ce qu'on me montrait ça ?

Mon téléphone bipa. Rush me demandait où j'en étais.

***HENRY* : Quelqu'un a mis une vidéo. Mais il ne se passe rien. On voit juste une chambre vide.**

***RUSH* : Bizarre.**

Plutôt, ouais. Je retournai vers la porte d'entrée et jouai avec la poignée. Toujours verrouillée.

Soudain, j'entendis un rire derrière moi. Pas n'importe quel rire. *Le sien.*

L'estomac noué, je pivotai lentement. À l'écran, Avery entrait dans la chambre, main dans la main avec Reuben. Gloussant, il l'embrassa et l'entraîna vers le lit, sur lequel la caméra était braquée.

La voir me coupa le souffle. Elle était vraiment belle !

J'étais si occupé à la dévisager que je mis un moment avant de comprendre ce qui se passait. Reuben l'allongea sur le lit et fit remonter sa main sur le bras d'Avery, tout en lui embrassant la gorge.

Je tirai sur la poignée de toutes mes forces.

Le volume augmenta. Des gémissements emplirent la pièce.

Fils de pute.

Je ne le laisserais pas me faire ça. Je ne laisserais pas Reuben me faire ça.

Je donnai un coup de pied dans le battant. Des coups de poing. En vain. Abattu, je fermai les yeux et appuyai le front contre.

Pourquoi aller aussi loin ? Je n'avais jamais rien fait à cet enfoiré.

Mais il l'avait séduite pour se venger de moi. Il étalait leur relation en permanence pour me provoquer. Et, maintenant, ça…

C'était inacceptable.

C'était mal.

Je ne comprenais même pas *pourquoi* il se comportait comme ça.

— Enfoiré, enfoiré ! criai-je, espérant bloquer le son. Je vais te tuer. Je vais te massacrer, espèce de sale con ! Ta mère ne te reconnaîtra pas quand j'en aurai fini avec toi.

Mon portable bipa. Dans ma précipitation, je le fis tomber deux fois avant de réussir à écrire à Rush.

HENRY : **SOS. Viens me chercher !**

RUSH : **Que se passe-t-il ?**

HENRY : **VIENS ME CHERCHER TOUT DE SUITE !**

Je jetai un coup d'œil vers l'écran. Reuben avait enlevé son T-shirt à Avery.

— Putain !

Je fermai aussitôt les yeux et me retournai.

Jusqu'où iraient-ils ? Bon sang, comment pouvait-il lui faire une chose pareille ? Elle était *sa petite amie* ! N'était-ce pas son devoir de protéger son intimité ? De respecter sa vie privée ? Alors qu'au contraire il l'étalait devant son ennemi.

Stupéfait, je scrutai frénétiquement autour de moi, cherchant un moyen d'éteindre la télévision.

À l'écran, Reuben disait à Avery de se détendre.

— Je suis ton petit ami. Qu'est-ce que je m'apprête à faire, à ton avis ? Fais-moi confiance.

— Désolée. Tu sais que c'est ma première fois. Je suis nerveuse. Guide-moi, s'il te plaît.

Fermant les yeux, je baissai la tête et serrai les dents.

Sa première fois ? Oh ! mon Dieu ! Non… Ils n'allaient pas… Si ?

Oh putain, si. Ils allaient le faire !

— Je vais enfoncer ma queue dans ton vagin, juste là, se moqua-t-il.

Je levai les yeux, le front plissé, et les aperçus sur le lit. Nus. Avery lui donna une légère claque sur le bras pour le réprimander. Tremblant, je baissai la tête et pris une profonde inspiration pour ne pas péter les plombs.

Puis je me ruai vers la télé et appuyai sur tous les boutons. Trouvant enfin celui de Marche/Arrêt, je l'éteignis.

Dieu merci. C'était terminé.

Mais alors que je poussais un profond soupir de soulagement la télévision se ralluma, pile au moment où il la pénétrait.

Elle inspira brusquement et lui agrippa une épaule, ses yeux légèrement écarquillés sous le choc et la douleur. Il marqua une pause et lui demanda si ça allait. Elle hocha la tête bravement, l'incitant à continuer.

Mon cœur se brisa. Je m'étais imaginé vivre ce moment-là avec elle. C'était à moi qu'elle aurait dû dire de continuer.

J'aurais dû être son premier amant.

Immobilisé par le choc, je les regardai quelques secondes de plus.

Puis, désespéré d'en finir, je cherchai la prise pour couper l'alimentation de l'appareil. Évidemment, tous les câbles passaient sous la porte. Je m'en emparai néanmoins, et tirai de toutes mes forces. De l'autre côté, quelqu'un poussa un juron, et je sentis soudain une résistance : le connard essayait de m'empêcher de débrancher la télévision.

Des points noirs dansèrent dans mon champ de vision.

Au-dessus de moi, Reuben jouit dans un gémissement. Pris de tremblements, je me laissai tomber par terre et enfouis le visage dans mes mains.

Il m'avait piqué la nana que je convoitais et avait pris sa virginité en me forçant à regarder.

— Est-ce que… c'était bien ? bredouilla-t-elle.

— Ouais, bébé, répondit-il avec désinvolture. C'était pas mal. Ne t'inquiète pas. Tu vas t'améliorer.

Je fis la grimace. *Tu vas t'améliorer ?* Mais quel connard !

Elle se redressa et enroula les bras autour de son buste. Elle semblait minuscule et effrayée. Elle coula un regard vers Reuben, qui retirait son préservatif à côté du lit.

Elle avait besoin d'être rassurée, que quelqu'un la prenne dans ses bras et lui dise combien ça avait été spécial, combien *elle* était spéciale.

Serrant les dents, je l'exhortai silencieusement. *Allez, Reuben. Assieds-toi à côté d'elle. Prends-la dans tes bras. Laisse-lui un bon souvenir de sa première fois.*

Je le haïssais, pourtant, en cet instant, je voulais qu'il soit là pour elle. Elle était inquiète et rongée par le doute. Elle avait besoin que quelqu'un la réconforte. Et cet enfoiré était le seul sur place.

Il n'entendit pas ma supplication. Avery prit alors une grande inspiration pour se donner du courage. Redressant les épaules, elle passa une mèche de cheveux derrière son oreille et s'éclaircit la gorge.

— Dis, Reuben, tu…

Elle eut un sourire crispé.

— Tu penses qu'on pourrait garder ça pour nous quelque temps ? Je… je ne veux pas que ça se sache pour l'instant.

— Pas de problème, bébé, répondit-il distraitement.

Il avança vers la caméra jusqu'à ce que sa tête emplisse le

cadre. Il sourit alors d'un air retors et me fit un clin d'œil. Il savait que la scène était filmée, il avait conscience de mentir à Avery. Ce mec était le diable incarné.

— Croix de bois, croix de fer, si je mens je vais en enfer.

L'écran devint noir.

Je le fixai, abasourdi par la scène à laquelle je venais d'assister. J'étais en rogne que Reuben m'ait fait subir ça. Mais j'étais ivre de fureur qu'il l'ait trahie de la sorte. La rage bouillonnait dans mes veines.

Elle ignorait qu'il avait filmé sa première fois, qu'il avait couché avec elle pour me faire payer, qu'il se servait d'elle pour me rendre fou.

Elle pensait leurs ébats sincères. Elle était nerveuse, mais aussi un peu excitée. Elle voulait le satisfaire et lui exprimer physiquement ce qu'elle ressentait pour lui. Il ne lui avait pas du tout rendu la pareille.

S'il ne ressentait pas la même chose – s'il avait couché avec elle dans le seul but de me faire chier —, alors il venait de gâcher ce moment important pour elle. Et, tout ça, c'était *ma* faute.

Si je n'avais pas parlé d'elle pendant des semaines, si je n'avais pas eu le béguin pour elle, il n'aurait même pas su qu'elle existait. Il ne l'aurait pas séduite, ne l'aurait pas menée en bateau et n'aurait pas couché avec elle.

Oui, c'était ma faute. Sa première expérience sexuelle était complètement ratée à cause de moi.

S'il voulait s'en prendre à moi pour je ne sais quelle raison, très bien. Qu'il vienne régler ses comptes, l'enfoiré ! Mais se servir d'elle et lui faire du mal pour parvenir à ses fins, c'était inadmissible.

La rage prit subitement le pas sur la raison, et je perdis totalement le contrôle.

Quand Rush arriva en courant, une dizaine de minutes plus tard, il s'arrêta brusquement et balaya la salle du regard, bouche bée.

— J'hallucine, murmura-t-il.

Assis par terre, adossé au mur, les coudes sur les genoux, je levai la tête.

La salle était sens dessus dessous, comme si une tornade avait frappé. Les tables étaient renversées et fracassées. L'écran plat de la télévision, vissé haut sur le mur, ne tenait plus que d'un côté et il était brisé. Quant à ma trompette... Ce n'était plus qu'une masse de cuivre informe qui ne ressemblait en rien à un instrument.

Baissant les yeux, je découvris que mes articulations étaient ouvertes et enflées, et qu'elles saignaient.

— Henry ? fit Rush d'une voix prudente.

Les yeux ronds, il s'approcha lentement, comme si j'étais un pitbull enragé.

— Mon pote ? Ça va ? Qu'est-ce qui s'est passé ?

Mon visage était mouillé. Je ne savais pas si j'avais du sang sur les joues ou si j'avais pleuré. Ça n'avait pas d'importance.

Plus rien n'avait d'importance.

Je me levai et sortis de la salle en passant devant lui sans un mot.

J'étais mort à l'intérieur.

23

HAVEN

Mes cousines m'avaient vraiment fait réfléchir. Pas au sujet d'une nuit sans lendemain avec Wick, mais à la façon de tourner définitivement la page sur Topher.

Passer des examens médicaux n'avait pas été une partie de plaisir, mais après coup je m'étais sentie soulagée, comme si on m'avait ôté un poids des épaules. Je m'étais montrée proactive, j'avais *fait* quelque chose en réponse à ma rupture.

Souhaitant continuer dans la même veine, je décidai de rendre ses affaires à mon ex, ainsi que les cadeaux qu'il m'avait offerts au fil des années.

Lorsque Wick entra, il me trouva en train de faire les cent pas dans le salon.

— Super, tu es rentré ! L'entraînement est donc fini ?

Il fronça les sourcils d'un air soupçonneux.

— Ouais.

— Cool.

Ça voulait dire que Topher était aussi en route pour chez lui.

— Tu n'as pas de nouvelle coupure à la lèvre ni de trace de bagarre. C'est bien.

J'en étais ravie.

Il hocha la tête et leva la main pour prêter serment.

— Aucune bagarre avec ton ex aujourd'hui, juré.

Je souris.

— Génial !

Je ramassai la boîte débordante posée sur le canapé.

— Je vais chez Topher pour rendre notre rupture officielle. J'espère que ça me permettra de tourner la page.

Il me dévisagea quelques instants et se décala pour me laisser passer.

— Ça va aller ?

— Je ne sais pas. Mais, d'après mes cousines, je ne pourrai pas passer à autre chose tant que je ne lui aurai pas dit en face que, nous deux, c'est terminé.

Wick hocha la tête lentement.

— Tu as besoin que quelqu'un t'accompagne ?

Je laissai échapper un rire.

— Je doute que ce soit une bonne idée que tu viennes !

— Je ne parlais pas de moi. Après ce que j'ai vu ce week-end, je suis sûr que n'importe quel membre de ta famille répondrait présent pour…

— Tu as raison, le coupai-je en acquiesçant d'un signe de tête. N'importe lequel d'entre eux ferait la route pour m'aider, mais… c'est mon problème. C'est à moi de le résoudre.

J'étais presque arrivée à la porte. On se tenait à quelques centimètres l'un de l'autre. Il hocha la tête.

— Très bien. Appelle-moi si tu as besoin de quoi que ce soit.

Son inquiétude était palpable, et ma gorge se serra.

— Merci, dis-je tout bas.

Quinze minutes plus tard, je frappai chez Topher. Il vivait dans un immeuble très animé. Chaque fois que je lui rendais visite, j'entendais des portes claquer, des gens courir dans les couloirs, de la musique forte qui faisait vibrer les murs, mais ce soir c'était assez calme. Je n'avais croisé aucun voisin. Pour une fois, ils devaient être en train d'étudier. Ou en train de faire la sieste, avant de se réveiller pour une grosse fiesta de minuit. Je levai les yeux au ciel. C'était le truc de Topher, ça, pas le mien. Je n'aurais jamais dû me forcer à supporter tout ça.

La porte s'ouvrit.

Golden boy blond aux yeux chocolat, il avait toujours été attirant à mes yeux. Il pouvait être incroyablement charmant et conciliant. Il me donnait l'impression que chaque petite chose que je faisais était adorable et fascinante.

On avait passé de bons moments, de très bons moments, ensemble.

Mais aujourd'hui je me demandais combien de ces moments avaient été sincères. Combien de fois avait-il feint d'être d'accord avec moi ou m'avait-il complimentée, alors qu'il pensait le contraire ?

Je n'en avais pas la moindre idée. Avec le recul, ça gâchait tout.

Il s'adossa contre l'encadrement et me lança un regard plein de déception. Je lui tendis la boîte.

— Tiens. Tes affaires.

J'avais été une bonne ex-petite amie. Je n'avais pas cassé, griffé ou éraflé un seul objet. C'était beaucoup plus qu'il ne méritait.

Il baissa lentement les yeux dessus, mais ne s'en empara pas.

— Tu baises avec lui depuis tout ce temps ? demanda-t-il.

À qui parlait-il ? Je jetai un coup d'œil rapide derrière moi. Personne. Je me retournai vers lui. Il me fusillait du regard comme si je l'avais trahi et pas l'inverse.

— De quoi est-ce que tu parles ? aboyai-je.

— webster, railla-t-il, se redressant pour planer au-dessus de moi. Tu as couru droit dans les bras de ce connard après que…

Il s'interrompit, ne voulant pas terminer sa phrase au risque de passer pour le vilain. Je reniflai avec amertume et secouai la tête.

— Après quoi ? Après t'avoir surpris prenant ma coloc en levrette dans *mon* appartement ?

Il plissa les yeux et se rapprocha d'un air menaçant.

— Tu as couru vers *lui*. Je t'ai vue entrer dans cette chambre, et c'est *lui* qui a répondu à la porte.

Je soupirai d'un air théâtral.

— Tu es parano, Topher. Je ne suis pas entrée dans sa…

— Ne me mens pas, putain ! beugla-t-il si fort que je sursautai.

Le regard noir qu'il me lança me fit cligner des yeux de stupeur.

— Depuis quand est-ce que tu couches avec lui ? répéta-t-il.

J'en restai bouche bée.

— *Pardon ?*

— Vous vous pensiez malins, hein ? Vous vous moquiez de moi dans mon dos pendant que tu me trompais, c'est ça ?

Bon sang, de quoi parlait-il ?

— Tu devrais te faire examiner. Tes accusations n'ont ni queue ni tête.

J'avais été prête à mentir, affirmant que je n'avais pas pénétré dans la chambre avec Wick ce soir-là, mais jamais je n'aurais pensé que ça irait aussi loin.

— Je n'avais jamais *parlé* à Wick webster avant ce soir-là. Pourquoi est-ce qu'on parle de lui, d'ailleurs ? Je suis venue parler de ce que *tu* as fait.

— Je ne plaisante pas, Haven.

Il m'empoigna violemment le bras et me tira vers lui.

— Ne lui fais pas confiance, grogna-t-il, en plongeant son

regard dans le mien. Cet enfoiré me hait. Il serait capable de tout pour se venger. Comme te baiser dans mon dos.

Mes cheveux se hérissèrent sur ma nuque.

— Vengeance ? répétai-je à voix basse.

Bizarre qu'il emploie un tel mot.

— Vengeance pour quoi ? Que lui as-tu fait de si horrible pour mériter sa vengeance ?

Il ignora ma question.

— Il te tourne autour dans l'unique but de m'atteindre. Il essaye de se servir de toi. Ne le laisse pas faire. Il n'en a rien à foutre de toi. Tu vas souffrir si tu…

— Tu as bu ? Pris des drogues ? l'interrompis-je. Depuis que tu as ouvert la porte, je ne comprends pas un traître mot de ce que tu me racontes. Je ne sors pas avec Wick webster. Je ne suis jamais sortie avec lui, et je…

— Je t'ai vue, OK ? D'autres personnes aussi t'ont vue.

Je marquai une pause, confuse.

— M'ont vue faire quoi ?

— Jeudi. Entre les cours. Tu l'as regardé pendant plusieurs minutes dans la cour.

Oh ! merde. J'avais oublié.

— Et vendredi matin, continua-t-il, certain de m'avoir démasquée. On vous a vus quitter le centre médical du campus ensemble.

Je perdis légèrement pied. J'étais piégée. Et puis merde, à la fin ! C'était lui le traître dans cette histoire, pas moi.

— Tu as demandé à tes potes de m'espionner ? m'écriai-je.

Il serra mon bras plus fort.

— Qu'est-ce que tu fous avec lui, Haven, putain ?

Je me libérai.

— Alors, premièrement, ne me touche plus jamais comme ça. Deuxièmement, je n'ai pas à me justifier. C'est toi qui as été surpris le pantalon sur les chevilles, espèce d'enfoiré ! Je n'ai jamais couché avec un autre que toi. Ce n'est pas parce que je me suis retrouvée au même endroit au même moment que quelqu'un d'autre que ça veut dire que j'y étais avec lui. Et ça ne veut certainement pas dire que j'ai couché avec cette personne. Peut-être que si, dans ton petit univers de mec infidèle, mais pas dans le mien. Et tu sais quoi ? Ouais, j'étais effectivement en train de le regarder, jeudi, entre les cours, de l'autre côté de la cour, parce que Wick webster m'a effectivement aidée mercredi soir.

— Espèce de salope ! Je le savais !

Pointant le doigt vers moi comme si j'avais commis un crime infâme, il explosa :

— Je le savais, putain.

— Tu sais que dalle ! Je courais dans le couloir pour t'échapper et j'ai demandé l'aide de la première personne que j'ai croisée. Je lui suis rentrée dedans, alors qu'il sortait d'une chambre. Je l'ai poussé en arrière pour m'y engouffrer. Bizarrement, il n'a pas vendu la mèche. J'ignore pourquoi, probablement parce que ça lui faisait plaisir de te faire chier. J'ai quitté la chambre dès que tu es reparti.

Je marquai une pause et repris, plus calmement :

— Je n'ai pas vu Wick webster depuis.

Ça m'était égal de lui mentir. Après tout, ma vie ne le regardait plus depuis que je l'avais surpris avec Annabeth.

— Sauf jeudi quand je l'ai vu de l'autre côté de la cour, et vendredi matin quand il a ouvert la porte pour me laisser sortir du centre médical. Pour ta gouverne, j'ai dû y aller pour me faire examiner, car je ne savais pas combien de MST tu m'avais peut-être refilées, espèce de sale traître !

Il ouvrit la bouche pour parler, mais je ne lui en laissai pas le temps.

— Je t'interdis de m'accuser de quoi que ce soit. Depuis mercredi soir, ma vie ne te concerne plus. Même si j'avais couché avec la moitié de l'équipe de foot, tu n'aurais rien eu à dire, parce que c'est terminé entre nous. Tu as entendu ? *Terminé !* Je veux que tu arrêtes de m'appeler, de me laisser des messages, de me faire fliquer par tes potes chelous, de m'accuser de coucher avec tes ennemis. Je veux que tu me foutes la paix.

Je laissai tomber la boîte à ses pieds. Du verre se brisa. Avec un petit sourire satisfait, je me tournai pour partir.

— Haven ? appela-t-il à voix basse.

Son ton calme et humble me fit jeter un coup d'œil en arrière.

— Quoi ?

— Je suis sérieux. Ne lui fais pas confiance. Il essayera de se rapprocher de toi uniquement pour me faire chier. Je le sais. Il n'arrêtera pas tant qu'il n'aura pas couché avec toi. Tout ce qu'il veut, c'est se venger.

L'espace d'un instant, je fus prise de doute. Wick avait-il été gentil et bienveillant avec moi ces derniers jours uniquement à cause des tensions entre Topher et lui ? Mais pourquoi se serait-il donné tant de mal ? Il m'avait laissée emménager chez lui ; il avait tenu tête à mon père pour me protéger ; il avait fait mon lit, m'avait pris rendez-vous avec le médecin. Il était peut-être bourru et renfrogné, mais il était *gentil.* Je le sentais au plus profond de moi. Mon instinct me disait que c'était quelqu'un de bien.

La veille, il avait eu l'occasion de conclure, sauf qu'à la place il avait pris la fuite pour m'acheter des provisions.

J'arquai les sourcils.

— Oh ! vraiment ? raillai-je, posant les mains sur les hanches et plissant les yeux. Je croyais qu'il était gay. Tu ne m'aurais quand même pas menti à ce sujet, si ?

— Haven, lâcha-t-il d'une voix brisée.

Le regard voilé, il tendit le bras vers moi.

— Bébé, je…

— Tu sais quoi ? S'il veut coucher avec moi rien que pour te faire chier, je suis partante !

Battant des cils, je lui fis au revoir de la main.

— Merci pour la suggestion, chéri.

Je me retournai. J'avais trop déchiré. Je me sentais forte et super fière de moi.

— Si tu couches avec lui, je te le ferai payer, salope.

Pardon ? Comment venait-il de m'appeler ? Je regardai par-dessus mon épaule.

— Qu'est-ce que tu as dit ?

Il sourit d'un air narquois.

— Tu veux savoir pourquoi j'ai dû coucher avec d'autres nanas, Haven ? Parce que, avec toi, c'était comme se taper un tube en plastique.

Il ricana. Mon estomac dégringola. Quelques portes s'ouvrirent, et plusieurs voisins passèrent la tête dans le couloir pour assister au spectacle.

Tout le monde l'entendit, quand il ajouta :

— Comme enfoncer la queue dans un mannequin en plastique. Tu restes allongée là, te demandant dans combien de temps j'aurai terminé, refusant de me sucer, n'essayant jamais rien de nouveau. Tu sembles choquée que j'aie eu besoin d'aller voir ailleurs. Et pourtant c'est *toi* la raison. Je n'ai jamais vu une nana aussi nulle au pieu.

Des ricanements et des gloussements fusèrent autour de moi. Je me sentis soudain étourdie. Me forçant à rester digne, je croisai le regard de Topher et hochai la tête.

— Merci de m'avoir prévenue. Par chance, tu es désormais débarrassé de moi.

Ne me sentant plus ni forte ni fière, je descendis le couloir dans un état second et quittai son immeuble en essayant de garder la tête haute. Ce n'est qu'après avoir fait la moitié du chemin que je réalisai quelque chose : pas une seule fois je ne lui avais refusé une fellation. Il m'était arrivé d'être réticente pour certaines positions, mais je l'avais généralement laissé essayer au moins une fois. Je ne restais pas juste allongée là. Et je ne lui avais jamais demandé quand il aurait fini.

Quel satané menteur !

— C'est vraiment un…, fulminai-je en poussant la porte de mon nouvel appartement.

Incapable de trouver les mots pour décrire combien il était méprisable, je claquai le battant et proférai un son entre grognement de frustration et cri d'outrage et de colère.

Lançant mon sac dans le fauteuil le plus proche, je luttai pour enlever ma veste en poussant des jurons, et la jetai sur le sac aussi violemment que possible, avant de me mettre à arpenter le salon en traitant Topher de tous les noms.

— On dirait que ça s'est bien passé, plaisanta Wick en retirant ses écouteurs.

Il était allongé sur le canapé, en chaussettes, les jambes croisées et son PC portable sur les genoux.

Je lui lançai un regard meurtrier.

— Formidable. Il n'a fait que parler de toi.

Il fit les yeux ronds.

— Moi ?

— Oui, toi ! Pourquoi est-ce qu'il te déteste autant ?

Wick secoua la tête.

— Bonne question. Désolé, je n'ai pas la moindre idée de ce qui se passe dans le cerveau de ce crétin.

— Pourquoi est-ce que, toi, tu le détestes ? Sais-tu au moins ça ?

Il plissa les yeux et m'étudia un moment.

— Je sais exactement pourquoi je le déteste, répondit-il enfin doucement.

— Est-ce qu'il le sait ?

— Il serait encore plus bête que je pensais, s'il l'ignorait.

— Il a dit que tu voulais te venger de lui, que tu traînais avec moi uniquement dans ce but, et que tu te servais de moi.

Avec un soupir frustré, il secoua la tête.

— Cet enfoiré sait vraiment comment manipuler les faits.

Voyant que je restais silencieuse, il murmura :

— Je suis désolé. Étais-tu en train de me demander s'il disait vrai ?

Au début, je ne répondis pas. Puis je secouai lentement la tête.

— Non, fis-je, même si je voulais en savoir plus sur les tensions entre eux. Je ne vois pas comment ce serait possible, puisque toi et moi ne nous étions jamais parlé avant que je te rentre dedans, que j'entre de force dans la chambre de ta sœur, et que je m'impose comme coloc. Tu as clairement montré que vivre avec moi ne t'emballait pas. Un mec qui aurait eu pour seul but de me mettre dans son lit n'aurait pas été aussi réticent.

Il m'examina de nouveau longuement, l'air pensif. Puis il détourna le regard.

— C'est dur de ne pas penser à lui quand je te regarde, admit-il finalement d'une voix basse, presque rauque. Mais j'essaye de ne pas t'en tenir rigueur.

Je déglutis et baissai les yeux, me demandant ce qui lui passait par la tête quand il était en ma présence, ce qu'il pensait vraiment de moi.

— Tu crois qu'il aurait vraiment de la peine s'il pensait qu'on… ?

Ses yeux se mirent à pétiller.

— Couchait ensemble ?

Son regard glissa sur moi. Ma peau s'embrasa, et mon entrejambe réagit. Je me balançai nerveusement sur les pieds, faisant un effort surhumain pour ne pas perdre mes moyens et rougir comme une pivoine. Détournant le regard, je m'éclaircis la gorge.

— Ouais.

Il haussa les épaules.

— Pas sûr. Ce serait super dur de faire la moindre brèche dans un ego comme le sien.

Il avait probablement raison.

— Je serais partante si j'étais certaine de le blesser.

Avec un demi-sourire amusé, Wick remit ses écouteurs et recommença à taper sur son ordinateur, sans même me donner son avis sur la question.

J'ignorais s'il faisait ses devoirs, son job de tuteur ou autre chose. Mais je venais clairement d'être congédiée.

Je m'enfermai dans ma chambre. Presque aussitôt, les paroles de Topher me revinrent. Abattue, je grimpai sur mon lit et me blottis sous les couvertures. Même si je savais qu'il avait menti, une partie de moi le croyait. Et si j'étais vraiment nulle au pieu ? Je ne m'étais jamais vraiment éclatée dans ce domaine, je jouissais rarement et j'étais tout aussi rarement emballée par les positions qu'il voulait essayer, ou les endroits où il voulait qu'on fasse l'amour. J'avais toujours su que je n'étais pas une personne très passionnelle.

Mais, bon sang, étais-je un coup horrible ?

Ouais, probablement.

Et maintenant ses voisins, ses amis et ses camarades savaient eux aussi que j'étais nulle au pieu.

Je me recroquevillai, humiliée et honteuse, jusqu'à ce que… les paroles de Wick me reviennent en mémoire.

« Ce n'est pas nous, le problème. C'est lui. C'est un manipulateur sournois et fourbe, et il est très doué. Il t'attire avec sa personnalité magnétique et pétillante et, une fois que tu t'es rapproché et que tu as baissé la garde, il te poignarde dans le dos. »

Mais bien sûr ! C'était Topher, l'infidèle. C'était lui, le menteur et le tricheur. Pourtant, il avait réussi à retourner la situation de manière à me rendre fautive.

L'enfoiré !

Il m'avait complètement manipulée.

Écartant les draps, je bondis hors du lit et arpentai ma chambre, folle de rage.

Enfoncer sa queue dans un mannequin et un tube de plastique, hein ? J'allais lui montrer ce que c'était que prendre son pied. J'allais prendre mon pied comme jamais, là tout de suite.

Avec le type contre lequel il m'avait mise en garde.

Il avait dit que j'étais nulle au pieu ?

Il allait voir ce qu'il allait voir !

24

WICK

Je venais à peine de m'endormir quand quelqu'un me toucha l'épaule. Je sursautai en poussant un cri.

Réalisant qu'une seule personne pouvait en toute logique me réveiller de la sorte, je m'assis brusquement, plissant les yeux dans la chambre obscure. Mon cerveau ensommeillé mit quelques secondes à percuter.

— Haven ? Qu'est-ce que…

— Chut.

Elle appuya les doigts sur ma bouche.

— Ne dis rien. Ce n'est pas réel. OK ? S'il te plaît. Ne rends pas les choses réelles. J'ai besoin de ça. J'ai besoin…

Elle fit valser mes couvertures et s'installa directement sur ma bite.

Nom de Dieu !

— Mais…

Je m'interrompis. Pourquoi est-ce que je protesterais ?

Elle plaqua une main sur ma poitrine et me poussa en arrière contre l'oreiller.

— Je suis sérieuse. Un seul mot et je m'en vais. Tu veux que je m'en aille, alors parle. Tu veux que je reste, alors tais-toi. Ce n'est pas réel. Rien de tout ça n'est réel. S'il te plaît… ne dis rien.

Ne voulant pas qu'elle s'arrête, je la bouclai.

Elle s'immobilisa un instant – le temps de s'assurer que je ne dirais rien – puis elle se mit à descendre et remonter lentement sur mon érection. Ma bite réagit au quart de tour. Je ravalai un râle de désir.

Elle attrapa l'ourlet de sa chemise de nuit et l'enleva.

J'en eus le souffle coupé.

Dans l'obscurité je ne voyais rien, mais je pouvais sentir et imaginer ses courbes.

Elle me prit la main et la posa sur un de ses seins.

Qu'elle était douce et chaude !

Elle avait raison ; ça ne *pouvait pas* être réel. C'était trop bon, trop naturel pour l'être.

Au début, je fus trop effrayé pour réagir. Je craignais que sa peau chaude et douce ne disparaisse si j'essayais de l'attraper, prouvant que c'était un rêve. Mais ensuite ma main se referma autour de la rondeur exquise. Mes doigts se contractèrent, et je l'empoignai délicatement. L'autre main trouva instinctivement le deuxième sein.

Haven se cambra et gémit, avant de se mettre à onduler des hanches avec ardeur. La chaleur moite de son entrejambe me rendit fou.

Après lui avoir pétri les seins, je glissai les pouces sur ses tétons. Fermes et dressés, ils ne demandaient qu'à être sucés.

Je levai le visage, prêt à m'en emparer de ma bouche. Mais elle se pencha pour m'embrasser.

On se percuta maladroitement. Je me figeai, ne sachant pas si elle l'avait fait exprès. Mais elle prit mon visage dans ses mains et nous guida pour un autre baiser, beaucoup plus gracieusement cette fois. Une onde électrique me parcourut. Elle poussa un cri et recula, comme si elle l'avait sentie.

Déjà accro, je repris possession de ses lèvres. Elle frémit, m'agrippa l'épaule et se cambra, tandis que nos langues s'exploraient. Après quelques secondes de baisers enflammés, toute raison, toute logique me quittèrent. Ne restait qu'une pensée : j'étais en train d'embrasser Haven Gamble.

Dingue.

Un gémissement prit naissance dans ma poitrine. Ivre de désir, je nous retournai et l'allongeai sur le matelas pour l'embrasser fougueusement.

Tant de douceur, de chaleur et de passion émanait d'elle.

Elle enfonça les ongles dans mon dos pour me plaquer contre elle. Des étincelles explosèrent entre nous.

Pendant que mes lèvres s'abreuvaient aux siennes, je pris son visage entre les mains et lui caressai le menton. Elle avait un goût délicieux de chaleur et de soleil, avec un soupçon de dentifrice à la menthe. Sa langue s'enroulait divinement autour de la mienne, d'une façon qui faisait pulser ma queue. Elle aussi voulait sentir les prouesses de sa langue.

J'appuyai les hanches contre la chaleur de son entrejambe. Elle se cambra pour venir à ma rencontre. Alors que j'étais en train de me dire qu'il fallait vraiment qu'on se débarrasse de nos sous-vêtements, elle glissa la main à l'arrière de mon boxer, empoignant mon cul nu, et fit glisser ses doigts vers l'avant. Je me soulevai légèrement. Elle passa la main entre nous et enroula les doigts autour de mon sexe.

Dieu du ciel !

Quand elle les resserra et pompa une fois, je rompis notre baiser, haletant et jurant, avant d'enfouir le visage au creux de son cou. Mes mains descendirent. Je voulais lui retirer sa culotte.

Sauf qu'elle n'en portait pas.

— Incroyable, lâchai-je d'une voix rauque.

Je posai la main sur la courbe de sa hanche. J'étais tellement étourdi que je n'arrivais plus à suivre ce qui se passait.

Haven était entrée ici avec la ferme intention de coucher avec moi.

Rien que d'y penser, ma peau s'embrasa, et ma bite pulsa.

Il m'avait bien semblé, hier soir, qu'elle me faisait des avances. Elle s'était assise sur la table à côté de moi, dans une tenue des plus minimalistes – pas de soutien-gorge et une culotte rouge visible —, et m'avait touché et regardé comme si elle en voulait plus. Mais j'étais si nul pour interpréter les signaux que je n'en étais pas sûr. J'avais craint de mal décrypter son attitude. Alors je m'étais tiré avant de passer pour un imbécile.

Toute la journée, pourtant, je m'étais demandé si elle avait voulu aller plus loin.

Maintenant, le doute n'était plus permis. Haven avait envie de moi. De *moi.*

Accélérant les va-et-vient dans sa main et l'embrassant de plus belle, je passai les mains sous ses fesses et glissai les doigts entre ses cuisses pour voir si elle était aussi prête que moi.

Je venais à peine de frôler la chaleur moite de son intimité qu'elle s'écarta en criant : « Non ! »

Je cessai brusquement, essoufflé.

— Désolé. Est-ce que ça va ?

Elle se redressa en tâtonnant à la recherche des couvertures. J'attrapai les draps et les remontai entre nous. Elle me les arracha des mains pour s'y enrouler comme un *burrito,* des épaules jusqu'en bas.

— Haven.

J'ignorais ce que j'avais fait de mal, mais je voulais m'assurer qu'elle allait bien.

— Chut, aboya-t-elle. On ne parle pas, tu te souviens ? Tout ça n'est pas réel. Ça ne peut pas...

— Si, c'est réel, insistai-je. Tu as *vraiment* paniqué. Est-ce que ça va ? Est-ce que je t'ai fait mal ?

— Non, bien sûr que non, s'empressa-t-elle de répondre. Je vais bien. J'ai... je suis désolée. Je ne sais pas... Je... Je suis désolée. Ça allait trop vite. On... peut arrêter ?

Je levai les sourcils et ouvris grand la bouche.

— Non, répondis-je sèchement. Je vais te forcer à continuer que tu le veuilles ou non.

Elle leva la tête. Dans l'obscurité je devinai son regard incrédule. Je grimaçai. Ce n'était pas le bon moment pour me montrer sarcastique.

— Bien sûr que tu peux arrêter ! Ça ne se demande même pas, ce genre de choses. Tu dis stop, et on arrête. OK ?

— Oh ! OK, lâcha-t-elle d'une toute petite voix où perçait le doute.

Je clignai des yeux, ahuri. Qu'était-il en train de se passer ? Ça ne ressemblait pas à la fille sûre d'elle et déterminée qui s'était imposée comme coloc avec la force d'un bulldozer et qui était entrée dans ma chambre sans culotte.

— Je suis désolée, reprit-elle. Je pensais qu'il y avait un moment où les hommes ne pouvaient plus arrêter et où ils devaient, tu sais...

— Quoi ? Recourir au viol ? Ouais, non.

— Oh ! répéta-t-elle, d'une voix innocente et incertaine. Topher a toujours dit...

Entendre ce prénom alors que j'étais en érection et que Haven pleurait presque de terreur dans mon lit me fit exploser.

— Il a dit quoi ?

Elle sursauta en poussant un cri.

— Que tu devais te forcer à coucher avec lui ?

Elle s'écarta de moi et serra les draps autour d'elle.

— Non ! hoqueta-t-elle.

Ses épaules tremblèrent, et elle renifla. Elle s'était remise à pleurer.

— Bien sûr que non. Il ne ferait pas ça.

Je soufflai un grand coup. Il fallait que je me calme, je ne voulais pas l'effrayer.

— Donc, il ne t'a jamais forcée ?

— Non, jamais. Mais il me faisait culpabiliser pour qu'on couche ensemble. Seulement quand je n'étais pas d'humeur.

— Culpabiliser, répétai-je lentement, les sourcils froncés.

— Ouais. Si je voulais arrêter, il me traitait d'allumeuse et m'accusait de cruauté de dire stop à cet instant. Ou il prétendait que je devais toujours avoir envie de coucher avec lui, vu qu'on était amoureux. Tu vois, quoi…

Non, je ne voyais pas. Je ne m'étais jamais comporté comme ça avec une nana.

Sérieux, quel genre de connard essayerait de faire culpabiliser une nana dans le but de coucher avec elle ? Je n'en revenais pas.

— Je vais lui briser le cou à cet enfoiré !

Le bâtard l'avait conditionnée. Maintenant, elle croyait qu'elle ne pouvait plus arrêter, une fois qu'elle était allée aussi loin avec un mec.

Je prendrais un malin plaisir à lui briser les os.

— Non ! Attends.

Elle bondit et m'empoigna le bras comme si elle craignait que je n'aille tabasser son ex sur-le-champ.

— Non, s'il te plaît. N'en parle à personne. C'est ma faute. Je n'aurais pas dû…

— Arrête de t'excuser ! beuglai-je. Bien sûr que je n'en parlerai pas. Tu n'as rien fait de mal. Rien du tout.

— Mais si. Je suis venue dans ta chambre, je n'aurais pas dû. Je… il… Topher m'a dit certaines choses, ce soir, qui m'ont blessée. Et voilà le résultat.

— Quelles choses ?

Elle tourna la tête sur le côté. Elle rougit si fort que je le sentis presque.

— Des choses embarrassantes, humiliantes… intimes. Il a dit qu'il avait été obligé d'aller voir ailleurs parce que j'étais nulle au pieu.

— Ça alors ! Il traite comme ça sa copine, et après il se demande pourquoi elle n'avait pas en permanence envie de faire l'amour avec lui. Mais quel connard !

— Non. Il… il n'avait pas complètement tort. Je prenais rarement l'initiative et…

— Encore une fois, c'est probablement parce qu'il te faisait culpabiliser pour te forcer à coucher avec lui. Comment est-ce que ça pourrait exciter une nana ?

J'attendis qu'elle me donne raison. Mais elle s'enfonça plus profond sous les couvertures, sans répondre. J'émis un reniflement sarcastique.

— C'est ridicule. N'écoute pas de telles âneries. Il ne t'a pas trompée parce que tu étais mauvaise au pieu. Je dormais d'un sommeil profond, pourtant, tu as réussi à m'exciter plus fort et plus rapidement qu'aucune autre nana. S'il dit que tu es mauvaise, c'est un sacré menteur. Mais, oh, surprise ! *C'est* un menteur. S'il est allé voir ailleurs, c'était uniquement pour booster son ego. Ça n'a rien à voir avec toi ou tes prouesses au lit. S'il s'était donné la peine de faire des efforts, s'il avait cherché à te procurer du plaisir, vous auriez pu avoir une sexualité formidable. Je n'en reviens pas de son culot. Il a retourné la situation pour te rendre fautive. J'ai envie de – merde. Je hais ce mec. Mais avec une force !

La colère me submergea. De rage, je m'empoignai les cheveux.

Haven haussa les épaules.

— Peu importe qu'il ait menti ou non. Je n'aurais pas dû venir dans ta chambre. Je l'ai fait pour de mauvaises raisons, pour prouver que je n'étais pas horrible au lit, pour lui montrer qu'il avait tort et lui faire du mal en couchant avec son ennemi.

Je soupirai patiemment.

— Haven. Ce n'est pas grave. Tu n'es pas obligée de…

— Si, c'est grave, me coupa-t-elle sèchement. Ne vois-tu pas ? Je ne suis pas venue ici pour toi. Toi ou n'importe qui d'autre, ça aurait été pareil. Je me suis… servie de toi pour me venger. J'allais me *servir* de toi en pensant à lui. C'est inadmissible.

Ouch.

Elle avait raison. Je n'avais certainement pas envie qu'une femme pense à Nicholl en couchant avec moi.

— Tu ne mérites pas ça, insista-t-elle. Tu es adorable avec moi depuis le début. Tu mérites une nana qui sera tellement éprise de toi, qui te trouvera tellement génial, qu'elle ne pensera à aucun autre. Tu es un mec vraiment formidable, Wick. Personne n'a le droit de se servir de toi.

Gêné, je m'éclaircis la gorge et détournai le regard. Comme j'aimerais qu'une femme – OK, Haven – m'aime au point de ne vouloir que moi !

Ma gorge se serra. J'expirai et je me passai la main sur le visage.

— Dans ces conditions… merci d'avoir coupé court. Mais…

Je secouai la tête et fis la moue.

— Je suis aussi à blâmer. Je savais que tu ne te sentais pas bien. Je n'aurais pas dû te laisser aller aussi loin. J'aurais dû t'arrêter bien plus tôt. Je suis désolé. Il faut dire que tu as été particulièrement persuasive quand tu as enroulé la main autour de ma bite.

Rien que d'y repenser, ma queue pulsa. Je frémis et secouai la tête, essayant de faire taire le désir qui montait en moi.

Haven gloussa et se couvrit aussitôt la bouche.

Ouais, notre interlude passionné était bel et bien terminé.

— Désolée, je sais que je ne devrais pas en rire.

— Rigole, rigole. Mais sache qu'il fait si sombre, ici, que je n'ai toujours pas vu tes seins. C'est tragique.

— Mon pauvre, roucoula-t-elle avec une compassion sincère.

Elle clappa de la langue.

— Mais tu les as sentis. C'est déjà ça, non ?

— Non.

Je secouai la tête.

— C'est pire. Maintenant que je les ai touchés, j'ai encore plus envie de les voir.

Je haussai les épaules.

— J'dis ça, j'dis rien.

Comme prévu, mon commentaire provoqua un autre éclat de rire.

Elle poussa un soupir et secoua lentement la tête d'un air incrédule.

— Tout ce que Topher a dit à ton sujet était faux.

— Après tout ce que tu as appris sur lui récemment, ça te surprend ?

Elle réfléchit un moment.

— En fait, oui, ça m'étonne. Quel était le but ? Il ne m'a jamais raconté autant de conneries au sujet de quelqu'un d'autre. Pourquoi était-il si déterminé à te faire passer, toi – et pas un autre joueur par exemple —, pour un sale type ?

Sa question très pertinente me mit mal à l'aise. Je secouai la tête, pris au dépourvu.

— Je… je ne sais pas, balbutiai-je. Probablement parce qu'il me déteste.

— Ouais, mais il n'aime pas non plus ton ami, J. J. je ne sais plus quoi.

— Cannon ?

— C'est ainsi que tu l'appelles ?

Je hochai la tête.

— Ouais. Il déteste qu'on l'appelle J. J. ou Jamaal. Seuls les travailleurs sociaux et les commentateurs sportifs – des gens dont il dit qu'ils n'ont jamais rien su à son sujet – l'ont jamais appelé comme ça. Alors, dès notre rencontre, je me suis assuré de l'appeler McCannon. Puis Izzy l'a rencontré et s'est emmêlé les pinceaux en oubliant le Mac, au début. Depuis, on l'appelle juste Cannon.

— Eh bien, quel que soit son nom, Topher n'a jamais répandu de mensonges aussi ignobles sur lui.

— Peut-être que si, mais que tu ne le sais pas encore.

— Peut-être, murmura-t-elle d'un ton sceptique.

Elle renifla et s'essuya le nez du dos de la main.

— Je suis navrée d'avoir essayé de profiter de toi ce soir et d'avoir cru les choses horribles qu'il a dites sur toi. Je vais retourner dans ma chambre.

Elle se déplaça vers le bord du lit, mais je me ruai en avant.

— Attends !

Elle s'immobilisa.

— Pourquoi ?

— Parce que…

Je secouai la tête.

— Personne n'a le droit de sortir de mon lit en pleurs.

— Je ne suis pas…

Elle secoua la tête avec un rire larmoyant.

— Comment as-tu su que je pleurais ?

— Tes reniflements et ton nez qui coule t'ont trahie.

— Ne t'inquiète pas. Je ne pleure pas à cause de toi. Tu as été vraiment génial et compréhensif. Merci. Je me sauve.

— Non.

Je lui attrapai le bras.

— Tu restes ici. Peu importe ce qui t'a fait pleurer. Si tu t'imagines que je suis du genre à te laisser te lamenter seule dans ta chambre sans rien faire, tu te trompes. Tu ne sortiras *pas* d'ici en larmes. Fin de l'histoire.

— Mais…

Elle lâcha un rire incrédule.

— Tu ne peux pas me forcer à rester.

Elle avait raison. Je venais de faire toute une tirade sur le respect dû aux femmes.

— C'est vrai, soupirai-je. Je ne peux pas te forcer à rester, mais je peux peut-être te convaincre.

Elle pencha la tête sur le côté, intriguée.

— Me convaincre ? Comment ?

Merde. Il fallait que je trouve vite quelque chose de tentant. Sauf que rien ne me vint à l'esprit, mis à part des choses qui me tentaient *moi*.

— Je… je ne sais pas, bafouillai-je. On pourrait parler ou… veiller tard devant *Tribunal de nuit*.

— Qu'est-ce que c'est ?

C'était sorti par réflexe. Je gloussai.

— Honnêtement, je n'en suis pas sûr. Je crois que c'est une vieille série télé. Ma mère disait souvent « On veillera tard devant *Tribunal de nuit* ». Je suppose que, quand elle était plus jeune, *sa* maman – ma grand-mère – travaillait de nuit, et elle l'attendait devant cette série. Même si on ne regardait jamais quoi que ce soit ensemble quand elle le disait, c'est un peu devenu un slogan familial.

— Et tu n'as jamais vu cette série ?

Je souris, touché par sa curiosité.

— Non, jamais.

— Ça ne va pas du tout ! Il faut que tu en visionnes au moins un épisode. Maintenant, décida-t-elle. Où est ton PC portable ?

Me rappelant que je l'avais posé par terre contre mon chevet avant d'aller au lit, je le ramassai et le lui passai.

Elle leva l'écran et commença à taper hyper vite.

— Qu'est-ce que tu fais ? demandai-je en jetant un coup d'œil par-dessus son épaule.

— Je regarde s'il y a des épisodes sur YouTube.

— C'est du génie. Pourquoi n'y ai-je jamais pensé ?

J'attrapai mes lunettes sur ma table de nuit.

Elle cala la couverture sous ses aisselles en me souriant fièrement. À la lueur de l'écran, je vis soudain ses yeux s'écarquiller. Elle poussa précipitamment l'ordinateur vers moi.

— Pendant que tu cherches, je vais me changer.

— OK. Mais, honnêtement, ce que tu portes maintenant ne me dérange pas.

Elle ricana.

— Je ne porte *rien*.

— Comme je l'ai dit, ça ne me dérange *pas du tout*.

— Cherche la série, petit obsédé !

Elle me poussa le bras avec amusement, avant d'attraper le large T-shirt qu'elle portait en entrant. Après l'avoir enfilé, elle lâcha la couverture et rampa hors du lit.

— Je reviens, annonça-t-elle.

Je la retins par la cheville.

Elle haussa les sourcils.

Je fis de même.

— Tu promets de revenir ?

— Oui.

Levant les yeux au ciel, elle ajouta :

— En plus, regarde. Plus de larmes.

J'étudiai son visage.

— Effectivement.

Je croisai son regard.

— Tu reviens, hein ? répétai-je.

Avec un sourire amusé, elle rampa vers moi et repoussa les mèches qui me tombaient dans les yeux.

— Oui, je reviens.

Elle m'embrassa sur le front, descendit du lit, me fit un clin d'œil et sortit de la chambre en courant. Je pressai mon sourcil d'un doigt, là où elle m'avait embrassé.

J'étais à ses pieds.

Autrement dit, foutu.

25

HAVEN

Je me réveillai sur Wick.

— Pas encore ! grognai-je.

Je me réinstallai contre lui. J'avais chaud et c'était confortable.

Après que j'étais retournée dans sa chambre, la veille, en pantalon de pyjama, sous-vêtements et T-shirt épais en coton, on avait regardé *Tribunal de nuit* jusqu'à vraiment tard. Au fil des épisodes, je m'étais attachée aux personnages – Harry T. Stone, Bull, Mac, Roz, Christine et même Dan. J'avais fini par m'endormir la tête sur l'épaule de Wick. Et voilà que ce matin je me retrouvais sur lui.

Ça devenait une habitude ! Il allait me mettre dehors, si je continuais de m'endormir comme ça.

Ou peut-être pas.

Alors que je descendais du lit, je sentis son érection. Je me figeai aussitôt et lui jetai un coup d'œil, inquiète de l'avoir réveillé. Il dormait paisiblement, la bouche entrouverte et le visage tourné de l'autre côté.

Tandis que je remontais les couvertures sur lui, mon regard se posa par accident sur son entrejambe. Oh ! la vache ! Elle était énorme !

En toute logique, je le savais déjà. Après tout, j'avais enroulé la main autour, la veille au soir.

Nom de Dieu. J'étais entrée dans sa chambre et je lui avais empoigné le sexe. Je n'en revenais pas.

Aveuglée par la rage et le besoin de me venger de Topher, j'avais laissé l'adrénaline me guider. Je n'avais même pas pris Wick en considération. J'étais dans un état second, incapable de réaliser ce que je faisais, ou de remarquer comme il était bien bâti.

— Incroyable, soufflai-je, les yeux toujours rivés sur lui.

J'eus envie de le toucher à travers son boxer, en prenant le temps d'apprécier l'engin. Je n'avais jamais été une grande fan de pénis. Après avoir vu celui de Topher la première fois, ma curiosité avait été assouvie.

Mais celui de Wick me fascinait.

Je voulais le voir. Le toucher. Peut-être même…

Ma respiration s'accéléra, ma peau et mes seins devinrent sensibles.

Gênée d'avoir de telles pensées, je me ruai hors de la pièce, et secouai la tête de stupéfaction. J'étais excitée. Après ce que Topher m'avait dit, j'étais convaincue que je me renfermerais sur moi-même et que j'éviterais les rapports intimes pendant un long moment. À cause de lui, je me sentais vraiment mal dans ma peau.

Mais Wick m'avait aidée à me reconstruire. Entre le moment où j'avais dit stop et celui où je m'étais endormie contre lui, le traumatisme que Topher m'avait fait subir avait perdu de son ampleur.

Je poussai un soupir de soulagement et souris.

J'allais m'en remettre. J'allais réussir à tourner la page sur Topher et ses infidélités. Peut-être même qu'un jour j'aurais à nouveau envie de faire l'amour.

Je me sentais tellement mieux que je répondis à mon amie Sloan quand elle appela pour demander si notre bande de copines pouvait se retrouver autour d'un verre, à 19 heures. Je ne leur avais pas encore parlé, car je craignais leur réaction, vu qu'on s'était rencontrées par le biais de Topher. Mais je les avais ignorées assez longtemps. Il était temps de tâter le terrain.

Après les cours et mon stage, je fis quelques devoirs, puis je pris une douche et me préparai. Ce serait ma première sortie publique depuis la rupture. Nerveuse, je mis le paquet : robe courte bleue avec col roulé, épaules dénudées et jupe bouffante, talons hauts. J'accessoirisai avec plusieurs gros bracelets et des créoles, et je n'y allai pas de main morte sur le maquillage. Je mis quelques gouttes de mon parfum préféré, celui que Topher n'avait jamais aimé. Une fois prête, je m'examinai dans le miroir. Mortel ! Même moi, je devais admettre que j'étais canon.

Alors que je hochais la tête, satisfaite, j'entendis la porte d'entrée se refermer. Wick était rentré de l'entraînement.

L'image de lui endormi et en érection me revint à l'esprit. Un frisson me parcourut. J'avais hâte de m'endormir à nouveau sur lui. Je voulais encore sentir cette bosse contre moi et m'enivrer de son torse chaud et puissant, faire remonter mes mains sur ses bras musclés, les vallées de ses épaules, les muscles de son dos. Ce mec était une œuvre d'art.

Mince, que me prenait-il ? Je doutais d'avoir encore la chance de pouvoir m'allonger sur lui de la sorte.

Du calme, Haven ! Interdit de fantasmer sur son coloc !

Papillonnant des doigts pour essayer de me libérer du désir qui me submergeait, je soufflai un coup et quittai la salle de bains, direction la cuisine.

Les filles ne commandaient jamais de nourriture quand on allait au bar. Moi qui adorais manger, ça me rendait dingue. Je jetai mon dévolu sur du beurre de cacahuète et des bâtons de céleri, trouvés dans le frigo. M'appuyant contre l'évier, je retirai le couvercle du pot et y plongeai un bâtonnet.

Je finissais mon casse-croûte lorsque Wick entra.

— Il y a quelque chose à manger ? Je suis affa…

Il s'arrêta brusquement.

— Céleri et beurre de cacahuète ? proposai-je, levant mon en-cas vers lui.

Il cligna des paupières, puis laissa son regard naviguer sur ma silhouette.

— Tu…

— Quoi ?

Je baissai les yeux sur ma tenue.

— Je sors avec les filles, ce soir.

— Tu sors, répéta-t-il.

Le yeux rivés sur rnes vêtements, il haussa les sourcils et s'éclaircit la gorge.

Je feignis la désinvolture, mais la façon dont il me contemplait boosta secrètement ma confiance en moi.

Merci, Wick.

Je voulais que les gens me trouvent embellie par la rupture. Personne ne devait savoir que je m'étais effondrée. Et son expression m'indiquait que j'avais fière allure.

Je haussai nonchalamment les épaules.

— Elles ont appelé plusieurs fois, inquiètes. Je les ai ignorées assez longtemps, donc…

Il hocha la tête.

— Tu sors, répéta-t-il.

Il était en transe, ou quoi ?

Il pivota brusquement et courut vers le frigo pour en inspecter le contenu. Tandis qu'il se penchait légèrement, je ne pus m'empêcher de remarquer la façon dont son jogging s'étirait sur son cul.

Hmm, il avait de jolies fesses.

Je m'éclaircis la gorge et reportai mon attention sur mon *snack*.

— Merci pour les courses, au fait.

Pour ne pas le mettre mal à l'aise, je ne soulignai pas le fait qu'il avait racheté tout ce que j'avais laissé à Dandridge.

— Hm-hmm, répondit-il.

Il referma le frigo et se tourna vers le placard. Il le referma sans rien en sortir et se tint là un moment, la main sur la poignée. Puis il lança un autre coup d'œil à ma tenue, par-dessus son épaule.

Je levai le pot.

— Beurre de cacahuète ?

Nos regards se croisèrent. Le sien était indéchiffrable.

— Non. Je dîne dehors.

Il quitta la cuisine aussi rapidement qu'il était entré.

— Euh, d'accord, dis-je.

Bizarre. Je haussai les épaules et rangeai le pot.

Vingt minutes plus tard, j'arrivai au club. Dès que je fus entrée, je me sentis exposée et seule. Mal à l'aise.

Ça faisait un bail que je n'avais pas fait une virée en solo.

Ayant l'impression que tout le monde m'observait et me jugeait, je redressai les épaules courageusement – la confiance en soi avant tout – et réajustai la bretelle de mon sac à main. Puis je cherchai du regard Manda, Viv et Sloan.

Elles me firent signe. Je les rejoignis avec un sourire.

Sloan leva un cocktail alcoolisé à base de fruits vers moi.

— On a déjà commandé pour toi, ma chérie, annonça-t-elle.

— Dieu soit loué !

La remerciant du regard, je descendis le verre.

Toutes trois me considéraient avec compassion, la tête penchée. Je reposai le verre en rougissant et me glissai sur le dernier tabouret de libre.

Manda fit immédiatement glisser ses doigts vers moi, l'air de vouloir me prendre la main, puis elle s'arrêta avant de me toucher.

— Comment ça va ?

Sa voix, ses yeux, sa posture… tout indiquait qu'elle avait pitié de moi.

Ça ne me plut pas du tout.

Je lançai au groupe un grand sourire pour leur montrer que j'allais super bien.

— Je…

Mais je m'arrêtai aussi sec. L'acte de bravoure était au-dessus de mes forces.

— C'est pas la joie, avouai-je en me ratatinant légèrement.

— Oh ! Haven, roucoulèrent-elles en chœur. Ça va aller !

— On est là pour toi.

— Ça a dû être horrible.

— Ouais, je n'arrive toujours pas à y croire.

Soulagée de recevoir autant de soutien, je les gratifiai d'un sourire sincère.

— Merci. J'essaye de faire aller.

— On a entendu dire que tu avais déménagé, genre *ce soir-là*, fit Viv en secouant la tête d'un air incrédule. Où es-tu allée ?

Je fronçai les sourcils. Comment étaient-elles au courant ? Annabeth ne traînait pas avec elles, du moins je ne pensais pas. Ce n'était donc pas elle qui avait vendu la mèche.

— Oh…

Mon instinct me chuchota de rester prudente. Je poussai

un soupir, faisant mine d'être épuisée rien que de repenser aux événements de ce soir-là.

— J'ai trouvé une chambre à louer dans un appartement proche du campus, et mon père est venu m'aider à déménager.

— Quel coup de bol !

— N'est-ce pas ? acquiesçai-je.

Je finis mon verre.

— Ça, pour de la chance ! s'exclama Sloan. Où ça ?

Son enthousiasme paraissait feint, comme si elle allait à la pêche aux infos.

Je secouai la main d'un geste vague.

— Je ne me rappelle même pas l'adresse.

C'était la vérité.

— Je suis passée devant, j'ai vu un panneau *À louer* et j'ai pris la chambre aussitôt.

Ça, en revanche, c'était un mensonge. Tant pis.

Elles échangèrent un regard qui me mit instantanément en alerte. Pourquoi me posaient-elles autant de questions sur mon nouveau chez-moi ?

Manda fut la première à recouvrer ses esprits en me lançant un grand sourire.

— Laisse-moi t'en commander un autre, ma puce. Tu en as besoin.

Je fis mine de me détendre et poussai un soupir.

— Heureusement que vous êtes là.

Une demi-heure plus tard, j'étais prête à partir. Les filles ne voulaient parler que de la rupture, voulaient connaître chaque petit détail. C'était vraiment pénible. Malgré toutes mes tentatives pour changer de sujet, la discussion revenait inlassablement sur Topher et moi. Je vidai mon verre, déterminée à rentrer. Un de plus et je serais de toute façon incapable de conduire.

— Merci de m'avoir fait sortir de mon trou, les filles. J'en avais vraiment besoin. Je vais rentrer.

Elles poussèrent un cri strident et m'attrapèrent toutes le bras.

— Quoi ? Tu ne peux pas encore partir. Tu viens d'arriver.

— Et tu es si sexy dans cette tenue. Montre ton corps, laisse les hommes te reluquer.

Je haussai un sourcil stupéfait.

— Les hommes ? répétai-je sèchement, balayant le bar du regard.

On était mardi soir, et c'était mort. Seules deux autres tables étaient occupées, par des couples qui ne nous prêtaient aucune attention.

Sloan prit mes mains dans les siennes.

— Encore une heure. S'il te plaît.

Je ronchonnai. Je voulais vraiment rentrer pour regarder d'autres épisodes de *Tribunal de nuit* blottie contre Wick.

Ça, ça me faisait envie.

Je me rassis à contrecœur.

Manda, Sloan et Viv poussèrent des cris de joie. Je souris d'un air gêné.

— Une autre tournée ! cria Viv sur ma droite, en me secouant l'épaule avec une telle ardeur que je tressaillis.

Pendant que les deux autres approuvaient bruyamment, je dessinai de l'ongle un motif dans le sel renversé sur la table. J'avais hâte que la soirée finisse.

— Donc… Haven, commença Sloan. Tu penses que tu donneras une autre chance à Topher ?

Les yeux rivés sur un point par-dessus mon épaule, elle ajouta :

— Parce que, franchement, il est vraiment sexy ce soir.

Quoi ?

Pitié, ne me dites pas qu'il est là !

— Waouh ! s'exclama Viv, en suivant son regard. Il a mis le paquet.

Je me retournai lentement.

Il était dans l'entrée, en train de refermer la porte derrière lui. Le léger courant d'air fit se soulever délicatement ses cheveux blonds.

— Bonté divine, murmura Sloan en s'éventant de ses doigts. Il a changé de coupe de cheveux ?

— Sérieux, Haven.

Manda posa une main sur mon épaule, l'autre sur son cœur.

— Si tu ne veux pas de lui, *je* le prends.

Je levai les yeux au ciel.

— Il m'a trompée, vous avez oublié ?

Même si je devais admettre qu'elles avaient raison ; il était vraiment canon.

— Hein ? lâcha distraitement Sloan, les yeux toujours rivés sur Topher, qui nous cherchait.

Nos regards se croisèrent. Il avança vers nous. J'eus un mouvement de recul, et mon estomac se noua.

Je descendis du tabouret en titubant. Qu'est-ce qui m'avait pris de mettre ces fichus talons ? Je savais que j'allais boire. Je me redressai et lissai ma robe.

— Haven ? s'étonna Manda. Où est-ce que tu vas ?

— Je me casse. Je ne suis pas venue pour ça !

Elles semblèrent choquées, mais n'eurent pas le temps de répondre. Topher avait rejoint notre table. Je n'eus même pas à lever la tête pour le savoir ; il empestait l'eau de Cologne.

— Haven, dit-il à côté de moi d'une voix humble et douce.

Rien à voir avec le ton cinglant et amer de la veille, quand il avait lancé que j'étais nulle au pieu.

— Je peux te parler ?

— Non.

Je partis sans même un regard pour lui.

— Haven, attends ! cria Sloan.

Je m'arrêtai brusquement et me retournai vers les trois filles encore assises.

— Vous saviez qu'il viendrait ?

Elles ne répondirent pas. Finalement, Viv lui jeta un coup d'œil avant de grimacer.

— Allez, ma puce. Donne-lui une autre chance. Ou au moins laisse-le s'expliquer.

Inutile, il s'était clairement expliqué la veille.

— C'est ce qu'il veut, ajouta-t-elle.

— Ce qu'*il* veut ? répétai-je, éberluée. Pourquoi devrais-je me préoccuper de ce qu'il veut ?

Topher s'avança vers moi.

— Haven.

Je levai la main pour qu'il se taise et fis un pas irrité vers la table, fusillant du regard mes soi-disant amies.

— Je ne le crois pas, vous m'avez piégée !

Je les regardai tour à tour, bouche bée.

— Ce qu'il m'a fait n'a donc aucune importance pour vous ?

— Si tu n'étais pas aussi frigide, cracha Manda, il n'aurait pas été obligé de…

Je levai les sourcils, abasourdie.

— Pardon, quoi ?

— Je dis juste que…

— Que tu es de son côté et que tu crois à ces conneries, coupai-je. Il m'a trahie. Il a couché avec d'autres nanas. Il…

— Il y a pire qu'un homme infidèle, ma chérie, intervint Viv. Allez, Haven. Topher, c'est la crème de la crème. N'importe qui voudrait de lui. Il te supplie de le récupérer, et tu le rejettes. Qu'est-ce qui cloche chez toi ?

J'ouvris grand la bouche.

— Qu'est-ce qui cloche chez moi ? répétai-je, ahurie.

Je secouai la tête.

— J'ai des valeurs et du respect envers moi-même ; *voilà* ce qui cloche chez moi. C'était un petit ami horrible. Je mérite mieux. Si vous en pincez toutes autant pour lui, alors sortez avec ! Vous verrez à quel point il est nul. Moi, j'en ai terminé.

Une expression si bizarre traversa le regard de Sloan qu'une horrible pensée s'imposa à mon esprit.

— À moins que…, fis-je lentement. Vous ayez *déjà* couché avec lui.

Sloan détourna le regard et se frotta le coude.

— C'est pas vrai. Vous avez couché avec lui ?

J'inspectai les deux autres. Manda trouva soudain le sol très intéressant, et Viv inspecta le plafond. Elles évitaient toutes mon regard.

— C'est quoi ce délire ?

Quelles traîtresses ! Elles avaient toutes les trois couché avec lui.

— Pendant que je sortais avec lui ?

Aucune ne répondit.

— Non mais j'hallucine !

Je secouai la tête.

— Attendez. Si vous le badez autant, toutes les trois, alors pourquoi l'aidez-vous à *me* récupérer ?

Manda croisa mon regard. Visiblement, c'était elle qui se sentait la moins coupable. Pire, elle était la plus vicieuse.

— Ce que veut Topher, Topher l'obtient. Et pour une raison inexplicable il te veut, *toi*.

Il leur avait fait un lavage de cerveau ou quoi ? C'était flippant. Ayant besoin de m'échapper avant d'être aspirée dans leur culte je-bade-Topher-Nicholl, je commençai à reculer lentement. Je ne voulais pas effrayer les robots ; elles pourraient m'attaquer et m'implanter une puce dans le cerveau pour que je me rallie à leur culte. Oh ! merde. Et si j'étais comme elles ? J'étais sortie avec leur leader. J'avais ri avec elles, traîné avec elles. Je m'étais même abaissée à faire des choses stupides pour qu'elles m'apprécient.

Non. J'étais capable de réfléchir par moi-même. Je ne tomberais pas dans ce genre de travers. Je ne…

— Haven, murmura Topher en me touchant le bras.

Je m'écartai brusquement. Pivotant vers lui, je secouai la tête avec dégoût et lui lançai un regard noir.

— Merci, connard. À cause de toi, je viens de perdre mes amies.

En réalité, je n'avais certainement pas envie de rester en relation avec des nanas sans cervelle sous la coupe de mon ex, mais c'était pour le principe. Je m'en voulais de n'avoir rien vu, alors le blâmer était une façon de me sentir moins fautive.

— Allons discuter quelques minutes dans le couloir, suggéra-t-il d'un ton enjôleur qui me sembla sinistre et dérangeant.

Était-ce comme cela qu'il me parlait quand on était ensemble ?

— Je n'ai *pas envie* de te parler.

Je voulais juste me barrer.

— Ce serait une grosse erreur de ta part de faire une croix sur nous.

J'éclatai d'un rire incrédule.

— Sérieux ? Tu es en train de dire que *j'ai* fait une croix sur nous ? Je rêve !

Je me tournai pour partir, mais il glissa devant moi et pencha la tête pour essayer de plonger son regard dans le mien.

— On est bien ensemble, Haven, reprit-il doucement. Donnons-nous une autre chance.

— Pourquoi ? Vu que je suis nulle au pieu.

— Roh, allez ! Tu sais très bien que j'ai dit ça parce que j'étais contrarié. Tu m'as toujours donné ce que je voulais au lit.

— Ce n'est pas un sujet sur lequel tu peux te permettre ce genre de blagues, Topher.

Souriant d'un air contrit, il leva les mains comme un mec qui venait d'être pris en flag, mais certain qu'il pourrait s'en sortir par de belles paroles.

— J'ai fait une erreur. Je ne suis pas parfait, bébé. Tu m'as toujours pardonné pour ça, avant.

Je secouai la tête.

— Être humain est une chose. Être un menteur invétéré, un tricheur et un connard de première en est une autre. Tu n'as pas couché qu'avec Annabeth. J'ai appris pour les autres, depuis. *Toutes* les autres.

— De qui ? s'écria-t-il, outré que quelqu'un ait osé le dénoncer.

Je levai les yeux au ciel. La colère monta d'un nouveau cran. Il semblait plus déterminé à découvrir qui l'avait balancé qu'à s'excuser de toutes ses infidélités.

— Pour commencer, il y a une table pleine de tes restes juste ici, qui vient d'avouer avoir couché avec toi. Dis-moi, as-tu jamais été fidèle ?

Il plissa les yeux d'un air soupçonneux.

— Des restes ? murmura-t-il.

Il pencha la tête sur le côté.

— Pourquoi as-tu utilisé ce terme ?

Oups.

J'avais inconsciemment répété les paroles de Wick. Le visage de Topher s'assombrit.

— Quel terme ? demandai-je, feignant la surprise.

— Des *restes*, gronda-t-il, se rapprochant d'un air menaçant. Espèce de salope ! Tu as couché avec lui, c'est ça ?

J'entrouvris les lèvres, sous le choc. Il m'empoigna brutalement le bras. J'écarquillai les yeux.

— Je le jure devant Dieu… si tu sors avec ce connard, je vais te réduire en bouillie. Tu regretteras d'être venue au monde. Je suis sérieux, Haven. Je t'interdis de t'approcher de webster.

Le cœur palpitant de terreur, je levai le menton avec une bravoure que je ne ressentais pas du tout.

— Enlève tes sales pattes !

— Hé ! intervint le barman de l'autre côté de la salle. Ce type t'ennuie ?

Topher me lâcha immédiatement et recula d'un pas en fusillant le type du regard.

— T'en mêle pas, connard ! C'est ma meuf.

— Non, je ne suis pas ta meuf, crachai-je.

Je me tournai vers le bar.

— Oui, il m'ennuie. Merci.

L'homme hocha la tête pour m'informer qu'il interviendrait si nécessaire.

Je me dirigeai vers la porte. Évidemment, Topher me suivit.

— Je ne ferais pas ça si j'étais toi, mon pote, le mit en garde le barman. Laisse cette jeune femme partir toute seule.

— Je n'interférerais pas si j'étais toi, riposta Topher. Tu ne sais pas de quoi tu parles. Regarde-la, habillée comme une salope. Ça se voit qu'elle cherche un plan cul. Je ne fais que me porter volontaire.

L'une des filles de la table voisine poussa un cri horrifié et se tourna vers moi.

— Mon petit ami et moi pouvons te raccompagner jusqu'à ta voiture, si tu veux.

Je jetai un coup d'œil à Topher et acquiesçai.

— J'apprécierais beaucoup. Merci.

Elle se leva immédiatement et fit signe au garçon assis à côté d'elle de se lever aussi. Topher partit d'un rire amer.

— T'es sérieuse, Haven ? Tu ne les connais même pas.

La fille se rapprocha.

— Tu te sentirais plus en sécurité si une de tes amies t'accompagnait à notre place ?

Je regardai ces *amies*, qui avaient couché avec mon copain dans mon dos. Elles nous fixaient, Topher et moi, comme si on avait perdu l'esprit. Ces drones sans cervelle n'étaient pas venus à ma rescousse une seule fois. Pire, elles m'avaient piégée pour me faire venir ici ce soir. Je secouai la tête, refusant d'aller où que ce soit avec l'une de ces garces.

— Absolument pas, répondis-je à l'inconnue. Ce ne sont pas mes amies.

26

WICK

— Où est la *coloc*, ce soir ?

Concentré sur le jeu, j'attendis d'avoir éliminé l'ennemi contre lequel je me battais pour répondre.

— T'es vraiment obligé de l'appeler comme ça ?

Cannon haussa les épaules.

— Où est-elle ?

Je haussai moi aussi les épaules.

— Je ne suis pas sa nounou, répondis-je, tandis que nos personnages approchaient d'un entrepôt abandonné, côte à côte, les armes levées.

Avec un reniflement sarcastique, il donna un coup de pied dans la porte en métal et disparut à l'intérieur.

— Genre, tu ignores où elle est ?

J'entrai après lui, tenté de descendre son personnage d'une balle dans la tête. Il commençait à me gonfler.

— Elle a dit qu'elle sortait boire un verre avec des amies.

Il me lança un regard incrédule.

— Et tu l'as crue ?

Il était tellement occupé à me dévisager qu'il n'avait pas vu qu'un des ennemis, planqué derrière une pile de caisses, l'avait dans sa ligne de mire. Je lui tirai dessus.

— Tu te concentres, bouffon ? aboyai-je. Jouer était ton idée. Pourquoi est-ce que je ne la croirais pas ? Pourquoi est-ce qu'elle mentirait ?

Trois adversaires entrèrent par une porte latérale. Il les descendit.

— Je ne sais pas. Peut-être qu'elle avait rendez-vous avec Nicholl.

Un pic de glace me transperça le cœur. Je quittai quelques secondes l'écran des yeux pour lui jeter un regard noir.

— Elle fait ce qu'elle veut, répondis-je, feignant l'insouciance.

Mon meilleur pote s'esclaffa.

— Tu te fous de moi ? Son sourire innocent t'a grillé le cerveau ou tu es super naïf de nature ?

— Qu'est-ce que ça veut dire, putain ?

— Mec ! Ça ne t'est pas venu à l'esprit qu'ils étaient en train de te mener en bateau ?

Oubliant le jeu, je me tournai vers lui.

— De quoi est-ce que tu parles ?

— Mets toutes les coïncidences bout à bout. Elle t'est rentrée dedans – *toi,* alors qu'on est des milliers sur le campus – au moment exact où elle a surpris Nicholl en train de la cocufier.

À l'écran, nos deux personnages se firent tuer. Cannon secoua la tête et lança sa manette d'un air dégoûté.

— Et comme par hasard, pile à ce moment-là, tu avais une chambre à louer, continua-t-il. Je n'y crois pas une seconde. Je pense que leur dispute a été mise en scène. Tu faisais une super saison, cette année, tu étais au sommet de ta forme, et tout le monde avait les yeux braqués sur toi, disant que tu étais un joueur exceptionnel. Nicholl ne l'a pas supporté. Il n'a jamais supporté que tu joues aussi bien. Alors il a concocté ça pour te faire perdre pied.

Je clignai des yeux, hébété, et soupirai.

— Mec. Même toi, tu dois admettre que c'est bien trop élaboré pour le cerveau de Nicholl.

Il bougonna dans sa barbe et lança une autre partie.

— Ce n'était peut-être pas son idée. C'était peut-être celle de sa nana.

— Il faut vraiment que tu arrêtes de lire des thrillers ! Ça te rend parano.

— Admets au moins que c'est possible, insista-t-il.

Je secouai la tête.

— La seule chose que j'admets, c'est l'énorme erreur que j'ai faite en t'appelant ce soir pour savoir si tu voulais manger avec moi. Arrête avec tes théories du complot. Je ne vois même pas comment mettre en scène une rupture pour qu'elle emménage avec moi pourrait me faire perdre pied.

Il me regarda sans aménité.

— Tu as été suspendu du match de samedi, non ?

J'ouvris la bouche, mais aucune repartie digne de ce nom ne me vint. Dieu merci, la porte s'ouvrit à la volée.

— Tu ne devineras jamais ce qui vient de se passer ! explosa Haven en entrant comme une furie.

Elle claqua la porte derrière elle et s'arrêta dans l'entrée, les poings serrés, si furieuse que ses oreilles en fumaient presque. On aurait dit une Amazone en talons hauts et robe courte.

— Quand on parle du loup, lâcha Cannon.

Haven sursauta et pivota vers lui.

— Que s'est-il passé ? demandai-je.

— Je…

Gênée, elle se ratatina et glissa une mèche de cheveux derrière son oreille. Son attention navigua entre Cannon, avachi dans un des fauteuils, les jambes sur l'accoudoir, et moi, allongé sur le canapé.

— Désolée. Je n'avais pas vu que tu avais de la compagnie, murmura-t-elle.

— Aucun souci. C'est juste Cannon.

L'intéressé me fusilla du regard.

— Sympa, merci !

Puis il se tourna vers elle.

— C'est comme ça que tu t'habilles pour une sortie entre filles ?

J'attrapai un des coussins du canapé et je le lui jetai à la tronche.

— Surveille tes paroles !

— Non, il a raison, répondit Haven d'une voix faible.

Je reportai mon attention sur elle. Ses épaules étaient voûtées et elle s'était passé les bras autour du corps. Elle me fit l'effet d'une fillette perdue.

— Je pensais que porter cette tenue me donnerait confiance en moi pour ma première sortie en solo, mais j'ai l'air d'une pétasse, non ?

— Non, tu ne…

— Excusez-moi, m'interrompit-elle.

Les yeux pleins de larmes, elle passa à toute vitesse devant le canapé en titubant sur ses talons hauts, et disparut dans le couloir.

Je me tournai lentement vers Cannon.

— Oups, fit-il avec une grimace.

— Bien joué, bouffon ! Tu crois toujours qu'elle joue la comédie ?

Je me levai. Il fit de même et désigna la porte.

— Je vais y aller.

— Ouais, bonne idée !

Il se balança sur ses pieds, mal à l'aise.

— Alors… À demain ?

Je le fusillai du regard. Il savait qu'on se verrait le lendemain à l'entraînement, que je le veuille ou non. Furieux contre lui, je le plantai dans le salon et m'élançai dans le couloir.

Haven s'était réfugiée dans la cuisine. Si elle était allée dans sa chambre, je l'aurais laissée seule. Mais puisqu'elle était dans la cuisine… Mince, c'était dur de savoir.

Adossé contre le chambranle, je la regardai dévisser une bouteille de tequila, les mains tremblantes, et s'en servir un verre.

— Où est ton copain ? demanda-t-elle sans lever les yeux.

— Parti.

Elle leva la tête vers moi. Elle semblait abattue.

— Désolée. Je n'avais pas l'intention de le faire fuir.

— Tu n'y es pour rien. Je voulais qu'il s'en aille.

Les yeux scintillants de larmes, elle renifla, l'air de dire *C'est ça, ouais !* Elle leva le verre, se pinça le nez et en descendit la moitié.

— Génial, lâcha-t-elle d'une voix éraillée. Le fait que je vive ici va te faire perdre tes amis, à toi aussi.

— Je ne vais perdre aucun ami, répondis-je fermement, tandis qu'elle finissait son verre.

— Ça fait au moins un de nous, maugréa-t-elle en essayant de verser plus de tequila dans son verre. J'ai perdu toutes les miennes.

Elle rata son coup et arrosa le plan de travail.

— Merde.

Je bondis pour l'aider à se servir. Une fois le verre à moitié plein, je la guidai pour reposer la bouteille.

Elle leva la tête vers moi. Ses yeux gris-bleu étaient pleins de souffrance.

— Que s'est-il passé avec tes amies ? demandai-je doucement.

Elle secoua la tête.

— Je n'ai plus d'amies.

Elle semblait submergée par le chagrin. Je levai lentement la main vers son visage. Elle ne s'écarta pas ; elle ferma les yeux, comme si elle espérait que je la réconforterais. Je lui empaumai délicatement la joue.

Elle frémit et baissa la tête, se rapprochant de moi. De l'autre main, je lui caressai les cheveux. Elle me laissa faire, absorbant chacune de mes caresses comme une éponge déshydratée.

— Que s'est-il passé ? répétai-je, les lèvres sur son front.

Elle serra les poings et tambourina légèrement contre mes clavicules.

— Il a couché avec elles ! Je pensais que ces nanas étaient mes amies. Il s'avère qu'elles ont toutes couché avec Topher dans mon dos, pendant que je sortais avec lui.

Je haussai les sourcils.

— C'est dégueulasse.

— Ouais, acquiesça-t-elle avec un rire amer, en levant les yeux vers moi.

Une traînée noire de mascara coula sur ses joues.

— Et ce n'est pas tout. Ce soir, c'était un coup monté.

— Un coup monté ?

Je plissai le front. Cannon avait employé la même expression.

Haven hocha la tête.

— Elles ne m'ont pas invitée à sortir pour me réconforter et m'aider à me remettre de la rupture. *Il* leur a demandé de m'attirer là-bas pour se pointer et essayer de me récupérer.

Elle repartit d'un rire amer et secoua la tête.

— Tu le crois, ça ? Il leur a toutes fait un lavage de cerveau. Elles le voient comme un dieu. Elles feraient n'importe quoi pour lui, même des trucs sordides. Il pensait vraiment pouvoir me récupérer. Ça devenait trop bizarre, alors j'ai essayé de quitter le bar, mais il a refusé de me laisser partir, et…

D'autres larmes coulèrent. Elle s'essuya les joues.

— Il a fallu que des inconnus interviennent et m'aident à quitter le bar. Mes soi-disant amies, ces traîtresses, n'ont même pas bougé ! Une fille et son petit ami m'ont raccompagnée jusqu'à ma voiture, car Topher refusait de me laisser partir. Je... je...

Les mots lui manquèrent. Elle secoua la tête.

— Ma pauvre, murmurai-je.

La violence ne m'avait jamais aidé à résoudre quoi que ce soit, mais ça me démangeait d'aller botter le cul de Nicholl. Je crevais d'envie de remettre ce connard à sa place.

Elle soupira.

— Je suis désolée. Je ne sais pas pourquoi je te raconte tout ça. Ce n'est pas ton problème.

Elle alla vider le verre dans l'évier.

— Pas de problème. Si tu as besoin d'en parler, n'hésite pas.

Mais elle secoua la tête.

— Non. Je suis fatiguée d'en parler. Vraiment fatiguée...

Elle essuya la flaque de tequila avec un essuie-tout et le jeta.

De nouvelles larmes lui coulèrent sur les joues ; elle les ignora. Alors qu'elle avançait vers la porte en titubant, elle se tordit la cheville. Je la rattrapai par l'avant-bras avant qu'elle tombe par terre. Elle empoigna mon T-shirt et enfouit le visage dans ma poitrine.

— Désolée, sanglota-t-elle, mouillant mon col de larmes. Je suis une épave. Je ne sais même pas pourquoi je pleure. Pourquoi est-ce que je n'arrête pas de pleurer ? Je croyais que j'en avais fini avec cette histoire. Je ne pleurais jamais comme ça avant, surtout devant les autres. Maintenant, je ne fais que ça.

— Tout va bien. Ne t'excuse pas, murmurai-je, appuyant la joue contre ses cheveux. Tu n'es pas une épave.

— Je suis une putain d'épave, protesta-t-elle d'une voix brisée. Je... je ne comprends pas pourquoi je continue de sombrer. Quand est-ce que je me sentirai mieux ?

Je secouai la tête.

— Parfois il faut toucher le fond pour pouvoir remonter.

— Mais j'ai l'impression de couler depuis toujours ! J'ai l'impression de me noyer, Wick.

— Chut… Je ne te laisserai pas te noyer.

— Promis ?

J'embrassai ses cheveux.

— Promis.

— Merci, murmura-t-elle dans mon T-shirt. Est-ce que je peux me tenir à toi encore une minute, juste le temps de retrouver l'équilibre ?

— Tu peux te tenir à moi aussi longtemps que tu en auras besoin.

Elle prit le message à cœur et resta blottie contre moi pendant cinq bonnes minutes, le temps de recouvrer ses esprits.

Finalement, elle leva la tête vers moi.

— Wick ? susurra-t-elle d'une voix traînante.

Elle avait une mine à faire peur avec son nez rouge, ses yeux larmoyants et son mascara noir qui avait bavé partout, pourtant je n'avais jamais rien vu de plus beau.

Je souris et passai délicatement les pouces sous ses yeux.

— Oui ?

— Pourquoi es-tu si gentil avec moi ?

Je haussai les épaules.

— Je n'avais pas réalisé que j'étais censé être méchant.

— Tu comprends ce que je veux dire. Pourquoi supportes-tu mes crises ? Comment fais-tu pour rester aussi compréhensif ? Même moi, je commence à me trouver insupportable. Tu es si fiable, sincère et patient. Pourquoi ?

Mon cœur s'accéléra et tambourina à mes oreilles.

— Quand je te vois malheureuse comme ça, la gorge me brûle, ma poitrine se serre, j'ai du mal à respirer, je deviens fébrile…

Je soufflai longuement pour me calmer.

— Je ne le supporte pas. Me prend alors le besoin d'arranger les choses pour toi et…

Merde, j'en disais trop. Je déglutis.

— Je ferais n'importe quoi pour réparer la situation.

— Mais tu ne peux pas.

Elle secoua la tête.

— Tu ne peux pas me réparer. Personne ne peut. Je suis la seule capable de retrouver le chemin de la lumière.

Je toussotai et détournai brièvement le regard.

— Alors je resterai avec toi dans l'obscurité et te tiendrai compagnie en attendant.

La surprise la fit cligner des yeux.

— C'est vrai ? Tu veux bien ?

J'acquiesçai.

— Ouais. Carrément. J'aime les histoires où l'opprimé sort vainqueur. Je dois suivre ça de près pour m'assurer que tu surmontes ton chagrin. L'histoire ne sera pas terminée, sinon.

Elle leva les yeux au ciel et sourit.

— C'est la raison la plus cucul et ringarde qui soit ! Je n'y crois pas du tout. Mais… j'apprécie.

Son regard se posa sur mon torse. Elle se mit à suivre le contour de mes pectoraux à travers mon T-shirt. C'était très, très agréable.

— Merci. Tu ne sais pas combien ça me touche, ajouta-t-elle.

Sa main glissa plus bas. Puis encore plus bas… jusqu'à tirer la ceinture de mon jogging. Je lui attrapai aussitôt le poignet. Ma bite se réveillait.

— Haven, la mis-je en garde d'une voix douce. On est déjà passés par là, tu te rappelles ?

Mon souffle fit bouger les cheveux autour de son oreille.

— Non, répondit-elle, levant la tête et fronçant les sourcils, l'air ivre. Je ne me rappelle pas.

Je soupirai et replaçai délicatement sa main sur ma poitrine.

— Tu as décidé que tu ne coucherais pas avec moi à cause de *lui*, expliquai-je, tandis que mon corps me hurlait de la laisser poursuivre, pour qu'on fasse l'amour, là, dans la cuisine.

Elle plissa le front.

— Oui mais, cette fois, je ne te touchais pas à cause de lui. Je ne pensais pas à lui du tout. Juré. Il n'y a que toi et moi.

Le souffle court, je déglutis bruyamment.

— Tu es bourrée, alors on ne fera rien.

— Je ne suis pas si bourrée que ça !

— Si !

— Pour l'amour du ciel !

Grognant, elle pencha la tête en arrière pour fixer le plafond.

— Ça fait trois soirs de suite que je me jette à tes pieds, sans résultat. Je fais si pitié que ça ?

— Tu ne fais pas… attends !

Je me redressai, soudain en alerte.

— Trois soirs de suite ?

Elle avait donc bien essayé quelque chose, dimanche soir. Je secouai la tête, abasourdi.

— Et demain ? insista-t-elle, le regard plein d'espoir.

Je secouai de nouveau la tête. Je n'en revenais pas… Elle m'avait fait des avances trois jours d'affilée ?

— Quoi, demain ?

Elle soupira d'un air impatient.

— Après une bonne nuit de sommeil, quand je ne serai plus *bourrée* comme tu dis, est-ce que tu me repousseras encore si j'essaye de…

Elle se hissa sur la pointe des pieds pour viser ma bouche, mais ses talons la firent trébucher. Je la rattrapai une fois encore, et la pris dans mes bras. Elle passa les siens autour de mon cou et posa la joue sur mon épaule.

— Si, demain matin, tu te réveilles sans gueule de bois et que tu as *toujours* envie d'aller plus loin, déclarai-je en la conduisant à sa chambre, je te laisserai profiter de mon corps comme il te plaira, terminai-je en la regardant droit dans les yeux.

— Même si c'est du sexe sans lendemain qui ne veut rien dire ? demanda-t-elle très sérieusement.

— N'importe quel type de sexe. On fera ce que tu veux. À condition que tu aies dessoûlé.

Elle reposa la joue sur mon épaule et bâilla.

— Marché conclu.

Avec un sourire affectueux, je la déposai sur son lit et l'aidai à retirer ses chaussures et ses bijoux. Elle ferma les yeux, roula sur le ventre et poussa un soupir.

Je m'assis à côté d'elle et posai la main sur son dos pour sentir chacune de ses inspirations. Alors que je la croyais dans les bras de Morphée, elle attrapa mon avant-bras.

— S'il te plaît, reste, murmura-t-elle.

Incapable de résister, je me glissai sous les couvertures. Elle grimpa sur moi et enfouit le visage dans mon cou, s'endormant presque aussitôt.

Je m'assoupis peu après, bercé par de doux rêves et l'espoir d'un lendemain plein de promesses.

27

HENRY

NUMÉRO 5 DE « HENRY LE DÉSESPÉRÉ »
Par Alice Bennet
paru dans The University Gazette

Je tambourinai à la porte de Reuben, le cœur plein de haine et une rage meurtrière dans les veines. Personne ne pouvait me faire ce qu'il m'avait fait et s'en sortir comme ça.

Il allait mourir. Aujourd'hui.

J'allais lui botter le cul et en finir une fois pour toutes.

Rien ne m'empêcherait de lui administrer la raclée qu'il méritait et d'obtenir justice.

Sa porte s'ouvrit.

Empoignant son T-shirt des deux mains, je le tirai dans le couloir avant même qu'il ait eu le temps de réaliser ce qui se passait.

— Tu es mort ! grondai-je, le jetant violemment contre le mur.

Il leva les bras pour se protéger.

— Putain, mec, qu'est-ce qui te prend ? cria-t-il.

— Inutile de faire semblant. Tu sais très bien ce que tu as fait.

Serrant le poing, je reculai le bras, prêt à lui asséner un crochet qu'il se rappellerait encore à quatre-vingts ans. Mais, avant que je puisse lui exploser la mâchoire et le faire saigner, une voix effrayée s'éleva derrière moi.

— Reuben ?

Je m'arrêtai aussi sec.

C'était *sa* voix.

Elle était dans la chambre avec lui. En ce moment même.

Bizarrement, je n'avais pas envisagé la possibilité qu'ils puissent encore être ensemble, encore moins qu'elle puisse être *là*. Après ce qu'il lui avait fait, je m'étais dit qu'il avait eu ce qu'il voulait, et qu'il était passé à autre chose. Pourtant, elle était là, innocente et sans le moindre soupçon.

— Est-ce que tout va bien ? s'inquiéta-t-elle.

Toujours en position d'attaque, je soufflai de colère en fixant Reuben, attendant qu'il réponde.

Voyant que je ne frappais pas, il se redressa et jeta un coup d'œil par-dessus mon épaule.

— Ouais, bébé. Bien sûr. Tout va bien.

Je tournai la tête vers elle.

Qu'elle était belle !

Elle se tenait à moitié cachée derrière la porte, dans un de ses T-shirts. Il lui arrivait à mi-cuisse. Ses cheveux étaient ébouriffés, comme si je les avais dérangés en pleins ébats.

Mais le plus douloureux fut le regard qu'elle me lança, plein de prudence, de méfiance et de *peur*. Elle voyait un homme fou, un monstre, quand elle me regardait.

À ses yeux, c'était moi le vilain.

Lâchant un hoquet de douleur, je baissai la main et m'écartai de Reuben, étourdi et perdu.

— Tu veux que j'aille chercher quelqu'un ? lui demanda-t-elle.

Elle voulait le protéger. *Lui*, le mec qui avait installé à son insu une caméra pour filmer sa première fois, dans l'unique but de torturer son ennemi avec.

Elle ignorait qui il était et ce qu'il avait fait.

L'espace d'un instant, l'envie me démangea de tout lui balancer. Je voulais qu'elle sache la vérité, qu'elle le regarde, lui, avec peur et méfiance, et pas moi, qu'elle sache que c'était lui le monstre.

Mais à quoi est-ce que cela servirait ? Ça la briserait. Elle serait anéantie. Je ne pouvais pas ruiner sa première fois comme ça. Je refusais de lui faire du mal.

J'avais perdu. J'avais tant perdu que ça me coupait le souffle.

Complètement abattu, je me tournai vers Reuben.

Il s'écarta du mur avec un rictus de triomphe. Il avait compris que je ne lui rendrais pas la monnaie de sa pièce. Pas alors qu'elle se tenait là. Pas tant qu'ils seraient ensemble. Peut-être même jamais.

M'attaquer à lui ferait du mal à Avery. Or, je ne voulais pas la rendre malheureuse.

Sa présence le protégeait, et cet enfoiré le savait.

Je ne la connaissais même pas, en plus. C'était peut-être la plus grosse garce de la planète, une nana qui ne méritait aucune seconde de mon attention. Mais je m'en foutais. Elle avait suscité en moi de grands espoirs, nourri de nombreux rêves. Tous les scénarios que j'avais construits dans ma tête m'avaient inspiré, m'avaient donné envie de vivre une histoire d'amour belle et incroyable. Rien que pour ça, je lui rendrais hommage et ne toucherais pas son petit ami.

— J'en déduis que tu as appris que le directeur m'avait choisi comme nouveau trompettiste en chef, finalement, lança Reuben avec un regard moqueur. C'est vraiment nul ce qui est arrivé à ta trompette. J'ai entendu dire qu'elle était complètement démolie.

Je le regardai, stupéfait.

J'ignorais qu'il m'avait remplacé. Mais ça faisait sens. L'univers me détestait ; pourquoi la personne que je haïssais le plus au monde n'obtiendrait-elle pas ma position dans la fanfare ?

Je partis sans un mot de plus.

— C'était qui ? demanda-t-elle.

Reuben s'esclaffa.

— Personne, bébé. Juste un mec de la fanfare.

Juste un mec de la fanfare, hein ? Il serait plus juste de dire : un mec qui avait tout perdu.

Un mec sans plus aucun espoir.

Un loser.

Je retournai dans ma chambre. C'était fini. Je baissais les bras. La fanfare. La fac. La vie. J'abandonnais.

Profondément abattu, je passai les jours suivants allongé sur mon lit, à ressasser, me fustiger pour ma lâcheté, et à dormir, laissant le monde dehors.

Jusqu'à ce que le monde vienne frapper à ma porte.

— Henry ?

On entra. Quelqu'un alluma le plafonnier. Je plissai les yeux.

Rush se pencha au-dessus de moi.

— Putain, mec, qu'est-ce qui t'arrive ? Tu es malade ?

Une main fraîche se posa sur mon sourcil. Je clignai des yeux. Que faisait-il ici ?

— Comment es-tu entré ?

— J'ai demandé au responsable d'étage d'ouvrir ta porte. Ça fait des jours que tu n'es pas sorti et que tu es injoignable. Tu n'as même pas ouvert, quand j'ai tambouriné. Tu m'as foutu les jetons, mec !

— Je vais bien, marmonnai-je en lui faisant signe de s'éloigner. Laisse-moi seul.

Il se tourna alors pour informer la personne qui attendait dans le couloir – probablement le responsable d'étage qui m'avait trahi – que tout allait bien et qu'il n'avait pas besoin de prévenir qui que ce soit. Puis il revint avec une chaise et s'assit à côté de moi.

Les bras croisés sur la poitrine, il secoua tristement la tête.

— Alors, comme ça, tu brises déjà ta promesse ? Tu as dit qu'à partir de maintenant je pourrais passer toutes les fêtes avec ta famille. Et à la première occasion tu me lâches. Sympa, enfoiré.

Je le fusillai du regard.

— De quoi est-ce que tu parles ? Thanksgiving aura lieu dans…

— Demain, me coupa-t-il avec un regard noir. C'est *demain.*

— Quoi ?

Sourcils froncés, je repoussai les draps et m'assis pour consulter mon calendrier. Sauf que… je ne savais pas quel jour de la semaine on était et encore moins quelle date.

— Tu en es sûr ? demandai-je, les yeux plissés.

— Évidemment ! s'exclama-t-il en levant les mains en l'air. C'est demain, et ta famille se demande sûrement pourquoi tu n'es pas encore rentré. Dieu sait que je me pose la question.

— Merde, marmonnai-je en me passant la main dans les cheveux, avant de grimacer.

Ils étaient dégueulasses. Quand avais-je pris une douche pour la dernière fois ?

Je me touchai le menton. Et à quand remontait mon dernier rasage ?

— Laisse-moi prendre une douche rapide et on pourra…

Il posa la main sur mon avant-bras. L'inquiétude dans son regard me fit me sentir coupable.

— La fanfare, ce n'est pas pareil sans toi, dit-il, abordant le sujet – l'un des *deux* sujets – que je ne voulais pas qu'il aborde. Il faut que tu reviennes.

Je soupirai et me levai pour sélectionner des vêtements.

— On peut en parler plus tard ? Je…

— Non.

Il se leva et baissa la tête vers moi, me lançant un regard digne d'un père déçu. Il faut dire que le bâtard me dépassait de plusieurs centimètres.

— Tu t'apitoies depuis assez longtemps. Tu dois te ressaisir.

— Je ne veux pas reprendre la fanfare, grondai-je. *Il* est dans la fanfare. Je refuse de faire la même activité que lui.

— Rien à foutre de lui. Ne laisse pas cette petite bite te contrôler comme ça. Ne le laisse pas t'enlever ce que tu aimes.

Je le regardai avec amertume. Ça me démangeait de rétorquer que Reuben m'avait déjà pris la personne que j'ai… – non. Je ne l'aimais pas. Je… Bon sang ! Même penser à elle faisait mal.

Avery.

Mon cœur frémit et se brisa. Pourquoi est-ce que le simple fait de penser à son prénom était si douloureux ?

Grommelant dans sa barbe, Rush rectifia :

— Ne le laisse pas te prendre *tout* ce que tu aimes. C'est le moment de revenir plus fort que jamais, pour lui montrer qu'il ne t'a pas battu.

Sauf que je me sentais battu, brisé. Reuben avait réussi à me briser.

Il avait gagné.

J'en avais terminé.

Je secouai la tête d'un air las.

— Comment ? J'ai bousillé ma trompette. Et je n'ai pas l'argent pour la remplacer…

Il leva un doigt pour m'interrompre.

— À ce sujet…

Souriant, il se gratta le menton, laissant planer le suspense.

— J'en ai parlé autour de moi. La salle de musique n'a pas de trompette disponible, mais j'ai trouvé… ça.

Il se pencha et ramassa un étui noir – un *immense* étui noir —, qu'il posa sur mon bureau. Je lui lançai un regard incrédule.

— Un tuba ? Tu te fous de moi ?

— Oh ! allez, fit-il, en me donnant une légère bourrade dans le bras. Le tuba, ça déchire !

Depuis quand ?

— Pourquoi est-ce que tu n'en joues pas, si ça déchire tant que ça ? rétorquai-je sèchement.

— Parce que je joue de la batterie, crétin. Je n'y connais rien en valves, becs et tout ça. C'est *toi* l'expert des cuivres. Et le tuba est de loin l'instrument le plus génial de cette famille.

— Selon qui ?

— Selon moi ! Maintenant, écoute. Tu vas en jouer.

— Tu réalises que, le tuba et la trompette, ça n'a rien à voir ? J'aurais besoin de tout réapprendre.

— Alors réapprends. Mais ne laisse pas tomber. Ne laisse pas cet enfoiré de Reuben te gâcher la vie. Il t'a déjà pris Avery. Ne le laisse pas te prendre la musique aussi.

Je le fusillai du regard. Je lui en voulais d'avoir prononcé son prénom.

— Je suis sérieux, reprit-il, l'air contrit. Si tu n'essayes pas le tuba, si tu abandonnes la fanfare, il aura obtenu ce qu'il voulait. Tu sais pourquoi il a fait ça, n'est-ce pas ?

— Non, je n'en ai pas la moindre idée. Parce que c'est le diable incarné ?

— Mec.

Rush leva les yeux au ciel.

— Le *pourquoi* est évident. Il crevait de jalousie ! Tu étais meilleur que lui. Tu étais le meilleur joueur de trompette de toute la fanfare, et il le savait. Il ne pouvait pas le supporter, alors il a fait ce qu'il pouvait pour t'enfoncer.

Je secouai la tête.

— Non. C'est débile.

Mais au plus profond de moi je savais qu'il avait raison.

— Je n'ai pas dit que c'était malin. Je dis que c'est la vérité. Il était furieux d'être second, alors il s'est vengé.

— Non, répétai-je.

Rush me regarda droit dans les yeux.

— Si.

Je préférais continuer de nier. Parce que, rien que d'y penser, je me sentais malade. Être doué dans un domaine n'était pas censé me causer autant de peine. Reuben m'avait fait tellement de mal. Il avait pris mon amour de la musique, ma place dans la fanfare, mon adoration pour une jolie fille, et s'en était servi contre moi d'une façon odieuse et répugnante. J'avais l'impression que, si je croisais mon regard dans un miroir, je ne me reconnaîtrais même plus. Il m'avait changé à ce point-là.

C'était inacceptable. Je ne pouvais pas le laisser s'en tirer comme ça.

— Relève-toi, m'encouragea Rush en sortant le tuba de l'étui. Deviens meilleur au tuba que tu l'étais à la trompette.

Je jetai un coup d'œil hésitant à l'instrument massif et fronçai le nez de dégoût. Sérieux, pourquoi le tuba ? Me trimballer cette monstruosité partout me casserait les couilles. Peut-être même littéralement.

Je le lui pris des mains en soupirant. Tandis que l'instrument m'enveloppait, je fus parcouru d'un étrange frisson. Je fixai, circonspect, l'énorme pavillon à côté de mon oreille. Mais ensuite, mes doigts trouvèrent les pistons, comme si j'avais fait ça toute ma vie.

Ainsi, je devins joueur de tuba.

28

WICK

Le lendemain, je me réveillai super tôt, pressé que Haven, allongée sur moi, ouvre les yeux, me sourie et me fasse l'amour à sa guise. Je soulevai les hanches pour appuyer ma queue dressée contre elle et lui montrer ainsi que j'étais prêt.

Hélas, elle poussa un grognement et se tourna de l'autre côté.

Game over.

Inutile de le préciser, elle ne se réveilla pas fraîche et reposée, et ne chercha pas à entamer la fameuse partie de jambes en l'air promise la veille.

Profondément déçu, je poussai un soupir. Mais, dans le fond, à quoi est-ce que je m'attendais ? Je descendis de son lit, lui déposai un verre d'eau et de l'ibuprofène sur sa table de nuit, et me soulageai en prenant une douche en solitaire brûlante et très savonneuse de trente minutes.

Avant de quitter l'appartement, je repassai dans sa chambre. Elle dormait encore, mais le flacon d'ibuprofène était débouché et le verre d'eau à moitié vide. Rassuré, je pris mon petit déjeuner

– un demi-pamplemousse et du pain complet – et partis pour la journée.

En rentrant le soir après l'entraînement, je la trouvai allongée sur le canapé devant un épisode de *Tribunal de nuit*. Ses cheveux étaient relevés en une queue-de-cheval floue. Elle portait un T-shirt ample et un bas de pyjama baggy. La nourriture éparpillée sur la table basse devant elle m'indiqua qu'elle avait séché les cours et passé la journée devant la télévision.

Je fixai l'écran quelques instants, la tête penchée sur le côté.

— Sur quoi tu as trouvé ça ?

— Amazon Prime.

Je hochai la tête, avant de reporter mon attention sur elle.

Elle n'ajouta rien. Elle passait visiblement une mauvaise journée. Je filai dans ma chambre faire mes devoirs, puis je fis quelques heures de soutien scolaire.

À l'heure du dîner, je passai la tête dans le salon pour lui demander si elle voulait quelque chose.

— Non merci, répondit-elle, sans lever les yeux de l'écran.

Je l'observai, perplexe. Était-elle distante parce qu'elle se sentait gênée de s'être jetée sur moi, ivre, la veille ? Se demandait-elle, inquiète, si elle était forcée d'aller plus loin maintenant ?

Elle tourna finalement la tête vers moi.

— Je n'ai vraiment, *vraiment* pas envie de parler de ce qu'ils m'ont fait, déclara-t-elle.

Ils. Son humeur n'avait donc rien à voir avec ce qui s'était passé entre nous, tant mieux. Je la laissai seule. Elle ne se rappelait vraisemblablement pas la conversation qu'on avait eue pendant que je la portais jusqu'à sa chambre. C'était un peu vexant, mais elle avait une montagne de soucis en ce moment.

Elle regardait encore *Tribunal de nuit* – à bas volume pour ne pas me déranger —, lorsque je partis me coucher. Je m'inquiétais pour elle. Elle était si mal, la veille au soir. Avais-je bien géré la crise ? Ou avais-je fait quelque chose qui avait aggravé la situation ? Aurais-je dû agir autrement, en faire plus ? Ça me rendait dingue de ne pas savoir comment l'aider.

Elle était au fond du trou. Étant déjà passé par là, je savais ce que ça faisait. Je ne voulais pas qu'elle traverse ça. Je me retins d'intervenir toutefois ; ça ne semblait pas être ma place.

Le lendemain, je me réveillai dans un appartement silencieux. Quelle ne fut pas ma surprise de la trouver endormie sur le canapé, sous un plaid.

À mon retour, le soir, elle y était encore, comme si elle n'avait pas bougé de la journée. Elle regardait *Tribunal de nuit* dans la même tenue que la veille, mais elle était encore plus décoiffée. Le nombre d'emballages et de gobelets sur la table basse avait doublé.

Je me retirai dans ma chambre pour ne pas la déranger.

Même scénario le lendemain.

Le vendredi soir, je m'assis sur le canapé et suivis en silence deux ou trois épisodes avec elle. Elle n'était pas d'humeur bavarde. À un moment donné, elle me tendit son grand pot de pop-corn, mais je déclinai. Elle haussa les épaules et reprit son grignotage.

Peu après, je m'étirai et allai me coucher.

Le lendemain matin, je dus me lever tôt et attraper un bus pour notre dernier match à l'extérieur de la saison. Tout le monde fut content de me retrouver. L'entraîneur me donna même une claque sur l'épaule, disant que c'était bon de me voir sur le terrain.

J'interceptai deux ballons et je fus même capable de marquer un *touchdown*. On gagna de trois points dans les prolongations. Mes joueurs défensifs poussèrent des cris de joie, sifflèrent et me portèrent en triomphe sur leurs épaules. À six mètres de là, Nicholl leva les yeux au ciel avec un rictus mauvais. Le pauvre chéri n'avait pas réussi à faire une seule passe à ses receveurs.

À mon retour, Haven était endormie sur le canapé. À peine eus-je franchi la porte qu'une odeur désagréable me fouetta les narines. Les emballages de ses plats à emporter ou friandises et ses gobelets commençaient à puer.

Je pris un sac-poubelle, y jetai ses déchets, puis sortis le mettre aux ordures. Inquiet qu'elle ne se soit pas réveillée pendant mon petit remue-ménage, je plaçai la main à quelques centimètres de sa bouche. Sentant son souffle tiède, je poussai un soupir de soulagement.

— Bon sang, marmonnai-je, en secouant la tête, tandis que je retournais dans ma chambre.

Voilà que je m'inquiétais au point de devoir m'assurer qu'elle était encore en vie. Ce n'était pas bon signe. Combien de temps allait-elle continuer de sombrer ? Elle avait perdu ses amies de fac, mais un de ses proches finirait sûrement par intervenir. Je ne supporterais plus très longtemps de la voir souffrir comme ça.

Quand je rentrai, épuisé, le lundi après les cours, le travail et l'entraînement, je constatai avec surprise qu'elle regardait *Bob l'éponge*. À l'écran, une étoile de mer rose pourchassait une méduse avec un filet à papillons.

— Tu en as eu marre de *Tribunal de nuit* ? plaisantai-je, en lui coulant un regard amusé.

Elle secoua la tête.

— Je les ai tous vus.

Je haussai les sourcils, stupéfait.

— *Tous ?*

Elle acquiesça et ouvrit un sachet de bâtons de fromage avec les dents. Un morceau tomba sur son T-shirt, le même qu'elle portait depuis une semaine.

Elle ne s'en rendit même pas compte.

Je me passai la main dans les cheveux en soupirant. À peine entré dans ma chambre, je cherchai *Tribunal de nuit* sur mon PC portable. La série avait duré neuf saisons et chaque saison comportait entre vingt-deux et vingt-quatre épisodes d'environ vingt-quatre minutes chacun. Je fis rapidement le calcul. Elle avait regardé la série pendant plus de quatre-vingts heures, sur les six derniers jours.

— Nom de Dieu, soufflai-je, atterré.

Elle avait séché la fac toute la semaine.

L'anxiété me fit transpirer. Ne risquait-elle pas de rater son année ? Il ne lui restait que quelques mois. Ce n'était pas le moment d'abandonner.

Je me dirigeai vers le salon et l'observai du couloir. Elle ne remarqua même pas ma présence. Me rongeant l'ongle du pouce, je cherchai une façon de mentionner ses cours sans la vexer. Une idée me vint.

— As-tu besoin que je récupère les devoirs auprès de tes profs ?

Elle lança le sachet de fromage vide sur la table basse et prit une gorgée de son granité au logo de l'épicerie du bout de la rue.

— Pas la peine. Je leur ai dit que ma grand-mère était morte et que je ne savais pas quand je reviendrais.

Me rappelant ce qu'elle m'avait dit le soir où elle avait emménagé, je plissai le front.

— Ta grand-mère n'est pas morte avant ta naissance ?

Elle me jeta un regard noir.

— Alors je n'ai pas menti, si ? Elle est bien morte.

Elle reporta son attention sur le dessin animé. Je me passai la main sur la bouche et pinçai les lèvres, gardant mes pensées pour moi.

Mercredi arriva. Une semaine de déprime n'était pas si grave, mais si elle ne se reprenait pas en main j'allais exploser.

Comme si ça ne suffisait pas, Nicholl fut encore plus vicieux que d'habitude à l'entraînement, ce soir-là. Il n'arrêtait pas de me lancer des piques.

— C'est quoi son problème, putain ? maugréai-je à l'intention de Cannon, prêt à lui foutre un coup de poing dans la mâchoire, la prochaine fois qu'il me regarderait de travers.

— Il paraît que son père lui a volé dans les plumes parce qu'il a mal joué, samedi.

Je fis la grimace.

— Sérieux ? Et alors ? On a gagné. On va quand même aux play-offs. Ce n'est pas comme s'il essayait de passer pro ou d'impressionner les *scouts*.

Cannon leva les sourcils d'un air entendu. Je m'esclaffai.

— Attends. Si ?

— C'est ce que j'ai entendu dire.

— Bonne chance, alors ! raillai-je.

Ça n'arriverait jamais. Topher Nicholl n'avait pas le niveau pour passer pro.

Après l'entraînement, je rendis visite à Izzy, à Dandridge.

— Comment va Haven ? demanda-t-elle en m'ouvrant la porte.

— Je vais bien, répondis-je avec un sourire enjoué. C'est gentil de le demander.

Elle leva les yeux au ciel et me tapota le bras, tout en refermant la porte derrière moi.

— Je sais que tu vas bien, couillon. Je serais déjà au courant, si ce n'était pas le cas. La semaine dernière, tu m'as dit qu'elle avait raté les cours, alors je me demandais si elle allait mieux.

Je me mordillai la lèvre. Ça me gênait de lui parler des histoires de Haven. Mais la situation me pesait, j'avais besoin de conseils.

— Je ne sais pas quoi faire, Iz. J'ai l'impression qu'elle s'enfonce.

Arpentant la chambre, je me passai nerveusement la main dans les cheveux.

— Elle ne fait rien de mal pourtant, elle ne boit pas, elle ne se drogue pas, ne se mutile pas et n'a pas fait de tentative de suicide. Elle se contente de regarder la télévision. Elle se détend. Il n'y a rien de mal à ça, si ? Elle a besoin de temps pour se remettre de tout ce qui s'est passé, pour accuser le coup et se reconstruire. Pourquoi est-ce que j'interviendrais ? Franchement, est-ce que c'est mon rôle ?

En toute franchise, laisser Haven couler sans bouger le petit doigt était la dernière chose que je souhaitais, mais j'espérais que ma sœur – qui adorait me contredire – m'exhorterait à intervenir.

— Qui d'autre prendra soin d'elle ? protesta-t-elle.

Oui ! Je savais que je pouvais compter sur elle pour être d'un avis contraire au mien.

— En tant que coloc, tu es peut-être la seule personne qui est au courant de ce qu'elle traverse.

Je secouai la tête.

— Non. Son portable vibre, ses proches l'appellent. Elle répond. Je ne suis pas le seul. Sa famille prend de ses nouvelles. Ce n'est pas mon rôle de m'en mêler.

— Je ne sais pas, Wick. Une semaine, ça fait beaucoup.

Sans blague.

— Elle a peut-être tout simplement besoin de temps, marmonnai-je sans conviction.

J'espérais qu'Izzy continuerait d'argumenter.

— Ouais. Peut-être, acquiesça-t-elle.

Et merde.

Combien de temps cela pouvait-il encore durer ? Combien de temps devrais-je la *laisser* s'enliser comme ça ?

En rentrant, ce soir-là, je l'observai à son insu depuis l'entrée du salon, les bras croisés sur la poitrine.

Son portable vibra. Elle répondit au texto et lança le téléphone sur l'accoudoir du canapé, avant de reprendre le fil de l'émission.

Incapable de résister à la curiosité, je me penchai pour lire le message avant que l'écran se mette en veille. Sa mère prenait des nouvelles. Haven avait répondu qu'elle était allée en cours aujourd'hui et que tout allait bien.

Je poussai un cri effaré.

— Tu lui as menti !

Elle sursauta et leva les yeux vers moi.

— Quoi ?

Je pointai du doigt son téléphone.

— Tu as menti à ta mère. Tu n'es pas allée en cours aujourd'hui. Tu n'as pas assisté à un seul cours depuis mardi dernier.

Elle me lança un regard mauvais et renifla.

— Ce ne sont pas tes affaires.

Elle reporta son attention sur la télévision.

— Ça suffit, Haven ! J'ai atteint ma limite.

Je pris la télécommande posée sur la table basse et éteignis la télévision.

— J'étais en train de regarder, protesta-t-elle en se redressant.

— Plus maintenant. Lève-toi du canapé, va prendre une douche et mettre des vêtements propres.

— *Pardon ?*

Le dos bien droit, elle haussa les sourcils très haut.

— Tu viens de me demander d'aller me laver ?

— Ouais. Parce que tu pues.

Elle poussa un cri et fit les yeux ronds. L'outrage laissa rapidement place à la tristesse sur son visage, mais je continuai sur ma lancée, incapable de me retenir.

— Tout l'appartement pue, explosai-je, désignant la table basse où s'amoncelaient les détritus. J'en ai marre que tu dégueulasses l'appart. Tu n'as pas quitté le canapé de la semaine. Il faut que tu arrêtes de t'apitoyer sur ton sort. C'est terminé. Tu as compris ? Terminé.

Elle me regarda, bouche bée. Je commençai à transpirer. J'avais conscience d'être allé trop loin. Mais c'était plus fort que moi. Je ne supportais plus de la voir sombrer.

— Non mais j'hallucine ! beugla-t-elle en me fusillant du regard. C'est *ma* vie, j'agis comme je veux. Tu n'as pas le droit de me dire quoi faire.

— Et pourtant c'est ce que je viens de faire.

Me rapprochant, je pointai un index furieux sur le sol.

— Je ne laisserai pas Topher Nicholl te transformer en serpillère. Tu m'entends ? Il ne gagnera pas, cette fois. Tu vaux beaucoup mieux que ça, Haven. Tu es brillante, intelligente, belle, charmante. Tu vas te remettre de cette rupture. Rien à foutre si je dois t'entraîner dehors en te tirant par les cheveux. Tu vas dépasser ça. À partir de maintenant, Nicholl ne te contrôle plus.

Elle continua de me fixer quelques secondes, puis l'étincelle de défi mourut dans son regard. Son menton se mit à trembler. Elle se mit à pleurer à chaudes larmes, secouée de violents sanglots, le visage dans les mains, les épaules voûtées.

— Putain de merde, murmurai-je, la voix brisée. HayHay.

J'avais été un vrai connard.

Dès que j'eus posé la main sur son bras, elle me repoussa d'une tape.

— Je t'interdis de me toucher !

Je levai les mains et reculai d'un pas. Je lui avais fait de la peine, beaucoup de peine. Ce n'était pas du tout mon intention.

Pourquoi est-ce que je m'en étais pris à elle comme ça ?

Une vague de regret fit trembler ma poitrine. J'essayai de croiser son regard.

— Haven, je…

Ses traits arboraient une expression si dure que je m'interrompis. Elle ne voulait pas entendre mes justifications.

— Excuse-moi, cracha-t-elle en passant devant moi. Il paraît que je pue. Je vais prendre une douche.

Elle parcourut le couloir d'un pas irrité et tira le verrou de la salle de bains derrière elle.

Une minute plus tard, j'entendis l'eau couler.

Je soupirai. Je n'aurais pas dû m'en mêler. Désemparé, je fourrai les emballages et gobelets dans un nouveau sac-poubelle.

Sa douche dura bien trois quarts d'heure. Le temps qu'elle ressorte, j'avais nettoyé le salon et lui avais préparé à dîner.

Les pieds nus et les cheveux mouillés, vêtue d'un jean et d'un T-shirt moins large que celui qu'elle avait porté toute la semaine, elle entra timidement dans la cuisine.

— Je t'ai préparé à dîner, murmurai-je d'une voix contrite, en désignant la table où j'avais disposé des crackers et un bol de soupe de légumes.

— Un bon plat maison, commenta-t-elle en croisant mon regard.

Je haussai les épaules.

— Ce sera bien pour toi. Meilleur que…

Je m'interrompis, ne voulant pas la vexer plus avant.

— Les cochonneries que j'ai ingurgitées toute la semaine ?

Elle s'assit. Appuyé contre l'évier, je me frottai le visage.

— Haven, je suis vraiment navré de la façon dont je m'en suis pris à toi. Je ne sais pas pourquoi j'ai…

— Tout va bien, répondit-elle d'une voix plate, en goûtant la soupe.

Je secouai la tête.

— Non. Je me suis comporté en sale con.

Elle leva les yeux et acquiesça doucement.

— Ouais.

— J'ai eu peur, ajoutai-je.

Elle fronça les sourcils.

— Peur ?

— Ouais, peur ! Ça fait une semaine que tu es dans cet état. Une *semaine*. J'étais le seul à être au courant. Tu fais croire à tes parents que tout va bien et que tu vas en cours tous les jours. Tes profs pensent que tu es en famille. Mais tout ça c'est faux. Je ne savais pas ce qui se passait dans ta tête. Et si tu avais eu des idées suicidaires et qu'un soir, en rentrant, je t'avais retrouvée… morte. Ça aurait été *ma* faute.

Elle réfléchit quelques instants, le front plissé.

— Je ne suis pas suicidaire.

— Comment étais-je censé le savoir ? explosai-je.

— Tu n'es pas responsable de moi, Wick.

— Rien à foutre ! Ça me fait mal de te voir souffrir. Je ne pouvais pas rester là sans agir.

Elle avala sa soupe en me regardant tristement. Je serrai le poing et l'appuyai contre mon cœur.

— Je t'ai promis que je ne te laisserais pas couler, sauf que c'est exactement ce qui s'est produit.

Elle secoua la tête.

— Non. J'avais besoin de temps pour accuser le coup.

Je pris une profonde inspiration et hochai la tête.

— Très bien, alors je… je suis désolé de m'être mêlé de ce qui ne me concernait pas.

Je me passai la main sur le visage.

— Mais c'est vraiment difficile pour moi de te voir sombrer comme ça.

Pour la première fois en huit jours, un sourire ourla ses lèvres ; un sourire triste, mais un sourire quand même.

— Même si tu n'y étais pas obligé, merci d'être intervenu.

Elle poussa un long soupir.

— J'avais besoin d'être secouée. J'ignore si j'aurais pu me sortir de cette inertie toute seule.

— J'aurais pu avoir plus de tact, marmonnai-je avec regret.

— Ouais, tu m'as fait pleurer.

Je grimaçai.

— Ne me le rappelle pas.

Elle leva un doigt.

— Mais…, reprit-elle. C'était exactement ce dont j'avais besoin. Des mots gentils ne m'auraient pas sortie de ma torpeur. Alors… merci.

Je poussai un grognement et penchai la tête en arrière.

— S'il te plaît, ne me remercie pas de t'avoir fait pleurer.

Elle haussa les épaules et se servit quelques crackers.

— Je te remercie quand même. Parfois, on a besoin d'entendre la vérité, aussi brutale soit-elle, pour vraiment prendre conscience de la situation.

Je soupirai sans répondre. J'étais content qu'elle ne soit plus plantée devant la télévision. La voix de Bob l'éponge n'en risquait pas moins de me hanter à vie.

Je décidai de me jeter à l'eau.

— Je…

Elle leva la tête. L'intensité de ses yeux me fit perdre momentanément pied. Je toussai pour m'éclaircir la gorge.

— Il y a quelques années, j'ai sombré, moi aussi, pendant quelques jours.

— Quand tu t'es cassé la main ?

Je fronçai les sourcils.

— Quoi ?

Elle rougit et baissa la tête.

— Désolée. Je viens de me le rappeler. En première année, quelques mois après le début de ma relation avec Topher, je t'ai vu pour la première fois. Ta main était bandée, et tu avais l'air vraiment… furieux.

Je me raidis instantanément ; l'air quitta mes poumons. C'était dur d'entendre parler de cette période sombre de ma vie.

— Furieux… Ouais, c'est une façon de le dire.

— Il paraît que tu t'étais cassé la main en donnant un coup de poing dans un casier. Plusieurs casiers, en fait.

Cinq casiers.

— Est-ce que c'était parce qu'il t'avait remplacé comme quarterback ?

Je penchai la tête, perplexe.

— Quoi ?

— C'est pour ça que tu t'es défoulé sur les casiers ? insista-t-elle. Les commentateurs du match où tu n'as pas joué, l'autre jour, ont dit que que c'était toi le quarterback de l'équipe, avant Topher.

Je hochai lentement la tête. Je n'aimais pas la tournure que prenait cette conversation. Mais je répondis honnêtement.

— Non. Je ne me suis pas défoulé sur un casier et cassé la main parce qu'il m'avait remplacé comme quarterback. Il est devenu quarterback parce que je me suis cassé la main en me défoulant sur un casier.

Son air se fit pensif, puis elle plissa le front.

— Pourquoi t'es-tu défoulé sur un casier ?

Je soupirai et levai les yeux vers le plafond.

Comprenant qu'elle était allée trop loin, elle s'excusa d'un geste.

— Pardon. Laisse tomber. Je suis trop curieuse. Finis ce que tu étais en train de me dire.

Je clignai. J'avais oublié de quoi j'étais en train de parler.

— Tu as sombré il y a quelques années, me rappela-t-elle.

Je hochai la tête.

— Merci. Un ami m'a aidé à me ressaisir, puis le football m'a redonné goût à la vie. Il y avait un poste de défenseur disponible, et je l'ai pris sans me poser de questions, car j'avais besoin de me concentrer sur quelque chose. Je me suis donné à fond. J'ai augmenté mon exercice physique, pris de meilleures habitudes alimentaires. Je ne jurais plus que par le foot. C'est à ce moment-là aussi que je me suis mis au jogging. Je courais presque tous les jours. Je ne sais pas si ça marcherait pour toi, mais si jamais tu veux courir avec moi, un matin, on irait à ton rythme. Ça pourrait t'aider à te changer les idées, ça te donnerait un objectif. Courir m'a souvent permis de faire le vide dans ma tête.

Elle me dévisagea pendant si longtemps que je commençai à me sentir bête de lui avoir fait cette proposition.

Puis elle hocha lentement la tête et me gratifia d'un demi-sourire.

— Pourquoi pas. Merci de me l'avoir proposé.

29

HAVEN

Non. Oh ! mon Dieu, non. Plus jamais ! Courir n'était *pas du tout* mon truc.

— Pause, haletai-je en posant la main sur mon point de côté. J'ai besoin d'une pause.

J'avais beau me geler le cul à cette heure matinale, mon visage était dégoulinant de sueur et ma gorge était aussi sèche que le Sahara.

Courir était contre-nature. Inhumain. Pourquoi les gens s'adonnaient-ils de leur plein gré au jogging ?

— Encore deux blocs et on sera rentrés, m'encouragea Wick. Tu vas y arriver.

Je lui lançai un regard noir. Non, je n'y arriverais pas. C'était au-dessus de mes forces.

Et c'était *sa* faute. C'était lui qui avait eu cette idée insensée. *Levons-nous aux aurores pour faire trente minutes d'exercice. Ce sera fun,* avait dit ce fou ô combien sexy.

Rien que pour ça, il était passé numéro 1 sur la liste de mes ennemis.

Je me remis néanmoins à courir. Plus vite on serait rentrés, plus vite le calvaire serait terminé.

Sauf qu'à un demi-bloc de notre appartement il nous fit *marcher,* ce qui rallongea la torture. Pire, je n'eus pas le droit de me ruer à l'intérieur, une fois arrivée. Ce bâtard sadique me fit m'étirer sur le trottoir pour éviter les crampes musculaires. La torture n'en finissait plus.

Lorsqu'il ouvrit enfin la porte, je poussai un grognement et m'effondrai sur le canapé.

— Quel bonheur !

Ma voix étouffée vibra contre les coussins. J'étais trop épuisée pour me tourner. Le canapé n'avait jamais semblé si merveilleux. Je poussai un gémissement de plaisir et m'enfonçai encore plus dedans.

— Hé, dit-il au-dessus de moi, l'air à la fois inquiet et amusé. Tu vas survivre ?

— Mmph.

Je tournai la tête et lui souris d'un air béat.

— J'adore ce canapé.

Il se redressa et recula, les sourcils froncés.

— Je ferais mieux de vous laisser en amoureux, alors ?

Je refermai les yeux et acquiesçai.

— On t'invitera au mariage.

— Y'a intérêt ! C'est moi qui ai fait les présentations. En attendant, qu'est-ce que tu veux pour le petit déjeuner ? Je m'y colle, vu que tu t'es si bien débrouillée pour ton premier jogging.

J'ouvris les yeux de surprise. Petit déjeuner ? Bien débrouillée ?

— Ah bon ?

J'avais l'impression d'avoir été super nulle, au contraire. Je n'avais fait que me plaindre et j'avais mal partout.

Ses lèvres s'ourlèrent en un demi-sourire.

— Tu n'as pas abandonné. C'est le but ultime.

— Oh.

Je me sentis plus guillerette tout à coup. Je n'étais peut-être pas si nulle que ça, finalement.

— Dans ce cas, je veux des œufs, du bacon et des pancakes, le tout arrosé de sirop d'érable.

— Oui, m'dame.

— N'oublie pas le bacon ! criai-je, tandis qu'il s'éloignait. J'en veux une tonne.

— Je n'oserais pas, lança-t-il.

Je poussai un soupir de contentement. Les trente minutes de course avaient été un vrai supplice mais, maintenant, je me sentais super bien. Lessivée, et pourtant pleine d'énergie. Avoir accompli une chose dont je me pensais incapable me rendait vraiment fière de moi. Le sourire aux lèvres, je décidai de l'accompagner, la prochaine fois qu'il remettrait ça.

Après une semaine de fac buissonnière, ce fut bizarre de retourner sur le campus. Encore plus bizarre que le lendemain de ma rupture. J'étais déterminée, néanmoins. Alors, chaque fois que j'eus l'impression que les gens s'arrêtaient pour me dévisager et faire des messes basses, je levai le menton un peu plus haut et traçai ma route.

L'après-midi, alors que je disposais de la peinture à aquarelle sur les tables avec Tabby, une autre stagiaire, à la demande de Jaymi, la directrice de la maternelle, je découvris que les gens parlaient *effectivement* de moi.

— Dis donc, lança Tabby, tu es restée absente un moment !

Je grimaçai.

— Ouais…

M'éclaircissant la gorge, je sortis le mensonge que j'avais concocté sans croiser son regard.

— Ma grand-mère est morte.

Me mordant l'intérieur de la lèvre, je regrettai soudain d'avoir dit ça à tout le monde. C'est que j'avais vraiment peur de passer pour une grosse nulle en avouant que j'avais séché car j'avais rompu avec mon petit ami.

— Oh ! répondit Tabby, l'air étrangement déçue. Je pensais que les rumeurs t'avaient minée. Ce serait dur pour moi de pointer le nez sur le campus après…

— Quelles rumeurs ?

Ses yeux s'écarquillèrent et sa bouche fit un « O » de surprise.

— Oh ! je… Tu sais quoi, laisse tomber. Je croyais que tu étais au courant.

— Au courant de *quoi* ?

— Rien, rien.

Elle s'éclaircit la gorge et détourna le regard.

Posant la peinture, je lui accordai toute mon attention.

— Tabby. Quelles rumeurs ?

— Je n'y ai pas cru, débita-t-elle alors à toute vitesse. De toute façon, ce que tu traverses ne regarde que toi et personne d'autre. Je suis sûre que tu fais le nécessaire pour te soigner, ajouta-t-elle.

Visiblement, même si elle clamait le contraire, elle croyait dur comme fer à ces fameuses rumeurs.

— Quelles rumeurs ? répétai-je sèchement.

Elle tressaillit.

— Les gens disent que Topher Nicholl a rompu avec toi parce que tu… tu…

Les gens disaient que Topher avait rompu avec moi ? C'était le bouquet !

Je haussai un sourcil impatient.

— Parce que je… quoi ?

Elle jeta un coup d'œil discret vers les enseignants en train de s'affairer autour de nous et chuchota :

— Parce que tu as contracté une MST… à cause de quelqu'un d'autre.

J'ouvris grand la bouche.

— *Quoi ?*

Tabby sursauta et fit la grimace.

— Un des potes de Topher t'a vue quitter le centre médical du campus, et il en a conclu que…

— Que j'avais une MST ? l'interrompis-je, incrédule. Sacrée imagination !

Tabby ouvrit la bouche pour dire Dieu sait quoi, mais je ne lui en laissai pas l'occasion.

— Pour ton information, *j'ai* rompu avec lui parce qu'*il* m'a trompée. Pas l'inverse.

— Oh ! mais je ne croyais pas que…

Bien sûr que si.

— Pourquoi est-ce que les gens me mettent tout sur le dos ? Ce n'est pas parce que c'est le quarterback de l'équipe de foot de la fac qu'il est parfait, tu sais. Je n'ai pas de MST. Et, si j'en avais une, ce serait *lui* qui me l'aurait refilée. Quel sale mytho !

— Haven ! siffla-t-elle, les yeux ronds, pour me mettre en garde. On nous regarde.

Je jetai un coup d'œil par-dessus mon épaule. Enseignants et stagiaires nous fixaient curieusement. Je fis volte-face. Je dus avoir l'air sacrément agressive, car Tabby eut un mouvement de recul.

— Il ne s'en tirera pas comme ça. Je ne le laisserai pas faire circuler de sales rumeurs à mon sujet.

Un sourire se forma lentement sur son visage.

— Bien. Un de mes ex a lancé une rumeur sur moi au lycée,

après notre rupture J'ai mis un an pour m'en remettre. Ne fais pas la même erreur que moi, ne laisse pas ce connard s'en tirer.

Émue, je hochai la tête. Il ne s'agissait plus seulement de donner une leçon à Topher. Je devais me défendre au nom de tous les ex qui avaient été injustement traités.

C'était une question de justice.

Je passai mon vendredi à réfléchir. À 3 heures du matin, j'eus un éclair de génie.

Arrêtant de tourner et me retourner dans mon lit, je souris, les yeux rivés au plafond.

J'avais trouvé le plan parfait.

J'allais m'en prendre au côté jaloux de Topher *et* à sa capacité à jouer au foot, ce qui était la chose la plus importante dans sa vie.

Le plus difficile serait d'opérer en douce. Si Wick avait le moindre soupçon, mon plan tomberait à l'eau. Il fallait que sa réaction de surprise soit sincère.

Dès que j'entendis les tuyaux de sa douche se mettre en branle, un peu avant 6 heures du matin – les tuyaux donnaient de l'autre côté de mon mur —, je bondis hors du lit, le cœur battant et les mains moites. Cette petite mission était sacrément excitante.

J'ouvris la porte de sa chambre en retenant mon souffle, et m'arrêtai brusquement

Merde.

Il se lavait la porte de la salle de bains grande ouverte. Figée, je débattis avec moi-même : laisser tomber la mission ou continuer malgré le risque accru ?

Les paroles de Tabby me revinrent en mémoire, ainsi que toutes les rumeurs et tous les mensonges que Topher avait lancés sur moi. Il avait été infidèle, mais j'avais essayé de rompre de façon cordiale. Pourquoi avait-il fallu qu'il se montre aussi fourbe ?

Je devais aller au bout si je voulais qu'il me foute la paix.

Espérant que Wick prendrait son temps sous l'eau, je me faufilai dans la pièce et refermai la porte derrière moi.

On était samedi, il avait le premier match des play-offs à midi. Il devrait sûrement être au stade pour 7 ou 8 heures.

Balayant le sol du regard, je repérai son sac de sport près du placard. Je m'agenouillai et le dézippai à la hâte. Après quelques instants, je trouvai une paire de chaussettes propres enroulées. J'enfonçai mon soutif dans l'une d'elles et ré-enroulai la paire jusqu'à ce que le soutif soit complètement masqué.

Après avoir remis le tout dans le sac et l'avoir refermé, je jetai un coup d'œil par-dessus mon épaule pour voir où en était Wick.

Nom de Dieu ! Il n'avait pas complètement tiré le rideau de douche, et je voyais son reflet dans le miroir au-dessus du lavabo.

Il était en train de se masturber sous le jet d'eau bouillant.

J'en restai bouche bée. Une main contre le mur et la tête penchée en avant, il faisait des va-et-vient hypnotisants. Je ne le voyais pas de face, mais la façon dont ses fesses et les muscles de son dos se contractaient indiquait qu'il était au bord de…

Un râle lui échappa et il pencha la tête en arrière, laissant l'eau lui marteler le visage, tandis que le mouvement de son poignet ralentissait.

Le voir jouir et partager ce moment érotique et intime fit monter une vague de chaleur en moi. Mes seins se dressèrent et mes cuisses frémirent. Choquée et le souffle court, je m'agenouillai près du sac de gym.

Wick coupa l'eau et tira le rideau avant d'attraper une serviette. Il sortit et je le vis alors de face, dans toute sa splendeur, dans le miroir. Sa queue se balançait entre ses jambes pendant qu'il s'essuyait les cheveux. Je me mis à saliver. Ces vingt centimètres resteraient gravés dans ma mémoire.

Je devais déguerpir avant qu'il croise mon regard par reflet interposé. Bon sang ! Ce mec était aussi impressionnant nu qu'habillé.

Concentre-toi, Haven, concentre-toi. Il faut vraiment que tu sortes d'ici.

Je me dirigeai vers la porte, puis m'arrêtai brusquement. Des bruits de pas venaient vers moi. Je n'avais plus assez de temps. Je jetai un coup d'œil sous le lit. Dieu merci, il avait de hauts pieds, et rien de rangé dessous. Tandis qu'il avançait vers son dressing, je m'y faufilai en roulant. Le ventre écrasé contre le tapis, je regardai ses pieds bouger à quelques centimètres de mon visage en me mordillant la lèvre.

Il avait même de jolis pieds. Ce n'était pas juste.

Il disparut brièvement dans le dressing en sifflotant. L'espace d'un instant, je fus tentée de me ruer vers la porte, mais changeai d'avis. Sage décision. Il réapparut une seconde plus tard. Il m'aurait prise en flag.

J'écoutai pendant qu'il s'habillait. Il s'assit sur le lit ; je sentis les ressorts du matelas s'affaisser sur ma tête. Je fermai les yeux et priai en silence. Je ne voulais pas mourir écrabouillée. Il attrapa son sac de sport et le posa sur le lit. Le bruit de la fermeture Éclair me fit ouvrir les yeux en panique.

Pitié, ne trouve pas le soutien-gorge !

Il referma un moment plus tard. J'en relâchai les épaules de soulagement. Dieu merci, mon plan était toujours en marche.

Le soulagement fut toutefois de courte durée. Mon cerveau se mit à tourbillonner. Et si mon plan affectait Wick ?

J'avais été si obnubilée par mon désir de vengeance que je n'avais pas réfléchi aux conséquences pour lui. Il allait devoir jouer alors que ses coéquipiers penseraient qu'il avait couché avec l'ex de Nicholl. Topher s'en prendrait probablement à lui.

Me rappelant sa lèvre coupée et comment il avait été suspendu d'un match la dernière fois que Topher l'avait agressé à cause de moi, je me dégonflai. Ou plutôt, devrais-je dire, je réalisai à quel point mon plan était débile.

Wick ouvrit la porte. Une seconde plus tard, il serait parti et je ne pourrais plus faire machine arrière.

— Attends ! m'écriai-je. Ne pars pas.

Ses pieds s'arrêtèrent immédiatement, puis se tournèrent vers le lit.

— Haven ?

Son genou apparut devant moi. Puis ses mains. Ses yeux bleu super pâle suivirent.

— Salut, dis-je timidement.

Il haussa les sourcils.

— J'ai peur de poser la question.

Je soupirai et sortis de sous le lit.

Agenouillé, Wick me fixa d'un air ébahi tandis que je m'asseyais et enlevais les moutons sur mes jambes.

— Tu es là depuis combien de temps ? demanda-t-il, mal à l'aise.

Mes joues virèrent au pourpre.

— Ne t'inquiète pas. Je n'ai pas vu ce que tu faisais sous la douche.

Il écarquilla les yeux.

Avec un gémissement de honte, je me couvris le visage de mes mains.

— En fait si, j'ai tout vu. Je suis vraiment navrée. J'ignorais que tu te laverais avec la porte de la salle de bains ouverte. Ou que le rideau de douche ne serait pas complètement tiré. Je n'avais pas l'intention de regarder. J'ai rapidement jeté un coup d'œil, et BAM. Je sais que j'ai eu tort. Je n'aurais pas dû envahir ton intimité. Je te revaudrai ça, promis. Je ferai n'importe quoi pour m'excuser.

Je baissai les mains. Wick me regardait, complètement figé.

Je me mordis la lèvre.

— Tu m'en veux ?

Il déglutit péniblement.

— Bien sûr que non. Mais que faisais-tu cachée sous mon lit ?

— Si je te réponds que je jouais à cache-cache toute seule, tu vas me croire ? demandai-je avec espoir.

— Probablement pas, répondit-il, l'air totalement perdu. Autant me dire la vérité.

Je soufflai un grand coup.

— J'ai mis un soutien-gorge dans ta chaussette.

Mon explication le perturba encore plus.

— Tu… *quoi* ?

Je désignai son sac de sport.

— Je suis entrée ici en douce pendant que tu te douchais pour fourrer un soutien-gorge dans ton sac.

La stupéfaction envahit ses traits.

— Pourquoi ça ? Pour me porter chance ?

Seigneur, j'avais vraiment été bête d'agir ainsi !

— Si seulement mes intentions étaient aussi pures, marmonnai-je, honteuse. Mais non. Je voulais que Topher te voie avec. Pour qu'il s'imagine que, toi et moi, on…

Il continua de me fixer, secouant la tête d'un air ébahi.

— Tu aurais sorti les chaussettes de ton sac et tu les aurais enfilées dans les vestiaires avant le match, n'est-ce pas ?

— Ouais.

— J'ai imaginé toute la scène. Tu aurais été assis dans les vestiaires en train de t'habiller, rire et blaguer avec tes coéquipiers. Topher aurait été là aussi. Et là, boom, tu aurais déroulé tes chaussettes pour les enfiler, et le soutif serait tombé, te prenant totalement par surprise. Tu l'aurais ramassé et l'aurais regardé quelques secondes, totalement abasourdi, en te demandant d'où il venait. Puis, réalisant qu'il devait m'appartenir, tu aurais rapidement commencé à le cacher pour préserver mon intimité, parce que tu es un mec génial, mais alors… un de tes potes l'aurait vu, peut-être ce J. J. McCannon. Il te l'aurait arraché des mains et l'aurait fait tournoyer dans les airs, ce qui aurait fini par capter l'attention de Topher. Il l'aurait reconnu et aurait pensé que toi et moi on avait… fait des galipettes. Ça l'aurait rendu fou et il aurait raté son match. Il aurait compris qu'il ne devait plus me chercher des noises.

Wick prit un moment pour absorber mon histoire, puis secoua la tête.

— Comment aurait-il su que c'était le tien ?

Je pris une profonde inspiration.

— C'est lui qui me l'a offert. Il s'en serait souvenu.

Une lueur de colère traversa alors son regard et sa mâchoire se crispa.

— Enlève-le ! ordonna-t-il, les dents serrées.

Choquée par sa froideur, je me dépêchai d'obéir.

— Je suis désolée, vraiment désolée, bafouillai-je, morte de honte, en ouvrant la fermeture Éclair. Je ne sais pas ce qui m'est passé par la tête. J'étais tellement désespérée. Je voulais lui faire payer. Je voulais lui faire aussi mal qu'il m'avait fait mal. Il ne mérite pas de s'en tirer comme ça. C'est la seule idée qui m'est venue. Je n'ai pas pensé aux conséquences pour toi ou pour l'équipe de foot. Il *fallait* que je lui rende la monnaie de sa pièce. Je savais que ce plan le rendrait fou.

Il était furieux, mais resta silencieux. Il ne me hurla pas après, n'entra pas dans une rage folle. Il hocha la tête et me regarda avec écœurement, comme s'il se sentait trahi.

— Merci d'avoir changé d'avis.

Je baissai la tête et fixai le sol, le soutif coupable serré contre la poitrine.

Le silence s'étira entre nous. Sentant les larmes monter, je fermai les yeux. J'avais vraiment merdé.

Wick poussa finalement un long soupir.

— Il y a quelques semaines, tu as dit que ça ne te dérangerait pas qu'il s'imagine qu'on avait couché ensemble, si ça te permettait de te venger.

Je levai les yeux, perplexe. Où voulait-il en venir ?

— Je n'ai pas répondu, reprit-il. Mais, visiblement, j'aurais dû.

Il se passa la main dans les cheveux.

— Je refuse d'être une marionnette. Ne te sers plus jamais de moi pour te venger, Haven.

Je hochai immédiatement la tête.

— Je suis désolée, lâchai-je d'une voix rauque. Je…

Il leva la main, l'air triste.

— Tu n'as pas à t'excuser. Je comprends tes motivations. Je serais même partant, si je pensais que ton plan t'apporterait le soulagement que tu recherches. Je prendrais le risque de me mettre mon équipe à dos et de me faire tabasser par Nicholl. Je déteste cet enfoiré. Je suis de tout cœur avec celui qui arrivera enfin à le remettre à sa place. Mais il ne la joue pas réglo. Il se vengerait de façons que tu n'oserais même pas imaginer. Il n'a pas peur des dommages collatéraux ou de faire du mal à des innocents, tant qu'il obtient ce qu'il veut. L'affronter est dangereux. Et si, en dépit de tout ça, tu persistes…

Il secoua la tête.

— Je suis désolé, mais je ne veux pas y être mêlé. Qu'on couche ensemble pour t'aider à passer à autre chose et aller de l'avant, je suis partant. Mais du sexe pour te venger de lui… je refuse. Je crois sincèrement que ça te ferait plus de mal que de bien.

Je hochai la tête, je me sentais vraiment bête et immature.

— OK, m'empressai-je de répondre, luttant contre une nouvelle vague de larmes. Je comprends. Je… je n'aurais pas dû t'inclure dans mon plan sans te consulter d'abord. Ça… ça n'arrivera plus jamais. Promis.

Il me lança un sourire plein de regret, comme s'il était sincèrement navré de ne pas adhérer à ce projet de vengeance. Puis il se leva avec un lourd soupir et passa son sac à l'épaule.

— Je ferais mieux d'y aller.

— Au fait, lançai-je avant qu'il sorte de la chambre.

Il m'interrogea du regard par-dessus son épaule.

Redressant le dos, je lui offris un sourire hésitant.

— Bonne chance pour le match !

30

HAVEN

Pas vraiment d'humeur à me rendre au stade avec toutes les rumeurs qui circulaient à mon sujet, je regardai le match à la maison, applaudissant à tout rompre chaque fois que Wick interceptait le ballon ou faisait un super tacle. Et je râlai chaque fois que les commentateurs encensaient mon ex.

Frustrée d'avoir suivi le match seule – Wick déchirait au foot, et ça aurait été cool de partager ça avec quelqu'un —, je me rendis ensuite dans la cuisine pour préparer des spaghettis : je voulais le féliciter et célébrer la victoire de l'équipe. Encore que, pour être honnête, je devais admettre que c'était probablement plus pour m'excuser de l'histoire du soutien-gorge.

Mais il ne rentra pas. Sans doute était-il en train de fêter la victoire avec ses coéquipiers. J'espérais qu'il ne m'évitait pas. Et qu'il n'était pas dans un bar à draguer une groupie sexy et exotique. Déçue, je mis les pâtes au frigo et allai me coucher.

J'étais déterminée à ne pas mentionner le plat que je lui avais préparé, mais le lendemain ça m'échappa. À midi, comme il n'avait toujours pas émergé, je frappai à sa porte. Jetant un coup d'œil à l'intérieur, je le trouvai travaillant sur son ordinateur, adossé contre la tête de lit, les jambes allongées, des écouteurs dans les oreilles. J'espérais qu'il donnait du soutien en maths, pas qu'il dialoguait avec une nana rencontrée la veille !

— Salut, lançai-je, assez fort pour être entendue. Je descends faire une lessive. Tu as besoin de laver du linge ?

Ouais, je venais bien de lui proposer de faire sa lessive. J'étais prête à tout pour qu'il me pardonne.

Il secoua la tête sans lever les yeux de l'écran.

— Non, merci.

Je dégainai mon sourire le plus adorable, celui qui disait *Aime-moi s'il te plaît.*

— Je te promets de ne pas cacher de soutien-gorge dans tes vêtements, cette fois.

Il leva brièvement la tête vers moi, pas assez longtemps pour remarquer mon sourire.

— Ça ne m'était pas venu à l'idée.

Nerveuse, je me mordillai la lèvre. Travaillait-il vraiment ? M'en voulait-il ? Que se passait-il dans sa tête ? Et pourquoi m'inquiétais-je autant de ce qu'il pensait ?

Constatant que j'étais toujours plantée là, il m'interrogea du regard.

Gênée, je m'éclaircis la gorge.

— Je t'ai préparé des spaghettis, hier soir, pour t'aider à reprendre des forces. Alors, si tu as faim, il en reste dans le frigo.

— Ah bon ?

Je hochai vigoureusement la tête. J'espérais apprendre qu'il n'avait pas passé la nuit dans les bras d'une belle inconnue pendant que mes pâtes refroidissaient.

— Oh ! fit-il, l'air surpris. Désolé. Les mecs voulaient sortir après le match.

Il leva les yeux au ciel d'un air théâtral.

— Pour une raison qui m'échappe, c'est toujours moi le conducteur désigné. C'est *tellement* kiffant de ramener leurs culs bourrés que je dis toujours oui !

Je souris calmement. Mais à l'intérieur je hurlais de joie. Alléluia ! – il avait été trop occupé à veiller sur ses amis bourrés pour draguer une nana. Tant mieux. J'aurais été obligée de la détester et de l'insulter dans son dos. Ce qui aurait été injuste.

Je fis mine de le plaindre.

— Pas drôle.

Il soupira.

— C'est clair. J'aurais mille fois préféré être ici plutôt que de me faire vomir sur les chaussures par *deux* mecs différents.

Ces paroles me mirent du baume au cœur. Pas la partie vomi – beurk —, mais d'apprendre qu'il aurait préféré être avec moi. Masquant ma joie, je hochai la tête et partis vaquer à mes occupations.

La semaine durant, je multipliai les efforts dans le but de me rattraper, après le fiasco soutif-chaussettes. Je nettoyai la maison. J'allai faire les courses. Je préparai le dîner presque tous les soirs. Après tout, c'était mon tour. Wick s'était occupé de tout depuis que j'avais emménagé ; il était temps pour moi d'assumer ma part. Mais je voulais surtout me faire pardonner.

Il passait néanmoins la plupart de son temps dans sa chambre. Je ne savais pas si c'était son comportement habituel ou s'il m'évitait. Et s'il ne me pardonnait jamais vraiment d'avoir essayé de me servir de lui ? Et si j'avais tout gâché ?

Le vendredi matin, épuisée à force de m'inquiéter, j'annonçai à Wick au petit déjeuner que je rentrais chez moi pour le week-end. J'avais besoin d'être cocoonée. Je ne me débrouillais pas très bien sans mes parents. Je n'étais pas très douée comme adulte. J'avais l'impression d'enchaîner les bêtises.

J'appelai ma mère durant ma pause déjeuner. Elle m'annonça qu'elle avait planifié une escapade pour l'anniversaire de mon père, et qu'ils étaient déjà en chemin.

Un peu vexée qu'ils fassent leur vie sans moi et s'éclatent plus que moi, je rentrai maussade après les cours et le stage. Déprimée à l'idée de passer le week-end seule, je préparai des cookies sans cuisson.

Je venais d'aplatir les derniers flocons d'avoine recouverts de chocolat avec ma cuillère, et j'étais en train de la lécher, quand la porte d'entrée s'ouvrit.

M'attendant à ce que ce soit Wick, de retour de l'entraînement, je fus très surprise d'entendre une voix de femme, une femme qui parlait à mille à l'heure.

Mon estomac se noua. Oh non ! Wick ne s'attendait pas à ce que je sois là. Et s'il avait ramené une fille à la maison !

Mon pouls s'affola. Je regardai autour de moi, cherchant un endroit où me cacher.

C'est un homme libre, essayai-je de me raisonner. *Il ne m'appartient pas. S'il veut faire l'amour dans son appartement, c'est tout à fait son droit.* Mais alors que j'essayais de m'en convaincre, une voix primale en moi hurla : *Noooon. Il est à moi et à personne d'autre !*

Waouh.

Ignorant d'où ça m'était venu, je restai plantée là, trop choquée pour bouger. Deux filles entrèrent dans la cuisine. L'une d'elles était Darcy. Je ne reconnus pas l'autre – une adolescente —, mais ses yeux bleu clair m'étaient familiers.

— Oooh ! s'écria-t-elle, les yeux écarquillés. Des cookies. Trop bien !

Elle se rua vers la plaque de cookies brûlants, la main tendue.

— Charlie ! la réprimanda Darcy.

L'ado s'interrompit dans son élan.

— Quoi ? bougonna-t-elle, l'air contrarié.

— Ils ne sont pas à toi.

— Pas de problème, intervins-je. Tu peux en prendre un. Mais je viens de les faire, alors ils sont…

Charlie en enfournait déjà un dans sa bouche en gémissant de plaisir.

— … chauds, finis-je mollement.

— Trop bon ! s'exclama-t-elle en levant le pouce, les joues gonflées comme un hamster.

— Tu es insortable ! s'exclama Darcy, les yeux rivés au plafond.

La porte d'entrée s'ouvrit encore.

— Yoo-hoo ? Il y a quelqu'un ? appela une autre voix de femme.

— On est dans la cuisine, répondit Darcy, pendant que Charlie empilait deux autres cookies dans ses mains.

— On a coiffé Wick au poteau ? s'enquit Izzy en déboulant dans la pièce.

Elle s'arrêta brusquement en me voyant.

— Salut, Haven ! lança-t-elle, tout sourire. Je croyais que tu rentrais chez toi, ce week-end.

Avant que j'aie le temps de répondre, elle remarqua les biscuits.

— Des cookies ! s'écria-t-elle.

Elle bondit, la main tendue, puis s'arrêta dans son élan.

— Est-ce que…

J'éclatai de rire.

— Sers-toi, dis-je avec un geste d'invitation.

— Merci. Oh ! mmm. Ils sont vraiment bons !

Le cookie s'effrita. Elle s'essuya le menton.

— Merci, répondis-je, ravie qu'ils fassent leur petit effet. Je mets un peu plus de vanille et de beurre de cacahuète dedans, et moins de lait.

— C'est du génie, commenta Izzy en hochant la tête, pendant que Charlie fermait les yeux et gémissait de nouveau de plaisir.

Je me tournai vers Darcy.

— Est-ce que tu en veux…

— Et comment ! répondit-elle.

J'avais intérêt à me dépêcher si je voulais en goûter un.

Les mains en coupe sous le menton, on mangea debout en cercle telles des louves affamées, hochant la tête d'un air entendu comme si on comprenait enfin le sens de la vie.

Le moment était super agréable.

— Qu'est-ce que tu fais ici ? demanda Charlie entre deux bouchées.

— Voici Charlie, au fait, déclara Darcy. La plus jeune et la plus chiante des sœurs webster.

Charlie lui tira la langue.

— Alors ? insista-t-elle.

Je gloussai. J'adorais leur complicité.

— Mes parents font une escapade romantique ce week-end, alors… ils ne sont pas à la maison.

— Dommage, lâcha-t-elle.

Darcy poussa un long soupir.

— Ce n'est pas déprimant de savoir que tes parents sont plus sexuellement actifs que toi ?

Je hochai la tête. Ça donnait l'impression à la fille fraîchement célibataire que j'étais d'être un vrai loser.

— J'ai une idée ! Pourquoi ne viendrais-tu pas avec nous, ce soir ? proposa Izzy.

Darcy et Charlie lui coulèrent un regard surpris.

— Où est-ce que vous allez ? demandai-je prudemment.

— On va *s'éclater*. Chaque année, on fait le tour des maisons hantées tous ensemble. On enchaîne par une pyjama party. On joue à des jeux de société, on papote. On a décidé de faire ça ce soir chez Wick, car c'est le seul week-end avant Halloween où il n'a pas de match.

Elle fit soudain des yeux ronds.

— À condition que ça ne te dérange pas, bien sûr, qu'on envahisse le salon et qu'on dorme ici.

— Tu rigoles ! répondis-je aussitôt. Ça a l'air génial. Mais…

Je grimaçai, craignant de m'imposer.

— Si c'est un truc entre frère et sœurs, je ne devrais peut-être pas…

— Si, insista Izzy, en me prenant le bras. Carrément.

Charlie fit la moue.

— Tu as oublié notre pacte ? Seule la fratrie webster peut participer.

Izzy lui lança un regard irrité.

— On a fait ce pacte à l'époque où on ne voulait pas que le petit ami ringard de Darcy s'incruste.

— Un pacte, c'est un pacte, souligna Darcy.

Izzy me prit par le bras.

— Alors, j'adopte officiellement Haven comme sœur !

Ni Darcy ni Charlie ne répondit. Les épaules d'Izzy s'affaissèrent brusquement.

— Allez, implora-t-elle. Ayez du cœur. Elle vient de rompre et ses parents l'ont lâchée ce week-end. En plus, elle nous laisse dormir chez elle.

— C'est l'appartement de Wick aussi, protesta Charlie.

Izzy lui jeta un regard noir.

— *Et* elle nous a permis de manger tous ses cookies, ajouta Izzy sévèrement.

On baissa les yeux sur la plaque. Elle était nickel. On avait même grignoté les miettes.

Darcy soupira.

— Si tu veux vraiment qu'elle se joigne à nous, je n'ai rien contre.

Izzy se tourna vers Charlie. J'ignorais pourquoi elle insistait autant pour m'inclure, mais c'était très agréable.

Charlie n'émit pas de nouvelle objection.

— Tu vas adorer, me dit Izzy, les yeux pétillants. Wick est la meilleure personne au monde avec qui faire le tour des maisons hantées. Il te laisse t'agripper à lui quand tu es effrayée. Ça ne le dérange pas si tu lui hurles aux oreilles. Et, quand tu penses que tu vas te pisser dessus tellement t'as les chocottes, il se moque des créatures et, du coup, elles ne sont plus effrayantes du tout.

— Pfff, pas du tout, la contredit Darcy. Au contraire, Wick fait grave *chier* parce que rien ne l'effraye. Ce n'est pas drôle du tout.

— On a établi une sorte de mini-compétition entre nous : on essaye de l'effrayer à tour de rôle en lui sautant dessus à l'improviste, s'esclaffa Izzy.

Elle leva les yeux au ciel.

— Darcy l'a juste mauvaise parce qu'elle n'a jamais gagné.

— Ça, tu l'as dit, grommela l'intéressée. Je me suis trop gavée l'année dernière, en lui sautant dessus dans le parking sombre et glauque du centre commercial, quand on est allés faire les boutiques pour Noël. Et, monsieur, qu'est-ce qu'il a fait ? Il a cligné des yeux et il a dit *bien essayé*. Sérieux, quel boulet !

Tandis que les sœurs se chipotaient pour savoir qui était la meilleure pour foutre les jetons à leur frère, je souris. La nostalgie m'envahit, et mon estomac se noua. J'aurais adoré avoir des frères et sœurs avec qui partager de tels moments de complicité. J'avais de la chance d'être aussi proche de mes cousines, mais avoir un frère ou une sœur aurait été génial.

La porte d'entrée s'ouvrit. Elles arrêtèrent immédiatement de parler. Charlie poussa un cri strident.

— Wick est rentré !

Elle se rua hors de la cuisine, Izzy sur les talons. Même Darcy sortit pour aller l'accueillir.

Curieuse de voir les quatre webster ensemble, je les suivis, m'arrêtant à l'entrée du salon. Charlie sauta et s'accrocha à lui comme un singe-araignée. Wick inspira brusquement, surpris, et lâcha son énorme sac de sport pour l'attraper, pendant qu'Izzy l'enlaçait par-derrière, lui entourant les épaules de ses bras.

— Et Darcy porte le coup fatal ! s'écria l'aînée en se mettant à lui chatouiller le ventre sans pitié.

Wick explosa de rire et poussa un juron.

— Ah ouais, vous voulez la jouer à trois contre un ? Vous allez voir, les losers !

Il se retourna brusquement. Izzy, toujours accrochée à son dos, percuta Darcy, et elles tombèrent toutes les deux par terre. En parallèle, il se mit à chatouiller Charlie, qui poussa des cris perçants, puis il la lança sur les deux autres. Darcy l'attrapa alors aux jambes, ce qui le fit tomber sur Izzy.

Je m'avançai prudemment vers l'enchevêtrement de bras et jambes sur le tapis, craignant que quelqu'un ne se soit fait mal. Mais ils se dégagèrent en roulant et en riant à gorge déployée, se tenant le ventre. Je les regardai, émerveillée. Ça devait être un talent, dans la famille, de savoir chahuter sans se blesser.

Je secouai la tête et souris, amusée. Wick riait tellement. Je ne l'avais jamais vu sourire aussi…

Hé, une minute !

Il était en train de *sourire.*

De *rire,* même.

Je l'observai, stupéfaite. L'avais-je déjà vu sourire d'un air aussi radieux ? L'avais-je déjà entendu rire ?

Il me semblait que non.

Trop bizarre.

Il était beau, quand il souriait. Il avait l'air heureux et détendu ; à croire que ce n'était pas le même Wick que celui avec lequel je vivais depuis plusieurs semaines.

— Salut, frérot, le salua Charlie, roulant vers lui pour déposer un baiser sonore sur sa joue. Tu m'as manqué.

Lui souriant chaleureusement, il passa la main dans ses cheveux et lui frotta la tête affectueusement.

— Ouais, toi aussi, ma p'tite. Prête pour notre virée de l'angoisse ?

— Carrément, j'ai *trop* hâte ! J'attends ça depuis des mois. J'espère que cette année sera aussi géniale que l'année dernière.

— J'espère qu'un autre fantôme pincera le cul de Wick, pipa Darcy. La tête qu'il avait faite… mortel !

Charlie ricana.

— Ouais. Ce pauvre fantôme devait être sacrément en manque pour en être réduit à le draguer.

Elles gloussèrent toutes les trois, et Wick les fusilla du regard.

— Laissez tranquille ce pauvre fantôme en manque. Ça faisait bien longtemps qu'on ne m'avait pas touché comme ça.

Elles rirent de plus belle. Wick sourit fièrement et commença à se relever.

— Je vais poser mes affaires dans ma chambre et me changer vite fait, puis…

Il m'aperçut, et se figea.

— Oh ! annonça Izzy, me remarquant aussi. On a fait de Haven notre sœur adoptive, alors, ce soir, elle nous accompagne.

Il continua de me fixer, muet de stupeur. Darcy s'éclaircit la gorge.

— C'est bon pour toi, frangin ?

— Hein ?

Il se tourna, étourdi, vers sa sœur aînée et secoua la tête.

— Je veux dire, ouais. Bien sûr. Pas de problème.

Puis il pivota vers moi.

— Je croyais que tu rentrais chez toi, ce week-end.

— Eh bien, à ce propos…

Les joues rouges, j'esquissai une grimace gênée.

— J'ai appelé ma mère à midi pour l'informer que je venais, mais mon père et elle avaient déjà quitté la maison pour un week-end en amoureux. C'est l'anniversaire de mon père. Alors *surprise*… je reste en ville, finalement.

— Oh ! lâcha-t-il, me regardant toujours.

— Hé !

Charlie lui donna un coup sur les fesses. Il sursauta et se tourna vers elle, les lèvres pincées.

— Quoi ? maugréa-t-il.

— Va te changer, répondit-elle en lui faisant signe de se dépêcher. J'ai hâte que la soirée commence.

31

WICK

J'ignorais pourquoi j'étais si nerveux. Haven vivait avec moi depuis plusieurs semaines. Je m'étais habitué à sa compagnie. Depuis le temps, sa présence dans mon appartement n'aurait plus dû me bouleverser à ce point.

Mais, depuis qu'elle m'avait aperçu en train de me masturber sous la douche, j'avais du mal à croiser son regard. Je l'avais évitée toute la semaine, soucieux de ce qu'elle pensait de moi.

Apprendre qu'elle nous accompagnait pour notre virée annuelle m'avait causé un choc. Je m'inquiétais de savoir comment ça se passerait avec mes sœurs. Et puis, est-ce que j'étais prêt à ce qu'elle me voie dans un autre environnement ? Je n'étais pas certain de vouloir qu'elle nous accompagne. Tant de choses pouvaient mal tourner.

Je me préparai à toute vitesse et me ruai dans le salon en tirant sur mon T-shirt, presque effrayé de la laisser seule avec mes sœurs. Si elles faisaient quelque chose qui la contrariait ? Si elle-même faisait quelque chose qui *les* contrariait ? De quel côté serais-je, en définitive, si une dispute éclatait entre elles ?

Mais, à mon retour, personne ne se disputait. Darcy avait pris les rênes de la soirée, comme toujours.

— Maintenant qu'on est tous là, c'est le moment de tirer à la courte paille, annonça-t-elle. Allez, ne soyez pas timides. Tirez chacun votre tour.

Izzy et Charlie protestèrent en chœur.

— On ne peut pas passer cette tradition, cette année ? demanda Izzy.

— Sûrement pas ! répondit Darcy. J'ai trouvé un super truc.

— Ça doit être du lourd, alors. Je ne suis pas sûr que quoi que ce soit puisse surpasser la grenouillère qu'a dû porter Iz l'année dernière, lançai-je avec un sourire narquois.

Izzy me poussa du bras, tout en me fusillant du regard.

Charlie plissa le front d'un air perplexe.

— Pourquoi est-ce que vous dites ça ? J'ai kiffé la grenouillère, moi. Je la mets pour dormir. Elle est à l'effigie de Wonder Woman, ajouta-t-elle à l'intention de Haven.

J'eus un élan d'affection pour ma petite sœur. J'étais fier de la voir l'inclure de la sorte.

— Je suis perdue, murmura Haven en secouant la tête. De quoi est-ce que vous parlez ?

— Chaque année, Darcy choisit quelque chose de complètement ridicule que l'un de nous doit porter *toute* la soirée, lui expliqua Izzy.

— Il y a deux ans, j'ai dû me trimballer avec des ailes de fée et un serre-tête licorne, raconta Charlie.

Haven gloussa.

— Ça a l'air génial.

— Ouais, c'est hilarant, acquiesçai-je sèchement. Tant que tu ne tires pas la plus courte.

— Je ne comprends toujours pas pourquoi c'est toujours Darcy qui choisit la tenue, grommela Izzy.

— Parce que c'est moi l'aînée, rétorqua Darcy. Peu importe qui la choisit, d'ailleurs ; on a tous la même chance.

— Sauf que, bizarrement, tu ne choisis jamais la plus courte, fit remarquer Charlie. Ça ne tombe jamais sur Wick ou toi.

J'échangeai un regard complice avec Darcy. Izzy poussa un cri.

— C'était quoi, ça ? Vous venez de vous regarder comme si vous aviez un secret.

Elle s'adressa à Charlie.

— Tu as vu ?

— Oui, répondit Charlie, les mains sur les hanches. Vous trichez !

Darcy et moi répondîmes de concert :

— Non !

Izzy et Charlie échangèrent un regard incrédule.

— Ils trichent ! rouspéta Izzy.

Charlie acquiesça d'un signe.

Je levai les yeux au ciel.

— Mais non, on ne triche pas. Allez. Finissons-en, que la soirée puisse commencer.

— Dit le mec qui ne sera pas forcé de porter un truc ridicule, souligna Izzy.

— Fini de bouder. C'est l'heure de tirer au sort.

Darcy tendit la main en éventail, comme si elle tenait un paquet de cartes.

— Allez, choisissez.

— Attends, intervins-je, le front plissé. Tu en as cinq.

— Euh, ouais, répondit-elle en articulant exagérément, comme si j'étais bête. Parce qu'on est cinq ici.

Je secouai la tête.

— Non.

Jamais de la vie.

— Tu ne fais pas tirer Haven.

— Pourquoi pas ? répondit Haven, la moue boudeuse, comme si elle se sentait blessée d'être exclue.

— Ouais, pourquoi pas ? répéta Charlie.

Je lui jetai un regard noir et me tournai vers les deux autres.

— Elle est notre invitée. On ne peut pas la forcer si elle n'en a pas envie.

— Ça ne me dérange pas, dit encore Haven, la voix pleine d'espoir.

Visiblement, être incluse dans le festival annuel de l'humiliation l'excitait.

Elle ne connaissait pas les risques. Il était de mon devoir de la protéger.

— Ça ne la dérange pas, répéta Izzy, désignant Haven qui hochait vigoureusement la tête.

Je soupirai.

— Tu veux seulement qu'elle tire pour avoir moins de risques de perdre, accusai-je Izzy.

— Exactement, répondit-elle en me regardant comme si ça allait de soi. Alors, laisse-la tirer.

— Tu ne sais pas dans quoi tu mets les pieds, prévins-je Haven. Tu pourrais te retrouver forcée de porter un sous-vêtement sur la tête toute la soirée.

— J'ai bien compris.

— Bon état d'esprit ! la félicita Darcy. Tiens. Choisis en premier.

Haven leva le menton vers moi d'un air de défi et tira.

Darcy me sourit d'un air amusé.

— Elle me plaît, cette fille.

Je lui lançai un regard irrité. Izzy et Charlie tirèrent chacune à leur tour, puis ce fut à moi. Je gardai les yeux rivés sur la main de

Haven. Merde, elle avait écopé de la plus courte. Ne voulant pas la soumettre à une soirée entière d'humiliation, je fis mine de la bousculer. Elle en lâcha sa brindille.

— Oups, pardon.

Je me baissai pour la ramasser et lui rendis la plus longue des deux. Elle me considéra d'un air soupçonneux. Elle avait compris mon manège.

Sans rien laisser paraître, je comparai ma brindille à celles de mes sœurs.

— Génial ! s'écrièrent Izzy et Charlie en chœur, en se faisant un *high-five.*

— Wick, déclara Darcy, les sourcils arqués de surprise. On dirait que tu es l'heureux gagnant, ce soir.

Elle me tendit un sac en papier marron.

— Habille-toi.

Mon estomac se noua.

— Pas une grenouillère, pitié, pas une grenouillère, scandai-je.

Prenant une grande inspiration, je plongeai la main dans le sac et sortis...

Un T-shirt noir.

— Un *T-shirt* ! cria Charlie, outrée. J'ai dû porter des ailes de fée, un costume de banane, des ramures sur la tête et une queue blanche sur le cul, mais Wick, lui, aura un putain de T-shirt ? En quoi c'est juste ?

— Attends de voir ce qui est inscrit dessus, jubila Darcy.

Je secouai la tête, certain d'être foutu.

— Je ne veux même pas le savoir, grognai-je.

Alors que je me dirigeais vers ma chambre, Charlie poussa un cri.

— Hé ! Tu vas où ?

Je la fusillai du regard.

— D'après toi ? Dans ma chambre pour enfiler ce satané T-shirt.

Izzy leva les yeux au ciel.

— Tu dois quitter la pièce pour ça, maintenant ? Comme tu es pudique, frangin. Et dire qu'on prenait le bain ensemble, quand on était petits.

Je haussai les sourcils pour lui signifier de la fermer.

— Attends, renchérit Darcy. Tu es gêné de te changer devant Haven, c'est ça ?

Bon sang ! J'allais les étrangler toutes les trois.

— Vous êtes de vraies petites emmerdeuses !

Je retirai mon T-shirt les dents serrées et avec un air de défi.

— J'y crois pas ! hurla Charlie. Tu te changes devant Haven !

Je m'interrompis pour la fusiller du regard. Tout le monde éclata de rire. Elles s'en donnaient à cœur joie. Haven riait aussi, tout en se rinçant l'œil discrètement. Ma peau fut parcourue de chaleur. Je grinçai des dents. C'était vraiment gênant de ressentir ça devant mes sœurs.

— Des putains d'emmerdeuses, répétai-je en secouant la tête.

Le T-shirt resta coincé aux épaules, m'étranglant presque.

— Putain, Darce ! Encore plus petit, le T-shirt, non ?

— Je ne savais pas qui le porterait, protesta Darcy, la mine renfrognée. Je ne voulais pas qu'il soit trop grand pour Iz, Charlie ou moi. De toute façon, de quoi est-ce que tu te plains, gros bébé ? Tu portes tes T-shirts comme une seconde peau.

Izzy et Charlie ricanèrent. Encore plus soûlé, je tirai brutalement sur le vêtement, déchirant un morceau d'étoffe au passage.

— Foutez-moi la paix ! Je n'y peux rien si j'ai grossi depuis mon entrée en fac.

Ce n'était que du muscle, car je faisais beaucoup de sport. Aucun de mes anciens vêtements ne m'allait plus à cause de ça.

Ce qui était humiliant à avouer devant Haven.

Voilà pourquoi je ne voulais pas qu'elle se joigne à nous. Mes sœurs passaient leur temps à se moquer de moi.

— L'idée ne t'est jamais venue d'en acheter d'autres ? railla Darcy.

— Je déteste faire les boutiques !

Le T-shirt me remonta sur le ventre. Je tirai dessus de plus belle. Tout le monde put alors lire l'inscription, et les rires fusèrent.

N'ayant pas envie de parler à mes pestes de sœurs, je m'adressai à Haven.

— C'est si terrible que ça ?

Riant dans sa main, elle répondit :

— Ça dit : *Célibataire prêt à sauter sur n'importe qui.*

Je foudroyai Darcy du regard.

Elle me lança un sourire satisfait.

— Il y a encore des choses dans le sac, frangin.

— Non, il n'y a rien, protestai-je en secouant la tête.

Mais, enfonçant la main dans le sac, je sentis des petites boules de tissu.

— C'est quoi, ces machins ?

— Des chouchous, annonça Charlie. Je peux te les mettre dans les cheveux ?

Je me tournai vers ma sœur aînée.

— Je n'ai pas assez de cheveux pour des couettes.

— Si, insista Charlie en me prenant les chouchous des mains. Assieds-toi. Je vais te montrer.

Je m'exécutai, tirant la tronche, pendant qu'Izzy et Charlie s'amusaient à me coiffer.

Des couettes… C'était du délire !

Je me levai et adressai un regard meurtrier aux filles, qui riaient aux éclats.

— Ce n'est pas marrant du tout.

— Mortel, ça surpasse les tenues des autres années, se réjouit Darcy, avant de se taper dans les mains. Qui conduit ?

— Wick, répondirent en chœur Izzy et Charlie.

Darcy se sentit insultée.

— Qu'est-ce qui cloche dans ma façon de conduire ?

— Rien, mais Wick nous laisse manger dans son pick-up.

Elles se ruèrent vers la porte.

— Je m'assois devant ! cria Darcy en se précipitant derrière elles.

À côté de moi, Haven secouait la tête avec compassion, les yeux pétillants d'amusement.

— Tu es sûr de ne pas vouloir échanger ? demanda-t-elle gentiment. Les couettes choqueraient moins sur moi.

Je soupirai. C'était adorable de sa part de vouloir m'enlever ce fardeau, mais…

— C'est trop tard. Elles ne me laisseraient pas faire machine arrière.

Elle se rapprocha et tira sur une des couettes en poussant un petit cri jubilatoire.

— Si ça peut te consoler, tu es absolument adorable avec ça.

— Génial, bougonnai-je. C'était le but recherché. J'ai toujours voulu avoir l'air *adorable*.

Elle gloussa et se rapprocha plus encore, pour tirer sur la deuxième couette. Une onde de chaleur me parcourut l'échine.

— Je ne me lasse pas de jouer avec.

Alors ne t'arrête pas, eus-je envie de lui dire, car je ne me lassais pas non plus qu'elle me touche. Elle pouvait me faire tout ce qu'elle voulait.

Je baissai machinalement la tête pour inspirer son odeur. Comme elle sentait bon !

— Merci de me laisser vous accompagner ce soir, murmura-t-elle.

J'en frémis de plaisir.

Gardant la tête baissée, je lui coulai un regard de biais.

— Je ne sais pas comment cette histoire de sœur adoptive va fonctionner. Je ne me sens pas d'humeur très fraternelle avec toi, surtout en cet instant.

Ses lèvres s'entrouvrirent. Les yeux pleins de curiosité, elle prit une longue inspiration, tandis que ses doigts caressaient lentement mes cheveux. L'air entre nous devint électrique. Elle se rapprocha encore. Alors qu'elle s'apprêtait à dire quelque chose, Charlie hurla :

— Magnez-vous le cul, les escargots ! Je prends racine, là.

Hoquetant de surprise, Haven lâcha mes cheveux et recula d'un pas. Soudain incapable de me regarder dans les yeux, elle s'éclaircit la gorge.

— On ferait mieux d'y aller.

Elle se tourna et fila dehors.

Waouh, ça avait été carrément intense !

Je soufflai lentement pour me remettre de mes émotions, puis je réajustai mon jean et la suivis.

Si elle continuait à se montrer aussi affectueuse, la soirée risquait de me paraître très longue et très compliquée. Mais j'espérais qu'elle continuerait. Ce serait la plus délicieuse des tortures.

Je grimpai derrière le volant. Remarquant les places choisies par mes sœurs, je foudroyai du regard les deux plus jeunes, installées à l'arrière.

— Sérieux ? m'exclamai-je, en secouant la tête d'un air déçu. Vous laissez à Haven la pire place, alors que c'est son premier trajet avec nous ? Sympa.

— Elle n'avait qu'à demander, si elle voulait être devant ou près d'une fenêtre, maugréa Charlie.

— Elle est fille unique, ripostai-je. À mon avis, elle ne savait même pas qu'il fallait *se battre* pour avoir une bonne place.

— Pas de problème, intervint Haven pour éviter une dispute. Ça ne me gêne pas d'être assise là.

Charlie me tira la langue.

— Tu vois !

— Ça ne me gêne pas du tout, répéta Haven.

Je soupirai et démarrai.

— Très bien. Je me tais alors. On va où ?

Charlie sortit son portable.

— Je m'en occupe.

Avant, c'était Darcy qui décidait de la destination. Mais un jour on était tombés sur une maison hantée super naze. On s'était tous tellement plaints que, depuis, elle refusait de choisir. Alors, maintenant, on sélectionnait un endroit en chemin.

— Tu as changé de coque de portable ? remarqua Izzy en se penchant par-dessus Haven pour examiner la coque de Charlie. C'est trop mignon.

Je lançai à Haven un regard qui disait : *tu-vois-ce-que-je-veux-dire ?* C'était la pire place du véhicule.

Mais elle haussa les épaules en souriant.

— Papa me l'a offerte parce que j'ai cartonné à mon contrôle d'histoire, répondit Charlie. Regarde.

Elle retourna son téléphone.

— Les paillettes sont dorées ou argentées selon la lumière.

— Cool.

Izzy le leva en l'air pour tester.

— Bravo, papa. Ses goûts s'améliorent en vieillissant. Tu te rappelles quand il nous a offert ces protecteurs de poche pour notre premier spectacle de danse, en primaire ?

Tandis qu'elles éclataient de rire, Darcy tapa impatiemment dans ses mains.

— On se concentre, les enfants.

— Oups, c'est vrai, s'excusa Charlie.

Elle reprit le téléphone et commença à pianoter. Un instant plus tard, elle poussa un cri d'exclamation.

— Je viens de tomber sur la définition du dictionnaire anglophone Urban Dictionary pour *spook house,* maison hantée.

Izzy se pencha au-dessus de Haven pour voir l'écran.

— Ah bon ? C'est quoi ?

Je levai la main.

— Ne…

Mais Charlie lisait déjà.

— L'acte de s'agenouiller devant une femme et de lui dévorer la chatte, en lui caressant simultanément les seins. Scène bestiale assurée.

Darcy se tourna vers moi, les yeux ronds.

— Tu savais ce que ça voulait dire ?

Je haussai les sourcils d'un air entendu.

— Je partage les vestiaires avec cinquante mecs chauds comme la braise cinq jours par semaine. À ton avis ?

Elle hocha la tête.

— Pas faux.

— Allons au Manoir, décréta Charlie. Ça a l'air mortel !

Ainsi commença notre soirée.

32

HAVEN

Darcy brancha son téléphone dans la console et entra l'adresse donnée par sa sœur dans le GPS.

Izzy se pencha vers moi.

— Darcy va lancer la playlist qu'elle a préparée pour l'occasion, me chuchota-t-elle.

Un instant plus tard, Darcy pianota sur son écran de téléphone et annonça :

— Et maintenant… place à la playlist ! Deux heures de super morceaux.

Izzy et moi échangeâmes un sourire complice. *Shotgun,* de George Ezra, commença. Charlie se mit à bouger la tête et chanter, marquant de ses doigts le rythme de la mélodie sur son genou.

Pendant qu'on prenait l'autoroute, Darcy se tourna vers moi.

— Alors, comme ça, tu es l'ex de Topher Nicholl. Comment c'était de sortir avec lui ?

— Darce, la réprimanda Wick d'un ton sévère.

— Quoi ? C'est de la curiosité.

Charlie pivota vers moi, bouche bée.

— Tu es sortie avec *Pumpernickel* ? L'ennemi mortel de Wick ? Pourquoi est-ce que je n'étais pas au courant ?

Je fronçai le nez, confuse.

— Pumpernickel ?

— Ouais, tu sais…, répondit-elle en faisant un moulinet de la main. Topher Nicholl. Pumpernickel.

Izzy leva les yeux au ciel.

— Elle l'a toujours appelé comme ça. Elle trouve que Topher Nicholl et pumpernickel ont des sonorités proches.

Je réfléchis quelques instants et éclatai de rire.

— C'est vrai !

— T'as vu ? triompha Charlie en me remerciant d'un geste de la main.

— Avec Charlie, tout tourne autour de la nourriture, lança sèchement Darcy.

— Sérieux, chaque fois que j'entends son nom, j'ai envie d'un sandwich Reuben, continua Charlie. Pitié, dites-moi que vous avez du pain pumpernickel, du corned-beef, de l'emmental, de la choucroute et de la sauce Thousand Island ! *Pitié !*

— Non, jubila Wick. On n'a rien de tout ça.

— Pfff, ça ne m'étonne pas ! répondit amèrement Charlie.

Puis elle me donna un coup de coude.

— Alors, ça fait quoi de sortir avec Pumpernickel ?

Je me grattai le cou, gênée d'être sur la sellette.

— Ça s'est bien passé, au début. Il était gentil avec moi, flatteur. Il me faisait rire. C'était cool. Ensuite, il a fait certaines petites choses vis-à-vis des autres que je trouvais méchantes. Ça me rendait dingue, alors je m'énervais après lui. Après, je m'en voulais de le juger. À la fin, j'étais rongée par la culpabilité. Je voulais qu'il change et qu'il devienne meilleur ; j'avais l'impression de ne pas être une petite amie loyale. Je me disais que c'était mal de ne pas l'accepter tel qu'il était. Je suis moi-même loin d'être parfaite ; pourquoi est-ce que je m'attendais à ce que *lui* le soit ?

Je haussai mollement les épaules.

— Ça n'a plus d'importance, de toute façon. Je l'ai surpris en train de me tromper et – pof – tout ça a disparu. Aujourd'hui, je regrette amèrement d'avoir laissé cet enfoiré me toucher. Ça me rend malade. Non seulement ce n'était pas un bon petit ami, mais c'est un ex encore pire.

Je leur parlai de la rumeur de MST que Topher faisait circuler sur le campus à mon sujet.

Wick me lança un regard étonné.

— Sérieux ? Je n'étais pas au courant. Décidément, il se comporte en permanence en connard !

— Ouais. Ça craint.

— Il mérite qu'on bousille sa bagnole, décréta Darcy.

— J'ai cherché des façons de me venger, mais…

Je croisai le regard de Wick dans le rétroviseur. La culpabilité m'assaillit aussitôt.

— … rien de concret pour l'instant.

— Je viens de voir un film où la nana laissait un préservatif contenant du faux sperme et un vêtement à elle sur le lit de son ex pour lui faire croire qu'elle avait couché avec un autre mec, déclara Charlie. Ça a super bien marché. Il était furieux.

— Je le serais aussi, acquiesça Darcy, avant de hocher la tête vers moi. C'est un super plan.

Je ne répondis pas. Wick resta muet. La culpabilité grimpa d'un cran.

Dieu merci, Izzy posa une question sur leurs parents. Je me serais mise à pleurer si on avait continué cette conversation.

Pour m'occuper, je fixai le profil de Wick. À la lueur du tableau de bord, son ombre de barbe ressortait chaque fois qu'il tournait la tête vers Darcy pour l'écouter.

Le regarder m'apaisa tellement que lorsque *Good Feeling* de Flo Rida commença, et que Charlie et Izzy crièrent le nom de leur frère sur ma gauche et ma droite, je sursautai.

Wick secoua la tête avec un regard peu amène vers Darcy.

— Il fallait que tu ajoutes ça à ta playlist, hein ?

— Absolument.

Elle enfonça le doigt dans son épaule et gloussa, tandis qu'Izzy et Charlie commençaient à scander :

— Wickham, Wickham, Wickham !

— Nope.

Charlie insista, secouant son siège.

— Si !

— Allez, Wick ! le supplia Izzy.

— C'est ta chanson ? demandai-je.

Il me regarda par-dessus son épaule et secoua la tête.

— J'ai chanté dessus *une* fois.

— C'est la chanson qu'il écoute quand il s'échauffe avant un match de foot, expliqua Izzy.

Wick plissa le front.

— Comment tu le sais ?

Darcy s'esclaffa et augmenta le son.

— On ne peut rien cacher à notre Nancy Drew nationale. Elle fait des études de journalisme, je te rappelle. Allez, frangin. Fais-nous profiter de ta belle voix !

Wick secoua la tête en gloussant. Darcy augmenta encore le volume.

I get a feeling that I never, never, never, never had before…

— No, no, chantèrent Charlie et Izzy en se penchant vers moi.

I get a good feeling, ajouta Flo Rida.

— Yeah, entonna Wick en pointant un doigt sur Darcy.

Le voir chanter me laissa bouche bée.

Ses sœurs poussèrent des cris de joie. Darcy mit le volume au maximum, et on se mit tous à brailler en dansant sur nos sièges. Aucun d'entre nous ne chantait juste, mais on s'en moquait. De toute façon, on pouvait à peine s'entendre les uns les autres. Izzy et moi nous collâmes dos à dos en gloussant pour prendre la pose sur les dernières paroles.

— Waouh, hoquetai-je entre deux éclats de rire. C'était gé…

La chanson suivante commença, et mes mots se perdirent dans le cri de joie poussé par Charlie.

On chanta alors sur *Thunder,* d'Imagine Dragons, *It's the End of the World as We Know It,* de R.E.M., *Save a Horse (Ride a Cowboy),* de Big & Rich, *You Shook Me All Night Long,* de AC/DC, *Old Town Road,* de Lil Nas X et *Jump Around,* de House of Pain.

Je me laissai retomber contre mon siège, épuisée, quand un slow passa enfin.

— Cette chanson est nulle, lâcha Izzy en fronçant le nez. Y'a quoi, après ?

— Laisse-moi regarder.

Pendant que Darcy saisissait son portable et faisait défiler les titres, je me laissai hypnotiser par les doigts de Wick qui tapotaient le volant en rythme. Il avait de belles mains, puissantes, très masculines. Le voir pianoter doucement était vraiment érotique. Suivre son mouvement me berçait tant que je sursautai presque au plafond quand Charlie hurla à côté de moi en donnant de grands coups dans le siège conducteur.

— Station essence ! Allons acheter des *snacks.*

— Ce ne serait pas mieux de s'arrêter plus près de la maison hantée ? suggéra Darcy.

— Je dois faire pipi, signala Izzy.

Avec un soupir, Wick ralentit, mit le clignotant et quitta l'autoroute.

Dès qu'il fut garé, il se tourna sur son siège et pointa un doigt menaçant vers Charlie.

— Pas de *burrito* !

Elle leva les yeux au ciel.

— Relax, tout ira bien.

— Pas de *burrito,* répétèrent Izzy et Darcy en chœur.

La benjamine de la fratrie webster se tourna vers moi et fit la moue.

— Ils sont super paranos.

Je la gratifiai d'un sourire navré, ignorant totalement pourquoi elle n'avait pas droit aux *burritos.* Je sortis du côté d'Izzy, qui avait laissé sa portière ouverte pour courir aux toilettes. Charlie m'emboîta le pas pendant que Wick prenait son temps, regroupant portefeuille, téléphone portable et clés.

— Tu as la frousse facilement ? demanda-t-elle tandis qu'on se dirigeait vers l'entrée de la boutique.

— Je ne regarde pas beaucoup de films d'horreur, alors ouais, probablement.

Elle hocha la tête.

— Génial. On va s'éclater !

Elle se précipita à l'intérieur. Le temps que j'ouvre la porte, elle était déjà au comptoir des pizzas, et Darcy flânait dans le deuxième rayon, les bras pleins de chips et de barres chocolatées.

Je ralentis pour attendre Wick. Il parut surpris que je lui tienne la porte.

— Merci.

Pendant que Charlie se tapotait le menton en étudiant les pizzas et que Darcy ajoutait un granité à ses provisions, je me rendis au rayon des boissons fraîches et sortis un Dr Pepper à la cerise. Après avoir sélectionné des Twizzlers, des barres chocolatées Whatchamacallit et un sachet de Funyuns, je repérai Wick en train de choisir une boisson basses calories.

Secouant tristement la tête, je déposai ma nourriture à la caisse et le rejoignis en soupirant. Le pauvre garçon ne se permettait jamais aucun écart alimentaire.

Il fallait que ça change.

— Quoi ? s'inquiéta-t-il, remarquant mon expression déçue.

Je posai les mains sur les hanches.

— C'est *ça* que tu prends ? Sérieux ?

Il regarda sa boisson, le front plissé.

— Quel est le problème ?

— Y'en a pas, si c'est ce que tu veux *vraiment*.

Je lui pris la main et m'approchai très près. Il inspira brusquement.

— Alors…

Je tins la bouteille en l'air et la fis lentement bouger de gauche à droite, d'une manière presque hypnotisante.

— Est-ce cette boisson-là dont tu as vraiment envie, Wickham ?

Son regard ardent balaya mon visage avant de se poser sur ma lèvre inférieure. Je me rendis compte que je la mordillais.

— J'ai oublié la question, murmura-t-il d'une voix rauque.

M'amusant un peu trop, je m'approchai encore, et passai le doigt sur la lettre S du mot *Sauter* qui s'étirait sur son torse.

— La boisson, répétai-je à voix basse. C'est celle-là que tu veux ?

— Non, souffla-t-il, subjugué par ma bouche. C'est même la dernière chose dont j'ai envie.

Je souris.

— Alors tu ne l'auras pas.

Reculant de quelques pas, je repris mon sérieux et reposai la bouteille dans la vitrine réfrigérée.

Il secoua la tête.

— Tu sais bien que je surveille mon alimentation pendant la saison.

— Oui mais, ce soir, c'est une occasion spéciale pour tes sœurs et toi.

— C'est vrai.

— Alors fais-toi plaisir !

Me hissant sur la pointe des pieds, je lui chuchotai à l'oreille :

— Sois un vilain garçon, ce soir.

Il frissonna et recula légèrement pour me dévisager. Un sourire lui ourla les lèvres.

— Tu es vraiment douée.

Il sortit une bouteille de Mountain Dew.

— Beaucoup mieux, approuvai-je.

Il choisit un Snickers, du saucisson, des bonbons Mike et Ike pour accompagner sa boisson scandaleuse.

Tandis qu'on s'approchait de la caisse, Izzy poussa un cri strident.

— Charlie ! Tu n'as pas osé !

De l'autre côté de l'épicerie, la benjamine s'immobilisa, l'air coupable, un *burrito* à moitié entamé dans la bouche. À côté de moi, Wick poussa un grognement et ferma brièvement les yeux.

— Quoi ? protesta Charlie entre deux bouchées. Je l'ai déjà payé.

— Ça suffit ! ordonna Darcy en se précipitant vers elle.

Elle le lui arracha de la main et le jeta dans une poubelle.

— Tu dépasses les bornes. S'il n'était pas trop tard pour faire demi-tour, je te ramènerais à la maison et on visiterait la maison hantée sans toi.

— Roh, allez ! Ce n'est pas si grave.

— Quel est le problème ? soufflai-je à Wick.

Il soupira sans répondre et tendit des espèces à la caissière pour payer nos *snacks*.

— Tu n'étais pas obligé de…

J'eus à peine le temps de protester que la caissière m'interrompit :

— Sympa, les couettes, déclara-t-elle avec un sourire charmeur. C'est adorable.

— C'était exactement le but recherché, répondit Wick en me coulant un regard amusé.

La caissière gloussa. Wick la dévisagea, surpris, comme s'il ne comprenait pas pourquoi, *elle*, elle trouverait ça amusant. Je me mordis la lèvre. Il ignorait qu'il était canon et ne se rendait pas compte de l'effet qu'il faisait aux nanas. C'était un de ses traits les plus craquants.

— Voici votre monnaie. Bonne soirée avec vos sœurs, roucoula-t-elle en battant des cils.

— Merci.

Avant que Wick puisse récupérer ses pièces, je tendis la main pour que la caissière et lui ne se touchent pas.

Minable, je sais. Mais c'était plus fort que moi.

— Oui, merci, dis-je, attrapant notre sachet de courses et prenant Wick par le bras pour l'éloigner d'elle.

Il regarda par-dessus son épaule d'un air gêné.

— Hum... C'était quoi, ça ?

Hors de question de révéler que ça m'avait mise en rogne que cette fille le drague.

— Quoi ? demandai-je innocemment. J'ai juste hâte d'arriver.

Manifestement, il n'était pas dupe. L'ignorant, je commençai à fouiller dans notre sachet de friandises.

Ses sœurs étaient derrière nous dans la file. Le temps qu'on ait trié nos friandises, elles étaient installées dans la voiture et prêtes à repartir.

Sauf que personne ne pipait mot. Personne ne plongeait dans son sachet de *snacks*. Darcy négligea même de relancer la bande-son du *road trip*. La tension devenant insupportable, je me penchai vers Izzy.

— J'ai raté quelque chose ? chuchotai-je.

— Attends de voir, marmonna-t-elle.

Une minute plus tard, une odeur désagréable me fit frémir les narines. Mes yeux se mirent à larmoyer. Oh ! bon sang… Qu'est-ce que ça puait !

Je toussai discrètement, incapable de me retenir. Je ne voulais pas offenser la personne qui avait des gaz, mais j'avais du mal à respirer.

Darcy tourna brusquement la tête et fronça le nez.

— *Charlie !* s'indigna-t-elle.

— Oh ! la vache, ça schlingue, cria Wick en baissant sa vitre.

— Et voilà ! annonça Izzy en ouvrant de quelques misérables centimètres la petite vitre à l'arrière.

La plus jeune de la fratrie haussa les épaules.

— Franchement, vous exagérez.

— On exagère ? hurla Darcy, en essayant de faire entrer de l'air frais par sa fenêtre. T'es folle ou quoi ? Je suis infirmière et je n'ai jamais rien senti d'aussi nauséabond.

— Même quand je suis coincé dans un bus pendant des heures avec cinquante mecs en sueur, ça ne pue pas autant, renchérit Wick.

— Pfff. Tu ne trouves pas ça si horrible, Haven ? Si ?

— Oh ! mon Dieu ! hoquetai-je, remontant le col de mon T-shirt sur mon nez. Comment avez-vous pu me piéger sur le siège du milieu comme ça ? Pousse-toi, Izzy ! J'ai besoin *d'air.*

Trente-cinq minutes horriblement longues et horriblement nauséabondes plus tard, on arriva enfin.

Dès qu'on se fut tous rués à l'extérieur, je me collai à Wick.

— La prochaine fois que tu me conseilleras de ne pas m'asseoir à tel ou tel endroit, je t'écouterai, marmonnai-je, la bouche en coin.

Il gloussa et me serra brièvement les doigts.

— Il faut toujours écouter le type qui porte des couettes.

Je penchai la tête en arrière et éclatai de rire. Ses sœurs se tournèrent vers nous avec curiosité.

J'offris l'entrée à tout le monde. La moitié protesta ; l'autre me remercia chaleureusement.

Contente de moi, j'entrai la première. Un cinglé me fonça aussitôt dessus à travers le brouillard avec un couteau recouvert de sang. Je bondis en arrière en poussant un hurlement, percutant la personne derrière moi. Un bras chaud et rassurant s'enroula autour de ma taille. Je m'agrippai à Wick.

— C'est quoi, ce délire ? C'était pas fair-play du tout, grommelai-je.

— J'ai failli me faire dessus, gémit Izzy, de l'autre côté de Wick.

— J'ai tout raté, se plaignit Darcy derrière nous. Que s'est-il passé ?

— Viens là et ouvre la marche, proposai-je. Tu verras mieux.

Elle obtempéra, mais dès qu'on fut entrés dans la pièce suivante elle recula.

— Non. Je ne veux pas être devant.

Un groupe de vampires dévorait le cou d'une personne morte par terre. Le pied du cadavre tressautait à chaque gorgée prise. Les vampires levèrent la tête vers nous. L'un d'eux essuya du revers de la main sa bouche dégoulinante de sang et sourit, dévoilant des crocs un peu trop réels à mon goût.

— Voilà le dessert, jubila-t-il.

La meute se leva alors et fondit sur nous.

Je m'agrippai encore plus à Wick. Si j'avais pu, je me serais glissée dans son T-shirt.

— Quelle horreur ! Ils n'ont pas le droit de nous toucher, si ? !

Wick foudroya les acteurs du regard.

— Vous n'avez pas intérêt à la toucher ! gronda-t-il d'un air si menaçant qu'ils en furent décontenancés.

— T'as été génial, murmurai-je dans son T-shirt, tout en l'enlaçant avec gratitude et en lui tapotant le bras pour le féliciter.

On continua la visite. Chaque nouvelle scène était plus effrayante que la précédente.

À un moment donné, Charlie me tira légèrement les cheveux.

— Arrête d'accaparer Wick, implora-t-elle. C'est *mon* frère.

— Tant pis pour toi. Tu n'aurais pas dû manger ce *burrito* et me piéger au milieu de la banquette arrière.

Wick éclata de rire et me serra contre lui pour déposer un baiser sur mes cheveux. Charlie se précipita de l'autre côté, pour se disputer son frère avec ses sœurs. J'aurais dû me sentir navrée pour elle. Mais, non, la petite peste l'avait bien cherché !

Le temps qu'on trouve la sortie de ce bâtiment effrayant et sinueux, je me sentais exaltée. Ça me rappelait le jogging. L'expérience était pénible, mais une fois que c'était terminé… Je me sentais remontée à bloc, heureuse d'avoir survécu.

— C'était génial ! m'exclamai-je.

Tandis que Darcy examinait le faux sang qui avait éclaboussé son T-shirt et qu'Izzy nettoyait les imitations de boyaux sur le dos de Charlie, je me tournai vers Wick.

— On s'en fait une autre ?

Il éclata de rire et enleva quelque chose dans mes cheveux.

— Je ne suis pas sûr que tu aies gardé les yeux ouverts suffisamment longtemps dans celle-ci pour voir quoi que ce soit.

Je haussai les épaules.

— Si, pendant une minute ou deux. Oh ! attends, tu as un… *globe oculaire* sur l'épaule.

Je le retirai avec une grimace écœurée.

— Je ne sais pas ce que tu as dans les cheveux, mais c'est sacrément bien accroché, dit-il en continuant d'essayer de le décoller.

Je gloussai.

— On se serait crus sur le plateau de *The Walking Dead.*

— C'est clair. Dis donc, ils ne t'ont pas ratée !

Alors qu'il m'essuyait délicatement la joue en souriant, je réalisai combien je l'appréciais. J'aimais vraiment passer du temps avec lui. C'était un mec formidable.

Remarquant que mon humeur s'était faite plus sérieuse, il se figea.

— Qu'y a-t-il ? s'inquiéta-t-il.

— Rien.

Je secouai la tête et plongeai le regard dans le sien.

— Je m'amuse vraiment, ce soir.

— C'est vrai ?

Ses pupilles s'assombrirent. Il était content.

— Bien. Tu avais besoin de décompresser.

Alors que j'allais le remercier de m'avoir permis de passer du temps avec eux et donné l'impression de faire partie du groupe, Darcy s'écria :

— Hé, les tourtereaux ! On fait d'autres maisons hantées ou vous voulez rester plantés là à vous faire les yeux doux ?

Wick recula aussitôt, l'air coupable.

— Mets-la en veilleuse, Darcy, rétorqua-t-il avec une moue irritée.

Elle avait raison. Ce soir, c'était leur soirée. Ce n'était pas le jour pour laisser parler mon cœur.

— Je monte devant ! criai-je avant de détaler en riant vers le pick-up.

Derrière moi, ses sœurs poussèrent des jurons en réalisant qu'elles devraient partager la banquette arrière.

33

HENRY

NUMÉRO 6 DE « HENRY LE DÉSESPÉRÉ »
Par Alice Bennet
paru dans The University Gazette

J'entrai en deuxième année déterminé à me ressaisir.

Écoutant les conseils de Rush, je me consacrai corps et âme à l'apprentissage du tuba. Tant et si bien que, lorsque j'eus assez d'argent pour acheter un instrument neuf, j'allai directement au rayon des tubas, sans passer par celui des trompettes.

J'en avais perdu le goût. Depuis l'incident avec Reuben, je ne voulais plus jouer du même instrument que lui. Je ne voulais même pas être dans la même fanfare que lui, encore moins dans la même section. Mais je m'étais progressivement pris de passion pour le tuba, alors j'essayais de faire fi de sa présence.

Nouvelle année, nouveau départ. Bien décidé à oublier Avery, j'invitai Kerri, une autre joueuse de tuba, à sortir un soir. Elle était drôle, gentille et sympathique, et j'arrivais à lui parler sans bégayer.

Avec elle, je ne ressentais pas la panique douloureuse qui me submergeait chaque fois que j'essayais d'accoster Avery et qui me donnait l'impression d'être en échec perpétuel. Avec Kerri, je ne risquais rien. Elle ne suscitait rien de démesuré, de sauvage, d'incontrôlable ou d'obsessionnel en moi. Complètement détendu, je ris aux éclats à plusieurs reprises pendant notre rendez-vous. Ça faisait bien longtemps que je ne m'étais pas senti aussi à l'aise et que je n'avais pas ri avec autant d'abandon.

Tout bascula la semaine suivante. Je répétais sur le terrain en attendant les autres joueurs de tuba, quand Reuben s'approcha en sifflant.

— Salut, Henry.

J'ôtai le tuba de ma bouche et je lui jetai un regard mauvais. Comment osait-il me parler ?

— Il paraît que tu as eu un rencard avec Tuba Kerri ? Tu te l'es tapée, ou pas encore ?

Levant les yeux au ciel et préférant l'ignorer, je repris l'embouchure. Mais, avant que je puisse jouer une note, il lança :

— Tu ne trouves pas qu'on dirait un chat mourant, quand elle jouit ?

Il haussa les épaules et commença à s'éloigner en sifflotant.

— Tu ne saurais pas la faire jouir, de toute façon, ajouta-t-il.

Une colère bouillante me parcourut tout entier.

— Il n'a pas fait ça ? fulminai-je à voix haute. Il n'irait pas aussi loin.

Bien sûr que si. Il coucherait avec Kerri rien que pour me pourrir la vie.

Enfoiré.

— Salut, Henry, lança Kerri.

Sursautant, je pivotai vers elle. Elle avançait vers moi rapidement, les joues rouges, son tuba scintillant au soleil. Elle repoussa ses cheveux de son visage et repositionna son instrument.

— J'ai vraiment passé un bon moment, la semaine dernière. J'ai vraiment hâte pour ce week-end.

Je la gratifiai d'un sourire crispé.

— Tant mieux.

Me surprenant moi-même, j'ajoutai :

— Moi aussi. Mais, euh, j'ai une question assez bizarre. Tu as couché avec Reuben ?

— Je…

Elle écarquilla les yeux. Puis elle s'humidifia les lèvres d'un air coupable et empoigna ses cheveux pour empêcher le vent de les lui souffler dans la figure.

— Ça te pose problème ? demanda-t-elle avec une petite grimace contrite. Je ne savais pas qu'on était exclusifs, et il était si…

Exclusifs ? Ça voulait dire qu'elle avait couché avec lui *récemment,* genre, depuis notre rencard ?

Bon sang !

Refusant d'entendre ce qu'elle avait à dire sur Reuben, je levai la main pour l'interrompre.

— Non, aucun problème.

C'est ça, ouais.

— On n'était pas… Tu as raison. Toi et moi n'étions pas exclusifs. Pas du tout, ajoutai-je.

On avait passé un chouette moment ensemble, on avait un autre rencard de prévu, alors, forcément, je ne m'attendais pas à ce qu'elle couche avec un autre, surtout mon ennemi juré.

— Vous avez couché ensemble il y a longtemps ? insistai-je, bien que je connaisse déjà la réponse.

J'ignorais pourquoi, mais j'avais besoin de le lui entendre dire. J'étais peut-être masochiste.

— Genre plus récemment que notre rendez-vous ?

— Hier soir, répondit-elle, gênée.

Je poussai un long soupir.

Sa moue embarrassée s'intensifia.

— C'est effectivement un problème pour toi, n'est-ce pas ?

Complètement. Mais j'étais content qu'elle soit honnête. Si ça avait été n'importe quel autre mec, j'aurais peut-être pu passer au-dessus, car elle avait raison, on n'était *pas* exclusifs, et un seul rencard ne voulait pas dire qu'elle devait s'engager envers moi d'aucune manière.

Ignorant sa question, je décidai de tâter le terrain.

— Je croyais que Reuben avait déjà une petite amie ?

Elle écarquilla les yeux.

— Oh ! mon Dieu. Tu ne vas pas nous balancer à Avery, si ?

J'en restai stupéfait.

— Tu veux dire qu'il est toujours avec elle ?

Comment avait-elle pu coucher avec Reuben, alors qu'il était en couple avec quelqu'un d'autre ?

— Ouais, mais…

Je perdis aussitôt tout respect pour elle.

— C'était une erreur. Je n'avais pas du tout l'intention de coucher avec lui. Il s'est montré si charmant et drôle que, de fil en aiguille… Ce n'est pas mon genre. Je ne suis pas… l'autre fille. Je le jure. C'était un accident. Je ne suis pas infidèle.

Elle était la définition même de l'infidèle. Et Reuben aussi.

Bordel de merde ! Reuben avait trompé *Avery*. Comment pouvait-on tromper Avery ?

— J'espère qu'on se voit toujours ce week-end, dit timidement Kerri.

Je fronçai les sourcils et lui lançai un regard incrédule.

— Pas dans cette vie !

Je la plantai là.

Je rejoignis Rush en courant ; il se faisait une jam-session avec les autres batteurs.

— Il l'a trompée, balbutiai-je, essoufflé.

Mon cœur tambourinait et mes pensées fusaient.

— Il l'a *trompée*, putain !

Il arrêta de jouer et me regarda comme si j'étais dérangé.

— Ralentis. Qui trompe qui ?

— Reuben ! grondai-je comme si c'était l'évidence même. Il l'a trompée, *elle*.

Il haussa les sourcils.

— Tu ignorais qu'il se tapait tout ce qui bouge ?

— Qu'est-ce que tu veux dire ? m'écriai-je, horrifié. Tu veux dire qu'il l'a trompée plusieurs fois ?

Mais… comment quelqu'un pouvait-il la tromper ? Plusieurs fois de surcroît ?

Rush afficha une moue désinvolte.

— J'ai entendu parler de quelques filles. Pourquoi ? Tu as appris qu'il couchait avec qui ?

— Kerri, marmonnai-je avec amertume.

Il écarquilla les yeux.

— *Ta* Kerri ? Il s'est tapé Tuba Kerri ?

J'émis un reniflement sarcastique.

— Crois-moi. Elle n'est plus rien du tout.

— C'est quoi, ce délire ? Elle était clairement intéressée, et vous avez eu un super rencard. Comment a-t-elle pu…

— Concentre-toi, grognai-je. Pourquoi est-ce que Reuben est encore avec elle ? S'il couche avec d'autres nanas, pourquoi est-ce qu'il continue de sortir avec elle ?

— Putain, mec.

Il secoua lentement la tête.

— Tu es toujours incapable de prononcer son nom.

— Tu vas répondre à mes putains de questions, oui ou merde ?

— Mec, je ne sais même pas pourquoi tu poses la question. C'est évident. Il sort encore avec elle parce qu'il sait que tu la convoites.

— Quoi ?

L'incrédulité me fit plisser le visage. Je secouai vigoureusement la tête.

— Impossible. Il ne resterait pas avec elle aussi longtemps juste pour me faire chier. De toute façon, à quoi est-ce que ça lui servirait ? Je sais que je ne pourrai jamais l'avoir. Plus maintenant. Je ne… nourris plus d'espoir. J'ai laissé tomber.

Il ricana.

— Ah bon ? *Vraiment ?*

Il me donna un coup de coude et désigna de la tête quelque chose derrière moi.

— Regarde, dit-il.

Je me tournai. Elle traversait le terrain en courant. Elle s'arrêta derrière Reuben et lui couvrit les yeux en gloussant.

Quelle beauté, cette fille !

La jalousie me fit l'effet d'un coup de poignard.

J'étais trop loin pour entendre ce qu'ils se disaient, mais il la fit rire. Elle baissa les mains. Il se retourna et l'embrassa.

Une nouvelle vague de douleur me submergea.

Me surprenant en train de les observer, Reuben me lança un sourire narquois et passa le bras autour des épaules d'Avery. Le connard me provoquait ouvertement.

— T'as vu ? commenta Rush. Il t'a cherché direct après l'avoir embrassée, pour s'assurer que tu regardais. Ça te ronge de l'intérieur, et il le sait. C'est pour ça qu'il continue de sortir avec elle.

— Merde.

Il avait raison. La panique douloureuse refit surface. Je me tournai immédiatement. Mes épaules s'affaissèrent.

— Tu as raison. Elle me plaît toujours.

Rush secoua la tête.

— Je ne te comprendrai jamais. Tu ne lui as même jamais parlé.

— Je sais. C'est pour ça que j'essaye de ne plus y penser. Mon obsession est ridicule. Elle n'a aucun sens. Et ça me rend dingue. Chaque fois que j'ai l'impression d'être capable de tourner la page, quelqu'un prononce son nom ou…

Je fis un geste vers elle.

— … je la croise, et tout remonte à la surface, aussi fort qu'avant. Pourquoi est-ce que je suis incapable de passer à autre chose ?

Rush me tapota doucement l'épaule avant de l'empoigner fermement.

— Tu as trop d'espoir dans ton cœur, mon pote.

— Eh bien, je n'en veux plus, grondai-je en serrant les poings. Je ne veux plus fantasmer sur des scénarios fictifs. Je préférerais encore être seul et… désespéré.

Je le regardai, abattu.

— Je dois apprendre à mieux cacher mes sentiments.

— Si tu pouvais arrêter de t'accrocher à elle, ce serait encore mieux. Mais, ouais, tu dois apprendre à mieux camoufler ce que tu ressens.

Il leva le menton et fit un geste vers elle.

— Elle part, la voie est libre.

Je tournai immédiatement la tête. Elle s'éloignait en effet. Le soleil illuminait ses cheveux dorés, qui se balançaient gaiement dans son dos. Elle avait l'air contente, heureuse.

J'eus pitié d'elle.

— Elle n'est pas au courant, si ? Elle ignore complètement qu'elle est cocue.

— C'est dur à dire mais, ouais, probablement.

— Quelqu'un devrait lui dire.

Rush partit d'un rire rauque et tendit la main.

— Je t'en prie.

Je secouai aussitôt la tête.

— Non. Ça ne peut pas être moi.

— Pourquoi pas ?

— Si je le lui dis, tout le monde pensera que j'ai fait ça parce que je veux sortir avec elle.

— C'est le cas, non ?

— Non !

Puis je grimaçai.

— Il n'y a pas que ça. Je m'inquiète pour elle. Elle mérite de connaître la vérité. Si j'étais cocu, j'aimerais le savoir.

— OK.

Rush enfonça ses baguettes dans sa poche arrière.

— Je n'ai pas envie de coucher avec elle, alors je vais m'y coller. À ton avis, elle est plutôt du genre à noyer son chagrin dans l'alcool, la glace au chocolat, ou à bousiller la bagnole du mec pour se venger ?

— Merde, tu as raison.

J'empoignai son T-shirt pour l'empêcher de partir.

— Tu ne peux pas le lui dire non plus. Elle sort avec lui depuis un an. Ça la détruirait.

Rush haussa les épaules avec nonchalance.

— Probablement.

Je soupirai.

— Alors c'est mieux qu'elle ne sache rien. Ils ne sortiront pas ensemble éternellement. Peut-être qu'autre chose – quelque chose de moins douloureux – les séparera.

Je me remis aussitôt à espérer. D'autres *et si* me vinrent en tête.

Et si Reuben et elle se séparaient ?

Si j'arrivais à lui parler ?

Si j'avais encore une chance ?

Si…

Ces mots étaient plus addictifs que le crack. Je m'accrochais à eux farouchement, imaginant une myriade de scénarios, faisant fi de la réalité. Hélas, avoir trop d'espoir faisait de moi un cas encore plus désespéré. Voilà exactement ce que j'étais : absolument désespéré.

34

HAVEN

On visita deux autres maisons hantées, et le retour se fit en silence.

Mais, dès que Wick eut trouvé une place de parking à un bloc de notre appartement, ses sœurs retrouvèrent leur énergie.

— On peut boire ? demanda Charlie à Darcy d'une voix suppliante, tandis qu'on sortait du véhicule. S'il te plaît. Tu nous as laissées boire, l'année dernière.

— C'était une erreur, déclara Darcy.

— Oh ! allez, renchérit Izzy. C'est le seul moment où Charlie et moi pouvons boire un peu d'alcool.

Leur sœur aînée leur lança un sourire narquois.

— Faux. Vous pourrez boire autant que vous voudrez quand vous aurez vingt et un ans.

Voyant qu'elles n'obtiendraient pas gain de cause, elles se tournèrent vers leur frère.

— Wick, l'implorèrent-elles, lui tirant sur le bras tandis qu'on approchait de l'immeuble.

Il leva un doigt.

— Un seul verre.

Elles poussèrent des cris de joie et se ruèrent vers l'appartement.

— *Wick !* protesta Darcy.

Il haussa les épaules.

— Ça ne risque rien. Elles ne ressortiront pas de la soirée, et un verre ne les tuera pas. Mieux vaut qu'elles boivent ici, avec nous, qu'à la fête d'un camarade, où elles risqueraient de s'attirer des ennuis.

— Tu seras un père vraiment strict un jour ! railla-t-elle.

Secouant la tête d'un air déçu, elle pressa le pas pour rejoindre ses sœurs.

Wick resta en arrière, l'air préoccupé.

— Elles vont vraiment rester dormir à l'appart ? demandai-je.

Il me regarda. À la lueur des lampadaires, son visage paraissait anguleux et ténébreux.

— C'est le projet, mais si ça te dérange…

— Non, pas du tout. Je ne voulais pas que la soirée se termine, de toute façon.

Il hocha la tête sans répondre. Inquiète pour lui, je lui saisis le bras.

— J'ai trouvé super que tu les autorises à boire un verre.

Il soupira.

— Je devrais fixer plus de limites aux gens.

Ma bouche fit un « O » de surprise.

— De quoi est-ce que tu parles ? Tu sais en fixer. Tu m'as très clairement expliqué que tu ne voulais pas être mêlé à mes histoires de vengeance. Tu ne m'as pas laissée me lamenter sur mon sort plus d'une semaine. Et, ce soir, tu as empêché les vilains monstres de me toucher. Personne ne te marche dessus. Tu as simplement un seuil de tolérance plus élevé que la plupart des gens.

Je posai la main sur sa joue.

— Ne culpabilise jamais d'être aussi gentil et généreux. C'est ce qui te rend si incroyablement unique.

— Vraiment ? demanda-t-il, ému.

— Vraiment.

Je levai le visage, pensive.

— Même si j'avoue que ce n'est pas la première impression que tu donnes. La surprise n'en est que plus belle lorsqu'on apprend à te connaître et qu'on découvre le vrai toi.

Je me hissai sur la pointe des pieds avec un sourire, et déposai un baiser rapide sur sa joue.

— Ne change rien. Tu me plais comme tu es.

Je lui pris la main et l'entraînai vers la porte d'entrée.

— Dépêche-toi. Je n'ai jamais participé à une soirée pyjama. Je suis super excitée !

Il gloussa et me suivit à l'intérieur. Mais on s'arrêta net dans l'entrée. Darcy, Izzy et Charlie avaient poussé la table basse vers le mur pour libérer un grand espace au cœur du salon. Elles avaient installé par terre les couvertures et les oreillers de Wick, avec une pile de sacs de couchage et d'autres oreillers, qu'elles avaient dû apporter de la maison.

— Bienvenue dans l'arène ! claironna Izzy en écartant les bras. Entre à tes risques et périls. Il se pourrait fort bien que tu te réveilles demain matin avec le genou ou les fesses de quelqu'un dans la tronche. Autrement dit, c'est l'éclate assurée.

Je ris aux éclats.

— Je vais chercher les couvertures et les oreillers de ma chambre.

— Bonne idée, répondit Darcy en levant le pouce dans ma direction, tandis que Charlie et elle continuaient d'arranger le salon.

Wick m'intercepta dans le couloir alors que je quittais ma chambre, les bras chargés.

— Tu n'es pas obligée de dormir par terre avec nous, si tu n'en as pas envie.

— Tu plaisantes ?

Je fourrai la moitié de mon tas d'affaires dans ses bras.

— Je suis fille unique. Une pyjama party entre frères et sœurs, c'est un rêve qui va devenir réalité pour moi.

— Je comprends, murmura-t-il tandis qu'on avançait dans le couloir. Même en étant de nature introvertie, j'aime faire partie d'une famille nombreuse. Ne leur dis pas, mais si je pouvais choisir je ne changerais rien chez aucune de mes sœurs.

Je le bousculai amicalement en souriant.

— Regarde-toi. Un vrai nounours !

Il se rembrunit.

— Bien que, 90 % du temps, ce soient de vraies petites pestes, maugréa-t-il.

Alors qu'on entrait dans le salon, un oreiller s'abattit sur son visage.

Il poussa un grondement et lâcha tout, sauf un oreiller.

— L'une de vous va mourir étouffée ce soir ! rugit-il.

Il bondit sur Darcy puis Izzy, armé de mon oreiller. Charlie essaya de l'attaquer par-derrière, mais il fit volte-face et riposta aussitôt. Serrant mes affaires contre la poitrine, je les regardais en souriant.

Ouais, j'aurais vraiment adoré avoir des frères et sœurs.

Darcy me sourit d'un air canaille.

— Tu penses que tu vas t'en sortir comme ça, ma p'tite ? Ça, c'est pour avoir volé ma place au retour !

Elle m'envoya un coup d'oreiller dans le bide en éclatant de rire. Puis elle désigna les autres d'un signe de tête pour m'inviter à les rejoindre.

Charlie s'en prit à moi, clamant que c'était pour avoir accaparé Wick pendant les visites des maisons hantées. Izzy m'assaillit dans le dos et me sourit d'un air contrit, disant qu'elle ne voulait pas être exclue.

Bientôt, Wick et moi nous retrouvâmes dos à dos, à parer les assauts de ses sœurs.

Quelques minutes plus tard, on s'écroula tous par terre, haletants et épuisés. Je me sentais si insouciante, heureuse, que j'éclatai de rire.

— Je meurs de faim, annonça Izzy.

— Moi aussi. J'ai envie des cookies sans cuisson de Haven, renchérit Charlie. Et où est l'alcool que tu nous as promis, *Wickham* ?

— Je vais refaire des cookies, proposai-je, tandis que Wick leur indiquait où étaient rangées les boissons.

— C'est parti ! lança Darcy.

On se rendit tous à la cuisine. Wick prépara un verre de rhum-soda aux deux mineures. Pendant que Darcy se servait à boire, je m'attelai à la préparation des cookies.

— Izzy nous a raconté que ta mère était en fauteuil roulant, commença Charlie, pendant que je mélangeais les ingrédients dans la casserole. Qu'est-ce qui cloche chez elle ?

— Charlie ! la réprimandèrent en chœur Izzy, Wick et Darcy.

Je souris. Après avoir passé la soirée avec elle, je savais qu'elle n'avait pas une once de méchanceté. Sa question n'avait rien de perfide. Et puis, si je devais me vexer chaque fois qu'on me posait la question, je passerais mon temps déprimée.

— Elle souffre de paralysie cérébrale.

Je leur expliquai en quoi cela consistait.

— Je ne savais pas que les personnes atteintes de paralysie cérébrale pouvaient avoir des enfants, commenta Izzy.

— Médicalement, rien n'empêche la grossesse, même si celle de maman a été compliquée par des crises d'épilepsie et des attaques. En fait, j'étais la quatrième tentative de mes parents pour avoir un enfant, après trois fausses couches. J'ai été leur enfant miracle. C'est difficile à assumer parfois. Ils m'auraient emballée dans du papier bulle et m'auraient posée sur une étagère, s'ils avaient pu. J'ai dû faire ma tête de mule et m'affirmer, pour qu'ils apprennent à me donner de la liberté.

Charlie soupira avec envie en sirotant son verre.

— Tu as dû être pourrie gâtée en grandissant. Tu obtenais tout ce que tu voulais ?

— Quasiment, ouais, répondis-je avec un sourire gêné.

Je pointai la spatule vers elle.

— Excepté pour les chats. J'ai toujours voulu un chaton, genre désespérément, mais maman était allergique. Alors pas de chat.

Darcy éclata de rire et se resservit un autre verre.

— Je ne me rappelle même plus combien de chats, chiens et hamsters on a eus !

Izzy gloussa.

— Tu te souviens des deux hamsters mâles de Wick, qu'on avait appelés Ben et Jerry, et qui ont fait des bébés ensemble ?

Wick, qui se balançait sur les deux pieds arrière de sa chaise, son verre sur la poitrine, se mit à rire. En rentrant, il avait troqué ses lentilles de contact contre ses lunettes. Ça le rendait terriblement attirant.

— Papa a essayé de les ramener, mais l'animalerie a refusé. Alors j'ai emmené les bébés à l'école, et je les ai donnés à mes copains. Les mamans ont appelé pour se plaindre. J'ai été puni super longtemps.

Le Wick détendu, ouvert, me charmait autant que le Wick intense, tourmenté et maussade auquel j'étais habituée. C'était un homme aux multiples facettes. Pour l'instant, elles me plaisaient toutes.

Il remarqua que je l'observais. Je reportai aussi sec mon attention sur la préparation des cookies.

Quand j'eus terminé, tout le monde m'encercla pour en prendre une poignée, et on retourna au salon. Darcy emporta le rhum avec elle. Elle interdit à tout le monde de se resservir, mais continua de descendre la bouteille.

— Pfiou, grogna Wick en s'affalant sur le canapé. Ça fait du bien de s'asseoir. Quelle journée !

Il prit un morceau de cookie et poussa un gémissement.

— Bonté divine ! s'exclama-t-il en levant la tête vers moi. Ils sont délicieux. Tu m'avais caché que tu étais un cordon-bleu, femme.

Je levai les yeux au ciel.

— Ils sont pas mal.

Il s'esclaffa.

— Ne sois pas modeste. Ils sont délicieux !

Charlie hocha la tête.

— Je les aime peut-être même plus que les brownies de maman.

Elle regarda autour d'elle.

— Vous n'avez rien entendu.

— J'appelle maman tout de suite pour moucharder, l'asticota Izzy.

Charlie lui lança un coussin au visage.

— T'as pas intérêt.

Izzy ricana.

— Quelle lèche-cul !

La conversation continua sur les plats préférés des uns et des autres. Soudain, Charlie m'attrapa le bras.

— Et… ça y est, Wick s'est endormi, annonça-t-elle, en se frottant les mains d'un air diabolique.

Je tournai immédiatement la tête vers lui et souris avec affection. Il portait encore le fameux T-shirt et les couettes. À moitié allongé sur le canapé avec ses chaussures, il ressemblait à un enfant taille adulte tombé raide de fatigue, après une overdose de sucre.

— Mettons-lui la main dans de l'eau chaude, pour voir s'il se pisse dessus.

Je poussai un cri.

— Jamais de la vie !

Je rampai vers le canapé pour le protéger de ses sœurs. Toute la soirée, il avait pris soin de moi ; il était temps pour moi de lui rendre la pareille.

— Entre la fac, les entraînements de foot et le tutorat, il a brûlé la chandelle par les deux bouts toute la semaine, protestai-je en lançant un regard mauvais à Charlie. Le pauvre est épuisé.

Je lui retirai délicatement ses lunettes et regardai, presque en transe, ses paupières et ses cils frémir, ses lèvres s'entrouvrir légèrement à chacune de ses respirations. Qu'il était bel homme ! Soudain émue et d'humeur tendre, je lui retirai ses chaussures et remontai ses jambes sur le canapé pour qu'il soit complètement allongé, avant de le couvrir d'une de mes couvertures.

Alors que j'allais lui ôter ses couettes, Charlie leva les mains et souffla :

— Non, arrête !

Je fronçai les sourcils.

— Il les a assez portées. Son crâne sera douloureux s'il les garde toute la nuit.

— Il survivra. Arrête de le toucher. Je ne veux pas qu'il se réveille.

Les joues brûlantes, je retirai brusquement mes mains.

Darcy et Izzy haussèrent les sourcils, l'air de dire : *Tiens, tiens, regardez qui craque pour Wick.*

— Bien, approuva Charlie. Maintenant parlons sexe, ajouta-t-elle, les yeux pétillants.

— Quoi ? s'écria Darcy du fauteuil où elle était vautrée, pompette, les jambes sur l'accoudoir. Qu'est-ce que t'y connais, au sexe ?

— Rien, répondit Charlie en fronçant le nez. C'est pour ça que je veux en parler.

— Je ne vais pas t'être d'une grande aide, geignit Izzy en finissant son cookie et se léchant les doigts. Je suis toujours vierge.

— Vraiment ? s'étonna Charlie, dépitée. Et dire que je pensais que tu deviendrais active dès ton entrée à l'université.

— Non, rétorqua Izzy sèchement. Désolée de te décevoir, mais je n'y connais rien.

Charlie se tourna vers moi, pleine d'espoir. Je levai les mains en éclatant de rire.

— Je ne vais pas t'être d'une grande aide non plus. J'ai été avec un seul mec, et ça s'est terminé par un désastre. Par contre, je peux te dire ce qu'il *ne faut pas* faire.

— Alors, comme ça, Pumpernickel n'est pas doué au lit ? compatit Charlie. Ça ne m'étonne même pas.

Elle se tourna vers sa sœur aînée.

— Et toi, Darce ? Avec combien de mecs as-tu couché ?

Darcy s'esclaffa.

— Tu crois que je vais te le dire ?

— Quinze ? hasarda Charlie. Vingt ? *Plus ?*

— Six ! s'écria Darcy, horrifiée. Seulement six. Encore que c'est sûrement plus que vous tous réunis, Wick *y compris.*

On tourna toutes la tête vers le garçon endormi sur le canapé.

— Je ne sais pas, songea Charlie. Ce n'est pas parce qu'il n'a jamais présenté de fille aux parents qu'il n'a pas fait de nombreuses conquêtes. C'est une grande star de foot, et il n'est pas moche. Je suis sûre qu'il a eu plein d'opportunités de choper.

Une douleur aiguë me traversa l'estomac. Je n'aimais pas l'idée que Wick ait fréquenté d'autres femmes. Surtout s'il y en avait eu beaucoup.

— Seule Izzy connaît la vérité, déclara Darcy à côté de moi.

On regarda toutes l'intéressée. Elle piqua un fard et recula légèrement, les yeux écarquillés comme un animal effrayé.

— Ne me fixez pas comme ça !

— Pourquoi seule Izzy saurait avec combien de filles Wick est sorti ? demandai-je, perplexe.

— Tu lui dis ou je m'y colle ? la taquina Darcy.

— Izzy lit tous ses e-mails et ses textos, me révéla Charlie avec amusement.

— Chuut, siffla Izzy, en la poussant pour la faire taire. Et s'il faisait semblant de dormir ?

Toutes les têtes pivotèrent vers Wick. Il n'avait pas bougé d'un iota.

— Je ne crois pas, chuchota Charlie.

Je me retournai vers Izzy.

— Comment fais-tu pour lire ses messages ?

Elle rougit, l'air coupable.

— Quand il est parti pour la fac, maman et papa lui ont offert une nouvelle tablette. Il m'a donné l'ancienne, mais n'a jamais effacé ses comptes.

Elle rougit de plus belle.

— Ses e-mails et ses textos s'affichent dans mes notifications.

Je secouai la tête de stupéfaction.

— Tu ne les as jamais effacés ?

Darcy ricana.

— Tu rigoles ! Elle a accès à toutes les infos croustillantes. Le seul problème c'est qu'elle se la joue protectrice et respectueuse de sa vie privée. Elle n'a aucun problème à l'espionner, mais elle garde pour elle les trucs les plus juteux. Et Dieu sait s'il doit y en avoir !

— Parce que je me sens trop mal, couina Izzy en se tordant les mains.

— Il ne s'en est jamais rendu compte ? m'exclamai-je, abasourdie.

— Non, jamais.

— Alors, tu sais avec combien de nanas il a couché ou pas ? insista Charlie.

Izzy lui lança un regard qui disait : *Pitié, ne me demande pas ça.* Sa sœur poussa un cri outré.

— Tu le sais ! accusa-t-elle. Et tu nous le caches ? Je t'ai raconté en détail la fois où Scott McCall et moi avons flirté à la bibliothèque. Tu n'as pas le droit de tout garder pour toi.

— Bon, d'accord, soupira Izzy à contrecœur.

Elle coula un regard rapide vers moi.

— Il a perdu sa virginité en deuxième année.

— De lycée ? demandèrent à l'unisson Darcy et Charlie, les yeux ronds de curiosité.

— Non. De fac.

— Sérieux ? s'exclama Darcy.

Elle regarda son frère endormi d'un air pensif.

— Je n'aurais pas pensé qu'il attendrait si longtemps.

Ouais, moi non plus. Je le vis alors sous un nouveau jour. Ça me faisait bizarre d'avoir perdu ma virginité avant lui.

C'était super étrange d'entendre parler de sa vie sexuelle, et très perturbant de l'imaginer avec quelqu'un d'autre. Mais j'étais dans le même bateau que Charlie et Darcy : je voulais tout savoir.

— Et depuis ? insista Charlie.

Izzy soupira.

— Honnêtement, je ne suis au courant que d'une seule autre. Soit il ne raconte rien à son meilleur pote, soit il n'est sorti qu'avec une seule autre nana. Leur histoire a duré quelques mois, l'année dernière. Ils se voyaient de temps en temps. Je crois qu'elle était plus âgée et qu'elle avait fini ses études. Leurs messages étaient brefs, mais ils allaient droit au but si vous voyez ce que je veux dire.

Elle leva les sourcils d'un air entendu.

— C'est pas vrai ! s'écria Charlie, stupéfaite. Wick avait un *plan cul* ?

— Ça alors ! s'étonna Darcy.

Je me ratatinai, imaginant les mains de Wick caressant une autre femme sur les…

— Non, répondit Izzy. Je ne crois pas qu'elle était *son* plan cul. Je crois qu'il était *le sien*. Elle appelait, et la plupart du temps il acceptait d'aller chez elle. Ce n'était peut-être pas pour du sexe. Mais je pense que si. Lorsqu'elle lui a dit qu'elle avait rencontré quelqu'un d'autre et qu'elle voulait que ça devienne sérieux, ils n'ont plus jamais correspondu.

— Flûte, compatit Charlie. Elle lui a brisé le cœur ?

Izzy haussa les épaules.

— Je ne crois pas. Il ne semblait pas triste. Il lui a souhaité bonne chance, et il l'a remerciée pour tout ce qu'elle lui avait appris.

Darcy éclata de rire.

— Il l'a *remerciée* ? Quel ringard, ce Wick !

— Il avait sa propre Mrs Robinson[1], murmura Charlie en regardant son frère d'un air ébahi. C'est trop bizarre.

Darcy hoqueta, changeant soudain d'humeur, et se couvrit la bouche.

— C'est ma faute, non ? gémit-elle, les yeux pleins de larmes.

— Pourquoi est-ce que ce serait ta faute qu'il ait eu une Mrs Robinson ? s'étonna Charlie.

— Non, je parlais de son manque de relations. Petites amies, compagnes, plans cul, peu importe comment vous les appelez.

Je secouai la tête.

— Je ne comprends pas.

— Moi non plus, renchérit Charlie.

1. Référence au film *Le Lauréat*.

Darcy s'essuya les yeux.

— Pardon, c'est vrai que vous deux ne pouvez pas être au courant. Charlie, tu étais trop jeune lorsque ça s'est produit, alors tu ne peux pas te rappeler, mais j'ai été molestée par le troisième mari de tante Rose quand j'étais petite.

— Quelle horreur ! Oncle Miles ?

— Non, non. Mon Dieu, non ! Miles est son quatrième mari. Ce type… Elle s'est débarrassée de lui après… cette histoire.

— Zut alors, murmura Charlie, les yeux écarquillés. Pourquoi est-ce que je n'étais pas au courant ?

Darcy haussa les épaules.

— Je ne sais pas. Je n'ai pas cherché à en faire un secret. Le sujet n'a simplement pas été abordé.

— Quelle histoire, murmurai-je.

Darcy posa les yeux sur moi.

— Wick a surpris la scène. Il est parti chercher de l'aide en courant.

Je fus saisie d'émotion en imaginant Wick enfant, désespéré de sauver sa grande sœur.

— Évidemment, tout le monde s'est inquiété pour moi. J'ai été suivie psychologiquement et j'ai assisté à des groupes de soutien, reprit Darcy. Je vais très bien aujourd'hui, même si j'ai du mal avec l'engagement. Je peux en parler ouvertement. J'anime même des ateliers au centre médical pour aider les victimes d'agressions similaires. C'est en partie pour cette raison que j'ai voulu devenir infirmière auprès des jeunes. Malheureusement, personne ne s'est jamais vraiment inquiété de savoir si cela avait eu des répercussions sur Wick.

Elle secoua la tête et le regarda avec tristesse.

— Il a toujours été super maladroit avec les nanas qui l'attirent. Comme s'il se sentait coupable d'avoir envie d'elles et ne savait pas comment gérer ces deux réactions diamétralement opposées. J'ai vraiment peur qu'il ait des soucis relationnels à cause de moi.

— Tu as assez bu, décréta Izzy en lui prenant la bouteille de rhum.

Puis elle lui serra affectueusement l'épaule et déposa un baiser sur sa joue.

— *Rien* n'est ta faute. En plus, Wick n'a pas de problème. Regarde-le. Il va bien.

On posa toutes les yeux sur lui en gloussant gentiment. Ses couettes lui donnaient l'air ridicule, son T-shirt était trop serré, et il dormait sous ma couverture licorne, ma préférée quand j'étais petite.

— Ouais, il est tout à fait normal, acquiesça Charlie, rampant vers Darcy pour lui prendre la main. Ne t'inquiète pas, Sissy. Tout va bien.

Les voir se consoler mutuellement m'occasionna un pincement au cœur. J'aurais vraiment adoré avoir des sœurs.

— En plus, il y avait des étincelles entre Haven et lui, ce soir, et il n'a pas été maladroit du tout, ajouta Charlie.

— Quoi ? m'exclamai-je, tandis que Darcy s'essuyait les yeux et me jaugeait.

— C'est vrai, concéda-t-elle. S'il s'avère qu'il a vraiment des soucis avec les femmes à cause de l'agression que j'ai subie, Haven est la fille idéale pour l'aider à reprendre confiance en lui.

Je secouai les mains pour leur dire de se taire.

— On n'est pas…

— Tout va bien. Tu n'es pas obligée de faire semblant avec nous, intervint Izzy gentiment, une lueur de compréhension dans le regard, comme si elle savait exactement ce que mon cœur traversait. On est contentes que tu aies des sentiments pour lui. On approuve, même.

Les deux autres hochèrent la tête. L'air quitta brusquement mes poumons. Posant les yeux sur Wick, je ressentis une vague de tendresse.

Que m'arrivait-il ?

— Si tu continues de le rendre heureux comme il l'était ce soir, je te laisserai même l'accaparer, la prochaine fois qu'on visitera une maison hantée, annonça Charlie.

J'éclatai de rire. Mais je m'arrêtai aussi sec, envahie par la peur. Leurs paroles me donnaient de *l'espoir*. Après tout ce que j'avais traversé avec Topher, ne devrais-je pas plutôt avoir envie de faire une croix sur les hommes, le sexe et les relations amoureuses ? Me méfier et ne plus faire confiance à quiconque ? Mais, depuis le soir où Wick m'avait tenue dans ses bras et avait apaisé ma douleur, je lui faisais instinctivement confiance.

— Le timing est mauvais, dis-je d'une petite voix. C'est trop tôt…

Je secouai tristement la tête.

— Et puis, il mérite mieux qu'une fille qui traîne autant de bagages que moi. Tant que je n'aurai pas trouvé un moyen de montrer à Topher combien je le déteste et que c'est bel et bien terminé entre nous, je n'arriverai pas à avancer. Ce fils de pute ne doit pas s'en tirer comme ça. Il doit payer.

— Fais comme la fille du film, me conseilla Charlie. Faux préservatif usagé sur son lit. Ça lui montrera que tu es furieuse et que tu as envie qu'il souffre.

— Ou ça lui montrera qu'elle pense *encore* à lui et qu'elle est incapable de passer à autre chose, ce qui flattera encore plus son ego, rétorqua Izzy d'un ton cinglant.

Je grimaçai. Je ne voulais surtout pas qu'on s'imagine que je m'accrochais à Topher. Ce n'était pas du tout le cas.

Ayant besoin de trancher, j'interrogeai Darcy du regard. Elle haussa les épaules.

— Quoi que tu décides, assure-toi que mon petit frère ne souffre pas, dit-elle.

Je hochai la tête. Je voulais la même chose. Plus aucune souffrance pour Wick *et* moi.

35

HAVEN

Wick s'étira dans un grognement. Perchée sur lui, je lâchai un bâillement et levai la tête.

— Bonjour.

Sa barbe avait poussé et semblait plus broussailleuse que la veille. À ses yeux rougis, je vis qu'il était crevé.

Il cligna d'un air ensommeillé. Il se demandait sans doute comment j'avais atterri sur lui.

— Bonjour, répondit-il.

— Désolée. Après m'être pris un coup de pied de trop par terre, je suis venue me réfugier ici.

— Tu as bien fait.

Il me caressa les cheveux et regarda autour de lui. Le salon était désert.

— Quelle heure est-il ? s'enquit-il en reposant la tête sur l'accoudoir du canapé.

— Aucune idée. Tu crois que je peux te retirer tes couettes sans m'attirer la foudre de tes sœurs ? demandai-je en joignant le geste à la parole.

— Ouais.

Il grimaça.

— Ouch. Ça tire !

— Je sais, roucoulai-je en lui massant le cuir chevelu. J'ai voulu les enlever quand tu t'es endormi, hier soir, mais Charlie m'en a empêchée.

Ses lèvres se retroussèrent en un sourire amusé.

— La petite peste.

Je hochai la tête.

— Je t'ai quand même sauvé la mise. Elle t'aurait plongé la main dans de l'eau chaude si je ne l'avais pas retenue.

Il gloussa.

— Tu es mon héroïne.

— Ça, tu l'as dit !

Je le massai plus lentement, savourant la douceur de ses cheveux. Mon intuition disait vrai. Ils avaient la longueur parfaite pour être empoignés, tandis qu'il s'enfoncerait en moi.

— Qu'y a-t-il ? demanda-t-il, remarquant mon changement d'humeur.

Je secouai la tête. Je ne savais pas trop comment exprimer ce que je ressentais.

— Est-ce que les choses te semblent… différentes ce matin ?

Une expression gênée passa sur son visage. Il bougea nerveusement. Je sentis alors son érection.

Je pris son visage dans mes mains en éclatant de rire.

— Oh ! je suis désolée. Ce n'est pas de ça que je parlais.

J'enfouis le visage dans son cou.

— Tu es adorable.

J'appuyai la hanche contre son érection.

— Parce que, ça, ça ne change pas. Je dirais même plus : ça t'arrive tous les matins.

Ses joues s'empourprèrent, et ses yeux pâles s'assombrirent.

— Désolé.

Je lui caressai les joues.

— Aucun problème. Je voulais dire que…

Je jouai avec ses cheveux le temps de chercher mes mots.

— J'ai l'impression qu'hier soir quelque chose s'est éveillé en moi. Non seulement j'en ai appris plus sur toi, mais je pense…

Je marquai une pause.

— … Je pense que j'ai redécouvert qui j'étais moi aussi, ou, du moins, qui j'ai *envie* d'être. Et ça m'a plu.

— Vraiment ? demanda-t-il, ses yeux pleins d'adoration.

Je hochai la tête.

— Ouais. Vraiment.

— Tant mieux.

Il attrapa délicatement une mèche de mes cheveux.

— Moi aussi, je me sentais bien, hier.

— J'ai aimé la dynamique entre nous, continuai-je. Les choses semblaient… naturelles. J'ai le sentiment que je pourrais tout te dire et que tu ne me rejetterais pas.

Ses doigts s'immobilisèrent dans mes cheveux. Nos regards se croisèrent.

— Il faudrait que tu me dises une chose vraiment atroce pour que je te tourne le dos.

Je me penchai jusqu'à ce que nos visages ne soient qu'à quelques centimètres l'un de l'autre.

— Hier soir, pour la première fois, je t'ai entendu rire. Tu as un rire génial, Wickham webster, lui murmurai-je à l'oreille.

Il prit une inspiration. Je le sentis frémir sous moi.

— Tu ne m'aides pas du tout à calmer mon érection, là !

Je souris d'un air canaille et reculai légèrement pour plonger le regard dans le sien.

— Pourquoi devrait-elle disparaître ? Ça ne me gêne pas du tout.

Continuant de le regarder, j'appuyai les hanches plus fort contre lui.

— Je dirais même plus : ça me plaît. Ça me donne l'impression d'être… désirable.

Il écarquilla les yeux.

— Bon sang, Haven. Bien sûr que tu l'es !

Je fis glisser un doigt de la racine de ses cheveux jusqu'à sa gorge. Il déglutit bruyamment et jeta un coup d'œil à l'entrée du salon.

— Et si une de mes sœurs entre ?

— Alors… on fera semblant de dormir ?

— Est-on *encore* endormis ? fit-il en me touchant la joue avec un respect qui me coupa le souffle. J'ai l'impression de rêver.

— Oui, répondis-je, jouant le jeu. On dort profondément. Rien de tout ça n'est réel. Alors, dis-moi, homme sexy de mes rêves. Que se passerait-il, si on était dans un de tes fantasmes ?

Son regard tomba immédiatement sur ma bouche.

Je me rapprochai, adorant sa façon de penser.

— Moi aussi.

Il pencha la tête en avant.

Juste avant que nos lèvres se rencontrent, Charlie claironna :

— Wick ! Haven ! Levez-vous, les paresseux ! C'est l'heure du petit déjeuner.

On ferma aussitôt les yeux, et je laissai tomber ma joue sur sa poitrine, faisant semblant de dormir. Mais, dès que j'entendis sa sœur entrer dans le salon, je me mis à glousser, incapable de faire semblant.

Wick m'emboîta le pas. C'était puéril mais étrangement libérateur. J'ouvris les yeux et je tournai la tête vers Charlie, en riant de plus belle.

— Vous êtes chelous, commenta-t-elle en secouant la tête. Dépêchez-vous. J'ai faim.

Elle repartit dans la cuisine.

— Elle a toujours faim, non ?

Wick soupira.

— C'est clair.

Que ce garçon me plaisait ! Avec un grand sourire, je déposai un baiser rapide sur sa joue et descendis du canapé.

— Alors on ferait mieux de se dépêcher avant qu'elle mange tout.

Wick grimaça et plia le genou pour remonter ma couverture licorne sur son ventre.

— J'arrive dans quelques minutes, bredouilla-t-il.

— Mon pauvre, dis-je avec un sourire plein de compassion.

Ça devait être vraiment galère de cacher son érection à ses sœurs. Mais, puisque j'en étais responsable, mieux valait que je m'éloigne pour l'aider à s'en débarrasser. Je lui soufflai un baiser pour lui souhaiter bon courage.

— À tout de suite.

Dans la cuisine, Darcy, Izzy et Charlie étaient déjà en train de se goinfrer. Elles levèrent les yeux vers moi et haussèrent les sourcils d'un air amusé.

— Bonjour. Bien dormi ? railla Darcy avec un sourire entendu.

Izzy et Charlie ricanèrent.

— Très bien, merci, répondis-je avec autant de dignité que possible.

Il restait quelques gaufres. J'en remplis mon assiette et les beurrai avant de les noyer de sirop. Les filles accaparant la table, je m'assis sur le plan de travail et mangeai avec délectation, en balançant joyeusement les pieds.

J'en avais englouti la moitié quand Wick nous rejoignit. Il s'était changé et – constatai-je avec délectation – il avait mis ses lunettes.

Trop canon.

Il s'arrêta à l'entrée de la cuisine et fronça les sourcils.

— Vous vous êtes servies de ma recette de gaufres ?

Il fustigea sa sœur aînée du regard.

— Il n'y a que moi qui ai le droit de les faire, protesta-t-il.

— Pfff, s'esclaffa Darcy. Tu te sers d'une préparation.

— Ouais, mais j'ajoute…

— On ne voulait pas te réveiller, intervint Izzy en coulant un regard vers moi. Vous étiez si mignons, endormis ensemble sur le canapé.

Wick croisa mon regard et arbora une moue coupable.

Je souris et tapotai le plan de travail.

— Viens, je t'ai gardé une place.

Il sourit gaiement, se servit quelques gaufres et grimpa à côté de moi. Assis hanche contre hanche, on mangea en se glissant des regards complices.

— Le prochain match pour les play-offs a lieu dans une semaine, c'est ça ? demandai-je.

Il avala un morceau avant de répondre.

— Ouais, ce sont les qualifications pour le championnat régional. Ensuite, il y aura les demi-finales et la finale nationale. Si on arrive jusque-là.

— Tu penses que vous avez une chance ?

Il haussa les épaules.

— Ouais.

— À condition que Wick arrête de se faire suspendre, railla Darcy.

Il ne répondit pas. Il me regarda et sourit.

— Tu as encore des saletés dans les cheveux.

Il tendit la main et retira une masse rouge informe qui avait séché.

— Hé, j'essayais de garder ça comme souvenir !

— Comme souvenir ?

Il arqua un sourcil interrogateur.

— Ouais, répondis-je en reprenant mon trophée. Pour me rappeler la meilleure soirée de ma vie.

Son expression s'emplit d'un mélange d'espoir, d'adoration et d'incrédulité.

Ses sœurs se levèrent précipitamment de table.

— Il faut que j'y aille, lâcha Darcy.

— Ouais, moi aussi, ajouta Izzy en aidant Charlie à ramasser les assiettes et à les porter jusqu'à l'évier.

— Euh… OK…, répondit Wick.

Il descendit du plan de travail pendant qu'elles nettoyaient la table en vitesse.

Chacune s'arrêta pour lui faire un câlin, une bise, ou les deux, puis toutes trois m'enlacèrent avant de quitter la cuisine en courant.

Wick leva un sourcil interrogateur vers moi.

— C'est moi, ou elles ont décampé un peu trop vite ?

Je haussai les épaules en rougissant. Elles avaient clairement voulu nous laisser en tête à tête.

— Maintenant que je les connais, je m'attends à tout.

— Pas faux, dit-il avec un hochement de tête pensif.

Gloussant, je balayai la cuisine du regard.

— On dirait que ça va être journée ménage.

Il poussa un long soupir.

— Ouais.

Le monde réel nous rappelait à l'ordre.

Wick s'occupa du salon, moi de la cuisine. À midi, l'appartement était rangé.

L'après-midi, ce fut corvée lessive. Les tâches ménagères terminées, je me consacrai à mes devoirs et Wick à son tutorat.

Je travaillais, sur mon lit, à l'ébauche d'une leçon pour mon cours de développement du langage, quand on frappa à ma porte.

Immobile dans l'encadrement, Wick se grattait la nuque avec une moue gênée.

— Que se passe-t-il ? m'enquis-je, alarmée.

Il s'éclaircit la gorge.

— Je viens de faire un truc.

Me demandant s'il se sentait embarrassé, coupable ou honteux, je poussai mes livres et mes cahiers, et descendis du lit.

— Quoi exactement ?

Il souffla un grand coup.

— Princesse, tu sais, la chatte du propriétaire de l'immeuble… Elle a eu des bébés il y a un mois ou deux et Trisha, la gardienne, vient de me dire qu'ils étaient enfin sevrés et propres et qu'ils cherchaient un foyer, alors…

Il se mordilla la lèvre inférieure.

— J'en ai pris un.

— Tu as fait quoi ?

Son visage se voila d'inquiétude.

— On a un chaton, maintenant.

Je poussai un cri strident.

— Sérieux ? Il est où ?

Je me ruai hors de ma chambre à la vitesse de l'éclair. Mais Wick se tourna, dévoilant un minuscule chaton tigré à la fourrure noir, marron et gris, blotti dans ses bras.

— Il est adorable ! gazouillai-je en le caressant. Et si doux. Tu as senti comme il est doux ?

— Oh que oui j'ai senti ! répondit-il, les lèvres retroussées d'amusement.

Il me tendit l'animal en gloussant. Je poussai un cri de joie et levai la petite boule de poils contre mon visage. Un bout de langue râpeuse me lécha la joue.

— C'est le plus craquant des chatons. Comment s'appelle-t-il ?

Je regardai Wick.

— Il ou elle ?

— *Elle,* d'après Trisha. Et…

Il haussa les épaules.

— Tu peux l'appeler comme tu veux.

C'est alors que je réalisai qu'il l'avait adoptée pour moi. Car j'avais dit, la veille au soir, que j'avais toujours voulu un chat. Mon cœur enfla dans ma poitrine.

— Wick, soufflai-je. Tu n'aurais pas dû. C'est… C'est…

Je secouai la tête, bouleversée.

— Merci.

— Elle a eu ses premiers vaccins et son traitement antipuces. Mais je dois sortir acheter de la nourriture, des bols, un bac et de la litière.

— Je viens avec toi ! m'empressai-je de dire.

Puis je me figeai. Je ne voulais pas la laisser seule à la maison le premier jour.

— On pourrait aller à l'animalerie sur Rodgers, suggéra Wick. Ils acceptent les animaux.

Je poussai un soupir de soulagement.

— Super. Je veux être là pour choisir son bol, sa nourriture et tout le reste.

Frétillant d'excitation, j'appuyai la joue contre mon nouveau bébé. J'étais tellement heureuse !

— Comme tu veux.

Il me regarda câliner le chaton et secoua lentement la tête.

— Alors… tu n'es pas fâchée ? Je ne savais pas comment tu réagirais.

— Fâchée ? Pourquoi est-ce que je serais fâchée ? C'est le plus joli cadeau qu'on m'ait jamais fait.

Je me hissai sur la pointe des pieds et déposai un baiser sur sa joue.

— Merci.

Il s'éclaircit la gorge et me jeta un regard furtif.

— Tu as trouvé un nom ?

Je réfléchis un moment.

— Oui, répondis-je finalement avec un grand sourire. Bingley. Pour coller au thème *Orgueil et Préjugés*.

— Bingley ? Pour une femelle ?

Je haussai les épaules.

— Pourquoi pas ? Ça me plaît.

Son regard se posa sur Bingley.

— Ouais, acquiesça-t-il. Ça me plaît aussi.

— Tu as entendu ça, Bing ? Te voilà baptisée ! Ooh ! Tu es trop adorable.

Après l'avoir embrassée, je levai la tête vers Wick.

— Allons acheter à notre bébé Bing des affaires bling-bling !

Dès que l'on fut assis dans le pick-up de Wick, je repris :

— On devrait aussi acheter un panier à chat. J'ai le sentiment que j'aurai envie de l'emmener partout.

— Et j'ai le sentiment qu'il ne restera plus grand-chose à l'animalerie quand on en aura fini, plaisanta-t-il.

— Notre Bingley mérite le meilleur. Pas vrai, bébé ?

J'enfouis le visage dans la fourrure du chaton pour la cinquantième fois en quinze minutes. Bingley me donna de petits coups de patte sur le nez.

— Oh ! elle est joueuse ! Wick, notre chaton est joueur.

Il me coula un regard de biais.

Je me mordis la lèvre.

— J'en fais trop, c'est ça ?

— Peut-être un chouïa, répondit-il en souriant, plus amusé que soûlé. Mais c'est attendrissant. J'aime te voir heureuse.

Je souris.

— Tant mieux, parce que je ne peux pas m'en empêcher. C'est la première fois que j'en ai un. Je suis super excitée.

Il se gara devant l'animalerie en riant. Il était ravi de me voir aussi enthousiaste.

Il me suivit patiemment avec le Caddie pendant que je flânais, Bingley dans les bras, changeant d'avis dix fois, avant de décider de chaque article.

Au moment de payer, je posai Bingley sur la caisse pour sortir mon portefeuille. Elle fit pipi partout.

— Oh ! mince ! Je suis vraiment désolée.

Un moment de confusion et de chaos s'ensuivit, tandis qu'on payait et nettoyait ses bêtises.

— L'emmener n'était pas une bonne idée, concédai-je, tandis qu'on remontait en voiture.

— En tout cas, on ne peut pas dire que ça a été une balade ennuyeuse, répondit Wick en démarrant.

Il tourna la tête vers Bingley qui essayait d'attraper un morceau de papier dans la poche extérieure de mon sac. Alors qu'il tendait la main pour la caresser, elle réussit à le faire sortir. Wick l'attrapa avant qu'il tombe par terre et me le rendit. Je le dépliai avec un grand sourire.

— J'avais oublié qu'il était dans mon sac. J'allais le mettre sur le frigo. Regarde. C'est ma première demande en mariage.

Haussant un sourcil, il étudia le dessin.

— Qui est Cason ?

— Un petit garçon à la maternelle où je travaille ; un de mes élèves préférés. Il est adorable. Il m'a donné ça sans dire un mot, puis il a rougi comme une pivoine avant de repartir en courant.

— Demande intéressante, commenta Wick. Pourquoi est-ce que vous êtes assis sur un chien ?

Je tournai la page. Les mots, *Je t'aime, Miss Haven. Veux-tu m'épouser ? Signé Cason*, me firent sourire.

— C'est un cheval. On chevauche ensemble dans le coucher du soleil.

— Ah, murmura Wick en hochant la tête. Petit cheval mais, ouais, j'imagine la scène.

Bingley sauta sur le dessin et l'attaqua avec les griffes. Je fouillai dans le sachet de l'animalerie en gloussant et sortis un jouet en peluche assorti d'une cloche.

— Que lui as-tu répondu ?

— J'ai accepté, bien sûr.

— Ah bon ?

Il tourna brusquement la tête vers moi. L'intensité de ses yeux clairs fit se contracter mes entrailles.

Je levai les yeux au ciel.

— Non. Je lui ai conseillé de me reposer la question dans vingt ans. Je pense que d'ici là je ne l'intéresserai plus. De toute façon…

Je marquai une pause et battis des cils.

— Je ne vois pas comment je pourrais épouser Cason, alors que je suis folle d'amour pour Henry le Désespéré.

Wick fronça le sourcil.

— Henry qui ?

J'en restai bouche bée.

— J'hallucine ! Tu ne connais pas Henry le Désespéré ?

— Hum… pardon. J'aurais dû en entendre parler ?

— Bien sûr ! C'est le personnage de roman le plus génial qui ait jamais existé ! Enfin non, pas de roman, même si j'espère que son histoire paraîtra un jour en livre. Ce serait super génial. Je l'achèterais en grand format, poche, e-book *et* audio. La gazette de la fac le publie par chapitres, et seulement dans sa version en ligne.

— Ah. Voilà pourquoi je n'en ai jamais entendu parler. Je ne lis que la version papier.

— Je parie que des tas de gens n'en ont jamais entendu parler pour cette raison. C'est vraiment dommage. J'adore Henry. Je sais que c'est une personne fictive, mais ce pauvre garçon perdu est mon âme sœur.

— Et il s'appelle Henry le Désespéré ? demanda Wick en cherchant une place de parking dans notre rue.

— « Henry le Désespéré », c'est le titre de l'histoire. *Lui* s'appelle Henry.

Pendant qu'il se garait à un demi-bloc de notre appartement, je jouai avec Bingley, la faisant sautiller pour attraper son jouet.

— Il joue du tuba dans la fanfare de sa fac.

Wick éclata de rire.

— Sérieux ? Tu es amoureuse d'un joueur de tuba ? Je ne suis même pas sûr de savoir quel instrument c'est. C'est le long avec un machin qui coulisse, non ?

Je lui lançai un regard incrédule.

— Ça, c'est le trombone.

— Oups. C'est le rond alors ?

Il n'y connaissait rien, manifestement.

— Non, ça c'est le cor d'harmonie. Le tuba, c'est un instrument imposant de forme plus ovale.

Il secoua la tête. Il ne voyait pas. Je poussai un soupir et sortis mon portable pour y trouver une image de tuba.

— C'est ça. Bon, tu n'étais pas si loin. Il semblerait que les tubas utilisés dans les fanfares soient un peu circulaires, comme le cor. Je parie que c'est le genre que joue Henry.

Je soupirai d'un air rêveur, essayant d'imaginer le personnage tenant un tel instrument. Wick se pencha vers l'écran. Les effluves de son eau de toilette me chatouillèrent le nez. Qu'il sentait bon !

— Je vois, dit-il, les yeux plissés devant l'écran. C'est l'instrument aux notes très graves. J'adore le son qu'il produit.

Je penchai la tête sur le côté, l'étudiant sous un nouvel angle, et inspirant son odeur aussi profondément que possible.

— Tu es une vraie bouffée d'air frais !

Oups, c'était sorti tout seul.

Je me figeai. Et s'il comprenait que je l'avais respiré et pensait que c'était de ça que je parlais ? Il avait effectivement une odeur vivifiante, mais quand même… C'était gênant.

Il ouvrit la bouche de surprise.

— Parce que j'ignorais ce qu'était un tuba ? demanda-t-il finalement.

— Non.

Je ris de soulagement. Il n'avait rien remarqué.

— Car tu étais prêt à *admettre* que tu ignorais ce que c'était. Ce n'est pas la première fois. Tu ne fais jamais semblant de connaître ce que tu ignores. Tu es tellement différent de…

Je m'interrompis. Mon sourire s'évanouit.

— Désolée, j'allais vous comparer. Je ne sais pas pourquoi. Ce n'était pas intentionnel.

La peau autour de ses yeux se plissa, tandis qu'il souriait avec compassion. J'eus la sensation étrange qu'il voulait me dire que ce n'était pas grave, mais il se retint.

— Tant que je gagne, ça me va.

Je souris tristement.

— Je voudrais ne plus penser à lui du tout, me lamentai-je. Je ne veux même pas me rappeler les choses qui me dérangeaient chez lui. Je veux simplement oublier qu'il existe.

— Ça viendra, répondit Wick d'une voix douce. Avec le temps. Tu es restée avec lui pendant trois ans. Ça prendra beaucoup plus que quelques semaines pour tourner la page.

— Ça ne fait que quelques semaines ? J'ai l'impression que ça fait une éternité qu'on a rompu.

Wick ouvrit sa portière et sortit la litière et le panier à chat. Puis il tourna la tête vers moi.

— Tu y arriveras.

Je baissai les yeux vers mon nouveau bébé. Peut-être avait-il raison. Ces derniers temps, je me sentais plus souvent heureuse que triste. J'étais en net progrès.

— Tu as raison. J'y arriverai.

36

WICK

— Donc, si je comprends bien, dit Cannon à côté de moi, alternant jambe pliée et jambe tendue avant de se pencher pour attraper ses orteils, cette fille a *failli* t'embrasser, et tu cours lui acheter un chaton ?

Je le foudroyai du regard. L'entraînement était sur le point de commencer, et on faisait des étirements en attendant.

— Je ne l'ai pas acheté. Ils les donnaient. Elle a toujours voulu un chaton et, l'appart, c'est le premier endroit où elle peut en avoir un. Sa mère est allergique, alors pas question de chat quand elle était petite, et jamais ils n'auraient autorisé un animal domestique à la cité universitaire…

Je haussai les épaules et terminai :

— … Ça faisait sens.

Cannon s'esclaffa.

— Qu'est-ce que tu lui offriras, quand elle t'embrassera pour de bon ? Une bagnole ?

J'allais l'étrangler ! Jamais je ne lui révélerais que j'avais acheté pour soixante-quinze dollars de provisions après avoir aperçu sa culotte rouge ; il se foutrait de moi pendant des heures.

— T'as fini, oui ? Ce n'est pas pour ça que j'ai pris ce chaton. Tu aurais dû la voir. Elle était folle de joie ; elle a passé tout le week-end à jouer avec. J'ai même cru qu'elle sécherait les cours aujourd'hui pour lui tenir compagnie.

— Putain, mec. Tu es accro. Et tu ne tires même pas ton coup. C'est pathétique.

— Ce chaton l'aide à guérir, protestai-je, me levant pour faire des étirements latéraux. Je ne l'ai jamais vue si heureuse.

Cannon leva les yeux au ciel.

— Dieu merci, elle est heureuse ! railla-t-il. Tout va bien dans le monde, alors. Je vais faire des abdos. Tiens-moi les chevilles, s'il te plaît.

Ignorant son sarcasme, je m'agenouillai pour l'aider.

— Moque-toi tant que tu veux. J'ai fait une bonne action.

— Je n'ai jamais dit le contraire, répondit-il en se redressant et en croisant mon regard.

Il se baissa, se releva et ajouta :

— Je dis juste que tu t'investis beaucoup trop.

Il descendit et remonta.

— Tu en aurais fait autant pour un autre coloc ?

Je poussai un soupir.

— Où veux-tu en venir ?

— Tu te fais du mal, mon pote. C'est tout ce que je dis. Tu donnes, donnes, donnes, et elle prendra jusqu'à ce que tu n'aies plus rien à donner. Après, elle partira et tu te retrouveras en plan parce que tu es pathétique.

Je ne répondis pas mais, à l'intérieur, je ricanai. Même s'il avait raison, c'était de *mon* cœur qu'il s'agissait. Je gérerais les répercussions douloureuses le moment venu, bien que je doute sérieusement qu'il y en ait. Ce n'était pas comme si j'attendais quoi que ce soit en retour pour le chat.

Non, ce n'était pas tout à fait honnête. Il s'était passé quelque chose entre nous ce week-end. Par moments, j'avais eu l'impression que Haven flirtait ouvertement. Et elle avait failli m'embrasser, sans paraître le moins du monde gênée d'être allongée sur mon érection. Une part de moi vibrait d'excitation, espérant qu'il y aurait d'autres moments comme celui-ci. Du coup, la rendre heureuse était hyper important pour moi.

Cannon finit sa série d'abdos. Je lui lâchai les chevilles et détournai le regard. Ce n'était qu'un chat, pas une déclaration d'amour. J'allais arrêter de m'inquiéter pour rien. Et, la prochaine fois que mon pote prendrait des nouvelles de ma coloc, je la bouclerais.

— Salut, les mecs ! lança Nicholl en s'arrêtant devant nous avec un de ses sourires hypocrites. Fête de Halloween chez moi ce soir. Venez en costume et apportez vos – oh, mais j'oubliais…

Il leva un doigt.

— … Je ne peux pas vous encadrer. Laissez tomber. Vous n'êtes pas invités.

Cannon et moi le suivîmes des yeux tandis qu'il s'éloignait en riant de sa blague débile.

— Et dire que les gens le trouvent cool, murmura Cannon, secouant la tête d'un air abasourdi.

Les yeux plissés, je regardai Nicholl discuter avec plusieurs de ses joueurs offensifs.

— Tu ne le trouves pas étonnamment joyeux, aujourd'hui ? demandai-je.

Cannon haussa les épaules.

— Aucune idée et je m'en fous. Pourquoi ?

Je continuai de fixer notre ennemi d'un œil circonspect.

— Il est toujours d'excellente humeur après avoir fait un sale coup à quelqu'un.

On se leva.

— Alors réjouis-toi que ce ne soit pas contre l'un d'entre nous, rétorqua-t-il en tendant le poignet pour un *check*.

Je déclinai en secouant la tête. Je n'en étais pas aussi sûr que lui. Parfois, on ne réalisait pas tout de suite qu'il avait frappé.

Durant l'entraînement, je gardai un œil sur lui. Mais il m'ignora complètement.

Bon. Peut-être était-il seulement excité à l'idée de sa fête stupide. Ce serait la première fois que ça le réjouirait autant, mais pourquoi pas.

Alors que j'arrivais à l'appart, j'entendis un bruit métallique dans la cuisine, puis Haven cria : « Fils de pute. » Je sus alors que mes plans pour la soirée – une partie de Fortnite avec Cannon et les potes de l'équipe – changeraient.

Je m'approchai pour voir ce qu'elle cuisinait – ou *essayait* de cuisiner —, mais je dus me baisser précipitamment en poussant un cri de surprise, quand une banane me vola au-dessus de la tête.

— Pourquoi est-ce que rien ne marche ? grommela Haven en essuyant la table avec un essuie-tout.

Un liquide avait coulé d'un bol.

Je balayai la cuisine du regard, interdit.

Plusieurs autres bols étaient remplis de diverses substances pâles et crémeuses. Sur la table en bois, éparpillés, un carton de lait ouvert, une bouteille de glu, de la lessive, des bouteilles d'eau minérale et une boîte de préservatifs. La moitié avaient été ouverts, trônant tels de petits drapeaux flétris de défaite.

Par terre à côté d'elle, Bingley jouait avec un préservatif déroulé.

— Je ne vais même pas demander ce qui se passe ici.

Elle leva les yeux et souffla pour écarter une mèche de cheveux qui lui tombait devant les yeux.

— Je n'arrive pas à faire de sperme qui ait l'air authentique, grogna-t-elle.

O… K.

Qu'est-ce qu'un mec était censé répondre à ça ?

— Je vois, fis-je en articulant lentement. Ça semble être un problème personnel, alors je vais… te laisser.

— Topher donne une fête ce soir, lâcha-t-elle, alors que je me tournais pour prendre la fuite.

Je regardai par-dessus mon épaule. Son visage était si triste que je m'immobilisai, me demandant pourquoi la vie sociale de son ex la dérangeait autant. Était-elle encore accrochée à lui ?

Merde.

Je soufflai un grand coup et hochai la tête.

— Ouais, j'en ai entendu parler.

— As-tu aussi entendu parler de ce qu'il m'a fait, aujourd'hui ? demanda-t-elle, les yeux scintillant de rage.

J'avais donc vu juste. Il était tout guilleret à l'entraînement car il s'en était pris à quelqu'un.

— Non. Qu'a-t-il fait ?

— À cause de lui, j'ai failli être virée de mon stage en maternelle, cracha-t-elle, vibrante de fureur.

— Quoi ?

Elle hocha la tête, les lèvres tremblantes, tandis qu'elle essayait de se calmer.

— Apparemment, la rumeur qu'il fait circuler, disant que j'ai une MST et que je suis une nana infidèle, se répand, et les gens la croient. Cason n'était pas là, aujourd'hui. Après la classe, Jaymi, la directrice, m'a convoquée dans son bureau pour me dire qu'une mère s'inquiétait tellement de la *réputation* du staff étudiant qu'elle avait retiré son enfant de la maternelle.

— C'est quoi ce délire ? m'exclamai-je, incapable d'en croire mes oreilles. C'est n'importe quoi ! Cason est le petit garçon qui t'a demandée en mariage, c'est ça ?

Ses yeux s'emplirent de larmes.

— Oui. J'ai dû aller au centre médical pour demander à Darcy d'imprimer mes résultats et les montrer à Jaymi pour prouver que j'étais saine et qu'ainsi les enfants ne craignaient rien en ma présence. Mon Dieu, Wick, c'était si humiliant !

— Ouais, compatis-je, en entrant dans la cuisine. J'imagine. Est-ce que tu vas b…

— Après, continua-t-elle, je suis allée au bureau des inscriptions. C'est là que travaille la mère de Cason.

— Non, tu n'as pas fait ça ?

Mon estomac dégringola, craignant déjà le pire.

— Si, répondit-elle avec un sourire amer. Je suis allée régler mes comptes.

Je pressai le poing contre ma bouche, impressionné mais terriblement inquiet. Me préparant au pire, je demandai :

— Et alors… ?

Haven poussa un soupir.

— Étonnamment, j'ai gardé mon sang-froid. Je lui ai rapporté ce que Jaymi m'avait dit, précisant que son nom n'avait pas été mentionné, mais que j'avais fait le lien puisque Cason était le seul enfant absent aujourd'hui. Puis je lui ai montré mes résultats, expliquant que j'avais fait ces examens parce que Topher m'avait trompée. Ensuite, je lui ai subtilement fait la leçon sur le danger de croire aux fausses rumeurs sans se renseigner sur leur véracité.

Je secouai lentement la tête.

— Waouh, impressionnant, lâchai-je, bouche bée. Tu es trop *badass*. Comment a-t-elle réagi ?

— Elle s'est excusée et a autorisé Cason à revenir.

— Waouh, répétai-je.

Secouant toujours la tête, je demandai :

— Je peux te ressembler, en grandissant ?

Partant d'un rire larmoyant, elle essuya ses larmes du dos de la main.

— J'étais tellement furieuse que mes mains en tremblent encore. Mais je suis contente de lui avoir parlé.

— Ouais.

Je hochai la tête. Cette fille était mon héroïne.

— L'histoire aurait pu en rester là, continua-t-elle, les dents serrées, tandis que ses yeux s'emplissaient à nouveau de larmes.

Pinçant les lèvres, elle secoua vigoureusement la tête.

— Mais, ensuite, j'ai entendu parler de la grosse fête débile de Halloween de Topher. Et j'ai… pété les plombs. Pas parce que je me sentais exclue ou que j'aurais aimé y aller. Mais parce qu'il est hors de question qu'il s'éclate comme si de rien n'était, après ce qu'il m'a fait. Il a mis ma future carrière en péril, Wick ! Cet enfoiré ne mérite pas de s'amuser, alors… je vais aller là-bas ce soir et laisser le soutif qu'il m'a offert avec un faux préservatif usagé dans sa chambre, pour qu'il pense que je me suis tapé un mec dans son lit. Là, il prendra la pleine mesure de ma rage envers lui. Il saura combien je le hais et comprendra tout le mal qu'il m'a fait.

— Attends.

Je levai la main et secouai la tête. J'avais perdu le fil quand elle en était arrivée au préservatif, au soutien-gorge et au lit de Nicholl.

— Tu vas faire *quoi* ?

— Je vais me servir du plan dont Charlie m'a parlé ce week-end pour me venger de ce sale enfoiré.

— Mais Charlie a seize ans ! protestai-je. Elle n'a pas de *bons* plans. Ne fais pas ça, Haven.

— C'est le seul plan que j'ai pour l'instant, et je suis trop contrariée pour en trouver un autre, alors ce sera comme ça et pas autrement, déclara-t-elle en plongeant une cuillère dans un des bols pour tester la consistance du liquide. La seule fois où Topher s'est énervé après notre rupture, c'est quand il a cru que j'étais passée à autre chose et que je couchais avec un autre. Il a toujours cru que ce quelqu'un d'autre c'était toi, mais le *qui* n'aura pas d'importance, quand il verra ce que je laisse sur son lit.

Elle jeta un regard déçu sur ses diverses expérimentations et renifla amèrement.

— Si seulement j'arrivais à faire du faux sperme convaincant.

Bingley sauta vers moi pour attaquer mes lacets. Je la pris dans mes bras et caressai sa fourrure affectueusement car, clairement, sa maman humaine avait perdu l'esprit.

— Tu as bien réfléchi ?

— Qu'est-ce que tu veux dire ?

Elle secoua la tête d'un air distrait.

— Il faut peut-être que j'ajoute de la lessive au mélange fait de glu et d'eau, marmonna-t-elle. La substance serait plus liquide. Ça ferait peut-être du meilleur sperme.

Je soupirai. Elle semblait déterminée à aller au bout de son plan.

— Qu'est-ce que tu espères accomplir avec tout ça ?

Elle leva enfin la tête vers moi.

— Qu'est-ce que tu veux dire ? répéta-t-elle.

— Imaginons que tu arrives à entrer et sortir en douce de sa chambre – ce qui est peu probable – et qu'il trouve ta petite surprise. Tu penses qu'il va prendre conscience de ses erreurs et du mal qu'il t'a fait et qu'il va *s'excuser* ? Réfléchis bien, Haven. Ce n'est pas une solution pacifique. Il se vengera illico presto.

— Je m'en fous ! gronda-t-elle, les yeux étincelants de colère. Je veux le faire *souffrir.* Pas qu'on enterre la hache de guerre.

— Sauf que Topher Nicholl ne sait pas souffrir sans se venger. Si tu fais ça, il pensera qu'il a le droit de frapper encore plus fort. Tu vas lui déclarer la guerre.

— Je ne déclare rien du tout. C'est *lui* qui a commencé. Il n'a pas le droit de piétiner les gens qui le contrarient comme bon lui semble. Ce n'est pas juste. Ses actes ne doivent pas rester impunis, bon sang !

Je soupirai, abattu. Elle avait absolument raison. Quelqu'un devait donner une leçon à cet enfoiré, le remettre à sa place une bonne fois pour toutes, afin qu'il y pense à deux fois avant de se comporter comme le dernier des connards. Mais je ne voulais pas que cette personne soit Haven. C'était trop dangereux. En plus, j'étais presque sûr que son plan était le pire jamais inventé. Nicholl n'en tirerait aucune leçon et Haven s'attirerait des ennuis.

Je lui tendis Bingley. Elle leva la boule de poils jusqu'à son visage. Quand Bingley lécha une larme coulant sur sa joue, elle ferma les yeux et renifla.

— Je sais que tu es en colère, dis-je doucement. Je sais que tu es perdue. Je sais que tout te paraît sombre. Mais combattre ça avec plus d'obscurité, de colère et de peur n'en viendra pas à bout. Seuls l'amour, la lumière et l'espoir y arriveront.

Elle souffla de colère.

— Tu es censé être de mon côté et vouloir l'attaquer de toutes les façons possibles. C'est ton ennemi à toi aussi. Pourquoi faut-il que tu te montres raisonnable et noble, et que tu cites Martin Luther King Jr ?

Je souris.

— C'est lui qui a dit ça ?

— Ouais, en gros, rétorqua-t-elle sèchement en caressant

Bingley de sa joue. Il peut courir avant que je lui témoigne de l'amour, de la lumière et de l'espoir !

— Ouais, je ne te blâme pas.

— Alors pourquoi est-ce que tu l'aides à gagner ? riposta-t-elle.

Secouant la tête, je répondis :

— Tu te trompes. J'essaye de t'aider *toi* en te persuadant de ne pas lui déclarer la guerre. Je suis son adversaire depuis plus longtemps que toi. Je sais de quoi je parle. Il laisse seulement tomber quand ça ne l'amuse plus. La meilleure façon de gérer un *bully*[1], c'est de l'ignorer. Il finira par se lasser et passer à autre chose.

— Passer à quelqu'un d'autre, tu veux dire. Tant qu'il ne s'en prend pas à nous, tout va bien, c'est ça ?

Elle secoua la tête.

— Eh bien, c'est faux. C'est des conneries. J'apprécie ton attitude pacifique. Je dirais même plus, je la comprends. Mais je ne suis pas d'accord. Dis-moi honnêtement, Wick, combien de temps est-ce que ça lui prendra, avant que l'envie lui passe de me causer du tort ? Quand il aura enfin réussi à me faire virer de mon stage pratique et que j'aurai perdu mes chances de devenir prof un jour ? Non. Je refuse d'encaisser sans rien dire. Quelle pauvre âme innocente torturera-t-il ensuite ? Il faut que ça s'arrête. Je *dois* faire quelque chose.

— Alors, fais quelque chose d'autre, insistai-je. Montre-toi intelligente. Laisse ta colère se calmer. Et réfléchis. Une idée te viendra, je te le promets. Je t'aiderai même à trouver autre chose. *N'importe quoi d'autre*. Mais pas ça. C'est trop risqué. J'ai un mauvais pressentiment. Ça va mal finir.

Quand elle me sourit affectueusement à travers ses larmes, je crus que j'avais réussi à lui faire entendre raison.

1. Une petite brute.

Elle se hissa sur la pointe des pieds et déposa un baiser sur ma joue.

— Tu es vraiment l'homme parfait. Courageux, séduisant, honnête, loyal, digne de confiance, sincèrement gentil et amusant. Il n'y a pas une once de méchanceté en toi.

Elle me rendit Bingley.

— Pourquoi est-ce que ça sonne comme quelque chose de négatif ? demandai-je, le front plissé.

— Pas du tout, m'assura-t-elle, bien que son ton dise le contraire. Ça me rend triste, c'est tout. J'aurais aimé te rencontrer il y a trois ans, avant qu'il entre dans ma vie et que je finisse avec tous ces problèmes et cette colère.

Sans le savoir, elle venait de me porter le coup fatal.

La douleur et le regret me firent l'effet d'un coup de poignard en plein cœur. Il y a trois ans, elle n'aurait pas voulu de moi. Je n'avais rien de courageux. Je ne m'étais pas battu pour ce que je convoitais, et je ne m'étais pas défendu quand j'aurais dû. J'étais un putain de lâche.

Et voilà qu'aujourd'hui j'essayais de la convaincre de ne pas se battre non plus. Quel ramassis de conneries ! Qui étais-je pour conseiller qui que ce soit sur la meilleure façon de gérer un *bully* ? On ne pouvait pas dire que ma méthode m'avait réussi.

— Je te donne cinquante dollars pour que tu remplisses ça avec du vrai sperme, déclara-t-elle en me tendant une enveloppe de préservatif.

Je haussai les sourcils.

— Tu viens de m'offrir de l'argent pour me branler dans un préservatif ou je rêve ?

Elle hocha la tête.

— Oui, répondit-elle très sérieusement.

— In-cro-yable !

Je posai Bingley par terre pour qu'elle chasse un de ses jouets en peluche. Puis je me redressai et me passai les mains dans les cheveux avant de me tourner vers Haven.

— Tu sais, il y a une façon beaucoup plus efficace pour obtenir mon sperme.

Elle hocha de nouveau la tête, me regardant solennellement.

— Je sais. Mais je t'ai promis que je ne me servirais pas de toi comme ça. Quand on – je veux dire…

Piquant un fard, elle détourna le regard.

— *Si* un jour quelque chose se passe entre nous, ça n'aura rien à voir avec lui. Ce sera entre toi et moi. Mais pour l'heure… je dois régler mes comptes.

— Bon sang, Haven… Je t'ai dit que je ne voulais pas faire partie de ton plan de vengeance. Tu as promis de ne pas me mettre à contribution.

— Oui. Et je suis navrée de ne pas tenir ma promesse. Mais les choses ont changé. Il est allé trop loin en s'en prenant à ma future carrière.

Merde. Cannon avait raison, j'étais accro. On n'avait même pas couché ensemble, pourtant j'étais incapable de lui dire non. Mais ça ne voulait pas dire que j'étais partant.

Je poussai un soupir.

— C'est l'idée la plus stupide que quelqu'un ait jamais eue pour se venger, grognai-je, les dents serrées.

Elle s'avança vers moi, les yeux brillants de triomphe. Elle savait que je venais de capituler.

— Ouais, je sais exactement ce que tu en penses, répondit-elle en empoignant le devant de mon T-shirt.

— Tu es certaine que ça t'apportera le sentiment de satisfaction, la paix et le happy end que tu espères ?

— Au moins, je saurai que j'ai fait quelque chose.

Je fermai les yeux. Elle me caressa doucement la joue. Ma traîtresse de bite durcit aussitôt, déjà prête à produire du sperme pour elle.

— Wick, murmura-t-elle d'une voix suave.

Mon rythme cardiaque s'accéléra.

— Rien ne t'oblige à m'aider. Seulement, je te revaudrai ça si tu acceptes.

Nom de Dieu.

Elle ne me promettait pas une partie de jambes en l'air ; des images érotiques m'assaillirent néanmoins.

J'ouvris les yeux pour lui lancer un regard irrité.

— Je ne veux pas de ton argent.

Elle sourit d'un air amusé.

— Alors, que dirais-tu si je m'occupais de toutes les corvées félines – nourrir Bingley, nettoyer sa litière, lui administrer son traitement antipuces, l'emmener chez le véto – jusqu'à nouvel ordre ?

J'aurais nettement préféré une partie de jambes en l'air…

Je soupirai de défaite.

— Promets-moi d'être prudente.

37

HAVEN

Bingley dans les bras, je faisais les cent pas devant la chambre de Wick en me rongeant les ongles.

La situation était très bizarre. Il était à l'intérieur en ce moment même, en train de se masturber pour éjaculer dans un préservatif. Pour moi. Je n'avais jamais demandé à un mec de faire ça auparavant.

D'ailleurs, est-ce que quiconque avait déjà demandé à un homme de faire ça ?

L'image de Wick en train de se masturber sous le jet d'eau bouillant qui ruisselait le long de son dos musclé et ses fesses me revint en mémoire. Mes entrailles se contractèrent, et mon entrejambe frémit. J'aurais peut-être dû lui proposer de mater – attendez, non. Pour le coup, je dépasserais vraiment les bornes.

Parce que là non, peut-être ? s'écria une voix dans ma tête.

Ce plan allait beaucoup trop loin. Il était dingue et profondément stupide. Mais je me sentais étrangement déterminée, comme s'il était déjà trop tard pour faire marche arrière.

Alors que le stress montait, la porte de Wick s'entrouvrit. Il passa la tête dans l'entrebâillement et eut un mouvement de recul quand il me vit plantée là.

— Oh ! lâcha-t-il, les joues virant au rouge.

— Qu'est-ce qui ne va pas ? Tu as du mal à bander ? Tu as besoin d'inspiration ?

— Non.

Il secoua la tête.

— J'ai déjà fini. Je… attends…

— Tu as déjà fini ?

C'était plus rapide que je ne m'y attendais.

— Inspiration, répéta-t-il. Quel genre d'inspiration m'aurais-tu offert ?

Je levai les yeux au ciel. Typique d'un mec. Il voulait sûrement voir mes seins.

— Je t'aurais trouvé du porno. Si tu as déjà fini, alors quel est le problème ?

Froissé, il répondit :

— Qu'est-ce que tu veux que je fasse du préservatif ?

Je clignai des yeux.

— Oups. Je n'avais pas pensé à ça.

— C'est le mot d'ordre de la soirée, dis donc, commenta-t-il sèchement.

— Ah-ah, très drôle. Attends ici. J'attrape quelque chose.

— Super, merci, railla-t-il en claquant la porte.

Je réfléchis, mais rien ne me vint. Après avoir posé Bingley par terre, je me précipitai dans la cuisine, où je tournai et virai quelques instants, avant de bondir vers un tiroir, à la recherche d'un sac de congélation. Alléluia !

— Parfait.

Je rejoignis la chambre de Wick en courant et frappai à la porte.

Il l'ouvrit juste assez pour récupérer ce que j'avais à lui donner. Il ressortit la tête un instant plus tard.

— Sérieux ?

— Allez, grouille !

Un soupir théâtral suivit.

— OK, patronne. C'est ton plan après tout, c'est toi qui décides.

Il claqua la porte. Une minute plus tard, il sortit dans le couloir et leva le sachet.

— Un préservatif usagé, un !

Il me le tendit.

Je n'en revenais pas de faire ça.

— Merci.

Il me suivit dans le couloir.

— Alors, quel est ton plan, maintenant ?

Je consultai l'heure.

— La fête bat probablement son plein. Je vais me faufiler chez lui et entrer en douce dans sa chambre. Il ne la ferme jamais à clé.

— Et s'il est en train de s'envoyer en l'air dedans ? Ou que quelqu'un te repère avant que tu atteignes sa chambre ? Tu ne dois pas seulement l'éviter lui, tu sais. Si un de ses larbins te voit, il foncera le prévenir. Rassure-moi, tu comptes y aller déguisée au moins ?

Je lui jetai un coup d'œil par-dessus mon épaule.

— Un déguisement, excellente idée ! C'est une fête de Halloween, après tout. J'en achèterai un en chemin.

— Tu n'avais même pas pensé à porter un costume ? Haven, *attends.*

Il me retint par le bras. Je me retournai. Ses yeux clairs étaient terriblement inquiets.

— Je ne peux pas te laisser y aller seule.

— J'irai jusqu'au bout que ça te plaise ou non, Wick.

— Je sais.

Il se rapprocha.

— Alors je viens avec toi.

Sa proposition me calma aussitôt. Mais je secouai la tête.

— Non. S'il me surprend et qu'il te voit avec moi, il pensera que c'est ton préservatif.

— C'est mon préservatif.

Il haussa les épaules.

— Je ne veux pas que tu aies une cible sur le dos, Wick. On en a déjà parlé, et tu as dit que tu refusais d'être mêlé à mon plan de vengeance. Et je comprends tout à fait.

— Haven, j'y suis déjà mêlé.

Il prit mon menton dans sa main. Nos regards se croisèrent.

— Si tu y vas, j'y vais aussi, dit-il doucement. Fin de l'histoire. Allons acheter deux costumes et nous incruster dans cette maudite fête, avant que le sperme sèche.

Je baissai la tête avec curiosité. Son sperme se déversait déjà dans le sachet. Je fis la moue.

— Sérieux, c'est la chose la plus bizarre que j'aie jamais faite.

— Ouais, c'est inhabituel pour moi aussi.

Il posa la main au creux de mon dos.

— Allez, finissons-en.

Alors qu'on flânait dans le magasin, au rayon des déguisements de Halloween, Wick leva vers moi deux costumes *Scream*. C'étaient les premiers costumes couvrants de la tête aux pieds qu'il avait vus.

Je fronçai le nez.

— Pas très original.

Il me lança un regard incrédule.

— On ne va pas là-bas pour gagner le concours du meilleur costume !

— Tu as raison. Désolée.

Je les lui pris des mains.

— Ça ira.

Alors que j'ouvrais mon sac pour payer, Wick m'arrêta. J'avais complètement oublié que j'y avais fourré le sachet avant de sortir.

— Je paye, insista-t-il.

Je hochai la tête.

— OK.

Je n'avais pas les idées très claires, ce soir. Pourtant, j'étais toujours déterminée à aller au bout de ma mission.

Wick le sentait. Il avait cessé de me supplier de faire machine arrière et pris le relais pour piloter l'opération, vu que j'avais visiblement oublié comment me servir de mon cerveau.

Une fois dehors, on se changea et on jeta les housses vides dans la poubelle.

— On a l'air de voyous, commentai-je en levant les yeux vers lui.

Je savais que Wick était quelque part là-dessous, mais le costume était tellement flippant que je reculai instinctivement d'un pas.

— Ah ça, c'est sûr qu'on n'est pas en route pour l'église !

Il sortit son portable de sa poche et envoya un texto à quelqu'un.

— Tu écris à qui ? demandai-je en me mordillant la lèvre.

Mon estomac se noua. Génial, il allait parler à tous ses potes de l'idée tarée de sa coloc !

— J'annule mes projets de la soirée avec Cannon et les potes, répondit-il.

— Oh ! Désolée.

Il leva les yeux vers moi, mais n'ajouta rien. Honteuse, je réalisai que, si j'étais *vraiment* navrée de ruiner ses projets avec ses copains, j'annulerais tout et je le laisserais rentrer à la maison. Au lieu de quoi, je lui pris la main et le conduisis jusqu'à l'immeuble de Topher.

Son appartement était au premier étage, mais on entendit le brouhaha dès notre entrée dans le hall du bâtiment. On prit l'escalier, faisant coucou aux gens qui nous saluèrent et commentèrent nos costumes. Je reconnus quelques potes de Topher. S'ils avaient su qui se cachait sous les masques, ils auraient couru le prévenir.

La porte de chez lui était grande ouverte et c'était la cohue, car des gens essayaient d'entrer et de sortir en même temps. La plupart avaient un verre à la main et semblaient déjà bourrés. Quelqu'un me tendit une cannette de bière. J'attrapai la main de Wick pour qu'on ne soit pas séparés. On mit bien trois minutes pour pouvoir entrer.

— Pfiou, me glissa-t-il à l'oreille. Ses fêtes sont toujours comme ça ?

— Ridicule, hein ?

Ça ne me manquerait pas. Je préférais de loin les soirées plus intimes entre amis, où je pouvais être moi-même et détendue.

J'entendis soudain le rire de Topher. Wick l'entendit aussi. Il resserra les doigts autour des miens et posa l'autre main sur ma hanche pour me rassurer. Je pressai sa main en retour, et on se glissa dans la foule jusqu'à ce qu'on atteigne le couloir du fond qui menait à la chambre de Topher. Puisque je venais de l'entendre à l'avant de l'appartement, il ne pouvait pas être dans cette pièce, mais je retins quand même mon souffle en attrapant la poignée. J'espérais que personne d'autre n'était à l'intérieur en train de s'envoyer en l'air sur son lit.

J'ouvris.

La lumière était éteinte, mais la lampe de chevet allumée. La pièce était vide. Dieu merci. J'entraînai Wick à l'intérieur pour pouvoir refermer la porte aussi rapidement que possible derrière nous.

Dès qu'on fut entrés, une terrible odeur nous fouetta les narines.

— La vache, grognai-je, fronçant le nez en posant ma bière sur le bureau près de la porte. J'avais oublié que sa chambre empestait l'eau de Cologne.

Wick toussa et enleva son masque pour s'éventer le visage.

— L'enfoiré en vaporise sur les murs ou quoi ? s'exclama-t-il.

— Il a dit qu'il avait renversé une bouteille une fois, mais c'était il y a deux ans. L'odeur aurait dû disparaître depuis.

Wick secoua la tête et grimaça.

— Pas étonnant qu'il ne soit pas normal. Toutes ces vapeurs lui sont montées droit au cerveau.

J'ouvris mon sac à main et je me précipitai vers le lit. Il était défait – Topher ne le faisait jamais —, alors je ne pris pas la peine de froisser les draps pour donner l'impression que deux personnes venaient de s'envoyer en l'air. Peut-être même que c'était *lui* qui venait de batifoler dedans.

J'ouvris le sachet et je fis tomber la capote. Du sperme se répandit sur les draps. Wick fronça le nez de dégoût.

— Sache qu'aucun mec ne disposerait de son préservatif comme ça.

— Le mec qui se venge de Topher avec moi vient de le faire, rétorquai-je.

Merde !

Je me figeai.

— Quoi ?

Aussitôt sur le qui-vive, Wick m'attrapa par le bras, prêt à me sortir d'ici tout de suite pour me mettre en sécurité.

— J'ai oublié le soutien-gorge !

Je croisai son regard.

— Celui qu'il m'a offert.

— Tu te moques de moi ?

Je fis « non » de la tête. Il me lança un regard sévère.

— Hors de question qu'on revienne ici, Haven !

— Je sais, je sais, aboyai-je, me tortillant les mains.

Une idée me vint. Peut-être que… Ouais, ça valait le coup d'essayer.

Retirant mon masque, je jetai un coup d'œil dans mon costume pour voir quel soutien-gorge je portais.

— Il fera l'affaire.

Ce n'était pas celui que Topher m'avait offert, mais il se rappellerait celui-ci aussi.

Roulant mon costume en boule, je le passai à Wick.

— Qu'est-ce que tu fais ?

— Je vais laisser celui que je porte, expliquai-je en passant les bras sous mon T-shirt pour dégrafer le soutif.

Lorsque je sortis les bretelles par les manches, Wick poussa un sifflement.

— Impressionnant.

Je souris et lui fis un clin d'œil.

— C'est un de nos petits secrets, à nous, les femmes.

Alors que je finissais de le retirer, la porte de la chambre s'ouvrit.

Et Topher entra.

Merde.

Debout à côté de Wick, mon soutien-gorge à la main, je me figeai comme une biche prise dans des phares de voiture.

Topher tirait une fille gloussante derrière lui. Je reconnus Sloan. Il s'arrêta brusquement, l'air stupéfait.

— Putain, cracha-t-il tandis que son regard naviguait entre Wick, moi, le soutien-gorge et le lit, où trônaient la capote et le sperme.

Il repoussa Sloan à l'extérieur et bloqua l'entrée de son corps, nous piégeant, Wick et moi, à l'intérieur.

— Escouade offensive ! beugla-t-il dans le couloir.

Il venait de lancer un SOS à ses potes. Les renforts seraient là d'un instant à l'autre.

Je tournai légèrement la tête vers Wick. Nos regards se croisèrent. Il me prit la main et m'attira à lui. Une goutte de sueur perla sur son front et coula sur sa tempe. Il était effrayé.

Ça allait mal finir.

— Topher, dis-je, espérant qu'on pourrait régler ça calmement.

— Toi, la ferme ! cracha-t-il en pointant son index vers moi.

— Hé ! intervint Wick d'une voix calme mais ferme, en levant la main. Décale-toi et laisse-nous sortir. On n'est pas obligés d'en venir aux mains.

— Oh si ! on va en venir aux mains, répondit Topher avec un rire amer, en nous reluquant d'un air mauvais. Vous avez baisé ici exprès pour me faire chier. Alors vous allez prendre cher.

Je me plaçai devant Wick.

— Tout est ma faute. Laisse Wick.

— Ne t'inquiète pas. Je m'occupe de toi dans une seconde, espèce de salope.

— J'en ai assez entendu.

Tenant ma main serrée, Wick se dirigea vers la sortie.

— On s'en va.

Une fois qu'il eut atteint l'entrée, il continua d'avancer, poussant Topher dans la poitrine.

— Fonce, m'exhorta-t-il, tenant Topher par le devant du T-shirt, tandis qu'il me lâchait la main pour que je puisse m'échapper.

Non. Hors de question de le laisser derrière moi. De toute façon, je ne serais pas allée bien loin. Les renforts se précipitaient vers la chambre, m'empêchant de passer.

— Faites-lui retirer ses sales pattes ! ordonna Topher.

Trois mecs s'emparèrent de Wick et le tirèrent en arrière dans la chambre.

— Non ! m'écriai-je. Laisse-le partir !

Je tentai d'aller au secours de Wick, mais Topher m'empoigna le bras si fort que je poussai un cri de douleur.

— Faites-le saigner, ordonna-t-il. N'arrêtez que lorsqu'il ne bougera plus.

Tandis que les larbins de Topher suivaient ses ordres, je me débattis pour me libérer.

— Non ! Laisse-le tranquille.

Faisant volte-face, j'assénai une pluie de coups sur le torse de Topher.

— Dis-leur d'arrêter.

Il refusa d'écouter. Je pris alors la cannette de bière que j'avais posée près de l'entrée et lui balançai le contenu au visage.

— Espèce de salope ! rugit-il en poussant violemment ma main pour que je lâche la cannette.

Il m'empoigna par les cheveux au niveau de la nuque et me poussa vers le lit pour frotter mon nez dans le préservatif.

— Tu as couché avec lui dans mon lit. Comment as-tu osé, putain ? Comment as-tu…

Sa voix se brisa. Il me lâcha et me poussa violemment. Je trébuchai, me rattrapant sur le bord du matelas.

Des bruits de coups de poing, des insultes et des grognements me parvinrent de l'autre côté de la chambre.

— Wick ! hoquetai-je.

Alors que je me tournais vers lui, Topher apparut devant moi.

— Ça dure depuis combien de temps ? aboya-t-il, les yeux étincelants d'une rage démente.

Il tira le drap et me le plaqua sur le visage. Ne l'ayant jamais vu aussi furieux et ignorant jusqu'où il irait, je me débattis farouchement jusqu'à ce que je puisse respirer à nouveau.

— Topher, arrête ! hurlai-je.

Il appuya le front contre le mien et gronda :

— Réponds à ma putain de question ! Depuis combien de temps est-ce que tu couches avec lui ? Depuis qu'on s'est mis ensemble ? Vous vous foutiez de moi dans mon dos ?

Je ne m'écraserais pas ; je ne supplierais pas ; je ne ramperais pas. Hors de question d'être une victime sans défense. Il était allé trop loin.

Alors je le foudroyai du regard.

— Peut-être, crachai-je, les dents serrées.

Il poussa un cri outré et me gifla. Fort.

Je vis des étoiles. Le monde bascula, et mes oreilles se mirent à bourdonner.

Dans un rugissement animal, Wick plaqua alors violemment Topher au sol.

38

HAVEN

Je me balançais nerveusement dans un des fauteuils du salon, serrant Bingley endormie contre moi, en quête d'un réconfort que je ne méritais guère, lorsque la porte d'entrée s'ouvrit.

— Je viens d'apprendre, s'écria J. J. McCannon en fonçant vers Wick, qui faisait les cent pas devant moi. Qu'est-ce qui s'est passé ? Pourquoi personne ne m'a appelé plus tôt ?

Wick leva la main pour lui dire de se tenir éloigné. J. J. plissa le front et interrogea leurs amis du regard. Ils secouèrent la tête, ignorant par où commencer. Il reporta son attention sur Wick, qui arpentait le salon depuis que Zack Polansky l'avait ramené. Il était présent à la fête, quand les choses avaient dégénéré. C'était lui qui avait réussi à lui faire lâcher Topher. Il s'était pris un œil au beurre noir au passage. Assis de l'autre côté du salon, il tenait un sachet de petits pois surgelés contre son visage.

Wick s'arrêta et me demanda pour la énième fois :

— Tu es sûre que ça va ?

— Ça va, répétai-je.

— Tu as une marque rouge sur le visage. Il te faut une poche de glace.

— Je vais lui en chercher une, proposa José Rivera, se levant du canapé où il était assis entre deux autres joueurs.

J. J. leva les mains.

— Est-ce que quelqu'un va me dire ce qui s'est passé, à la fin ?

Arlo Roark s'éclaircit la gorge.

— web et la meuf de Nicholl ici présente…

— Je ne suis pas sa meuf ! aboyai-je, au moment où Wick grognait :

— Elle n'est pas sa meuf !

Arlo leva les yeux au ciel.

— Wick et la demoiselle ici présente se sont incrustés à la fête de Nicholl et se sont envoyés en l'air dans sa chambre. Ils ont été pris en flag par…

— Ils ont fait *quoi ?* s'écria J. J.

Il se tourna vers Wick, bouche bée.

— Depuis quand vous couchez ensemble ?

Wick resta silencieux. Avec un soupir, je répondis :

— On ne couche pas ensemble.

— Ce n'est pas ce que j'ai entendu, rétorqua Arlo. J'ai entendu qu'elle tenait encore son soutif à la main, qu'il y avait un préservatif usagé sur le lit et…

— C'était le cas, confirma Zack. Je l'ai vu. Il y avait du sperme *partout.*

J. J. se tourna vers lui.

— Qu'est-ce que tu foutais là-bas ?

Zack rougit et baissa la tête.

— Je…

— Tu es allé à la fête de cet enfoiré ? Tu te fous de moi ?

— Et alors ? J'accompagnais une nana qui me plaît.

— C'est toujours à cause d'une nana, hein ?

Il me lança un regard plein d'amertume. Wick s'interposa entre nous et le fusilla du regard.

— Fais gaffe.

Une expression amère, pleine de rancœur, apparut sur les traits de J. J. Il se retourna vers les autres.

— Donc, ils ont couché sur le lit de Nicholl, et ensuite ?

— Ce n'est pas ça du tout, intervins-je.

— T'as qu'à raconter l'histoire, alors, grommela Arlo.

— Tu sais quoi, je vais le faire, ripostai-je. Puisque moi, contrairement à toi, j'y étais.

Il ferma son clapet.

— Je voulais me venger de Topher, expliquai-je à J. J.

— Ouais, donc tu as couché avec son ennemi juré dans son lit. J'ai pigé cette partie.

— Non, grognai-je, c'est faux. Wick et moi n'avons jamais couché ensemble. Jamais ! C'était un coup monté.

J. J. plissa les yeux.

— Qu'est-ce que ça veut dire ?

— Mais j'ai *vu* le préservatif, protesta Zack.

Je me mordillai la lèvre inférieure.

— Ouais, à ce sujet… Bon, je vais tout reprendre depuis le début.

José revint dans le salon avec un sachet de maïs surgelé.

— Qu'est-ce que j'ai raté ? demanda-t-il.

Wick lui arracha le sachet des mains et s'agenouilla devant moi.

— Rien, répondit J. J. avec un geste impatient de la main. On essaye encore de déterminer si web et Miss-ne-m'appelez-pas-comme-ça se sont envoyés en l'air dans le lit de Nicholl ou pas.

J'interrogeai Wick du regard tandis qu'il appuyait délicatement le sachet sur ma joue. Quand il haussa les épaules, me donnant la permission de raconter ce que je voulais à ses amis, je posai la main sur la sienne pour tenir le sachet de maïs. Nos doigts se frôlèrent lorsqu'il retira lentement la sienne.

Ses copains nous regardaient bouche bée, comme si on était en pleine partie de jambes en l'air.

Je m'éclaircis la gorge.

— Vous saviez que la farine et l'eau faisaient du très mauvais sperme ? Pareil pour le mélange glu et eau. Le mélange glu-lessive s'en rapproche, mais ne donne pas un résultat suffisamment… authentique.

Les autres échangèrent des regards perplexes.

— De quoi est-ce qu'elle parle ? demanda finalement Arlo.

C'est alors que la grande baraque, Bear, s'exprima pour la première fois.

— Je crois qu'elle essaye d'expliquer que le préservatif que tout le monde a vu sur le lit de Nicholl ne contenait pas de vrai sperme.

Je pointai le doigt vers lui.

— Exactement. Je voulais faire du mal à Topher pour me venger de tout ce que j'avais enduré à cause de lui. C'était stupide et immature. Je suis désolée, OK, mais je… je voulais qu'il *sente* combien je le détestais. Wick m'avait prévenue qu'il ne voulait pas être mêlé à mon plan, alors j'ai essayé de respecter sa décision. Je voulais juste donner l'impression que j'avais couché avec quelqu'un – n'importe qui – dans le lit de Topher, pour le rendre dingue. Sauf que je n'ai pas réussi à faire de faux sperme convaincant. Wick est rentré pendant que je crisais dans la cuisine devant mes expérimentations ratées, et une idée folle m'est venue. *Il* pouvait produire du vrai sperme. Alors je lui ai demandé de remplir un préservatif pour moi.

— Quoi ? s'exclama Zack. Donc, c'était bien du *vrai* sperme.

— Ouais, répondis-je. Mais qui ne résultait pas d'une partie de jambes en l'air avec Wick.

Perplexes, ils se tournèrent tous vers lui.

— J'ai rien pigé, commenta José, au moment où J. J. explosait.

— *Mec.* Tu as éjaculé dans un préservatif pour cette meuf ?

— Oh ! s'exclama José avant de froncer les sourcils. Attends, quoi ?

— J'ai été très convaincante, insistai-je, ne supportant pas de les voir regarder Wick comme s'il avait perdu la tête.

J'arborai même mon sourire innocent *svp-ne-me-détestez-pas* en caressant le bras de Wick, pour qu'il arrête d'avoir l'air si hystérique.

— Je l'ai convaincu de m'aider en acceptant de faire toutes les corvées chat – la nourrir, nettoyer sa litière, l'emmener chez le vétérinaire, lui donner son traitement antipuces – pour, genre, l'éternité.

Les mecs clignèrent des yeux de stupéfaction.

— Depuis quand tu as un chat ? demanda José à Wick en se grattant la tête.

Je leur montrai Bingley, qui était endormie en boule sur mes genoux.

— Ça alors ! s'exclama-t-il. Tu as un chat ?

J. J. se tourna vers Wick en secouant la tête. Il avait l'air profondément déçu.

— Tu as échangé un préservatif usagé contre des corvées ménagères ? Incroyable.

Zack nous pointa du doigt, Wick et moi.

— Donc, vous êtes restés en contact depuis le soir où on t'a sortie de Dandridge ?

— J'habite ici. Wick me loue sa deuxième chambre.

— Sérieux ? s'exclama Arlo en fusillant Wick du regard. Tu as refusé quand j'ai voulu louer cette chambre.

Zack secoua la tête.

— Je n'arrive pas à croire que tu aies laissé la nana de *Nicholl* emménager avec toi. Mec, tu es fou ou quoi ?

Même Bear eut l'air déçu.

— Tu devais pourtant bien savoir que rien de bon ne sortirait de tout ça, web.

Rongée par la culpabilité, je coulai un regard inquiet vers Wick. Il enchaînait les problèmes depuis que j'avais emménagé ici. Son œil droit enflé, les bleus sur ses bras n'étaient que la partie émergée de l'iceberg.

Et maintenant ses amis se retournaient contre lui.

— S'il vous plaît, ne le regardez pas comme ça, les suppliai-je. Wick n'est pas responsable ; il n'a rien fait de mal. Il m'a simplement aidée. Il était farouchement opposé à mon plan. Il a essayé de m'en dissuader plusieurs fois. Seulement, quand il a compris que je ne renoncerais pas, il a refusé que j'y aille seule ; il s'inquiétait de ce que je sois chopée en flagrant délit et que Topher s'en prenne à moi, et c'est exactement ce qui s'est passé. C'était *mon* plan débile. Tout ça c'est *ma* faute.

— Ne t'inquiète pas, poupée, railla J. J. avec un sourire narquois. Je te blâmais déjà entièrement !

— Ça suffit, grogna Wick avec un regard glacial.

Il se tourna vers moi. Ses yeux s'adoucirent.

— Ce n'est pas entièrement ta faute, soupira-t-il. J'aurais pu refuser.

Je secouai la tête.

— Non, tu ne pouvais pas. Demande à n'importe lequel de tes amis.

Je m'adressai à eux :

— Vous aurait-il laissés y aller seul, si l'un de vous avait eu un plan stupide ?

Ils restèrent silencieux un moment, puis Zack secoua la tête.

— Non, probablement pas. Pas webster.

— Il est farouchement loyal, renchérit Bear.

— Mais la meuf de *Nicholl* ? geignit Arlo, fronçant le nez de dégoût. Pourquoi fallait-il que ce soit elle ?

J. J. lui mit une claque à l'arrière de la tête.

— La ferme ! Si web pense qu'elle le mérite, alors elle le mérite.

Ce qui ne l'empêcha pas de me lancer un regard mauvais avant de reprendre :

— J'attends toujours la suite de l'histoire. Que s'est-il passé après la mise en scène de fausse partie de jambes en l'air ?

Je grimaçai.

— C'est évident, non ? Topher nous a surpris dans sa chambre et il a appelé ses potes pour qu'ils tabassent Wick, pendant que lui me giflait.

— Te giflait ? répéta J. J. en fronçant les sourcils.

Je lui montrai ma joue rouge et enflée.

— Me giflait, répétai-je.

Son regard se posa sur Wick, qui baissa la tête et enfouit son visage dans ses mains, comme si y repenser était trop douloureux.

— Disons que Wick ne l'a pas très bien pris, ajoutai-je.

J. J. s'esclaffa.

— Il a réussi à se libérer des *trois* mecs qui lui tapaient dessus, et il…

— Nicholl était à peine conscient, le temps que j'arrive, intervint Zack. On aurait dit que web s'était transformé en animal sauvage. Je ne savais pas s'il allait s'arrêter, alors j'ai physiquement essayé de l'écarter.

— Il s'est pris quelques coups de coude dans le visage, ajoutai-je en grimaçant.

Zack haussa les épaules d'un air désinvolte.

— J'ai tout de même réussi à le faire lâcher prise.

— Désolé, mec, murmura Wick d'une voix tremblante.

— Pas de problème, répondit Zack. J'aurais aussi pété les plombs si quelqu'un avait touché ma nana.

Je caressai l'épaule de Wick pour détendre ses muscles crispés. Nos regards se croisèrent. Ses yeux étaient emplis d'inquiétude et de regret. Ma poitrine se souleva et je fus parcourue de tremblements.

J. J. s'éclaircit la gorge.

— Ensuite, Zack vous a ramenés ici et nous a appelés, c'est ça ?

— Exact, répondis-je avec un hochement de tête.

Il soupira et se passa la main sur son crâne rasé.

— Tu as foutu une bonne raclée à Nicholl ? s'enquit-il finalement.

Wick hocha la tête en silence.

J. J. le dévisagea une minute avant de reprendre :

— Bien. Donc, on n'est pas obligés d'aller là-bas pour défendre ton honneur.

Son regard navigua entre Wick et moi, puis il se tourna vers les autres.

— Allez, les mecs, on décolle !

Il tapa dans ses mains et aida Zack à se lever du fauteuil.

— Laissons-les tranquilles, qu'ils puissent se reposer et recharger leurs batteries.

Il me lança un regard dur.

— Appelle-moi s'il a besoin de quoi que ce soit. Il est bien trop fier pour le faire lui-même. Et assure-toi qu'il désinfecte ses blessures.

J'acquiesçai.

— Promis. Merci.

39

HENRY

NUMÉRO 7 de « HENRY LE DÉSESPÉRÉ »
Par Alice Bennet
paru dans The University Gazette

En fin de deuxième année, Beth Anne, une nana de mon cours d'expression orale, m'invita à sortir, disant qu'elle craquait pour les mecs ténébreux et discrets. J'ignorais que c'était l'impression que je donnais. Après que Reuben avait séduit Avery et couché avec Kerri, je m'étais renfermé sur moi-même et avais arrêté de montrer mes émotions. Les exposer aux yeux de tous ne m'avait fait aucun bien : je m'étais retrouvé avec le cœur en miettes. Alors, j'avais décidé de les garder pour moi désormais. J'avais cessé d'interagir avec les gens. Je ne répondais que lorsqu'on s'adressait à moi directement.

Et, surtout, j'évitais les nanas. Me masturber était tellement plus simple et tellement moins douloureux que fantasmer sur une personne qui m'était inaccessible, ou réussir à accoster une nana pour qu'un connard couche finalement avec elle en premier. Mais, apparemment, mon attitude donnait l'impression que j'étais inaccessible, et ça rendait dingues les nanas les plus audacieuses.

Sans trop savoir pourquoi, j'acceptai sa proposition. Peut-être parce que, au fond, je savais que ça ne durerait pas. Elle m'avait clairement fait comprendre que je n'étais qu'une conquête, un défi, et qu'elle passerait à autre chose dès qu'on aurait couché ensemble. Pour moi qui fuyais les sentiments et les relations sérieuses, ça tombait à pic. C'était facile, sans danger. De plus, Reuben ignorait qu'elle existait. Il ne pouvait pas interférer.

On alla dîner et voir un film, puis on s'envoya en l'air dans sa chambre étudiante. Contre toute attente, je ne me sentis pas fanfaron ensuite. Pourtant, je n'étais plus un minable puceau, j'avais enfin couché ! La vie aurait dû être géniale. Mais je m'étais senti maladroit. Elle avait dû tenir les rênes et me guider du début à la fin, car je ne savais pas du tout ce que je faisais. Il me semblait qu'elle avait joui, mais peut-être avait-elle simulé. Quoi qu'il en soit, mon corps avait aimé ce qui s'était passé. Ma tête, elle, se sentait vide et insatisfaite. Ou peut-être était-ce mon cœur ? C'est que j'en voulais plus.

Beth Anne ne me recontacta pas le lendemain. Elle aussi avait dû sentir que quelque chose manquait. Ou, pire, elle avait peut-être trouvé que j'étais un mauvais coup.

En proie au doute, je me demandai alors : et si c'était moi qui étais censé la contacter ? Comme elle avait proposé le premier rencard, je m'étais dit qu'elle m'écrirait, si elle voulait continuer. Ignorant la marche à suivre, mais ne voulant pas tout gâcher, je lui envoyai un texto, la remerciant pour la soirée qu'on avait passée, lui disant combien ça m'avait plu. Elle répondit par un émoji cœur. Ne sachant quoi en penser, je n'insistai pas. Si elle voulait me revoir, j'étais partant. Si elle ne voulait pas, tant pis.

Le lundi matin, j'étais dans un état second. Je me sentais totalement différent à l'intérieur, mais déçu que dans le fond rien n'ait vraiment changé. Ma vision de la vie n'avait pas évolué ; je ne me sentais pas le roi du monde. J'étais toujours aussi pathétique qu'avant, et aussi peu enclin à rencontrer quelqu'un.

Alors qu'après les cours je transportais mon tuba jusqu'au terrain pour répéter, Rush me rejoignit, un sourire radieux sur les lèvres. Le sourire que j'aurais dû avoir après ma nuit avec Beth Anne.

— Henry, mon pote ! s'exclama-t-il avec une accolade. Je viens d'apprendre la nouvelle. Félicitations !

— Quelle nouvelle ?

Il éclata de rire et me donna un coup de coude.

— Regarde-toi, petit cachottier, à faire comme si de rien n'était. J'ai appris pour Beth Anne et toi. De quoi je parle, à ton avis ? Je n'arrive pas à croire que tu l'aies enfin fait. On t'a pris ta petite fleur. Il était temps. Je commençais à m'inquiéter pour toi.

— Les mecs n'ont pas de petite fleur – hé, attends. Comment tu es au courant ?

— Par Beth Anne elle-même, répondit-il, levant les yeux au ciel comme si c'était évident. Qui, à ton avis ? Mec, elle l'a dit à tout le monde à la fin du cours d'expression orale, juste après ton départ.

Le cours d'expression orale. J'appréhendais, me demandant quelle serait sa réaction. Mais elle m'avait caressé le bras de son doigt, et m'avait fait un clin d'œil assorti d'un sourire en coin, en passant près de mon bureau. Ça s'était beaucoup mieux passé que je ne m'y attendais. Je craignais qu'elle ne me reproche de ne pas avoir dit grand-chose ensuite, ou d'avoir été trop nul.

Je clignai des yeux et secouai la tête, stupéfait.

— Elle… Elle… quoi ? Oh pitié, *non.*

— Non ?

Il fronça les sourcils.

— Comment ça, non ?

— Pourquoi l'a-t-elle raconté à tout le monde ?

Je regardai autour de moi, paniqué, craignant que tout le monde ne soit au courant et ne se moque de moi.

— Je ne voulais pas que ça se sache.

— Pourquoi pas ? s'étonna-t-il. Beth Anne est bonne. C'est impressionnant, mec. Tu devrais te vanter. Tu déchires, mon pote.

— Mais je…

Les joues rouges, je m'approchai de lui.

— J'ai été mauvais, lui avouai-je à voix basse. Très, très mauvais.

Il n'y avait qu'à lui que je pouvais dire une chose pareille. Mais, même si c'était mon meilleur pote, c'était super humiliant.

Il gloussa et me mit une claque amicale dans la poitrine du dos de la main.

— Peu importe. Crétin, va ! Elle a dit que tu étais adorable.

— Adorable ?!

C'était encore *pire* que mauvais.

Mon visage se décomposa.

— Crois-moi. Pour ta première fois, « adorable » c'est bien. C'est très, très bien.

— Tu es sûr ? demandai-je en regardant encore autour de moi. J'aurais préféré qu'elle dise que j'avais assuré comme un dieu.

Il leva les yeux au ciel.

— Ça aurait été un gros mensonge. Personne n'y aurait cru. « Mauvais », ça aurait été catastrophique. Mais « adorable » c'est bien.

— Ah bon ?

Je plissai les yeux, essayant de jauger s'il mentait.

Il hocha la tête sans se démonter.

— Crois-moi, c'est très bien, répondit-il en me regardant droit dans les yeux.

— Va pour « adorable », alors.

— Carrément ! Y'a de quoi être fier. Alors pourquoi est-ce que t'as l'air dépité, comme si quelqu'un venait d'écraser ton animal de compagnie ? Réjouis-toi. Tu t'es bien débrouillé.

— Désolé, je…

Je m'interrompis pour jeter un coup d'œil autour de moi et remarquai que Reuben était en train de fanfaronner avec sa trompette, fier comme un coq.

— Reuben n'est pas au courant, si ?

Rush tourna la tête vers lui.

— Reuben ? Nan. Pourquoi le serait-il ? Il n'est pas en cours avec nous, et il ne traîne pas dans le même cercle que Beth Anne.

Je hochai la tête, rassuré.

— Tant mieux, murmurai-je. Tant mieux.

Soudain, Avery apparut et tendit un carnet à Reuben.

Il se le passa autour du cou, ce qui confirma mes soupçons. C'était un carnet de défilé. Je ricanai. Ça faisait tellement collège ! Mais, ensuite, il se pencha en avant et l'embrassa avec gratitude. Mon sourire s'évapora aussi sec. Mon estomac se noua. Gamin ou pas, il avait Avery. Moi pas.

Qu'est-ce qu'elle était jolie !

Et qu'est-ce qu'elle était gentille de lui apporter ses affaires aux répétitions !

Ça, c'était la définition même d'adorable.

Mon cœur commença à tambouriner si fort dans ma poitrine que ma cage thoracique devint douloureuse. J'eus l'impression que des aiguilles me transperçaient de toutes parts. Ma peau se mit à brûler. C'était *ça* qui m'avait manqué avec Beth Anne.

Je compris alors une chose. Je n'avais pas attendu aussi longtemps pour coucher parce que je voulais rencontrer une nana pas prise de tête, avec qui avoir une histoire sans lendemain. J'avais attendu car, secrètement, j'espérais trouver quelqu'un qui me couperait le souffle au premier regard, quelqu'un qui me ferait ressentir ce qu'Avery me faisait *encore* ressentir.

Je voulais être complètement absorbé par une fille.

Et, tant que mon cœur lui appartiendrait, je serais incapable de passer à autre chose. Voilà le grand drame de mon existence : j'aimais une personne que je n'aurais jamais.

40

HAVEN

Je venais de me mettre au lit, Bingley roulée en boule sur mon oreiller, quand j'entendis des pas s'arrêter devant ma chambre.

Wick passa la tête par la porte entrebâillée pour voir comment j'allais.

Je soulevai mes couvertures en guise d'invitation.

— Je suis réveillée. Tu peux entrer.

Sans un mot, il entra et grimpa sur le lit.

Bingley miaula pour le saluer et me marcha sur le visage pour rejoindre son papa humain, qu'elle renifla et lécha avec affection.

— Je ne savais pas que tu étais là, roucoula Wick.

Il la caressa quelques instants et la posa par terre sur le tapis.

Elle se rua hors de la chambre, en quête d'un *snack* ou d'un jouet.

Wick me prit dans ses bras. Je me laissai aller contre lui. Il enfouit son visage dans mes cheveux, et posa une main à l'arrière de ma tête pour me bercer.

— Tu es sûre que ça va ? demanda-t-il une minute plus tard.

Je lui caressai le bras et ris doucement.

— Wick, je vais bien.

Parcouru de tremblements, il se rapprocha un peu plus. Il avait besoin de réconfort et d'être rassuré.

— Je n'arrive toujours pas à croire qu'il t'ait frappée.

— Giflée, corrigeai-je.

Je préférais dire « gifler ». Ça semblait moins violent, moins traumatisant que « *frapper* ». Je n'étais pas encore prête à accepter que j'étais sortie avec un mec capable de frapper les femmes. Pire, de les frapper aussi brutalement.

— Il a levé la main sur toi, cracha Wick, qui refusait de faire la différence. Et je… je ne l'ai pas arrêté à temps.

Sa voix se brisa.

— Je suis désolé. Je suis vraiment…

— Chuuut.

J'appuyai les doigts sur ses lèvres.

— Ne dis pas ça. Comment aurais-tu pu m'aider, alors que tu te faisais tabasser ? Tu étais… Bon sang ! Je ne sais même pas comment tu as réussi à te dégager pour venir à mon secours.

Je pris quelques-unes de ses mèches entre mes doigts et tirai affectueusement dessus avec un petit sourire.

— Un vrai dur à cuire.

Mais ça ne l'amusa pas.

— Si j'avais été un vrai dur à cuire, il ne t'aurait jamais touchée.

— Arrête, ne…

Cette fois, c'est lui qui posa un doigt sur mes lèvres pour me faire taire. Puis il poussa un long soupir et appuya son front contre le mien, me serrant contre lui en silence, pendant que je jouais avec ses cheveux.

Ma gaieté feinte s'évanouit. La tristesse m'envahit.

— Vas-y, dis-le…, murmurai-je.

Il leva le visage.

— Dire quoi ?

Je déglutis.

— Que tu m'avais prévenue, que mon plan était stupide, qu'il ne m'apporterait aucun soulagement et que ça tournerait mal. Je suis vraiment navrée. J'ignorais que tu en ferais les frais aussi. J'étais aveuglée par la colère et…

— Chuut.

Il prit délicatement ma joue dans sa main et massa la peau tendue de mon cou de son pouce.

— Si je n'ai pas le droit d'énoncer mes regrets, alors toi non plus.

Je reniflai. Mes yeux s'emplirent de larmes.

— Mais, toi, tu n'es pas responsable. Tout est ma faute.

— Il aurait pu nous laisser sortir au lieu d'appeler les renforts. Il aurait pu ne pas te frapper, ni faire circuler des rumeurs qui t'ont fait du tort, ni te tromper. Il y a des tas de choses qu'on aurait pu faire différemment, faire mieux, mais la plus grande part de responsabilité lui revient.

Faisant remonter son pouce sur ma joue, il essuya mes larmes.

— Ce qui est fait est fait. On ne peut pas revenir en arrière. Je te promets d'enfouir mon sentiment de culpabilité, si tu fais de même.

Je fermai les yeux. Je n'étais pas sûre d'en être capable.

— Allez, Haven. Essaye pour moi, me chuchota-t-il à l'oreille.

Je hochai la tête et levai les yeux vers lui.

— J'essayerai.

Je ferais n'importe quoi pour lui.

Dans l'obscurité, je sentis son sourire.

— C'est bien, murmura-t-il en embrassant ma joue tendrement. On se vengera.

Puis il déposa un baiser sur mon front.

— D'une façon ou d'une autre.

Sur ma paupière.

— Une façon intelligente.

Sur l'autre paupière.

— Je te le promets.

Lorsque je sentis son souffle au-dessus de ma bouche, un courant électrique me traversa.

— Je sais exactement comment, dis-je en prenant son visage dans mes mains. En passant à autre chose et en étant heureux. Le bonheur sera notre meilleure vengeance. Ça le rendra furieux. Ça le rongera de l'intérieur. On avancera et on sera heureux ensemble, on oubliera jusqu'à son existence même. D'ailleurs, je crois que je commence déjà à l'oublier…

— Attends. De qui on parlait, déjà ? plaisanta-t-il.

— Exactement.

Je souris et allai à la rencontre de ses lèvres.

Un sifflement de surprise lui échappa. Il ne me repoussa pas, alors je l'embrassai encore, aussi légèrement et rapidement que la première fois. Il me rendit mon baiser. Je m'écartai dans un bruit de succion.

Sa respiration s'accéléra. Je l'entendis déglutir.

Curieuse de savoir ce qui arriverait si j'allais plus loin, je reposai la bouche sur la sienne.

Ses lèvres étaient très douces, tels des marshmallows qui commenceraient à se dissoudre dans une tasse de chocolat chaud.

Et il n'y avait pas à dire, je fondais carrément !

Je dardai la langue pour le goûter. Wick gémit et approfondit notre baiser en m'empoignant les cheveux et me penchant la tête en arrière. Quand il ouvrit la bouche, j'y enfonçai la langue, avide de dévorer cet homme qui comptait chaque jour un peu plus pour moi. On s'embrasa immédiatement. Je poussai un cri étouffé et me cambrai contre son torse.

Mes orteils se recroquevillèrent sous les couvertures. Je les frottai le long de ses jambes, salivant de sentir ses mollets si fermes. Un frémissement intense remonta à l'intérieur de mes cuisses, jusqu'à mon entrejambe. Je sursautai de surprise, et mes ongles s'enfoncèrent dans la chair de ses épaules.

Il grogna de plaisir. Sous la pression ardente de nos langues, nos caresses se firent plus urgentes. Il me saisit les fesses et me hissa contre sa verge dressée. Je me frottai audacieusement contre lui et passai les mains sous son T-shirt pour sentir les contours doux, chauds et sculptés de ses tablettes de chocolat. Ronronnant de plaisir, je grattai délicatement ses abdos impressionnants de mes ongles.

— Nom de Dieu, souffla-t-il.

Il pencha la tête en arrière et poussa un gémissement de plaisir, avant de se déhancher plus brutalement.

— C'est plus fort que moi. Je ne peux pas m'arrêter.

Je pris son visage entre mes mains pour plaquer sa bouche contre la mienne.

— Tu n'as pas intérêt !

Il m'embrassa avec une fougue bestiale qui me coupa le souffle.

— Trop de vêtements, haletai-je, tirant sur son T-shirt pour le lui enlever.

Il s'en débarrassa et retira son pantalon.

— À ton tour, souffla-t-il d'une voix rauque, en attrapant mon T-shirt.

Réalisant que je ne portais pas de soutien-gorge, il prit mes seins dans ses mains avec révérence.

— Des seins, murmura-t-il.

L'émerveillement dans sa voix me fit éclater de rire.

— Tu les vois enfin.

— Pas vraiment. Il fait trop sombre.

Il tâtonna sur ma table de chevet. Je m'assis pour le regarder chercher l'interrupteur dans l'obscurité.

— Où est cette satanée lampe ? grommela-t-il.

Avec un soupir de soulagement, il alluma. Il revint vers moi, un immense sourire sur le visage.

— Et maintenant…

Il baissa les yeux sur ma poitrine et se figea, bouche bée.

— Waouh, hoqueta-t-il. Tu es si…

Les mots ne lui vinrent pas. J'étais partagée entre baisser la tête, gênée, et redresser fièrement les épaules.

— Hideuse, c'est ça ? plaisantai-je.

Il secoua lentement la tête.

— Tellement hideuse, acquiesça-t-il, les yeux rivés sur ma poitrine. C'est même douloureux à regarder. Il faudra sûrement que je les recouvre de mes mains pour protéger mes pauvres yeux innocents de telles atrocités.

J'éclatai de rire.

Il me lança un petit sourire satisfait. Puis il s'assombrit lorsque son regard dévia sur ma joue. Il posa les doigts sur ma blessure. Un bleu était en train de se former.

— Tu es sûre de toi, Haven ? Tu as eu une soirée difficile. Tu ne dois pas avoir les idées claires.

Lui attrapant le poignet, je fis glisser ses doigts jusqu'à mes lèvres et embrassai tendrement ses articulations meurtries.

— Je n'ai peut-être pas les idées claires, concédai-je, mais je sais exactement ce que je veux. J'ai envie de toi comme je n'ai jamais désiré personne.

Il en fut bouleversé. Son corps frémit, tandis qu'il absorbait mes paroles.

— Tu en es sûre ? insista-t-il, perplexe.

Je baissai sa main vers mon sein et l'y tins fermement.

— Le sexe n'a jamais été naturel pour moi. Au plus profond de moi, j'avais l'impression de me forcer. Je sentais que quelque chose n'allait pas, mais je m'efforçais de faire taire cette petite voix dans ma tête. Je continuais de coucher en prétendant que tout allait bien parce que c'était plus simple que de me dire que quelque chose clochait chez moi.

— Bébé, souffla-t-il.

Il appuya son sourcil contre le mien et secoua la tête avec insistance.

— Rien ne cloche chez toi.

— Je sais.

Plongeant mon regard dans le sien, je lui souris à travers un voile de larmes.

— Je le sais maintenant car, toi et moi, ça semble si *naturel.* Enfin ! Alors, s'il te plaît…

Lui lâchant le poignet pour qu'il maintienne mon sein de lui-même, je le suppliai :

— S'il te plaît, montre-moi ce que c'est que faire l'amour.

— Seigneur, hoqueta-t-il, l'air soudain terrifié. Pas de pression, hein ?

Souriant, je pris son visage dans mes mains.

— Aucune. J'ai toute foi en toi.

— Ça fait au moins un de nous.

Il prit ma lèvre inférieure entre ses dents. Puis il leva l'autre main et massa mes deux seins en même temps. Enfonçant la langue dans ma bouche, il appuya ses pouces sur mes mamelons.

Un violent frisson de désir m'électrisa.

— Oh que oui, tu t'en sors à merveille !

Gémissant de plaisir, il déposa une traînée de baisers sur ma gorge, mordillant ici et là. Il m'allongea sur le dos et me dévisagea avec émerveillement, avant de sourire tendrement.

— J'adore ton sourire, dis-je, en touchant ses lèvres.

Il sourit de plus belle. Une lueur malicieuse dans le regard, il lécha mon doigt, et se baissa pour prendre un de mes seins dans sa bouche.

Passant les pouces sous le bandeau, il fit glisser mon bas de pyjama. Puis il s'accroupit pour le retirer complètement, et me contempla, immobile.

Ne portant plus que ma culotte, je m'étirai lascivement comme un chat bienheureux, et me cambrai pour exposer mes seins. Ses pupilles se dilatèrent. Il poussa un sifflement.

— Tu es magnifique.

Il l'était, lui aussi. À la lueur de la lampe, son torse sculpté brillait comme du cuivre lustré. Je fis courir mes orteils sur son genou et remonter mon pied le long de sa cuisse, vers la bosse dans son boxer.

Il m'attrapa la cheville avant que je puisse le toucher *là*. Les yeux malicieux, il souleva mon pied et posa les lèvres au-dessous, jouant de sa langue et ses dents. Un frisson me parcourut.

Sa bouche remonta sur ma cheville, mon mollet, mon genou, ma cuisse. Quand il en atteignit le haut, il marqua une pause pour regarder ma culotte. Puis il se pencha et m'embrassa à travers le coton.

Je poussai un cri de surprise et cambrai les hanches contre sa bouche.

Sentir son souffle chaud à travers le tissu me rendit dingue. Mes mains se refermèrent autour des draps pendant qu'il embrassait, suçait, mordillait mon entrejambe. J'en voulais plus, et empoignai ses cheveux soyeux pour le plaquer contre moi.

Il leva les yeux et sourit devant mon expression béate. Puis il fit lentement glisser ma culotte. Je pensais qu'il se placerait au-dessus de moi et s'installerait entre mes cuisses, mais il posa la bouche sur ma chatte et me lécha le clitoris.

Je poussai un cri en me cambrant. Il se mit alors à m'explorer sans pitié, chaque coup de langue me propulsant plus loin dans le plaisir. C'était si bon que je jouis dès qu'il enfonça un doigt en moi. Submergée par l'orgasme, je lui empoignai les cheveux et enfonçai les talons dans le matelas.

— Incroyable, murmurai-je quelques instants plus tard, fixant le plafond, abasourdie.

Je savais qu'il en fallait beaucoup pour me faire jouir, mais maintenant je me demandais si j'avais vraiment joui auparavant. Je n'avais jamais rien ressenti d'aussi intense.

Je roulai la tête sur le côté pour regarder Wick s'asseoir. Avec un sourire satisfait, il s'essuya la bouche du revers de la main. C'était de loin le geste le plus érotique que j'avais jamais vu.

— C'était phénoménal.

Son visage s'illumina.

— C'est vrai ? Reste là. Ce n'est que le début. Il y a plus à venir.

Il sourit d'un air espiègle et remua les sourcils.

— Littéralement, ajouta-t-il avant de s'écarter.

Je le rattrapai par la main.

— Attends.

Me redressant légèrement, je plissai le front et gloussai timidement.

— Où est-ce que tu vas ?

— Chercher des préservatifs dans ma chambre, répondit-il à toute vitesse, penchant la tête vers la porte. Je reviens.

Je resserrai ma poigne.

— Mais…

Se figeant, il me regarda avec inquiétude.

— Qu'est-ce qui ne va pas ? Tu veux qu'on arrête là ?

Je ris, gênée.

— Non, si, enfin je…

Son visage s'assombrit. Il parut tellement dépité et triste que je m'empressai d'ajouter :

— Non, bien sûr que je ne veux pas arrêter là. Ça va *super* bien. Je voulais simplement te dire que je suis toujours sous pilule. Et comme on vient tous les deux de se faire tester et qu'on sait qu'on est sains…

Je m'interrompis et regardai d'un air entendu entre nous.

Il suivit mon regard. Ses yeux se posèrent sur les fines boucles entre mes cuisses. Il entrouvrit les lèvres.

— Tu veux dire que… je peux te faire l'amour sans préservatif ?

Je rougis.

— Tu n'es pas *obligé*. C'est sûrement mieux d'être prudent. Je ne t'en empêcherai pas si tu veux en mettre un. Je dis simplement qu'on est déjà protégés, alors ce n'est pas obligatoire, si tu n'en veux pas. J'ai confiance en toi.

— Nom de Dieu, souffla-t-il.

Il se débarrassa de son boxer et remonta sur le lit à toute vitesse pour s'installer entre mes jambes.

— Tu es sûre ? demanda-t-il, son regard plongé dans le mien.

Je posai la main sur sa joue.

— À cent pour cent.

— Incroyable.

Baissant la tête d'un air béat, il empoigna sa verge et la guida vers l'entrée de mon intimité.

Sentant l'extrémité chaude et humide, je pris une profonde inspiration et écartai les genoux.

Wick croisa mon regard et déglutit bruyamment.

— Est-ce que c'est réel ?

Je me mordis la lèvre et me tortillai pour le sentir plus profondément.

— Enfonce-toi en moi pour le découvrir.

Les pupilles noires de désir, il poussa profondément. Je lâchai un cri de surprise. Lorsqu'il fut entièrement en moi, il s'immobilisa pour jauger ma réaction. Je gémis et me cambrai. Je ne m'étais jamais sentie aussi remplie. Et c'était bon. Dieu que c'était bon ! Mes muscles se contractèrent autour de son membre. La sensation était tellement différente quand on accueillait un homme qu'on désirait vraiment.

J'ondulai des hanches pour lui faire accélérer le rythme. Les pupilles de Wick se dilatèrent et les muscles de son cou se tendirent.

— Haven, gémit-il.

Il se retira et s'enfonça en moi rapidement. Je poussai un cri de plaisir.

On se mit à bouger en tandem. Il saisit une de mes mains et entrelaça nos doigts, tandis qu'il m'embrassait avec fougue, calant ses coups de langue sur le rythme de ses va-et-vient. À chacun de ses assauts, le plaisir s'intensifiait. Alors que l'orgasme approchait, il cloua ma main au-dessus de ma tête et me regarda droit dans les yeux.

— Tu es prête ? dit-il, les dents serrées.

Je hochai la tête. Aussitôt, l'orgasme m'emporta dans un festival d'étincelles, beaucoup plus long et plus puissant que le premier.

Dans un gémissement, Wick enfouit le visage dans mon cou et s'enfonça jusqu'à la garde avant de se répandre en moi. Ma bouée de sauvetage et moi tourbillonnâmes dans les vagues du plaisir, submergées par le raz-de-marée et l'euphorie.

Et, jusqu'au bout, on se tint la main.

41

HAVEN

À mon réveil, je me sentais bien. *Vraiment* bien.

Soupirant de contentement, je m'étirai et souris en sentant la peau de mon amant contre la mienne. Comme c'était agréable.

Reposée et plus éveillée que jamais, je consultai l'heure, haussant les sourcils de surprise en découvrant qu'il n'était que 5 heures du matin.

— Wick, chuchotai-je en l'embrassant sur le visage pour le réveiller.

Il poussa un grognement. Je souris et lui grattai le menton.

— Allons courir.

— Huh ?

Il ouvrit un œil.

— Allons courir, répétai-je.

Avec un nouveau grognement de protestation, il glissa un bras autour de moi pour m'empêcher de quitter le lit.

— Faisons la grasse matinée.

— Faisons du jogging, insistai-je en me tortillant au-dessus de lui.

Il ouvrit les deux yeux cette fois, et se décala légèrement pour me faire sentir son érection matinale.

— Tu veux faire du cardio ? Je peux t'en donner, moi, du cardio.

Mon entrejambe frémit, et mes seins devinrent plus sensibles. Sentant que je mouillais déjà, je me mordis la lèvre.

— Et du bacon ensuite ? négociai-je.

Il hocha la tête.

— Des tonnes et des tonnes de bacon !

— Marché conclu.

Je m'assis sur lui à califourchon et attrapai sa verge dressée.

Il inspira brusquement. Je commençai à m'empaler doucement sur lui.

— Bordel, hoqueta-t-il, me saisissant la taille et clignant frénétiquement des yeux, comme s'il se croyait encore endormi. Tu es tellement sexy.

— C'est si bon de te sentir en moi, roucoulai-je.

Je remontai et descendis progressivement sur sa verge, jusqu'à ce que mon corps puisse l'accueillir entièrement, puis je poussai fort pour le prendre entièrement.

Il se cambra en gémissant. Le tirant par les cheveux, je plaquai ma bouche contre la sienne. Déterminée à faire du cardio, je le chevauchai avec une ardeur croissante et de plus en plus vite. Le temps qu'on jouisse tous les deux, j'étais épuisée et en nage.

J'essayais encore de reprendre mon souffle quand j'entendis miauler à côté du lit.

— Oh ! Bingley veut jouer avec maman et papa.

Je me baissai pour prendre mon bébé. Wick s'assit.

— Désolé, Bing, tu n'es pas autorisée à monter quand papa et maman s'envoient en l'air.

En riant, je posai le chaton sur le lit.

— Papa aime qu'on respecte les règles, dis-je gaiement au chaton en frottant mon nez contre son museau.

Wick recouvrit son entrejambe avec la couverture pour éviter que le chaton essaye de jouer, toutes griffes dehors, avec ses parties intimes.

— Je dis simplement que papa et maman ont le droit d'avoir du temps rien que pour eux.

Je penchai la tête sur le côté, avec un sourire pensif. Cette complicité me plaisait. *Wick* me plaisait. J'aimais vivre avec lui. *J'adorais* coucher avec lui. J'aimais partager mes repas avec lui, qu'on ait un enfant-chat ensemble, et j'adorais traîner avec ses sœurs et lui. J'aimais tellement passer du temps avec lui que c'en était presque effrayant. Mais je préférais ne pas trop y penser. Je ne voulais pas que ça s'arrête. Je craignais qu'à trop y réfléchir je ne finisse par me dire que ce n'était pas raisonnable de m'attacher aussi rapidement.

Alors, je me contentai de hocher la tête.

— Complètement d'accord. Papa et maman ont le droit d'avoir des moments rien qu'à eux.

Après le petit déjeuner et une douche – les deux pris avec Wick —, je préparai mon sac et quittai ma chambre. Wick était dans le salon en train de mettre ses chaussures. Lorsqu'il se redressa, son sourire me donna des papillons dans le ventre.

— Tu vas en cours en voiture ou à pied ? me demanda-t-il.

— À pied, répondis-je en glissant les pouces sous les bretelles de mon sac à dos, pendant qu'il passait le sien à l'épaule.

— Moi aussi.

Se mordillant l'intérieur de la lèvre, il ajouta :

— On fait le chemin ensemble ?

Je m'avançai vers lui et lui tendis la main.

— Absolument.

Sa poitrine se souleva. Les yeux pétillants, il sourit et prit ma main. Dès que nos doigts furent enlacés, il m'attira contre sa poitrine et baissa la tête pour m'embrasser. Mais ce qui devait être un baiser rapide n'en fut pas un. Serrant son T-shirt, je l'embrassai de toute mon âme.

Il se débarrassa de son sac à dos et me poussa vers le canapé.

— Je peux me permettre de sécher quelques cours, aujourd'hui, jubila-t-il.

— Pas moi, soufflai-je, j'en ai déjà trop raté.

Je retirai pourtant mon sac à mon tour et défis sa ceinture.

— Tu veux arrêter, alors ? demanda-t-il en m'ôtant mon T-shirt.

— Surtout pas. J'en ai trop envie !

— Moi aussi.

Il me fit asseoir sur le canapé et s'agenouilla devant moi pour que nos corps soient parfaitement alignés.

Une fois débarrassée de mes vêtements, j'écartai les cuisses et je me glissai jusqu'au bord pour venir à sa rencontre.

Wick secoua la tête et expira en me regardant.

— C'est tellement excitant de te voir faire ça.

Il commença à me pénétrer lentement, les yeux rivés sur son sexe qui entrait en moi, puis s'arrêta brusquement.

— Ah, merde.

Il leva le visage et fit la moue.

— On ne peut pas faire ça ici.

— *Quoi ?* m'écriai-je. Pourquoi ?

Il était à moitié en moi. Mon corps en voulait beaucoup plus. Il ne pouvait pas s'arrêter là.

Wick jeta un coup d'œil alentour.

— Le soir de son emménagement, ma coloc m'a fait promettre de ne pas faire l'amour dans le salon quand elle était à la maison.

J'ouvris grand la bouche.

— Wick ! m'exclamai-je, outrée.

Je le poussai.

— Je pensais que tu étais sérieux !

Avec un sourire amusé, il s'enfonça plus profond, plus profond et encore plus profond, jusqu'à me remplir totalement. Puis il me fit un clin d'œil.

— Je *suis* sérieux. Tu m'as vraiment fait promettre ça.

— Pff, OK. Oh ! la vache, oh oui, c'est bon ! Je te – merde, ne t'arrête pas – libère officiellement de – hmmm, continue – cette promesse.

Je passai les jambes autour de sa taille et plantai les talons dans son cul.

— Maintenant, baise-moi comme un fou !

— Oui, m'dame.

Mon entrejambe en resta sensible toute la journée. C'était la douleur la plus exquise qui soit. Si je bougeais juste comme il fallait, je pouvais encore sentir son sexe profondément en moi.

Il avait fait de moi une nympho.

Plusieurs fois durant la matinée, alors que je repensais à nos ébats, je dus croiser les jambes pour empêcher l'excitation de monter.

À ma pause déjeuner, je lui envoyai un texto, espérant qu'on pourrait se retrouver quelque part sur le campus pour une rapide partie de jambes en l'air.

HAVEN : **Qu'est-ce que tu m'as fait ? Je n'arrête pas de penser à ce matin et hier soir. J'en veux encore. Quand est-ce qu'on remet ça ?**

Je sautillai, euphorique, en voyant de petits points s'afficher sur l'écran. Il était en train de me répondre.

> *WICK :* Et… voilà que je bande pendant mon cours d'audit interne.

> *HAVEN :* Oups, désolée. J'espérais qu'on pourrait se retrouver à l'heure du déjeuner pour… faire certaines choses. Mais on dirait que c'est mort.

> *WICK :* Seigneur, maintenant tu me tortures ! J'aurais adoré ça. Peut-on remettre ce projet à 18 h 30, après mon entraînement ?

18 h 30 ? ! Il m'avait montré combien le sexe pouvait être fabuleux et maintenant il me demandait d'attendre ? Ça n'allait pas se passer comme ça.

> *HAVEN :* Sûrement pas ! Tu ne peux pas mettre mon univers sens dessus dessous et me demander ensuite d'attendre, quand j'ai envie de ton corps sexy. Tu as fait de moi un monstre assoiffé de sexe. Il me faut ma dose.

> *WICK :* Crois-moi, j'aime ce monstre. Je VEUX lui donner sa dose. Et si je me rattrapais ce soir en rentrant ? Un orgasme toutes les heures jusqu'à ce que tu t'endormes. Marché conclu ?

Je haussai les sourcils avec intérêt.

> *HAVEN :* Sérieux ? Tu en es capable ?

> *WICK :* Aucune idée. Mais je veux bien essayer.

Ça m'allait.

***HAVEN :* Marché conclu.**

L'après-midi, alors que je chantais et dansais sur la comptine des cinq petits singes dans l'arbre qui embêtent M. Crocodile, je me souvins brusquement qu'Izzy avait accès aux textos de Wick.

— Oh ! flûte !

Je me plaquai la main sur la bouche et fermai les yeux. Maintenant, sa sœur savait que Wick et moi étions sexuellement actifs. Ce n'était pas embarrassant du tout. Nope.

C'était une catastrophe.

— Qu'y a-t-il, Miss Haven ?

Cason, qui était revenu en classe, tira sur mon bras avec inquiétude.

Rougissant comme une pivoine, je déglutis et réfléchis à toute vitesse.

— Je…

Une idée me vint.

— Oh non ! M. Crocodile vient de m'attraper !

Je me saisis la gorge des deux mains, faisant mine de m'étrangler.

Les enfants éclatèrent de rire. Réalisant que je ne pouvais rien faire d'autre à part espérer qu'Izzy garderait pour elle combien son frère m'excitait, je ris moi aussi.

Sur le chemin du retour, je me rendis compte que je n'avais pas croisé Topher et ses amis de la journée. Je n'avais pas non plus découvert de nouvelle rumeur abjecte à mon sujet. J'ignorais si c'était bon signe ou s'il s'agissait du calme avant la tempête. N'était mon menton douloureux, j'en aurais presque oublié la soirée horrible de la veille.

D'autant que j'avais réussi à camoufler le bleu avec du fond de teint. Juste avant que je commence à me maquiller, Wick avait caressé ma peau assombrie à cet endroit en serrant les dents, les yeux tourmentés de tristesse.

« Je parie que ça fait moins mal que ta blessure à l'œil », lui avais-je dit.

Il avait secoué la tête.

« Je ne sais pas comment je vais supporter de voir ces connards à l'entraînement aujourd'hui. Il est allé trop loin, cette fois. J'ai envie de le frapper, encore et encore. »

J'avais esquissé une grimace.

« Plus que trois matchs cette saison, non ? »

Il avait hoché la tête. J'avais déposé un baiser sur ses lèvres.

« Tu vas tenir bon. Je le sais. Rappelle-toi Martin Luther King Jr et concentre-toi sur l'amour, la lumière et l'espoir. »

Arrivée à la maison, j'arpentai le salon en me rongeant les ongles. J'étais super angoissée de le savoir à l'entraînement avec tous les mecs avec qui il s'était battu chez Topher. J'étais sûre que ce dernier essayerait de le provoquer et de monter le reste de l'équipe contre lui. Ça ne me plaisait pas qu'il affronte ça sans moi. Il a des amis, me raisonnai-je. De bons amis. Il n'est pas seul. Ses potes le protégeront.

La porte d'entrée s'ouvrit. Je me tournai brusquement, m'attendant presque à le voir en sang et encore plus amoché que la veille.

Un safety, José Rivera, entra, le sac de sport de Wick à l'épaule.

— Bonsoir, *mamacita,* murmura-t-il avec un hochement de tête respectueux.

L'air peiné, il se décala sur le côté. J. J. et Bear entrèrent à leur tour, soutenant Wick. Ses bras étaient passés sur leurs épaules et sa tête pendait sur sa poitrine. On aurait dit qu'il était inconscient.

Je me précipitai vers lui.

— Que s'est-il passé ?

Il vacilla. Je plantai les mains sur sa poitrine pour l'empêcher de tomber.

— Wick ?

Il leva péniblement la tête et sourit d'un air idiot.

— Hé, hé, c'est ma HayHay, bafouilla-t-il.

— Il est *bourré* ? m'exclamai-je.

Je me penchai pour inspecter son haleine. Il ne sentait pas l'alcool. Il soupira d'un air content et frotta son visage contre le mien, comme s'il était ivre.

— Non, grogna J. J. en le conduisant jusqu'au canapé, où Bear et lui le déposèrent doucement. Commotion cérébrale.

— Commotion cérébrale ? répétai-je, stupéfaite.

— Ouais.

Les dents serrées, J. J. me lança un regard meurtrier.

— Grâce à *toi* et à ton plan capote débile, Nicholl a lancé tous ses potes après lui, à l'entraînement. Un bâtard l'a frappé si fort que son casque s'est détaché et qu'il a perdu connaissance. Il est confus et incohérent depuis qu'il est revenu à lui.

— Oh ! mon Dieu ! murmurai-je, me couvrant la bouche des deux mains. Le médecin de l'équipe ne l'a pas examiné ?

— Nan. L'entraîneur a dit qu'il allait bien et l'a renvoyé chez lui.

J'écarquillai les yeux, profondément choquée. J. J. renifla d'un air sarcastique et leva les yeux au ciel.

— Bien sûr que si ! *Tout le monde* l'a examiné. Ils ont dit que c'était une commotion cérébrale et qu'il devait se reposer.

Wick se pencha par-dessus l'accoudoir du canapé et vomit. On recula tous pour éviter les éclaboussures, puis on bondit en avant pour l'attraper avant qu'il bascule par terre. Bear le souleva dans ses bras puissants.

— Salle de bains ? demanda-t-il.

— Par là.

Je les conduisis à la mienne, qui était plus près. Mais le temps que J. J. et lui déposent Wick devant les toilettes, il ne vomissait plus.

Je me tournai vers J. J.

— Se reposer ? m'écriai-je. C'est tout ce qu'ils ont dit ? Les symptômes semblent un peu extrêmes pour une simple commotion cérébrale.

— Si tu ne l'avais pas mêlé à tes conneries, hier soir, il ne serait pas dans cet état !

— Je sais, ripostai-je, les dents serrées, en les suivant jusqu'à la chambre de Wick. Oui, j'ai merdé hier soir. Si je pouvais revenir en arrière, je le ferais. Je n'ai jamais voulu que Wick soit blessé. Ça me hantera pour toujours. Mais ce qui est fait est fait. Alors, maintenant, dis-moi ce qu'il lui faut.

Le visage sombre, J. J. se frotta la tête, tout en regardant Bear déposer Wick délicatement sur son lit.

— Du repos, répondit-il finalement. Assure-toi de le réveiller toutes les deux heures pour qu'il ne tombe pas dans le coma.

Je poussai un cri.

— Dans le coma ? C'est une possibilité ?

J. J. haussa les épaules.

— Pas sûr. Mais c'est la première fois que je vois un des gars de l'équipe réagir aussi violemment à une commotion.

— Ça ne me rassure pas.

Le regard de J. J. s'assombrit.

— Moi non plus.

Les amis de Wick partirent peu après, J. J. se contentant d'un simple « Appelle en cas de problème ». Super, merci !

Je nettoyai le vomi dans le salon et me rendis au chevet de Wick, la boule au ventre. Il dormait déjà. Je lui touchai le bras pour le réveiller et m'assurer qu'il n'était pas tombé dans le coma.

— Wick ? appelai-je doucement.

— Hmm ?

Il ouvrit un œil vitreux.

— Je voulais vérifier que tu te réveillerais, murmurai-je, me sentant un peu ridicule. Rendors-toi.

— 'K.

Il glissa la main vers moi et ses doigts – super chauds – m'enserrèrent le poignet.

— Reste, lâcha-t-il d'une voix ensommeillée.

Ne souhaitant être nulle part ailleurs, je me glissai sous les couvertures avec lui. Il posa le visage sur ma poitrine et se rendormit immédiatement.

Dans la lumière du soir, je lui caressai les cheveux en pensant à Topher. Comme j'aurais aimé trouver le moyen de frapper assez fort pour qu'il n'ose plus jamais s'attaquer à Wick !

— Je suis tellement désolée, chuchotai-je. Je te vengerai, je te le promets.

Wick était si chaud que je commençai à transpirer.

Je continuai de m'excuser en jouant avec ses cheveux, lui disant combien je regrettais de ne pas l'avoir écouté, quand il avait essayé de me dissuader d'aller à cette fête.

C'était ma faute s'il était dans cet état.

Soupirant, je sortis dans le couloir pour appeler mes parents.

— Wick est rentré de l'entraînement avec une commotion, annonçai-je, des larmes dans la voix. Je ne sais pas ce qu'il faut faire.

— Laisse-le se reposer, répondit papa.

Je levai les yeux au ciel.

— Son copain m'a dit au contraire de le réveiller toutes les deux heures pour m'assurer qu'il ne tombait pas dans le coma.

— C'est un peu extrême, murmura maman, mais ça ne peut pas faire de mal. Juste au cas où.

Je programmai l'alarme sur mon téléphone pour qu'elle sonne toutes les trois heures.

Lorsque je le réveillai, trois heures plus tard, il grommela, ouvrit les yeux, fronça les sourcils, puis se rendormit.

Je me rappelai alors sa promesse d'un orgasme toutes les heures. Secouant la tête, je me couvris la bouche de la main et essayai d'inspirer et expirer calmement pour éviter de céder à la panique.

Après l'avoir réveillé une nouvelle fois à minuit, je me blottis contre lui et posai la main sur sa poitrine pour m'endormir, bercée par ses respirations.

L'alarme retentit de nouveau à 3 heures du matin. Dans un grognement, je roulai vers lui.

— Wick.

Il ne réagit pas.

— Wick ? répétai-je, en lui tapotant le bras.

Aucune réponse.

Le cœur battant à tout rompre, je m'assis et posai la main sur son front. Il était brûlant. Je le secouai plus fort. Je criai son nom. Rien. Je courus chercher un verre d'eau et lui mouillai le visage. Toujours rien. J'arrachai sa couverture et je le mis en position assise. Il retomba sur l'oreiller comme si – non, je refusais de penser à ça.

Je tâtonnai à la recherche de mon portable et rappelai mes parents. Papa répondit à la quatrième sonnerie, à moitié endormi.

— Papa ! m'écriai-je, cédant à la panique. Wick ne se réveille pas.

Il lui fallut un moment pour percuter.

— Réessaye, dit-il finalement.

— Tu m'as entendue ? Il ne se réveille pas. J'ai tout essayé.

— Il respire toujours ?

— Oui. Mais son front est brûlant.

— Emmène-le à l'hôpital.

— *Quoi ?* hurlai-je en me passant nerveusement la main dans les cheveux. Tu crois que c'est si grave que ça ?

— Chérie, je ne sais pas, je ne suis pas sur place. Mais, si tu as tout essayé et que rien ne marche, il faut l'emmener à l'hôpital. Si ça se trouve, il va bien et se réveillera en forme dans cinq minutes. Mais, au moins, tu sauras ce qu'il en est. Mieux vaut prévenir que guérir.

— D'accord, tu as raison.

Je hochai la tête, reconnaissante pour ces précieux conseils.

— Je vous tiens au courant. Je vous embrasse.

42

HENRY

NUMÉRO 8 DE « HENRY LE DÉSESPÉRÉ »
Par Alice Bennet
paru dans The University Gazette

Je fis la connaissance de Jocelyn en troisième année. J'étais parti acheter du savon, du lait et des chaussettes, et je m'étais garé dans la même travée qu'elle sur le parking du supermarché. Elle essayait de faire entrer une télévision à écran plat dans le coffre de sa Honda.

Je venais de sortir de mon pick-up et de fermer la portière, quand je l'entendis jurer. Son Caddie avait basculé sur le côté.

— J'arrive ! criai-je en voyant le carton lui glisser des mains.

Je courus vers elle et attrapai un des angles.

— C'est bon, je le tiens.

— Merci, répondit une voix féminine de l'autre côté.

Je ne voyais que ses ongles, vernis de marron foncé.

Ensemble, on tenta de placer la télévision dans le coffre.

— Essayons sur le côté, proposa-t-elle, lorsque la première tentative échoua.

— La moitié du carton va dépasser du coffre.

— Tant pis, soupira-t-elle. Il faut bien que je la rapporte chez moi. Je l'ai payée. Je ne vais pas l'échanger.

Je jetai un coup d'œil hésitant vers mon pick-up. On ne se connaissait pas. Je ne voulais pas lui faire peur en suggérant de la suivre jusque chez elle avec sa télévision flambant neuve et probablement chère à l'arrière de mon véhicule.

La télévision ne rentra pas de biais non plus. Elle poussa un juron et déclara d'un ton maussade qu'elle allait retourner dans le magasin pour acheter de quoi la transporter sur le toit. Je m'éclaircis la gorge.

— Je…

Je m'interrompis. C'était plutôt gênant.

— J'ai un pick-up, dis-je finalement.

Elle arrêta immédiatement de lutter avec le carton et regarda dans ma direction. Elle était séduisante, les cheveux châtain clair et de grands yeux noisette. Elle devait avoir deux ans de plus que moi.

— Oh ! s'exclama-t-elle. Tu es… waouh !

J'ignorais ce que ça voulait dire, mais quand elle jeta un regard circonspect vers le pick-up que je désignais j'en déduisis qu'elle n'accepterait pas l'aide d'un étranger.

— Ou peut-être que tu connais quelqu'un d'autre avec un pick-up ? m'empressai-je d'ajouter. Ce serait sûrement mieux.

— Seulement mon ex, répondit-elle d'une voix amère. Mais mon hymen repoussera avant que j'appelle cet enfoiré.

— Ah.

Ne sachant trop comment répondre, je l'aidai à poser le carton par terre et à l'appuyer contre le pare-chocs de sa voiture.

Je reculai d'un pas pour évaluer la situation et me frottai la tête.

— Si tu veux, je peux aller voir à l'intérieur s'ils vendent des cordes, pendant que tu restes pour surveiller ta télé.

Elle soupira et tendit la main.

— Passe-moi ta carte d'identité.

Je clignai des yeux.

— Pardon ?

— Avant que je te laisse me suivre jusqu'à la maison avec ma télé dans ton pick-up, je vais envoyer ton nom et ton adresse par texto à une amie, pour qu'elle connaisse l'identité de mon assassin, si jamais tu me tues et voles mes affaires.

— Euh… OK, répondis-je en sortant mon portefeuille de ma poche arrière. Mais tu réalises que, si je te tue, ça n'a pas vraiment d'importance pour toi qu'ils m'attrapent ou pas, vu que tu seras morte.

— Oui, mais mon amie me vengera, répondit-elle en prenant mes papiers. Je n'ai pas envie que mon âme reste coincée ici à cause de ton crime.

Je la regardai, perplexe – sa logique m'échappait – mais… chacun ses lubies. Qui étais-je pour en juger ?

— Tu n'as pas encore vingt et un ans, murmura-t-elle tout bas, comme si elle se parlait à elle-même.

Puis elle haussa les sourcils et reprit :

— Mais tu les auras dans une semaine. Joyeux presque-anniversaire, beau gosse !

— Hum, merci, bredouillai-je, perturbé d'avoir été appelé « beau gosse », après avoir été traité de klepto assassin.

— OK, Henry, ajouta-t-elle après avoir pris mon numéro de portable et l'avoir envoyé à son amie. Allons-y.

Cette fois, c'est moi qui me sentis mal à l'aise. Et si c'était une détraquée qui attirait des mineurs naïfs chez elle pour les tuer ?

L'espace d'un instant, je faillis lui demander ses papiers, mais changeai finalement d'avis, ne voulant pas me montrer parano.

Elle n'habitait pas loin. Une fois arrivés, on porta la télé jusqu'à son salon et on la posa par terre devant le seul meuble qu'elle possédait, un siège inclinable usé et démodé.

Elle se frotta les mains pour enlever la poussière pendant que je balayais la pièce du regard.

— Plutôt triste, non ? Il a quasiment tout pris au moment du divorce.

Elle feignit un sourire.

— Au moins, j'ai eu la maison... Et les quatre-vingt-trois échéances de prêt immobilier restantes.

Je souris avec compassion, mais elle avait déjà reporté son attention sur la télévision.

— Tu ne saurais pas par hasard comment l'installer ?

— Je devrais pouvoir y parvenir, répondis-je en haussant les épaules.

Ainsi, pendant qu'elle me préparait à dîner pour me remercier de mon aide, j'installai son nouveau système de divertissement.

Pendant le repas, j'appris qu'elle avait huit ans de plus que moi, avait bouclé son divorce durant la semaine même – d'où l'achat d'une télé pour fêter son nouveau départ – et qu'elle travaillait comme assistante pour un « connard pété de thunes ».

En retour, elle apprit que j'étais un étudiant qui jouait du tuba dans la fanfare de l'université.

Au lieu de se moquer de mon choix d'instrument, elle sourit.

— Pas étonnant que tes bras soient si musclés, ronronna-t-elle.

Elle me serra le biceps et frissonna de plaisir.

— Trimballer un instrument si lourd doit te maintenir en forme.

Ma bite réagit aussitôt. Mais ça faisait si longtemps que je n'avais pas... *Trop* longtemps. Depuis Beth Anne, personne ne m'avait touché, n'avait fait d'allusions sexuelles. Excité à l'idée de coucher, j'analysai chacune de ses paroles, chacun de ses regards, de ses sourires, dans l'espoir qu'elle accepterait peut-être un mec comme moi. Pas une seule fois je n'eus l'impression qu'elle souhaitait en rester là.

Mais, froussard que j'étais, je ne fis aucune tentative. Je ne lui demandai même pas son numéro. Lorsqu'elle me raccompagna à la porte après le dîner, je lui souhaitai bonne nuit et partis, me sentant frustré et minable.

Une semaine plus tard, cependant, elle m'envoya un texto pour me souhaiter un joyeux vingt et unième anniversaire, et m'inviter à venir boire une bière chez elle.

J'y allai, mais pas pour la bière.

Je n'en repartis que le lendemain matin.

Dès ce moment-là, je me rendis chez elle chaque fois qu'elle appelait pour… On ne regardait pas la télévision, ça, c'était sûr.

Notre histoire ne dura même pas un mois. Trois jours avant la Saint-Valentin, alors que je me demandais si je devais lui offrir un cadeau, elle me contacta pour m'informer qu'elle avait rencontré quelqu'un et qu'elle voulait que ça devienne sérieux.

Ça ne m'attrista pas particulièrement. Je l'appréciais beaucoup, mais notre relation n'avait rien de profond. Le sexe me manquerait. Cela dit, on n'avait jamais essayé d'établir un lien à un autre niveau, alors je n'étais pas vraiment attaché à elle.

J'avais cependant beaucoup appris grâce à elle. J'étais devenu capable de me détendre en présence d'une femme qui m'attirait. Je pouvais discuter en gardant mon sang-froid et même satisfaire une femme au lit. Pour tout cela, je lui serais toujours reconnaissant.

En retour, notre histoire lui avait permis de rebondir après son divorce. Elle m'avait remercié et dit qu'elle me trouvait adorable.

Adorable.

Encore et toujours ce mot !

Je commençais à en avoir marre d'être « adorable ». J'avais l'impression que seuls les durs à cuire réussissaient à choper et garder les nanas.

Mais, dès que mon cerveau songeait à Reuben et Avery, je coupais court. Ils étaient toujours ensemble, seulement, il ne me provoquait plus à ce sujet. Il avait eu d'autres préoccupations durant les mois précédents, comme le trophée Sudler, décerné à la meilleure fanfare du pays, et qu'on venait de remporter. Il faut dire qu'on s'était donnés à fond. Évidemment, Reuben s'était comporté comme si on avait gagné grâce à son talent de meneur et ses prouesses musicales.

Genre.

Je voulus fêter notre victoire avec Rush, mais il avait des projets avec une nana sur laquelle il ne m'avait pas dit grand-chose. Alors, je me rendis seul au pub qui faisait mes pizzas préférées.

Alors que j'attendais au bar ma pizza taco – un péché mignon réservé aux occasions spéciales —, Rush m'envoya un texto pour savoir où j'étais. Il arriva quelques minutes plus tard, se laissant tomber sur le tabouret, la mine défaite.

— J'en conclus que c'est fini avec la nana mystère ? demandai-je en sirotant ma bière.

Il grommela dans sa barbe et finit par admettre qu'elle ne voulait pas être vue en public avec lui et préférait garder leur relation secrète. Il avait dû se lasser d'être son vilain petit secret.

La curiosité prenant le dessus, je le bombardai de questions jusqu'à obtenir le fin mot de l'histoire : elle venait d'un pays aux croyances religieuses strictes, et ses proches la renieraient s'ils apprenaient leur relation.

— Dur.

Je soupirai en lui tapotant le dos. J'eus soudain envie de lui parler de Jocelyn. Je ne lui avais jamais rien dit à son sujet, mais peut-être que ça lui remonterait le moral de savoir que je me retrouvais célibataire, moi aussi.

Pile à ce moment-là, la clochette au-dessus de la porte d'entrée retentit. Étant assis juste à côté, j'en ressentis la vibration des pieds à la tête.

Les poils sur ma nuque se hérissèrent. Je sus qui venait d'entrer sans même avoir besoin de jeter un coup d'œil par-dessus mon épaule.

Avery.

Peu importe ce qu'elle portait, elle me coupait toujours le souffle. Et ce fut encore le cas, ce soir-là. Je l'avais vue en bas de jogging baggy et vieux T-shirt sur le campus, les cheveux relevés en une queue-de-cheval floue, comme si elle avait passé une partie de la nuit à réviser et était allée en cours directement en sortant du lit. Je l'avais vue apprêtée, dans des robes sophistiquées, avec une couche de maquillage épaisse et des bijoux scintillants, quand elle accompagnait Reuben à des remises de prix. Mais mon look préféré était celui qu'elle arborait là : queue-de-cheval haute ; touche de gloss sur les lèvres ; petits anneaux en argent aux oreilles et jean moulant tendance, avec un débardeur ample et des bottes montantes.

Je ne l'avais plus jamais revue dans le T-shirt qui m'avait tapé dans l'œil. Elle avait arrêté de le porter peu de temps après avoir rencontré Reuben. Ce T-shirt me manquait plus que tout. J'avais l'impression que ma passion pour elle n'avait été qu'une illusion. Elle n'était pas la personne que j'avais imaginée. Elle n'était qu'une nana parmi d'autres. Une inconnue.

Pourtant, elle continuait de me captiver et nourrir mes fantasmes. Voilà pourquoi je détestais la croiser. Chaque fois que je la voyais, je me battais contre moi-même : la partie rêveuse s'accrochait dur au fantasme, tandis que la partie pragmatique m'exhortait à faire une croix sur elle.

Tandis qu'elle se dirigeait vers la caisse pour passer commande – seule, pas d'amie ni de Reuben en vue —, je me tournai, paniqué, vers les bouteilles d'alcool alignées derrière le bar. Je n'étais plus puceau, pourtant je ne savais toujours pas comment me comporter en sa présence.

Je donnai un coup de coude discret à Rush, qui pleurait son amour perdu, le front posé sur le comptoir. Il releva la tête, grimaçant face à l'éclairage, pourtant faible, du pub.

— Quoi ?

Je penchai discrètement la tête vers la droite. Il jeta un coup d'œil, puis se retourna vers moi, levant les yeux au ciel comme s'il s'en foutait.

Je soufflai un grand coup. D'accord, on allait l'ignorer. C'était sûrement le mieux à faire. Ce n'était pas comme si on se connaissait. Pourquoi se dirait-on bonjour ?

Ce fut son tour. Elle annonça qu'elle venait chercher une pizza taco. Je faillis me liquéfier sur place. Elle aimait les pizzas tacos, elle aussi ? C'était le destin ! Je savais – j'avais toujours su – qu'on était faits l'un pour l'autre.

Comme s'il sentait que je perdais pied, Rush soupira d'un air las et se tourna vers elle.

— Salut, lança-t-il sans aucun enthousiasme. Avery, c'est ça ?

Elle se tourna vers nous, surprise. Elle reconnut Rush aussitôt. Mais, lorsqu'elle me vit à côté, elle écarquilla les yeux. Elle ne se rappelait pas qu'on était dans le même cours en première année, et qu'on s'était bousculés, une fois ; elle ne voyait en moi que le mec qui avait failli tabasser son petit ami.

J'étais l'ennemi de Reuben et, par extension, *son* ennemi. Elle se décala légèrement, le regard méfiant, et reporta son attention sur Rush.

Quelque chose se flétrit et mourut en moi. Je la voyais comme cet être béni, parfait, et elle me voyait comme… quelqu'un de mauvais. C'était ce qui m'écœurait le plus. Elle sortait avec Reuben. Très bien. Il avait eu les couilles de l'accoster en premier. Je pouvais le concevoir. Mais il l'avait montée contre moi avant qu'elle puisse apprendre quoi que ce soit à mon sujet. Ça me rendait malade de me dire qu'elle se méfierait de moi pour toujours.

— C'est exact, répondit-elle à Rush. Je suis Avery. Vous êtes dans la fanfare avec Reuben, c'est ça ?

Son regard papillonna vers moi comme si elle voulait être polie et m'inclure dans la conversation, tout en n'ayant aucune envie de me parler.

— Ouaip, répondit Rush. Je joue de la batterie et lui – il pointa le doigt vers moi – du tuba.

Elle s'esclaffa.

— Vous vous présentez toujours par vos instruments, au lieu de donner vos prénoms ?

Bon sang, ce rire… Ce rire superbe, musical, enchanteur. Pourquoi est-ce que ça faisait si mal de l'entendre ? J'avais l'impression que je ne l'avais pas entendu depuis des années. Je n'avais pas réalisé combien il m'avait manqué jusqu'à ce qu'il résonne autour de moi, me rappelant ce que je n'aurais jamais. C'était de la torture.

— Bien sûr, répondit Rush.

L'enfoiré n'avait jamais eu la moindre difficulté pour discuter avec qui que ce soit, fille ou garçon.

— Les noms, c'est ringard. Alors que les instruments te révèlent la véritable personnalité de…

C'était trop dur. Elle se tenait trop près. Sa voix était trop belle, et son rire… J'adorais ce satané rire.

Je me levai si brusquement de mon tabouret que Rush s'interrompit et qu'Avery et lui me regardèrent, les yeux écarquillés.

Me sentant comme le dernier des abrutis, je fonçai vers le couloir direction les toilettes.

— Henry ! appela Rush derrière moi. Qu'est-ce qui t'arrive ? Où vas-tu ?

Je saignais trop à l'intérieur pour lui répondre. Je levai la main pour pousser la porte des W-C pour hommes, mais restai planté là. Baissant la tête, je serrai les dents et fermai les yeux.

Qu'est-ce qui me prenait ? Pourquoi est-ce que je la laissais encore avoir un tel impact sur moi ?

Les choses allaient mieux dans ma vie, ces temps-ci. Je ne pensais plus que rarement à elle. Et j'arrivais de plus en plus à faire taire les espoirs et les rêves qui m'animaient autrefois.

J'étais en train de tourner la page.

Et Rush venait de tout gâcher en entamant la conversation avec elle. Devant moi. Qu'est-ce qui lui avait pris ?

Il me rejoignit dans le couloir.

— Tu te sens mal ? Pourquoi tu es parti comme ça ?

Je lui lançai un regard noir.

— Pourquoi fallait-il que tu lui parles ? fulminai-je, blessé et contrarié.

Il secoua la tête.

— Quoi ? Elle était juste à côté, c'était l'occasion ! Je pensais que c'était ce que tu *voulais* que je fasse ?

Ça m'avait peut-être traversé l'esprit. Au début. Mais ensuite j'avais réalisé combien ça me ferait mal.

— Pourquoi voudrais-je ça ? crachai-je, le regardant d'un air stupéfait.

Il ricana.

— Mec. Tu veux sortir avec elle depuis des années. Pourtant, tu n'as jamais eu l'ombre d'une conversation avec elle. C'est du délire. Je voulais te rendre service. C'était l'occasion rêvée. Tu aurais enfin pu lui *parler.*

— Elle sort avec Reuben, ripostai-je. Je ne veux pas lui parler.

— Si ! Tu veux même tellement lui parler que ça te fait souffrir. Alors pourquoi n'as-tu pas saisi l'occasion ? Ça t'aurait permis d'en découvrir plus sur elle. Tu aurais peut-être réalisé qu'elle est humaine, faite de chair et de sang, comme nous autres. Tu aurais peut-être même découvert qu'en fait elle n'est pas aussi formidable que tu l'imagines. Et peut-être que tu aurais enfin pu dépasser cette passion insensée que tu as pour elle.

Je secouai la tête, faisant fi de ses conseils, même si je les savais logiques et pertinents. Ça faisait deux ans que j'essayais de me raisonner pour que mon cœur arrête de palpiter chaque fois qu'il l'apercevait. Mais mon cœur n'avait jamais écouté ma raison, alors pourquoi écouterait-il Rush ?

— Je ne veux pas lui parler, répétai-je.

Rush fit la moue.

— Pourquoi, bon sang ?

— Parce que…

Mon souffle tourna court et ma vision se brouilla.

— Je ne veux pas lui parler parce qu'elle avait l'air *gentille* ! explosai-je. Elle avait l'air gentille, et je…

Ma voix se brisa.

— J'ai été décontenancé. Et si elle était aussi formidable que la nana que j'ai imaginée dans ma tête ? Tu songes aux conséquences ? Non seulement mes sentiments ne disparaîtraient pas, mais ils s'amplifieraient. Alors, non. Je ne veux pas lui parler. Je ne veux pas savoir si elle est gentille. Je ne veux pas *savoir* ce que je rate, car ça rendra les choses pires. Ça me tuera, mec. Ça me…

Mes mots se perdirent dans un grognement. J'étais super gêné qu'il me voie comme ça, et je m'en voulais terriblement d'arborer les mêmes sentiments, alors que tant de temps avait passé.

— OK, mon pote, dit-il à voix basse.

Il me tapota le dos.

— Je comprends. Je ne lui parlerai plus, promis. Parce que, ouais, elle avait l'air gentille.

— Je sais.

Je secouai la tête.

— Ne me fais plus jamais ça. Elle sort avec Reuben. Elle et moi, c'est impossible. Je veux passer à autre chose. Je veux l'oublier et essayer de…

Je déglutis et secouai la tête.

— Ne me fais pas retourner en arrière. J'ai envie d'aller de l'avant.

— Pigé, mon pote, promit-il en m'entraînant vers la salle. Plus de contact avec Avery. Promis.

Je résistai.

— Elle est encore là ?

— Non. Elle a pris sa pizza et elle est repartie. La voie est libre.

Je le suivis jusqu'à nos tabourets.

— Je la déteste, lâcha-t-il soudain.

La surprise fut telle que je sursautai.

— Quoi ? *Pourquoi ?* m'exclamai-je en lui coulant un regard de biais. Elle n'a jamais rien fait de mal.

— Rien à foutre. C'est comme ça. Peut-être qu'à la longue ça t'aidera à moins l'aimer.

Il me piqua une tranche de pizza et mordit dedans avec détermination, résolu à détester la nana que j'étais incapable d'arrêter d'aimer.

43

HAVEN

Je tins le portable de Wick devant lui pour le déverrouiller par reconnaissance faciale. Découvrant dans la liste d'appels que Cannon était la dernière personne avec qui il avait parlé, je l'appelai.

— Mec, répondit J. J. d'une voix ensommeillée. Il est plus de 3 heures du mat'. T'as intérêt à avoir une bonne raison !

— C'est Haven, bredouillai-je, tétanisée par la peur. Wick ne se réveille pas. On doit l'emmener à l'hôpital.

— Quoi ? Oh ! merde ! J'arrive dans dix minutes.

Il me raccrocha au nez. Je baissai les yeux vers Wick.

— Wick, s'il te plaît, ouvre ces superbes yeux bleus pour moi.

Il ne bougea pas.

Le visage ruisselant de larmes, j'enfilai vêtements et chaussures, avant de fourrer le portefeuille de Wick dans mon sac à main et de déverrouiller la porte d'entrée à l'intention de J. J. Puis je retournai m'asseoir auprès de Wick et lui tenir la main.

Son ami arriva rapidement. Lorsqu'il pénétra dans la chambre, je me levai et passai mon sac à l'épaule.

— On est prêts à partir. J'ai son portefeuille.

J. J. me lança à peine un regard avant de tourner son attention vers Wick.

— Qu'est-ce que tu as fait pour essayer de le réveiller ?

— Je l'ai poussé, je lui ai crié après, lui ai mis de l'eau sur le visage, j'ai arraché les couvertures… J'ai tout essayé.

M'ignorant royalement, il se pencha au-dessus de Wick.

— Hé, mon pote ! appela-t-il d'une voix tonitruante.

Il lui secoua le bras.

— Réveille-toi ! Je t'interdis de tomber dans le coma, tu m'entends ?

J'avais déjà essayé tout ça, il perdait du temps. Mais je me retins de lui aboyer dessus. Lorsqu'il gifla Wick, un peu trop brutalement à mon goût, j'en eus assez.

— J. J. ! On doit l'emmener à l'hôpital. *Maintenant.*

Il me lança un regard crispé.

— Ne m'appelle pas comme ça.

— Pour l'amour du ciel !

Je levai les mains en l'air, à cran. Mais étrangler le meilleur ami de Wick alors que j'avais besoin de lui ne servirait à rien. Alors je pris une profonde inspiration.

— *Cannon,* repris-je, prenant soin d'utiliser le nom que Wick m'avait dit d'utiliser. S'il te plaît, soulève-le et *allons-y.*

— Merde, marmonna-t-il comme s'il venait à peine de réaliser la gravité de la situation.

Il essaya de le soulever. Une seconde plus tard, il poussa un grognement et vacilla.

— Merde. Il est plus lourd qu'il en a l'air. Ce mec a bon appétit.

Je me précipitai pour soulever les jambes de Wick.

— J'appelle Bear ? demandai-je.

— Non, haleta Cannon, le visage dégoulinant de sueur. Pas le temps. On va y arriver.

Par la force de notre volonté, on réussit à transporter Wick jusqu'à ma voiture. J'ouvris la portière arrière et je me glissai à l'intérieur. Cannon le poussa vers moi. Je posai sa tête sur mes genoux et levai les yeux vers J. J.

— Tu peux conduire ?

Il tendit la main.

— Donne-moi les clés.

On atteignit l'hôpital quelques minutes plus tard. Cannon s'arrêta devant les urgences et se précipita à l'intérieur sans même couper le moteur.

Il mit une éternité à revenir, suivi par une infirmière épuisée, qui poussait un brancard. On dut s'y mettre à trois pour sortir Wick de la voiture et l'allonger sur le brancard. Lorsqu'on lui expliqua la situation, elle marmonna quelque chose au sujet d'un hématome.

Mes larmes redoublèrent. Je refermai les bras autour de mon buste en tremblant, luttant pour ne pas m'effondrer. Quand l'infirmière nous dit de nous rendre aux admissions pour remplir des papiers, Cannon me poussa le bras.

— Haven ? appela-t-il d'une voix douce.

Il fallait que je me reprenne.

— Oui, j'ai entendu, répondis-je en reniflant.

Je me rendis au service des admissions pendant qu'il retournait garer la voiture.

Remplissant les papiers, j'appris grâce à son permis de conduire qu'il était né en janvier. J'étais en train de recopier le numéro de sa carte d'assurance quand mon portable sonna. Voyant le nom de mes parents sur l'écran, je répondis immédiatement.

— On est à l'hôpital. Il n'est toujours pas réveillé. L'infirmière à qui on a expliqué la situation a parlé d'un hématome.

Ma voix se brisa. Ce mot me faisait flipper.

— Bébé, me dit maman calmement. Tu sais qu'un hématome c'est un bleu, n'est-ce pas ?

Je clignai des yeux.

— Ah bon ?

— Oui. Un hématome ne signifie pas forcément quelque chose de grave.

— Oh !

Je soupirai de soulagement et hochai la tête.

— OK. Bien.

— Oui. Ne te mets pas dans tous tes états. Il n'a peut-être rien de grave.

Les larmes redoublèrent.

— J'espère. J'aimerais que vous soyez là.

— Tu veux qu'on vienne ? demanda papa.

Je secouai la tête et m'essuyai les yeux.

— Non. Vous êtes trop loin. Ça va aller. Je ne suis pas seule. Son meilleur ami est là. Il nous a emmenés à l'hôpital.

— D'accord, bébé. Mais si tu as besoin de nous on vient.

Je le savais. Ils viendraient me soutenir, alors qu'ils travaillaient dans quelques heures. Pour moi, ils feraient le voyage, ne serait-ce que pour m'épauler et me tenir la main.

J'avais les meilleurs parents au monde.

— Merci, répondis-je, reconnaissante de leur proposition et d'avoir des parents aussi formidables. Je vous tiens au courant dès que j'en sais plus.

— D'accord. On t'aime, dirent-ils en chœur.

Je souris.

— Moi aussi.

— C'était qui ? demanda Cannon d'une voix accusatrice, lorsque j'eus raccroché.

Je levai la tête, les sourcils froncés. Ce mec était aussi piquant qu'un porc-épic. L'espace d'un instant, je fus tentée de rétorquer que ça ne le regardait pas.

— Mes parents, soupirai-je en remettant mon téléphone dans mon sac.

Il fit une moue sceptique.

— Sérieux ? Tes parents ?

— Ouais, ripostai-je, le regard noir. Mes parents. Je les ai appelés quand je n'ai pas réussi à réveiller Wick, alors ils prenaient de ses nouvelles. Eh ouais, je suis encore une fifille à sa maman, qui appelle ses parents quand elle ne sait pas quoi faire. Tu peux te moquer, je m'en fous.

Il me considéra un instant, les yeux ronds, puis secoua la tête et s'assit deux chaises plus loin.

— Nan, c'est cool, marmonna-t-il. Ça doit être chouette d'avoir de bons parents.

Il semblait triste, pas du tout amer, alors je me radoucis.

— Oui, j'ai beaucoup de chance.

— En parlant de parents…

Il parcourut du regard la salle d'attente.

— … est-ce qu'on devrait appeler ceux de web ?

— Tu peux si tu veux, mais ma mère a dit qu'un hématome n'était qu'un bleu. Wick ne va peut-être pas aussi mal qu'on le pense. Je ne voudrais pas inquiéter inutilement sa famille.

J'espérais qu'on nous annoncerait que notre venue à l'hôpital était inutile.

Cannon hocha la tête.

— Attendons d'en savoir plus, alors.

C'est ce qu'on fit. Je finis de remplir les papiers et les donnai au secrétariat, où j'essayai de prendre des nouvelles de Wick, mais c'était encore trop tôt. Je retournai m'asseoir. Il y avait trois autres personnes dans la salle d'attente, une qui toussait, tassée sur son siège, et un couple. La femme fixait un des téléviseurs en tricotant une écharpe ; l'homme donnait l'impression qu'il allait s'évanouir d'un moment à l'autre. Me tournant vers Cannon, je remarquai qu'il jouait à Gardenscapes sur son portable.

— Wick joue à ce jeu lui aussi, commentai-je en souriant avec affection.

Il me lança un coup d'œil assez peu amène.

— Waouh. C'est fou, on dirait que tu sais des choses à son sujet !

Que répondre à ça ? Il était visiblement en train de m'insulter. Il me détestait, et j'ignorais pourquoi.

Je levai la tête vers le téléviseur, histoire de passer le temps.

— Ça alors ! m'exclamai-je.

Cannon leva les yeux et étudia la salle d'attente, comme s'il s'attendait à voir une version zombie de Wick tituber vers nous.

Je pointai l'écran.

— C'est une rediffusion de *Tribunal de nuit*.

Il plissa le front.

— Wick et moi avons regardé…

Son expression se durcit.

— Quoi ? Je n'ai pas le droit de parler de Wick devant toi ?

Il haussa les épaules et recommença à jouer.

— Dis ce que tu veux.

— Ouais, ça t'est égal, parce que tu comptes te moquer de tout ce que je dirai, ripostai-je en le foudroyant du regard.

Dans un grognement, il posa son portable sur ses genoux et se tourna vers moi.

— Écoute. Ça ne dérange peut-être pas webster que tu aies couché avec Topher Nicholl pendant trois ans, mais moi ça me pose problème, OK ? Quand tu couches avec un chien, t'attrapes forcément des puces.

Il me lança un regard écœuré et retourna à son jeu.

J'étais bouleversée mais, refusant de le laisser me rabaisser, je dis à voix basse :

— Je suis au courant des rumeurs qui circulent à mon sujet. Mais, pour ton information, je n'ai *aucune* MST.

Il ricana méchamment.

— Ce n'est pas de ça que je parle, ma belle. Rien à foutre de ce qui se passe avec ta chatte. Mon meilleur pote est allongé sur un putain de lit d'hôpital et il ne se réveille pas.

Ses yeux s'emplirent de larmes. Il secoua la tête pour les repousser.

— Et je suis coincé ici à attendre avec la meuf de *Nicholl*, jusqu'à ce qu'un médecin m'annonce de quoi il souffre. Ça me dégoûte. C'est ta faute et celle de ton enfoiré d'ex si web est là.

Je ne répondis pas immédiatement. Mes émotions bataillaient en moi. La douleur et la culpabilité tout d'abord, car il avait raison. Wick était là par ma faute. Et je me sentais effectivement dégueulasse d'avoir couché avec Topher. Mais, bon sang, il était obligé de me balancer tout ça à la figure ? Je savais qu'il s'en prenait à moi parce qu'il était mort d'inquiétude. Mais l'envie de me défendre me démangeait. Je ne supportais pas d'être rabaissée comme ça.

Une minute passa. Je ne dis rien. Il continua de m'ignorer. Refusant d'être traitée comme de la merde, je finis par répondre :

— Je sais que tout est ma faute, OK ? Si je ne l'avais pas rencontré, Wick ne traverserait rien de tout ça.

Ma voix se brisa. Génial, maintenant c'était *moi* qui avais les larmes aux yeux.

— Et, si j'avais le moyen de changer tout ça, je le ferais sans hésiter. Je quitterais même l'appartement ce soir et me forcerais à ne plus jamais lui parler, si c'était la seule façon d'éviter qu'il se fasse encore tabasser. Wick est la meilleure personne au monde. Il ne mérite pas tout ça.

Cannon consentit alors à me fixer, les sourcils froncés comme s'il ne me croyait pas.

— Tu as le droit de m'en vouloir pour ce qui est arrivé à Wick. Je le mérite. Mais ne me mets plus jamais dans le même panier que Topher ! Si, à l'époque, j'avais su à son sujet ce que je sais aujourd'hui, je n'aurais même jamais parlé à ce fils de pute.

Il me contempla une seconde de plus, puis il renifla et secoua lentement la tête.

— C'est marrant, marmonna-t-il, l'air pas amusé du tout.

Je le regardai durement.

— En quoi c'est marrant ?

— Tu ne sais *vraiment* rien de lui. Tu ignores *tout* ce qu'il a fait.

Je me mis à trembler, horrifiée d'apprendre qu'il y avait encore plus de méchanceté et de fourberie chez Topher que je ne le pensais. Une part de moi voulut insister pour découvrir ce qu'il me cachait d'autre. Mais au fond je m'en foutais. J'avais tourné la page sur Topher. Ses secrets ne m'intéressaient plus.

Je décidai d'ignorer Cannon. Parler avec lui, c'était nul de toute façon. Non seulement il était méchant et distant, mais il ne faisait rien pour me rassurer. Wick et sa façon remarquable de me changer les idées me manquaient terriblement.

Pitié, faites qu'il aille bien ! Je ne savais pas ce que je deviendrais sans lui.

— Le soleil se lève, déclara Cannon une heure plus tard.

Je levai le visage vers les vitres et consultai l'heure sur mon portable. Il était 5 heures du matin passées.

Ma gorge se serra.

— C'est l'heure à laquelle Wick fait son jogging, bredouillai-je d'une voix rauque.

Je me couvris la bouche de la main. Cannon coula un regard vers moi et tapa doucement du poing contre ma jambe.

— Il va s'en sortir, répondit-il, trop fatigué pour continuer à se montrer agressif. web est fort. Il va s'en remettre.

Je hochai la tête.

— Pourquoi n'a-t-on pas encore de nouvelles ?

Avant qu'il ait le temps de répondre, une femme en tenue médicale entra dans la salle d'attente et prononça le nom de Wick.

On bondit de nos sièges. Le médecin nous conduisit dans une petite salle. Je croisai le regard de Cannon. Il secoua la tête, le front barré d'un pli soucieux. Ça ne lui plaisait pas non plus qu'on nous prenne à part comme ça.

— On a fait passer un scanner à votre ami, reprit la femme après s'être présentée. Il a un hématome extradural qui grossit. On recommande une aspiration pour soulager la pression du cerveau et retirer le caillot de sang.

— OK, répondis-je en hochant la tête.

En réalité, je ne comprenais pas tout. Je savais juste qu'ils avaient identifié le problème et qu'ils allaient le régler. C'était tout ce qui m'importait.

Cannon hocha la tête aussi. Il avait l'air aussi perdu que moi. Le médecin parla encore un peu, mentionnant des termes de chirurgie que je ne compris pas.

L'entrevue terminée, j'appelai mes parents.

— Il a un hématome extradural.

Hématome. Un bleu. Rien qu'un bleu.

— Ils vont faire une aspiration pour soulager la pression, ajoutai-je.

— Aspiration ? répéta ma mère, l'air alarmée.

Pourquoi cet affolement ? C'était quoi, une aspiration ?

Je hochai la tête.

— Ouais. Le docteur a dit autre chose après ça. Trépa quelque chose…

Ils allaient le soigner, c'était tout ce qui m'importait.

— Trépanation ? devina maman.

— Oui. C'est… c'est quoi ?

— Ma chérie, intervint papa calmement.

Un peu trop calmement.

— Appelle tout de suite la famille de ce garçon. Ils vont lui percer un trou dans la tête.

— Ils vont *quoi* ? !

Et là ce fut le trou noir.

44

HAVEN

Je revins à moi sous la gifle de Cannon. Un rêve devenu réalité pour lui, sans doute.

— Réveille-toi, Belle au bois dormant, bougonna-t-il, agenouillé au-dessus de moi.

J'ouvris les yeux. J'étais allongée par terre, dans la petite salle où le médecin avait annoncé que Wick allait se faire opérer.

— Ils vont lui percer un trou dans la tête ! braillai-je.

Il me tira par l'avant-bras pour me faire asseoir.

— Ouais, j'avais compris.

Refermant les bras autour de mon buste, je me balançai nerveusement.

— Tu as prévenu sa famille ?

Il hocha la tête.

— Ils sont en route.

— Et ses amis ?

— Je les ai tenus au courant toute la nuit par textos, répondit-il en se levant. Viens. Allons voir si la cafétéria est ouverte.

— Je suis incapable d'avaler quoi que ce soit, dis-je en le suivant, la mine sombre.

— Eh bien, moi, je dois me mettre quelque chose sous la dent, et tu me tiendras compagnie.

— Pourquoi ? demandai-je platement. Qu'est-ce que ça peut te faire que je t'accompagne ou pas ? Tu ne peux pas m'encadrer.

— Wick, si, grommela-t-il en ralentissant pour que je puisse le rattraper. Et il me botterait le cul si quelque chose t'arrivait. En plus, tu as l'air de l'apprécier aussi, alors bon.

— C'est vrai. Je l'apprécie beaucoup.

Pensant à tout ce que j'aimais chez Wick, je sentis un sourire illuminer mon visage. Quelque chose grandit et enfla en moi.

— Oh ! mon Dieu ! lâchai-je en m'arrêtant brusquement.

Je me sentis blêmir. Cannon regarda par-dessus son épaule. Je levai un visage plein de larmes vers lui.

— Haven ?

Il m'attrapa le bras pour me secouer.

— Je t'interdis de t'évanouir encore une fois !

— Je crois que je l'aime, répondis-je, les jambes flageolantes. Oh ! merde. Je l'aime !

— Hé !

Il resserra son emprise et me redressa.

— Je t'interdis de paniquer !

Je clignai des yeux, la respiration saccadée.

— Pourquoi ?

Il soupira.

— Parce que si tu paniques je paniquerai aussi. Et je ne veux pas paniquer. Maintenant, *marche* ! On va remplir nos *deux* estomacs, qu'on ait faim ou non.

Mais, quand on atteignit la cafétéria, un panneau nous informa qu'elle n'ouvrait qu'une heure plus tard.

— Évidemment, ronchonna Cannon.

Il se retourna et leva les mains d'un air excédé. Il poussa un juron, me prit par le bras et me fit asseoir sur un banc à côté d'un distributeur de nourriture, où il nous acheta une bouteille de soda chacun.

— Bois ! m'ordonna-t-il en m'en fourrant une dans la main.

Voyant que c'était un Mountain Dew, je me mis à pleurer.

— C'est le soda que Wick a acheté quand on a fait le tour des maisons hantées, hoquetai-je.

Cannon sortit une bordée de jurons, et se passa la main sur la tête en faisant les cent pas.

— Tu l'aimes vraiment, on dirait ?

— Oui, sanglotai-je. Il est ma bouée de sauvetage. Qu'est-ce qu'on fera s'il…

— Arrête ! Je t'interdis de finir cette phrase.

L'espace d'un instant, je crus qu'il allait tomber dans les pommes lui aussi. Mais il souffla un grand coup.

— Il va s'en sortir, dit-il d'une voix rauque.

Je hochai la tête et m'essuyai les yeux. La famille de Wick arriva à ce moment-là.

Izzy se rua sur moi, s'assit et me prit dans ses bras. Je savais que je devais me ressaisir – je n'avais pas le droit de paniquer plus que les sœurs de Wick —, mais je m'agrippai à elle comme si ma vie en dépendait. C'était plus fort que moi. Je perdais pied.

Darcy arriva une minute plus tard et nous enlaça, Cannon et moi. Charlie suivit, un couple sur ses talons. Leur père était une version plus âgée et plus grisonnante de Wick, leur mère ressemblait à Darcy.

Après avoir salué ses deux filles aînées et Cannon comme s'il était l'un des leurs, Mme webster se tourna vers moi. J'avais dû dormir deux heures en tout et pour tout, mes yeux étaient encore enflés tant j'avais pleuré et j'avais le nez rouge. Mais elle me sourit avec affection.

— Tu dois être Haven, la nouvelle colocataire de Wick ? Comme tu es jolie !

Je me remis à pleurer, prise de violents sanglots.

— Je suis désolée. Vraiment désolée. Je... J'aurais dû le conduire à l'hôpital plus tôt. J'aurais dû essayer de le réveiller plus souvent. Tout est ma faute.

Cannon m'agrippa les épaules par-derrière.

— Ne l'écoutez pas, Jane. Haven a fait tout ce qu'il fallait. Elle est trop dure avec elle-même.

Je tournai brièvement la tête vers lui, certaine d'avoir mal entendu. Si quelqu'un m'estimait responsable, c'était bien lui.

Réalisant comment il avait appelé la mère de Wick, je m'exclamai :

— Jane ? Comme Jane Austen et Jane Bennet, d'*Orgueil et Préjugés* ?

Les yeux de Mme webster scintillèrent avec affection.

— Wick t'a parlé de la façon dont j'ai choisi les prénoms de mes enfants, je vois.

Je hochai la tête vigoureusement.

— Il a oublié de préciser que vous vous appeliez Jane.

— J'imagine qu'il a également oublié de préciser que son père s'appelle Charles, répondit-elle en désignant son mari.

Je pivotai vers lui, avant de percuter : Charles Bingley et Jane Bennet s'étaient mariés dans le roman.

— C'est si romantique ! roucoulai-je.

Mes yeux s'emplirent à nouveau de larmes. Jane gloussa affectueusement et me prit dans ses bras.

— Ma pauvre enfant. La nuit a été longue et difficile, n'est-ce pas ?

Je hochai la tête et la posai sur son épaule.

— Désolée d'avoir craqué devant vous.

Elle me caressa les cheveux quelques instants, puis me posa quelques questions. Je lui racontai que Wick était rentré avec une commotion et Cannon leur expliqua ce qui s'était passé sur le terrain de foot, comment il avait été blessé et ce qu'avaient dit l'entraîneur et le médecin de l'équipe.

Darcy secoua la tête avec désapprobation.

— Il faut vraiment qu'ils y aillent mollo à l'entraînement, murmura-t-elle. Ce n'est pas normal qu'ils se retrouvent blessés comme ça.

Je grimaçai et croisai le regard de Cannon. Comprenant qu'il ne révélerait pas mon rôle coupable dans toute cette histoire, je finis par lâcher :

— Je suis responsable.

Ses proches haussèrent des sourcils intrigués. Je leur parlai alors de la fête. Lorsque j'en arrivai au préservatif sur le lit de Topher, Charlie s'exclama :

— Tu t'es servie de mon idée ! Trop cool.

— Ouais. Sauf que ça a très mal tourné. Wick et moi en avons tous les deux fait les frais.

Je poursuivis : Topher nous avait surpris, et avait ordonné à trois de ses potes de tabasser Wick, puis il m'avait giflée.

— Non, sérieux ? s'exclama Darcy, en s'approchant pour examiner mon bleu. Pumpernickel t'a frappée ?

Je hochai la tête.

— Giflée.

— Comment Wick a géré ça ? voulut savoir Izzy.

Je coulai un regard vers ses parents, gênée par leur présence. Je m'éclaircis la gorge discrètement.

— Il l'a tabassé.

M. webster hocha la tête gravement.

— C'est mon garçon, dit-il fièrement.

C'était la première fois qu'il parlait depuis leur arrivée.

Je continuai en leur expliquant que Topher avait dit à ses joueurs offensifs de malmener Wick durant l'entraînement en représailles de la raclée que Wick lui avait flanquée, et que c'était pour ça que Wick était actuellement en salle d'opération.

— C'est inacceptable, déclara Mme webster en secouant la tête. Pourquoi diable est-ce que l'administration laisse les joueurs se tirer dans les pattes comme ça ? Je vais m'entretenir avec l'entraîneur de Wickham à ce sujet. Il sera peut-être intéressé de savoir que mon ami, présentateur aux informations locales, adorerait consacrer un sujet au *bullying* qui se pratique dans les vestiaires de mon fils.

— Vas-y, maman, lança Darcy avec un signe de tête approbateur.

Charlie se tourna vers moi tout excitée.

— Comment tu as fait pour fabriquer du faux sperme ?

Je fis les yeux ronds. Cannon avala de travers. Il pressa son poing sur sa bouche, et toussa si fort que ses yeux devinrent larmoyants.

— Charlotte ! la réprimanda sa mère. Ce n'est pas une conversation appropriée…

— Glu et lessive, mentis-je, les dents serrées.

— Oh ! vraiment ? s'étonna Jane, hochant la tête, l'air pensif. Comme c'est intéressant. Je n'y aurais jamais pensé.

Izzy éclata de rire. Ses sœurs l'imitèrent. Bientôt, tout le monde gloussa, et c'était bon de pouvoir un peu relâcher la pression. Attendre était vraiment stressant.

Le médecin apparut alors. Cannon retrouva son sérieux et s'avança précipitamment. On le suivit tous, l'air grave.

Pitié, faites que les nouvelles soient bonnes, priai-je, les mains posées sur le cœur.

— Il est sorti du bloc, annonça-t-il. Il va bien. L'intervention s'est passée sans aucune complication. On va le garder une heure ou deux en salle de réveil pour le surveiller, puis on l'emmènera dans une chambre. On vous préviendra quand vous pourrez aller le voir.

On se sauta dans les bras les uns les autres en poussant des cris de joie. J'enlaçai même Cannon, qui, étonnamment, me rendit mon accolade. Darcy, quant à elle, posa plusieurs questions au médecin.

Ce n'est que plusieurs heures plus tard, vers midi, qu'une infirmière nous conduisit dans la chambre de Wick. Tandis qu'on approchait, je pris la main d'Izzy et la retins.

— Izzy, je…

Les joues brûlantes, je me mordis la lèvre.

— Est-ce que tu as lu les messages qu'on a échangés avec Wick, hier ?

Elle plissa le front.

— Pas du tout. Jamais je ne me permettrais de violer votre intimité.

Puis elle me lança un sourire radieux et poussa un cri de joie en me serrant la main.

— Je suis super heureuse pour vous !

Elle me prit dans ses bras et me chuchota à l'oreille :

— Depuis le début, j'espérais que vous vous mettriez ensemble.

Au bout du couloir, Charlie s'écria :

— Le tube est encore dans sa tête !

Izzy et moi nous regardâmes, les yeux écarquillés, et on se tourna de conserve pour rattraper les autres, nous arrêtant dans un dérapage devant la chambre.

— On le laissera probablement pendant vingt-quatre heures,

le temps que l'hématome soit complètement résorbé, expliquait l'infirmière en contrôlant ses signes vitaux.

Wick était allongé sous un drap blanc. Il était réveillé. Il était super pâle, dans le coaltar, mais *vivant*.

— J'ai l'air horrible ? demanda-t-il d'une voix traînante, en levant lentement la main vers sa tête.

Sa mère lui attrapa les doigts avant qu'il découvre que ses cheveux avaient été rasés autour du tube.

— Non, mon chéri. Tu es beau comme jamais.

Elle lui embrassa le front.

J'étais d'accord avec elle. C'était un homme très, très beau, à l'intérieur comme à l'extérieur.

J'entrai lentement dans la pièce, tandis que sa famille et Cannon le saluaient tour à tour, et je restai en retrait pour l'observer, une main sur la bouche tant j'étais bouleversée et reconnaissante de le savoir sain et sauf. Engourdi par les médicaments, il parlait lentement, mais son demi-sourire irrésistible était bien là.

— Arrêtez de me traiter comme si j'étais mourant, plaisanta-t-il.

Tous gloussèrent, l'air gêné. On avait effectivement frôlé le drame.

Son regard balaya la pièce et se posa sur moi. Il sourit de toutes ses dents.

— Salut, murmura-t-il, les paupières lourdes. Tu es là.

Il me fit signe d'approcher.

— Évidemment qu'elle est là, crétin ! railla Cannon, lui tapotant le bras d'un air de reproche. Qui t'a emmené à l'hôpital, à ton avis ? Tu serais sûrement mort, si cette demoiselle n'avait pas été là.

Je lui pris la main. Wick tint mes doigts serrés. Ce fut la meilleure sensation au monde.

— C'est vrai ? C'est toi qui m'as sauvé ? demanda-t-il.

Je jetai un coup d'œil à son ami, qui semblait avoir fait la paix avec moi durant la nuit.

— Cannon était à mes côtés, répondis-je.

Wick me pressa affectueusement les doigts, tandis que son regard naviguait entre Cannon et moi.

— Mes héros, murmura-t-il.

Il plissa les yeux et son expression se fit inquiète.

— Tu as pleuré ?

Je sus alors qu'il irait bien. Il recommençait à s'inquiéter davantage de ma sécurité, de mon confort et de mon bien-être que des siens propres. Je me remis à pleurer, mais de gratitude cette fois.

45

WICK

Je sortis de l'hôpital deux jours plus tard. Le tube avait été retiré, et la zone autour recousue. J'avais dû prendre mon courage à deux mains pour me regarder dans le miroir. Dieu merci, c'était moins pire que ce à quoi je m'attendais. Une partie du sommet de mon crâne avait été rasée, mais j'avais suffisamment de cheveux pour la recouvrir. Ce n'était pas joli, mais pas digne de Frankenstein non plus.

Tous mes amis étaient venus me rendre visite à l'hôpital après l'entraînement, s'excusant de ne pas s'être rendu compte, sur le coup, que ma blessure était grave. Je ne leur en voulais pas. Qui aurait pu deviner qu'une petite commotion se transformerait en hématome extradural, et qu'on me ferait un trou dans la tête ?

Mes sœurs et mes parents étaient passés en coup de vent plusieurs fois ; Cannon et Haven étaient restés plus longuement. Izzy avait même dû faire un saut à notre appartement pour nourrir Bingley, car Haven ne voulait pas me quitter.

J'avais été surpris de voir entrer dans ma chambre l'entraîneur et Muldoon ; ce dernier s'était excusé de m'avoir plaqué violemment et d'avoir ainsi provoqué la commotion. Ne me rappelant pas l'entraînement, j'avais dû le croire sur parole. Mais je me souvenais qu'il était l'un des enfoirés qui m'avaient tenu et tabassé le soir où Nicholl avait frappé Haven. Il s'était excusé pour ça aussi.

Alors que je songeais que je ne pourrais pas le lui pardonner, il avait ajouté que l'entraîneur avait interrogé toute l'équipe au sujet de ma commotion – apparemment la mère de *quelqu'un* s'était plainte —, et qu'il avait été le seul joueur offensif à avouer chacun des sales coups portés à mon encontre. Quatre d'entre eux avaient été immédiatement suspendus du match de play-off suivant, à l'exception de Muldoon. Puisque je ne jouerais pas non plus, l'entraîneur allait devoir remplacer cinq joueurs au pied levé.

L'entraîneur s'était excusé, lui aussi. Il avait prétendu ne pas être au courant du *bullying* que j'avais enduré de la part de Nicholl les quatre dernières saisons de foot.

Intérieurement, j'avais levé les yeux au ciel. Lorsqu'il avait demandé pourquoi je ne m'étais jamais plaint, j'avais menti et bredouillé : « Je ne sais pas. Je pensais que je pouvais régler ça tout seul. »

Le lendemain de ma sortie, Haven et moi regardâmes donc le match, blottis sur le canapé. Hélas, notre équipe fut éliminée, ce qui mit officiellement fin à la saison de football.

— Je parie qu'ils auraient gagné, si tu avais été là, murmura-t-elle, la joue sur mon épaule et la main sur ma poitrine.

Je souris et lui embrassai les doigts.

— Ah, ça, c'est sûr.

En retournant en cours, le lundi suivant, je découvris que Haven avait prévenu mes professeurs de ma mésaventure. Ils furent surpris de me voir déjà de retour. Franchement, je ne savais pas pourquoi tout le monde s'inquiétait. Je me sentais un peu fatigué, mon crâne était douloureux autour de la zone de trépanation, mais en dehors de ça j'allais bien.

Ayant eu le feu vert du chirurgien pour reprendre mes activités habituelles (aucun trouble cognitif ou problème de mémoire ne s'était manifesté, et je n'aurais pas besoin de rééducation), je voulus donner à Haven tous les orgasmes que je lui avais promis. Mais elle refusa qu'on s'envoie en l'air, de peur de me *bousculer*, et qu'une partie de jambes en l'air trop torride ne me fasse saigner de la tête.

Dieu merci, au fil des jours, elle s'assouplit, compensant par une abondance de gâteries, et m'autorisant à lui rendre la pareille avec mes doigts, à défaut de pouvoir faire plus.

Le jour du retrait des points arriva. À mon réveil, je tournai la tête. Haven était endormie sur le ventre à côté de moi. Tandis que je la contemplais, je songeai aux dix jours qui s'étaient écoulés depuis ma sortie de l'hôpital. Ils m'avaient paru un rêve. Nous n'avions rien fait d'exceptionnel ou de palpitant – on était allés en cours, on avait vu nos proches et nos amis, Haven s'était rapprochée de sa camarade Tabby —, mais la vie avait été douce. Très, *très* douce. Non seulement Haven s'était occupée de moi comme une maman poule (ça avait failli me rendre dingue de la voir s'affairer sans arrêt pour aller me chercher mes anti-inflammatoires, à manger, à boire ou un satané plaid, mais j'étais si heureux qu'on soit ensemble que je ne m'étais pas plaint une seule fois), mais Topher Nicholl nous avait foutu la paix.

C'était comme si son ex, mon ennemi juré, avait disparu de la surface de la terre. Je savais qu'il était encore dans le coin ; j'entendais parler de lui par mes amis, mais il faisait profil bas. Son père lui avait tourné le dos après sa suspension du dernier match, et il ne le prenait pas bien. D'après les rumeurs, il restait cloîtré dans son appartement à boire et se shooter. S'il ne faisait pas attention, il serait renvoyé de la fac. Tout son avenir était en péril.

J'aurais dû me réjouir de ses problèmes – il m'avait fait des choses impardonnables et s'était attiré tous ces ennuis tout seul —, mais je trouvais la situation triste. Si seulement il ne m'avait pas détesté et n'avait pas essayé de me détruire pour s'élever, tant de choses auraient tourné différemment. Tant de gens auraient pu éviter de souffrir. *Elle* n'aurait pas souffert, pensai-je amèrement en prenant délicatement une mèche de ses cheveux entre mes doigts. J'adorais partager sa vie aujourd'hui, j'adorais être libre de la toucher, de l'aimer, mais tout ce qu'elle avait enduré pour en arriver là me brisait le cœur.

Si seulement j'avais été capable de…

Non, je ne penserais pas aux *et si.* On était ensemble ici et maintenant ; c'était tout ce qui importait.

Alors que je poussais un soupir de béatitude en pensant au bonheur qu'on vivait aujourd'hui, Haven battit des paupières et ouvrit les yeux.

— Bonjour, murmura-t-elle.

Son sourire fit se contracter ma poitrine d'émotion. J'étais tellement reconnaissant d'être allongé près d'elle !

— Bonjour, répondis-je, en caressant sa pommette. Pardon, je ne voulais pas te réveiller. Je profitais de la vue.

— Pas grave.

Elle s'étira dans un grognement et vint se coller à moi.

— Tu as bien dormi ?

Elle posa la joue sur ma poitrine. Je posai la main à l'arrière de sa tête et déposai un baiser sur ses cheveux.

— Oui. Mais ça me manque de ne pas te sentir sur moi quand je me réveille.

— Bientôt, promit-elle, levant le visage pour m'embrasser. Quand tu seras complètement rétabli.

Vint ensuite la question qu'elle posait tous les matins.

— Comment te sens-tu ?

— Ma tête me fait un peu mal, avouai-je. Mais, en dehors de ça, ça va super.

— Tu as des maux de tête ?

Elle se redressa pour s'asseoir.

— Je vais aller te chercher des…

— Non.

Je lui attrapai le poignet.

— Ce n'est pas un mal de tête. Juste douloureux à la surface.

Je souris.

— J'ai l'impression d'avoir porté des couettes pendant toute une semaine.

La zone autour des points commençait à me démanger sérieusement. Je le gardai pour moi, craignant qu'elle ne me gratte la tête. Heureusement, je n'avais plus que quelques heures à les supporter.

La référence aux couettes la fit sourire. Elle me donna un autre baiser, me caressa la joue et descendit du lit.

— Je vais te préparer le petit déjeuner. Flocons d'avoine et fruit, ça te va ?

Je m'assis en bâillant.

— Et si c'était moi qui te préparais le petit déjeuner, pour une fois ? J'ai passé mon tour trop longtemps.

— Ne sois pas ridicule. En plus, j'ai envie de m'occuper de toi.

— Alors reviens au lit.

Elle grimpa aussitôt sur mes genoux et passa les bras autour de mon cou en m'embrassant tendrement, avant de poser la joue sur mon épaule.

— Je vais bien, tu sais, la rassurai-je.

Je déposai un baiser sur ses cheveux.

— Tu n'as plus besoin de t'inquiéter.

— Je sais, mais c'est plus fort que moi. Cette nuit-là, c'est moi qui ai veillé sur toi pour m'assurer que tu ne tombais pas dans le coma, et depuis… je me sens responsable de toi.

— Je comprends tout à fait.

Je lui caressai le bras.

— Je ressens la même chose envers toi depuis le soir où tu m'es rentrée dedans, devant la chambre d'Izzy.

Elle recula pour me regarder.

— On fait une sacrée paire.

Je lui fis un clin d'œil.

— Une paire qui déchire.

Lui prenant la main, j'ajoutai :

— Viens. Allons préparer le petit déjeuner ensemble, et prendre soin *l'un de l'autre.*

Elle sourit et me pressa la main.

— Excellente idée !

J'avais pris rendez-vous chez le médecin tard dans l'après-midi pour que Haven et moi ne manquions pas les cours. Puisqu'il était encore trop tôt pour me soumettre à l'examen de conduite nécessaire et ainsi récupérer mon permis, Haven prit le volant.

On attendit près d'une heure mais, une fois que ce fut à nous, les points furent retirés en moins de cinq minutes. Cinq minutes pas très agréables. À un moment donné, me voyant grimacer, Haven faillit se lever de sa chaise pour étrangler l'infirmière.

Les points retirés, je tâtai la zone. La peau était toujours aussi plissée et boursouflée. Merde. J'espérais vraiment ne pas devenir chauve !

— De quoi j'ai l'air ? demandai-je, tandis qu'on quittait les lieux.

Elle pencha ma tête en avant et étudia la zone.

— D'un beau gosse. C'est une jolie blessure de guerre, déclara-t-elle en hochant la tête.

Je levai les yeux au ciel et la pris par la taille.

— Quelle menteuse !

Elle poussa un cri.

— Pas du tout. Tu es toujours aussi canon. Et ce n'est pas un petit trou dans la tête qui y changera quelque chose.

Je souris. J'adorais qu'elle me trouve canon. Je n'en revenais toujours pas d'être en couple avec Haven Gamble. Je l'embrassai. Elle me rendit mon baiser en riant contre mes lèvres.

— Viens, Casanova ! On a tout le temps pour ça à la maison. Rentrons.

— Sérieux ? répondis-je, bouche bée. Alors, tu es *enfin* d'accord pour qu'on…

Piquant un fard, elle plaqua la main sur ma bouche et jeta un coup d'œil alentour pour s'assurer qu'on était seuls.

— Peut-être, murmura-t-elle en plongeant son regard dans le mien.

— Peut-être, jubilai-je.

C'était carrément mieux que le je-ne-veux-pas-te-faire-mal que j'entendais depuis dix jours. Je souris à m'en décrocher la mâchoire.

— Rentrons à la maison, alors !

Elle pencha la tête en arrière et gloussa.

— Haven ? appela une voix féminine.

Je lâchai la taille de Haven et on se retourna de conserve.

Quand je reconnus la fille, je n'en crus pas mes yeux. Avais-je des hallucinations ?

Haven se raidit. Ses traits se durcirent.

— Annabeth, cracha-t-elle.

Mon regard navigua entre elles. La tension était à couper au couteau. Annabeth était en tenue médicale. Je n'en fus pas surpris. À l'époque, elle faisait des études d'infirmière.

Elle écarquilla les yeux lorsqu'elle m'aperçut à côté de Haven, puis me sourit chaleureusement.

— Salut, Wick. Ça fait un bail. Comment vas-tu ?

Mal à l'aise, je coulai un regard furtif vers Haven.

— Salut. Ça va bien.

Incapable de réprimer ma curiosité, je me tournai vers Haven.

— Tu connais Annabeth ?

Outrée par ma question, elle me lança un regard meurtrier.

— C'est mon ex-coloc, répondit-elle, les dents serrées.

Je la regardai sans comprendre un instant, puis je fis les yeux ronds. Je tombais des nues.

Je me retournai vers Annabeth, stupéfait.

Haven et elle ? Colocataires ? Comment était-ce possible ?

Ce qui voulait dire que c'était elle que Haven avait surprise en train de coucher avec Nicholl. C'était à cause d'elle qu'elle avait quitté son appartement en courant et m'avait bousculé, devenant par la même occasion *ma* coloc, ce soir-là.

Quelle histoire !

Le regard de Haven oscilla entre Annabeth et moi.

— Comment est-ce que vous vous connaissez ?

— On…

Les mots me manquèrent.

— On avait un cours commun, expliqua Annabeth. En… première année, c'est ça ?

— Deuxième, la corrigeai-je à voix basse.

— Exact.

Elle se tourna vers Haven.

— Je peux te parler ? demanda-t-elle d'une voix suppliante.

Haven haussa les sourcils et renifla.

— Non !

Puis elle partit à grandes enjambées.

Annabeth me supplia du regard d'intervenir. Je secouai la tête. Et puis quoi encore ? Ce qu'elle avait fait à Haven était inexcusable. Elle lui courut alors après.

— Haven ! Laisse-moi t'expliquer.

Haven leva la main, sans ralentir le pas.

— C'est inutile. Je n'ai pas besoin d'explication.

— Ce n'était pas intentionnel, gémit Annabeth. Je t'appréciais, Haven. Je n'ai jamais voulu te faire de mal.

Haven fit volte-face et la fusilla du regard.

— Et pourtant c'est exactement ce qui s'est passé. Tu m'as fait beaucoup de mal.

Les yeux d'Annabeth s'emplirent de larmes.

— Je sais, sanglota-t-elle. Je suis désolée, *vraiment* désolée. J'étais déboussolée. Il ne m'avait jamais accordé la moindre attention et, ce soir-là, il m'a fait des compliments, il m'a souri, et de fil en aiguille…

— Je n'ai pas besoin d'un dessin, gronda Haven. J'ai *vu* ce qui s'est passé ensuite. Je me fous de savoir comment ça a commencé.

— Mais…

— Tu as couché avec mon petit ami sur mon canapé, Annabeth. Comment croyais-tu que j'allais réagir ?

Annabeth s'essuya les joues.

— Justement, je n'ai pas réfléchi. Je…

— Tu veux entendre que je te pardonne ? C'est ce que tu cherches ? Très bien, je te pardonne. Maintenant, dégage de mon chemin !

Haven m'attrapa la main et reprit sa route.

— Au moins, tu gagnes au change, cria Annabeth. Wick est un mec bien. Si tu ne nous avais pas surpris, tu serais encore avec ce connard, et tu ne l'aurais pas rencontré.

Haven s'arrêta pour jeter un dernier regard derrière elle.

— Tu as raison. Je suis reconnaissante d'avoir rencontré Wick. Et je t'interdis de t'approcher de lui, c'est clair ?

Je coulai un regard vers Annabeth. Elle me fit au revoir de la main tristement.

— HayHay, haletai-je, le cœur tambourinant.

— Tout va bien.

Elle leva les yeux vers moi et son expression s'adoucit.

— Je n'ai pas envie d'en parler.

Je hochai la tête.

On rentra en silence. Tôt ou tard, il faudrait pourtant que je lui raconte tout.

46

HAVEN

Wick n'essaya pas de commencer quoi que ce soit quand on rentra à l'appartement. Il devait sentir que je n'étais plus d'humeur. Ayant besoin de me changer les idées, je m'attelai à la préparation d'un ragoût. Je sortis les légumes et les alignai par tailles sur le plan de travail, puis par couleurs. Cinq minutes plus tard, je réalisai avec surprise que Wick ne m'avait pas suivie. Ce n'était pas de lui. Il ne me laissait jamais seule, quand j'étais contrariée. Il restait dans les parages, sur le qui-vive, prêt à intervenir si nécessaire.

Pourquoi pas cette fois ?

Quelque chose clochait. Et si le retrait des points s'était mal passé ? Lâchant les carottes que j'essayais de glisser entre le céleri et les poivrons rouges, je me ruai hors de la cuisine.

La porte de sa chambre était entrebâillée. Tandis que j'allais frapper, je remarquai qu'il était en train de faire les cent pas, l'air très agité.

— Salopard de fils de pute, fulminait-il à voix basse, en s'agrippant la tête des deux mains, l'air profondément tourmenté.

Je poussai un cri, certaine que de violents maux de tête lui vrillaient le crâne. Cette maudite infirmière avait fait quelque chose de mal. Et s'il saignait ?

Alors que j'allais entrer, il attrapa un T-shirt sur son lit en serrant les dents. Il le roula en boule et le lança de toutes ses forces contre le mur.

Il ne souffrait pas.

Il était furieux. Ou inquiet. Peut-être les deux.

Et il essayait de me le cacher. Autrement, il aurait ramassé quelque chose de beaucoup plus bruyant à lancer, et il ne fulminerait pas dans sa barbe. Il beuglerait sa colère à pleins poumons.

Il sortit son portable de sa poche et composa un numéro, avant de mettre le haut-parleur et de lancer l'appareil sur le lit. Il se remit à faire les cent pas en se tenant la tête. Curieuse, inquiète et totalement perdue, je m'avançai légèrement.

— Yo, répondit une voix masculine après quelques sonneries. Ça va ? Tu veux faire quelques parties de…

— Tu ne devineras jamais qui j'ai croisé aujourd'hui, coupa Wick.

— Qui ?

— Annabeth Winslow.

J'écarquillai les yeux. Pourquoi serait-il contrarié d'avoir croisé Annabeth ?

— Waouh, ça remonte à loin, répondit l'ami que j'identifiai alors comme Cannon. Ça faisait combien de temps que tu n'avais pas eu de ses nouvelles ?

— Environ deux ans, répondit Wick.

— Sérieux ? Tu l'avais vite larguée, alors.

Larguée ? Vite ? *Quoi ?*

— Je ne l'ai pas larguée. C'est *elle* qui m'a largué, aboya Wick. Bref, devine quoi ? Haven était là.

— Et… ?

Cannon semblait perplexe. Ça tombait bien, parce que moi aussi.

— Et je viens d'apprendre qu'Annabeth était la coloc de Haven avant qu'elle emménage avec moi.

— Sacrée coïncidence !

— T'as vu ? Mais tu veux savoir le plus étrange ?

— J'ai le sentiment que tu vas me le dire.

— Annabeth est la coloc que Haven a surprise en train de baiser avec Nicholl.

— Oh... merde.

— Merde ? *Merde ?* C'est tout ce que tu as à dire ?

— Qu'est-ce que tu veux que je dise d'autre, mec ?

— Quand est-ce que tu m'as parlé d'elle, dans les vestiaires ?

— Quoi ?

J'eus l'impression que Cannon hochait la tête à l'autre bout du fil.

— Il y a environ un mois, insista Wick. Je ne me rappelle plus exactement quand. Tu as parlé d'Annabeth en disant que j'avais perdu ma virginité avec elle en deuxième année.

Quoi ?

Je reculai d'un pas, le cœur battant, et secouai la tête, en plein déni. Ma poitrine devint douloureuse. Mon estomac se retourna. Ma vision se brouilla.

Que se passait-il ?

Topher et Annabeth avaient déjà été durs à digérer. Mais Annabeth et Wick ? *Wick !*

Pitié, non.

Ça ne m'était pas égal que cela se soit passé avant qu'on se rencontre. Ça faisait mal.

— Ouais, marmonnait Cannon. Je me rappelle avoir parlé d'elle. Pourquoi ?

— On était dans les vestiaires avant l'entraînement, et Nicholl t'a entendu. Tu te rappelles ? Il avait l'air super intéressé de l'apprendre. Il a dit : « Annabeth ? Annabeth Winslow ? Tu as couché avec Annabeth Winslow ? »

— Ouais, je me souviens. Mais qu'est-ce que…

— Quand est-ce que ça s'est passé *exactement* ? Était-ce avant ou après le soir de sa rupture avec Haven ?

— Euh… Je crois que c'était avant. Genre, juste…

Il s'interrompit, comprenant enfin où Wick voulait en venir.

— Putain. C'était *juste* avant.

— Fils de pute ! explosa Wick en donnant un coup de pied dans le lit. Quel enfoiré de fils de pute ! Et s'il…

— Tu penses que Nicholl a couché avec Annabeth parce qu'il avait appris que tu te l'étais tapée ? Ouais, je vois où tu veux en venir. Il pensait probablement que tu étais attaché à elle puisqu'elle était ta première, alors il se l'est tapée pour te foutre les boules.

Wick se planta devant le portable, les mains écartées.

— Tu penses que c'est possible ?

— Non seulement c'est possible, mais je suis même convaincu qu'il a couché avec elle pour cette unique raison.

Profondément bouleversée, je me pliai en deux et posai les mains sur mon cœur. Sentant quelque chose de doux s'entortiller autour de mes chevilles, je fis un bond et baissai les yeux. Mince, j'étais si contrariée en rentrant à la maison que j'avais oublié d'aller voir mon bébé. Ayant besoin de réconfort, je la soulevai contre mon visage. Elle me lécha le nez.

— Merde, hoquetait Wick. Merde, Cannon… C'est ma faute. Entièrement ma faute. Il a couché avec Annabeth en pensant m'atteindre, et Haven les a surpris. Tout ce qu'elle a traversé ces dernières semaines, c'est à cause de moi. Parce que Topher avait des comptes à régler avec *moi*.

— De quoi est-ce que tu parles, mec ? Tu n'as pas forcé ce connard à fourrer sa queue dans sa coloc. C'est le seul responsable.

— Comment est-ce que je vais pouvoir dire tout ça à Haven ?

Cannon eut un reniflement sarcastique.

— Pourquoi est-ce que tu voudrais le lui dire ?

Wick en resta bouche bée.

— Je dois le lui dire ! Haven… Elle… Je ne peux pas lui cacher une chose pareille.

— Ça fait plus de deux ans que c'est fini avec Annabeth. Il n'y a pas de…

— Je m'en fiche ! explosa Wick. Si Haven le découvrait, elle ne me le pardonnerait jamais. Je la connais. Elle préférerait le savoir. Toute cette histoire a commencé par ma faute. Je dois réparer.

— Tu n'es fautif de rien du tout. Ce sale con te fait mener une vie d'enfer depuis la *première* année. À chaque fois qu'une nana t'a un tant soit peu intéressé, il se l'est tapée exprès.

— Crois-moi, je le *sais* !

Wick s'assit au bord du lit, le visage dans les mains.

— Je n'ai jamais compris pourquoi.

— Mais si, protesta Cannon amèrement. Je te l'ai dit des centaines de fois. Il est jaloux. Il veut *être* toi.

Wick fronça le nez et secoua vigoureusement la tête.

— Quelle personne saine d'esprit voudrait être moi ? C'est lui le don Juan. Moi, je suis incapable de parler à une nana. Il peut avoir qui il veut. Pourquoi serait-il jaloux de moi ?

— Tu es meilleur joueur que lui.

— Il a la position qu'il convoitait. Le célèbre quarterback. Il a gagné ça aussi. Pourquoi…

— Mon cul ! Il n'a rien gagné du tout. Tu as *lâché* la position de quarterback après ce qui s'est passé. Tu aurais pu la récupérer, si tu avais voulu. Et il le savait. Mais, non, tu as choisi une position moins populaire pour éviter la confrontation avec lui. Pourtant, tu es tellement doué que tu es devenu la star du foot qu'il rêvait d'être, celui dont parlent les *scouts*, celui qui paraît dans les journaux. C'est *toi* la star de l'équipe. Il en crève de jalousie.

Wick se remit à arpenter sa chambre.

— Il aurait pu se faire remarquer lui aussi, s'il avait bossé aussi dur que moi au lieu de perdre son temps à chercher des moyens de me persécuter. Ses actions n'ont aucun sens. Et son comportement vicieux, revanchard, ne m'a pas seulement atteint moi ; il a fait du mal à beaucoup de femmes. Il a fait du mal à Haven, putain !

Wick se laissa glisser contre le mur et s'assit par terre, le visage dans les mains.

— Il a fait du mal à Haven, répéta-t-il.

— Je sais, mec, je sais, compatit Cannon.

— Pourquoi est-ce que c'est à elle qu'il a fait le plus de mal ?

— Parce que c'est elle que tu aimais le plus.

Je cessai de respirer et baissai le regard sur Bingley. Wick appuya la tête contre le mur et ferma les yeux.

— Comment l'a-t-il su ? Au début, c'était évident, d'accord, je parlais d'elle constamment. Mais plus tard…

Je secouai la tête.

Wick parlait de moi… *au début* ?

Quel début ?

— Ça a continué à se voir, répondit Cannon d'une voix douce, même des mois, des années après. Tout ce qu'il avait à faire, c'était regarder ton expression chaque fois qu'il passait avec elle. Ça te tuait. À chaque fois.

Wick craquait pour moi avant même qu'on se rencontre devant la chambre d'Izzy ?

Avant même qu'on ait échangé un seul mot ?

J'entrouvris les lèvres.

Je ne le savais pas.

Comment était-ce possible ?

Wick rouvrit les yeux et souffla un grand coup. Son visage était rouge et ses yeux humides.

— J'ai pourtant essayé de le cacher, dit-il.

Sa voix se brisa.

— J'ai essayé de passer à autre chose.

Oh ! mon Dieu, Wick *m'aimait* avant même qu'on se soit parlé !

— Ouais, mais je voyais quand même que tu étais mordu. Alors je suis sûr que Nicholl aussi. Pourquoi crois-tu qu'il est resté avec elle aussi longtemps ?

— Quoi ? Non. C'est dément ! hoqueta Wick en secouant la tête. De la pure folie. Tu ne peux pas me dire qu'il est sorti avec elle pendant trois ans juste pour me rendre fou et pour m'empêcher de tenter ma chance avec elle ? Tu ne peux pas… non. Il éprouvait forcément des sentiments pour elle. Elle méritait d'être avec quelqu'un qui l'aimait, qui… Putain. S'il te plaît, dis-moi qu'il n'a pas fait ça !

Il se mit à trembler. Des larmes lui coulèrent sur les joues.

— Il n'aurait même pas su qu'elle existait, si je n'avais pas…

— web, mon pote. Ne te fais pas ça, lui dit gentiment Cannon. Tu vas rouvrir ta blessure.

— Me faire *quoi* ? s'écria Wick, oubliant de parler la voix basse. Enfin ouvrir mes putains d'yeux, et réaliser qu'elle a eu le cœur brisé et qu'elle a souffert par *ma* faute ? Je suis responsable. C'est ma faute s'il l'a accostée ce soir-là, au bar ; s'il est resté avec elle pendant trois ans ; s'il a détruit sa vie comme il l'a fait.

— webster, bon sang. Écoute-moi !

— Non. Tout ça c'est *ma* faute. J'ai été trop poule mouillée pour l'approcher en premier. J'étais tellement lâche que je n'ai même pas réussi à lui demander son prénom. Si seulement j'avais… J'aurais dû t'écouter. J'aurais dû avoir des couilles et aller lui parler.

Même si elle m'avait rejeté, tant pis. Au moins, elle n'aurait jamais traversé tout ça. J'aurais arrêté de parler d'elle, après ça, et j'aurais fini par passer à autre chose. Mais je n'ai pas pu, j'ai continué à être obsédé par elle et il… il l'a détruite à cause de ça. À cause de moi. Comment suis-je censé vivre avec ça ?

Mon cœur se brisa. Des larmes se mirent à couler sur mes joues. Incapable de l'écouter se blâmer une seconde de plus, j'entrai dans la chambre.

Il tourna la tête vers moi.

— Oh merde !

— Quoi ? s'inquiéta Cannon. Qu'est-ce qui se passe ?

— Il faut que j'y aille, bredouilla Wick, les yeux rivés sur moi.

— Pourquoi ? web, est-ce que ça va ?

— Haven vient d'entrer dans la chambre, répondis-je d'une voix forte, pour que Cannon puisse m'entendre. Wick sait donc que j'étais dans le couloir à écouter votre conversation. J'ai tout entendu.

Un silence absolu suivit.

— Je t'appelle plus tard, lâcha finalement Cannon avant de raccrocher.

47

HAVEN

— HayHay, murmura Wick, la voix brisée.

Il commença à se redresser, mais je levai la main.

— Non, reste où tu es. Je vais m'asseoir.

Je me laissai glisser par terre à l'entrée de sa chambre et lâchai Bingley, qui gigotait. Elle sautilla vers Wick, qui la prit dans ses bras et la câlina affectueusement.

Les genoux relevés contre la poitrine, je la regardai le réconforter, en me balançant nerveusement. Puis je balayai la pièce du regard en déglutissant et posai finalement les yeux sur lui.

— Donc… Tu as craqué pour moi il y a trois ans ? Quand on était en première année ?

— Je…

Une expression de douleur se peignit sur son visage. Il hocha nerveusement la tête.

— On avait un cours ensemble. La première fois que je t'ai vue dans l'amphi, je t'ai trouvée vraiment jolie. Alors, je l'ai dit à certains potes de l'équipe.

À son expression, je compris qu'il minimisait. Beaucoup.

J'essuyai mes joues mouillées.

— Pourquoi ne m'as-tu jamais rien dit ? demandai-je d'une voix rauque.

— Te dire quoi ? répondit-il tristement. Que je t'avais vue en premier ? Comment il te traitait dans ton dos ? Que c'était ma faute, si tu sortais avec lui ? Ou que je suis follement, désespérément amoureux de toi depuis trois ans ?

Je fermai les yeux et les rouvris brusquement.

— Désespérément ? répétai-je en relevant la tête.

Je secouai lentement la tête, bouche bée.

— Non, balbutiai-je. Ce n'est pas possible.

Il fit une grimace d'excuse et déglutit bruyamment.

— Je ne pensais pas ça possible non plus. Je ne te connaissais même pas. Je ne comprends pas pourquoi je…

Je levai la main.

— Non, Wick. Ce n'est pas de ça que je parle.

Il pencha la tête sur le côté, l'air troublé.

— Dis-moi. La première fois que tu m'as vue… est-ce que je portais un T-shirt marrant ?

— Ouais, répondit-il avec circonspection. Un T-shirt *Stranger Things*, avec l'image du mec qui joue Steve et qui disait « Super bonne baby-sitter ». Comment le sais-tu ?

Pas le même T-shirt, mais l'idée était la même.

Je hochai la tête.

— Une intuition. Topher a brûlé ce T-shirt, tu sais. À l'époque, j'ai cru que c'était un accident. On était à un feu de joie, et j'ai renversé quelque chose dessus, alors il m'a filé un T-shirt qu'il avait dans son pick-up. J'ignore comment, mais à un moment donné mon T-shirt *Stranger Things* a atterri dans les flammes. Il s'est excusé et a juré qu'il m'en achèterait un autre. Il ne l'a jamais fait. Chaque fois que j'en parlais, il changeait de sujet, et j'ai fini par oublier.

Je secouai la tête et serrai les dents.

— J'adorais ce T-shirt. Je le mettais tout le temps.

— Ouais, je sais. Je l'adorais, moi aussi.

— Il l'a brûlé parce qu'il savait que tu l'aimais, je parie. Non mais quel bâtard !

Ma gorge se serra.

— Alors tu… tu étais là, ce soir-là ? demandai-je. Le soir où je l'ai rencontré ?

— Ouais. Comment le sais-tu ? s'enquit-il, les sourcils froncés.

— Je l'ai lu, dans *Henry le Désespéré.*

Il secoua la tête. Ses traits trahissaient son incompréhension.

— L'histoire qui est publiée dans le journal de la fac ? Celle sur le joueur de tuba ?

— Oui, répondis-je, de plus en plus convaincue. Sauf que j'ai l'impression que c'est tiré d'une histoire vraie. Je pense que tout est vrai et que *tu* es Henry. L'équipe de football a été remplacée par la fanfare. Les trompettistes représentent les quarterbacks, et les joueurs de tuba les safeties. Reuben est Topher et je… Oh… Oh ! mon Dieu. Ça fait de moi Avery ! Oh ! merde. Je suis Avery ? Comment puis-je être Avery ? Je n'apprécie *même pas* Avery. Enfin, si, elle est sympa. Mais je la trouve idiote de ne jamais avoir découvert combien Reuben était horrible. Oh ! mon Dieu !

J'enfouis mon visage dans mes mains et je poussai un gémissement.

— Quelle imbécile je suis !

— Tu n'es pas une imbécile, grogna Wick, en rampant vers moi. Haven…

Je levai la main pour le faire taire. Ma respiration s'accélérait, mon pouls s'affolait. J'inspirai et expirai pour essayer de me calmer.

— Donc, le soir où j'ai rencontré Reuben – enfin, Topher…

Je plissai les yeux d'un air pensif avant de les écarquiller.

— Oh ! mon Dieu ! Pumpernickel. Reuben. Le sandwich !

Wick s'arrêta près de moi. Je le regardai, époustouflée.

— Je sais qui est Alice !

Il fronça les sourcils.

— Je ne te suis pas. Qui est Alice ?

Je le fixai sans répondre.

— Haven, reprit-il, ce que tu dis n'a aucun sens.

Je balayai sa chambre du regard et repérai son PC portable par terre, appuyé contre la table de chevet. Je plongeai pour m'en emparer et le posai sur mes genoux.

— Izzy fait des études de journalisme, c'est ça ? demandai-je, les doigts tremblants, en cherchant la version numérique de la gazette.

— Oui, pourquoi ?

J'arrêtai de taper pour le regarder.

— Est-ce qu'elle travaille pour le journal de la fac ?

— Oui, répondit-il, les dents serrées.

Trouvant le premier numéro de *Henry le Désespéré,* je poussai un grognement et fermai les yeux.

— Bien sûr, soupirai-je. J'aurais dû faire le lien. Regarde comment Bennet est orthographié.

Je tournai l'écran vers lui. Il posa Bingley sur le côté et se pencha en avant.

— Avec un seul *t,* dit-il.

Il leva le visage vers moi.

— Comme les Bennet d'*Orgueil et Préjugés.*

— Exactement ! Alice Bennet est un pseudo. J'ai essayé de la contacter pour lui dire combien j'adorais lire *Henry le Désespéré,* et poser quelques questions afin d'essayer de découvrir comment ça finissait, mais… C'est comme si elle n'existait nulle part en dehors de cette histoire.

— Alors tu penses qu'Izzy – *ma sœur,* Izzy – est cette Alice Bennet, et qu'elle écrit quoi, mon histoire ? *Notre* histoire ?

— À toi de me le dire, répondis-je en poussant le portable vers lui.

Il le saisit d'un geste hésitant. Puis il commença à lire.

— Nom de Dieu ! s'exclama-t-il quelques instants plus tard, les yeux ronds.

Il fit défiler plus rapidement le texte.

— Rush doit être Cannon, dis-je en désignant son nom.

Il hocha la tête d'un air abasourdi, posant le poing contre sa bouche.

— Nom de Dieu, répéta-t-il.

Il montra l'écran avant de me regarder.

— Mais comment saurait-elle que… Nom de Dieu !

Il reprit sa lecture.

— *Oh ! comme j'aimerais être le vent ou le soleil.* Sérieux ?

Il s'esclaffa et leva les yeux au ciel.

— Y'a pas de doute. On reconnaît bien le flair de ma sœur pour le dramatique.

Il reprit sa lecture en diagonale, jusqu'à ce qu'il atteigne la partie où Reuben vole Avery sous le nez de Henry. Il jura dans sa barbe.

— Incroyable. Ça ne correspond pas exactement, et pourtant… c'est tout à fait ça. Mais Izzy ne peut pas le savoir. C'est impossible.

Je me mordis la lèvre et avouai à contrecœur :

— Tu as oublié de supprimer tes comptes e-mail et texto de ta tablette, quand tu es parti pour la fac.

Izzy se ferait taper sur les doigts. Et pas qu'un peu. Mais, après tout, c'était peut-être mérité. Elle avait publié son histoire aux yeux du monde entier.

Mon histoire.

Oh ! mon Dieu. Mon histoire, ma naïveté avaient été exposées aux yeux de tous.

Mon estomac se retourna. Je me sentis prise de nausée.

Wick fronça les sourcils.

— Quoi ?

— Ta tablette, lui rappelai-je, respirant profondément par le nez. Quand tu as quitté le lycée, tu en as eu une nouvelle et tu as donné l'ancienne à Izzy, n'est-ce pas ?

— Ouais. Comment tu le sais ?

— Elle me l'a dit. Ou, plutôt, Charlie l'a révélé le soir où on a fait le tour des maisons hantées. Pendant que tu dormais sur le canapé, on a fait les commères. Toutes tes sœurs le savaient. Elles ont dit que tu n'avais jamais effacé tes comptes. Izzy peut lire tous les messages que tu reçois et envoies. Depuis ton entrée en fac.

Il regarda autour de lui d'un air hébété et reporta son attention sur moi avant d'exploser :

— Tu te fous de moi !

— S'il te plaît ne sois pas fâché contre elle.

— Ne sois pas fâché contre elle ? s'écria-t-il, incrédule. Elle espionne ma vie privée, elle *publie* mes moments les plus horribles, intimes et embarrassants, et tu estimes que je ne devrais pas être fâché contre elle ? Je vais massacrer cette petite peste !

Il se prit la tête entre les mains.

— Et les trois sont au courant ?

J'agrippai son avant-bras.

— Je veux savoir quelles parties de l'histoire sont vraies.

Il blêmit.

— Haven, non. Crois-moi, tu ne veux pas le savoir.

— Tu allais vraiment m'approcher et te présenter enfin, ce soir-là, mais il t'a coupé l'herbe sous le pied ? Il m'a effectivement embrassée dès notre rencontre, alors je suppose que le reste est exact aussi. Tu étais là. Tu y as assisté.

Il ouvrit la bouche, mais aucun mot ne sortit.

— Et donc… Ça veut dire aussi qu'il fanfaronnait en permanence et te racontait des détails intimes de notre relation ?

Wick ferma les yeux et murmura mon prénom.

Mais je secouai la tête.

— Qu'en est-il de l'épisode où, dans l'histoire, il a filmé notre première fois et t'a enfermé dans une salle pour te forcer à regarder ? Ça ne *peut pas* être vrai !

Il blêmit. Mon estomac se retourna.

— Ils m'ont enfermé dans les vestiaires et ont diffusé la vidéo sur un téléphone portable allumé. J'ai frappé tellement de casiers que je me suis cassé la main, et que j'ai été suspendu de l'équipe pendant un mois. À mon retour, il était devenu quarterback.

— Oh ! mon Dieu !

Je me recroquevillai.

— Je n'arrive pas à croire qu'il… Mais pourquoi… ? Quel fils de pute !

Prise de vertige et au bord du vomissement, je me relevai à toute vitesse.

— Je vais être malade.

Appuyée contre la cuvette, je levai les yeux vers Wick, bouleversée. Il avait toujours été là, à me protéger, à veiller sur moi de loin.

— Alors, il y a une… une vidéo – une *sex tape* – de…

Je penchai la tête au-dessus des toilettes et vomis de plus belle.

— Haven…

Wick releva mes cheveux et me caressa la colonne vertébrale.

— Je n'arrive pas à croire qu'une *sex tape* de moi circule, sanglotai-je, la bouche dégoulinant de vomi.

Wick me tendit du papier toilette.

— Il n'y en a pas. J'ai détruit son téléphone.

Je me rappelai alors qu'en première année, peu après le début de ma relation avec Topher, il avait dû s'acheter un nouveau téléphone, car le sien était bousillé. Il avait dit qu'il avait accidentellement roulé dessus. À la même période, il avait arboré un œil au beurre noir ; il avait mis ça sur le compte de l'entraînement de foot. Maintenant, je savais que Wick l'avait frappé pour ce qu'il m'avait fait. Il avait aussi détruit son portable à cause de la vidéo.

Depuis le début, Wick veillait sur moi.

Je secouai la tête, paniquée.

— Mais le *cloud*...

— Je la lui ai fait effacer du *cloud* aussi, répondit Wick en me tendant un verre d'eau. Je me suis tenu derrière son épaule et l'ai regardé faire. Puis j'ai menacé de tout raconter à l'entraîneur et de le faire renvoyer de l'équipe, si jamais ça sortait.

— Alors, c'est pour ça que Topher n'a jamais été réprimandé pour ce qu'il t'a fait, réalisai-je. Tu as gardé le silence pour protéger ma vie privée. Est-ce aussi pour ça que tu ne t'es jamais battu pour récupérer ta position de quarterback, après ta suspension ?

Il hocha la tête tristement. Mes yeux s'emplirent de larmes. Je me plantai, furieuse, devant le lavabo et me brossai les dents.

— Je suis désolé, dit-il lorsque j'eus fini.

Je poussai un soupir et lui caressai la joue.

— Pourquoi est-ce que tu t'excuses ? Tu n'as pas à être désolé de quoi que ce soit.

Il leva les yeux.

— Si. Tout ça a commencé par ma faute. Et au fil des années, malgré mes efforts, je n'ai pas réussi à faire taire les sentiments que j'avais pour toi. Je savais qu'il te laisserait tranquille dès que j'aurais tourné la page, alors j'ai essayé de me forcer à avoir des sentiments pour d'autres filles, mais... impossible. Je n'ai pas réussi à passer à autre chose. Si j'avais pu faire une croix sur toi, il t'aurait laissée tranquille. Je le sais.

J'appuyai mon front contre le sien.

— C'était peut-être le destin. Peut-être qu'on a toujours été destinés à être ensemble, malgré les obstacles et ceux qui ont essayé de se dresser entre nous.

Ses yeux clairs s'illuminèrent.

— Est-ce que ça veut dire que tu…

Il s'interrompit.

— Est-ce que ça veut dire que je quoi ? murmurai-je.

Il souffla un grand coup, comme s'il n'arrivait pas à croire qu'on ait cette conversation. Puis il recula pour m'observer d'un œil timide.

— Que tu ne me détestes pas ? Que tu es… en paix avec tout ça ? Avec le fait que je t'aime depuis trois ans ? Que je n'ai jamais eu le courage de t'approcher ? Que j'ai laissé Nicholl…

Il s'interrompit brusquement. Il n'était pas encore prêt à parler de Topher.

Je pris son visage dans mes mains.

— Oui, je suis en paix. Avec tout ce qui te concerne toi, du moins. Je suis… Mon Dieu, Wick, ma tête tourbillonne encore. Je n'arrive pas à croire que tu sois Henry, qu'il est *réel*.

Avec un rire larmoyant, je l'embrassai sur les lèvres.

— Je sors avec Henry le Désespéré ! Le *vrai* Henry. C'est super génial. Pourquoi ne serais-je pas en paix avec ça ?

— Moi non plus, je n'arrive pas à croire qu'on sorte ensemble.

Il suivit du doigt le contour de ma joue.

— Je me suis toujours dit que, si j'apprenais à te connaître, ça risquerait de tout gâcher. Que je découvrirais qu'on était incompatibles et que ça me briserait. Ensuite, tu as emménagé dans mon appartement et, mon Dieu, Haven…

Il secoua lentement la tête.

— Ta personnalité, ton côté tête de mule, ton audace, ta gentillesse, ton humour décalé… Je suis fasciné par chacune de tes facettes, chacun de tes défauts, chacune de tes imperfections ; les aspects lumineux et plus sombres en toi. C'est toi, la femme de ma vie. Ce que je ressentais pour toi avant n'est rien, comparé à ce que je ressens aujourd'hui. Je t'ai dans le sang, dans la peau. Tu es… tu es ma Haven.

Je plongeai les yeux dans les siens. J'étais bouleversée.

Chacune de ses attitudes faisait sens, maintenant. Chaque fois qu'il avait été là pour m'aider à surmonter mon chagrin, me guider. Il ne le faisait pas uniquement parce qu'il était un mec bien. Il *veillait* sur moi. Depuis tout ce temps.

Je fis la grimace.

— Le soir où je suis entrée dans ta chambre, que j'ai grimpé sur toi et qu'on a failli…

Ses yeux scintillèrent d'émotion. Je déglutis.

— C'était réel pour toi, n'est-ce pas ? Moi, j'avais Topher en tête, j'essayais de me prouver que je n'étais pas nulle au lit, je cherchais à coucher avec un autre pour me venger, alors que pour toi… ça voulait dire quelque chose. C'était un rêve qui devenait réalité.

Mon estomac se noua. J'avais gâché notre premier baiser, notre premier…

Il ne semblait pourtant pas contrarié. Il me passa une mèche de cheveux derrière l'oreille et sourit avec douceur.

— Pour moi, ça a toujours été réel. Il n'y a toujours eu que toi.

J'enroulai les bras autour de lui et enfouis le visage dans son cou.

— Je n'arrive pas à croire que ta sœur écrive notre histoire. Qu'est-ce qu'on va faire au sujet de *Henry le Désespéré* ? Et au sujet de Topher ?

Il posa un baiser léger sur ma tempe.

— On verra au fur et à mesure. Tant que les choses sont claires entre nous, que tu m'acceptes comme je suis, on trouvera une solution.

Des larmes de joie roulèrent sur mes joues.

— D'accord. Ça me va.

48

HENRY

DERNIER NUMÉRO DE « HENRY LE DÉSESPÉRÉ »
Par Alice Bennet
paru dans The University Gazette

Ma dernière année arriva enfin. Dieu merci. J'étais pressé de quitter la fac et laisser certaines histoires, certaines *personnes,* derrière moi. J'aurais toujours de l'affection pour la fanfare et les amis que je m'y étais faits. J'avais le sentiment qu'on resterait longtemps en contact. Mais il était temps de passer à autre chose.

Encore quelques mois, et ce serait terminé.

J'avais hâte de repartir de zéro, de faire table rase du passé, de laisser derrière moi tout ce qui me hantait. Avec un peu de chance, je trouverais un boulot dans mon domaine de prédilection, puis je tomberais amoureux et construirais une vie de famille.

Je ne serais plus jamais obligé de croiser Avery, ou Reuben, ou ses potes débiles. Ce serait un soulagement.

En attendant, je tenais bon et je restais concentré sur l'objectif en vue : obtenir mon diplôme.

Un après-midi, je me rendis dans la chambre universitaire de mon binôme du cours d'orchestration, Elliot, pour travailler sur un projet de composition. Il était terriblement ennuyeux, mais également brillant. J'avais pour habitude de ne rien dire pendant qu'il m'exposait ses idées les plus folles, sachant que les coups de génie suivraient. On se disputait beaucoup, on était souvent en désaccord, et il me reprochait des choses saugrenues, comme ne pas réussir à deviner ses pensées, alors le temps qu'on se mette d'accord sur les détails j'étais pressé d'en finir.

Alors que je quittais sa chambre, focalisé sur le panneau de sortie rouge clignotant au bout du couloir, quelqu'un – on aurait dit un diable de Tasmanie – me bouscula violemment par-derrière.

— Qu'est-ce que…

Une nana – je sentis des seins – me poussa contre le mur. Je dus me protéger de mes bras pour éviter de bouffer du béton.

— Waouh. Est-ce que ça va ?

J'allais pivoter pour m'en assurer, mais elle me poussa dans la chambre d'Elliot en criant :

— Fonce, fonce, fonce !

J'atterris dans la pièce à quatre pattes. Le tapis me brûla les coudes. Elle me tomba dessus. Je me pris un genou ou un coude dans le rein – sa masse de cheveux blonds m'empêchait de voir quoi que ce soit —, ce qui me coupa le souffle.

Elle se releva à toute vitesse et referma la porte derrière nous en la faisant violemment claquer.

— Hé ! s'écria Elliot, indigné. Qu'est-ce que ça veut dire ? Je ne t'ai pas dit que tu pouvais amener une nana dans ma chambre, Henry !

— Henry ? s'exclama la fille.

Je m'assis en grognant. Elle se tourna vers moi. On se figea tous les deux en découvrant qu'on se connaissait.

C'était Avery.

Elle était d'une beauté !

— Tu es Henry. Le joueur de tuba, dit-elle.

— Coupable, grimaçai-je, me tenant les côtes.

Une douleur me lancinait.

Elle se précipita vers moi, les yeux ronds, et me toucha le bras.

— Je t'ai fait mal ? Est-ce que ça va ?

Oubliant temporairement la douleur, je la dévisageai, émerveillé.

Incroyable ! Avery touchait mon bras ! Ça faisait trois ans qu'on s'était heurtés dans cet amphi, trois ans qu'elle m'avait regardé dans les yeux avec la même inquiétude et demandé si j'allais bien.

Tant de choses avaient changé depuis. Tant de choses avaient changé *en moi*. J'avais grandi et mûri, appris. Pourtant, alors que je me perdais dans ses yeux noisette, je fus à nouveau incapable de trouver mes mots.

— Je... Je vais bien, bredouillai-je finalement.

— Dieu merci.

Elle serra mon bras plus fort.

— Laisse-moi t'aider à te relever.

Je la fixais toujours, béat d'être si proche d'elle.

— Et toi ça va ? demandai-je finalement, remarquant qu'elle était fébrile.

Elle expira nerveusement. Sa main se mit à trembler autour de mon bras.

— Non. Je ne pense pas...

Quelqu'un tambourina alors à la porte. Avery poussa un cri d'effroi muet et appuya les mains sur son cœur.

— Oh ! mon Dieu ! s'exclama-t-elle, se mettant à hyperventiler. C'est sûrement lui.

— Avery ! beugla une voix familière. Je sais que tu es là ! Ouvre, que je puisse t'expliquer.

Je jetai un coup d'œil au battant et me retournai vers elle.

— C'est *Reuben* ?

Elle hocha la tête, visiblement secouée.

— Oui. S'il te plaît, ne le laisse pas entrer. Je viens de le surprendre en train de coucher avec ma coloc. Je ne veux pas lui parler. Je ne veux plus jamais lui parler !

Je hochai la tête. J'aurais fait n'importe quoi pour elle. Mais Elliot se dirigeait déjà vers la porte.

— Dans quel pétrin t'es-tu fourré, Henry ? Qui tambourine ?

Il tourna le verrou et posa la main sur la poignée.

Avery et moi criâmes en chœur :

— Non !

Mais Reuben entrait déjà, tel un bulldozer.

— Avery !

Je bondis pour m'interposer.

— Sors, grondai-je, le poussant dans la poitrine. Elle ne veut pas te parler.

— La ferme, Henry. C'est *ma* meuf. C'est *moi* qui sais ce qu'elle veut.

— Plus maintenant, espèce de traître ! cracha Avery derrière moi. C'est terminé.

— Ça suffit ! cria Elliot en poussant Avery vers la sortie. Vous tous. Sortez de ma chambre. Allez régler vos comptes ailleurs.

Elliot nous claqua la porte au nez.

— Bébé, essaye de comprendre, s'il te plaît, supplia Reuben, tendant le bras vers Avery, qui restait planquée à côté de moi, tétanisée. Un mec a des besoins.

— Recule, grondai-je en le poussant de plus belle. Tes besoins et toi pouvez aller droit en enfer !

— Va te faire foutre, Henry. Ça ne te regarde pas.

Je m'avançai vers lui.

— Ça me regarde depuis qu'elle m'est rentrée dedans en essayant de te semer.

Je lui lançai un sourire mauvais, tout en faisant craquer mes articulations.

— Et tu sais quoi ? Une seule chose m'a empêché de te botter le cul, toutes ces années. Mais on dirait que ce n'est plus un problème. Alors…

Je lui assénai un coup de poing dans la mâchoire. Le craquement qui suivit fut extrêmement jouissif. Le visage de Reuben partit sur le côté, sous l'impact. La *vue* fut très jouissive elle aussi.

Il secoua la tête, étourdi, puis porta la main à sa bouche. Quand il vit qu'il saignait, il me lança un regard meurtrier.

— Espèce de fils de pute !

Je lui fis signe d'approcher.

— Vas-y, viens, enfoiré !

Il ne se fit pas prier. Son épaule percuta de plein fouet mon abdomen. Alors que je trébuchais et faisais un pas en arrière, il me frappa dans les côtes.

Beuglant ma colère, je lui envoyai un crochet dans la tempe. Il vacilla à son tour.

Derrière nous, Avery nous criait d'arrêter.

Avec un rugissement, Reuben chargea de nouveau. Quand on se percuta, je sentis mes dents remonter dans mon crâne. Je ne sentis pas la douleur ; seulement la rage. Lui infligeant une pluie de coups de poing, je pris le dessus. Il tomba à genoux. Des doigts chauds s'enroulèrent alors autour de mon bras.

— *Assez !* explosa Avery.

Essoufflé, je tournai la tête vers elle. Je voulais le tuer ; pour elle, pour moi, pour Kerri, et chaque personne dont il s'était servi, à qui il avait fait du mal. Je ne voulais pas cesser de le tabasser.

Mais Avery plongea son regard dans le mien et me tendit la main.

— Viens, Henry, dit-elle fermement. Allons-nous-en.

Je ne demandai même pas où. Je lui pris simplement la main et la laissai me guider. Elle passa devant son ex sans le gratifier du moindre regard. On sortit du bâtiment ensemble et on s'engagea dans la rue. À mi-hauteur, elle lâcha ma main et leva les yeux vers moi.

— Merci de m'avoir aidée. Je ne voulais pas que vous vous battiez, mais… Merci de m'avoir défendue.

— Merci de m'avoir donné une bonne raison de le frapper, répondis-je en croisant son regard.

Ses lèvres s'ourlèrent d'un demi-sourire.

— Laisse-moi faire quelque chose pour te remercier.

Je secouai la tête et refusai d'un geste.

— Je n'attends rien en retour.

— Ça me donne encore plus envie de faire quelque chose pour toi, insista-t-elle. Tiens, j'y pense… Il y a un an environ, je t'ai vu manger une pizza taco, chez Murphy. Je les adore. Si on allait en manger une ? C'est moi qui invite.

Ses yeux étaient immenses et suppliants. J'avais tellement envie de lui faire plaisir que mon ventre papillonna. Je réservais les pizzas tacos aux occasions très spéciales.

C'en était une.

— Tu me ferais une faveur, ajouta-t-elle, me prenant le bras. J'ai *vraiment* besoin de me changer les idées.

Je hochai la tête.

— Dans ce cas, c'est avec grand plaisir.

C'est ce soir-là que mon histoire avec Avery commença pour de bon.

Un mot d'Alice :

Chers lecteurs,

Je m'excuse pour cette fin précipitée. C'était la dernière fois que vous lisiez les aventures de Henry et Avery. Le problème, voyez-vous, c'est que cette histoire n'est pas de la fiction. Elle parle de vraies personnes, qui existent sur le campus.

Évidemment, j'ai changé quelques détails, comme les noms, le moment où l'histoire se déroule, les dialogues, la couleur de cheveux des personnages. En fait, Henry – ou quel que soit son vrai nom – ne fait pas partie de la fanfare. Mais si vous remplacez fanfare par équipe de football, et trompettiste par quarterback, alors vous aurez tout compris.

J'ai changé de nombreux détails pour protéger les personnes innocentes concernées. Sauf que ces mêmes personnes ont découvert la corrélation entre leur vie et celles de ce récit. Elles ont ainsi été capables de me retrouver et m'ont ordonné d'arrêter d'écrire leur histoire.

Par respect, je me plie à leur volonté, mais je ne voulais pas disparaître sans vous expliquer à vous, mes chers lecteurs, pourquoi nos chemins se séparent ici.

Je voulais également vous rassurer : Henry se porte bien. Avery et lui sont en couple aujourd'hui, et plus heureux que jamais. Quant au véritable Reuben… Il est grand temps que le karma s'occupe de lui. J'espère que ce qu'il reste de sa dernière année universitaire sera pour lui un véritable enfer.

Oh ! et Reuben : merci de nous avoir fait perdre aux play-offs, bouffon !

Vous souhaitant à tous le destin que vous méritez,

Celle qui signe Alice Bennet.

49

HAVEN

— Hé, regarde ! annonça fièrement Wick de l'entrée du salon. J'ai enfin réussi à retirer le cœur de beurre de cacahuète sans casser l'anneau de chocolat.

— Génial, bien joué !

Il s'assit à côté de moi sur le canapé, où je m'étais installée pour mater Netflix. Je commençai à applaudir, mais m'interrompis en plissant les yeux.

— Attends, tu les as coupés avec un couteau, non ?

Il éclata de rire.

— Pas le choix, si je voulais éviter de casser le pourtour au chocolat.

— Roh, tu es adorable.

Je le tirai par le devant de son T-shirt pour réclamer un baiser. Il avait le goût du chocolat et du beurre de cacahuète. Je soupirai de délectation et me léchai les lèvres.

— Mmm… Miam.

Il m'offrit l'un des anneaux. Je l'enfournai en souriant, pendant qu'il mangeait le deuxième. On mâcha en se regardant, les yeux pétillants. Être ensemble nous rendait fous de bonheur.

— Tu veux connaître un secret ? demandai-je en essuyant le chocolat sur ma lèvre inférieure. Moi aussi, j'utilise un couteau pour retirer le cœur de beurre de cacahuète sans casser le chocolat.

Il poussa un cri indigné.

— Tu as dit que tu le retirais avec les pouces.

— C'est vrai.

Souriant avec malice, je lui fis un clin d'œil.

— *Après* l'avoir découpé au couteau.

Il se mit à me chatouiller.

— Oh ! la vilaine petite tricheuse ! Et dire que je te prenais pour une mangeuse de Reese's Cups *badass*.

— De quoi est-ce que tu parles ? Je suis toujours une mangeuse de Reese's Cups *badass*.

Je me tortillai en riant pour lui échapper.

— Fais gaffe, mon pote. Sinon, c'est la guerre des chatouilles !

Ses yeux s'embrasèrent.

— Vas-y, viens, dit-il à voix basse.

Chaque bagarre de chatouilles finissait par une formidable partie de jambes en l'air. On roula sur le canapé, et j'atterris à califourchon sur lui, taquinant sa langue de la mienne, pendant que nos mains se caressaient avec ardeur. On était en train de se retirer mutuellement nos T-shirts, quand mon téléphone bipa avec une notification.

Je baissai les yeux par réflexe et consultai l'en-tête avant de reprendre notre baiser. Un instant plus tard, je m'écartai brusquement.

— Quoi ? m'exclamai-je en attrapant mon portable.

J'ouvris l'appli du journal en ligne de la fac, me disant que j'avais mal vu. Mais non, comme le jour où j'avais surpris Topher et Annabeth, mes yeux me montraient encore la vérité.

— Oh ! mon Dieu ! lâchai-je, horrifiée, en fixant l'écran.

— Quoi ?

Wick arrêta de m'embrasser le cou pour regarder par-dessus mon épaule.

— Il y a un autre numéro de *Henry le Désespéré.*

Il en resta bouche bée.

— Quoi ? *Non.*

Il plissa les yeux sur le lien qui menait au numéro final.

— C'est quoi, ce bordel ? explosa-t-il. Elle a promis d'arrêter.

— Apparemment, c'est le dernier numéro, répondis-je avec optimisme. Mais, tu as raison, elle n'a pas tenu sa promesse, soupirai-je.

M'asseyant à côté de lui, je cliquai sur l'article. Wick se rapprocha.

Ça faisait deux semaines qu'on avait découvert qu'on était les personnages principaux de l'histoire. Wick avait parlé longuement avec Izzy dans sa chambre sur le campus, pendant que j'arpentais nerveusement le couloir. Il en était ressorti après ce qui m'avait paru une éternité, et m'avait annoncé qu'il n'y aurait plus de numéros publiés.

Sauf qu'il s'était trompé.

— Hallucinant, grogna-t-il.

Sans même prendre la peine de finir de lire, il sortit son portable de sa poche.

— Ramène ton cul chez moi, *maintenant* !explosa-t-il. Il faut qu'on parle.

— Wick, intervins-je doucement tandis qu'il raccrochait.

Il secoua la tête.

— Non. Elle m'a menti. C'est…

— Oh merde !

— Quoi ?

Wick se rapprocha pour lire, écarquillant les yeux, lui aussi, en découvrant la fin.

— Bordel de merde.

— Elle nous a exposés au grand jour, dis-je, incrédule. Je n'arrive pas à y croire. Elle nous aurait appelés par nos vrais noms que ça aurait été pareil. Pourquoi est-ce qu'elle a fait ça ?

Wick secoua la tête, les yeux rivés sur l'écran.

— Je ne…

Il déglutit.

— Je ne sais pas.

Izzy frappa timidement à notre porte.

— Je ne peux même pas la regarder, lâcha Wick, écœuré.

Alors je me levai pour lui ouvrir. Izzy entra avec hésitation, en m'offrant une grimace d'excuse. Un silence de plomb suivit. Elle se tordait nerveusement les mains, je ne savais pas quoi dire, et Wick semblait encore en train d'accuser le coup, assis sur le canapé, la tête baissée, les coudes sur les genoux, les doigts derrière la tête.

Finalement, Izzy prit la parole.

— Je sais que je vous ai fait une promesse, mais…

— Dis-moi seulement pourquoi, lui ordonna Wick en levant la tête, les joues rougies par la colère, la déception et le sentiment d'avoir été trahi. Bon sang, pourquoi est-ce que tu as fait ça ? Tu nous as *tous* exposés. Haven. Cannon. Moi. Tu nous détestes à ce point ? Est-ce que…

— Quoi ? *Non !* s'écria Izzy, les yeux s'emplissant de larmes. Frérot…

Sa voix se brisa. Elle s'agenouilla devant lui et serra ses genoux.

— Je l'ai fait parce que je t'aime. C'était la dernière étape de mon plan. J'aurais fait tout ça pour rien, si je n'avais pas écrit ce dernier numéro et révélé la vérité à tout le monde.

Elle secoua la tête.

— Je sais que ça vous a exposés, mais je devais le faire. Révéler les méfaits de Nicholl était mon but depuis le tout premier numéro.

— Quoi ?

Wick cligna des yeux, puis me regarda.

— Tu sais de quoi elle parle ?

— Je…

Plissant les yeux, je me demandai si Izzy avait… – mais, non, ça paraissait improbable.

Alors je secouai la tête.

— Non, répondis-je. Je n'en ai pas la moindre idée.

Wick reporta son attention sur sa sœur.

— De quoi est-ce que tu parles ? Quel plan ? Et pourquoi t'es-tu imaginé que c'était ton devoir d'exposer Nicholl ? Tu viens de ruiner ma vie, putain !

— Non.

Izzy secoua la tête avec insistance.

— Ça n'aura pas de répercussions sur toi, je te le promets. Les lecteurs vous adorent, tous les deux. En fait, si le plan marche, ça fera sûrement de vous des héros.

— Ah ouais ? En révélant mes problèmes les plus intimes *au monde entier* ?

— Non ! s'écria Izzy, en lui tenant les genoux si fort qu'elle les fit trembler. Écoute-moi. *S'il te plaît.*

Mais avant qu'elle puisse expliquer quoi que ce soit la porte d'entrée s'ouvrit, et Cannon se précipita à l'intérieur.

— Vous n'allez pas en croire vos yeux ! s'exclama-t-il en levant son téléphone.

Il ralentit quand il vit Izzy agenouillée devant Wick et les regarda d'un air intrigué, avant de secouer la tête.

— Quelqu'un a écrit notre histoire et l'a publiée dans le journal de la fac ! Jetez-y un œil. web, cette personne doit savoir que ton deuxième prénom c'est Henry, parce que c'est comme ça que tu t'appelles dans l'histoire. Haven, tu es Avery, sûrement car ça sonne un peu pareil. Pour une raison étrange, Nicholl s'appelle Reuben. Je suis Rush, car je suis un rusher dans l'équipe de foot, et… pourquoi est-ce que vous me regardez tous comme si vous étiez déjà au courant ?

Izzy se leva et l'interrogea du regard.

— Ce qui m'intrigue, c'est comment toi tu t'en es rendu compte ?

Il lui lança un regard outré.

— Je ne suis pas stupide, voilà pourquoi. Ça paraît évident qu'on correspond aux personnages.

Elle secoua la tête.

— J'ignorais que tu lisais la gazette de la fac.

Il s'esclaffa.

— Je ne la lis pas. Mais tout le monde en parle sur les réseaux sociaux. Nicholl se fait massacrer. Les lecteurs devaient détester son personnage. Et, maintenant qu'ils connaissent la véritable identité de Reuben, il se fait laminer. Plein de gens postent des messages pour raconter les sales coups dont ils ont été victimes. Une nana l'accuse même de l'avoir agressée sexuellement.

Mon estomac se retourna.

— Quelle horreur, murmurai-je.

Je sortais sûrement avec lui, quand ça s'était produit.

Remarquant que je me sentais malade, Wick m'attrapa le coude et me lança un regard inquiet. J'expirai par le nez plusieurs fois. La nausée se dissipa. Je lui fis un signe de tête pour le rassurer.

— Sérieux ? s'écria Izzy.

Les doigts tremblants, elle sortit son portable de sa poche.

— Mon plan *marche* ? Je n'arrive pas à le croire !

Elle scrolla frénétiquement durant quelques secondes, l'air abasourdie.

— De quoi est-ce qu'elle parle ? nous demanda Cannon.

— Bonté divine !

Se recouvrant la bouche de la main, Izzy étouffa un cri excité.

— Il s'en prend plein la gueule ! C'est parfait.

Elle leva la tête vers nous. Ses yeux scintillaient de larmes de joie.

— Il ne s'en relèvera pas. Il deviendra le paria de la fac.

Elle leva les poings d'un air victorieux.

— Merci, mon Dieu ! cria-t-elle au plafond.

Je percutai enfin.

— Attends… Tu as écrit *Henry le Désespéré* pour faire du tort à Topher ?

— C'est *toi* qui as écrit *Henry le Désespéré* ? s'exclama Cannon, presque en même temps.

Izzy le regarda. Puis elle tourna les yeux vers moi. Très sérieusement, elle répondit :

— Cet enfoiré a fait du mal à mon frère. Je ne pouvais pas laisser passer ça. Le cœur de Wick est trop pur pour qu'il lui rende la monnaie de sa pièce. Le reste du monde n'est pas aussi clément. Je comptais là-dessus et m'en suis servie à mon avantage.

— Ben ça alors ! s'étonna Cannon, la contemplant bouche bée. On dirait que la petite sœur a obtenu la vengeance ultime.

Wick et moi échangeâmes un regard stupéfait. Cannon avait raison. Izzy venait effectivement de rendre à Topher la monnaie de sa pièce pour tout ce qu'il nous avait fait.

On avait conjointement décidé d'abandonner toute tentative pour lui faire payer ses mauvais coups, mais maintenant que le mal était fait…

— Je crois que ça me convient, murmura Wick.

Il m'interrogea du regard.

Je hochai la tête.

— Ouais. À moi aussi.

Réalisant qu'on était tous les deux d'accord, on se tourna vers Izzy.

Elle tressaillit.

— Je savais que ça ne vous plairait pas d'être exposés comme ça, mais j'estime que la fin justifie les moyens. C'était plus important de l'exposer, *lui*, que de garder vos identités secrètes.

Elle haussa les épaules.

— Le public mettra un peu plus de temps à découvrir vos identités.

— Non, tout le monde sait déjà qui est Haven, la détrompa Cannon, en me lançant un petit sourire en coin. Ils ne savent pas encore avec certitude qui est Henry, mais les rumeurs vont bon train. À mon avis, je ne vais pas tarder à être démasqué aussi.

Fronçant le nez, je pris la main de Wick.

— Ça me va. Je suis partante, si ça permet de donner à Topher ce qu'il mérite.

Wick me serra les doigts.

— Ouais, acquiesça-t-il avec un peu plus de réticence. Ça me va à moi aussi.

Je secouai la tête en gloussant et fixai Izzy.

— Je n'arrive pas à croire que ton histoire parle de vengeance depuis le début. Et dire que je croyais que c'était une romance.

Izzy haussa les épaules.

— Pourquoi est-ce que ça ne pourrait pas être les deux ?

On échangea un sourire complice. Les paroles qu'elle avait prononcées à l'hôpital me revinrent alors. *Depuis le début, j'espérais que vous vous mettriez ensemble.*

Ça faisait trois ans qu'elle l'espérait. Bouleversée, je souris à travers des larmes de joie. Son but avait été non seulement de briser Topher, mais aussi de nous réunir, Wick et moi.

Je posai un regard plein d'affection et de gratitude sur Wick. *Dieu merci, son plan a marché.*

— Pourquoi tu m'as mis dans la fanfare ? rouspéta Cannon. Franchement, Petite web ? J'ai l'air d'un ringard ?

Izzy leva les yeux au ciel.

— J'ai fait de toi un batteur. C'est le musicien le plus cool qui existe.

À court d'arguments, Cannon continua de rouspéter dans sa barbe.

— Ça aurait quand même été mieux si tu m'avais mis dans un groupe de rock.

Izzy soupira avec impatience.

— Voici ce que je te propose. Après ses études, Rush devient membre d'un groupe de rock dans une histoire intitulée…

Elle marqua une pause théâtrale. Puis elle lui fit un clin d'œil et termina :

— *Rush, le bourreau des cœurs* ?

— Ah non, je t'interdis d'écrire une histoire sur moi !

— Oh ! allez. Joue le jeu, le taquina-t-elle en souriant et en lui chatouillant le ventre.

Il inspira brusquement et recula.

— Tu ne veux pas un *happily ever after* toi aussi, Cannon ?

Son regard s'embrasa, tandis qu'il la dévisageait.

— Non. Je préfère mourir seul et misérable, merci beaucoup, grommela-t-il. Tu n'as pas intérêt à me mettre en couple avec qui que ce soit, réel *ou* fictif.

Izzy se hissa sur la pointe des pieds pour se rapprocher de son visage. Cannon recula encore.

— C'est décidé ! s'exclama-t-elle d'un air réjoui. Je vais commencer ton histoire sur-le-champ.

Elle repartit d'un pas impertinent, sans dire au revoir à aucun d'entre nous.

Cannon la suivit du regard, puis pivota vers nous.

— Tu dois vraiment la recadrer, dit-il, le doigt pointé sur la porte.

Wick s'esclaffa.

— Si j'avais eu la moindre autorité sur Iz, elle n'aurait pas eu le toupet d'écrire une histoire sur moi et de la partager avec le monde entier.

Cannon ricana.

— Maintenant, je sais où les couilles sont allées, dans ta famille.

Il décampa à son tour, nous laissant seuls, Wick et moi.

Le bruit dut réveiller Bingley de sa sieste, car elle passa une petite tête curieuse dans le salon. Wick la déposa sur le canapé, entre nous. Elle navigua de l'un à l'autre, à la recherche de caresses et d'amour.

Wick prit une profonde inspiration.

— Qu'est-on censés faire, maintenant ? Le monde entier connaît nos véritables identités.

Avec un sourire suave, je portai ses doigts à ma bouche et les embrassai un par un.

— Et si on vivait *happily ever after* sans se soucier du reste du monde ?

Une flamme dans le regard, il se pencha vers moi.

— Cette idée me plaît.

— Moi, c'est *toi* qui me plais, répondis-je du tac au tac, en l'attirant à moi pour un long baiser mouillé.

— Tu me plais *encore plus*, fit-il d'une voix rauque, en déboutonnant ma blouse et en la faisant glisser de mon épaule pour dévoiler la bretelle de mon soutien-gorge.

Tandis qu'il se penchait pour embrasser chaque centimètre de peau, je pris sa tête entre mes mains et caressai doucement la zone rasée pour l'opération. Les cheveux commençaient à repousser.

— Eh bien, moi, je *t'aime*, ripostai-je, refusant de perdre à ce jeu-là.

Son souffle chaud sur mon épaule, il s'immobilisa. Il recula et me dévisagea, les yeux ronds comme des soucoupes.

Je me mordis la lèvre.

— Je ne te l'avais jamais dit à voix haute ?

Il secoua lentement la tête.

J'expirai longuement.

— Je sais que c'est vrai. Autrement, ça ne serait pas sorti aussi facilement, ni aussi naturellement.

Sa poitrine se souleva tandis qu'il prenait une profonde inspiration. Ma déclaration le surprenait, mais il était encore plus étonné que je confirme, après qu'elle m'avait accidentellement échappé.

Je caressai son visage en lui souriant affectueusement.

— Ça fait quelque temps déjà. Je ne saurais dire quand ça a commencé exactement mais, ce qui est certain, c'est que ça grandit chaque jour. Je t'aime, Wick. Il n'y a pas d'autre mot. Je t'aime.

— Dieu du ciel !

Il se couvrit la bouche de son poing. Les larmes lui montèrent aux yeux.

— Toutes ces années, j'ai imaginé de nombreuses scènes : de celle où je te disais bonjour à celle où je te demandais en mariage et où j'avais des enfants avec toi. Mais jamais une fois je n'ai osé imaginer t'entendre prononcer ces mots.

Il secoua lentement la tête.

— J'étais trop effrayé pour même l'espérer.

— Wickham Henry webster, le réprimandai-je gentiment, appuyant le front contre le sien. Comment pourrais-je ne *pas* t'aimer ? Tu es ma moitié.

— Seigneur, souffla-t-il, prenant mon visage dans ses mains et pressant la bouche sur la mienne. Je t'aime aussi, bébé. Je suis *né* pour t'aimer.

Épilogue

WICK

— Wick, chéri, réveille-toi. Le bébé arrive, murmura Haven en me poussant l'épaule.

J'ouvris brusquement les yeux.

— *Quoi ?*

Elle descendit du lit et alluma la lampe de chevet. Puis elle s'affaira dans la chambre, sortant sous-vêtements et vêtements. Quand elle posa une valise au bout du lit et commença à y fourrer nos affaires, je m'assis pour la regarder d'un œil vitreux.

— Si on part maintenant, lança-t-elle en poussant légèrement Bingley, allongée par terre, pour ramasser une veste, je pense qu'on pourra arriver à l'hôpital avant 4 heures.

— Hôpital ? 4 heures ?

Je tournai la tête vers la table de nuit, où était posé le réveil. Il était à peine 2 heures du matin.

— Ouais. Je ne veux pas être sur la route quand le bébé arrivera.

Finalement assez réveillé pour penser un peu plus clairement, je secouai la tête.

— Mais quel bébé ?

— Celui de Teagan ! s'écria Haven en me jetant un regard courroucé. De quel bébé est-ce que je parle, à ton avis ? C'est la seule femme enceinte qu'on connaît, non ?

— Exact.

Je hochai la tête et bâillai en me grattant la poitrine.

— Je le savais.

Haven retira son pyjama et enfila le premier jean qu'elle trouva. Puis elle me lança un autre coup d'œil impatient.

— Ben alors ? Habille-toi !

Son ton brusque me fit sursauter. Je descendis laborieusement du lit et tâtonnai à la recherche d'un pantalon. Trouvant un jean, j'essayai de l'enfiler, mais il resta coincé au niveau des chevilles.

Bon sang, il était bien trop tard – tôt – pour s'habiller !

— Tu me rappelles pourquoi on doit être là-bas pour la naissance ? demandai-je en plissant les yeux, à la recherche d'un de mes jeans.

— Mince ! s'écria Haven en se donnant une claque sur le front. Tu as raison.

Malheureusement, elle avait déjà enfilé un débardeur, alors je n'aperçus aucun téton. Dommage, ça aurait rendu le réveil un peu plus agréable.

— J'ai oublié de t'avertir. Teagan a dit qu'elle ferait de la première cousine à arriver la marraine. Cette fois, c'est moi qui gagne. Lucy et Cress sont marraine et parrain de Braiden. Ce serait super injuste que je ne devienne pas la marraine d'au moins un de mes petits-cousins, tu ne trouves pas ?

— Si, répondis-je, avant de marquer une pause. Attends. Vous faites vraiment du choix des parrains et marraines une compétition ?

Haven me tapota affectueusement la joue.

— Bébé, on fait une compétition de tout.

Bon à savoir.

Trouvant enfin un jean qui m'allait, je l'enfilai.

— Mais pourquoi est-ce que seule la place de marraine est ouverte à la compétition ?

Elle me considéra comme si ma question était stupide.

— Le frère de J. B., Luke, sera parrain par défaut. Ni Teagan ni J. B. n'ont de sœur.

— J'aurais dû le savoir, murmurai-je, même si, en réalité, je ne me rappelais plus qui étaient Luke et J. B. Allons te gagner cette place de marraine, alors !

Tandis que j'enfilais mes lunettes, Haven hocha la tête.

— OK. Je prends le sac. Tu…

Elle cligna des yeux, puis fronça les sourcils et posa la main sur la hanche.

— Sérieux, Wickham ? Tu as sorti les lunettes ? Essayerais-tu de me distraire de ma mission pour qu'on retourne au lit faire l'amour comme des bêtes ?

Quoi ?

Elle craquait pour les mecs à lunettes ?

Quand elle fit un pas vers moi en se léchant les lèvres comme si elle voulait me dévorer tout cru, je remontai mes lunettes avec mon majeur en mode Clark Kent et je souris d'un air canaille.

— J'en ai besoin pour conduire. Mais… si tu veux qu'on retourne au lit pour faire l'amour comme des bêtes, je n'ai pas d'objection.

— Voyez-vous ça.

Un fier sourire sur les lèvres, elle fit lentement remonter ses mains sur mes pectoraux et mon torse, puis enroula les doigts autour de ma nuque pour me faire pencher la tête.

— Tout fanfaron de voir combien il m'excite…

Carrément. Trois ans plus tôt, je n'aurais jamais cru possible que la fille de mes rêves me fasse des avances. Je n'en revenais pas. Elle m'embrassa. Je poussai un gémissement de plaisir et la pris dans mes bras pour qu'elle puisse également *sentir* combien j'étais heureux.

— Hmmm, ronronna-t-elle. J'ai envie.

Elle empoigna mon entrejambe à travers mon jean. J'inspirai brusquement. Ça y est, cette fois j'étais réveillé pour de bon.

Elle pencha la tête en arrière. Ses cheveux cascadèrent dans son dos. Je déposai une traînée de baisers sur sa joue, sa gorge, et plus bas.

— Ça te plaît tant que ça, les lunettes ?

— Tu n'as pas idée, gémit-elle.

Je souris.

— Je ne porterai peut-être plus jamais de lentilles, alors.

Poussant un grognement de plaisir, elle me serra plus fort.

— Sauf que ça pourrait me tuer d'une overdose d'extase.

Je gloussai et la fis reculer vers le lit.

— J'adore quand tu me parles comme ça, bébé.

— Ouais, je vois ça, roucoula-t-elle en dézippant mon jean.

Mais elle se figea presque aussitôt et poussa un cri.

— Chéri ! On n'a pas le temps pour ça. On doit arriver à l'hôpital avant les autres.

— Mais…

Elle m'abandonna pour aller fermer sa valise. Écartant les bras de dépit, je baissai les yeux vers mon entrejambe, laissé en plan.

— Ne t'inquiète pas. Je te revaudrai ça, promit-elle avec un regard furtif vers moi. En fait – oh, mon Dieu ! s'exclama-t-elle, car son esprit partait dans tous les sens. Merde, qu'est-ce que je fabrique ? Je suis navrée, Wick. Je ne sais pas pourquoi je te demande de m'accompagner. Je ne t'ai même pas demandé si tu voulais venir ou rester ici ! Si tu ne veux pas venir, ce n'est pas grave. Je peux y aller toute seule.

Je baissai les yeux vers la tenue que j'avais miraculeusement été capable d'enfiler tout seul. Ignorant l'érection qui déformait mon jean, je haussai les épaules. Haven était partie du principe que je l'accompagnerais sans poser de question. Ça voulait dire qu'elle pensait en termes de « nous », et nous voyait comme un couple. C'était un rêve devenu réalité. Hors de question de la faire changer d'avis.

— Bien sûr que je viens, répondis-je.

Elle sembla agréablement surprise.

— C'est vrai ?

Je hochai la tête.

— Évidemment. Pourquoi pas ?

Elle prit mon visage dans ses mains et déposa un léger baiser sur mes lèvres.

— Qu'est-ce que je t'aime !

Voilà pourquoi ça ne me dérangeait pas du tout d'être réveillé en pleine nuit et de faire deux heures de route pour aller voir le bébé d'un couple que je ne connaissais quasiment pas.

— Tu as vu mes chaussures ? demandai-je.

— Tiens.

Elle me les lança. Je les rattrapai de justesse avant de me les prendre dans la figure, et m'assis sur le lit pour les enfiler.

— Tu penses qu'on sera partis combien de temps ? demandai-je avec une grimace, car bouger en jean quand on avait une érection n'était pas franchement agréable.

— Juste le week-end. Rappelle-moi de remercier Teagan d'avoir commencé le travail un vendredi soir, alors qu'on n'avait aucun projet particulier.

J'ignorais ce qu'elle entendait par *aucun projet*. Je comptais lui faire l'amour tout le week-end et ne quitter la chambre que pour manger et aller aux toilettes.

Tant pis. Ça attendrait.

— Ouais, elle a dû faire exprès pour te rendre service, raillai-je en me relevant.

Elle me donna une fessée.

— Gros malin, plaisanta-t-elle en m'ébouriffant les cheveux.

Elle fit descendre la valise du lit.

— Mince, et Bingley ?

Elle me tendit la valise.

— Va la mettre dans la voiture, pendant que je remplis son bol de nourriture.

Elle se rua hors de la chambre avant que je puisse répondre.

— Oui, m'dame, marmonnai-je en caressant affectueusement Bingley.

Haven me rejoignit au moment où je plaçais les bagages dans le coffre.

— On doit s'arrêter prendre de l'essence ? demandai-je.

Elle haussa les épaules.

— Aucune idée.

Elle ouvrit la portière côté passager. J'avais récupéré mon permis, donc je prendrais le volant.

— Je ne vérifie pas souvent le niveau, ajouta-t-elle.

Je soupirai. Il serait plus juste de dire qu'elle ne le vérifiait jamais. C'était une des nombreuses petites choses irritantes qui me rendaient fou, mais que j'adorais chez elle. Ça me donnait l'impression d'être utile.

Il restait moins d'un quart d'essence ; on s'arrêta donc à une station à la lisière de la ville. Haven courut à la boutique et en ressortit avec un sac débordant de sucreries.

— Je t'ai pris une bouteille de Mountain Dew, des Snickers et du saucisson, annonça-t-elle en remontant en voiture.

Elle fit la moue.

— Ils n'avaient pas de Mike and Ike, désolée.

Je fermai ma portière et me penchai par-dessus la console centrale pour l'embrasser. Qu'est-ce que c'était agréable de partager ma vie avec quelqu'un qui se souciait assez de mes goûts pour m'acheter mes friandises préférées, sans même que je le demande. C'était mon âme sœur. Rien ne me rendait plus heureux qu'être avec elle.

— Pas de problème, murmurai-je contre sa bouche. Je te dévorerai de baisers pour compenser.

— Hmm, gémit-elle en me raclant le menton de son ongle. Si tu continues de parler comme ça, monsieur webster, tu auras peut-être quelques gâteries pendant le voyage.

J'en restai bouche bée.

— Sérieux ?

Elle devait plaisanter. La vie ne pouvait pas être aussi belle, si ?

Voyant mon expression abasourdie, elle éclata de rire.

— On verra, mon amour, on verra, susurra-t-elle d'une voix langoureuse. On a deux heures de route. Qui sait ce qui pourrait arriver…

Elle me fit un clin d'œil.

— Je t'ai dit que je te revaudrais ça. Je peux même me rattraper… tout de suite, si tu veux.

Ma bite enfla aussitôt dans mon jean, déjà pressée d'être sucée par ses lèvres humides.

— Pitié, dis-moi que tu as une douzaine d'autres cousines sur le point d'accoucher !

Elle pencha la tête en arrière et éclata de rire.

C'était vraiment le plus beau rire du monde.

Deux heures plus tard, on arriva à l'hôpital. Teagan n'avait pas encore accouché. Le *road trip* avait été explosif. Y'avait pas à dire, Haven était *très* douée. À deux reprises, j'avais failli rentrer dans un panneau.

On se rua dans le bâtiment en se tenant la main, à la recherche du service maternité.

Alors qu'on approchait de la salle d'attente, où une demi-douzaine de personnes attendaient, Haven ralentit.

— Merde, lâcha-t-elle.

Une femme qui devait avoir deux ans de plus que nous leva la tête. Repérant Haven, elle se fendit d'un immense sourire et poussa un cri.

— Désolée, ma p'tite ! Tu as perdu. Je suis arrivée la première, youpi !

— Ce n'est pas juste ! couina Haven, en la prenant dans ses bras. J'ai mis deux heures pour arriver. Et tu n'es même pas sa cousine de sang.

— Teagan n'a jamais dit que ça devait être une cousine de sang.

La femme se tourna vers moi.

— Salut. Tu dois être Wick, son nouveau copain.

— Euh… ouais, bredouillai-je, jetant un coup d'œil à Haven pour demander sa permission.

— Oui, c'est lui, affirma-t-elle fièrement.

Haven me prit par le bras et posa la tête contre mon épaule.

— Wick, voici Chloé. C'est la fille de tante Eva. Tu t'en souviens peut-être, tante Eva est la cousine de tante Reese, qui – tu le sais – est la femme d'oncle Mason.

— Exact, fis-je, articulant lentement.

En réalité, je ne me rappelais pas du tout.

— Il y aura un test à la première heure demain matin, plaisanta un homme en se levant. Luke, dit-il en me tendant la main.

— Le futur parrain, dis-je.

Il gloussa et désigna un homme et une femme en train de parler avec un autre couple.

— C'est ça. Et voici mes parents, Zoey et Quinn.

Tous deux me firent un signe de la main.

— Et voici ma tante Caroline, me dit Haven, en désignant une femme blonde. C'est la sœur de mon père. Son mari… oncle Ten, sur le point de devenir *papi* Ten, le taquina-t-elle, ce qui lui valut un regard noir.

— Les papis sont des vieillards décrépits, grommela-t-il. Je préférerais qu'on m'appelle Papou.

— Bonté divine, grogna Caroline à côté de lui, en levant les yeux au ciel. C'est pire que *Bonpapa,* que tu as sorti il y a deux heures.

— Vraiment ? s'exclama-t-il avec une moue démoralisée. Merde. Pourquoi pas Pop Pop Ten ?

— On dirait une comptine pour enfants.

Ronchonnant dans sa barbe, il tourna la tête vers nous.

— Vous connaîtrez bientôt ma décision.

Il leva le menton vers moi.

— Il paraît que tu as un trou dans la tête.

Je levai la main vers la zone qui avait complètement guéri.

— Ouais, répondis-je, mal à l'aise.

— Je suis tombé d'une falaise, déclara-t-il en montrant des cicatrices blanches estompées avec le temps.

Caroline s'esclaffa.

— C'était une petite falaise de rien du tout.

— Hé !

Il pivota vers elle.

— J'ai été dans le coma et je me suis réveillé *amnésique.* C'est cinquante fois plus cool que la petite *commotion* qu'il a eue.

— Ce n'était pas un hématome extradural ? intervint Quinn. Ce n'est pas rien.

— Pffff, ronchonna Ten. Je gagne quand même.

Haven avait raison. Ses proches étaient en compétition pour tout.

Tandis que Ten et quelques autres se chamaillaient pour savoir qui de lui ou moi avait eu les blessures les plus graves, Haven se hissa sur la pointe des pieds et déposa un baiser sur ma joue.

— Bienvenue dans ma famille ! Ou, du moins, une toute petite partie. Les autres arriveront bientôt.

Je souris et appuyai mon front contre le sien.

— Je l'adore.

Elle fronça le nez, l'air dubitatif.

— Vraiment ?

Je lui caressai la joue.

— Bien sûr ! C'est grâce à eux que tu es toi.

Un tel miracle avait forcément mon approbation.

Remerciements

Il faut absolument que je commence ma liste de remerciements par ces trois personnes : Kurt, Lydia et Sadie. Chaque fois que je me déconnecte du monde, vous me ramenez à la réalité. Merci d'être mon propre canot de sauvetage. Je vous aime, les gars, jusqu'à la lune et en retour.

À Holly : Kurt dit que tu es notre « chat de service ». Peu importe à quel point notre journée peut parfois avoir été mauvaise, tu es là pour nous rappeler que le monde ne tourne pas autour de nous. Il tourne autour de toi, bébé de fourrure, et tes besoins doivent être satisfaits quoi qu'il arrive. Merci de faire en sorte que nous restions humbles.

À mes bêta-lecteurs les plus fiables : Shi Ann, Alaina, et Amanda. Je me prépare encore pour le jour où vous déciderez que vous avez lu trop de mes histoires et que vous n'en voudrez plus. Mais je n'ai pas encore atteint votre limite. Alors merci beaucoup de rester avec moi depuis si longtemps et de me donner vos précieux retours.

À Summer, de Red Pen Revolution : tu vaux à mes yeux plus que ce que je mérite. Merci d'avoir été si gentille et si bienveillante lors de ton travail éditorial. Je t'aime fort !

Puis à Shelley de 2 Book Lovers Reviews et à Judy de Judy's Proofreading : je serais vraiment perdue si je ne vous faisais pas relire mes histoires. Merci, merci, merci.

Merci à Shi, RoShunda, Jodie et Nancy pour avoir été de si bonnes partenaires de scrabble, ce qui m'a permis d'apprendre tant de nouveaux mots dernièrement !

Merci à Kimberly et à tout le monde chez Brower Literary &

Management pour votre engagement incroyable et pour avoir donné vie à mes rêves de publication.

Et à Dieu : Oh, toutes ces choses pour lesquelles je pourrais te remercier... Mais aujourd'hui, je pense que je suis surtout très reconnaissante de la tranquillité d'esprit que me procure le fait de croire en Toi, de sorte que je suis rassurée qu'il y ait plus que les luttes et les épreuves de la vie. Il y a quelque chose au-delà de ça. Grâce à toi, je n'ai pas besoin de penser au fait que mes parents sont morts et qu'ils seront partis pour toujours ; ils sont simplement passés à quelque chose de mieux et un jour, je les reverrai peut-être. Si je n'y croyais pas, je ne sais pas si j'aurais de l'espoir. Alors, merci d'être le meilleur des épilogues, qui me remplit de promesses et de rêves.

Composé et édité par HarperCollins France.

Achevé d'imprimer en janvier 2021.

FIRMIN-DIDOT

à Mesnil-sur-l'Estrée (Eure)

Dépôt légal : février 2021.

Pour limiter l'empreinte environnementale de ses livres, HarperCollins France s'engage à n'utiliser que du papier fabriqué à partir de bois provenant de forêts gérées durablement et de manière responsable.

Imprimé en France